# 紺碧の将

髙久多樂

# 紺碧の将　目次

装画／若林奮
ブックデザイン／髙久多樂

# 序章　比叡山からの逃走

## 忍び寄る暗い影

琵琶湖越しに比叡山を見ている。

さほど高さはないが、青一色を背景にした白雲の冠を被ったその姿は貴人のようだ。宏大な水面と幾重もの山の稜線が同系色で連なっている。

この物語に描かれる戦国時代の人々も、この物語を読んでいる現代人と同じようにこの地に立って同じ風景を目の当たりにしたのだろう。

江戸時代に生きた松尾芭蕉は、こう詠んだ。

　　大比叡や　しの字を引て　一霞

句意は、比叡山の上を細い霞がたなびいている。あたかもひらがなの「し」の字を横にしたように。

比叡山を眺めたときの感興が伝わってくる、スケールの大きな句である。

この句には伏線がある。室町時代の禅僧、一休が比叡山を訪れたときのこと。比叡山の僧たちは、「大文字を長々と書て給べ」「読み易き事を頼み奉る」と一休に依頼した。叡山の宝とするため、長いけれども簡単に読める、気の利いたものを書いてほしいと依頼した。

一休は紙を長々と継ぎ、比叡山の山頂から麓の坂本までを簡単な絵にしたあと、大きな筆で上から下に長い線を書いた。比叡山の上にたなびく雲を「し」の字に表したのである。

芭蕉の句は、そのエピソードを踏まえたうえで詠まれた本歌取りである。教養の高い読み手がいることを前提とした知的遊戯である。

ここは比叡山の麓、琵琶湖の西側に位置する坂本の里坊。穴太衆（あのうしゅう）が積んだ自然石の垣根が整然と町を区割りしている。

里坊には、山徒公人（さんとくにん）と呼ばれる僧が数多く住んでいる。公人は比叡山で修行を積み、天台座主（ざす）から僧位を得ているが、衆徒や堂衆といった高位の僧がしない雑事一切を取り仕切っている。各地にある比叡山の所領から年貢を取り立てたり、会計や生活物資の運搬など仕事は多岐にわたる。いったん有事となれば、武装して戦う。妻帯も許され、多くは俗人と同じような暮らしをしていた。

由本雄源（よしもとゆうげん）もまた、公人のひとりである。

比叡山には籠山（ろうざん）十二年という掟がある。その名のとおり、十二年間、山に籠もって修行を続ける。雄源はその行が明けたのち、公人となって坂本の里坊に居を構え、妻を娶（めと）り、一男一女をもうけた。

四歳になったばかりのみつが小さな指を動かし、飽くことなく紙を折っている。すでに四時間を過ぎている。

一枚の紙を幾度も折って鶴の形にしては、ふたたび平らな紙に戻す。それを精緻な機械のように繰り返している。

紙に折り筋が刻まれているというものの、雄源の指ではどうにもならない。折り筋が複雑で、どういう順序で折っていいかわからないのだ。一心不乱に折り続ける娘の真剣な面持ちを眺めては目を細めた。

「みつは折り紙が好きだね」

「はい、おとうさま」
みつは手の動きを止め、丸い目を父親に向ける。切り揃えた前髪と大きな瞳が黒々と艶光りしている。

みつの四歳の誕生祝いにと、松野吾郎が和紙で折られた鶴をくれた。吾郎は甲斐の間者、いわゆる諸国御使者衆と呼ばれる組織のひとりである。

孫子の兵法を信奉している武田信玄は、諜報活動に重きを置いている。甲斐は山に閉ざされているため外部との交流に乏しく、そのため全国から情報を集めていた。はるか九州で起きていることも甲斐に伝わっていた。それを担ったのが諸国御使者衆である。何年も何十年も市井の人としてその地に溶けこんでいる者もいれば、僧としてりっぱな教義を身につけ民に教えを施しながら諜報活動をする者もいた。主要な者だけでも二百人を超え、彼らの下で働いている者まで含めれば数千人規模だった。それを可能にしたのは信玄への忠誠心、そして金山から産出する金の力だった。

ひとくちに数千人の間者と言うが、それを組織するのは容易なことではない。雇い主と雇われ人との間に強い紐帯がなければ成立しない。隠密活動は長期にわたることが多く、身近に自分を監視する人もいない。莫大な活動資金だけを手に、仕事を放り投げて逃げても、雇い主（この場合は信玄）にはどうすることもできない。敵方に侵入しなければ貴重な情報は得られないから、つねに死と隣り合わせにある。それを承知で隠密活動を続けられるのは、よほど雇い主への忠誠心があるということだ。

このことは雇い主にも同じことがいえる。隠密部員への信頼がなければこの仕事は成立しない。ガセネタと真実の情報の見きわめはつきにくく、最終的には情報を持ってきた人間を信用する以外にないからだ。それらを考慮すれば、数千人もの諸国御使者衆を組織していたというだけで武田信玄という人物の度量がわかろうというもの。

　隠密はいくつかの集団に分けられ、それぞれ元締め（親方）がいる。元締めは配下の隠密が集めた情報を吟味し、辻褄を合わせた上で大将に報告し、さらに大将が信玄に報告するという仕組みになっているため、信玄が直に隠密と顔を合わせることはめったにないが、稀に信玄から直接命を受ける者がいる。吾郎もそのひとりである。

　吾郎は京都の武田屋敷にいる市川太郎右衛門の組織に属し、主に京都近辺の情報を届ける役目を担っていた。あることがきっかけで雄源と吾郎は無二の親友となった。

　前月、吾郎は織田方にからむ重要な機密を持ち帰り、それを認められて予想外の褒美を得、その一部を使って京都で折り紙を求めた。家族のいない吾郎にとって、雄源のふたりの子供たちが喜ぶ姿を見るのはなによりの果報だった。

　その日も吾郎はふらっと現れた。雄源が外出から戻り、上がり框（かまち）に座って草鞋（わらじ）を脱いで立ち上がったとき、目の前に吾郎の姿があった。音も気配もなかった。

「おみつはいるかい？」

　挨拶もなく、藪から棒に切り出す。

　雄源は、目で奥の間を指し示す。

　吾郎は背の道中袋をおろし、そのなかから小さな紙袋を取り出し、そのまま奥へ入って行く。

　ほどなくしてみつの歓声が聞こえた。なにか土産物を持ってきたのだろう。そう思いながら雄源が奥の間に入ると、みつは大きな目を皿のようにして色とりどりの千代紙に見入っている。しばらく息を止めていたのか、大きく嘆息し、玉のような涙をこぼした。

「ははは、おみつはなにか哀しいことでもあるのかい」

みつはなにも言わず、吾郎の胸に飛びついた。人見知りが激しいみつだが、吾郎にだけはなついている。

「こんなに珍しいもの、ほんとうにいいのか」

雄源は吾郎に訊いた。俗世に疎い雄源であっても、千代紙がいかに高い物であるかを知らないわけではない。叡山での修行を終え、いまは公人となってはいるものの、剃髪し仏門に身を置いていることに変わりはない。世俗の人間でさえ手に入らない貴重な物を年端のいかない娘に与えていいものかどうか戸惑ったが、みつのうれしそうな表情を見ているうちに、素直に受け取ることにした。

吾郎はそのまま上がり框に腰をおろした。

「悪いがお茶をもらえないか。喉が乾いている」

わざわざ立ち寄った吾郎が、手ぶらで帰るはずがない。吾郎の仕事は情報を仕入れること。雑談にことよせてなにかを聞き出そうとしていることは知っているが、雄源は支障のないかぎり、質問に答えようと思っている。そもそもそれが吾郎の生きる術であるからだ。

それを知っている雄源だが、言われるままに茶を淹れた。

「京や大坂で、妙な噂が流れている」

茶を啜りながら世間話をしたあと、吾郎は切り出した。

「どんな噂だ」

吾郎は身を乗り出し、雄源の顔の間近で声を潜めて言った。

「叡山の坊主たちが酒色に耽っているという噂だ。みなで山を下り、坂本の町で女を囲い、日の高いうちから酒に酔い、淫に耽っていると」

そのことか、と雄源は思った。

堕落しきった僧が多いのは事実だ。本来、山に籠もって行をするのが叡山の僧の務めだが、坊舎を離れて坂本に居を移し、酒色三昧の僧があまたいる。

その結果、お山は見るも無残に荒れてしまった。日々の雑事でお山に登るたび、嘆息する。開創以来灯り続けている根本中堂の「消えずの法燈」には火が灯っているものの、ほかの堂塔や坊舎は目も当てられない。一部の僧はふだんと変わらず一心に行を勤めているが、全体の十分の一もいまい。

「たしかにそういうこともある。でも、それはどの世界も同じじゃないか。叡山の僧だけ例外ということはあるまい」

吾郎はすぐさま反論した。

「どの世界でも善き行いをする者と悪しき行いをする者がいるから、叡山も例外ではないと言いたいのか」

雄源は押し黙った。言い訳にもならない、つまらぬことを言ってしまったと恥じた。比叡山の僧が俗事をせずとも生きていけるのは、厳しい修行に堪える尊い人という前提があるからだ。その責務を放棄し、酒池肉林（しゅちにくりん）に溺れるなど、どんな言い訳も通用するはずがない。

（もとはと言えば……）

雄源は思った。

けっして口にはできないが、叡山がいまのような体たらくになったのは、覚恕法親王（かくじょほっしんのう）が天台座主になってからのこと。覚恕法親王は正親町（おうぎまち）天皇の弟宮だが、利にさとく狡知に長けている。朝廷の財政が逼迫（ひっぱく）し、帝が苦労しているという事情があるとはいえ、金銭への執着は度を越している。近江や堺の商人たちと交易して巨額の利を得、日本海と京を結ぶ物流拠点である坂本を押さえて舟が荷揚げするたび通行税を徴収している。叡山の僧の規律が乱れたのは、座主が金に目が眩むようになってからだ。雄源は覚恕法親王のふるまいに不穏な兆しを見ていた。

「べつにおれは坊さんだけ特別と思っちゃいない。酒も飲みたかろうし女も抱きたいだろう。そもそも金がなければ生きてはいけない。そんなことより、おれが心配しているのは、その噂のもとをたどると、どうやら信長に行き着くということだ」

あたりをうかがい、声を落として吾郎が言った。

「信長？」

雄源は色を変えた。前年（元亀元年）のことが脳裏にあったからだ。

信長は足利義昭を奉じて上洛を果たしたのち、越前朝倉領への侵攻を開始した。すると、あろうことか北近江を治める浅井長政が信長の背後を襲った。信長は、妹のお市を長政に娶らせており、織田と浅井は縁戚関係にあったため、さすがの信長も浅井に対する警戒はなきに等しかった。挟み撃ちに遭った織田軍は撤退を余儀なくされた。これが世に言われる「金ヶ崎の退き口」である。

長政に裏切られた信長の怒りは凄まじかった。信長は己に敵するすべての人間を激しく憎んだが、長政への憎悪は言葉を絶するものがあった。憤怒で血管が切れるのではないかと思うほど怒り狂った。

岐阜に戻って陣を立て直した信長は、その二ヶ月後、徳川軍を伴って近江国に攻め入り、姉川の地で浅井・朝倉連合軍とふたたび合戦におよび、激戦のうちにこれを打ち破った。

その後、起死回生を期した浅井・朝倉軍が動いた。織田軍が三好三人衆を攻めるため摂津に出張った間隙を突いて、二万の軍勢を率いて比叡山に立て籠もったのである。坂本は、近江と京をつなぐ要衝であり、琵琶湖の水運輸送の重要な拠点である。岐阜に本拠を構える信長にとって、けっして見過ごしにできない事態となった。

信長は比叡山中に陣を布いた浅井・朝倉軍に手こずった。当初、冬の寒さが厳しく、食糧にも乏しい比叡山に長く陣を布くことはできまいと高をくくっていたが、やがて自らの思い違いを知ることとなる。比叡山を包囲していたにもかかわらず、籠山に必要な物資と食糧がせっせと麓の町から浅井・朝倉軍に運びこまれていたのである。その担い手となったのが山徒公人であった。

雄源も武装し、食糧や物資の運搬をする公人たちの護衛をした。

あるとき思いがけないことが起こった。近くに住む三郎太が夜陰に紛れて物資を背負って山に上がろうとしたとき、織田軍のふたりの足軽とかち合ってしまったのだ。三郎太は、刀の切っ先を目の前に突きつけられ、どこへ行くのかと詰問され、しどろもどろになった。足軽たちは三郎太を殺し、背中の袋を奪おうとしているのだろう。

雄源はとっさに長巻を手に取って足軽たちの背後に迫った。狙うは胴と足摺をつなぐ揺糸の隙間。足摺は腰まわりを防御するが、固定してしまうと自由に動けなくなるため、揺糸でつないでいるのである。

無防備な背中を突くのはたやすい。脊髄を狙って長巻で軽くひと突きし、すぐさま抜いて、もうひとりが異変に気づいて身を翻す前に同じ部分を突いた。深く突きすぎると長巻が胴を貫通し、引き戻せないから、微妙に手加減を加えた。

ふたりは「うっ」と声にならない息を発し、その場に倒れた。鋭い痛みのため、顔がゆがんでいる。腕はバタバタと動いているが、もはや歩くことはできない。突いた部分から鮮血が飛び散っている。とどめをささなくても、やがて出血多量で死ぬのは明らかだ。迷った末、そのままにしておいた。

人を殺してしまったことを悔いたのは、気が落ち着いてからだった。ふたりを見ると、まだうつ伏せのまま手足が痙攣（けいれん）している。どんなにか痛いだろうと思いやった。間一髪で命を助けられた三郎太は、口をあんぐりと開け、呆然としている。

　幸いなことにその直後、浅井の軍勢がやって来て屍を始末してくれたが、もし織田軍に見られていたら雄源の命はなかったはずだ。隣人の命を助けるためとはいえ、殺生の禁を犯した雄源は、茫然自失となった。父親はすでに他界しているが、その日の所業を草葉の陰から見ているにちがいない。けっして父は己を許すことはないだろう。

　いざとなれば公人は僧兵にならねばならない。そのとき不殺生などと言ってはいられない。雄源の父親の厳命が矛盾をはらんでいることは事実だったが、それでも父との約束を違（たが）えたことが重く心にのしかかった。以来、それを引きずっていたから、吾郎の言葉に反応したのである。信長と関わることになれば、命のやり取りになるのは必至（ひっし）だ。

「信長はどんな意図があってそんな噂を」

「やつは万事において己の考えを人に明かすことをしない。己以外の人間を軽蔑しきっているからだ。しかしやつは憎しみを飲みこむことができない。いま、やつが憎んでいるのはだれかと考えれば、つぎの一手が読める。おれは、信長が狙うのは叡山だと思っている。その兆しがその噂よ」

「……」

「比叡山の坊主たちが堕落しきっていると噂を聞けば、下々の人間はどう考える？　そんな坊主を成敗したところで、いい気味だとしか思わないはずだ。つまり信長はそういう伏線を張っておかねばならぬほど常識破りのことを企んでいるということだ」

　雄源の顔から血の気が引いた。

　信長とて民から信仰を集める山に攻め登るはずがないと、だれもがそう思っている。現に雄源のまわりでも、いざ戦さになったらお山に上がればいいと言う人が大勢いる。

しかしそのような常識は信長には通じまい。信長は石山本願寺をはじめ、多くの仏門と長期にわたって戦さを続けている。満腔(まんこう)に憎悪をたぎらせ、それを活力の源にするような男にとって、信仰心など塵ほどの価値もない。仏の教えを騙(かた)り、己の野望を邪魔立てする輩としか考えないはずだ。浅井・朝倉に味方する延暦寺に対する憎しみは激しいと考えるべきだろう。

「いつだ」

雄源は射るような目で問うた。信長が叡山を攻めるのはいつなのかと。

「おそらく年の内には」

吾郎は神妙な面持ちで答えた。

「まさか……」

「そのまさかよ。叡山にはどんな木が多い？」

「杉だな」

「秋になって空気が乾いてくれれば杉木立は一気に燃え広がる」

「まさかお山を燃やすようなことはしないだろう」

「そのまさか、だ。やつにかぎってまさかはないと思ったほうがいい」

「お山を焼く前に、なにかしらの予兆はあると思うか」

「事前に察するのは難しそうだな。信長は味方にも知らせず、唐突に作戦を始めるからな。強いて言えば……」

「強いて言えば？」

「覚恕法親王が山を下りられたときを狙うとも考えられる。いくら信長でも正親町天皇の弟宮を巻き添えにすることは避けるだろう。もっとも、それすらもやりかねないが」

雄源の肌に粟がたった。

（ということは、あと数ヶ月ではないか）

これまで幾度も吾郎から的確な予測を聞かされている。否定したいのはやまやまだが、否定したところで気休めにしかならないことを知っている。

そのとき玄関の木戸が開き、妻のゆりと息子の小太郎が現れた。犬の小次郎もついている。

「おかえり」

吾郎は、神妙な空気を払うかのように陽気な声で迎えた。

「あらあ、いらしてたんですね」

ゆりは親しげな視線を吾郎に向ける。生まれてからこのかた、坂本を離れたことがないゆりは、諸国を旅して人の営みを見聞し、それを巧みに話す吾郎の話を聞くのが大好きだった。

「ほら、小坊主にあげる」

吾郎は懐を探って貝独楽（ばいごま）を取り出し、小太郎に差し出した。貝独楽とはバイ貝という巻き貝でつくった独楽で、のちのベーゴマの原形となったものである。

「小坊主じゃないやい」

小太郎はまぎれもなく坊主の息子だが、人から坊主と呼ばれるのは好きではない。十歳という気難しい年ごろだが、父親に反抗的な態度は許されないから、どんな言葉遣いをしても怒らない吾郎には心を許している。

「毎度子供たちにお土産をいただいて、ほんまにありがとうございます」

ゆりが丁重に頭を下げた。

「仕事は首尾よくいったか」

雄源がゆりに訊いた。

「留守のところがいくつかありましたが、思ったより多く集まりました」

ゆりは月に数度、早朝から出かけ、夕方まで叡山の所領をまわって冥加銭（みょうがせん）を集めてくる。護衛になるはずはないが、いつも息子の小太郎を伴っていく。犬の小次郎は捨てられて弱っていたところに餌付けをしてしまった縁で、いつも小太郎のあとをついてくる。もちろん名づけたのは小太郎だ。

「疲れただろ。ゆっくり休みなさい」

雄源はゆりの体を気遣った。生来、蒲柳（ほりゅう）の質で、疲れが溜まると体調を崩し、寝こんでしまうことがある。

「それにしてもおまえがうらやましいよ。厳しい修行をすることもなく、こんなに広い屋敷に所帯をもっている。ひるがえっておれはずっとその日暮らしだ。もっとも、そうしないことには生の情報は手に入らないのだがな」

吾郎は屋敷のなかを見まわし、そうつぶやいた。

雄源は、この贅沢な暮らしが心の痛みともなっている。

父親が天台座主の覚えめでたく、この分不相応な屋敷をあてがってもらった。いま起居している屋敷には、母屋のほか離れや蔵もある。いくつもの所帯が暮らしていけるほどの広さだ。食べるものにも事欠かぬ。それもこれも叡山の仕事があってのこと。

公人としての仕事はけっして楽ではないが、山に籠もって修行するより己に合っている。僧の身分としては、いまの贅沢な暮らしは分に過ぎているが、本心を覗き見れば、ずっとこの生活が続いてほしいと願っていることも事実だった。みつや小太郎の楽しそうに遊んでいる光景が当たり前に見られる日常を壊されたくはない。

しかし吾郎の話を思い出し、心のなかに暗い影が忍び寄ってくるのを感じないわけにはいかなかった。

## 炎のなかの命

秋の気配が濃くなってきた。影が長く延びるにつれ、日が短くなっていく。

剛健な体のわりに敏感な肌の持ち主である雄源は、空気の乾き具合で季節の移り変わりを繊細に感じ取ることができる。

そんな雄源の感覚がなんらかの異変を察知していた。数日前から、おびただしい蟻の行列を見かけるのだ。心なしか鳥の鳴き声もうるさく聞こえ、その声に煽(あお)られて心の奥底からざわざわとした波が寄せてくるのを感じた。

(もしや……)

雄源は吾郎の警告以来、心穏やかならぬ日々を過ごしている。近隣の公人衆に信長がばらまいている噂のことを話し、叡山を攻める前触れではないかと話すのだが、皆がみな、いくら信長でもそこまではしないと一笑に付した。やむなく雄源は己の胸に留めて置く以外になかった。

元亀二年(一五七一年)八月、信長は岐阜を進発して、小谷城(おだにじょう)の浅井長政を攻めたのち、甲賀の小川城や琵琶湖畔の城を一つひとつ落としていった。

前日、陣を立て直すため三井寺(みいでら)に入ったと聞く。三井寺は目と鼻の先だ。いま叡山に浅井・朝倉の兵はいないが、信長ならそこで休養をとったのち、叡山に攻め寄せてくることもありえる。いや、ありえるではなく、あると考えるべきだ。

九月十二日の払暁（ふつぎょう）、まんじりともせず朝を迎えた雄源は、遠くから悲鳴らしきものが聞こえてくるのを察知した。飛び起きて玄関を開けると血相を変えた吾郎と鉢合わせした。

「い、急げ、信長が町を焼き払ってる」

吾郎はどもりがちに叫んだ。

雄源はこの事態を懸念していたから、信長の軍が襲来してきた場合、どのような経路で逃げるかも算段していた。しかし事態はそれよりもいっそう緊迫している。

裸足のまま外に出てみると、坂本から堅田（かたた）にかけてのかなり広い範囲で、まだ明けきらぬ空に紅蓮（ぐれん）の炎が舞っている。数百もの家々がすさまじいばかりに燃えている。

すぐさま家のなかにとって返し、あらんかぎりの大声で、

「みんな起きろ。逃げるぞ」

と叫んだ。

妻のゆりとふたりの子供がすぐにやってきた。

「織田の軍勢が町を焼き払っている。そのままでいいから早く逃げろ」

みな寝間着姿だった。足袋を履いている暇もない。急いで草鞋をつっかけ、外に出た。

すると、みつが「あっ」と声を上げ、家のなかに戻って行った。

「みつ、早く逃げるんだ」

みつは千代紙を取りに戻った。雄源は駆け足で家のなかに飛びこみ、みつを連れ出そうとする。みつは素早く千代紙をつかんで寝間着の懐に差しこんだ。

町の住民が鰯（いわし）の群れのように日吉馬場を駆け上って行く。吾郎と雄源の家族は、その群れに巻きこ

まれた。

「小次郎、小次郎」

小太郎が立ち止まり、大声で犬の小次郎を呼んでいる。

「あほ、早く走れ。小次郎はあきらめろ」

雄源はふり返り、小太郎を叱りつけた。

小太郎は泣きべそ顔になり、「ちくしょう」と叫んだのち、脇目もふらず走り始めた。吾郎が引き返し、小太郎の手を引いた。

雄源はみつを背負って駆けながら、

「ゆり、おれのあとをついてこい」

と妻に声をかけた。

数千という民衆を弄ぶように織田の軍勢がゆっくりと前進している。ところどころに白い桔梗の旗指物が揺れている。明智光秀の軍勢だ。

明智軍はけっして慌てなかった。ゆっくり時間をかけて町の住人を叡山に追い詰める算段らしい。

(日向守どのは叡山の僧とも懇意にしていたはずじゃないか)

雄源は光秀の良識に一縷の望みをかけていた。光秀であれば、信長が叡山攻めを企図しようとも、思いとどまらせることができるのではないかと。

だが……。

それ以上、思考は続かなかった。

逃げまどう大勢の人々と彼らを追い立てる兵たちのあとには、女や子供の死体が無造作に転がっていた。朝の農作業中を襲われたのだろう。ことごとく首を刎ねられている。母親と手をつないだまま死んでいる幼い娘の死体もあった。骸（むくろ）からおびただしい血が流れ出ている。

彼女たちは数十分前まで生きていたのだ。朝早く野に出て親の手伝いをしていた子供たちに、いったいなんの咎（とが）があるというのか。女子供を殺し、あげく首を刎（は）ねるなど人間のすることではない。いや人間だからこその所業だろうか。殺したのち首を刎ねよと信長が命じたのだ。そうでなければ、骸となった子供の首を刎ねるいわれはない。あまりのむごさに、戦慄が走った。

吹き上げられた煤（すす）が空から降ってきた。空を覆い隠すほどで、まさに死の灰だった。焦げ臭が風に乗ってお山の方へ流れていく。

ところどころで僧兵と明智軍が戦っている。僧兵はそう多くはない。たちどころに数人の敵兵に囲まれ、つぎつぎと討たれていく。

信長が三井寺に入っていることは知っていたが、よもや黎明（れいめい）とともに琵琶湖を舟で渡り、一気に攻撃を仕掛けてくると考える人はだれもいなかった。

日吉馬場は群衆で埋まった。大半が裸足のままだ。その多くは右に折れて日吉大社に向かった。残りは東塔（とうどう）まで本坂を駆け上がって行こうとしている。

「どっちに行く？」

小太郎の手を引いた吾郎が雄源に訊いた。

「無動寺谷（むどうじだに）のほうだ」

雄源はとっさに答えた。叡山で修行していたころ、漆黒の闇に包まれた叡山を歩く修行をしたため、いまでも行者道が手に取るようにわかる。おそらく信長は叡山の三塔十六谷、三千とも言われる堂宇をことごとく焼き払うつもりだろう。とすれば、なるべく追っ手を避けながら山を超えるしかない。

雄源たちが左に折れ、無動寺谷の入り口の方へ向かって走り始めると、人々が群れになってついてきた。

「日吉大社が焼かれた」

背後から声が聞こえてきた。ふり返ると、日吉大社のあたり一面から巨大な火柱が天を衝くかのように立っている。日吉大社に逃げこんだ人たちもろとも焼かれてしまったにちがいない。

無動寺谷への入り口を右に折れ、人ひとりがようやく通れるほどの急坂にさしかかる。細い道に大勢がなだれこんだため、思うように進まない。まして急な坂だ。

数百の明智軍が山の下から追ってきた。

「矢を放て」

一本道に塊となっている群衆に無数の矢が射掛けられた。

目を瞑ってても当たるような標的だった。またたく間に数十人の背中に矢が命中し、坂を転げ落ちる。

「集まるな。ばらばらになって山を登れ」

雄源はありったけの声をあげた。人がばらければ、それだけ矢の当たる確率が下がる。杉木立が盾になってくれることもある。塊は解けていったが、それでも矢を受ける者があとを絶たない。明智軍は、死者や重症を負った者の首を残らず刎ねているため、進軍はさほど早くはない。

「ゆり、そっちは矢が飛んでくるからこっちへ来い」

雄源がそう言って、ゆりに手招きしたとき、一本の矢がゆりの胸を貫通した。矢の向きのままうつ伏せに倒れたゆりを助けようとした雄源に、吾郎が言った。

「だめだ！」

ゆりは地面に突っ伏したままぴくりとも動かない。失神したのか即死だったのか。雄源はゆりに向かって手を合わせ、身を翻(ひるがえ)した。

背中でみつが泣き叫んでいる。小太郎は目を見開いたまま呆然としていたが、吾郎に手を引かれ、道のない山の斜面を登り続けた。

急に追っ手の気配がなくなった。矢も飛んでこない。

逃げる群衆は、一息ついた。無動寺まで逃げ延びれば命が助かるかもしれない。多くの者がそう思った矢先だった。真横から無数の矢が飛んできた。動きを止めていた人たちは、格好の的となり、つぎつぎと倒れていく。そのほとんどは僧兵ではなく、麓の坂本あたりに住む市井の人間だ。

「逃げろ」

雄源も吾郎も小太郎もしゃにむに走った。

「みつ、しっかり背中につかまっているんだぞ」

みつは泣きじゃくったままだが、懸命に父の背中にしがみついている。

(なんとしてもこの子だけは守らねば)

雄源がそう思った直後、ヒィッというみつのちいさな声が聞こえた。その瞬間、雄源は怖気(おぞけ)を感じた。

みつはどこからそんな声が出るのかと思うようなけたたましい金切り声をあげた。またたく間に背中を温かいものが流れていく。

「いた、いた、いたいよぉ……」

やがて、背中にしがみついていた力が抜けていった。

絶望とともにみつを地面に下ろした。矢がみつの体を横から貫いている。みつは虫の息だ。

「みつ、みつ……」

雄源はみつを抱え直し、雄叫(おたけ)びをあげながら猛烈に走った。胸のなかにもみつの温かい血が溜まっていく。

そのあとどういう経路をとったか、雄源にもわからない。ただ本能に従って走り続けた。若いころ、山岳修行によって覚えた道を、無意識に足がたどっていたのだ。

吾郎と小太郎も雄源のあとをついて来ている。坂本の反対側にあたる八瀬(やせ)の北側で、一行は足を止めた。

雄源は呆然と胸のなかのみつを見ている。涙が滂沱(ぼうだ)と流れている。泣いても泣いても止まらなかった。

みつの体をそっと土の上に置いた。まだ体の温もりはある。

雄源はみつに覆いかぶさってむせび泣いた。

「ごめんな、みつ。おまえを守ってやれなくて。ふがいない父を許してくれ」

あの矢はあきらかに己を射るために放たれたもの。わずかに手元が狂ったために、みつを射抜いたにちがいない。みつは父の身代わりになって死んだのだ。

雄源は膝を着き、みつに向かって深く頭を下げた。

吾郎はなにも言わず見守ってくれていた。小太郎は目を釣り上げ、口をきっと結びながら懸命に涙をこらえている。

雄源はみつの寝間着の懐に手を差し入れ、千代紙を取り出した。

「みつ、ごめん」

そう言って、髪の毛を数本引き抜き、千代紙とともに懐に仕舞った。

「雄源、早くしないと火の手がまわってくるぞ」

背後から火のはぜる音がしている。木立ちの合間に炎が見える。

「おまえの体には指一本触れさせないからな」

雄源は手で土を掘り始めた。吾郎も小太郎も加勢する。土は柔らかいが、それでもみつの体が入る穴になるまではかなりの時間を要する。

火の手との競争だった。なんとか遺体がすっぽり入る穴を開けると、雄源はそっとみつの体を下ろし、観音経を唱えながら土をかけた。

間もなく、山の反対側から火の手が津波のように押し寄せてきた。

## 鬼人の妄念

「日向守さまの使いの者が、信長さまにお目どおり願いたいと申しております」

旗本が信長に取り次いだ。

「とおせ」

坂本に布いた本陣で、満足そうに比叡山を眺める信長の前に光秀の使者がひざまずいた。

「日向守さまよりご伝言にございます」

「申せ」

「ご命令に従い、坂本の家々をことごとく焼き払い、住人を叡山の頂きに追いこみました。あとは手はずどおり、山のいたるところに火を点ける段にございます」

使者はそこまで告げると、言葉を詰まらせた。

上機嫌だった信長の目つきが鋭くなってきた。無言の圧力で続きを促す。

「すべてを焼き尽くす以上、首を刎ねよとのご命令は無用では、との仰せにございます」

恐怖のために声が震えている。

信長は、坂本と堅田の家々を焼き払ったのち、自らは本隊を率いて本坂を進み、光秀は無動寺谷方面から、木下藤吉郎は横川の安楽谷から比叡山を攻めるという作戦を指示していた。また僧兵、僧侶、学僧、女子供を問わず、すべての者の首を刎ねよと命じていた。

「骸の首も刎ねるのだぞ」

念を押すかのように命令した信長の言葉に、兵士たちは肝をつぶした。

信長の憎悪が、時間とともに薄れることはない。むしろ一度信長の胸に刻まれた憎悪は時の経過とともに膨れ上がる。信長は〝水に流す〟などといった日本人独特の感性を持ち合わせてはいない。徹底して大陸的である。

戦いに馴れている者ばかりだが、それほど残忍な命令は聞いたことがない。朝廷と深いつながりがあり、民の信仰を集める比叡山を焼き討ちするというだけでおよび腰になっている。まして戦さとはなんら関わりのない子女をみな殺しにし、あげく首を刎ねよとは……。

信長の指令を聞いていた光秀は、青ざめた。朝倉義景に仕えていたころから叡山の僧と交誼を結んでいたことから、朝廷と叡山の間を幾度も往復した。神仏に対する畏敬の念は、人並み以上に持ち合わせていると思っている。

なんの咎もない女子供までを追いかけて殺し、首を刎ねるうち、ほとほと嫌気がさしてきた。山を焼き払うのだから首を刎ねることの意味は露ほどもない。

「光秀がそう申しておるのか」

「はっ」

「愚かなやつめ」

信長は吐き捨てるように告げた。

「光秀に伝えよ。わしの命令は絶対の法だ。よって、わしの命令を聞けぬ者は首を刎ねる。光秀も例外ではない。早々に戻ってそう伝えよ」

使者は青ざめた顔をひきつらせ、その場を辞した。

使者から信長の返答を聞いた光秀は絶望した。信長は狂ってしまった。これほど悪逆非道なふるまいをして、天下を治めることなどできるはずがない。信長の狂気は、やがて己の身に降りかかるだろう。

しかし光秀は信長の命令に従う以外、なすすべがなかった。光秀の絶望がやぶれかぶれとなって強硬な指令となった。

「日吉大社に逃げこんだ者は堂もろとも焼き払え」

坂本および近隣に住んでいた数百人は日吉大社の奥宮に立て籠もったが、四方から火をつけられ、ひとり残らず焼かれた。

並行して、一万近くの将兵が無動寺谷への一本道を進軍して行った。

将兵たちは、あたかも羊飼いが羊を追い立てるかのように、適度に恐怖感を与えながら逃げまどう人たちを頂上に登らせた。

一時間もすると、逃げて行った者たちはひとり残らず無動寺か東塔周辺に籠もった。それら以外に行き着くところはなかった。そこに逃げ延びれば命は助かると思ったのだ。

しかし……。

この日の焼き討ちによって、三千人とも四千人ともいわれる人間が殺された。大半は僧兵ではない、無辜の民である。

## 甲斐へ

雄源たちは先を急いだ。八瀬手前から右へ迂回し、山岳修行で幾度となく通った行者道を大原に向かって走っている。

雄源の胸や下腹にみつの血糊が残っている、まだ暖かい。ついさきほどまで、ゆりもみつも生きていた。しかし、いま、ふたりはこの世にいない。胸のなかにぽっかりと虚空が生じ、息を吸うのも苦しい。

吾郎は無言のままだ。ときどきふり返っては小太郎を気遣う。諸国を巡っている吾郎や若い時分に修行で足腰を鍛えた雄源にとって、行者道を駆け抜けることはさほどの苦痛ではなかったが、まだ十歳の小太郎にとって、生まれてはじめて味わう艱難だった。母親と妹をいっぺんに失った心の痛みに加えて、逃げる途中で片方の草鞋が脱げてしまった。足の裏は傷だらけで、一歩ごとに激しい痛みを感じているはずだが泣き言はいっさい口に出さない。雄源は立ち止まって片方の草鞋を脱ぎ、小太郎に与えた。

走りながら雄源はときどき小太郎の顔を見る。懸命に哀しみと痛みをこらえている。すでに子供の顔ではなくなっていた。

一行は大原のはずれの山中にある炭焼き小屋に到着した。吾郎が合言葉を告げると、内側からかんぬきをはずす音が聞こえ、木戸が開いた。

首が太く、濃い眉がつり上がった僧形の男が顔を出した。吾郎を認めると、その背後にいる雄源と小太郎をじろりと見る。

「おれの友人で叡山の公人をしている雄源という者だ。こっちは息子の小太郎」

雄源は目の前の僧を叡山で幾度か見たことがあった。たしか随風と名乗っていたはずだ。

「叡山でお目にかかったことがあります」

雄源がそう話すと、随風は軽くうなずいた。そして小屋のなかに入るよう目で促した。

小屋のなかには随風のほかに四人の僧がいた。そのうちのひとりは、叡山ではよく知られた顔だ。東谷十三坊正覚院の豪海。

命からがら比叡山を脱出した豪海に、かつての覇気はなかった。炎の山と化した比叡山を見ては呆然としている。

「さあ、急ぎましょう」

吾郎の言葉に促され、われに返る。

「どこへ急ぐのか」

雄源はうつろな目で吾郎に問うた。

「甲斐へ向かう。御屋形さまが受け入れてくれる」

(御屋形さま？　武田信玄のことか)

雄源は生まれてからこのかた、坂本と比叡山から外に出たことはない。それでも武田信玄の名は聞いていた。将軍足利義昭や浅井長政・朝倉義景が頼りにしている甲斐の守護大名で、信長がもっとも恐れている人物であると。

目的地がはっきりしたことで、新たな力が湧いてきた。

一行八人は、ひたすら東へ向かって走り続ける。

幸いだったのは、七年ほど前、武田家と織田家が盟約を結んでいたことによって、甲州へ至る中山道の安全性が比較的保たれていたことだ。

## 悪行の源

甲府は、峻厳(しゅんげん)な山々に囲まれた盆地にある。雄源は京都に似た空気を感じ、目的地が近いことを悟った。

やがて一行は甲府にたどり着いた。天台座主覚恕法親王も別の経路から甲斐へ逃亡し、信玄に庇護を求めた。

雄源は、信玄が遠からず上洛することによって信長の命運が尽きるという噂を聞いていた。それほどの大名であるのだから、さぞや豪壮な城塞(じょうさい)を築いていると思いこんでいたのだが、一向にそのようなものは見えてこない。通常、城は高所にあるはずだ。

たどり着いたところに城はなかった。

「ここが武田どのの本拠か」

戸惑いながら雄源は吾郎に訊いた。

「そうさ、ここが武田家の本拠、躑躅ヶ崎(つつじがさき)館だ」

「館？　城はないのか」

「御屋形さまに城は要らぬ」

ついさきほどまで悲しそうな目をして黙りこくっていた小太郎は、吾郎の言葉を聞いて目の色が変わった。「城は要らぬ」とはなにを意味するのかを自分なりに考えているようだ。

一般的に山城は守るに堅固だが行政には適しておらず、平地に造られた平城は守りにくいが行政に適していると言われるが、これは城でさえない。館である。周囲に幅二十メートル程度の堀をめぐらせ、石垣で囲んだその居館はさほど広くもない。どう見ても甲斐・信濃・駿府を領有する大名の本拠とは思えない。

光秀はこう語ったことがある。

――武田信玄公は荒れていた甲斐国や信濃国を一手に治め、政にもよく精を出したことによっていまでは民心篤く、戦さがなくなり城を築く必要がなかった。これぞ領国経営の手本である。

八人は案内の小姓に導かれ、堀にかかった橋を渡る。幾度もここに来たことがあるという随風は、ひとりずんずんと進んでいく。

一行はともに広間に通された。正面に旗と鎧が見える。

しばらくすると山県昌景、馬場信春、穴山信君（のぶただ）の重臣が入ってきた。続いてどっしりと恰幅のある男が現れた。

武田信玄である。このとき五十歳。剃髪し、白毛交じりの髭をたくわえている。眼窩（がんか）の奥の目は、穏やかならぬ光を発している。

「随風、そちも叡山にいたのか」

だしぬけに声が響いた。地鳴りのような、低い声だった。

すでに仏門に入っており、随風ら仏僧を躑躅ヶ崎館に招いて講義をさせている信玄にとって、比叡山を焼き討ちするなど、けっして許すことのできない蛮行だった。

随風はこれまでに覚恕法親王の名代で幾度も甲斐を訪れ、信玄ら重臣に対して天台の講義をしている。

「拙僧は松野吾郎どのの一報を受け、麓近くで様子を窺っておりました。おかげで命拾いをしました」

「そちは簡単には死なんだろう。命の力が溢れておる」

信玄は豪海に目を向け、さらに低い声で言い放った。

「そこもとが豪海僧正か。話は随風より聞いておる」

豪海は比叡山の高僧のひとりで、のちに武蔵川越の無量寿寺の住職を務め、随風に天海という名を授けることになる。

信玄は、自らは源氏の血脈を継いでいる選良という意識に加え、左大臣三条公頼（きんより）の娘を妻として石山本願寺の宗主顕如（けんにょ）とは相婿の間柄（顕如の妻は信玄の妻の妹）。比叡山の高僧にもへりくだることはない。

「随風、叡山における信長の所業、見たとおりに申してみよ」

随風は焼き討ちの様子を仔細に語った。居並ぶ重臣たちの顔色がみるみる変わったが、焼き討ちの総仕上げにおよんでも信玄に喜怒哀楽の色は表れない。

随風は一部始終を語り終えたのち、武田軍の上洛を促した。足利義昭らの信長包囲網が整っているうえ、叡山での悪行は絶好の口実になると。

信玄はわずかに身を乗り出し、小さな声で問うた。

「随風よ、信長を懲（こ）らしめるために、わしが上洛すべきというのか」

「いかにも」

「そちはまだまだ世の中を知らぬようだな。それを軽挙妄動（けいきょもうどう）というのだ。だれかが悪をなすたびに大軍を発していたら、身がいくつあっても足りぬわ」

信玄は身をそらせ、随風をしかと見据える。

このとき随風、三十五歳。目におののきと反撥の色が映った。

「信長はたしかに前代未聞のことをなしたが、それだけをもってわしが大軍を発する理由にはならぬ。わしはやつのやったことの尻拭いはせぬ。信長は時代に要請されて生まれてきたのだ。やつは織田信長という人間を演じているにすぎない。信長だけが悪いのではなく、信長のような人間を生んでしまった世の中が悪いのだ。であれば、わしが信長を罰するというのは筋違いというものであろう。そうは思わぬか」

「されど……」

「されどもなにもない」

信玄はぴしゃりと随風をさえぎった。

「豪海どの、この掛け軸の言葉はご存知であろうな」

信玄の背後に「樹揺鳥散　魚驚水渾」と揮毫（きごう）された軸が掛かっている。

「はっ」

自他ともに天台の高僧と認める豪海が知らぬわけがない。

「わしは幼少のころより師事していた臨済宗関山派（のちの妙心寺派）の岐秀元伯（ぎしゅうげんぱく）老師を導師として出家し、信玄なる戒名を得た。この戒名には玄なるものを見通すという意味も含まれておる。玄なるものとは、肉眼では見えぬもののことだ。ま、釈迦に説法ではあろうが……」

信玄はかすかに笑みを浮かべた。

「この世は無数の物事の連なりによってできている。その先にどういう事態が生ずるのか、それを見通すことができなければ世を司ることはできぬ」

「いかにも」

「山川草木(さんせんそうもく)ことごとくひとつの源に発しているのと同じように、物事にはすべて源と結果がある。樹が揺れたから鳥が散ったのであり魚が驚いたから水が渾(にご)ったのだ。しかしその前に樹が揺れ、魚が驚く源があった。その源の前には、またさらにほかの源がある。こたびの信長のふるまいにも、当然ながらその源となるものがあったはずだ。時を戻すことはできぬ。これからどうするかを案ずることだ」

察しのいい豪海は、信玄がなにを語ろうとしているのかを瞬時に悟った。比叡山延暦寺が信長と争うことになった原因は豪海にもある。

信長が比叡山領を横領したことで、比叡山と信長は対立することになる。永禄十二年(一五六九年)、当時の天台座主応胤法親王(おういんほっしんのう)が朝廷に働きかけ、朝廷は寺領を回復するという綸旨(りんじ)を下したが、信長はこれを無視した。それが端緒となって対立が深まっていった。

やがて比叡山の抵抗に手を焼いた信長は、横領した寺領を返還するという和平条件を示したが、朝廷の綸旨が出た時点で比叡山の領地を返すのは当然。それに従わず、領地返還を和平の条件にするなど言語道断と豪海は息巻いた。

豪海は信長との和平交渉において終始、強硬な姿勢を貫いた。その強情が信長の怒りに火をつけたともいえる。着々と信長包囲網ができつつある状況下、東西南北の交通の要衝にある比叡山を断固として無力化せねばならぬと信長に決意させてしまった。

信長の決意を察知した延暦寺は、あわてて大金を信長に贈って和睦を提案したが時すでに遅し、信長は申し出を拒否し、実力行使におよんだ。

信玄はそのことを言いたかったのだが、それ以上は胸のなかに収めた。

「覚恕法親王どのがわしに天台の総本山を再興してほしいと言われた。わしは身延山（みのぶさん）の久遠寺（くおんじ）をほかへ移転させ、そこへ叡山を開いてはどうかと答えた。みなとよく話し合い、決めるがよかろう。必要とあらば、できるかぎりの助力は惜しまぬつもりだ」

信玄は一足先に甲斐に逃げてきた覚恕法親王に対し、形式上の礼儀を保ちつつ、叡山でのふるまいをたしなめたという。

覚恕法親王は今上天皇の弟宮である。人から意見されることなどあるはずもないやんごとなきお方だが、痛いところを突かれ、返す言葉もなかったという。覚恕法親王は天台座主として辞意を表明されるが、辞意は認められず、失意のなか二年後に薨去（こうきょ）される。

## 再会のための行

雄源は躑躅ヶ崎館を辞したのち、目の前に広がる山々を眺めていた。幼いころから比叡の山並みを眺めて育ったが、甲斐のそれはスケールがちがう。四方八方、山だらけだ。

見たところ田畑はあまりない。武田家は今川を駿府から追い出したと聞くが、海に接した領地は少ない。近江は豊かな土地だが、甲斐に地の利はほとんどないと言っていい。それでいて戦国有数の大名としてその名を全国にとどろかせる信玄の手腕とはいかなるものだろうと考えた。

「吾郎、甲斐の力の源泉とはなにか」

雄源は隣にいる吾郎に尋ねた。

「簡単なことだ。政をよくして民を養い、無用な戦さをしない。戦さをするときは、かならず勝って版図（はんと）を広げる。そのためにこそわれわれ諸国御使者衆がいる」

吾郎は明快な答えとともに、強烈な自負心を覗かせた。

周囲を峻厳な山岳に囲まれた甲斐は、守るに適している。本拠となる城を築かずとも済んでいるのは、外敵が攻めにくいからでもある。

一方で天下の形勢には疎くなりがちで、新来の技術を取り入れることでも不利は免れない。それを知っていたからこそ、信玄は生きた情報を得ることに金を惜しまなかった。

有益な情報を集め、産業に活かし、調略にも用いる。甲州法度という民法を制定し、治水工事や金山開発など産業育成に力を入れ、棒道（ぼうみち）という軍略道を整備して遠国にも遠征できるようにした。

寺社も手厚く保護した。武田二十四将をはじめとして家臣団の結束も固い。戦さにおける戦術の選択肢を広げるため、大勢の武将や足軽までが参加する軍事訓練も行っている。戦さの途中で陣形を変えることはお手のもので、現代でいえばサッカーの試合中に陣形を自在に変えるようなもの。甲州人の気質が質朴堅実で、規律が乱れにくいという点も強さの秘訣であった。

……と書き出せば、武田軍団が最強と言われている理由がわかる。

「なるほど。領内での一揆や反乱もなく、一枚岩になっているのも信玄どのの統率によるものか。ところで、しばらく吾郎の家に居候させてもらえるのはありがたいのだが……」

「どうした？」

「若いころ、十二年ばかり行を積み、それからは公人として雑務をこなしてきたが、叡山が焼失してしまったいま、これからなにをしていいのか皆目見当がつかないのだ。まして小太郎を養っていく術がまるで見当つかぬ」

「すぐに決めずとも、いずれは見つかるはずだ」

「そうはいかぬ。ずっとただ飯を食うわけにはいかぬからな」

「では武田家に奉公してはどうだ。おまえは武芸に心得がある。おれから御屋形さまに頼んでもいいぞ。こう見えて、御屋形さまの覚えはめでたい」

「そればかりは駄目だ。すでに父との約束を破っているが、殺生はもうこりごりだ」

ふと吾郎は随風を視界にとらえ、

「随風どのの弟子になったらどうだ」

と言った。豪海たちと別れたあとなのだろう、ひとりで躑躅ヶ崎館から出てくるのが見えた。

雄源は随風に声をかけた。

「随風どの、少しばかりお話をしたいのですが」

雄源は比叡山焼き討ちで妻と娘を失った顚末を話したあと、その後の身のふり方について尋ねた。各地の天台寺院と交流がある随風なら、もしかするとよい働き口があるかもしれないと思ったのだ。

随風は横目で雄源を睨んだ。信玄から、まだまだ世の中を知らぬと指摘されたことが悔しくて、自分の気持ちをもて余していた。

随風は生まれながらにして家族というものを知らない。その温かさも煩わしさも味わったことがない。それゆえ妻と娘を失ったからどうすればいいかと訊かれてもわからない。本来、それでは僧侶失格である。

「それがしの知ったことではない」

随風はつっけんどんに言葉を返した。

禅僧らしからぬ物言いに雄源は怒りを覚えたが、それ以上におののいたのは随風自身だった。自らが発した棘のある言葉に心がざわついたのだ。己の未熟さを痛いほど思い知らされた。

（まだまだ世の中というものを知らぬと指摘した信玄どのは、正鵠を射ている。いったいおれはなんのために厳しい修行を自らに課したのか。己の心を満足させるためだけだったのか。救いを求めている人々の心を癒やすため、一隅を照らさんと行を重ねてきたのではなかったのか。この男は仏にすがる思いでこのおれにすがってきたのだ。家族を失い、どうすればいいのか途方に暮れている人間に対して、なんら道しるべを与えることなく突き放してしまったおれは、なんと罪深い人間であろうか）

随風は呻吟した。

随風が生まれた年は定かではない。一説では天文五年（一五三六年）とされているが、本人も正確にはわかっていなかった。生まれた場所も諸説あるが、陸奥国会津という説が有力である。

十一歳のとき、慈覚大師円仁の創建とされる会津龍興寺の住職弁誉舜幸法印によって得度し、随風と号した。十四歳で下野国宇都宮の粉河寺の皇舜に師事し、十九歳で奈良の興福寺で山王一実神道を学んだ。山王一実神道とは、日吉神道とも天台神道とも呼ばれ、天台の教理と比叡山の神日吉山王とを結びつけた神道である。

その後、足利学校で禅や儒学などを学んだあと比叡山での修行中、天台座主覚恕法親王の側近に取り立てられ、名代として各地の大名のもとに参じるほどになった。三十代という若さで全国の大名と顔を合わせた経験は、随風に多くをもたらすことになる。

とはいえ、いっときの負の感情を引きずり、子供じみた態度に出てしまった己が腹立たしかった。弁誉を導師として得度したとき、師が語った言葉を思い出す。

——なぜ眠っているときも心臓は動いているのか。なぜ朝が来て夜が来るのか。なぜ四季のめぐりに乱れがないのか、なぜ人の子は人の子となり、馬の子は馬の子となるのか。あの夜空を見なさい。

無数の光が輝いているが、すべて仏の胎内での出来事だ。われわれ人間もこの草も地べたを這う虫も、大いなる仏の胎内のなかで生かされている。それを頭で理解するのではなく、体得するのだ。

どれほどの時が過ぎただろう。随風は随風で、雄源は雄源で、思いに耽っていた。

「天台の教えによれば、この世の山川草木ことごとく仏性があるという。修行によって山川草木と一体となれば、それらに宿る亡き者の魂と交わることができるのであろうか」

雄源は空を仰ぎながらひとりごとのようにつぶやいた。随風に答えを期待しているわけではない。風のように、唇から言葉が漏れたのだ。

随風はかすかに頬を弛（ゆる）め、雄源に言葉をかけた。

「おれにはまだ大いなる仏の姿を見ることはできぬ。しかし伝教大師（でんぎょうだいし）の教えによれば、そこもとの愛する者は久遠の本仏となり、この世界にあまねく広がっておる。そこもとが一心に行を積むなら、やがては想う人と会うこともできるのではないか」

雄源は随風を見つめた。目に穏やかな光を感じ、さきほどとの変わりように驚いた。

「甲斐は山岳修行にはうってつけのところだ。叡山での行を思い起こせば、そこもとならではの行ができるはずだ。いつしか願いを叶えたそこもとの話を聞くのを楽しみにしておるぞ」

雄源の目から涙があふれてきた。

生きる目的が見つかったことに深い喜びを感じた。

随風に深々と頭を下げた。

## 父と子の別れ

吾郎の住居は、躑躅ヶ崎館の北側にある要害山（ようがいざん）の麓に近い山小屋である。ふだん住んでいないのだから、広い住居は必要ない。六畳ほどの空間には寝所があるだけだ。

「狭いが我慢してくれ」

「なにを言う。雨風をしのげるだけで贅沢というものだ」

「それにしてもたいへんな決断をしたものだな」

「いまのおれにはそれ以外、考えられない。随風どのにも背中を押してもらい、覚悟ができた」

「おまえの望みが叶うといいな」

「叶うと信じている」

「ときどきはここに戻ってくるのだろう」

「そうだな。天台の講義を聞きたいし、小太郎や吾郎にも会いたいが、よほどのことがないかぎり修行を続けるつもりだ」

「常行三昧というやつか」

「そうだ。ひたすら山を歩く」

「そうか……」

雄源と吾郎は粥（かゆ）を吸ったあと、しみじみと語り合っている。

「小太郎、こっちへ来い」

雄源が、部屋の隅でつくねんとしている息子を呼びつけた。

「おれはもうすぐ山に籠もる。おまえの母上と妹を供養し、会ってみたいと思っている」

小太郎は立ったまま、目を皿のようにして聞いている。

「おまえのこれからのことだが、おれが面倒をみることはできない」

小太郎はこくりとうなずいた。

「おまえはもう十歳。立派な大人だ。これからどうするか、自ら決めろ」

小太郎は父の目を射るように見た。

「僧侶になるのなら、どこかの寺を紹介してやってもいい」

「僧はいやです。武士になりたい」

「武士だと？　武士になってどうする」

小太郎は言葉を発するかどうか逡巡（しゅんじゅん）している。

「信長を殺したいのだな」

「はい」

顎を引き締めて、強くうなずく。

「信長を殺してどうする」

「母上とみつの恨みを晴らします」

雄源は息子の怒気を鎮めようと思ったが、とどまった。いま、この場で諭したところで気持ちが変わるはずがない。信長を殺して丸焼きにしたいのは己も同じ。ただ、その怒りをほかのものに転化させることができるというだけだ。

「おまえが信長を殺さずとも、信長の命脈はすでに尽きている。あれほど悪虐非道（あくぎゃくひどう）なふるまいをして長く生き続けられるわけがない。あと五年ほどのうちに信長は消えている」

信長が本能寺の変で命を絶たれるのは、比叡山の焼き討ちから十一年後のこと。五年という年限は正確ではなかったが、雄源は信長の限界を予知していた。

父と息子の会話を聞きながら、吾郎は右手に顎を乗せ、神妙な表情を保っていた。

「おまえは坊主の子だ。どうやって武士になるのだ」

「御屋形さまにお仕えします」

「おまえが？　信玄どのが子供を使うと思っているのか」

「さきほどはもう大人だと言いました」

それを聞いて、吾郎が吹き出した。

「吾郎。小太郎をなんとかしてもらえまいか」

「下足番くらいはできるかもしれないし、まずは昌景さまに尋ねてみよう」

信玄がもっとも信頼する山県昌景が組織する諸国御使者衆に名を連ねている吾郎がそう言うと、小太郎は喜色を浮かべた。

このとき雄源三十四歳、小太郎十歳。父と子は別々の道を歩むことになった。

## 信長の光と影

物語を進める前に、信長という人物について寄り道をしたい。

歴史は、円環の軌道をぐるぐるまわる運動のようなものだと思っている。その軌道に乗って運動を続けるには、過去に生きた人たちから学ぶことが欠かせない。人類の歴史を否定するような態度は、自らをも否定することになる。オルテガ・イ・ガセットが唱えた「死者にも投票権を」はそのような意味が含まれている。信長はその軌道を無視した結果、外に弾かれ、彼方へと消えて行った。

比叡山焼き討ちをはじめ、老若男女二万人を皆殺しにした伊勢長島での集団虐殺などを平然とやり遂げた織田信長とはいかなる人物だったのか。

信長ほど日本人離れした人物はいない。なにごとにおいても周囲との調和を重んじる日本人独特の情緒は、彼のうちにほとんど見られない。情に溺れることなく、合理的な判断をもって一片のためらいもなく行動を起こすことができる稀有な人間だった。太平洋戦争時、彼のような指揮官がいたら戦況は大きく変わっていただろう。

信長は、いいと思えば積極的に取り入れる柔軟さも持っていた。異様なほどプライドが高いが、武田信玄や上杉謙信に対してとった行動を見ればわかるように、必要とあらば卑屈なまでにへりくだることもできた。織田信長の人物像は複雑・多面的で、ひとつのアングルからでは類型化することができない。

当時、日本に来ていたポルトガルの宣教師ルイス・フロイスは、信長についてつぎのように述べている。

――彼は対談する際、遷延することや、だらだらした前置きを嫌い、ごく卑賤の者とも親しく話をした。

信長が生まれ育った時代は、日本史々上、もっとも人心が荒れた時代といわれ、骨肉相食む争いが各地で繰り広げられていた。そんな時代だからこそ、信長の長所が失われなかったともいえる。江戸時代のような安定した社会であれば、信長の個性はすべて潰されたにちがいない。〝なんでもあり〟の世の中が信長の自由な気風を助け、その才能を開花させた。

信長は世間の古いしきたりを徹底的に嫌った。人間は徒党を組めば既得権益化するという本質を嗅ぎ取っていたのだ。幕府も公家も宗教も既得権益の塊であり、一度その秩序を破壊しなければならないという信念を堅く胸に抱いていた。

信長が実行した変革はいくつもある。金で兵士を雇い、いつでも戦える軍団を組織したのはその筆頭だ。当時は「忠誠心がない兵士が何人いても戦力にならない。金だけもらって戦さでは逃げ出すにちがいない」と冷ややかに見ていた人が多かったが、信長は戦さに敗れても兵農分離を進めた。のちに四面楚歌に陥っても、同時に多方面作戦を遂行することができたのはそのためだ。

ポルトガル人宣教師に随行したイタリア人から鉄砲を使った戦術を伝授してもらい、いち早く銃撃隊を組織し、それまでの戦い方を根本的に変えたのも信長である。大名の多くは、銭金に対する忌避感（きひかん）が強く、商業振興に対する意識が薄かったが、信長は商業の重要性を早くから認識していた。人を〝流通〟させた発想もすぐれている。楽市楽座はそれまでにもあったが、徹底的に推進したのは信長である。天正五年、信長は築城なったばかりの安土城下を楽市とし、商人が自由に出入りできるようにした。併せて座も廃止し規制緩和を断行した。安心して人が集まってこられるよう、中山道の通行の安全を保障する宣言も発した。

当時、経済の基礎は米であったが、米は年に一度しか収穫がなく、消費が滞りやすい。しかし貨幣での売買は決済が容易で、商いの相手さえいれば一年中いつでも取り引きできる。公正な取り引きができるよう、枡の大きさを統一したことも画期的だった。はじめて城下の並木道を整備したのも信長といわれる。人は清潔で美しく、賑わいがあるところに集まってくるということを知っていた。

信長は、宗教集団が商人から座銭を取ることを禁じた。宗教者の本分は人々の迷いを和らげることにある、民から金を徴収するなど言語道断だと認識していたのだ。それまで延暦寺はじめ宗教集団は武装化し、自分たちと意見が対立する集団を殺戮することが日常茶飯に行われていた。延暦寺は日蓮宗の寺を焼き討ちし、女子供を皆殺しにしたこともある。しかし延暦寺焼き討ち以来、日本の宗教集団が本分に戻ったことは事実であろう。

それらの施策によって人が集まって商いが活性化し、それに引き寄せられてさらに多くの人が集まってきた。通行手形の金に頼らずとも、人が大勢集まればおのずと金は落ちる。それが信長の軍資金を潤沢にした。彼は世の中の根本原理に通じていたのだ。

『太平洋の奇跡―フォックスと呼ばれた男』という映画がある。戦争中、サイパン島において、わずか四十七人で四万五千人の米軍を巧みに翻弄した大場栄陸軍大尉が主人公である。

そのなかで米軍のある人物が上官に対し、日本人の特質を説明する際、将棋とチェスのちがいを述べる。

「なにが言いたいのだ？」と訝る上官に対し、その人物は「日本人は敵の親玉を討っても部下は殺さない。味方にして自分の軍の兵員として使う」と説明するくだりがある。西洋では敵を皆殺しにするのが当たり前だからこそ成り立つエピソードである。

しかし例外がある。信長である。ごくわずかな例外を除き、信長は一度でも敵対すれば絶対に許さなかった。

比叡山焼き討ちについて、歴史家の間でも賛否両論あるが、人々の信仰を集め、朝廷ともゆかりのある比叡山を丸ごと焼き尽くすなどという暴挙ができるのは、あらゆる常識にとらわれない人である。自分以外のほとんどが当たり前として持っている考え方を否定し（あるいは無視し）、己の考えだけを法として実行できる人。それこそが織田信長であった。

信長は足利将軍を頂点とした武家のヒエラルキーを軽蔑し、朝廷に対しても崇敬の念を抱くことなく利用するだけの存在と割り切っていた。

そんな彼が己の信じる理想を実現するために手段を選ばなかったのは当然かもしれない。世界史に残る革命家は、往々にして残虐な粛清（しゅくせい）に手を染めているが、信長も例外ではない。信長はリアリストではなく、理想主義者だったといえる。

一方、武田信玄は旧（ふる）い秩序のなかで生きていた人である。清和天皇の血を引く源氏の嫡流（ちゃくりゅう）であり、朝廷や有力な寺院とも深い関わりがあった。仏教に対する尊崇の念もあった。そういう人物が、既成の社会秩序を根底から覆すようなことをするはずがない。

武田信玄は「人は城、人は石垣、人は堀、情けは味方、仇は敵なり」と言った。恨みが大きな禍根を残すということを知っていたのだ。その点、信長は怨恨の恐ろしさを軽視しすぎた。

四十九年間に残した信長の功罪は、後世に生きる人にとって教訓に満ちている。

# 第一章　信玄と家康の攻防

## 武田包囲網の綻び

随風から上洛を促され、一笑に付した信玄ではあったが、迷いがあった。相婿である石山本願寺の顕如、比叡山延暦寺の座主覚恕法親王、越前の朝倉義景らから、たびたび上洛の要請を受けていたからである。

しかし、自ら天下の覇者になるという気はなかった。

武田家の領土は甲斐、信濃、駿河、西上野、相模、遠江、三河の全土あるいは一部にまたがり、約百四十五万石、動員兵力は三万六千という大国となっていた。

信玄は征夷大将軍に任じられる条件を備えていたが、それよりも第一に考えることは領国の安定、そして近隣の領地を新たに獲得し、褒賞（ほうしょう）として配下の武将たちに与えることであった。毛利輝元、前田利家、上杉謙信らほかの有力大名と同じように、あえて天下に覇を唱える意義を見いだせなかった。

信玄が上洛を迷っていた理由はほかにもあった。領土を接する大名たちとの緊張関係が高まっていたのである。

永禄十一年（一五六八年）十二月、今川義元亡きあと弱体化した駿河に侵攻すると、北条氏康は長年の宿敵だった上杉謙信と対武田を目的とした同盟の交渉を開始し、翌十二年六月、越相同盟が成立する。それによって信玄は越後・相模との二正面作戦を強いられることになった。さらに家康は信玄と誓詞を交換した直後から上杉に接触し、北条、今川との和睦交渉を始めたことで、信玄は家康に不信感を募らせていった。

元亀元年四月、氏康の子が謙信の養子となって越後へ行き、景虎と名乗ることになり、越相同盟は強固となった。十月、徳川と上杉は誓詞を交換し、対武田の攻守同盟が成立した。

それらはすべて武田家の急激な領土拡大が招いた結果であり、まさに四面楚歌という状況であった。周囲が敵だらけという状況下で大軍を京へ向けることはとうていできる話ではない。

窮地に陥った信玄は、信長に目をつけた。比叡山焼き討ちについて、信玄は信長を「天魔ノ変化」と非難したにもかかわらず信長を頼ろうとしたのは、よほど追い詰められていた証である。

畿内に多くの敵を抱える信長にとっても、信玄と和することは願ってもないことであり、婚姻を結んで同盟関係になった。その上で信玄は信長を使って将軍足利義昭を動かし、上杉謙信との和睦を画策した。

元亀元年から二年にかけて、武田家を取り巻く状況は厳しかったが、思わぬところから武田包囲網に蟻の一穴が開く。元亀二年（一五七一年）十月二十一日、北条氏康が死去したのである。氏康は十二年前に家督を嫡子の氏政に譲っていたが、それ以降も北条家の実権を握っていた。智略にすぐれ、信玄にとっては手強い相手であった。

氏康の死を受けて同じ月のなかば、甲府の躑躅ヶ崎館に武田家の重臣が集まった。顔ぶれは信玄の四男武田勝頼、信玄の弟武田信廉、山県昌景、馬場信春、内藤昌豊、高坂弾正、小山田信茂、穴山信君（のちの梅雪）、そして近年頭角を現している真田昌幸である。領国が広くなったため、遠国に赴任している者は寒風吹きすさぶなかを長駆してきた。

高い山々に囲まれた内陸部の盆地ならではの底冷えが板の間から脚に伝わってくる。しかし居並ぶ諸将の心はほぐれていた。

「こうも冷えると節々が痛むわ。早いところ戦さ場に行って体を暖めたいものじゃ」

「戦さが続くのも困るが、戦さがないのはもっと困る」

諸将はしばらく軽口を叩いた。やがて機を察した馬場信春がこう切り出した。

「氏康は死ぬ間ぎわ、嫡子の氏政に『信玄と和睦せよ。謙信は当てにならぬ』と言ったと聞く」

信春は先代信虎の代から仕える歴戦の強者（つわもの）で武田四天王の一人に数えられる。武田家への忠誠心と部下への思いやりは人一倍強く、個性派揃いの重臣たちにあって、円滑剤のような役割を果たしている。

「氏政は謙信に手切れの一札を送ったそうじゃ」

穴山信君が応じた。

「氏康からの出兵要請があっても、謙信は領土の割譲（かつじょう）や氏康の子との養子縁組などを求めるだけでのらりくらりとかわして応じなかったそうじゃ。謙信も人の子。義を掲げてはいるが、看板倒れじゃな」

山県昌景は、子供がそのまま大きくなったような面持ちでそう言った。

「越後と相模の同盟は破棄されたも同然。われわれにとってはまたとない機会じゃ」

重臣たちは思い思いに言葉を吐き出した。厳しい包囲網に風穴があいたことで、一堂は和やかな空気に包まれている。

一座の中央に座する信玄は、蝋人形（ろうにんぎょう）のように眉ひとつ動かさない。

「こののち北条との和睦の条件を進めねばならぬ。問題は上野（こうずけ）をどうするかだ」

信廉が評定（ひょうじょう）を導いている。信玄の影武者を務めるだけあって、体型といい声質といい、信玄とよく似ている。

「昌幸、そちは信濃の出ゆえ、上州の情勢にくわしいであろう。存念を述べよ」

真田昌幸は、信濃先方衆として謀略に長けた真田幸隆の三男で、武田家に人質として差し出された経歴がある。そのため御親類衆や御譜代衆から疎んじられているが、彼の智略を買う信玄の一存で軍議に参加するようになっていた。

「西上野をわが武田家が、東上野を北条家が治めるのが妥当かと存じます」

「そのあたりが落としどころであろうな」

「それから武田家と北条家の同盟をより強固にするため、勝頼さまと氏康どのの姫君の婚姻（こんいん）を進められてはいかがでしょうか」

「わしの嫁に北条の娘を、か」

勝頼が驚きの声をあげ、しばし黙考したのち、視線を中央に鎮座する信玄に向けた。

信玄は沈黙したままだ。評定を続けよという意味である。

勝頼と氏康の娘との婚儀を提案することについては了承され、具体的な手はずは後日詰めることになった。

「つぎに上洛について、おのおの方のご意見を賜りたい」

信廉はそう言ったのち、信長と反信長勢力についての現状を説明し、朝倉義景らから上洛の要請が盛んに来ていることを告げた。

「ついにわが武田家が京の都に上る道が開けたというわけですな」

山県昌景が感慨深い面持ちで言った。

慎重な意見は高坂弾正のみで、ほかの重臣は頬を上気させ、この機に上洛すべきと興奮気味にまくしたてた。

信玄はまだひとことも発していない。眉をぴくりとも動かさず、正面の虚空を見つめている。まさに「動かざること山の如し」の風格だ。しかし、内実は心の揺れが表に出ないようにすることで懸命だった。

上洛したのちどうせよというのか、と信玄は自らの心に問うていた。上洛はあくまでも手段に過ぎぬ。ただ大軍を率いて京に上るだけでは、信長の替わりになるだけだ。京に上り、朝廷の威を借りて天下に号令をかける。そうなるまでには多くの戦さが要るだろう。それができたとして、己は天下の政を布く器なのか。じっくり考えるものの、納得できる答えは出なかった。心の迷いを家臣たちに一片たりとも悟らせてはならぬと思っているからよけいに無表情を装った。

「御屋形さま、いかがでございましょうか」

信廉が信玄に結論を促した。

「まだ昌幸の考えを聞いておらぬ。昌幸、考えるところを述べてみるがよい」

鞭を床に叩きつけるような張りのある声が響いた。

下座にいる昌幸は平伏し、面を上げた。

「されば申し上げます。たしかに北条家との和議は整いましょうが、上洛はまだ時期尚早かと存じます」

昌幸の言葉にかぶせて座がざわついた。そのような弱気では為せるものもならぬといった罵倒にも似た言葉が飛び交った。

「理由を述べよ」

信玄の言葉で一座が静まった。

「北には上杉謙信が、三河・遠江には徳川家康がおります。上洛するわが軍の規模を二万五千から三万として、国の守備固めに動員できるのはせいぜい数千。上杉と徳川のみならず、織田との同盟も破綻すれば、四方に敵がいるという状況に変わりはありませぬ。さすれば二つほど献策がございます。一つは、石山本願寺の顕如どのを通じ、加賀の一向宗に越後の背後を衝いていただくことです。それによって上杉の動きを封じこむことができます。もう一つは織田どののことでございます。上洛の大軍を発するとなれば、織田家との同盟は破綻することになります。織田どのは敵に囲まれているとはいえ、わが軍より多くの兵力がございます。しかも農民兵ではなく、いつでも戦さができる傭兵にございます」

「金で雇われた兵など、いざというとき役にたたぬことはあきらか。織田軍の弱さは折り紙付きではないか」

内藤昌豊が昌幸の話を折って茶々を入れると、大広間のなかに豪快な笑いがこだました。

「修理どの、真田どのの話を最後まで聞こうではないか」

場が鎮まるのを待って、信廉が昌幸を促した。

「聞くところによれば、織田どのは軍資金が豊富で、南蛮より何千挺もの鉄砲を購入しているとのことです。また織田どのには九鬼水軍という強大な海上軍がございます。われらは来たるべき織田どのとの戦さに備え、鉄砲隊の拡充とともに水軍を整え、機動力を高めることが肝要かと思われます」

居並ぶ重臣たちはいずれも歴戦の強者だが、山国に育ったため水軍のなんたるかを知らない。みな虚を突かれたような表情を浮かべている。二年前の永禄十二年、信玄は駿河侵攻によって旧今川水軍の一部を接収していたが、水軍を活用するという意識に乏しかった。

「駿河には清水湊という絶好の港もございますゆえ、強力な水軍を擁することができるかと存じます」

「水軍という手があったか……」

昌幸の献策に反応する家臣はほとんどいなかったが、信玄は顎をさすりながら思案している。

「よかろう。昌幸の策、いずれも用いることとする。それらの成果を見きわめてからの上洛といたす。一同、大儀であった」

それだけを告げると、信玄はさっさと席をたった。

その後、信玄は水軍の整備を本格化させる。海賊衆の土屋貞綱を水軍頭に任じ、伊勢海賊衆への調略を進めた。

向井正勝や小浜景隆ら伊勢海賊衆が武田水軍に加わり、安宅船をはじめ多数の軍船を擁することとなった。旧今川水軍と合わせ、信長の九鬼水軍と対抗できる水軍を編成することができたのである。

ちなみにその後、武田水軍がその威力を発揮する機会はなかった。翌年の西上作戦の途上で信玄が長い眠りに就いてから幾度か水軍を用いる好機が訪れたが、昌幸らの意見に御親類衆が反対し、ことごとく水軍の出撃を拒んだためだ。

武田水軍は徳川軍に編入されてから、活躍の場を得ることになる。

## 雄源の祈り

ふいに雄源は足を滑らせ、岩だらけの山肌を転げ落ちた。

雪の上から顔を出していたハイマツを視界の片隅にとらえ、懸命に腕を伸ばし、針のような葉をつかんで事なきを得た。

途中、したたかに背中を打ったため息が止まった。仰向けのまま息を整え、心が鎮まるのを待った。

想像を超えた厳寒のなか、長時間歩いたことによって足の感覚が鈍くなっていた。土地に不案内のうえ、雪に覆われていたため、道を見失っていたのだ。長年、比叡の山で厳しい修行に堪えたという自負があったが、甲斐の山々にちっぽけな慢心を打ち砕かれた。

空には雲ひとつなく、眩しいほど碧い色が広がっている。山肌を吹きわたる風は粗末な上衣を通り抜け、肌に突き刺さってくる。

雄源はそのまま寝そべっていた。いま彼の心の支えとなっているのは、随風に言われたひとことだ。

――そこもとの愛する者は久遠の本仏となり、この世界にあまねく広がっておる。そこもとが一心に行を積むなら、やがては想う人と会うこともできるのではないか。

あのとき随風はたしかにそう言った。以来、その言葉だけを頼りにしている。感傷に過ぎると蔑(さげす)まされても一向にかまわない。妻と娘の魂に会えるのであれば、どんな苦行にも堪えることができる。

青空にゆりとみつの顔を思い描いた。忘れようにも忘れることはできない。ゆりは奥二重の涼し気な瞳を向け、また会いたいと語りかけてくる。みつは丸い目を見開き、なにかを訴えかけてくる。不思議と浮かんでくるのは笑顔だけだ。

どうしてあの日、妻を守れなかったのか、どうして娘を胸に抱いて登らなかったのか。去来するのは悔恨ばかりだ。

息ができないくらい苦しい。

あの出来事が起こる前、いつまでも同じ日が続くと思っていた。今日と同じように、明くる日もゆりやみつが傍(かたわ)らにいると思っていた。たしかなことはわからないのにそう信じていたのだ。失ってはじめてわかる、いつかかならず別れる日がくるのだと。

せめてふたりをどんなに愛していたか、いまでもどんなに会いたいと思っているか、それを伝えたかった。

ふと小太郎の大人びた顔を思い出した。小太郎は山県昌景の下足番として使ってもらっていると吾郎から聞いた。これから幾多の困難が彼の身に降りかかるだろう。しかし、あの子ならそれを乗り越えることができると信じている。

三人の顔を思い浮かべるだけで心が落ち着いてきた。

が、やがて憤りがふつふつと湧き上がってきた。いったい、ゆりとみつがなにをしたというのだ。なにゆえ命を落とさざるをえなかったのか。比叡山の麓の町でまじめに暮らしていただけだ。小太郎が信長を激しく憎む気持ちがわかった。

憎しみは修行の邪魔となるのだろうか。考えても詮ないことと知りながら、考えないわけにはいかなかった。

やがて自らの体温によって雪が溶け出し、背中を濡らしていることに気づき、立ち上がった。外気はこんなにも冷たいのに、この皮に包まれた肉は温かい。それがうれしかった。

いま、雄源は歩荷（ぼっか）によって生きる糧を得ている。馬が入れない山中で、食糧や物資を背負って運搬する仕事だ。松野吾郎が知人のつてでその仕事を見つけてくれた。

雄源が住居としているのは、身延山の三嶺寺（さんれいじ）という寺が管理している山小屋で、無賃で住まわせてもらうかわり、住居の手入れや周辺の山の管理をすることになっている。いまにも崩れ落ちそうなあばら家だが、雨露をしのげればなにも言うことはない。

身延山には鎌倉時代に日蓮上人によって開かれた日蓮宗の総本山である久遠寺（くおんじ）がある。厳しい山岳が重なる一帯に忽然と現れる大伽藍は壮観だ。はじめて訪れたとき、雄源はその壮大さに気後れした。麓には多くの宿坊があり、またその近隣には近くの湯治場や金山で働く人たちが住んでいる。

雄源が歩荷の仕事をするのは月に五日ていど。最小限の食べ物が手に入ればいいと思っている。

仕事のない日は、夜三時ごろ起き、ひたすら山のなかを歩く。ゆりとみつに会うには、一心に山を歩く以外にないと心に決めている。それでほんとうに会えるのかどうかはいくら考えてもわからない。考えてもわからないことは放念し、ひたすら歩き続けている。

数日前、吾郎は、身延山を中心に周囲の山々の地図を書いてくれた。雄源はそれを懐から取り出し、見入っている。東南には日本一（ひのもといち）の富士山がそびえ、西には聖岳がある。北には早川渓谷をはさんで、荒川三山、白峰三山、鳳凰三山と続く。このあたりはいまだ人の侵入を阻む山が多いが、それだけに修行の場にふさわしいと思えた。

比叡山での常行三昧によって、暗闇の山中を歩くことは苦ではなくなっていた。比叡山と甲斐の山々が大きく異なるのは、鳥獣の声の大きさだ。新参の闖入者（ちんにゅうしゃ）に対する警戒からか、獣の咆哮（ほうこう）やけたたましい鳥の鳴き声が聞こえてくる。はじめは不気味で鳥肌がたったが、少しずつ鳥獣の鳴き声が穏やかになってきていると感じる。

深夜に小屋を出て、その日の夕方まで歩きずくめの日もある。一日をふり返って、どこをどう歩いたのか、その間、なにを見、なにを思ったのかを思い出そうとしてもまったく思い出せないことが多い。貴重な時間を無駄に過ごしているとも、この山々に馴染んできているとも思えた。

小屋を使わせてもらうことになり、三嶺寺を訪れたときは心が踊った。文字どおり三つの嶺に囲まれた小高い丘にある寺だが、三という字からみつに導かれたと思った。

久遠寺と比べると、いかにも地味な古刹である。しかしいまの雄源にとって、この寺のほうが格段に心地いい。

参道の入口で深々と礼をし、観音経を唱えていると、近くに足音がした。目を開けると、五十前後とおぼしき、寺の住職らしい老人が立っていた。背は低く、大きな丸顔の眉だけが異様に太い。

「はじめて見る顔じゃが、土地の方であろうか」

軽妙な声だった。

「いいえ。麓の小屋に住まわせてもらうことになった者です」

「おお、松野どののご紹介のな」

「このたびはいろいろとご配慮いただきまして、ありがとうございます」

「なんのなんの。使わなければ朽ち果てるだけ。むしろ使ってもらえるのはありがたい。ところでそなた、勾配のきつい坂を楽々と登ってきたし、長いお経を唱えているところを見ると、どこかで修行していたと思えるのだが……」

「修行というほどのことでもありません」

雄源はかいつまんで来歴を語った。比叡山での出来事も包み隠さず打ち明けた。

「それは災難であったな。亡くなった家族に会うため、一心に行を積むという覚悟もりっぱなものだ」

「このあたりは高い山々が連なっておりますが、いまだ人が足を踏み入れたことのない山はあるのでしょうか」

「あまたある。修験(しゅげん)の場として適した山ばかりだ。見せて進ぜよう。そうそう名乗るのを忘れておった。わしはこの寺の住持を務める永能と申す」

永能は歳下の雄源に対し、丁重に頭を下げた。

境内(けいだい)の周囲を樹齢数百年の杉が囲み、その隙間から朝陽が差しこんでいる。

本堂を抜け、裏手にある庫裡(くり)に案内された。片隅に台所が見える。永能の姿を見て、板敷きの床に寝そべっていた十数人の男女が跳ね起きた。男たちは一様にみすぼらしく、疲れ切っているように見える。対して数人の女は若く、身なりもこぎれいだ。

「そのままでよい。ゆっくり休んでいなさい」

永能は手で制しながら庫裡を抜け、四方の見晴らしがいい場所に雄源をいざなった。

「あれをご覧なさい。あの塩見岳の向こうに間ノ岳（あいのだけ）、北岳、仙丈ヶ岳、甲斐駒ヶ岳という高い山が連なっている。いずれも未踏の山で、やみくもに登っても命を落とすだけだ」

山々の合間に、雪を被った峰がぼんやりと見える。雄源の目に神々しく映った。手招きされているようにも、拒絶されているようにも思えた。

「登れるところまで行ってみたいと思います」

「雪が積もっている間は無理だ。麓の雪が溶けてから、少しずつ高いところへ向かって歩いて行くのがよかろう」

「いままでに挑んだ人はいるのでしょうか」

「何人もいる。わしもそのひとりだ」

いずれも未踏ということは、途中で断念せざるをえなかったということか。

「永能さま、ひとつお伺いしたいことがあるのですが」

「庫裡のなかにいた人たちのことであろう」

この見晴らし台に来るために、わざわざ庫裡を抜ける必要はない。そこを通ったということは、彼らを見てほしかったからにちがいない。

「湯之奥金山や湯治場で働いている者たちだ」

「やはりそうでしたか」

「捕虜なのだ。哀れな運命だが、戦さで死ぬよりはいい」

「女たちは」

「金が採れれば人が集まる。人が集まれば、あのような女たちが求められる。御仏の教えに照らせば、異見のひとつも言いたいところだが、この寺も武田家の寄進によって成り立っている以上、あまりうるさいことも言えぬ」

「やはりそうでしたか」

雄源はさきほどと同じ言葉を洩らした。妻のゆりや成長したみつがこのような場所で働かされているとしたらどうだろうと思った。それよりも死んだ方がましではないか。いや、けっして死んでほしくはない。だが、こんなところで……。考えは堂々巡りをする以外になかった。

「つかぬことを伺いますが」

雄源は言い淀んだが、永能の澄み切った瞳を見て、言葉を継いだ。

「その気になれば、あの者たちは逃げることもできると思いますが」

「であろうな、その気になれば。だがな、幸いというかなんというか、ここに通っている者で脱走した者はいない」

「いかなる理由があるのですか」

「あの者たちに生きる望みがあるからではないかな」

「生きる望み……ですか」

「快川紹喜（かいせんじょうき）という名は聞いたことがあろうか」

「いいえ」

「そうだろうな。西近江で生まれ育ったそなたが知らないのも無理はない。甲府より北東の方角へ五里ほど行った、塩山の近くに恵林寺がある。臨済宗関山派の寺だ。その住職は快川紹喜といってな、信玄どのの師でもある。この寺は恵林寺の末寺であるのだが、紹喜老師のお指図で、あのような者たちに御仏の教えを施しておる。捕虜を畜生のごとくこき使うばかりではなく、やがて戦乱の世が終わったとき、人間らしい生き方ができるようにとな。この近くには信玄どのが好まれる温泉があってな、戦さが終わるたび湯治に来られるが、その際、信玄どのはこの寺に立ち寄られることもある。あの者たちの様子をご覧になり、信玄どのも感慨深げである」

「正直に申し上げてよろしいでしょうか」

「なんなりと」

「奴隷のように働かせておきながら、生きる希望を与えるなど、不条理だと思います」

「そのとおりじゃよ。だがな、なにもしないよりはいいのではないか。わしは政のことはよくわからぬ。ただの坊主だからな。捕虜を苦役に使うなど仏法に背くことだが、与えられた条件のなかで最善を尽くすことも大切だ。理想にこだわれば、角突き合わせることにもなり、そこからまた争いが生まれる。だから、わしにできることで政の歪みを埋めているということじゃ。あの者たちはわしの法話を楽しみにしているのだ。やがて平和が訪れたとき、なんらかの役に立てばいいのだが」

「……」

「ところで、そなた、人を殺めたことがあるだろう」

唐突に言われ、雄源の息が止まった。ずっと忘れていた。目を伏せ、うなだれていると、永能が言葉を重ねた。

「そなたの家族は災難だった。理不尽と言う以外にない。だがな、たとえやむをえない事情があったにせよ、そなたに殺められた者にも家族があったかもしれぬ。それを忘れぬことだ。そのためにも日々祈ることだ」

雄源は、胸が押しつぶされる思いだった。

「わたしが人を殺めたことが、どうしておわかりになったのですか」

雄源は声を絞り出した。

「さて、なぜだろうな」

永能はとぼけ、答えを流した。

「叡山で焼き討ちにあって生き延びた者は少ない。それだけそなたの生には意味があるということだ。あの山々を歩きながら、それを考えるのも悪くはなかろう。ま、気が向いたらときどきここに寄るがよい。粥（かゆ）くらいは馳走できるぞ」

雄源は永能の大きな目をまっすぐ見据え、深々と頭を下げた。

## 生まれ変わる小太郎

年が明けて元亀三年（一五七二年）、小太郎は十一歳になった。どんなことも手を抜くなと父から厳しく教えられ、それが習い性になっているものの退屈な日々に変わりはなかった。ふと気がつくと母や妹のことを考え、信長に対する憎しみの炎が心のなかで燃え広がるのを抑えることができなかった。

空気がミシミシと鳴るような厳寒のある朝、庭を掃き清めていると、朝陽を受けてきらりと光るものが視界に入った。近づいて見ると刀だった。漆塗りの鞘（さや）が光を反射していたのだ。父が稽古をつけてくれたときの刀とは大きく異なっている。

これが本物の刀か。

つぶやきながら手にとってみた。

ずしりと重い。手に吸い付くような親しみを感じた。

無意識のうちに刀を鞘から抜いていた。試しに二度、三度、振った。信長の姿を思い浮かべ、風を斬った。

すると背後から怒鳴り声が聞こえてきた。

「小僧！」

小太郎は刀を取り上げられ、したたかに殴られて吹っ飛んだ。続けざまに顔を殴られ、額が割れ、血が噴き出した。痛みもひどかったが、血が目に入ってきたことが恐ろしかった。

ここは躑躅ヶ崎館にある山県昌景の屋敷の中庭。

「てめえ、下足番の分際でわしの大事な刀を振りまわすとは」

なおも殴られた。

「土牢に入れておけ」

物頭風の男は小太郎を乱暴に引っ立て、家来に突き出した。

そのとき門が開いて馬に乗った山県昌景と十騎ほどの供回りが入ってきた。駿府に築いた江尻城から戻って来たのだ。

顔を真っ赤に染めている少年を見て、昌景が顔をしかめた。

「どうしたというのだ」

問われた男はその場に平伏し、脇差を門に立て掛け、厠（かわや）に行っている隙に少年が脇差を振りまわしていたことを述べた。

「大事な脇差をそのあたりに置いたまま用を足すとはなにごとだ。たったいま敵が攻めてきたとすればなんとする。本来であれば、おまえこそ打首だ」

男は昌景に一喝され、身を縮めた。

「小僧、刀は武士の魂だ。けっして触れてはいかん。わかったな」

昌景は少年に向かってひとこと注意した。昌景ほどの武将が子供がらみのいざこざに口をはさむことはないが、少年の顔が真っ赤に染まっているのを見て、つい言葉が漏れたのである。小太郎はその場に額をつけ、二度といたしませんと答えた。

昌景ははたと思いついたような表情をし、小太郎をじっと見つめた。

「おまえは比叡山から逃げてきた一行の者だな」

「はい」

小太郎が顔を上げると、昌景はまじまじと少年の顔を見つめた。

「子供だてらに毎朝、観音経や般若心経を唱えている者がおると聞いたが、さてはおまえだな」

「はい」

「あのとき父親といっしょだったな。お経は父親から習ったのか」

「はい」

「父は叡山の山徒公人だと申しておったな。いま、どこにおるのだ」

「山で荷物を運ぶ仕事をしています」

「長巻(ながまき)使いが得意だと聞いていたから足軽にでもなっていると思うとったが」

「あのとき死んだ母と妹に会うため、山のなかで修行しております」

まだ無邪気な心が残っている小太郎は、ありのままに答えた。

昌景はそれを聞いて、きょとんとした。

「死んだ者にどうやって会うのだ。いやはやおもしろいことを言うものだ」

昌景は大笑した。

「すまんすまん。死者を愚弄する気持ちはない。ところで名はなんという」

「由本小太郎と申します」

「なるほど、山徒公人は苗字を名乗っているのか。おまえはそれほど刀に触りたいのか」

「はい。父に長巻を習っておりましたゆえ」

「刀を使えるようになったらどうする」

昌景は、問いにすらすらと答える小太郎に興味をもち、思ってもいなかったことを訊いた。

少年は唇を噛み締め、しばし黙っていたが、意を決した面持ちで答えた。

「信長を討ちます」

それを聞いた昌景は弾けたように笑い声をあげた。つられて供回りの者たちも笑った。

哄笑が静まったあと、昌景は言った。

「そうか、信長を討ちたいのか。われらもいずれは信長を成敗する。そのときはおまえが総大将になるか」

昌景の戯れ言にまわりが哄笑の渦になった。

「叡山の焼き討ちで死ななかったのはよほど運に恵まれておるのだろう。その運を大事にせい」

昌景は武田二十四将のなかで随一と見られる重臣である。体は子供のように小さいが、人間としての度量は並外れて大きく、信玄の信任も厚い。

小太郎は昌景の姿が見えなくなるまで、平伏したまま見送った。そして心のなかでつぶやいた。

（山県さまにお声をかけてもらえるなんて……）

顔は激しく痛んだが、得も言われぬ喜びでいっぱいだった。


その出来事のあと、小太郎の心に小さな火が灯った。武田の御屋形さまが信長を討つつもりだと知ったからだ。自分もそれに加わって信長討伐の役に立ちたい。

一途に思い続け、己の信念に従って自らを律するのは父親譲りである。小太郎はかならずや山県昌景に仕えると心に誓ったが、すぐに思い直した。それでは時間がかかり過ぎる。武田軍が出撃するとき、そこに加えてもらうのは不可能に近い。なにしろまだ十一歳なのだ。

その日から、小太郎は別人のようになった。短い間に自分を鍛え、認めてもらわねばならないのだから、いっときも無駄にはできない。

朝は日の出る二時間ほど前に起き、屋敷の玄関まわりや庭を清め、それが済むと預かっているすべての草鞋（わらじ）を仔細に点検し、ほつれそうな部分があれば繕（つくろ）った。わずかでも余った時間があれば、庭の片隅でこっそり竹の棒を振った。細い竹の筒を刀に見立ててこしらえたのだ。

父雄源がそうであるように、小太郎もまた剣の筋にひらめくものがあった。腕力は人並みだったが、相手の剣の動きを読むことができたのだ。

もうひとつ小太郎には意外な特技があった。

笛である。坂本に住んでいたころ、母親から手ほどきを受け、驚くほど短時日（たんじじつ）に習熟したのであった。

小太郎が思うに、笛も剣と同じである。剣の動きに理（ことわり）があるように、音曲（おんぎょく）にも理がある。どういう音の組み合わせにすれば、人の心をどう動かすことができるのか、直感的に理解していた。

下足番は学びの多い役目でもある。屋敷に出入りする武士たちの立ち居振る舞いを間近で観察できるのであるから、日々人間図鑑を見ているようなものだ。

やがてその人の動作だけで性格や人物の〝器〟がわかるようになり、会話を聞けば、その人の考えていることがわかるようになった。ときには山県昌景のような宿将が声をかけてくれることもある。

「わしの草鞋に、なにか細工をしたか」

ある朝、昌景は小太郎に問うた。

「ほんのわずかですが、右の草鞋の緒がゆるんでおりましたゆえ、結び直してございます」

「だが、左の草鞋より緒がいくぶん高くなっておるぞ」

「山県さまのお足は、わずかですが右の方が大きいとお見受けし、そのようにいたしました。よけいなことでありましたでしょうか」

「いや、そうではないが……」

昌景はそうつぶやいたのち、思案顔で出かけた。

数日後の朝、昌景は小太郎を呼び出した。急いで駆け寄り、昌景の前に片膝をついた小太郎に昌景は問うた。

「本日は御屋形さまが鷹狩りに参る日だが、おまえは今日の天気をどう考える」

「はい。しかとはわかりませぬが、未の上刻（午後一時）あたりから小雨が降るのではないかと思いまする」

「なぜそう考える」

「南の方角より湿った生暖かい空気が流れてきているのを感じます」

「どこでそれを学んだのだ」

「学んだというほどのことではありませぬ。父が毎朝、その日の天の移り具合を見立てておりましたゆえ」

「おまえはいくつであったか」

「十一にございます」

しばらく思案顔をしていた昌景が、ふたたび問うた。

「いつだったか、剣を習いたいと言っておったな」

「はい」

小太郎は弾むような声で返事をした。

昌景はなにも言わず、その場を離れたが、数日後、ふたたび呼び出され、剣の稽古をつけてくれるという三十ほどの男を紹介してくれた。

「こやつは高田三左衛門といい、当家の剣術指南役である。精進するがよい」

昌景が三左衛門と並ぶと、背丈は三左衛門の胸のあたりまでしかないが、三左衛門が昌景に気圧されているのが伝わってきた。

(おれも昌景さまのようになりたい)

そう、心に誓った。

その日以来、小太郎がさらに様変わりしたのは言うまでもない。もとより大人びた子供であったが、意識が変わるだけで人間はこうも変わることができるという見本のようでもあった。

その気になって周りを見渡せば、仕事は山ほどある。小太郎は一つひとつ疎かにせず、勤しんだ。

剣の稽古は朝夕それぞれ三十分。時間はわずかだが、どんなことでも吸収しようと懸命に稽古をした。

三左衛門は、小太郎の剣の才能に舌を巻いたが、小太郎は己がいかに未熟かを知っている。ただそれを克服したい一心だった。一年ほどで見違えるほど体格もよくなった。長足(ちょうそく)の進歩がかなう年ごろである。

この時代、剣の腕はものをいう。それさえあれば、歳が若かろうが取り立ててもらえる。どの大名も、一兵でも多く抱えたいという事情があった。

「いったい昌景さまはどんなおつもりなのだろう。武田家は子供まで徴募(ちょうぼ)することにしたのだろうか」

あるとき、三左衛門が問わず語りにつぶやいているのを聞き留め、小太郎は落胆した。やはり自分は半人前なのか、これでは信長を退治する遠征に帯同を許されるはずはない。

ところが意外な展開が待ち受けていた。いつものように昌景の姿を認めると、小太郎は素早く草鞋を整え、踏み石の上に揃えた。脇によけ、片膝をついていると名を呼ばれた。

「本日、御屋形さまがおまえを接見することになった。衣服をあらためて部屋で待っておれ」

小太郎はそれがなにを意味するのかわからず、呆(ほう)けた表情で口をもぐもぐさせていると、昌景は笑みをこぼし、つけ加えた。

「心配にはおよばぬ。御屋形さまはおまえをとって食いはせぬ」

「は、はい」

昌景は、精進せよと言って、その場を離れた。

接見は、大広間ではなく信玄の居室で行われた。昌景について部屋に入ると、信玄が胡座(あぐら)をかいていた。

「そこに座れ」

指で示されたところに座った。信玄との間隔は、わずか五メートルほどしかない。はじめて対面したときと比べ、かなり寛いでいる様子だった。

おそるおそる正座し、名前を述べた。

信玄はまじまじと小太郎の顔を見て、言った。

「よかろう」

質問はいっさいなかった。

陪席しているのは昌景ただひとり。

「本日より、そちは御屋形さまの小姓となる」

小姓というのがどういうものかわからないが、そちと呼ばれたことで一人前になった気分だった。

小姓とは、平時であれば秘書のような役割をこなすが、戦国時代は武将の身辺に仕え、さまざまな雑用をこなした。主君の話し相手になったり、ときには信長に仕えた森蘭丸のように男色の対象となることもあった。また、戦さのときは主君の盾として戦わねばならなかった。若い時分より主君の謦咳を受けて成長できるため、のちに主君の側近として抜擢される者も多い。

場所を移して、昌景から小姓としての心得を聞かされた。

「そちは未熟者だが、将来を期して御屋形さまの小姓に推薦した。誠心誠意尽くすがよい」

「はい」

「御屋形さま付きの小姓はほかに十人以上おるが、小姓の役目は楽ではないぞ。御屋形さまの邪魔にならぬよう気配を絶って、いつなん時も御屋形さまのお近くに侍らねばならぬ。夜も御屋形さまの居室の隣りで休むことになる。呼ばれればすぐに駆けつけねばならぬのだから、横になることはできぬと心得よ」

「はい」

答えながら、容易い仕事ではないと思った。

「御屋形さまのお近くに侍る以上、さまざまなことを見聞きするであろうが、いかなることも他言してはならぬ。それを違えれば即刻首を刎ねられる。わかったな」

「はい」

小太郎は身を固くした。

「それから」

昌景は頬を緩めて言った。

「御屋形さまにはふたりのご側室がおられる。夜、自室でお休みになられることもあるが、いずれかのご側室の部屋に行かれることもある。どちらのご側室のもとへ行かれるかは侍女が教えてくれよう。御屋形さまがご側室と同衾されるときも、そちは隣りの部屋で控えることになる」

「昌景さま、同衾とはいかなることでありましょうか」

「ともに閨に入るということだ。つまりだな……」

説明に苦慮した昌景は言いよどんだ。

「ま、いい。いずれわかる。そのとき、なにやら女人の妙な声が聞こえてきても案ずることはない。そちはまだ若年ゆえ、わからぬことも多いだろうが、奥向きのことは侍女が教えてくれるであろう」

「……はい」

「それから、御屋形さまはしばしば和歌を詠まれる。これはと思う歌ができたときは書き付けをなされるので、つねに墨、短冊、料紙の準備は怠らぬように」

「御屋形さまは和歌を詠まれるのですか」

小太郎は身を乗り出して訊いた。

「そうだ。御屋形さまはことのほか学問がお好きであるうえ、自ら和歌も詠まれる。成り上がりの卑しい大名とは人間そのものがちがうのだ。そちも和歌のいろはを学べば、御屋形さまのお話の相手も務まろう」

小姓としての心得は多岐におよんだ。聞きながら目がまわるようであったが、こんなにも早く自らが望んだ流れに乗ることができたことが不思議だった。


甲府に春が訪れた。冷たく張り詰めていた空気がわずかに緩み、四方に山桜が咲き始め、ほんとうに山が笑っているように見えた。

小太郎が信玄の小姓となってひと月ほど過ぎるが、いまだ信玄から声をかけられたことはない。昼夜の区別なく近くに侍っているだけだ。信玄は小太郎の前を歩くときも、小姓のことなど歯牙にもかけない。昌景から「気配を絶って」と言われた以上、それでいいのだと思った。

穏やかな陽光が差す朝のこと、小太郎はお蘭の居室の前に座っていた。お蘭は側室のひとりで、信濃国小県郡の領主禰津元直の娘であることから禰津御寮人と呼ばれることもあったが、つねはお蘭の方と呼ばれていた。気さくで品があり、武芸にも秀でている。小太郎にとっては、もうひとりの側室油川御寮人よりも相性がよかった。

ただ、ひとつだけ困ることがあった。閨での行為があけすけなことだ。山県昌景は〝妙な声〟と言っていたが、そのような生やさしいものではない。けたたましい声が隣りの部屋から漏れてくると、小太郎は動悸が激しくなり、居ても立ってもいられなくなる。こればかりはいまだに馴れることはない。

「小太郎、頼みごとがあるのじゃが」

胡座をかき、薄目にしていた小太郎はお蘭の声を聞いて、目を開けた。

「なんでございましょう」

「ここにあるお琴を、中庭の縁側に運んでほしいのじゃ。このところ御屋形さまはお疲れのご様子で、ときどき咳きこむこともあるゆえ、お琴どのと相談し、ゆるりと音曲などを聞いていただくことにしたのじゃ」

琴という楽器があるのは聞いていたが、それを間近で見るのははじめてのことだ。大きな木をくり抜いてつくった胴は人間の身長ほどもある。年輪がくっきりと刻まれた表面に、人が股を開いたような形をした七つの駒が置かれ、その上に絹とおぼしき糸が張っている。

一見して貴重なものと見受けられた。

小太郎は、お蘭の指示に従って琴を丁重に置いた。しげしげと琴を見つめる小太郎に気づき、お蘭が言った。

「小太郎はお琴に興味があるのか」

「はい。叶うことなら、どのような音か、聞いてみたいと存じます」

「そうか。それでは少しだけ聞かせて進ぜよう」

この世のものとは思えぬほど優美で絢爛（けんらん）な音があたりに響き渡った刹那（せつな）、どこか異なる世に移ったかのような錯覚を覚え、目が潤んできた。この美しい調べを、みつに聞かせてあげたいと思ったのである。

「どうしたのじゃ。なにか感じるところがあるのか」

問われて、小太郎は首を横に振った。

「いいえ、なんでもありませぬ」

「感じやすい人なのじゃのう、小太郎は」

お蘭は、わが子を見るように慈しみの眼差しを小太郎に注いだ。

西上作戦を決意したのち、信玄の心は落ち着かなかった。武田側から膨大な偽の情報を拡散させているが、敵側からも虚実入り交じった情報が入ってくる。

家督を継いで間もないころ、自らの不手際によって多くの将兵を死なせたことのある信玄は、その後、同じ過ちは繰り返すまいと慎重になった。そのため、御使者衆がもたらす膨大な情報を分析しては調略に用いている。

情報の分析は担当の武将に任せているものの、最終的な判断を下すのは信玄ひとり。現代のビジネスにおいて代表者が重い決断を下すときと同じように、胆力が要った。それが少しずつ心身の負担となり、持病の労咳を悪化させている。

信玄の体調を案じたお蘭が、琴の得意な油川御寮人（その名もお琴）に話を持ちかけ、その日の演奏会とあいなった。お琴とお蘭は側室同士だが、長年信玄に寵愛されているからか、互いに競う気持ちはない。

舞台は中庭に面した縁側。ささやかなものであるが、おこぼれにあずかれる小姓や近習、侍女たちにとってはひとときの贅沢だった。

信玄をある程度意のままにできるのは、ふたりの側室を置いてほかにはいない。そのふたりに言われて、さしもの信玄も断るわけにはいかなかったようだ。縁側の日の当たる場所に座らされている。

二台の琴を並べ、お蘭とお琴が対面で座る。ふたりの指がしなるように動くと、優雅な調べがあたり一面に響き渡る。傍から見ると、弦ではなく指先から音が放たれているようにも思える。

春の到来を喜ぶ音曲である。菫（すみれ）や山吹（やまぶき）など中庭に生えた野趣あふれる草花が、琴の美しい調べをいっそう引き立てた。

信玄は、音曲に聴き入るうち心身がほどけてきたようだ。穏やかな表情を浮かべている。しかし五曲ほど演奏を終えたのち、お琴は信玄が飽きているのを感じ、お蘭に耳打ちした。

「お琴の音だけでは単調に過ぎるかもしれませぬ。笛の音を合わせると、より趣きある調べになるのですが」

お蘭も、いまの信玄に必要な音色は柔らかく、人肌の温もりを感じさせる笛の音ではないかと思った。しかしお蘭は多少の嗜みがあるとはいうものの、信玄に聞かせるほどの器量ではない。ふたりが苦慮している様子を見ていた小太郎は、おそるおそるお蘭に近づき、言った。

「まことにさしでがましいとは思いますが、わたくしは少々笛の嗜（たしな）みがございます」

出過ぎたまねをしてはいけないと思いつつ、疲れきった信玄の心を癒やしたい一心で申し出た。

「まあ、小太郎、そなた、笛を吹けると申すのか」

お蘭が頓狂（とんきょう）な声をあげた。

笛のつくりはそれぞれ多少のちがいはあっても、基本的な構造は同じである。小太郎はお蘭から借りた笛を両手でしかと確かめたのち、軽く息を吹き入れた。その瞬間、母から手ほどきを受け、音色を褒められて得意になっていたときのことが蘇った。

小太郎は数曲、琴に合わせて即興で吹いた。ぎごちなさはあるものの、素朴で邪気のない音色だった。お蘭とお琴は半信半疑だったが、小太郎の笛の音に目を丸くしている。

「濁りのない、よい音色だ」

信玄は重い決断を数限りなく下すうちに、おのずと感覚が洗練されている。善きものと悪しきものを瞬時に見定めることができた。

「これからは日が沈むころ、おまえの笛を聴きたい」

信玄から思わぬ言葉が飛び出した。彼は学問に秀で、和歌をはじめ芸術に関心の深い大名であった。

芸は人を助くと父はよく言った。芸とは、芸術ばかりではない。学問を身につけることも武芸もそうである。

信玄と小太郎の距離は一気に縮まり、やがて近習に取り立てられることになる。

十一歳の小太郎が、身のまわりの諸事をこなしながら、時に話し相手ともなる近習に取り立てられたことで、周囲からは信玄の男色の対象でしかないと見られることもあったが、信玄にその気はまったくなかった。才能ある若者と過ごす時間が、自身に活力を与えてくれることを知っていたのである。

小太郎が信玄の近習に取り立てられてから半年近く過ぎた。異例の抜擢を妬む者が多く、小太郎の気苦労は絶えなかったが、信玄の側に仕えることで、彼の才気はさらに磨かれていった。

笛の一件以来、信玄は小太郎の能力に着目した。比叡山での出来事をくわしく聞くうち、その運を己にも取りこみたいとも思った。

小太郎は、まっすぐな少年である。焼き討ちによって母と妹を失うという筆舌に尽くしがたい体験をしたが、人間が曲がっていない。ただひとつ信長への恨みを晴らしたいという一点に封じこめている。

信玄には、それがなんともいじらしく思えた。実の子である太郎義信や四郎勝頼にはついぞ抱いたことのない感情だった。

ついに小太郎の願いが叶う。西上作戦に信玄の御側衆として帯同を許されたのである。信長を退治できる日がくるのだと思うと、小太郎は喜びに打ち震えた。

ある日の朝、小太郎は信玄に書き付けの用意を命じられた。いよいよそのときが来たのだと小太郎は思った。

墨を摺りながら、小太郎は武田信玄という人間について考えた。信玄からどのような質問も許されていたため、あるとき、こう問うた。

「なにゆえ、甲斐国にふさわしい、大きな城を造らないのでございますか」

信玄は、甲斐国が周囲を高い山々に囲まれた自然の要害であることに加えて、戦さは出張ってするものだと答えた。自分の領内で戦さをすれば、民が困る。それはやがて自らの首を締めることになると。

ちなみに信玄が生まれたのは躑躅ヶ崎館ではなく、その北に位置する要害山であった。信玄が生まれる直前、武田家は北条氏に攻められ、万が一のためそこに避難していたのである。

それ以来、武田家の方針は、戦さは自領外ですることになっていた。

しかし小太郎は素朴な疑問を呈した。

「敵方の領内で戦っても同じことが言えるのではないでしょうか。わが武田が勝てば、敵方の領地に住む人たちも武田の民となります。すると、いずれは武田の民になる者を苦しめることにはなりませぬか」

戦えばかならず勝つという前提の意見であり、若年ゆえの無邪気さがそこにはあった。しかし信玄はとっさに顔を顰(しか)めた。それを見て小太郎はうろたえ、すぐに平伏した。

「世の中のこともよくわからぬ若輩の身が、出過ぎたことを申し上げました」

「いや……」

信玄はそののち、しばらく無言で考えこんだ。そして、ぽつりと、

「そこまでは考えがおよばなんだ」

とつぶやいた。

そのときから十年ほど過ぎたころ、小太郎はその会話を思い出した。信長が近習ごときに同じことを言われたら、即座にその者の首を刎ねたにちがいない。しかし、あのとき信玄は沈思黙考したまま、言われたことの意味を考えていた。

武田信玄という人物は、類型化するのが難しい。基本的に冷徹な人間だが、いったん人物を見きわめればとことん信ずる。戦さにおいては無用な犠牲を厭(いと)い、そのため軍略と謀略を併せ用いる。学問や芸術にも強い関心を示す。質実剛健と雅の風を使い分け、戦国武将らしさとそれとはほど遠い面が同居しているのである。

信玄に流れる血脈がそうさせているのだろう。

清和天皇の系譜をひく源八幡太郎義家の弟新羅(しんら)三郎義光の嫡男が甲斐源氏の祖である。義家が陸奥(みちのく)へ遠征する途上、義光の館に立ち寄って与えた刀や御旗(みはた)、鎧が武田家の家宝として伝わっている。

白地に赤い日の丸を染めた武田家の御旗(日の丸)は後冷泉帝(ごれいぜいてい)から下賜(かし)されたものであり、楯無鎧(たてなしのよろい)は革の胴丸に獅子が描かれ、小桜紋様の染革を断って威(おど)した大袖がついている。兜には鍬の形をした前立(まえたて)がついている。それらの前で誓ったことはけっして反故(ほご)にはできないという不文律があった。

信玄は、家宝の前で瞑想している。表情はいたって穏やかだ。戦さの前になると興奮を鎮められな

い武将が多いが、信玄は逆だ。大一番であればあるほど冷静になる。手慣れた筆跡で、歌を一首、短冊に書き付けた。

長月の　空にや秋の　かへるらん
　遠ざかりゆく　夜半の虫の音

出陣の前の心を直截（ちょくさい）に詠んだ。

日本国を真ん中の岐阜で東西に分け、東にある有力大名、すなわち織田信長、武田信玄、上杉謙信、北条氏政、徳川家康らは武力に勝れていたのみならず、外交術にも非凡な能力を発揮し、それによって絶妙な均衡が保たれていた。

しかし元亀二年（一五七一年）十月、北条氏康が死去したことによって外交の流動化が始まり、まず十二月、北条氏政が上杉との手切れ（同盟破棄）を宣言した。

武田と織田の同盟関係は続いていたため、本願寺の顕如は相婿の信玄に遠慮していたが、元亀三年になるとついに一線を超え、信長への牽制（けんせい）を求めるようになった。

信玄は、将軍足利義昭を仲介として謙信との和睦を画策していたが、長年宿敵だったことから容易に実現せず、不安定な状況が続いていた。むしろ信玄と氏政が同盟交渉を始めたことを知った謙信は、信長に接触を試みる。

また信長に対し家康への説得を依頼していた信玄は、煮え切らない信長に不信感をつのらせ、五月、奥三河の国衆奥平定能に工作を始める。

この時期、信玄は天台座主覚恕法親王の斡旋によって権僧正に叙せられた。これには信玄を通じて信長を牽制するという朝廷の意図があった。

外交交渉の手立てが尽きたとき、戦さが始まる。

信玄はついに信長との同盟を破棄し、京へ上る決意をする。日を置かず重臣たちを躑躅ヶ崎館に集め、諸将の意見を聞くことなく、

「近く、上洛のための作戦を行う」

と号令を発した。

周到に作戦が練られ、併せて兵站を備え、甲府を進発するのは十月上旬と定められた。

信玄が西上作戦を始めるとの情報はまたたく間に各大名に伝わっていく。それを受けて十一月、信長は謙信との同盟を結んだ。

その時点で、武田家と領土を接する大名で敵対していないのは相模の北条だけとなったが、信玄はじゅうぶん勝算があると読んだ。かねてから本願寺の顕如に対し、加賀の一向一揆を扇動して上杉の背後を衝かせるよう工作を依頼していた。一向宗は上杉軍を撃破し、これによって越後からの脅威がなくなっていた。さらに信長包囲網の締めつけがいっそう厳しくなり、信長は家康に対し、援軍を送れるような状況ではなくなっていた。それらを考慮し、信玄は上洛の好機と見たのだ。

## 侍医の診立て

上洛の決意を固めた信玄であるが、自らの命がそう長くはないことを感じていた。

信玄にはふたりの侍医がいる。

ひとりは御宿監物。信玄より二十五歳下である。駿河国の国衆葛山氏の一族で、妹は武田家の重臣小山田信茂に嫁いでいる。

もうひとりは板坂法印。かつて僥倖軒宗慶と名乗っていたが、信玄に招かれて甲斐に来たのち還俗し、板坂法印と称するようになった。室町幕府十三代将軍足利義輝の侍医を務めていたこともあった。

信玄はまず御宿監物を呼んで、診察させた。

御宿監物はいつものように脈をとり、ひととおりの診察をしてから穏やかな表情を浮かべ、告げた。

「数年来の労咳は良くも悪くもなっておりませぬ。引き続き、体を冷やさぬことが肝要かと存じます」

「このところ、長く咳きこむことがあるが」

「季節の影響もありましょう。いつもの薬をお出しします。くれぐれもお忘れになることなくご服用くださいますようお願い申し上げます」

「こたびの遠征は来年の夏ごろまでかかるであろう。その間、わしの体は持ちこたえられると思うか」

「ご心配にはおよびませぬ。ただし、くれぐれもお体を冷やさぬよう、ご留意くださいませ」

御宿監物は、長期の遠征に太鼓判を押した。

ついで板坂法印が診察した。

「少し気息の乱れがございます。肺の臓が弱っているのでございましょう。胃の腑の動きも滞っているようでございます。胃の腑は心持ちと深いつながりがあります。昨今の情勢がお心の負担になっているのでありましょう。ただご心配にはおよびませぬ。わたくしがお近くに侍らせていただきますゆえ」

法印は、自分がついているから大丈夫と言わんばかりに自信に満ちた面持ちでそう告げた。

ふたりの侍医から健康上の問題はないとお墨つきをもらったが、信玄は腑に落ちなかった。これまでふたりの診立てに疑いを持ったことはなかったが、こたびばかりは素直に聞き入れることができない。


信玄はふと、ある男を思い出した。

名は、伴人斎。

一年ほど前、召し抱えてほしいと売りこんできた男で、本人は医法薬師と名乗っていた。なにか引っかかるものがあって召し抱えることにしたが、一度も診てもらったことはない。ここで思い出したことが不思議だった。

信玄は異能の集団が国力を高めるという考えのもと、特別な知識や技能を有している人物を積極的に登用する方針をとってきた。大久保長安もそのひとりである。彼は諸国を流浪し、ヨオロパの錬金術を習得したとして武田家への仕官を志願してきた。彼は甲州流採掘法を確立して金山開発に尽力した。それによって武田家の資金力は急激に高まった。


はじめに伴人斎を接見したのは逍遥軒信廉であった。

信廉は人斎をひと目見るなり、忍びの者ではないかと疑った。髪は落ち武者のように乱れ、視力は悪いようだ。

忍びの者は、いかにも切れ者と思われるような風体はしていない。往々にして隙だらけの人間を演じる。

「見たところ、兵卒して役にたちそうもないな。して、そちはなにをもってわが武田家に仕えたいと申すのだ」

「医法でございます」

「ふん、医法とな。武田家には名のある医師がふたりおる。そちの出る幕はないぞ」

「医法はその立ち位置によって病の診立てが異なります。ある医師が問題なしと診立てましても、別の医師が病だと診立てることはしばしばあります。名医とはいえ、見方によっては病を見落とすこともございます」

「そちは武田家の侍医を愚弄するのか」

「とんでもございません。ただ医師の診立ては完全ではないと申し上げたかったのでございます」

「であれば、そちの診立ても間違っているかも知れぬということではないか」

「はい。わたくしは己の診立てに自信をもてないときは、そのように申し上げます。しかしながら、いかなる名医がどのように申されようが、己が診立てに自信があるときは、はっきりそう申し上げます。万が一、武田信玄さまのご病気を見落とすようなことがあれば、それこそお家の一大事ではありますまいか」

「わが御屋形さまがどうされたというのだ」

「持病が悪化しているとの噂がございます」

「虚報だ。御屋形さまはすでにいないという噂もあるそうだが困ったものだ。そう思いたくなる気持ちもわからないではないが、どっこい御屋形さまは壮健である」

信廉は適当に話を合わせながら、人斎のわずかな表情の変化を見逃さないよう注意深く観察している。下心を持っていれば、かならずなんらかの変化を見せる。

「おまえは目が悪そうだな。目が悪ければ、人の体を診ることなどできまい」

信廉は話題を変えた。

「目が悪いからこそ、森羅万象と人間の体のつながりが見えるともいえます」

それについては信廉も合点した。信玄がたびたびそのようなことを口にしているからだ。

「おまえは医師を騙ってわれわれをたぶらかし、御屋形さまに近づいて亡き者にしようとしているのであろう。どうだ、そうではないか」

単刀直入に訊いてみた。

「医師や薬師がまっさきに疑われるのはやむをえなきことと存じますが、わたくしにそのような気はまったくありません。もっともそれを証明することはできませぬが」

信廉は、日を改めて伴人斎と名乗る男を接見することにした。信玄から、人の見立ては熟慮をもってするようにと固く戒められていたこともあるが、話すうちに、もしかすると異才を持つ者ではないかという予感がしてきたからだ。

二度目の接見のとき、信廉は真田昌幸と随風を同席させることにした。随風は比叡山から逃れてきたのち躑躅ヶ崎館に住まいをあてがわれ、ときどき重臣たちに仏教や儒学の講義をしている。昌幸は重臣たちからの評価は芳しくないが、信玄が彼の能力を高く買っている。昌幸と随風であれば、人斎の人となりを冷静に見きわめるにちがいないと思ったのである。

「はじめにお聞きしたいことがござる。そこもとはどこで医術を学ばれたのだ」

昌幸は人斎に対し、丁重な物腰で質問した。

「教えてもらったことはありませぬ」

「では、独学と申すか」

「さようです。これまでの医術の成果は大半が書物になっており、おおむね心得ているつもりです。あらためて人について学ぶは時の無駄と考えます。まして、それがしが求めているのは医術ではなく医法であります」

「医術と医法はどうちがうのだ」

「ありていに申せば、医術は目の前の症状を和らげる治療、医法は天地を網羅する秩序に則した万古普遍(ばんこふへん)の根本治療ととらえることができます」

「医術で病は治せないと申すのだな」

「いいえ、大方の病は医術をもって治すことができます。さらに言うならば、なにも処置をせずともしかるべき時が経てば人間の体が自ら治してしまいます。問題は医術をもってしても治せない病でございます」

「医術で治せない病を、そちなら治せると申すのか」

「それはなんとも言えません。寿命が尽きるときは、天の医法をもってしてもどうにもなりませぬ」

昌幸と随風は顔を見合わせた。

「それではなにをもってそなたが武田家の役にたつのか、わからぬな」

「はい。どんなことをもってしても治すことのできぬ病を、それがしが治せるとは申せませぬゆえ」

昌幸は腑に落ちない表情で黙りこんでしまった。

「では拙僧からも訊きたい。天地を網羅する秩序に則した万古普遍の治療とはどのようなものか」

随風は、人斎の言葉が大言壮語にも聞こえたが、一方で真理を突いているとも思えた。

「ひとことで申し上げることはできませぬが、この世のとらえ方について、貴僧と共通するものがあるかもしれませぬ。つまりこの世の大いなる体系とそれを構成する一つひとつは、大きさが異なるだけで相似形をなしているということです。貴僧は天台宗と伺っておりますが、大いなる御仏の胎内にある山川草木ことごとくに仏性が宿っているという教えとわたくしが考える医法は同じようなものと考えております」

「もう少しくわしく聞きたい」

「人間の体には、無数の命の素があると考えます」

「命の素……」

「きわめて微細なものです。母親の胎内にあるときはひとつだったものが、男の放つ精と合一したのち、おびただしく数が増え続け、それによって体が大きくなるのです。人間の体のなかで命の素が生まれては消える。それを繰り返し、やがて命の素がなくなると死に至るというものです」

「そこもとはどのようにしてそれを知ったというのか」

「知ったのではなく、感じたのでございます。ただ心を一にしてこの世の成り立ち、移り変わりをつぶさに観察しておりますと、見えてくるものがあります」

「……」

「さらに言えば、命の素よりもっと微細なものがあるとみております。それは空気や水や大地のなかに含まれているものでありましょう。それらは人間が生きるうえでもっとも大切なもの、つまり命の素の素ともいえます」

「それと病を治すことがどうつながるのだ」

「それらを体が取りこんでいるかどうかを見きわめれば、おおむね病の治し方も見えてまいります。まずは日ごろ、天地を網羅する秩序に則しているかどうかが問われると心得ます」

微生物を見たことのない古(いにしえ)の人が鰹節(かつおぶし)を発明したように、伴人斎は目に見えない微細な命の仕組みを把握していたのである。

二度目の接見でも、信廉は出仕の是非を判断することができなかった。人斎の博識には舌を巻いたものの、どうしても胡散臭(うさんくさ)さが拭えなかった。

熟慮の末、人斎を信玄に引き合わせることにした。万が一のことを考え、手練れの剣使いを同席させることにした。

結果はすぐに諾と出た。信玄の問いに対し、人斎はわずかな滞りもなく答えた。

ただし、信玄は信廉に対し、

「役に立つかも知れぬが、危険な人物かも知れぬ。やつの動きを監視するように」

と命じた。それからのち、信廉は監視を怠らなかったが、人斎の動きにこれといって怪しいものはなかった。

あれから一年以上が過ぎ、忘れかけていたころ、信玄が人斎を呼び出したのである。

すでに一時間が過ぎている。

人斎は丹念に信玄を診察している。目を覗き、脈をとり、脇の下に手を当てて体温を計り、胸や腹部をさすり、背中を押し、陰部や肛門を探り、首筋を撫で、爪を見、何度も声を出させ……を繰り返している。そしてその日の朝採取した便と尿が入っている袋を開けた。つぶさに観察し、臭いを嗅ぐ。さらに便を指ですくって舐め、尿を一口含み、味を確かめたのち袋に戻した。一部始終を側で見ていた信廉は呆気にとられている。

すぐ近くには、人斎が不審な動きをすればたちどころに斬り捨てる心構えで、抜き身の脇差を手に侍っている男がいるが、人斎の目に信玄以外の人間は映っていない。

「正直に申し上げます」

一時間ほど診察したのち人斎は居ずまいを正し、信玄を正面から見据えた。

信玄はとっさに観念した。

「このままではお命が危のうございます」

不思議と、それを聞いても信玄は動揺しなかった。むしろ己の勘が正しかったのだと納得した。

「それはほんとうか。嘘偽りを申すとただではすまぬぞ」

信廉が鬼のような形相で人斎に詰め寄った。

「信廉、そう急かすでない。して人斎とやら、わしの体はどのように悪いのだ」

「申し上げます。肺の臓の半分が働いておりませぬ。それによって空気のなかにあるきわめて大切なもの、命の素のさらに素となるものをお体に取りこむことができず、わずかに残っているそれをお体の隅々に行き渡るよう、心の臓が激しく動いております。近ごろ、動悸や息切れはありませぬか」

「ときどきわけもなく息が苦しくなることがある」

「人間の体は、無駄なことはいっさいいたしませぬ。一見、無駄のようでも、じつは意味があるのです。天の仕組みと同じでございます。なぜそのような症状が現れているのか。それを突き止めなければなりませぬ」

「理にかなう話だ」

「それから、胃の腑にしこりのようなものがございます。おそらくは質の悪い腫れ物ではないかと疑っております。こちらは長年にわたるご心労とご無理が祟ったものと思われます。食べ物に偏りがあったかも知れませぬ。時間をかけて悪くなったものを治すのは厄介です」

「時間をかければ治るのか」

「それもしかとは申せませぬ。こたびのご出陣ですが、それこそ天の理（ことわり）に反する行いであると存じます。ましてこれからますます寒さが厳しくなります。とてものこと長期にわたる軍旅に堪えられるとは思えませぬ。致命的になるやも知れず、控えていただきとうございます」

「貴様、ありもしない作り話をしおって、武田軍が動かぬよう謀（はか）っておるのだろう。だれのさしがねだ。徳川か織田か、はたまた上杉か」

生来温厚な信廉が、青筋をたてていきり立っている。

「まだそれがしを疑っておいでですか。それがしは赤心をもって事実を申し上げております」

「武田家の侍医は、両人とも問題はないと言っておったぞ。そちの診立てが正しいという証拠はあるのか」

「証拠はありませぬ。されど、こたびのそれがしの診立てにほぼ間違いはございませぬ。どうしてもお疑いであれば、この場でそれがしの首をお斬りくださいませ。御屋形さまからのご恩をお返ししたいとの思いが通じないのであれば、やむをえないと存じます」

「なにをしたり顔で……」

「信廉、そういきりたつではない。わしはこの男の診立てを信じるぞ」

信玄の悟りきった表情を見た信廉は、みるみる消沈していった。

「しかしな人斎。こたびばかりはわしが京に上らねばならない。この機会を逃せば、天下はずっと荒れたままかもしれぬ」

「お言葉ではございますが、御屋形さまのお命を長らえるほうが天下に利するものと思われます」

「いまさら命が惜しいわけではないが、万が一、わしが死ぬことになれば、信長を利するのはあきらか。かといって、こたびの上洛を思いとどまれば、それもまた信長を利する。いやはや困ったものだ」

信玄は思案顔で口髭を撫でた。

このとき人斎は、信玄の大人（たいじん）たる所以（ゆえん）を見せつけられる思いだった。自らの死が近いと告げられても露ほども動揺を見せない。内心はわからないが、少なくとも表面上は平然としている。

人斎は、信玄から仕官を許されてから半年ほど経ったのち、偶然会った随風にそれとなく訊いたことを思い出した。

「些少ではありますが禄をいただき、住居まであてがわれております。しかし、いまだなにひとつ仕事はしていないのです。随風どのはどのように思いまするか」

すると随風はこう答えた。

「それぞ無用の用。用をなしておらずとも、それが用をなしているということじゃ。信玄どのがやりそうなことじゃ」

大げさに笑い、人斎の肩をぽんと叩いた。

医法薬師とは名乗っていても、その力量を証す経歴はいっさいない。粗野でみすぼらしい風体が、信玄にどういう印象を与えているか、知らないわけではない。人斎は、卑しい身分の己を召し抱えてくれた信玄の役にどうしても立ちたかった。

「あとどれくらいの命なのだ」

信玄に問われ、人斎は息をのんだ。正直に伝えることで死期を早めることもあれば、逆に命が延びることもある。受け取る側の心持ち次第で、どちらにも転ぶ。それほどに人間の体は心の影響を受ける。

「半年……ほどか、と」

信玄のためを思い、正直に答えた。

「遠征をやめれば、どうだ」

「治療に専念すれば、少なくとも三、四年は安泰と考えます。完治することも不可能とは言えませぬ」

信玄は己の命と天下の情勢を秤（はかり）にかけて、いずれを選ぶか、考えをめぐらしている。

「御屋形さま……」

人斎は言葉を継いだ。

「定かな医法とは言えませんが、秘策がないわけではありませぬ」

信玄は前のめりになって人斎を見据え、続きを促した。

「病んだお体を仮死状態にし、その間に治療を施し、寿命を延ばすというものでございます。仮死状態とは熊や蛇が冬眠するのと同じ理です。その間、必要な命の素はごくわずかで済みます。命脈が途切れぬようにし、しかるべき治療が終わったのち蘇生するのを待つのです」

「仮死状態になれば、命を長らえられると申すのか」

「はっ。命の素は日々われわれが吸っている空気のなかにもあると考えます。なぜなら息を吸うことができなければ、死んでしまいます。しかしながらこの命の素は人間の体に錆（さび）を植えつけ、悪くさせるものでもあるのです」

人斎は、人体の酸化が病を呼びこむ要因になるということを感得していた。

「人間の体にとって必要なものであるのに、悪さもするとな。それは興味深いとらえ方だ。その医法とは薬を用いるのか」

「はっ」

「どのような薬なのか」

「それはあまりに複雑ゆえ、ひとことでは申し上げられませぬが、鍵を握っているのはヤドリギというヨオロパから取り寄せた植物の葉でございます」

「絵空事のような話だな。試したことはあるのか」

「はっ。それがしの母親がいよいよ成仏するというとき、その薬を試したことがございます」

「それで効いたのか」

「母はこんこんと眠り続け、その間に治療を施しました」

「どれほどののちに目が覚めたのか」

「およそ一年半ののちに」

「そのとき、母の病は癒えていたのか」

「はい。ただ、ほかの病を発症し、すぐに亡くなりました」

「それではその薬が効いたのかどうか、わからぬではないか」

信廉が歯ぎしりしながら言った。

「もちろんでございます。ただ、母が臨終を迎えるのは時間の問題でした。それを止めることができたこと、そののち長い眠りに就いたこと、その間に治療ができたことは事実でございます」

「ということは、御屋形さまが長い眠りから無事覚めたとしても、そののちどれほど生きられるかわからぬということか」

「それればかりは一概には言えませぬ。人にはそれぞれの寿命がございますれば、それが尽きようとしているとき、いかなる処置をしても難しいかと存じます。ただ御屋形さまはまだ御年五十二。養生をすれば、あと十年、二十年、おすこやかに過ごすこともできるはずです」

「まやかしのようにも聞こえるが、理にかなっているとも思える。して、その医法をほかに知っておる者はおるのか」

信玄は落ち着き払い、ゆっくりと尋ねた。

「いいえ」

「なぜだ」

「わたくしのこの風体でそのようなことを言ったとして、いったいだれが信じるでしょう」

「さもあろう」

信玄は鼻で笑った。

「その薬を御屋形さまに用いるのはいかがであろうか」

信廉はあくまでも慎重だった。

「いずれにせよ死ぬのが近いのであれば、その医法とやらに賭けてみる以外ないともいえる」

信玄がそう言うと、信廉は沈痛な面持ちでうなだれた。

「じつはな信廉、侍医たちのこたびの診立てだが、どうしても正鵠（せいこく）を射ているとは思えぬのだ。わしの体のことは、わし自身がいちばん知っておる」

「そうでございますか……」

信廉の声が小刻みに震えている。

(兄者がこの世にいなくなったら、武田家はどうなるのか)

信廉は思案を巡らした。それだけで冷や汗が出そうだった。なまじ大国になっているがゆえ、重臣や国衆たちとの一枚岩を維持するのは難しい。あらためて信玄というひとりの人物に依存しているという現状が危うく感じられた。

　信玄は、ひと晩考えさせてほしいと言い、人斎に退出を促した。

「十月初頭、わが軍は上洛に向け、甲府を進発する」

　明くる日、信玄は重臣たちを集め、いつもと変わらぬ声色で言った。

　武田と織田は同盟関係を結んでいたが、前年九月、勝頼に嫁いできた信長の養女龍勝院が急死したことで、婚姻を欠く状態が続いていた。信玄との同盟関係が破綻するのを避けたい信長は、信玄の娘松姫と信長の嫡男信忠の婚姻交渉を進めていた。また信長を介し、武田と上杉の和睦交渉が進められたことで謙信は和睦に同意していた。

　にもかかわらず信玄は、武田軍が越後を攻めるという噂を流せと命じた。信長と家康の目を越後に向けさせるためである。

　大軍を発するには兵士の招集や武器・食料・物資の調達など膨大な準備が要るため、軍を発する際はできるだけ敵に悟らせないようにしなければならない。信玄は、偽の情報で信長や家康を攪乱（かくらん）させ、その間に軍備を整え、電撃作戦を決行する腹づもりだった。

　同じ日、信玄は勝頼と信廉、そして人斎を呼び出し、こう告げた。

「人斎、西上作戦にはそちも同行し、万が一の場合は意のままに処置をせよ」

　人斎は平伏し、感きわまった。己の医法を認められたのは生まれてはじめてのことであった。その上、認めてくれたのは天下の趨勢（すうせい）を決するほどの人物である。

## 最後の出陣

「よしっ！」

出陣の日の朝、信玄はだれに言うともなく短く掛け声を発して立ち上がり、小姓が捧げ持っていた諏訪法性兜(すわほっしょうかぶと)をかぶり、馬上の人となった。

金色の前立が神々(こうごう)しく輝き、山あいから吹きわたってくる野分(のわき)に白いヤクの長い毛がなびいている。こたびの出撃が戦いに明け暮れた人生の集大成になるという予感とともに、心身の奥深くから英気が沸々と湧いてくるのを感じていた。

信玄率いる本隊二万五千が甲府を進発したのは十月三日、それに先立って、山県昌景の赤備えが出発していた。

進路は、信玄からそれぞれ以下のように示された。

本隊は駿河に南下したのち、同盟を結んだ北条方の援軍二千と合流。安倍川、大井川を渡河して東遠江に入り、徳川方の諸城を攻略しながら西進する。

また秋山虎繁と合流した別働隊五千は、伊那から奥遠江に入って東三河の長篠城を攻略し、徳川の本拠地三河と家康が陣取る浜松城の間に楔(くさび)を打つ。

西上作戦の最終目的は信長と雌雄(しゆう)を決し、京に上って朝倉、浅井、石山本願寺らとともに天下静謐を果たすことにあった。そのため進軍途上にある徳川方の国衆を味方に引きこみ、徳川軍を弱体化させる必要があった。

信玄は侵攻ルートにある国衆に対し、武田軍の進軍に呼応して徳川から離反するよう、あらかじめ調略の手を伸ばしていた。土着性が強く、忠義者の多い三河とちがって、遠江の国衆は徳川とのつながりが弱い。圧倒的な強さを見せつければ、ほぼ武田方につくと見られていた。

本隊が大井川を渡河したのは十月十日。信長は、信玄が越後を攻めるものと思いこんでいたため、信玄の動きに気づいたとき、本隊はすでに遠江に侵攻していた。信玄の巧みな情報操作が、作戦の初動を容易にしたのである。

その後、本隊は田中城、小山城、滝堺城、相良城と、ほぼ三日にひとつの割合でしらみつぶしに落としていった。軍が進むにつれ、徳川方の国衆は風になびくように武田軍に降った。それによって本隊は三万の大軍勢に膨れ上がった。

一方の別働隊は難所の青崩峠を越えて奥領家、川合、池場、大野と進み、東三河の長篠城を陥落させたのち、十月二十二日に井平城を落とした。

井平城は浜松城のほぼ真北に位置している。そこを押さえることによって、浜松城の重要な補給路となっている本坂道（姫街道）と鳳来寺街道を封鎖し、東西から浜松城を挟撃（きょうげき）することが可能になった。

信玄は一年以上前に放った多数の密偵がもたらす情報をもとに、浜松城の弱点が補給ルートにあることをつかんでいた。三河へと至る本坂道と浜名湖水運を遮断すれば、浜松城はいやおうなく孤立し、家康が籠城を選んだとしても死に体にすることができる。とはいえ時間を省くため、なるべく家康を城から引っ張り出し、野戦に持ちこんで一気に壊滅的なダメージを与えることを画策していた。そのために家康の弱点を衝く。そうすれば家康は城から出ざるをえないと読んだのである。

一方の家康は刻々と迫る武田軍に心底恐怖を覚えていた。頼りにできるのは同盟国である織田軍であるが、信長自身、畿内で多くの敵と交戦している最中であり、平手汎秀（ひろひで）、佐久間信盛、水野信元らを大将とした三千の援軍が限界だった。

（これはまた剣呑な城を造ったものだ）

信玄は高天神城を見上げながら、そうつぶやいた。

百三十メートルほどの鶴翁山を巨大な彫刻刀でざっくりと削ったような山塊は、ほかに類のない形をしている。東の尾根の頂きに本丸、西の尾根の頂きに西の丸があり、その間を曲輪がつなぎ、東の尾根の東端に三の丸がせり出している。三の丸からは遠州灘が一望にできる。

小さな苗木を含め、一本残さず伐採された高い土塀は急勾配で、攻め登るための足がかりはまるで見あたらない。周囲はほぼ断崖絶壁。追手門の下には水濠もある。

駿府を発ってから順調に城を落としてきたが、高天神城を前にして進軍を阻まれた。城主の小笠原氏助には調略の手を伸ばしていたが、いまだ正式な返答はない。

城には、放っておいてもいい城とかならず落とさねばならない城がある。高天神城は後者だ。兵糧攻めにすれば陥落するのはあきらかだが、それでは時間がかかりすぎる。こたびの作戦は領土を広げるためではなく、信長と全軍同士の戦さをして雌雄を決し、上洛するためである。そのためには背後を衝かれぬよう家康の力を削ぐ必要があった。

信玄にはもうひとつ、高天神城を落とさねばならない理由があった。武田水軍を遠州灘に派遣して制海権を支配すれば、天竜川の東側にある徳川方の諸城はおのずと自壊する。高天神城は水路で遠州灘とつながっており、この城を水軍の中継地点として活用することができるのである。

あらかじめ放っておいた多数の乱波（土地の密偵）からの情報をもとに描いた城の絵図を見て、信玄は首をひねった。いかに短時日のうちに、味方の損害を最小限に食い止めながら落城させることができるか。しかし隙が見当たらない。

どうにか近づけるのは西の丸だけだが、そこに配備された城兵の数は存外多いようだ。日数をかければ落とせるが、味方の犠牲はそれなりの数にのぼるだろう。信玄はなるべく無血開城させる方針をとった。

「かねてより城兵を調略しておったはずだが、手はずは整っているのか」

信玄は、城攻めの総大将穴山信君に尋ねた。

「城内の士気が下がったころ、機をみてわれらに内応するとの手はずでございます。しばらくお待ちくださいますよう」

信君は攻め手の人数を絞り、西の丸と追手門から小刻みに新手を繰り出す戦術をとった。無理押しをせず、相手を休ませない程度に攻撃を続ける。城兵は数が少なく、入れ替わることができない。夜間も休まず攻撃を続ければ、いずれ城兵の士気は下がるはずだ。

攻め始めてから三日後、内応していた城兵が数人、追手門を開けた。

それと同時に武田軍は門からなだれこんだ。それまでの膠着状態（こうちゃくじょうたい）が崩れ、一気に動き出した。あたかも堤防が決壊し、水が流れ出たかのようだ。徳川方はほとんど戦うことなく蜘蛛の子を散らすように散り散りとなり、井戸曲輪（いどくるわ）はあっという間に武田軍に制圧された。

水を絶たれては籠城はできないと見て、本丸に籠もっていた小笠原氏助は城を捨てる決心をした。

信玄は、こたびの上洛作戦において敵方の城主や城兵の扱いを寛大にすると決めている。降伏すれば、城主はいずこへ逃げてもいい。城兵は武田につこうと徳川につこうと勝手次第。いずれ遠江は武田領になる。無用な怨恨（えんこん）は避けたいという思惑からである。そう決断させたのは、小太郎のひとことであった。城主の小笠原氏助は浜松城へ落ち延びていった。

難攻不落の山城と言われていた高天神城が落城したのは、十月二十一日。武田軍が大井川を渡河してからわずか十一日後のことである。城内に鬨の声がこだました。

その後、信玄本隊は久野城を攻め、後詰めに来た家康軍を一言坂で一掃した。このとき家康は命からがら天竜川を渡って逃げている。

家康を救ったのは、のちに徳川四天王の一人として讃えられる本多忠勝である。忠勝は旗本を率いて武田軍の中央を突破し、自ら矢面に立った。危険を省みることなく暴れまわり、家康が逃げる時間をかせいだのである。

その奮戦ぶりを見た武田方の旗本近習小松左近が、落書きして坂に立てた。

家康にすぎたるものハふたつあり　唐のかしらに本多平八

平八とは（平八郎）忠勝のことである。

信玄がつぎに目指すは、高天神城以上に難攻不落と言われる二俣城である。天竜川を東岸に沿って北上し、匂坂城を陥落させ、合代島に布陣した。間もなく、西から移動してきた別働隊もここで合流し大軍勢となった。

二俣城は西に天竜川、東に二俣川に囲まれた小高い岩山に立つ。この城が落ちれば、浜松城の家康にとって喉元に匕首を突きつけられた形となる。

城主は中根正照、城兵は千二百。半年分の兵糧を蓄えている。このあたりはマムシの格好の生息地で、食料のため数千匹が生け捕りにされているという。蛇嫌いの信玄が聞いたら卒倒しそうな話である。

武田軍の先手大将は勝頼と馬場美濃守信春が命じられた。血気に逸る勝頼は、天竜川に面していない東側は平地からの高低差もほとんどなく、大軍をもって攻めれば突破口が開くと主張したが、信春はまずじっくりと城の検分をしてからでも遅くはないと主張した。

検分の結果、土塁が高いため、力攻めをすればかなりの死傷者が出ることが予想された。無理攻めは極力避けるという信玄の方針を汲む信春は懸命に勝頼を説得し、周囲にあるすべての水の手を断つ戦法を採用した。

しかし城を囲んで一ヶ月が過ぎても籠城側に渇水の兆しが見えない。

「こんなところで指を咥えて待っていても埒(らち)があくものではない。この勝頼が精鋭を率いて攻めこんでくれよう」

逸(はや)る勝頼を、ふたたび信春がなだめる。

「お待ちくだされ。家康や信長と戦うまでお味方の損害は最小限に食い止めねばなりません。千二百の城兵が立て籠もれるということは、かならずどこかに水の手があるはず。いま一度それを探してみましょう」

まるでふたりの会話を見とおしていたかのように、合代島に布陣したまま動かない信玄からの使者が参じたとの報せがあった。

「通せ」

勝頼と信春の前に現れたのは、小太郎であった。

小太郎を一瞥(いちべつ)するなり、勝頼は軽く舌打ちした。

(大事な使いに子供を出すなど、御屋形さまもどうかしている。本陣には母衣武者(ほろむしゃ)がいるだろうに)

勝頼は内心毒づき、苛ついた目を小太郎に向けた。

「なんの用だ」

「御屋形さまのお言いつけに従いまして金山衆をふたり連れて参りました」

金山衆とは金堀衆とも呼ばれ、金山の開発や経営を任されている山師集団である。信玄はたびたび城の攻略に用いている。

「金山衆だと。二俣城の下を掘り進めよということか。われらは土木工事のためにここに来たのではないぞ」

「まあまあ勝頼どの、冷静におなりくだされ。して小太郎、御屋形さまは金山衆を使ってどうせよと申されたのだ」

「はっ。高台の岩山に建つ二俣城は井戸を掘ることができないはずとのことにございます。金山衆を使って、とくと水の手を調べよとの仰せにございます」

「馬鹿も休み休み言え！　すでにわしと美濃守どのが丹念に検分いたしておる。それともなにか、われらふたりに手落ちがあるとでも言いたいのか」

「勝頼どの。小太郎を責めても詮なきこと。御屋形さまのお言いつけとあらば、従うよりほかにございませぬ」

戦さ支度をしていた勝頼は出鼻をくじかれ、小太郎に八つ当たりした。

「小童（こわっぱ）が！」

勝頼は歯ぎしりした。

金山衆は、地質や地形の成り立ちについての専門知識が高く、すぐれた掘削（くっさく）技術をもち、作業員を多く抱えている。彼らはすぐさま二俣城の城内に井戸がないことを突き止めた。

問題はどこから水を引いているか。すぐに考えられることは天竜川か二俣川からなんらかの経路によって水を引いていること。千二百の城兵ということからして、大掛かりな設備があるはずだ。

水の手は思わぬところにあった。高台から天竜川に向けて橋桁の長い井楼を組み、そこから釣瓶を降ろして水を汲み上げていた。天竜川の対岸からは見えず、はじめの検分では気づかなかったのである。

武田軍はすでに渡河用の筏を大量に準備している。それを使って井楼に近づき、破壊した。

二俣城の水源は断たれた。季節柄、必要な水量は少ないが、雨も少ない。城内には大きな水甕が十個ほどもあったが、千二百の城兵が使えば数週間と持たない。

勝頼は毎日、数百もの火矢を城内に向けて放った。城内に火がつけば、水を使って消し止めなければならない。水断ち攻めの常套手段である。

完全に水を断たれた二俣城はついに陥落し、城主の中根正照をはじめ、城兵の半数が浜松城へ逃げた。十一月晦日のことである。

勝頼と信春への使いに小太郎を向けたことには、信玄のある意図が隠されていた。勝頼の反応を見ようとしたのだ。

信玄が合代島に布陣したまま動かないのは、体調が芳しくないからであった。自身の命が尽きかけていると知った信玄の胸中に、後継者の問題が浮上していた。

勝頼はあたかも現代人がスポーツを愛するように戦さを好んだ。調略より真っ向勝負が好きで、これまでもたびたび華々しい戦果をあげている。しかし信玄と重臣たちとの間にある、水も漏れぬ、しっかりした基盤があるからこそ、のびのびと戦うことができていることも事実だった。

もとより勝頼以外に後継の候補者はいない。武辺者としての勝頼は申し分ないが、はたして武田家の並みいる侍大将をまとめ上げる資質があるのか。信玄はこの期におよんでそう思わざるを得ない己の不作為を悔やんだ。

信玄は本陣に戻った小太郎に、勝頼とのやりとりをくわしく報告させた。話し終えたのち、信玄があるかなきかに舌打ちしたのを小太郎は聞き逃さなかった。

勝頼に邪険にされ、意気消沈していた小太郎ではあったが、目の前にいる信玄の失意のほうが気がかりだった。

## 軍配ひとつ

家康は気を落ち着かせようと懸命だった。しかし、そう思うほどに冷静さを失っていった。本多忠勝の捨て身の奮闘と天竜川という天然の濠がなければ、すでに命は尽きていたかもしれない。

戦況は最悪だった。日一日と東遠江の国衆が離れていく。十以上もの城がつぎつぎと攻め落とされている。後詰めに出れば、蝿叩きのように潰される。信玄が遠江に侵攻してきてから、わずか二ヶ月足らずで遠江の三分の二近くを失った。

窮地に陥っても援軍が来ないとわかれば、国衆が家康に従う理由はない。徳川か武田か、弱い方に味方すれば、待ち受けているのは身の破滅である。彼らが自分たちを助けてくれない大名を見限るのは当然だ。家康は、国衆の気持ちがよくわかる。

家康は、徳川家が単独で生き延びられるとは思っていない。追い詰められたとき、頼りになるのは信長の援軍だ。だからこそ信長に忍従(にんじゅう)しているのである。

気がつくと、右手の親指の爪を噛んでいた。苛立つとその癖が出るようになった。

二俣城が落ちて三週間がすぎ、十二月二十二日になった。

「信玄はこの浜松城に攻めてくると思うか」

家康は、三河時代からもっとも信頼している筆頭家老酒井忠次に訊いた。

「ここを通り過ぎて西へ向かうのではないかと思われます」

「浜松城を目前にしながら、その前を通り過ぎるというのか」

「信玄の考えそうなことです。時間のかかる城攻めをするより、野戦に持ちこもうとするでしょう。われわれが城から出なければ、そのまま三河へ向かえばいいのですから」

二俣城と浜松城は、わずか二十キロしか離れていない。武田軍が二俣城を修復して堅固な拠点とし、西へ向かうのはあきらかだが、いつ全軍を進発するのか、はたまた浜松城に攻め寄せるのかどうか、物見がもたらす情報は錯綜していた。

一方の信玄は余裕綽々だった。

「今日こそ家康めを蹴散らし、三ヶ年の鬱憤を晴らしてくれるぞ」

信玄は諸将に下知した。三ヶ年の鬱憤というのは、信玄と家康は同盟関係にありながら、武田の周囲が敵だらけになったことを奇貨として謙信と和議を結ぼうとするなど、この三年にわたる不実な外交を指している。

「寅の下刻（午前四時）、信玄率いる本隊と武田勝頼隊が合流し、天竜川を渡っております」

物見に出ていた鳥居忠広が血相を変えて戻り、武田軍が動いたことを伝えた。

風花が舞う、空気が凍りつきそうな黎明、武田軍は一斉に天竜川を渡河し始めた。

天竜川は水深が深く、人や馬が歩いて渡れる川ではない。三万を超える大軍勢と馬、食料などを載せた荷駄隊が渡るにはかなり大掛かりな準備が要るが、武田軍は膨大な筏と船を準備していたことで短時間で渡河に成功した。

徳川方の物見が続々と新たな情報を伝えに来る。武田軍はかなりの速度で二俣街道を南下しているなど大半は風雲急を告げるものばかりだった。

ところが武田軍は思わぬ動きを見せた。浜松城からわずか六キロの欠下で急に右旋回し、三方ヶ原方面へ向かったというのだ。家康と重臣たちは、その動きをどう読むべきか、急ぎ軍議を開いた。

「われわれをおびき出す計略でしょう。けっしてその手には乗らぬことです」

慎重な石川数正が言った。酒井忠次につぐ、三河以来の忠臣である。

「さよう。まして織田弾正忠（だんじょうのじょう）さまから籠城策をとれと厳命されております」

忠次がすぐに呼応した。

それを聞いた家康は、唇を噛んだ。なにかといえば信長は配下の軍を扱うかのように指図してくる。これでは三河・遠江を治める守護大名として面目がたたない。

家康の重臣たちのなかでも筆頭格のふたりが籠城を主張したことで、その場の空気は籠城策が濃厚になってきた。

それを破ったのが、一言坂で殿軍（しんがりぐん）を務め、窮地に陥った家康を救った本多平八郎忠勝である。剛の者が多い徳川軍にあって、典型的な猪突猛進型で、彼にとって目前を通り過ぎる敵をただ眺めるなど、とうていできない相談だった。

「徳川はこうまで腑抜けの集まりになってしまったか。この体たらくでは遠江の国衆がこぞって離れていくのも道理。もはやわしらは武士などではござらん。鋤（すき）や鍬（くわ）でも持って田畑を耕すが似合いじゃ。ああ嘆かわしい」

いつものように芝居がかった物言いだ。忠勝が徳川家を思う赤心はだれもが知っているが、酒井忠次と石川数正は露骨に嫌な顔をした。

忠勝の主張にもっとも心を動かされたのは、榊原康政と鳥居元忠、そして家康であった。本拠とする浜松城の目の前をわが物顔で通り過ぎる信玄に一矢も報いることができないとあれば、さらに徳川方の国衆は離反していくにちがいない。

「よくぞ言った、平八。信玄がなにを企んでいるかはわからぬが、西へ進む武田の殿軍（しんがり）に一泡吹かせることはできる。すぐこの城に戻ることもできる。われらの方が断然有利だ。ひとまず城を出て相手の様子を窺い、状況を見きわめるとしよう」

場合によっては城に引き返すと言っている以上、反対する者はいなかった。

八千の徳川軍が浜松城を出たことは、すぐ信玄にもたらされた。

「出て来おったな家康。よしよし、これから先は歌でも歌いながらのんびり進め」

そう信玄が下知すると、伝令はまたたく間に全軍に伝わり、速度が遅くなった。

武田軍の動きも逐一、家康に伝わっている。あろうことか敵の玄関先をのんびりと鼻歌交じりで行軍する武田軍を見て、忠勝など猛者たちは気が狂わんばかりだった。

（人を愚弄するにもほどがある）

家康は恥辱で総身を赤く染めたが、信玄はそんな家康の心の裡を見抜き、とことん嬲（なぶ）るつもりでいた。

三方ヶ原の台地に登る手前、追分で指令を発した。

「全軍、止まれ」

それに応じて大軍勢が止まった。瞬間、遠雷のような足踏みの音や馬蹄（ばてい）の響きは消え去り、あたりは不気味な静寂に包まれた。

軍勢を止めた意図を質（ただ）すように、勝頼は信玄の目を覗きこんだ。

「家康に評定の時間を与えるためよ」

信玄はかすかに笑みを浮かべて言った。

武田軍がわずか四キロほど先で軍勢を休ませていることを知った家康は、額に血管が浮き出るほどの形相でまくしたてた。

「なぜだ、なぜ信玄は軍を止めた。引き返して浜松城を攻めるためか。あるいはわれらを愚弄するためか」

「殿、落ち着かれよ。けっして信玄の誘いにのってはいけませぬぞ」

城を出撃する前と同様、酒井忠次は必死に諫めた。

「そうでございます。武田の軍勢、この目でしかと見ましたが、一糸乱れぬ統率ぶり。武田軍三万に対して、われらは織田どのの援軍を合わせてもわずか一万一千。とても勝てる相手ではござりませぬ」

家康と重臣たちは、信玄が追分で軍を止めていることについて議論を尽くしたが、信玄の意図を読むことはできなかった。

「たわけ！　そちたちはわしにただ亀のように甲羅のなかで身をすくめていろと言いたいのか。他人の庭をわが物顔で通り過ぎる狼藉を許せば、末代までの恥となるぞ。遠江の国衆はもとより三河の国衆も徳川から離れていくであろう。そうなればわれわれが滅びるは必定。ここは全面対決せずとも、信玄の尻尾にひと突き食わせてやらずばなるまい」

なおも諫める重臣たちが揃って押し黙ることとなったのは、新たな物見の報せがあってからである。

「武田軍の先鋒隊、三方ヶ原に進んだのち、祝田坂を下っております」

「なに、それはまことか」

家康の声が弾んだ。

武田軍が、三方ヶ原の西の端、祝田坂から下り始めたのは吉報といえた。本坂道を下る祝田坂は道幅も狭く、一度下りた軍勢が引き返すのは容易ではない。三方ヶ原で決戦となれば、先鋒隊が引き返してくることはできず、その分、徳川・織田連合軍の数的不利が緩和される。

しかし新たな物見の報せを聞いて、家康は肝を冷やした。

「敵の先鋒隊の一部、鳳来寺街道を左に折れ、堀川城へ向かっているものと思われます」

堀川城は浜名湖水運を司る要所のひとつである。

東遠江一帯と遠州灘の制海権を押さえられ、東海道と本坂道を封鎖されている。そのうえ浜名湖水運も断たれるとあっては、本国三河との往来もままならなくなる。もし堀川城を落とされれば、浜松城は戦わずして干上がることとなる。

ここに至って、家康は軍勢を三方ヶ原に向けざるをえなくなった。桶狭間の戦いで織田が今川を討ったように、信玄を討ち取ることも不可能ではない。家康はなんの根拠もなく、そう考えた。

「いよいよ動いたか。この日がわが身の命日となるのも知らずに」

信玄は手ぐすねを引いて、家康が出撃するのを待っていた。

家康は、馬を駆りながら頭に血が上っていた。三河守と叙され、三河と遠江を治める大名だ。本拠とする城の庭先でゆったりとくつろぎ、わが物顔で三方ヶ原を抜け、一部は東三河へ向け、一部は堀川城へ差し向ける信玄のやり口がとことん不愉快だった。これほど嫌らしい動きをする軍勢を見たことがない。

「殿、全軍もうすぐ三方ヶ原の上り口にさしかかるところです。陣形はいかようにいたしますか」

鳥居元忠が家康に尋ねた。家康は思案もそこそこに、

「鶴翼(かくよく)で攻めよ」

と答えた。武田軍の殿軍を壊滅させねばならないと思ったのである。

その時点で、徳川軍の敗北は決まったといっていい。

鶴翼の陣は、鶴が翼を広げた姿のように横一線に陣を布く構えである。中央で敵の攻撃を受け止めている間に、両翼が敵を包みこむように襲いかかり殲滅(せんめつ)させる。

しかし数に劣る方がこの陣形を布くのは定石ではない。横に広がる分、全線にわたって手薄となり、一点を突破されれば総崩れになる。

「なんとしても信玄を討ち取ってみせる」

信玄ひとりを狙っているのに鶴翼の陣を布くのは矛盾があったが、平常心をなくしていた家康はそのことにさえ気づかなかった。

徳川軍は中央に石川数正、右翼に酒井忠次、左翼に本多忠勝と平手ら織田の援軍を配置し、家康直属の旗本隊は中央奥に陣取った。

「敵の半分が祝田坂を下り終えたころが勝負どころだ」

家康は、武田軍が縦に長い列を組んで進んでいると思いこんでいる。全軍の半分が坂を下りていれば、殿軍は手薄になる。そこを衝けば、勝機を見いだせると踏んだのである。

武田軍の先鋒隊が祝田坂を下り、かつまた一部は堀川城へ向かっていると思わせようとした信玄の陽動作戦に、家康はまんまと引っかかった。

徳川軍の先鋒の速度が落ちた。進軍が遅滞すれば、後方に陣する家康はなかなか三方ヶ原の台地に上がることができない。

三方ヶ原は縦十二キロ、横八キロほどの広さである。狭隘な台地ではない。

家康はいやな予感がした。

果たして台地に上がってみると、予期せぬ光景が眼前に広がっていた。三万近い大軍勢が音をたてずに待ち受けていたのである。

異様な静けさだった。草摺が触れ合う音も、馬のいななきさえも聞こえない。

家康の視界から色が消えた。

陣形は、魚鱗の陣。

数に勝る武田軍にしては意外な陣形だ。魚鱗の陣はその名のとおり魚の鱗のように全体を三角形にして頂点を敵に向ける超攻撃的な陣形で、中央が分厚く、突破力がある。敵全体を殲滅するというより、敵の総大将を討ち取ることに主眼を置いた陣形ともいえる。本来であれば、徳川軍が採用すべき陣形であろう。

家康は、三角形の頂点に位置する小山田信茂隊を見て、肝を冷やした。あたかも己だけに向かって突進してくるような気配を感じたのだ。

戦いが始まったのは、午後四時ごろだった。

武田軍は一斉に吶喊した。吶喊とは大勢の者が大声で叫ぶことだが、それだけで徳川軍を震撼させるに充分だった。徳川軍は巨大な津波が覆い被さってくるような恐怖を感じ、足がすくんだ。一瞬の間をおいて、武田の全軍が突進してきた。先陣から続く次陣はいささかも遅滞がない。乱れることなく塊になって向かってくる武田軍を見て、家康はわが目を疑った。

（とても人間業とは思えない。軍配ひとつでこれほどの大軍を自在に動かす信玄とはいったい何者なのだ！）

家康は驚愕し、そして不覚にも感動していた。身が震えるような恐怖を味わいながら、得も言われぬ戦慄が走るのを認めざるをえなかった。おれはここで死ぬ、そう確信した。それほどに有無を言わせぬ怒涛に飲みこまれた。

徳川・織田の連合軍は、戦いのはじめこそ互角に戦った。山県昌景、小山田信茂、馬場信春の猛攻をよく食い止めていたが、薄い中央を食い破られ、内藤昌豊と武田勝頼が両翼から進撃してきたことによって一気に崩れた。指示系統は完全に麻痺し、足軽雑兵たちはどうすればいいかわからず、ただ逃げまどうありさまだった。やがて連合軍は強風に吹かれる枯れ葉のごとく散り散りとなった。戦闘開始からまだ一時間ほどしか経っていない。

「殿、早く」

家康の旗本衆である菅沼勝蔵が自ら盾となって家康を逃がそうとする。菅沼は家康を追って突進してくる武田軍の陣内に斬りこみ、しばらく暴れまわったがついに力尽き、首を斬られた。

それを見た鈴木久三郎は家康の前に出て、「殿、ごめん」と言って采配を奪い、それを高く掲げながら敵の先鋒を家康が逃げる方向と異なる方へ誘導した。武田軍の多くは采配に目を奪われ、殊勲をあげようと躍起になって鈴木を追う。もとより鈴木は討ち取られることを覚悟の上。存分に奮戦し、家康が逃げる時間を確保した。

そのように家康の盾となる将兵があとを断たなかった。

浜松城の守りを任されていた夏目広次は、家康が帰城できるよう一部の城門を開け放ったままにし、城兵を門の前に集めて防御を固めた。

やがて家康は討ち死にしたとの噂が広がった。敵の槍に突かれて馬から転げ落ちたのを見たと、まことしやかに話す者もいた。それを聞き、絶望に膝をがくりと屈す将兵が城門の周りを埋め尽くした。わずか二時間足らずの間に、徳川軍の一割を超す将兵が命を落とし、援軍に駆けつけた織田軍の重臣平手汎秀も討ち死にした。

「門を閉めるな」

夏目広次は、三河の風土が生んだ愚直な男だ。かつては三河一向一揆に加わり、家康に反旗を翻したが、それを許されてのち忠実に仕えている。いまだ家康の死を信じることができない。かならず戻ってくる、その一念で門を閉じることを禁じた。

ふと夏目が前方に目をやると、薄闇の彼方から数騎が走ってくるのが見えた。先頭は馬の背に腹ばいになり、かろうじてしがみついている。

家康だった。

しゃにむに念仏を唱えている。

とっさに夏目は城の外に走って行った。身を盾にして家康を城内に導き入れ、自らは押し寄せる敵兵と戦い、討たれた。

家康が脱糞していたことに気づいたのは、馬から下り、人心地ついたときだった。

幸いだったのは、戦さが始まったのが遅かったこと。戦さは夕暮れから日が没するまでのおよそ二時間だったが、もっと早い時刻に始まっていたら、家康の命は尽きていたはずだ。

のちに最後まで城門を開け放っていたのは、空城計（くうじょうけい）だったと家康側は喧伝した。惨敗の印象をわずかでも和らげるための印象操作であった。空城計とは敗走して居城に逃げこんだとき、城門を開け放ち、城の内部に罠が仕掛けられていると敵に思わせ、城への突入を断念させる計略であり、『三国志演義』にも描かれている。

家康の自尊心は粉々に砕けた。大人と子供の喧嘩だった。自分の身代わりとなって死んでいった者が数多いる。三河武士の忠義を痛感するとともに、かけがえのない人材を多く失ったことを知った。

（わしは忠義者たちに救われた）

家康は盾となって死んだ者たちへの感謝とともに、未熟な己を戒めるため、絵師を呼び自らの姿を描かせた。それがのちの世に伝わる「顰像」かどうかはわからない。しかし家康がこの敗戦を心の奥深くに留め、その後の人生に活かしたことはまちがいない。

このとき武田信玄、五十二歳。徳川家康、三十一歳。この攻防から二十八年後に対面するなど、ふたりは想像できるはずもなかった。

# 第二章　長い眠りへ

## 最後の城攻め

武田軍は少ない犠牲で華々しい戦果をあげた。そのまま美濃を攻め、いよいよ信長の本拠地岐阜へ侵入することは時間の問題だと思われていた。

一方、信長はひたひたと押し寄せる信玄の影におびえ、戦々恐々としていた。

「家康のたわけが！　あれほど籠城せよときつく言い渡しておったものを……。頼りにならんやつだ」

信長はそう吐き捨て、苛立ちを側近の者たちにぶつけた。

家康が籠城していれば、信玄を浜松で足止めできたはずだと思っている。信玄は浜松城の前を素通りし、三河へ向けて進軍したのだから、家康の対応をやり玉に挙げるのはお門ちがいだが、極度の苛立ちがそうさせた。

「この信長、恐れるものは信玄坊主だけよ」

あえて口にすることで心の揺れを押さえていた。

この時期の信長は絶体絶命だった。ほぼ唯一の同盟者である家康が惨敗し、畿内は敵ばかり。西上してくる信玄との大一番に差し向けられる軍勢は、限られていた。

しかしこの男、妙に運がいい。のちに上杉謙信が信長を討とうと北陸路から攻め上がったとき、謙信の死によって難を逃れているが、このときの危機も強運によって逃れることになる。

信玄の病状がいちじるしく悪化したのだ。厳しい寒さのなかでの三ヶ月にわたる軍旅は、信玄の体力を確実に奪った。この絶好機に、信長と対峙していた朝倉軍が兵を引いて越前へ帰ってしまったことによる失望も災いしたかもしれない。発熱が続いて咳が止まらず、ときどき喀血（かっけつ）した。侍医は昼夜つきっきりで処置にあたっているが、薬は以前ほど効かなくなっていた。

大勝したにもかかわらず、武田軍は三方ヶ原近くの刑部(おさかべ)に陣を布(し)き、そこで越年することにしたのである。

年が明けて元亀四年一月。休養が功を奏し、信玄の体調が安定してきたことで、いよいよ家康の本国三河国に侵攻を開始する。

信玄が攻略対象に選んだのは奥三河の野田城。ほぼ戦いに明け暮れた信玄の人生において、最後の城攻めがここである。長篠城から南西約十二キロに位置するこの城を攻略すれば、家康の本拠岡崎城と酒井忠次が守る吉田城へ睨みを効かせることができる。刑部を出陣し、宇利峠を越えた武田軍は、勝頼を総大将として野田城を囲んだ。

野田城の本丸は南の端にあり、その北に二の丸、三の丸が連なる構造となっている。城を守るのは菅沼定盈(さだみつ)以下その数五百。

一見して攻略が難しい城とは思えない。東西に川が流れ、南東に断崖があるものの、北側からは見通しが利き、大軍で攻め寄せれば短時日のうちに落城させることができる……と勝頼は考えた。

しかしこのときも信玄が待ったをかけた。信玄は大事をとって付近の寺に宿営していたが、野田城の縄張りの絵図を眺めながら物見の情報を総合し、この城が容易に落ちないと判断した。打たれても打たれてもゴムのように衝撃を吸収し、簡単には倒れない格闘家のような城と想像すればいいかもしれない。

「御屋形さまからのご伝言にございます。一兵たりとも粗略に扱ってはならぬとのことにございます」

使者が信玄の伝言を勝頼に言い渡すと、勝頼は苦虫を噛み潰したような表情をした。彼は、三方ヶ原の戦いでの血湧き肉躍る興奮をまた味わいたいと切望していた。自分を軽く扱う重臣たちを見返すには、戦さで成果をあげる以外にない。多少の犠牲を覚悟すれば、簡単に落とせると踏んでいたが、一兵たりとも粗略にしてはいけないとなれば、調略に頼る以外にない。それには時間がかかる。

信玄の心境は、勝頼と正反対であった。死がひたひたと近づいているのを感じていたからか、仏心（ほとけごころ）が鎌首をもたげてきたのだ。ふたたび伴野友右衛門を隊長とする五百人の金山衆を野田城攻略に派遣する。

金山衆は二の丸、三の丸と本丸の間に位置する崖の下から掘り進めた。当初、城兵たちは、金堀人夫が掘っている姿を見て嘲笑した。武田軍は強いと聞いていたが、モグラの集まりではないかとさんざんに囃（はや）し立てた。しかし友右衛門は水脈を探り当てる名人である。途中進路を変えつつ、ついに本丸下の水脈を探り当てた。

菅沼定盈は水の手を断たれることなど考えたこともなく、そのため城内には水の蓄えがじゅうぶんではなかった。またたく間に水の備蓄が尽き、城兵は喉の渇きに苦しめられることになる。

城を囲んでから約一ヶ月後の二月十五日、ついに野田城は落城し、城主の菅沼定盈らは捕虜となった。

このときも信玄は、降伏した敵兵に対し寛大な処置を下した。武田方について捕虜となっていた山家三方衆らとの交換によって、定盈はふたたび家康のもとに戻る。

余談だが、黒澤明監督の『影武者』は、野田城を囲んだ信玄が夜毎、城から流れてくる美しい笛の音に惹かれて城に近づいたところを狙撃され、そのときの傷がもとで死んだという説を下敷きにしている。現在、野田城跡を訪れると、まことしやかに「笛の音に誘われた武田信玄をこの付近より火縄銃にて狙撃した。その銃身が設楽原歴史資料館に展示してある」という説明板が立っている。

## 信玄の遺言

野田城を落としてすぐ、信玄の容態は急変する。食欲がなくなり、肉がげっそりと落ちてきた。ところが、身体の落魄（らくはく）に反し、意識はますます冴え冴えとしている。くぼんだ眼窩の奥から炯炯（けいけい）と鋭い眼光が放たれている。

「勝頼と昌景を呼べ」

信玄は、片時も離れず傍らにいる小太郎に掠れ声で言いつけた。

「これから美濃を攻める。途中の小城にはかまわず進め。わしの体のことは考えずともよい。もうすぐ暖かくなる。さすれば病状も和らぐと医者が言うておる。いいな、くれぐれも軍を止めるでないぞ。これは厳命だ」

勝頼と昌景を代わるがわる見つめ、咳きこんだ。咳は三十分ほども続き、それから深い眠りに落ちた。

勝頼と昌景は、信玄を鳳来寺へ運び、信廉を呼んだ。

「信廉どの、困りましたな」

昌景は信玄の言葉を信廉に伝えたのち、悄然（しょうぜん）として言った。小康状態を保っているもののとうてい長い軍旅に堪えられるとは思えない。

「まずは御宿どのと板坂どのに診ていただくことにいたしましょう」

ふたりの侍医は口を合わせて、

「早急に甲府へ引き返すべき」

と主張した。

それを聞いて、三人は甲府へ引き返すと決断せざるをえなかった。勝頼は拳を握りしめ、あと一歩というところまで信長を追い詰めながら、軍を引かざるを得ない無念を噛み殺した。

翌朝、目を覚ました信玄は、己の命の炎が消えかけているのを感じていた。枕元に勝頼と重臣たちを集め、か細い声で最後の指令を発しようとした。重臣たちはひとことも聞き漏らすまいと枕頭に顔を寄せる。

「どうやらわしは宿願を果たすことはできぬようだ。残念至極だが進軍はここで止め、府中（甲府）へ引き返せ。これも因縁の定めたところ、どうすることもできぬ。あとはそちたちに託すのみだ。わしの志を継いでくれる者がいることを誇りに思うぞ」

馬場美濃守が堪えきれなくなって、大粒の涙をこぼした。懸命に嗚咽をこらえている。

「信春、泣くでない。わしはおまえのような忠義者に恵まれ、つくづく幸せな男である」

信春の嗚咽は号泣に変わり、つられてほかの重臣たちのしのび泣きも大きくなった。

「泣くのはそれくらいでよい。医者どもは、もうすぐわしが死ぬと言ったにちがいない。この軍議が終わったのち、伴人斎を呼んで処置をさせよ。うまくいくかどうかはわからぬが、うまくいくにせよ数年は死人同然であろう。これからいかようにすればよいかを述べる」

「御意！」

「わしが死んだ場合、葬儀は無用である。快川紹喜どのにお経をあげてもらうだけでいい。そののち甲冑を着せて、諏訪湖に沈めてほしい。わしは諏訪湖の龍神となって、そちたちの行く末を見守ろう」

ふたたび嗚咽が漏れた。諸将は、いかに信玄が武田家の精神的支柱であったか、まざまざと思い知らされた。

「つぎに人斎の処置がうまくいった場合のことだ。仮死状態から覚めるのはいつかわからぬ。三年過ぎても覚めぬときは、それをもってわしの死とせよ。いずれの場合も、以後三年間はわしの容態を秘匿(ひとく)し、その間、国力を充実させるのだ。それから、この日があるのを見越し、七百枚以上の書き判を据えた紙を残しておる。外交文書はことのほか大切だ。有効に使え」

「御意」

「こののちの戦略である。もし信長が攻めてきたら美濃との国境あたりで迎え撃ち、持久戦に持ちこめ。けっして出張ってはならぬ。あくまでも山岳戦に持ちこみ、敵を消耗させるのだ。さすれば、信長は撤退せざるをえなくなる。もっとも、三年後も信長が生きているかどうかはわからぬが」

そう言って笑った拍子に、ふたたび咳きこんだ。

「家康だが、じつはわしはあの三河者が嫌いではない。かの者とわしはなにか相通ずるものがあるやもしれぬ。まずは和議を持ちかけよ。家康は信長に疑念を抱いている。条件によっては応ずるはずだ。応ずる様子がなければ、駿河の奥深くに誘いこんで討ち果たせ。なるべく信長から引き離して決戦せよ。つぎに謙信のことだが、謙信とはかならず和睦せよ。謙信は自ら武田を攻めるようなことはけっしてしない。むしろ万が一窮地に陥ったときは謙信を頼れ。いいな」

「御意」

「最後に家督について申し渡す……」

信玄は両目を瞑り、伝えることを反芻(はんすう)した。

「家督は、信勝に譲る」

瞬間、その場が凍りついた。だれもが虚をつかれ、言葉を失った。なかでも、自らが家督を継ぐと信じて疑わなかった勝頼は唖然とした。信勝は勝頼の長男、つまり信玄の長孫である。

「ただし、信勝が十六歳になるまでは勝頼が陣代（後見人）として家中を統率するように」
勝頼は正室の子ではなく、側室諏訪御寮人（湖衣の方）の子である。かつて諏訪氏を継いで諏訪勝頼と名乗り、伊那谷高遠城主となっていた。ところが、信玄の嫡子義信が反乱を企てたかどで廃嫡（はいちゃく）されたことによって元亀二年、武田家に戻っていた。

家中には、いったん他家を継いだ者が武田家の家督を継ぐことに反対する者も多い。信玄がそれを考慮したかどうかはわからないが、この決定は勝頼にとって屈辱以外のなにものでもなかった。

さらに信玄は、勝頼に追い打ちをかけるような言葉を発した。

「勝頼は、孫子の旗（風林火山の旗）、八幡大菩薩の旗、将軍地蔵の旗を使用してはならぬ。それらはすべて信勝に相続させる。勝頼はこれまでのように大の字の旗のみを使用せよ。ただし、諏訪法性兜の着用は許す。が、信勝が家督を継いだのちは信勝に譲り渡すように」

語るにつれ、言葉も滑らかになっていった。けっしてうわ言ではない。

（おれは、自分の息子のつなぎ役に過ぎないのか）

勝頼の失望は大きかった。並みいる重臣たちの前で、家督を継ぐにふさわしくないと言われたも同然である。父信玄がそう判断した背景に、一部の重臣の反対意見があることも知っていた。

信玄が武田家の家督を継いでから約三十二年間、彼が下した決断の大半は理にかなっており、それが多くの恩恵を武田家にもたらした。しかし最後の最後、信玄は誤った判断をしてしまった。事実、信玄が長い眠りについたのち、勝頼は重臣たちを束ねることに苦慮する。一枚岩だった武田家の家臣たちは、やがて石垣の石がひとつずつ崩れ落ちるかのように瓦解（がかい）を始めるのである。

重臣たちが退去したのち、勝頼と信廉は、伴人斎と小太郎を呼び出した。

小太郎は、布団に仰臥（ぎょうが）している信玄をひと目見て、その激しい衰弱ぶりに愕然とした。死に神が人の姿を借りてこの世に現れているかのようだ。眼は深く落ち窪み、青味がかった頬の肉は削げ落ち、肌は光と張りと柔らかさを失っている。

「おお小太郎、もっと近う寄れ」

信玄はしわぶきの合間に、掠れ声で言った。

「わしの顔を見て驚いておるな。若いということは、それだけですごいことだ。おまえが輝いて見える」

しばらく黙り、息を整えていたが、軽く咳きこんだ。

「御屋形さま。きちんとご養生をなされば、まだまだご壮健であられます」

「慰みの言葉は要らぬ。おまえに来てもらったのは、大事な用を言いつけるためだ。これから人斎がわしを眠らせる。眠っている間にわしの体の悪いところを治療するというのだ」

そこで信玄は息を整えた。

「ふたたび目が覚めたとき、おまえが枕元にいることを望む」

小太郎は言われたことの意味を肚（はら）に落としこみ、はっきりと答えた。

「はい。かならず」

「一年や二年で目が覚めないかもしれぬが、わしの近くにいてほしいのだ」

「そうまで言っていただき、小太郎は幸せ者にございます」

「もうひとつ、わしの居間の手文庫に、一枚の料紙が畳んである。三年経っても目覚めぬときは、それが辞世と心得よ」

「……はい」

「人斎……」

名を呼ばれて人斎は、膝立ちのままにじり寄った。

「わしの命、そちに預ける。意のままにいたせ」

人斎は額を床に擦りつけるように平伏した。艶のない長い髪が床に広がった。

「全身全霊を賭けてご処置をいたす所存です」

人斎がふたたびひれ伏すと、その場は深い静寂に包まれた。

かくして元亀四年（一五七三年）四月十二日、信玄は長い眠りについた。

信廉は重臣たちにことのなりゆきを報告したのち、これからは国内外に「御屋形さま、ご病気にて療養中」と触れまわることにした。

信玄は志半ばで西上作戦を断念し、武田軍は伊那街道を北上、折元峠を越えて伊那谷に入り、甲府へ向かった。

## 磨かれる雄源

そのころ、小太郎の父由本雄源はどうしていたのか。

比叡山延暦寺が焼亡し、甲斐に来て二年半、ようやく妻と娘の死を受け入れることができるようになっていたが、脳裏からふたりが消えることはない。歩荷（ぼっか）としてわずかばかりの金銭を得る以外、ひたすら山を歩いている。そのおかげで足腰が鍛えられ、急な坂を難なく登れるようにも夜目（よめ）が利くようにもなっていた。

もともと雄源は、人づきあいより自然の営みに親しみを感じていたが、数ヶ月に一度、様子を見に来てくれる松野吾郎を除けば、荷物の受け渡しの際にほんの一言二言交わす以外、まるで仙人のような暮らしをしている。孤独を厭（いと）わぬとはいえ、日が落ちたあと、ときどき砂を噛むような寂寞（せきばく）を感じる。それでも自ら選んだ道、堪える以外にない。

感覚が研ぎ澄まされている、と感じるようになった。数千人が密集して暮らしていた坂本とちがい、人里離れた甲斐の山奥に暮らしていると、そうならざるをえない。

雄源にとって、自然が見せてくれる豊かな表情を読み取れるようになることは、目的に一歩近づくことでもあった。果たして亡き者の魂と邂逅（かいこう）することができるかどうかはわからない。それでも己のやるべきことは、これ以外にないと信じることができた。成果がいつ現れるともわからないことに没頭没我し、己の行動に疑念をもたないというのは、ひとつの才能と言っていい。

身延の山奥にも遅い春がやってきた。山肌が、鼠色から若々しい浅葱色（あさぎいろ）に変わっていく。北に連なる山々の冠雪が溶けて水になり、森に棲むあらゆる命を育む。山の滋養をたっぷり含んだ水は川筋に沿って流れ、遥か彼方にある海へと流れていく。太古の昔から連綿と続く循環、天地の躍動が見えるようだ。雄源は鳥の目を獲得しつつあった。

強い雨が降り続くある日、天井の雨漏りを修復したあと、ひと休みしていると、音もなく吾郎が現れた。もう馴れてしまったが、わずかな物音もたてず忽然（こつぜん）と現れる。

「やあ、今日はいいみやげ話を持ってきたぞ」

間者といえば陰険な人間という先入観があったが、吾郎の印象はそれとはほど遠い。邪気のない笑みを浮かべ、藪から棒にそう言った。雄源は、虚をつかれ、呆気（あっけ）にとられている。

「どうしたんだ、呆けた顔をして。まさか人間の言葉を忘れたわけではないだろうな」

吾郎に言われて、はたと気づいた。言葉がとっさに出なくなっていることを。

吾郎は、背負っていた笈を下ろし、上がり框に荷を広げた。味噌、塩、草鞋、下衣、菜種油……、雄源が頼んでいた物が並んだ。

「助かるよ」

「こんな山奥じゃ何を求めるにも難儀するだろう。こっちに来たついでだ。礼にはおよばぬ。それよりも、いい話がある」

「いい話？」

「小太郎が出世した。それも生半可な出世じゃない。驚くな、なんと御屋形さまの近習に取り立てられたのだ。百五十万石のお殿さまの近習と言やぁ、滅多なことじゃないぞ。おれは前々から小太郎の才覚を見こんでいたが、ここまで出世するとは思わなかった」

「そうか、小太郎がなあ……」

「なんだ、嬉しくないのか。もっとあるぞ。御屋形さまが三万の軍勢を率いて上洛を目指し、遠江を攻めて徳川家康と織田信長の連合軍を完膚なきまでに打ち破ったそうだ。小太郎も御屋形さまに随行しているらしい」

わが子の出世を望まぬ親はいない。まして小太郎は母親と妹を亡くし、父と離れて暮らしている。十二歳の身でよくぞ、という気持ちがなくはないが、さほど感慨が湧かないのも事実である。

信長への憎しみはいまだ消えることはないが、無辜の民が犠牲になる戦さはもうこの世からなくなってほしいというのが正直な気持ちだ。いまは無敵の武田軍だが、ずっと勝ち続けることはできない。そのとき、出世し過ぎた小太郎はどうなるのか。むしろ息子の身が案じられた。

「仕事柄、畿内にいることが多いのだがな、少し前まで英雄扱いされていた信長の声望は地に堕ちている。京の人たちは現金だからな。傾き始めると、とたんに離れていく。ま、いつも戦さ場になって被害を蒙っていたらだれでもそうなる。無理もないがな」

「それよりな、吾郎、聞いてくれ」

雄源は話題を変えた。

「甲斐に来て、ここで暮らし始めてから、自分という人間が変わった気がする」

雄源は、訥々と語りだした。

「変わり者の人間がまた変わったというのか」

吾郎は茶化したが、雄源は気にもとめず、語り続ける。

「これまで身にまとっていた余分なものが徐々に剥がれ落ちて、山との距離が近づいた気がするんだ。おれはもともと叡山の山徒公人だったが、ただ信仰によって妻や娘に再会したいと思っているわけではない。この世を統べる大いなるものとはなにか、その実態をしかとこの目、この体、この心でつかもうと思っている。信仰も大切だが迷信となっては元も子もない。理をあきらかにすることも大切だ」

「相変わらず面倒くさいことを考えているな。それでどう変わったというのだ」

「山や空が授けてくれる数多の本が読めるようになった」

「山や空が授けてくれる本だって？　もうちょっとわかりやすく言ってくれ」

「ある夜、雪山を歩いていたときのことだ。比叡のお山を歩いていたときは、どこにどういう道があるか頭のなかに入っていたから迷うことはなかったが、このあたりは山ばかりで獣道くらいしかないし一面雪に覆われていたから、迷ってしまった。急に寒くなってきて腹も減ってきた。これでは家に帰れないと途方にくれた。冬、こんな山奥で野宿したら死ぬ以外にない。南の方角へ進めば家に戻れるというのはわかっていた。家を出たあと、ひたすら北へ向かっていたから。問題は、どうやって南の方角を定めるか」

「星の位置だろう。おれもよく使う」

「その夜は星が出ていなかった」

「それで？」

「風だよ、風。山の上から下に向かって風が吹いていた。じつは坂本にいたとき、夜はお山から鳰（にお）の海（琵琶湖）の方へ風が吹くことが多かった。反対に昼間は鳰の海からお山へ向かって吹く。なぜだと考えたんだ。おそらく昼間は山の方が温かくなり、夜は鳰の海の方が温かくなるからではないかと。道に迷ったとき、そのことを思い出したんだ。そうか、山から風が吹き下ろしている方角が南じゃないかって。ここからまっすぐ南へ行けば、十二、三里ほどで海にたどり着く。甲斐の山々とその海の温度のちがいが、山から吹き下ろす風になっている。つまり、日輪が風をつくるということだ」

「それで無事に戻れたっていうわけか。目の前にいるおまえは幽霊でもなさそうだしな」

「それから、まわりの山や川や空がそれまでとちがって見えるようになった。雲の形と流れる向き、風の強さと向き、空気の湿り気、月の満ち欠けと位置、星々の位置、山の斜面に生える樹々の枝の形と向き、川の曲がり方、草花の種類や生え方……。みんな、自然が書いた本だとわかった」

「そら感心なことやなァ」

　吾郎は生まれた土地の言葉で茶化した。が、雄源はなにかに取り憑かれているかのように語り続ける。

「一見するとこの世はバラバラに動いているように思えるが、じつはすべて互いに影響を与えている。まわりから影響を受けないものはなにひとつない。ほら、この道の両側をよく見ると、雑草の生え方がちがうだろう。水たまりも片側にしかない。そういうことの一つひとつを読みとれるようになると、それまでに見えなかったものが見えるようになる。人もそうじゃないかな。人と人が影響し合ってなにかが起こる。武田の御屋形さまが京の都へ向かったことだって、風がどっちに吹くかっていうことと同じだと思う」

「息子の出世の話より、そっちのほうが楽しそうだな」

「なあ吾郎、このところよく思うんだが、日輪がこの天地のまわりをまわっているというのはまやかしじゃないか。本当はおれたちが住むこの天地が一年かけて日輪をまわっているような気がしてならない。じゃないと、どうにも理が合わないんだよ」

「おいおい、言葉を慎め。そんなおかしなことを言っていると、気が狂ったと思われるぞ」

「そうかもな。ときどき自分でも変だと思うことがある」

吾郎は雄源の目をしげしげと覗きこみ、声色をあらためて言った。

「なあ雄源、おまえが家族を思う気持ちはわかる。でもな、ものごとには潮時というものがある。つまり、なんていうかなあ、いつまでも過ぎ去ったことに囚(とら)われないで、前を向いて生きていくことも必要じゃないかな」

「……」

雄源は唇を噛んで黙っていたが、おもむろに顔を上げた。

「ふたりのことを忘れろっていうのか」

「そうは言わない。ただ、世の中にはおまえのような境遇の人間がたくさんいる。その者たちの多くは哀しみを胸に秘めたまま、新たな暮らしを始めている。また世帯を持てば、哀しいことも少しは和らぐんじゃないか」

「それはできない」

雄源は声を震わせた。

「おれはそんな器用な人間じゃないんだ」

吾郎は雄源を見つめ、ずっと黙っていた。そして雄源の肩を軽く叩き、「また来るよ」と言い、出て行った。


雄源に、思いがけない災難が降りかかった。

羽衣白糸の滝から大柳川渓谷を抜けた日のことだ。この渓谷に道はなく、崖の中腹につくられた杣道（そまみち）を歩く。上から見ると、細い流れは人間の体にある血の管にも似ている。ふと少し遠くまで行ってみたいと思いたち、布引山を越えて大井川の源流あたりまで足を伸ばした。

やがて、土地の者とおぼしきふたり連れが前方から歩いてきた。ひとりは二十歳ほどで、四角張った黒い顔のなかに細長い目を光らせている。もうひとりはすぐ後ろをついている。

すれちがいざま、前方の男が雄源の肩をつかみ、どすの利いた声ですごんできた。

「おまん、見かけん顔だが、どこの者（もん）ずら」

雄源はとっさに身を引き、身延山の麓に住んでいる者だと答えた。

「身延だと？　おまん、言葉が変だら。よそ者じゃろ」

「近江国からやって来て、ここに住んでいる。なにも怪しい者ではござらん」

「とかなんとか言いながら、間者かなにかじゃろ。どれ、持ち物を見せろ。いいか吾八、こいつを押さえていろ」

吾八と呼ばれた男は素早く雄源の後ろにまわりこみ、背中から羽交い締めにした。上背（うわぜい）はあまりないが、背中越しにも屈強な男だということが伝わってきた。

持ち物はなにもない。雄源は力を抜き、好きなようにさせた。ひとしきり調べたのち、男は薄笑いを浮かべ、

「いよいよあやしいずら。こんな山奥をなにも持たないで歩いているのは間者しかおらん。とっ捕まえてお頭に突き出してやるら」

「わたしは間者などではない。ただ歩いているだけだ」

「用がないと言って歩いているやつが一番あやしいずら」

吾八がいっそう力を込めて背中を羽交い締めにすると、正面の男が雄源のみぞおちに強い突きを入れた。

一瞬、雄源の息が止まった。胃の腑から妙な味の液体がせり上がってくるのを感じた。

雄源は背後の男をふりほどこうとしゃにむに体を捩(ねじ)り、目の前の男がふたたび突きを入れてくる寸前、捩った体を急反転させた。男の腕は宙を突き、的がないまま前のめりになって体のバランスを崩し、その拍子に足を踏み外して小石とともに崖を滑り落ちていった。崖の途中に生えている細い木の枝をつかんだが、男の体重を支えきれず、幹の部分から折れた。男は悲鳴をあげながらさらに崖を転がり落ち、うつ伏せの状態で地面に落ちた。どすんという音が聞こえてきた。

「貞吉、だいじょうぶかぇ」

吾八は崖の淵から身を乗り出し、叫んだ。落ちた男はクマザサのなかに埋もれ、どんな状態なのかわからない。吾八は何度も名前を呼んだが返事はない。

貞吉が落ちたところまで、二十メートル以上はありそうだ。

「どうするら」

吾八はおどおどと平静を失い、顔面蒼白だ。

「だれか、助けを呼んできてくれ」

雄源の言葉でわれにかえり、脱兎（だっと）のように走り去った。

雄源の体は、考える前に動いていた。杣道から崖底に下りる経路を探し当て、崖に這いつくばるように少しずつ下りた。崖には窪みが多く、かろうじて足をかけるところがある。とはいえ、ひとつ踏み外せば、真っ逆さまに落ちてしまう。

真ん中あたりで、動けなくなった。足をかける場所がないのだ。さらにわずかな窪みに指を差しこんで体を支えてきたため、指の感覚が麻痺している。上にも下にも行けないところで、止まってしまった。

「貞吉どの、聞こえるか、大丈夫か」

大声で呼んだが返答はない。死んでいるのか、ただ気を失っているのかもわからない。

気を鎮めて周囲を見ると、右下の方向、体二つ分ほどの距離のところに太い松の木が見えた。見えた、というより、目が合ったという感じだった。巌谷（がんこく）に生えた松は、緑の葉を揺らし、こっちにおいでと雄源を誘っているように思えた。

雄源は一度深呼吸をし、崖肌近くを横っ飛びし、松の木の根本を右手でつかんだ。

左手を添えて体の揺れを収め、四方を見渡した。地面からまだ十メートルほどある。

（冷静になれ）

恐怖心を鎮めるため、自らにそう言い聞かせた。幸いだったのは、二年半に及ぶ山岳行によって、体の筋肉の隅々が意思に従って動くようになっていたことだ。両手を松の木の根本から枝のさきのほうへと握り直し、足をその先にある窪みへと近づけた。

松の枝は大きくしなった。

「頼む。折れないでくれ」

雄源は声に出して希（こいねが）った。

松の枝はどうにか雄源を支えてくれている。ありがとうとつぶやきながら足を伸ばし、窪みにつま先を置いた。枝から手を離し、右横の尖った岩をつかんだ。しっかりつかんでいれば足が宙ぶらりんになっても落ちることはない。右手を伸ばしてほかの岩をつかみ、元の岩を左手でつかむ。その動作を繰り返し、大きく右側へ移動した。

しかし、あるところで動けなくなった。どこを見渡してものっぺりとした岩肌ばかりなのだ。指の疲れも限界に近づいていた。ついに進退きわまった。

雄源は意を決した。飛び降りる以外にない。クマザサがたくさん生えている草むらを目がけて岩肌を蹴り、大きく飛んだ。飛んでいるとき、谷を流れている風が自分を助けてくれているような感覚を覚えた。みるみる草むらが眼前に迫り、着地と同時に転がった。

足首に強い衝撃を感じた。何度も回転するうち、体のあちこちが石にぶつかり、激しい痛みに襲われた。

ようやく動きが止まり、ほっとひと息ついて空を見上げると、青い空に無数の光が走っていた。ズキズキと激しい痛みが全身を貫いていたが、かろうじて立ち上がって歩くことができた。

（貞吉はどこだ）

雄源は、よろめきながら貞吉が落ちたあたりへ歩き、クマザサに分け入った。

貞吉はすぐに見つかった。うつ伏せに倒れ、ぴくりとも動かない。

「貞吉さん、大丈夫か」

雄源は貞吉の体を仰向けにし、耳元で叫んだ。夥(おびただ)しい鼻血で顔が汚れている。とっさに心の臓に耳を当てる。鼓動はあった。全身のひどい打撲で、失神しているにちがいない。貞吉の頬を叩くが、反応がない。

すぐ近くに、葦(あし)が密集した河原と巨岩の間を縫うように川が流れていた。雄源は川に顔をつけ、冷たい水を口いっぱいにふくみ、貞吉のところに戻って彼の顔めがけて勢いよく吹きかけた。貞吉の目がぴくりと動いたようだった。

「貞吉さん、起きてくれ」

雄源の声が聞こえたらしく、貞吉はうっすらと目を開けた。まだ事情を飲みこめていない様子で、目は虚空を見ている。

周囲を見渡すと、道らしき道は見えなかった。落下する前に通っていた杣道がかすかに見えるが、そこまで貞吉を背負って登るのは不可能だ。

途方にくれてたたずんでいると、遠くから人の声が聞こえてきた。吾八から聞いた村人が数人、救援に駆けつけてくれたのだ。

「貞吉は生きているか」

崖の中腹から声が聞こえてきた。

「生きているが、歩けそうにない」

容易に息がつけなかったが、体の痛みをこらえて大声で返した。

「貞吉を背負って川下へ半里ばかり行ってくれるかぇ。沢筋があるから、この道に簡単に上がれるら。わしらもそっちへ向かう」

雄源は朦朧(もうろう)としながら貞吉を背負って歩いた。太り肉(じし)で、垢の溜まった嫌な臭いがした。一歩踏み出すたびに、足首がずきりと痛み、脳天まで貫いた。

不揃いの石は表面にぬめりがあって、幾度も足を滑らせた。背丈ほどもある葦をかき分けて進む。大きな岩にぶつかると、川のなかを行く以外にない。長く雨が降ったあとで水かさが増し、深さは胸のあたりまである。

痛みと疲労でこれ以上一歩も前へ進めないというとき、貞吉を川岸に下ろし、大の字に横たわった。横目で水面を見ると、西日を反射して金色に点滅している。

ここで待っていれば、救援の者たちが駆けつけてくれるにちがいないが、行けるところまで行ってみようと思った。永能に「そなたに斬られた者のために祈ることだ」と言われたことが頭のなかを巡っていたからだ。危険を顧みず崖から降りたことも、貞吉を背負って谷を歩くことも祈ることだと思った。

無意識のうちに貞吉を背負い、ふたたび歩き始める。足首と脇腹の痛みが耐え難いほどになり、すべての力を出し切ったのち、雄源は貞吉を背負ったまま失神し、その場に崩れ落ちた。

昏睡状態から覚めたとき、雄源は見知らぬ数人の男たちに囲まれていた。体じゅうがずきずきと痛む。なぜそれほど痛むのか、なぜそこに寝ているのか、考えを巡らしても雲をつかむようでわからない。

ふと見知った顔を認めた。崖の杣道で後ろから羽交い締めにしてきた吾八である。あれからどれほどの時が過ぎているのかわからないが、吾八は別人のように親しみのこもった笑みを浮かべて雄源を見つめている。

「目が覚めたずら」

吾八は嬉々としてほかの男たちに言った。

雄源は顛末（てんまつ）を聞かされた。貞吉を背負って川を下っている途中、ついに力尽きて昏倒し、しばらくそのままの状態で気を失っていたらしい。吾八ら救援の者たちが川を遡ってきてふたりが倒れているのを見つけたという。

「疑って悪かったら。おまんが間者なら命がけで貞吉を助けることはしないずら」

「あの……、貞吉さんは」

「骨がいっぱい折れてるけど、ちゃんと生きてるら。しばらくは養生するしかないずらよ。乱暴者にはちょうどいい薬になるら」

別の男が言い、ほかの四人がけらけらと笑った。

雄源は問われるまま、これまでのいきさつを語った。比叡山焼き討ちのことや、甲斐に逃げてきて信玄公に目どおりしたことなどを語ると、男たちは頓狂な声をあげて驚いた。

「おまん、ほんとうに、お、御屋形さまに会ったのか」

「一番後ろにいたし、ずっと顔を伏せていたから、お顔を拝んだわけではないが、お声はしかと聞いた」

「そんな人をよ、貞吉は間者だと言い張ったずら」

赤ら顔の吾八は、さらに顔を紅潮させて、座の中心になっていた。

「で、どうだった？　その話の内容はよ」

「どうって聞かれても……。そうだな、比叡山の僧侶ふたりを相手に説教していた」

雄源は不思議だった。守護大名は領民や国衆、豪族などを守る立場ではあるが、領民はやむをえず従っていると思っていた。戦国の世を生き延びていくため、どの大名も領民に対して、過酷な税と兵役（へいえき）を課さなければならない。それに対する不平や不満はすべて大名に集まるのが常だった。しかし、この場にいる者たちはどうやら雄源が考えていることとは異なる感情を抱いているようだ。

「ひとつ聞きたいのだが、そなたたちはそれほど御屋形さまを信頼されておるのか」

「あったりめえよ。おれらにとって御屋形さまは雲の上のお方じゃ。こんな山国がよその国から一目置かれるようになったのは、御屋形さまの代になってからじゃ」

「そうよ、おれの嫁の実家は竜王というところじゃが、ずっと釜無川の氾濫に苦しめられてきた。それがだよ、御屋形さまは十年以上もかけて堤防を築かれ、川の流れを変えてしまわれた。そのおかげで洪水に苦しめられることがなくなったのら。付近の農民に訊いてみるといい。みんな御屋形さまを神様のように思ってるずらよ」

雄源は、甲斐国の力の源泉を見た思いだった。

武田軍が三方ヶ原の戦いで圧勝したことによって、徳川方から遣わされている間者の数が急増していることもわかった。とりわけ、武田家の金櫃（かねびつ）とも言われる金山の産出量を探る動きがあり、そのため不審な人物の取り締まりが厳しくなっているという。偶然出くわせた雄源は、そのとばっちりを受けたというわけだ。

雄源は傷が癒えるまで、その集落に留まった。全快して辞去するとき、貞吉がばつの悪そうな顔をして現れた。

ぺこりと頭を下げ、「悪かったでごいす」と言った。雄源は歩けるようになった貞吉を見つめ、祈りが通じたと思った。

## 眠る信玄、敵を走らす

　信長は京都の二条城に足利義昭を囲んでいた。信玄の上洛を確信し、強気に出ている義昭を威嚇するためである。この事態はひとまず正親町天皇の仲介によって落着したが、義昭に対する信長の敵愾心が消えることはなかった。

　信長は、信玄に備えるため岐阜城に戻った。

　しかし矢継ぎ早に入ってくる間者の情報は、どれも奇異なものだった。野田城を落としたのち武田軍は東へ引き返し、改修工事の終わった長篠城に入ったまま動かないというのだ。異常事態が発生したとしか思えない。

「信玄め、ついにくたばったか」

　死んでいないとしても重篤な病気であることはまちがいなかろうと信長は確信した。このところ信長の顔色は沈んでいたが、表情に生気が戻り、赤みがさしてきた。岐阜城の天守閣から長良川を見おろし、眼下に唾を吐き捨てた。信長にとって信玄は唾棄すべき怨敵、そうすることで溜飲を下げた。

「そちに大事な用を申しつける」

　信長は佐久間信盛を呼びつけ、三白眼で睨みつけ、薄い唇の間から声を発した。

「信玄が死んだかどうか、それを探るのだ。いかなる犠牲を払ってもよい。間者を総動員して調べよ。よいな、二週間以内に確かな情報を持って参れ」

「ははっ」

　信盛は平伏し、すぐに退去した。

　長年信長に仕える信盛だが、いまだにこの主の心が読めず、総身にべっとり汗をかくことがある。

信長の心を落ち着かせるためにも、信玄が死んでいることを願った。

信盛はあらゆる手立てを用いて信玄の生死を探ったが、死んだという情報もあれば、生きているというものもある。ついに確たる成果を得られないまま二週間が過ぎてしまった。

信盛は恐懼（きょうく）して信長の前で平伏し、探索のいきさつを述べた。平伏し、見上げると、精悍（せいかん）な細面（ほそおもて）に光る三白眼と合った。

「この役たたずめが！」

信長は持っていた扇子で信盛の頭をしたたかに打ちつけた。信盛は身を固くして詫びを繰り返したが、信長の勘気が和らぐことはなかった。

信盛は、信長が幼少のころより織田家に仕えてきた重臣である。いわば父親のような存在でもある。この七年後、信盛は信長から十九ヶ条にわたる折檻状（せっかんじょう）を突きつけられ、畿内方面の責任者と筆頭家老の地位を解かれる。その折檻状には、取るに足らない遠い昔の失態も含まれていた。そして嫡男の信栄とともに追放の身となり、高野山に蟄居（ちっきょ）した。その後は高野山にも在住を許されず、熊野へ落ち、惨めな晩年をおくることになる。

信長にとって、大事なことは「今」と「これから」である。三十年間もの忠勤があったとて、今役にたたないとみれば一頭の駄馬ほどの価値もないと判断する。駄馬に高禄を授ける人はいない。彼は当時の日本人としては珍しく、徹頭徹尾、唯物論者だった。日本人特有の寛恕（かんじょ）の心や〝水に流す〟という精神性はさらさら持ち合わせていなかった。

反面、出自や経歴を問わず、「今」使えると判断すれば、惜しげもなく厚遇する。それをわきまえて仕えるのであれば、出世の足がかりとして最適の主であることは間違いない。

信長の苛立ちは、同盟者である家康にも向けられていた。三方ヶ原の戦い以降、信長は家康を「できの悪い同盟者」とみなすようになっていた。信長にとって、命令を無視し、あげく惨敗するなど論外である。ましてあの戦いでは平手汎秀ら織田家の重臣も討ち死にしている。

もともと信長と家康は対等の同盟関係であったはずだが、信長の後ろ盾なしでは立ち行かないことを知っている家康は、いかなる理不尽な命令も聞かざるをえない。これ以上の勘気を蒙ることは許されない。まさに生殺与奪を握られているといってよかった。

家康は、岐阜城に呼びつけられた。

「三河どの、わかるな、信玄のことよ」

稲葉山の頂上につくられた岐阜城の天守閣からは、四方八方を見渡せる。眼下の景色を睥睨していた信長は、視線を東へ移し、おもむろに訊いた。

「ご存念、お察し申す」

家康は、こんな用件で岐阜くんだりまで呼び出すとは、と内心悪態をついたが、なに食わぬ顔でつぎの言葉を待った。

「信玄が生きているかどうかで畿内の動きが変わる。その方も探っておると思うが、いかに考える。われらにとって大事なことゆえ、しかと確かめたい」

「われらが放った間者の報せを鑑みるに、信玄どのはまだ生きていると考えます。ただ重い病を患っていることはまことでありましょう」

「なにゆえ生きていると考える」

「日毎朝夕、医師の診立てを受けておられるとのよし」

「影武者ではないのか」

「それも考慮に入れ、念入りに調べてござる。いずれ明らかになるまで、信玄どのは生きておられることを前提に行動を起こすべきかと思います」

「のう三河どの。われわれを惑わす信玄とはいかなる人物であろうな。その方、一泡吹かせられてから間もないのだから、なにか思うところはあろう」

信長の言う〝一泡〟は、あからさまに皮肉の響きを含んでいた。

「戦さの采配は深沈にして重厚。計略を用い、勝算が整うや機を逃さず果敢に攻めてくるところは旗印の風林火山そのものかと」

「過大評価だ」

「もうひとつ気になることがございます。高天神城と二俣城の落城の際、信玄どのは城主をはじめすべての城兵の命を奪いませんでした。それを知った遠江の国衆たちの間に迷いが生じているのです」

抵抗した敵を根切りにする信長の残忍な処置は、恨みを買うことになって逆効果になると匂わせた。

「甘いな」

「いずれにせよ、わが徳川だけで太刀打ちできる相手ではありません」

家康は言外に、援軍を要請したにもかかわらず、言を左右にして援軍を差し向けることをためらった信長へのあてこすりも含ませた。信長からの援軍の要請に対しては、忠実に応えてきた家康である。

かくして皮肉と当てこすりの応酬となった。

万事に敏感な信長が、家康の本意に気づかぬはずがない。

「よもやその方、信玄坊主の死を望んでいないわけではないだろうな」

それを聞いた家康は、眼尻（まなじり）をあげて信長を見据えた。

「いやしくもこの家康、戦さ以外で敵の死を望んだことはござらぬ」

家康にできる、精一杯の抵抗だった。

「ふん、それが武士の心意気だとでも申すのか。くだらん」

信長は吐き捨てた。そのような旧い考えだからうだつが上がらないのだと言わんばかりだった。

それを聞いて、家康は肝に銘じた。信長の同盟者であり続けるには、自分が信長にとっていかに有用か、そのうえで信長の脅威ではないと思わせることが絶対条件であり、それを演じ続けなければ、いずれ抹殺されると。

「まあいいだろう。これだけ調べても信玄の生死が明らかではないということは、それだけ彼奴（きゃつ）らも必死に隠し立てしているということ。そこでだ」

信長はそれまでの気詰まりな空気を和らげようとするかのように笑みを湛えて言った。

「巣穴を突ついてみよう」

「野田城か長篠城を攻撃するということですな」

「さよう。長篠城がいいだろう。それが落ちれば野田城も孤立する。長篠城を攻められても後詰めを送らないとあらば、信玄は死んだか重篤に陥っているということよ」

家康を岐阜へ呼び出したのは、それを告げるためだった。

長篠城は、武田方の調略を受けた田峯菅沼方の説得により、城主菅沼正貞がやむなく開城し、武田方に属することになった。その後、武田方は奥三河の要として強化するため、穴山信君を城普請として、大規模な改修工事を施した。

それほどまでに信玄が重要視していた長篠城が攻められたとき、武田がどう出るのか。それを見きわめれば、信玄の容態がつかめるのではないか。信長はそう考えたのである。

## 忠犬小太郎と人斎

躑躅ヶ崎館の信玄の居間。

障子越しに差しこむやわらかい光が、畳の上でゆらゆらと蠢（うごめ）いている。

信玄は、仰臥した人間が入る大きさの、特別に設えた輿（こし）に載せられ、躑躅ヶ崎館に帰った。そして人斎の処方した秘薬によって、仮死状態となった。

外見上は眠っているのと変わらない。胸に耳を当てれば、あるかなきかに鼓動を感じる。しかし鼻の穴に指を当てても、息は感じられない。呼吸は生命の維持に必要な最小限に抑えられている。肌に触れるとひんやりとし、人間のそれというより爬虫類のようであった。

信玄が長い眠りに就いたのは、四月十二日のこと。新暦に直せば、五月末。一年のうち、もっとも過ごしやすい気候である。

「まずは居室の気温をこの時期のように保つことが肝心です」

人斎は重臣たちに、仮眠状態を保ちながら治療を施すうえで必要なことについて縷縷（るる）述べた。

問題は夏と冬である。とりわけ冬の寒さが厳しい甲府において、居室の気温を春や秋並みに維持するのは容易ではない。

「うるさい音が入らないよう、留意しなければなりませぬ」

外部の音が耳から入ることによって、安定した仮死状態が阻害される。秘薬に用いる材料の種類は多岐にわたり、一部は南蛮から取り寄せなければならない。補給の手間とそのための費用も膨大だった。

勝頼は、信玄の居室の管理を、小太郎をふくめ信玄付きの近習と小姓たちに命じた。小太郎は、これによって行動の自由を大きく制限されることになった。

勝頼は、ふと「三年経っても目覚めぬときは、それが辞世と心得よ」という信玄の言葉を思い出し、手文庫から一枚の料紙を取り出してきた。なにか重要なことが書かれているのではないかと気が気でなかったのだ。しかし、さっと目をとおしたのち、小太郎に手渡した。

「わしにこの手の心得はないゆえ、管理はおまえに委ねる」

勝頼は事務的にそう述べ、居室を出て行った。

小太郎は開いたままの料紙に目を落とした。歌が一首、したためられている。

霞むより　心もゆらぐ　春の日に
　野辺の雲雀も　雲に啼くなり

信玄の直筆である。濃墨を用い、細い筆で書かれている。

書は人なりと言われるが、戦国最強の武将というイメージとはかけ離れた筆跡だった。女手のように柔和でたおやか。起筆と終筆の繊細さは幽玄でさえある。

（こんな一面もお持ちだったとは……）

小太郎はまじまじと見惚れている。己を誇示する言葉はない。残る者たちへの訓戒もない。ただ自らを野辺の雲雀（ひばり）に仮託し、死を目前にして揺らぐ心境を吐露しているだけだ。それだけに、信玄の切ない心が伝わってきた。

小太郎はていねいに料紙を折り畳み、手文庫に戻した。

甲府に戻ってからの日常は、それまでの半年以上にわたる軍旅とは対極ともいえるほど平凡である。小太郎は日夜を問わず、その大半を信玄が眠っている部屋で過ごした。

信玄から、ふたたび目が覚めたとき枕元にいることを望むと言われたことが理由でもあるが、それ以上に容態を見守りたいという気持ちが強かった。無意識のうちに周囲の気配を感じ取っているかもしれない。信玄をひとり置き去りにしてはいけないと思ったのだ。

お蘭の方とお琴の方は、当初こそ足繁くやって来たが、傍らで話もできず、眠っている信玄をただじっと見ているだけのことに気疲れを覚えたようで、だんだん足が遠のいていった。

人斎の献身ぶりは一種異様といえた。傍にも伝わるような妖気を発し信玄を診察する。信玄の居室の隣りの居間に起居し、夜中も一時間と空けず様子を見に来ている。

信玄は、上体に勾配がつくよう高めの枕に頭を乗せられている。仮死状態を維持する薬と治療薬は日に数回ずつ、手製の管を使って鼻から投与される。意識がないため、食道の途中で詰まっては大事に至る。薬物投与はきわめて精緻な作業を要求された。

一回当たりの投薬量は一・五匁（五グラム強）。この作業を行うだけで、人斎は玉のような汗をかいた。五感を総動員し、わずかの変化も見逃すまいとした。

生命を維持するために必要なエネルギー補給も容易ではない。人斎は米のなかに含まれるデンプンを分解して、糖の最小単位いわゆるブドウ糖にする技術を持っていた。それを液状化させ、薬と同じように鼻から注入する。

あるとき人斎の献身ぶりにいたく感心した信廉が、俸給を倍増させると伝えたが、人斎は頑としてそれを断わった。

「伏してお断り申しあげます。出自も定かでない拙者を召していただいたことは生涯忘れられるものではありませぬ。このような立派なお屋敷に居室をあてがっていただき、あまつさえ食べるものにも不自由いたしておりませぬ。これ以上、なにを求めましょう。いまはただただ御屋形さまの病が癒え、無事お目覚めになるために専念するのみでございます」

「そうか。それにしても欲のないことよ。長く戦乱の世が続いたことで我欲が肥えた人間ばかりになってしもうたが、見上げたものじゃ」

信廉は珍しい生き物を見るかのように人斎を見た。

人斎は相変わらず浮浪者の体で、身なりにはいっさい頓着しない。ただし眼の輝きだけが変わっていた。炯炯としながらも、慈しみに満ちた温もりを湛えている。己の役目に誇りを感じている風でもあった。

それぞれの近習と小姓が組になり、交替で信玄の部屋を寝所としていたが、やがて小太郎が専任とみなされるようになった。信玄の最後の言葉の影響もあるが、それ以上に大きかったのは、小太郎への妬みである。ほかの近習や小姓たちは、小太郎だけが贔屓にされたことに不満を抱いていた。

気がつくと小太郎は孤立していた。そうなった理由を考えるが、毫もわからない。だれに対しても誠実に向き合おうとしているが、それをすると「若いくせに分別が過ぎる」ととられる。言われたことをそつなくこなせば、「小器用だ」と受け取られる。ことごとく逆効果になっているのだ。気脈を通じていたお蘭の方も、近ごろは小太郎に素っ気ない態度をとることが多い。

小太郎にかつての無邪気さがなくなっていた。

忠犬小太郎。

そう揶揄されていることはわかっているが、なんら痛痒を感じなくなっていた。言いたい人には言わせておけばいい。そんな心境だった。

自ずと、人斎と接する時間が増えた。人斎への崇敬が深まるにつれ、周囲の雑音はまったく耳に入ってこなくなった。

「人斎さま……」

丹念に時間をかけて、ひととおり診察と処置が終わったのち、小太郎は、おずおずと人斎に声をかけた。

人斎は視力の衰えた細い目を懸命に開き、小太郎を見つめた。

「人さまから、さまをつけられたことなど一度もないゆえ、驚いており申す」

真面目くさった顔で、そう言った。

「では、なんとお呼びすればよろしいのでしょうか」

「人斎と呼び捨ててくださってけっこうです」

「滅相もございませぬ。やはり、人斎さまと呼ばせていただきます」

「なんとも面映い。拙者はご覧のとおりの風体。蔑まされることには馴れております」

「いいではありませんか」

小太郎と人斎は、眠れる信玄が躑躅ヶ崎館に帰還してから、はじめて笑みをこぼした。

「小太郎どの、なにか拙者に用向きがあったのでは」

「そうでした。御屋形さまのご容態のことでございます。門外漢のわたくしにはまったく想像もつきませぬが、いかようでありましょうか」

人斎はしばらく考えこんだ。なにか重大なことがあり、それをどう言い繕えばいいか思案している風に思えた。

「小太郎どのはいわば同士。そう問われれば、隠し立てはできませせぬ。率直に申し上げますが、くれぐれも他言は無用でござる」

小太郎はゆっくりうなずいた。

「御屋形さまのご容態は、良いとはいえませぬ」

人斎はまわりに人がいないことを確認したのち、小太郎の耳元で囁いた。

え？

「肺の臓はほぼ動きを止めたことで小康状態を保っています。この病はさほど厄介なものではござらぬ。時が経てば、炎症も治まるかと思います。問題は胃の腑にある腫れ物。おそらくほかの腑に広がろうとしているのを御屋形さまのお体が懸命に押し留めようとされているものと思われます。薬の力で御屋形さまのお体に加勢しておりますが、いうなれば悪い腫れ物自体も御屋形さまのお体に相違ありません。悪い腫れ物だけを懲らしめる薬を調合するなど、目下のところ、拙者にはできませぬ」

「その病魔に御屋形さまが負けてしまうということもあるのでしょうか」

「五分と五分というところでしょう。こればかりは御屋形さまご自身が病に打ち克つ力をお持ちかどうかに尽きます」

小太郎は一心に施療する人斎を見て、かならずやいい結果になると思いこんでいたが、冷や水を浴びせられた格好になった。

「万が一の場合は、死ぬ覚悟ができております」

小太郎は、そこまで思いつめなくても、と言いかけたが、己が人斎の立場だったら同じことをするはずだと考えた。

「そのようなご容態とあれば、勝頼さまや信廉さまにお伝えするべきかと思いますが……」

「いま武田家は御屋形さまの一件を隠しきれず、動きがとれない状態です。そのような折り、無用なご心配をかけたくありませぬ」

人斎以外、小太郎を相手にする者はいなくなったが、それは突出して才長けた若者が陥りやすい落とし穴ともいえる。あどけなさを残していた少年は、わずか二年で大人(たいじん)の気風を具えた。周囲が敬遠するのもむべなるかなである。

しかしそういう若者に目をかける大人がかならずいる。小太郎の場合は、山県昌景と信廉であった。そもそも小太郎の異才を見出したのは昌景である。信廉は信玄の弟ながら威を笠に着ることもなく、つねに一歩下がって人と接することのできる人徳を備えている。温和で平らかな性格も、彼の人格をいっそう引き立てていた。

ある日信廉は、横たわる信玄の近くで、ひとりつくねんと佇(たたず)む小太郎を見て、一計を案じた。

「一日中なにもせず、ただそうしているだけではつらかろう」

小太郎はとっさに平伏し、答えた。

「めっそうもござりませぬ。御屋形さまのお近くにいられるだけで身に余る光栄と存じます」

「じつはな小太郎、御屋形さまはたいへんな蔵書家でもあるのだ」

「……はい」

小太郎は怪訝(けげん)な面持ちで信廉を見上げた。

「これから御屋形さまの書庫に案内する。そのなかから好きなものを選び、時間の許す限り読んでよろしい」

「えっ、ほんとうにござりますか」

「御屋形さまもお許しになるであろう。かねがね御屋形さまは書物は読んでこそ価値があると言い、われわれにも薦められた。だがどうにも小難しいものばかりでな、われら武辺者には厄介な代物じゃ。だから、小太郎」

「はい」

「御屋形さまが目覚められたのち、勉学を積んだおまえが話し相手になれれば、さぞやお喜びになるだろう」

信廉は絵師と呼んでもいいほど、絵を描くことが得意だった。いきおい、書物にも理解がある。

小太郎は喜びに打ち震えた。書物を自由に読めることはもちろん嬉しいことだったが、それ以上に、信廉が自分を気にかけてくれたことが嬉しかった。

ふと、父から言われていたことが去来した。

――なにごとにも真摯に取り組むことだ。だれかがかならずそういうおまえを見ている。

書庫は、上部に設えられた明かり取りからわずかな光が差しこむだけの薄暗い部屋にあった。奥の壁一面に古い書物が並んでいる。背表紙が揃ってなにかを訴えているとも感じた。

小太郎は紙と墨の独特の匂いを胸いっぱいに吸いこんだ。そして、得も言われぬ安堵を覚えた。この茫漠（ぼうばく）とした薄暗い空間の向こうに、果てしなく天地が広がっていると思えたのである。

「これだけの書物を揃えた武家の館はざらにはないぞ」

信廉は誇らしげに言った。

「すべて御屋形さまがお求めになられたのですか」

「そうだ。なにぶん書物は高価である。高いものは、国の一つや二つに相当するのだぞ」

「国……でございますか」

小太郎の常識の範疇（はんちゅう）をはるかに越えていた。

「それほどに真理を知るということは価値があるということだ。好きなものを選べと言ったが、おそらくおまえが読んでもすぐに意味をつかむことはできまい。が、心の養いにはなるだろう。ときどき随風どのや豪海どのがここに来て重臣たちに進講するから、知りたいことがあればその折りに尋ねるといい。おふた方とも仏の教えのみならず諸子百家に通暁しておる」

「は、はい」

小太郎は、小躍りするばかりに感動していた。信玄が集めた書物を自由に読んでいいという信廉の配慮が、のちのちこの少年を大きく成長させることになる。

その日、小太郎は書庫のなかを渉猟した。ざっと見たところ、千冊以上はありそうだ。大半が仏教に関する書物であったが、信廉が言ったとおり、儒学の書物も多い。

薄暗い書庫のなかで、小太郎はかすかな希望が墨汁の一滴のように広がっていくのを感じた。ひときわ目についたのは、『伊勢物語』と題された、雅な装幀の書物であった。のちに小太郎は、このときに見た『伊勢物語』が藤原定家が所持していたもので、信玄が今川義元から借りていたものだと知ることになる。義元が桶狭間で討ち取られたのち返却しないままであったが、のちに武田家の滅亡とともに消失し、写本だけが残ることとなる。

書物を一つひとつ手にとって見ていては、それだけで日が暮れてしまう。どれから手をつけていいか迷ったが、一番手前の広い空間を一冊の本が占めているのを見て、それを取り上げた。まるで、この本から読み始めて欲しいと暗示されているようにも思えた。

表紙に「孫子」と書かれている。

(そういえば、武田の旗印は孫子の兵法の一節だと聞いたことがある)

小太郎はそれを手に取り、懐に入れて居間に持ち帰った。

その日から、小太郎は本の虫になった。人斎が施療するときはいろいろと手助けすることもあるが、それ以外は自由な時間だ。

学問の嗜みがあるとはいえ、まだ十二歳の少年である。書物を開いても、理解できない文字ばかりだった。どうしても知りたい字は人斎に訊いた。人斎は唐の医学書を読むため、独学で漢学を修めていた。

小太郎の質問のほとんどに答えることができた。

「人に教えてもらわずとも、独学で修得できるものなのでしょうか」

小太郎に訊かれた人斎は、こう答えた。

「漢字はよくつくられています。小太郎どのもじっと見つめていると、自ずとわかるようになりますよ。字の方からこんな風に微笑みかけてきますから」

人斎はそう言って、馥郁(ふくいく)とした笑みを浮かべた。小太郎はその言い方に心がほぐれ、深くうなずいた。

人斎の言葉どおり、飽かず眺めているだけで、少しずつ判読できるようになっていた。偏と旁(つくり)には一定の規則があることもわかるようになり、はじめて見る漢字でも、意味を類推することができるようになった。

小太郎は、幽閉されていた薄暗い牢から光が燦々と注ぐ大地に出た思いだった。

(書物のなかには、見たこともない世界が広がっている。もっともっとそれを知りたい)

見たことも聞いたこともない、宏大な世界を前にして、小太郎の胸は高鳴りっぱなしだった。書物を繰るたびに新たな地平が拓け、その向こうにいくつもの頂きが聳(そび)えているという感覚だった。

「小太郎どのは、よほど書物がお好きと見えますなあ」

時間を忘れ、『孫子』を読みふけっていると、人斎が親しげに声をかけた。

「はい、おもしろうございます」

「拙者も読みたいのは山々なのですが、御屋形さまの施療で手いっぱいでござる。どうかのお、小太郎どのが読まれたのち、その内容を咀嚼（そしゃく）して拙者に教えていただけないものか」

「わたくしが……ですか」

「読んで理解を深めるだけではなく、知らない相手に要点をかいつまんで説明できるようになれば、書物を己に取りこんだという証。ぜひ、そうしていただきたい」

かくして小太郎が知らない漢字を人斎が教え、書物に書かれている要点を小太郎が人斎に説明するという習慣ができた。

あるとき、『孫子』のなかに見慣れた文を発見した。武田軍の旗印に書かれた「疾如風徐如林侵掠如火不動如山」である。

夢中になってその前の文章を読むと、戦いは敵を欺くことで始め、利をもって動き、分散と集合の戦法をもって変をなすという意味のことが書かれている。そのため、実際にどう動けばいいかを説明したものが旗印に書かれた十四文字である。

興味をかきたてられ、その後の文章を読んだ。「難知如陰動如雷霆掠郷分衆廓地分利懸權而動」とある。意味するところは、暗闇にまぎれるように身を隠し、雷鳴が轟くように動き、戦地に食糧を求めて兵卒に分け与え、土地を求めて利益を分け合い、権謀を巡らせて動く。

現代ではそれを権謀術数といい、悪い意味で使われることが多い。しかし乱世を生き抜くうえで欠くべからず戦略であり、いたずらに人を死なせない知恵でもあった。

小太郎は感動し、そのたびに成長した。体格も伸び盛りなら、知能もそうだった。自ら求めているがゆえに、吸収するのも早い。あたかも渇いた大地に水が沁みこむように、古今の真理が小太郎という人間に吸いこまれていった。

半年、一年と過ぎるうち、小太郎は別人のようになり、人斎との紐帯（ちゅうたい）はますます強固なものになっていった。

## 孫子の兵法

寄り道をして『孫子』に触れてみたい。武田軍の掲げた旗印「風林火山」がただの飾り文句ではなく、いかに信玄が孫子の兵法に知悉（ちしつ）し、それに則っていたかがわかるからだ。

近代の兵法書といえば、クラウゼヴィッツの『戦争論』が有名だが、その淵源をたどると『孫子』に行き着く。『孫子』は紀元前五世紀頃、孫武という軍略家によって書かれた兵法書であり、十三篇で構成されている（一～六篇は戦う前の備えについて、七～十三篇は戦場における戦い方や駆け引きについて）。

戦国時代はあらゆる面で飛躍的に革新が進んだが、『孫子』が書かれた春秋時代も同じである。百以上もの国家が群雄割拠し、五百年以上も戦乱の世が続き、それに終止符を打ったのが秦の始皇帝である。

その間、諸子百家と呼ばれるさまざまな思想が生まれた。四書五経をはじめとした儒学、禅にも通ずる老荘思想、非攻を唱えた墨子など多種多彩で、『孫子』もそのひとつである。

なぜ戦乱の世に革新が進み、多くの思想が生まれるのかといえば、人々が心底から平和を希求するからだろう。儒学は人間関係を円滑にするための、老荘思想は心のあり方を調えるための、そして『孫子』も行き着くところは平和な世に導くための方法論といえる。

『孫子』は「有事の備えは平時にある」とし、「力があっても戦わない」という状況をつくることこそが勝つための条件であり、ひいては平和に至る道だと説いている。なんら手立てを講ぜず、平和を唱えれば戦争がなくなるという観念的・非現実的な平和論ではなく、現実を直視したリアリズムに裏打ちされた実用的な思想書といえる。

『孫子』の本質を表しているのはつぎの言葉である。

――勝兵は先づ勝ちて、而る後に戦を求む。

調略などによって、まず戦わずとも勝つという状況をつくり、万全の態勢ののちに戦う。これなら長期戦にはならない。戦ってみなければ勝敗はわからないというのは下の下である。

調略を謀(はか)るには正確な情報が必要だ。そのため信玄は何千人という規模の諸国御使者衆を組織し、有用な情報を集めた。

この考え方はつぎの言葉に通ずる。

――凡(およ)そ兵を用ふるの法、國を全うするを上と為し、國を破るは之に次ぐ。

敵をこてんぱんにやっつけるのではなく、なるべく無傷のまま残す。敵を根絶やしにするなどもってのほかである。

小太郎が進言したように、勝利すれば敵国は自国領になる。復興のための費用もかからず、よけいな恨みも買わない。どうすれば自らに有利になるかと考えているところに現実的な思考の強靭さを見ることができる。

以上のような〝理想的な勝利〞のために『孫子』は「五事」を挙げている。

――一に曰く道、二に曰く天、三に曰く地、四に曰く将、五に曰く法。

道は全体がひとつにまとまっていること、天は時の利、地は地の利、将は自分の意を汲む幹部、法は軍制と考えればいい。この五つの条件は、そのまま現代のビジネスにも通ずる。

つぎの言葉も『孫子』の本質を端的に表している。

――百戦百勝は善の善の者に非ざるなり。

百回戦って百回勝ってしまう状況は危ういと言っているのである。なぜならそれは慢心を生み、やがて破滅へと至るからである。

現代のビジネス界でも、創業から破竹の勢いで成長したものの、競争相手の出現や消費者のニーズの変化などでつまずき、経営が破綻するという実例が珍しくない。急に成長したものは急に倒れる。樹木と同じである。

それを知っていた信玄は、つぎのように語っている。信玄の墓所がある恵林寺（山梨県甲州市）に、この言葉が刻まれた石碑がある。

――凡そ軍勝五分を上と為し七分を中と為し十分を以て下と為すその故は五分は励を生し七分は怠を生し十分は驕をするか故たとえ戦に十分の勝を得るとも驕を生すれは次には必す敗るるものなりすへて戦に限らす世の中の事此の心かけ肝要奈利

自らの体験から会得したものだろう。往々にしてそうであるように、若いころの信玄は怖いもの知らずで、「砥石崩れ（といしくずれ）」などの失敗を幾度か味わった。

ある時期から信玄は孫子の兵法に倣い、無敗街道を突き進むことになる。二俣城攻め、野田城攻めは、戦後処理も含め、その集大成といえるだろう。

しかし百戦百勝は滅亡へと至る起点になることをわきまえた信玄がリーダーであった時期は、連戦連勝の弊害はなかったが、勝頼の代になってそれが裏目と出る。皮肉にも『孫子』に書かれていることが、そのまま具体的な形となって武田家を襲うのである。

## 刺激される武田家

信玄の容態は小康状態を保ち続けた。

人斎が言ったとおり、武田家は動きがとれない状況にあった。

信玄の最後の言葉は絶対である。三年間は戦さを控え、力を蓄えなければならない。

しかし武田家がそのつもりでも、織田や徳川など周辺の敵国はそれに合わせるとはかぎらない。むしろ信玄の生死を確認するべく、さまざまな形で戦さを仕掛けてきた。手始めは、奥三河の長篠城である。

長篠城は三河と遠江の国境、寒狭川と大野川が合流する地点の断崖の上に築かれた天然の要塞（ようさい）である。信玄による野田城攻略の間、穴山信君（のぶただ）を総奉行とし堅固な城に改修している。

家康は信長からの下知もあり、まずこの城を攻めた。信玄が健在であれば、みすみす落城させるはずがない。

勝頼ら武田方の重臣たちは、対応に迷った。後詰めの軍を送らなければ、徳川の支配がおよんでいる地にある長篠城や野田城が孤立するのは必定。かといって信玄の言葉を違え、出兵しては大規模な戦さへ発展するのは避けられない。

長篠城が徳川方から攻められているとの報を受け、武田家の重臣たちが躑躅ヶ崎館の大広間に結集した。西上作戦で攻略した城は多い。東遠江はほぼ武田領となり、東美濃の国衆の多くは武田方になびいている。反面、西上作戦で武田方が蒙った損害はわずかしかない。信玄が仮死状態にあるとはいえ、武田軍はほぼ手つかずのまま温存されている。

「御屋形さまはあのように仰せであったが、これ以上、自領を広げるための戦さをやめよとの意味であり、わが方の城が攻略されているのを指をくわえて見ていよという意味ではない」

血気に逸る勝頼は、いまだ長篠城への後詰を送れない事態に苛立っていた。甲高い声を張り上げ、並みいる重臣たちを睥睨し、後詰めを主張した。

「されども勝頼どの、後詰めをすれば、かならずや大戦さになり申そう。御屋形さまのお下知からまだふた月も経っておらぬ。ここはよくよく熟考せねばなりますまい」

山県昌景が勝頼に釘を刺した。

「では、みすみす城を明け渡すと申されるのか」

「そうは申しておらぬ。拙速は慎むべきということである。城内にはまだ兵糧がござる。敵もどこまで本気かわからぬゆえ、まずは様子をみるべきであろう」

それを聞いた一条上野介信龍は顔を顰(しか)めた。信龍は信玄の末弟で、信玄からの信頼も厚かった。武田家が滅亡する直前、多くの家臣たちが主家を見かぎり寝返ったが、信龍は圧倒的に不利な状況にあっても降伏勧告を拒否し、討ち死にした男である。

「様子を見るとは申せ、食糧・弾薬の補給がままならなくなってからでは遅い。そうならないよう、奥三河方面に三千ほどの軍勢を常駐させ、つねに徳川の動きを見張るのが肝要かと存ずる」

「上野介どのの言い分、もっともなれど、大きな戦さに進展しないよう細心の注意を払う必要がある」

あくまでも昌景は慎重な意見だった。

「戦さになることを恐れていては、敵の思うままに刈り取られることになる」

勝頼は目を剥き、反論した。しかし諸将の信頼は昌景のほうが厚い。

「まずは御屋形さまのご意思を尊重させることが肝要であろう。やがて妙案も思いつくはず」

昌景をはじめ重臣たちのほとんどが妙案などないということを感じていたが、そういう結論にならざるをえなかった。

勝頼をはじめ重臣たちは、信玄の言葉が自分たちにとてつもなく重い足かせを嵌(は)めていることに気づかないわけにはいかなかった。

軍を動かすにもっとも重要な命令指揮系統も曖昧なままだった。信玄が眠りから覚める可能性も皆無ではない。重臣たちにとってあくまでも御屋形さまは信玄であり、勝頼は他家を継いだのち戻ってきた御曹司という意識が強い。信玄のようにどっしりと構えたところがなく、戦さを好んでいるところも危なっかしく映った。

屈強を誇る武田軍団であったが、信玄の離脱によって率い手を失った。「一頭の羊に率いられたライオンの群れを恐れることはない。しかし、一頭のライオンに率いられた羊の群れを恐れる」というアレクサンドロス大王の至言は、このときの武田軍団を表していた。

この時期を境に、武田家内部に軋(きし)みが出始める。

最初の誤算は、ほどなくして現れる。長篠城城主奥平貞昌が、信玄は死んだと思い、先行きを懸念して徳川に寝返るのである。それによって長篠城は戦うことなく徳川方に戻った。野田城の陥落から、わずか半年後のことだ。

莫大な費用と手間をかけて堅固な城に改修したのち、無償で徳川方に返す形となった。武田方にとっては不愉快千万、いかに信玄という存在が〝重し〟として機能していたか痛感せざるをえなかった。

激怒した勝頼は、奥平方の人質、貞昌の妻と弟を磔刑(たっけい)に処した。このことは奥平方の恨みを増幅させるだけで、火に油を注ぐ形となった。二年後の長篠城攻防戦において城を守る奥平方が発憤して善戦し、設楽原の戦いで武田軍が惨敗する伏線になるのである。

信玄が長い眠りに就いてから、武田家を取り巻く状況の変遷を駆け足でさらってみたい。

武田軍の脅威から解放されることになった信長は、矛先を仇敵（きゅうてき）に向ける。天正元年（一五七三年）八月二十日、越前の朝倉義景を一乗谷もろとも焼き払い、同じ月の二十八日、浅井久政・長政父子を攻め、小谷城を陥落させた。十一月には三好義継を自害させ、その翌月、松永久秀を降伏させた（この時、久秀は許されるが、四年後、再び信長に謀反を企てる）。

信玄の言葉によって軍事行動を控えていた勝頼は、年が明けると動き始める。二月五日、美濃へ攻め入り、明知城を攻略。六月には、信玄が戦線を離脱していたのち、ふたたび徳川方に返っていた高天神城を攻略した。

信長も軍事行動を加速させる。九月、伊勢長島の一向一揆を攻め、なんと二万人以上を焼き殺すという暴挙に出た。そのほとんどが戦闘とはまったく関係のない市井の老若男女であり、殺し方も残忍を極めた。逃げれば許すという約束もことごとく反故（ほご）にし、容赦なく殺戮（さつりく）した。四年間、信長に対峙していた伊勢長島一向一揆は、ここに終結をみる。

## 愚直な一足軽

信玄が仮死状態になってから二年後の天正三年（一五七五年）、勝頼の焦りは高じていた。焦りがあるからこそ勝利を求めて進撃を続けた。

焦りの原因は、重臣たちの心をひとつにまとめることができないまま、版図（はんと）ばかりが広がっていることだった。表向き、父信玄は病気療養中となっている。

勝頼とて愚か者ではない。むしろ聡明だったと言ってよい。父信玄とわが身を比べ、あらゆる面で役不足であることを感じていたが、戦えば勝ち、領土は増えていく。気がつけば、領土は八カ国にまたがっていた。

領土が広がれば、それを守るための備えが要る。膨大な戦費も要る。しかし、重税を課しては領民の反撥は免れない。頼みの金山は徐々に金の産出量を減らしていた。それらを鑑みれば、いつまでも膨張し続けることはできない、

冷静になればその道理がわかるのだが、戦えばいつも勝つのだから、あえて動きを止める必要はないとも考えている。ことに、自分を武田家の棟梁（とうりょう）とすることに異を唱えている重臣たちを見返してやりたいという気持ちが強かった。家督を息子の信勝に譲ると決めた父信玄に対する反撥もあった。

その結果、山のようにどっしりと構え、無駄な戦さをしなかった信玄とは対極ともいえる戦い方を続けた。いざ出陣すると軍旅は長期におよぶ。それは徐々に武田の領民を苦しめることになる。

当時、傭兵（ようへい）、いわゆる職業軍人を組織していたのは織田と徳川だけだった。武田軍は旧来の軍編成、すなわち農民兵が多くを占めていた。信玄は、農繁期に戦さをしないかわり、調略に膨大な力を注いだ。しかし勝頼は真っ向勝負の戦さが好きだ。若いころから連戦連勝だったことで驕（おご）りがあったことは否めない。勝ち続けたのは、信玄の類まれな戦略眼と人心掌握があり、その遺産を少しずつ食いつぶしているということに気づかなかったのである。

信長の頭の片隅には、いつも勝頼があった。自らを翻弄した信玄に対する腹いせが、その息子に向かっていたのである。

（今度こそ、あの小生意気な勝頼を徹底的に叩き潰す）

信長にとって勝頼は、かつて養女を嫁がせた相手。信玄の威を恐れた信長が画策した婚姻だった。それだけに複雑な思いが残っている。

信長は勝頼をおびき寄せるため、動いた。四月六日、河内高屋城の三好康長を攻めるのである。

それを知った勝頼は、信長の三好攻めが長引くと見て、その間隙をついて奥三河を奪還し、その勢いで岡崎城を攻略しようと目論んだ。四月十二日、形式上、信玄の三回忌法要を済ませると、躑躅ヶ崎館の大広間に城番や物頭など百人以上の重臣を集め、高らかに述べた。

「武田家がこのような大国になることができたのは、ひとえに御屋形さまのご尽力の賜物であり、おのおの方のお力添えによるものである。しかるに御屋形さまは、京の都にわが武田家の旗を立て、荒れ果てた天下を静謐するとの志を抱いておられた。いまは無念にも長いご休息をとられているが、そのお心はわれらとともにあり、いかなることがあっても守護してくれるものと信じておる。明日、われらは奥三河に向けて軍を発する。出立する前におのおの方は御屋形さまとご対面なされ、快癒を祈念するとともに、われらの武運を祈っていただくようご念じくだされ」

勝頼を先頭に、列をつくって信玄が眠る居間に入って行った。

薄暗がりの奥の間に、信玄は眠っている。血色はほとんどなく、息を吸っている様子もない。しかし安らかな寝顔であった。

ひとりずつ信玄の真横に正座し、瞑目（めいもく）しながら心のなかで語りかけ、体を震わせた。部屋のなかに、鼻水を啜る音と嗚咽をこらえる音が広がった。みな名残り惜しそうにその場を離れた。

その光景を見ながら、勝頼の心に得体のしれない感情が沸き起こった。これほど家臣から崇敬される父をもったという誇りとともに、後継者である自分が彼ら家臣たちの目にどう映っているのか、それを思うと恐怖すら覚え、早く戦場へ行きたいという焦燥に駆られた。

「御屋形さまのお具合はいかがか」

みなが退出したのち、逍遙軒信廉が人斎に尋ねた。

「はっ、肺の腑、胃の腑とも、ご病気は少しずつ癒えております。されど、いましばらく安静を保たれることが肝要と存じます」

「処置を急いで悪い結果になっては本末転倒である。まずはそちの思うままに処置をなされよ」

「はっ」

人斎の隣で、小太郎も平伏した。

「頼むぞ、人斎、小太郎」

信廉は幾度もふたりをふり返り、信玄のもとを去った。


武田軍は、満を持して出陣した。

勝頼の動きに呼応し、家康は吉田城へ向けて六千の軍勢で進んだ。吉田城は野田城の南に位置し、酒井忠次が守る堅固な城である。勝頼は家康が吉田城に入る前に野戦で決着をつけようと行軍を急いだが、二連木城の攻略に手間取り、間に合わなかった。

勝頼にとって最初の誤算が生じる。三好が早々に降伏してしまうのだ。二十一日、信長は京都に戻り、勝頼との決戦に備えて態勢を整える。

勝頼は、吉田城の支城である野田城、牛久保城、二連木城を攻略し、家康が籠もる吉田城を包囲する。しかし三方ヶ原の戦いの二の舞はしないとばかり、家康は籠城して亀のように首をすくめている。単独では武田軍に勝てないと判断した家康は、信長の援軍を待つことを選んだ。

長期戦になって補給路を絶たれることを恐れた勝頼は吉田城攻略をあきらめ、二十四キロ北東へ引き返して医王寺山に布陣し、長篠城を囲んだ。

長篠城の城兵はわずか五百。一万五千の軍勢に攻められては数日ともたない規模だが、容易には屈しない理由があった。二方面に川が流れ、断崖で守られていること、自らの裏切りが原因とはいえ、城主奥平貞昌の妻と弟を勝頼によって磔刑に処せられ、決死の思いでいること。さらに家康から鉄砲二百挺を支給されていたことである。城兵五百に対して鉄砲二百挺というのは、当時の常識に照らして破格の装備といえた。

五月十四日、武田軍は総攻撃を仕掛けた。

奥平貞昌以下、士気の高まっている長篠城の守兵は頑強に抵抗を続けた。攻め手が近づけば、すかさず鉄砲隊の斉射を浴びせる。

やむなく武田軍は、遠巻きに包囲し、兵糧攻めに転じた。城中の食糧備蓄が四、五日分しか残っていないことをつかんでいたのだ。あわせて竹を円状に束ねて縄で縛った竹束に隠れ、鉄砲の射程距離内に入ってわざと弾薬を消耗させる戦術をとった。

そのころ家康は岡崎城にいた。長篠城との連絡を断たれていたため、その窮状を知らずにいた。後詰めが来ないことで危機を覚えた奥平貞昌は、家康に対して早急に救援を要請する必要に迫られた。

問題は、幾重にも囲まれている網を縫って、どのようにして伝えるか。

その任務を志願したのが、泳ぎの達者な鳥居強右衛門(すねえもん)であった。

梅雨の季節で、川が増水していたことが功を奏した。十四日、強右衛門は夜陰(やいん)にまぎれて野牛門から寒狭川に入り、水中を潜行して脱出に成功する。翌日、手はずどおり雁峰山(がんぽうざん)から脱出成功の狼煙(のろし)を上げ、岡崎城目指して走って行った。

長篠から岡崎までは、およそ五十キロ、強右衛門は走りに走ってその日のうちに岡崎城に着き、家康と信長に城の窮状を告げた。疲労困憊した姿を見た家康は、岡崎城で休養するよう勧めたが、強右衛門は味方の城兵たちに朗報を伝えたいと、すぐに引き返した。

明くる十六日、強右衛門は「援軍来たる」の狼煙を上げ、脱出と同じ経路で長篠城へ引き返そうとしたが、城の近くで武田軍に捕らえられた。

勝頼は一計を案じた。強右衛門に対し「援軍は来ない。武田方は丁重にもてなすから開城したほうがいい」と城兵に向かって言えば、褒賞を与えると。

強右衛門はそれに同意したことを装い、城兵たちに向かって叫んだ。

「援軍はかならず来る。あと二、三日の辛抱だ」

それを聞いた城兵たちの士気は一気に高まり、援軍が到着するまで死守するのである。

死を覚悟した強右衛門にしてやられた勝頼は怒りに駆られ、寒狭川の対岸の篠場野で強右衛門を磔の刑に処した。

強右衛門は足軽雑兵（あしがるぞうひょう）である。そのような身分の者が一途に忠義をたてたことに当時の徳川軍の強さが垣間見える。一方、武田軍の内部では、要になるべき重臣が主家に叛意（はんい）を抱き始めていた。両者のちがいは、この直後の合戦において如実に現れることとなる。

強右衛門の行為は家康を感服させ、徳川家は強右衛門の子々孫々に至るまで厚遇することになる。

### 決戦前

「こたびの軍議は、勝頼をあの世へ屠（ほふ）るためのものだ。おのおの知恵を出してもらいたい」

ここは岡崎城の大広間。織田・徳川の主たる人物が勢揃いしている。床几（しょうぎ）に座った信長がやや小さめの声で第一声を発した。

白い小袖の上に若葉色の肩衣を羽織り、さらにビロード生地のマントに身を包んでいる。斬新な衣装は、つるんとした端正な顔立ちとよく調和している。対して左側の最前列に端座する家康は、顔が異様に大きく脚が短い、ずんぐりむっくり型。いかにも田舎者風の体型だ。

信長はその場の空気を掌握する術に長けている。聞き取れるかどうかというほどの声を発すると、一同、聞き逃すまいと水を打ったように静まり返る。聞き逃がせば、生死にかかわることになりかねない。

家康からの救援要請に対して、信長は迅速に行動を起こした。これまで家康からのたび重なる要請に対し、信長はまともに対応したことがなかった。徳川方の城が落ちるのを見計らうかのようなタイミングで出陣したり、三方ヶ原の戦いではわずか三千の兵しか送らなかった。

信長は、要請があるたびに迅速に対応することは控えるべきだと考えている。同盟関係とはいえ、あくまでも主従関係をはっきりさせたい。しかも家康を助け過ぎてはのちのち弊害が残る。家康を圧勝させない程度に助けるというのが信長の基本姿勢だった。

対して家康に出陣を要請する際は、「できる限り多くの軍勢で、いますぐに」。信長の心中をとうに見通している家康は、信長に忍従し続けることがいいのかどうか迷い始めていた。

信長は不遜な男ではあるが、鈍感ではない。徳川方に不満が高まっているのを察知しないはずはない。だからこそこたびは三万という大軍を発したのである。しかも、十三日に岐阜を発って熱田神宮で戦勝祈願をした後、十五日には岡崎城に入り、家康と合流している。岐阜から岡崎まで約八十キロ。信長の意気込みが現れていた。

「勝頼は長篠城を囲んでおります。本日、長篠城から使いとなって来た鳥居強右衛門なる男によれば、城内は食糧が底をついているとはいえ士気は高く、あと数日は持ちこたえるものと思われます。大軍をもって後詰めを行えば、勝頼は挟撃されることを恐れ、かならずや兵を出してくるものと思います」

「であろうな」

家康の発言に信長が言葉を継いだ。

「長篠城の近くで大軍同士が戦さをするに適した場所は、どこぞあるか」

「格好の場所がございます」

家康の筆頭家老酒井忠次が声をあげた。忠次は吉田城の城主でもあり、三河東部の地形に通暁している。

信長は鋭い目で忠次をとらえ、無言で続きを促した。

「長篠より東へ一里ばかりのところに設楽原(したらがはら)というところがございます」

「そこはいかような地形か」

「いくつかの丘陵がうねうねと連なる水田地帯で、東に連吾川、西に大宮川が流れております」

「ほう、水田地帯か、それはいい。この梅雨時期、さぞやぬかるんでおろうな」

「この時期ともなれば、容易に歩くことはかなわぬかと存じます」

信長と忠次のやりとりを聞いて、家康は信長が考えていることが手にとるようにわかった。武田騎馬隊の勢いを削ぐには、足場の悪い湿地が適している。武田軍を設楽原に誘いこみ、野戦で雌雄を決する策にちがいない。城に籠もって戦うのは安全だが、武田軍を完膚(かんぷ)なきまでに叩きのめすわけにはいかない。

「して、そのまわりに小高い山はないか」

忠次は一瞬、怪訝な表情を浮かべたが、すぐに繕った。

「大宮川の東に高松山がございますが……」

「設楽原から見て、高松山（現在の弾正山）の背後は見渡せるか」

「さあ、いかがでございましょう。さほどに高い山ではないゆえ背後を遮るほどではないかと存じます。ただ高松山の奥、大宮川をはさんだ西側に松尾山と極楽寺山が、その北には茶臼山が、さらにその奥には狼煙場ともなっている雁峰山がございます」

「よし、わかった。設楽原での作戦については現地に着いてから下知いたす」

それから信長が発した指令にみなが驚いた。長さ一間（一・八メートル）の丸太を二万本、一日のうちに備えよとの内容であった。もちろんそれをどう使うかを質す者はいない。

翌十六日、二万本の丸太が集められた。これだけの木材を一日で集めるのは、重機械が発達した現代でもかなり困難なはずだ。

十七日、織田・徳川連合軍総勢三万八千は雨が降りしきるなか、野田城に到着する。

行軍の様子は、異様であった。足軽など徒士は全員、丸太や板材、荒縄の束を抱えている。武田の騎馬隊を恐れ、急ごしらえの砦を築くためだという風聞が流れ、それはまたたく間に勝頼の耳に届いた。もちろん信長が意図的に流した風聞である。

「信長め、口ほどにもないやつ。槍の代りに丸太を担いでくるとは笑止千万」

医王寺山での軍議の場で、勝頼はかつての義父を嘲り、不敵な笑いをもらした。

「勝頼どの、信長は侮れぬ相手ですぞ。かならずや策があるはず。われらをおびき寄せる手かも知れぬ。ここは軍を引くべきと心得る」

信玄からもっとも厚い信頼を受けていた老将山県昌景と馬場信春は、重ねて撤退を主張した。大軍が長陣、すなわち長期間にわたって長距離を移動することは、益が少ないわりに弊害が多い。兵士の疲労が溜まり、食糧の補給もままならなくなる。ただでさえ梅雨どきの行軍は、兵士の士気を奪う。しかも農繁期でもあるため、農民兵にとっては田が気がかりで仕方がない。傭兵で構成する織田・徳川軍とは根底からちがう。本来、大軍を動かすには、それらのことを考慮しなければならない。

「なにを弱気な。ここは信長を叩く千載一遇(せんざいいちぐう)の機会ではないか。信長がどれほどの鉄砲隊を率いているか知らぬが、この雨では鉄砲など使いものにならぬ」

「されどどれほどの軍勢であるか、物見を放ってくわしく調べるのが肝心であろう」

信玄子飼いの重臣たちは重ねて撤退を主張したが、跡部勝資や長坂長閑斎といった、勝頼の代になって抜擢された側近は決戦すべきと勝頼に同調した。

勝頼は織田軍一万に徳川軍八千、しめて一万八千程度と見ていた。対して自軍は長篠城への備え二千を引いて一万三千。数は劣るが、兵士の質ははるかに勝れているという自負がある。じゅうぶんに勝機があると見ていた。

勝頼のつぎなる誤算は、自らがつくってしまった。自軍にとって都合のいい数字を頭のなかではじき出したのである。希望的観測に基づいて作戦を立案することは、太平洋戦争期の日本軍もたびたび落ちた陥穽(かんせい)である。

信長は設楽原の周囲の山の位置について、しきりに気にしていたが、それは自軍の兵力を、実態よりはるかに少なく見せるためであった。織田・徳川合わせて三万八千と知れば、いかな強気の勝頼でも撤退するであろう。勝頼を設楽原におびき寄せるには「敵は恐るるに足らず」と勝頼に確信させることが欠かせない。

勝頼は重臣たちの諫言に耳を貸さず、あくまでも総力戦に出る構えであった。信長と家康を相手に勝ち、武田家当主としての地位を確立させたいという思いが勝っていた。

　翌十八日、織田・徳川連合軍は東へ進み、信長は後方の極楽寺山に陣を布いた。各隊は分散して山の陰に陣を布き、せいぜい一万ほどの軍勢と見せかけた。武田方の物見が現れそうな場所に多くの兵を伏せ、ことごとく捕らえ、斬首した。

　信長は馬廻衆を連れ、戦場と想定している設楽原を実地見聞し、馬防柵のつくり方を説明した。馬防柵とはその名のとおり、武田の騎馬隊を防ぐ木の柵であり、運んできた丸太を連吾川の西側に約一メートルおきに立て、それぞれ横に丸太を組んで荒縄でしっかり固定し、二キロの長さの馬防柵を三列築くのである。さらに大宮川の西側にも同じように馬防柵を築く。また高松山の東側の斜面を削って切岸（きりぎし）をつくり、掘削した土を盛り上げ、背後の様子が見えぬようにと指示した。

　これだけの作業をわずか二日間で仕上げた。工事が終わると、高松山は横に長い平地の砦（とりで）と化していた。設楽原の東、勝頼が本陣を布くであろう場所から見ると、軍勢が少ないのを補うために防御柵をつくったように見える。

　馬防柵は信長が試作と実検を繰り返し、練りに練った即席の陣地である。大規模な鉄砲隊を最大限に活用するには、視界の広い柵が適している。当時の鉄砲の精度はまだ高くはなかったため、なるべく敵を至近距離（約五十メートル）まで引き寄せなければならなかった。当時の騎馬は秒速約十メートル。轟音（ごうおん）とともに騎馬軍団が突進してくる恐怖感を、馬防柵によって和らげるという意図もあった。

　十九日、医王寺山の本陣を引き払って、清井田の丘に布陣した勝頼は、馬防柵工事を遠目に眺め、すぐに攻撃をしかけるかどうか迷った。

　勝頼に勝機があったとすれば、このときであろう。鉄砲隊は整列しておらず、織田軍の主要部隊は分散していた。しかし度重なる重臣たちの戒めにより、勝頼は模様眺めをしてしまった。

二十日、織田・徳川連合軍は極楽寺山の信長本陣で軍議を開いた。

「備えはできた。決戦は明日か明後日となろう。こたびの目的は、勝頼の首をあげることと武田軍を徹底的に潰すことだ」

信長の独壇場だった。家康でさえ打診されることもなく、淡々と自ら考案した作戦を披瀝(ひれき)した。

まず前線に敷設(ふせつ)した馬防柵の内側に、三人一組の鉄砲隊を六百組配置する。つごう千八百挺の鉄砲である。

鉄砲が出現する前の一般的な戦い方は、弓、長柄槍、騎馬武者の三段立てが主だったが、天文十二年（一五四三年）、種子島に鉄砲が伝来し戦闘に使われるようになると、鉄砲、弓、長柄槍、騎馬武者の四段立てが主流となった。敵との距離が約二百メートルになると鉄砲で撃ち合い、弓を射合い、長柄槍を突き合い、状況を見て騎馬武者が斬りこむ。

鉄砲は強力な武器だが、はじめて国内に入ってきてから三十年以上、ほとんど改良されず、あくまでも戦闘初期だけに使われる飛び道具という認識が一般的だった。一発撃てば、つぎの弾を撃つまでに二十秒は要する。その間に騎馬は約二百メートル進む。いったん敵の侵入を許せば、鉄砲足軽は逃げる以外にない。また敵味方が入り乱れてからは、味方撃ちの恐れもある。

しかしこの日、信長が立てた戦術はまさしく革命的であった。三人一組となって、代わるがわる撃つのである。

「問題はふたつある。ひとつは、この長雨がいつ明けるか」

念のため、信長はすべての鉄砲に火皿の上部を覆う雨よけを装着させたうえ、雨火縄銃を使うよう指示していた。小雨なら使用できる火縄である。ただし本降りになれば、使い物にならない。

「天候にくわしい土地の者が言うには、本日いっぱいで雨があがり、明日は曇り空になるという。おそらく勝頼はわが隊の鉄砲が使い物にならないと読んでいるであろう」

「問題はいかにして勝頼を設楽原に誘い出すか、でございましょう」

家康が口をはさんだ。

「いかにも。勝頼は信玄とちがい、権謀術数を厭う男だ。操るのは容易（たやす）い。とはいえ、木で組んだ柵を目がけて、むざむざ雨でぬかるんだところを突撃してくるとは思えん」

事実、武田軍は馬防柵を見て、信長の戦術をすぐに見抜いた。

「よろしいでしょうか」

酒井忠次が静寂を破り、声をあげた。

「長篠城の北東に、鳶ノ巣山（とびのすやま）という小高い山があり、その頂きに武田方の砦が築かれております。そこを夜間奇襲して背後から長篠城を囲んでいる武田勢を突き、設楽原へ追いやってはいかがでしょうか」

昔、川中島の合戦で、武田方の山本勘助が考案したキツツキ戦法を彷彿（ほうふつ）とさせる。それを聞いた信長は、一瞬眉を動かしたが、束の間、興味なさそうに、

「つまらぬ。よくある手よ」

と言い捨てた。

土地の地形にくわしく、自他ともに徳川家筆頭家老と認める忠次の献策がにべもなく拒絶されたことで、本多平八郎忠勝や榊原康政はきっと目を吊り上げ、信長を睨んだ。ここで諍（いさか）いになっては、信長が臍（へそ）を曲げて兵を引き上げてしまう可能性もある。家康は慌ててその場をとりなすために、言葉を継いだ。

「まずはわれらが最前線に立ち、正面から戦いを挑んで武田軍を引きつけましょう。もとよりこたびの戦さは三河でのこと。武田勢は三方ヶ原の再現とばかり押し出してきましょう」

暗に家康は、徳川の戦さだと匂わせた。単独で武田に勝てるとは思っていなかったが、最低限の主張はしなければならない。

「ほほぉー、捨て身の覚悟であるか」

信長はにやりと不敵な笑みを浮かべ、家康を睥睨した。人の好い田舎武士から脱却し、信長が一目置く大名になろうと意識して実利に徹しようとしている家康だが、信長に睨まれると黙るしかなかった。

軍議はそれで終わったが、諸将がその場を引き上げる間際、森蘭丸が家康と酒井忠次に近寄り、そっと耳打ちした。

「弾正中さまより、ここに居残ってほしいとのことにございます」

なにか秘策があるのだな、と家康の直感が走った。みなが退けると、信長は切り出した。

「さきほどの左衛門尉どのの献策、おもしろい。試してみる価値はありそうだ」

「さきほどはつまらぬとお言いでしたが」

家康が質すと、信長は言葉をつないだ。

「秘策と申すものは軍議の場で明かしたとたん、もはや秘策ではなくなる。どこに敵の耳があるかわからぬ。味方と思っても、敵の耳かも知れぬぞ」

軍議に参加したのは、織田・徳川の重臣たちのみ。それでも信長は信じ切ってはいない。

（おそらくこの男は、おれをも信用していないだろう）

家康は己の甘さを恥じるとともに、この男に長く仕えていくのは容易なことではないとあらためて肝に命じた。

「左衛門尉どのに二千の兵と鉄砲五百を貸し申す。鉄砲隊を指揮できる物頭もつけるゆえ、首尾よく武田を設楽原に追い落としてもらいたい」

二千の兵に対し、五百の鉄砲というのは破格の陣立てである。静まり返った深夜、一斉に撃てば、数千もの鉄砲が来襲したと驚き、腰を抜かすにちがいない。

なにからなにまで信長の考えていることは破格だった。

「みなと同じことを考えていては天下布武はならぬ」

家康は身が縮む思いだった。三方ヶ原の戦いのときは、軍配ひとつで大軍を自在に動かす信玄に恐懼し、感動もした。格のちがいを見せつけられると、人は妙な妬みを抱かないものだ。

このときも、信長の枠にとらわれない自由な発想に舌を巻かざるを得なかった。比して、己はなにが取り柄なのか、思いをめぐらしたが、なにも思いつかない。

凡庸で取り柄がない。すべてが中途半端だ。そう思うしかなかった。これでは力のある者に忍従する以外に選択肢はない。

「三河どの、天下を取るために、もっとも大切なものはなんだと思うか」

(そうきたか、まるでおれの心を見透かしているような問いじゃな)

「人の心を束ねることでしょう」

正直な思いだった。信長が桶狭間で今川義元を討ち果たしたのち、家康は晴れて故郷の岡崎城に戻ることができた。しかしその後は苦難の連続だった。とりわけ領国内で起こった一向一揆には辛酸を嘗めさせられた。旧知の仲で殺し合う、最悪の戦さだった。あのとき己の人徳のなさを痛感した。それ以来、家臣や国衆たちを束ねるのにどれほど心血を注いできたことか。

「それがいまの三河どのの矩じゃな」

矩ということは、人間の器の大きさということか。

「では、弾正中さまはなんと思し召される」

「銭だ」

信長は即答した。

「銭……でございましょうか」

古来、日本では金を考えることは卑しいこととされてきた。とりわけ武士は、銭を扱う商人を軽蔑していた。

「銭があればなんでもできる。武器も買えれば米も買える。人の心も買える」

信長は最後を特に強調して言った。

「銭で買えぬものはないぞ。人は義が大切と言うが、世の中にあまたある義は、利を飾ったものばかりだ。世の中を見るがいい。裏切りが横行しているではないか。とどのつまり銭の力に負けている証拠。銭を出せば人はいかようにも動く。だから銭を出し惜しみするは愚の骨頂なのだ」

信長はにたりと笑い、家康の肩をぽんぽんと二度軽く叩いた。

瞬間、家康の脳裏に鳥居強右衛門の顔が浮かんだが、あえて口にはしなかった。

「こたびの戦さは、勝頼の首を獲るだけが目的ではない。莫大な銭を得るためでもあるのだ」

信長の言わんとしていることがわからないふたりは息を潜め、つぎの言葉を待った。

「こたびの戦さには三千挺の鉄砲を持ってきた。鉄砲は威力があるが欠点もあるというのが世の常識だ。それゆえ思うように売れない。高価ということもあるが、売れない理由はそれだ。しかしいかに価値ある武器か、それを世に知らしめることができれば、十倍の値をつけても飛ぶように売れる。そうすれば堺を押さえているわしに莫大な銭が転がりこんでくる。金山の開発など厄介なことをする必要もない。百姓から無慈悲に米を搾り取る必要もない。自ずと天下はわしになびく。そうは思わんか」

大戦さを前にして、そこまで戦後を見通している武将は、信長のほかにはいまい。信長の言葉は家康を心胆寒からしめた。そして忠次は家康に仕えていてよかったと安堵した。忠次の思考の範囲をはるかに越えていたのだ。

日本で最初に火縄銃を買った種子島時尭は、一挺に二千両を支払ったといわれている。現代の貨幣価値に換算すると一千万円を超える。それほど高価な鉄砲を三千挺も備えた信長の経済力が天下を平らげていく要因になったことは間違いない。

## 設楽原の激闘

鳶ノ巣山に築かれた砦は、山岳地帯を迂回して隠密行動をとった酒井忠次の奇襲隊によって、砦主武田信実以下ほとんどの将兵が討ち死にし、短時間に陥落した。砦の守備隊はよもや深夜に奇襲があるとは思いもよらず、鉄砲の一斉射撃による激烈な爆裂音に度肝を抜かれ、ちりぢりとなった。長篠城を北側から包囲していた武田軍は鳶ノ巣山から下りてきた奇襲隊に背後を突かれ、やむなく西へ押し出す形となった。

二十一日、払暁、空に薄日が差してきた。

梅雨が明けたのだ。

鳶ノ巣山の砦を奇襲されたことを聞いた勝頼は西進し、本陣を清井田の才ノ神に移した。中央に武田信豊、武田信廉、一条信龍ら御親類衆、左翼に山県昌景、内藤昌豊、原虎胤、右翼に馬場信春、穴山信君、土屋昌続という陣形を敷いた。

対する八千の徳川勢は一キロ先の高松山に布陣し、大久保忠世、榊原康政、本多忠勝、石川数正らの先手隊はその東、連吾川を挟んだ対岸に布陣した。家康は信長に主導権を握られないよう、あえて赤備えの猛将山県昌景と対峙する危険な位置に布陣したのである。

織田勢は馬防柵の内側に配した鉄砲隊を除き、その多くが後背地にいた。信長は茶臼山、信忠は新御堂山、羽柴秀吉は茶臼山の後方に布陣し、まずは徳川勢の動きを見たうえで参戦しようと構えていた。

設楽原の戦いといえば、武田の騎馬隊が馬防柵目がけて猛進し、鉄砲でつぎつぎに撃たれるというイメージが定着しているが、はじめからそんな無茶なことをするはずがない。

勝頼はまだ、織田軍がどれくらいの規模かつかみかねていた。設楽原の背後に見えるいくつかの山の陰に隠れているとは思っていない。

「勝頼は馬防柵の背後に鉄砲隊がいることは知っているだろう。無理にはつっかけてはこないはず。つかず離れずで押し合いしながら、少しずつ軍を退け。わざとらしく退くのではないぞ。勝機と見れば、勝頼は前に押し出してくる。なるべく柵に引き寄せるのだ」

家康は先手隊にそう命じた。

「平八郎、小平太、おまえたちはすぐ調子に乗って敵陣深く突っこむ癖がある。いいか、ここは時間をかけてゆっくり退くのだ。けっして突出するでないぞ」

血の気の多い本多忠勝と榊原康政には念入りに釘を差した。

「新十郎、おまえは柵の右に陣取っておれ。山県の赤備えはかならず柵を迂回して川の下流から攻めてくる。いいか、なんとしても持ちこたえろ。たとえ死んでも、一兵たりとも柵のなかに侵入させてはならぬぞ。わかったか」

大久保忠世に対して、噛んで含めるように言い聞かせた。馬防柵の端を破られては、千八百挺の鉄砲隊も意味をなさない。

徳川軍と武田軍は、横に大きく展開し、徐々に間合いを詰めていった。見通しのきく土地で大軍同士が対峙した場合、まず鉄砲の射程距離に入るまで抜け駆けはしない。ボクシングで両者が間合いを測る姿を想像すればいいだろう。

戦いの火ぶたは、山県昌景の赤備えが大久保忠世隊目がけて鉄砲を放ったことから切られた。徳川軍も鉄砲隊で応じる。ただし五百挺ほどにとどめ、大量の鉄砲があることを武田軍に気づかれないよう細心の注意をはらっている。

さらに間合いが詰まると、定石通り矢の応酬となり、その後、長柄槍隊がそれぞれ槍衾（やりぶすま）をつくって接近し、長い槍を振り下ろして叩きあった。ぎりぎりの間合いで長柄槍を効果的に使うには、突くより叩くほうがいい。

膠着状態がしばらく続いた。本来であれば、本多忠勝や榊原康政は精鋭を率いて敵陣奥深く突っこみ、撹乱しているころだ。しかし家康から突出することを厳しく戒められているため、じっと我慢している。

膠着状態が崩れ始めたのは、徳川軍の右翼からだった。山県の赤備えが馬防柵の南端からまわりこもうとし、連吾川を越えて激しく大久保忠世・忠佐兄弟を攻めたのである。

当時、戦国最強と謳われた武田軍のなかでも精鋭部隊と目されている赤備えは、兵士全員が甲冑や旗指物などを赤で統一している。さながら巨大な赤い津波が襲ってくるような感覚に陥り、大久保隊は急に浮き足立った。山県隊が柵を越えると、右翼の馬場隊、内藤隊も柵を越え、連合軍と激しくもみ合った。

「右を破られないよう、手当しろ」

家康は直属の旗本隊に命じた。徳川軍の精鋭が加勢したことによって大久保隊の混乱は修正され、押しこまれていた戦線を大きく押し戻した。

家康は、武田軍の鉄砲衆を注意深く観察していた。その数およそ五百。現時点では、織田・徳川連合軍とほぼ同じ数である。

（やがて弾薬が尽きる。そのときが好機だ）

家康は、武田方の弾薬が残り少なくなっていることを把握していた。弾がなくなれば、それを補うため得意の騎馬隊で襲撃してくるはずだ。そのため馬防柵の内側に死角をつくり、そこに鉄砲隊と弓隊を潜ませてほしいと信長に伝えていた。

戦闘が始まって一時間もしないうち、武田軍の鉄砲隊が後ろに退き、代わって弓隊と長柄槍隊が押し出してきた。

（まだまだ。ここは我慢しどころだ）

徒士同士が激しくもみ合えば、かならずや勝頼は騎馬隊を前面に押し出してくる。それがこれまでの必勝形だったのだから、そうしないはずがない。

（あとは、騎馬隊を出撃させる前に柵の内側の鉄砲隊を準備万端整えることだ）

騎馬隊が出撃してからでは遅すぎるし、早めに一千八百挺もの鉄砲隊が並んでは、逃げられてしまう。

家康の頭はフル回転していた。戦場は全体が巨大な生き物でもある。戦況は一瞬ごとに変化する。

寄せては返す波のように、自然の流れがあるのだ。狭い戦場に数万もの兵士がひしめき、優勢劣勢がめまぐるしく入れ替わる。流れに乗じて深追いすることもある。

(武田の流れになったとき、勝頼は騎馬隊を押して勝負に出てくるはず)

連合軍が押していた波の勢いが止まりそうに見えた。

「鉄砲隊、位置につけ」

家康の伝令はまたたく間に伝わり、熟練された千八百人の鉄砲足軽が馬防柵の内側に、三列に並んだ。

果たして、勝頼は大号令をかけた。

「騎馬隊、突っ込めぇ!」

千騎近い騎馬武者が、泥を跳ね上げながら一気に動いた。轟音をとどろかせ、退き始めた連合軍目がけて突進した。

「撃てぇ!」

騎馬隊をじゅうぶんに引きつけたのち、一斉に鉄砲が火を噴いた。およそ六百挺もの鉄砲がほぼ同時に射撃する。天地を揺るがすような凄まじい音が炸裂(さくれつ)した。

ほぼすべての銃弾は馬、あるいは騎馬武者に命中し、武田軍の前線は血まみれとなった。馬は断末魔の悲鳴をあげて棹立(さおだ)ちとなり、昏倒する。後続する馬や落馬した騎馬兵を狙って、第二、第三列の砲火が炸裂する。後続の騎馬兵は、目前で倒れた馬につまずき、つぎつぎと倒れていく。

大混乱とともに、この世のものとは思えない修羅場が始まった。鉄砲の三段撃ちは絶え間なく続き、そのたびに武田軍の兵士が血祭りとなった。

武田軍の指揮系統は機能しなくなっていた。中央から右翼にかけて陣取っていた穴山信君隊と武田信豊隊は、勝頼の指令を無視し、勝手に退き始めた。その分、勝頼本隊の防御が手薄になった。

「勝頼はあそこにいるぞ。勝頼の首を獲れ！」

本多忠勝と榊原康政は、鬼の形相で突進していく。危険を察知した勝頼は、ついに退却を始めた。

その様子を見ていたのが、譜代の重臣たちである。信玄が鍛え上げた百戦錬磨の勇士たちは、はっきりと己の死期を悟った。馬場信春、山県昌景、原虎胤、甘利信康、内藤昌豊、真田信綱、真田昌輝……、彼らには共通する思いがあった。

（もう一度、御屋形さまにお目にかかりたい）

信玄の時代、武田家の領地は五倍以上になった。それでも信玄は質素な暮らしを続け、本拠となる城の構築もせず、昔ながらの館に住み続けた。彼らはみな、そんな信玄に引き立てられ、持っている能力を十全に発揮できる境遇を得た。揺るぎない結束を誇った武田家臣団の一端を担う、当代一流の武将ばかりだった。

彼らは自らが的になることによって敵を誘いこみ、勝頼が逃げ延びる時間を稼ぐことで、信玄への忠節を貫こうとした。そして、設楽原に骸（むくろ）をさらすことになるのである。

早朝に始まった戦いは、十時ごろにほぼ決着がついたが、勝頼が退きどきの判断を誤ったことによって犠牲者は加速度的に増えた。退却戦がもっとも大きな犠牲をともなうのである。

八時間におよぶ戦闘の末、武田軍の大将級の損失は四十人以上、兵士の死傷者数は一万人を数えた。一方、連合軍の死者数は約五千人。双方で一万五千人は、日本の歴史上で最も多い死者数である。

地獄絵図さながらの光景だった。

梅雨の間にたっぷりと水気を含んだ大地が、どす黒い血の色に変わり、足の踏み場もないほどおびただしい数の屍が累々と横たわっている。腹部や胸部が裂け、飛び出た内臓があたり一面に散乱している。死にきれず、悶え苦しむ者、断末魔の痙攣によって四肢が小刻みに動いている者もいる。無数のカラスが舞い降り、死体を啄んでいる。近くに鳶ノ巣山があることからもわかるように鳶の姿もある。あたりには臓物や血の臭いが充満している。

その日、いつものように朝を迎えた人たちが、肉の塊となって泥だらけの大地に横たわっているのだ。

彼らはみな、他者の思惑によってこの地に連れてこられた者ばかりだ。この戦さの決定権を握っていたのは、武田勝頼と織田信長、徳川家康の三人である。三人の思惑によって戦さが始まり、それに巻きこまれた一万五千人が骸となった。戦さを決定した三人は（敗れた勝頼も含め）、生きたまま戦場をあとにしている。

なんという理不尽であろうか。しかし今も昔も戦争とはそういうものだ。

戦いが終わった直後から、土地の農民が死体漁りを始めた。首のない屍から、血眼になって金目のものを探し出す光景はこの世の地獄絵図だった。

家康は地元の農民に死体の埋葬を命じた。農民たちは〝戦利品〟として兜や具足、武器、衣類などあらゆる物を身ぐるみ剥ぎ取ったあと、裸同然の屍をせっせと大きな穴に放りこんだ。

墓穴はいくつあっても足りなかった。重機のない時代、一万五千人の死体を埋める穴を掘るのは容易ではない。

敗走する勝頼は北の田峯城を目指すが、武田軍惨敗の報を聞いた菅沼定直に入城を拒否された。やむなく二十キロほど北へ進んで武節城に入り、翌日、飯田城へ向かった。満身創痍の武田軍が甲府に帰還したのは六月二日のことである。

ちなみに織田・徳川連合軍の鉄砲三千挺という数字は、太田牛一の『信長公記』による。ただし原本は「千挺」と記述されているところに、あとから「三」という数字が書き加えられている。誤りに気づいて著者が書き加えたのか、後世においてだれかが信長を称揚するため数字を〝盛った〟のか、真相はあきらかではないが、信長が当時の常識を超えた鉄砲隊をもって合戦に臨んだことは事実であろう。

長篠設楽原の戦いは、三方ヶ原の戦い以上に時代を大きく変えるきっかけとなった。武田家の退潮が始まり、滅亡へと至る端緒となったこともひとつだが、それ以上に戦争のスタイルがこの戦いを境に大きく変わった。

信長が目論んだように、鉄砲の重要性が一気に高まった。それとともに鉄砲の商品価値が高まり、堺を押さえていた信長の経済力は急激に高まっていく。

一般に国力とは、政治力・経済力・軍事力の総合力だと言われている（文化力を加える説もある）。政治家としての信長には疑問符がつくが、経済と軍事において革命的な功績を挙げたことはまぎれもない。

# 第三章　眠る信玄、越後へ

## 考える家康

生来、真面目な人なのだろう。

家康は信玄や信長と比べ、自分が凡人であると思い知らされた。それゆえ自分の取り柄、他人になくて自分にあるものはなにかと考えた。

家康ほどの人物であれば、そんなことは考えなくていいはず。海道一の弓取りと言われるほど武芸に通じ、今川家の人質時代は禅僧であり軍師でもあった太原雪斎（たいげんせっさい）に多くを学び、豊かな教養を身につけている。家柄も悪くはない。しかし家康の境遇が、現状に満足することを許さなかった。信玄や信長と密接に関わってしまったからだ。

他人と己を比べ、あれこれ思い煩（わずら）うことは人間の性（さが）でもある。問題はそれがただの自己憐憫（れんびん）なのか、成長につながるものかであろう。

家康はある時期を境に、三河・遠江を基盤にする忍耐強さが身上の一地方大名から、天下国家を考える英傑へと変貌を遂げていくが、その端緒はこの時期にあるのではないか。


長篠設楽原の戦いが終わって信長が岐阜へ戻ったあと、物頭以上の家臣が浜松城に集った。戦さの総括と論功行賞、そして戦後処理を行うことが目的であった。

ことさら蒸し暑い日であった。大広間のすべての引き戸を開け放っているが、吹き渡る風は生ぬるい。はじめに筆頭家老の酒井忠次が戦果を総括した。例によって敵の損害は多めに、味方の損害は少なめに表わされる。聞いているほうも心得たもので、いい塩梅に差し引きし、事実に近い数字に修正する。

列している家臣のほとんどが、真剣な面持ちで聞いている。当然である。戦場で命を賭けられるのは、主家に対する忠誠心からだけではない。勲功をあげ、それを認めてもらうことによって俸給が決まる。よって、あだや疎(おろそ)かにできる場ではない。

しかし家康にとって戦さは過去のもの。事業経営者が過去の成績表でしかない決算書ではなく、未来のことに心が向いているのと同じである。

論功行賞など重臣にまかせておけばいい。それより大事なのは、これからのことである。心ここにあらずの状態で座っている家康は、遠くから見ると大きな供餅(そなえもち)のようだ。

家康の脳裏にあるのは信玄である。重篤な病を癒すため、仮死状態になっていることは間者の情報で知っている。問題はそのままあの世へ行ってしまうのか、生き返るとしてそれはいつなのか。万が一、戦列に復帰してきた場合、どう動くのか。ことさらそれが気になってしかたがない。

しかし、こたびの戦いで信玄の頭脳とも手先とも言える多くの宿将が死んだ。武田家にとって、熟練の兵員一万人を失ったことも大きいが、それ以上に信玄子飼いの老将を失ったことは致命的であるはず。重臣たちを束ねあぐねている勝頼は、その名のごとく勝ちに頼る以外に道はなかったが、あれだけの大惨敗を喫したのちは、もはや武田家の衰退を止めることはできないだろう。

それよりも気にかかるのは、信長だ。いまは忍従しているから同盟関係に支障をきたしていないが、信長が天下取りに大手をかけたとき、あるいは徳川家の勢力が大きくなったとき、信長は同盟関係を反故(ほご)にし、徳川家を潰しにかかってくるにちがいない。そのとき単独で信長に対抗できるのか。

実際に戦さになったことを想定し、頭のなかで図上演習をした。

結果はことごとく負けであった。その先にあるのは、自らの死と徳川家の滅亡。つまり、徳川家の生殺与奪(せいさつよだつ)を信長が握っているということである。

「殿、こたびの論功行賞については以上でございますが、なんぞご存念はおありでございましょうか」

忠次は家康が話を聞いていないことなど百も承知。会議を締めくくるための儀式として家康に質した。

家康は上の空だ。

「殿、これでよろしゅうございますか」

家康を覚醒させるべく、大きな声でふたたび質した。

「ん？　ない！」

「では、これにてお開きといたす。みなの者、大儀であった」

忠次は列席している諸将に向かって頭を下げた。

長篠設楽原の戦いは完勝。多くの者がじゅうぶんな恩賞や加増にありつき、笑みを浮かべながら大広間を辞していった。

しかし家康は動かない。考えに考えている。

徐々に方策が見えてきた。

これまで武田家は脅威でしかなかった。どうやって討ち滅ぼすことができるのか、そればかりを考えていた。

しかしここまで弱体化したのちは、考え方を変える必要がある。いかに武田の力を、言うなれば信玄の力を自らの力に取りこんでいくか。

おそらく数年のうちに、武田は滅びるであろう。そのとき信長は家臣たちを根切り、つまり一族郎党ことごとく根絶やしにするはずである。信長の脳裏には源頼朝があるのだ。平治の乱で敗れた頼朝はまだ幼かったことから命を助けられたが、それがのちのち平家にとって仇となる。

家康は、武田の家臣たちを徳川家に組み入れる算段をしている。そのためには、根切りにせよと厳命する信長に知られぬよう彼らを匿（かくま）う必要がある。どこに、どのように隠すか、そのための準備をこれからしなければならない。

人は使いようなのだ。信長はそれをわかっていない。将兵をいつでも交換可能な部品のように考えているが、それでは目先の戦さには勝つことができても、天下を治めることはできない。

設楽原の戦いの直前、信長が極楽寺山の本陣で「天下を取るために、もっとも大切なものはなんだと思うか」と訊いてきた。そのとき人の心を束ねることと答えたが、信長は鼻で笑い、もっとも大切なものは銭（金）だと言い切った。

家康はしみじみとあの日のやりとりを思い出している。いちばん大切なものは金だと言い切れる信長は、革命家にはなれるだろう。しかし、天下が鎮まったのちはなにを道しるべとするのだろう。世の革命家はみな、事を成就したあと、被害妄想に陥っている。そんなことは自明の理だが、信長は歴史を学ぼうとしていない。ほかのだれとも異なる道を歩もうとしているのだから、そうなるよりしかたがないとは思うが……。

もうひとつ家康の脳裏に浮かんでいるのは、織田家の内部に楔（くさび）を打つこと。主君信長に腹心を抱きそうな重臣と通じ、いざというとき共闘できる選択肢を整えておくことだ。

信長の家臣をざっと見渡すと、羽柴秀吉や柴田勝家ら実戦派が重んじられているなかにあって、ひときわ異彩を放つ人物がいる。出自は明らかではないが、朝廷との交渉もできるほど教養があり、智略に富む男。

明智日向守（ひゅうがのかみ）光秀。

比叡山での焼き討ちに加担した男だが、信長の重臣で気脈が通じそうな者はこの男をおいてほかにはいない。

おそらく光秀は信長の好みではあるまい。いまは重用されているが、いずれ信長の勘気（かんき）を蒙り、疎んじられるだろう。それまで光秀が信長からどのような扱いを受けるか、じっくり注視することにする。

（人間にもいろいろの型があるものだが、さしずめおれは亀の型。堅い甲羅でわが身を守りながら、ゆっくり着実に進むとしようか）

家康はそう考え、ニヤリとした。

## 吾郎の憂鬱

長篠設楽原の戦いから五ヶ月が過ぎた天正三年（一五七五年）十月のある日のこと、雄源が住まいの山小屋に戻ると、松野吾郎が土間の上で大の字になって軽く鼾（いびき）をかいていた。

きちんと戸締まりをしたはずだが、と雄源は苦笑した。

「起きてるんだろう」

つねに五感を研ぎ澄ませている吾郎が、雄源の帰宅に気づかないはずがない。

「ああ」

吾郎は物憂（ものう）げに薄目を開け、大きくため息をついた。

「どうしたのだ吾郎」

吾郎はのっそりと上体を起こし、

「今日は愚痴を聞いてもらおうと思って来た」

と言って肩を落とした。

吾郎は家族もなく、親類縁者とも音信がない。長年、武田家の諸国御使者衆、いわゆる間者として身を立ててきた吾郎は世間一般のしがらみとは縁がない。いつ野垂れ死にしてもだれも悲しまないのは気楽でいいと嘯（うそぶ）いていた。事実、これまで吾郎の愚痴めいた話を聞いたことがない。いかなる愚痴なのか、なかば興味を抱いて吾郎のすぐ近くに腰を下ろした。

「どうもこうもねぇよ。仕事がとんとなくなった」

投げやりな調子で吾郎はつぶやいた。

「吾郎は御屋形さまから特別に褒賞をもらうような働きをしていたじゃないか」

「そうさ、御屋形さまからはお目をかけていただいた。しかし、御屋形さまは長いお休み中だ。いまは勝頼さまが御屋形さまの替わりだ。おまえの耳にも設楽原の戦いで武田軍が敗れたことは届いているだろう」

人里離れて暮らす雄源にも、武田軍が織田・徳川連合軍に惨敗し、多くの宿将と一万人以上の兵士が死んだという噂は聞こえてきた。いつまでも武田軍が勝ち続けることはないという杞憂（きゆう）が現実となったのだ。

「聞いている」

「あれから武田家の内部がぎくしゃくしている。勝頼さまとご家臣、とりわけ御親類衆との間がうまくいっていないという噂だ。御屋形さまがお亡くなりになったという噂が広まり、美濃方面では早くも織田や徳川に寝返った者もいる」

雄源は人の世の儚（はかな）さを感じた。昨日まで仲間だった者が、些細なことで変節する。

「なにしろ御屋形さまの時代、諸国御使者衆は二千人とも三千人とも言われる大きな世帯だったからな。資金もたんまり使ってくれたし、みな御屋形さまへの忠誠心が旺盛だった。ところがなあ……」

吾郎はいつもとちがい、語りによどみがある。

「勝頼さまは調略よりも合戦がお好きな方、そこでおまえたちの出番は減ったというわけか」

「ま、ありていに言えばそういうことだ。近場の探索をする物見の類を除き、遠国(おんごく)での諜報活動をするわれわれの役割は半分以下に減った。給金はそれ以上に減った。これでは食べていくことはできぬ」

「諸国をまわって見聞を広めて……。いい仕事だったのにな」

「おれにはお誂(あつら)え向きの仕事だった。危険なことに変わりはなかったが」

「戦さ場で戦うより危ないと聞いたことがある」

「命を賭けないと値打ちのある情報は得られないからな。敵方の屋敷に忍びこむこともあれば、敵に近づくために親しくなることもある。露見したらこれよ」

吾郎は、自分の右手で首を斬る真似をした。

「信頼関係がなければできない仕事ということか」

「そうさ。御屋形さまとの信頼関係があったからこそ、命を賭けてきた。いい仕事をすれば正当に評価してくれた」

「上に立つ人が変わると、もろもろ変わるものだな」

「もうひとつ大きな理由がある。黒川金山や安倍金山が金を産まなくなった。甲斐は豊かな国じゃない。節約するとすれば、まっさきに諸国御使者衆を削るしかない。鉄砲の弾さえ買えないという話だ。百姓には年貢米を増やす、賦役(ふえき)も増やすから領民の不満も高まっている。国衆が離反していく原因はそこにもある。武田家はあきらかに下り坂を転がり始めた」

　吾郎は声を潜めて言った。

「設楽原のときは、すでに諜報活動は無きに等しかった。織田軍の規模や行軍進路はおろか、あれほど大がかりな鉄砲隊がいたことさえつかんでいなかった。御屋形さまの時代では考えられなかったことさ。鳶ヶ巣山の奇襲だって、容易に予測できたことだ。自分が相手の立場であれば、すぐに思いつきそうなことじゃないか。愚痴を言えば、きりがないけどな」

　吾郎は伏し目がちにため息をついた。

「これからどうするつもりだ」

「おまえのように歩荷でもやって暮らしていこうかな」

「冗談はよせ。せっかく得た技じゃないか。自分の気配を偽装できると言っていただろう。自分がいるところとはべつのところに気配を移すことができるって。そんなことができる者はほかにいないぞ。自分を売りこんだらどうだ」

「奉公先を変えるって話か。さすがにそれはできないなあ。大恩ある御屋形さまがご健在のうちは」

　そう言ったあと、黙りこんでしまった。

　雄源にとって吾郎は気楽な稼業だと思っていたが、それは見当ちがいだった。

「なにか力になれることはないか。おまえには世話になったからな」

　吾郎は考えに耽っていたが、いつしか眠りこけている。

　吾郎の体に筵をかけた雄源の脳裏に、ふと吾郎とはじめて会ったころの出来事がよぎった。ずっと記憶を封印していたが、思いがけず脳裏に甦ってきたのである。

## 雄源の回想

雄源は生来、快活な子だった。いまのように内向的になったのは、比叡山に十二年も籠もって修行してからだ。幼少のころは武芸が好きでたまらず、行く末は山徒公人ではなく武士になりたいとさえ思っていた。武芸の基礎を学んだことはないが、いわゆる〝筋〟がよかった。算額の問題を一瞥（いちべつ）しただけで答えがわかる者がいるように、相手の動きが手に取るように予測でき、長巻という長い刀を自在に操ることができた。だからこそ比叡山焼き討ちのときも、とっさに織田方のふたりを仕留めることができた。

「山徒公人は、いざというときに武器をとって戦うこともある。そのため日々武芸の稽古を怠らぬように」

雄源の父はそう言って、毎日厳しい稽古をつけてくれた。

どんな態勢からも狙った一点を突く。それだけだった。来る日も来る日もそれだけをやらされた。相手の動きが読めて、長巻を正確に突くことができれば、いざというとき身を守ることができる。

雄源の長巻の腕はみるみる上達した。上達していることが実感できれば、自ずと楽しくなる。やがて腕を試してみたくなる。自然の情である。

「だが、殺生はならん」

僧籍にあった父親は、息子にそう厳命した。長巻を使うのは、叡山が何者かによって攻められたとき、それ以外はいっさい使ってはならぬと戒められた。

あれは天文十七年（一五四八年）、十一歳になった年の秋のことだった。父の呼びかけに応じて家のなかに入ると、父はそこに座れと上がり框（かまち）を指差した。昼から夕方まで、お山へ荷揚げする物を仕分けしていたため、腰を下ろせるのはありがたいと思った。

「おまえは明日から叡山で修行をする」

父は息子に向かって、僧侶に似合わぬ野太いどら声で言いつけ、話を継いだ。

「修行が終わって山を下りるまで虫も動物もいっさい殺してはならぬ。いいな」

「はい」

父に命じられれば、それ以外の答えは許されない。

やがては山徒公人として父親の跡を継ぐことになっているのだから、叡山での修行は避けて通れないものと思っていたが、それはまだ先のことと思っていた。

初日に出鼻をくじかれた。径雲という僧侶から、

「明朝より九十日間、昼夜を問わず坐禅をせよ」

と命じられた。食事や厠（かわや）へ行くとき以外、ひたすら堂に籠もって足を組んで坐するという行である。許されるのは、眠気を覚ますために少しばかり歩くことだけだ。

「おまえは考えるより先に体が動いてしまう病を患っているようだな。まずは心と体を一（いっ）にせねばならぬ」

径雲は達磨のように大きな目を剥き出し、威嚇するように雄源に命じた。雄源は十一歳にしては大柄だったが、まるで大きな岩が喋っているように思えた。

翌日の深夜二時、ぐっすり眠っていると、いきなり耳元で怒声がした。

「早く起きんか、この怠け者めが！」

径雲は恐ろしい剣幕で雄源を睨んでいる。

すぐに起きて法華堂へ行き、坐禅を始めた。秋も深まり、冷気が肌に錐揉（きりも）みのようにねじこんでく

る。

父とともに毎朝の勤行(ごんぎょう)を欠かしたことはなかったが、ものごころついてからは家業の手伝いに忙殺されることが多く、本格的に坐禅を組むことはしていなかった。

漆黒の闇に覆われた山のなかで、堂内だけはほんのりと明るい。菜種油を燃やす炎がゆらゆらと揺れている。雄源は、坐禅をしながらその炎だけを見つめている。

(早く九十日経たないかな)

ひたすらそれだけを考えた。

日が昇ったことは、堂内に差しこんでくる光でわかった。質素な朝食ののち、すぐに腹が空く。それまで雄源は主に荷物の運搬の手伝いをしていた。己の体重ほどの荷を背負い、お山に運ぶ。多い日は、四、五回もお山を往復した。育ち盛りは食べ盛り、日に何合でも食べられた。そんな雄源にとって、わずかの粥(かゆ)と山菜のおひたしだけではどうにも足りない。

つぎの日になると、空腹と眠気と脚の痺れで頭が狂いそうだった。こんなことを続けるくらいなら死んだ方がましだとさえ思った。

これが常坐三昧(じょうざざんまい)と呼ばれる行だと知ったのは、その日の夕刻である。比叡山には四種三昧という修行方法があるが、そのうちの第一の行が常坐三昧である。修行を始めてからどのタイミングで行うかは明確に定まっていない。修行者の人となりを見て、師となる高僧が判断する。

「どや、苦しいか」

こんな目に遭わせやがってと腹を立て、どうやって逃げようかと心算しているところに径雲が現れた。

「腹が減ったやろ。眠いやろ。脚が痛いやろ。こんな目に遭わせやがってとわしを憎んでいるやろ」

雄源は径雲を睨みつけた。

「それでええ。まずはおまえの心身の隅々に溜まっている、どうにもならぬ怒りをすべて吐き出してしまえ」

「吐き出すとどうなるんだ」

「どうにもならん。どうにもならぬから、ええのや」

「和尚の言っていることはわからぬ。なんのためにこんなことをするんだ」

「おまえのような腕白坊主でも伝教大師の教えは聞いたことがあるやろ」

「ある」

「知っていることを言うてみい」

雄源は癪(しゃく)に障ったが、暇つぶしだと思い、ぶっきらぼうに答えた。

「山川草木(さんせんそうもく)　悉有仏性(しつうぶっしょう)」

「どういう意味や」

「山、川、草、木すべてに仏性が宿っているという意味や」

「ほほお、おまえでもそれくらいは諳(そら)んじることができるんやな。でもな、その意味はわからんやろ」

「わかっている」

「果たしてそうかな」

径雲は深閑とした堂内に響きわたる笑い声をあげ、立ち去る間際、

「どうにもならなかったら、山川草木に助けてもらえ」

と言い残した。

その日の夜、空腹と眠気と脚の痺れはますますひどくなった。数刻前まで逃げ出して山を下りたいと思っていたが、考えてみれば、山を下りたとて身を寄せるところはない。家に戻れば父からきつく叱られ、罰せられるのは明白。行をやり続ける以外になかった。

四日目になると脚の感覚がなくなった。用を足すために立ち上がろうとしても、脚がいうことを聞かず、しばらく脚をさすらねばならないような体たらくだった。

「無様ですね」

朝食のとき、隣りに坐った昇雲という男がまっすぐ前を向いたまま言った。七、八年前に山籠り修行を始めたという。雄源より三つほど年長のはずだ。丁寧な言葉使いではあるが、嘲りの調子を隠そうともしない。

かまわず黙っていると、

「呼吸に気をつけるといいですよ」

と言ってきた。

「呼吸?」

昇雲のほうを向いて言葉を返すと、そんなこともわからないのかという表情を浮かべ、言った。

「痛い、眠い、腹が減ったということばかりに意識が向いているからよけいにつらくなるんです。息を吸うときはそれに集中し、吐くときもそれに集中してゆっくり続けてごらんなさい」

小僧のくせに生意気な、と思ったが、正坐を再開したのち、ものは試しとやってみた。

ゆっくり息を吸う。

さらにゆっくり息を吐く。

それだけに集中して呼吸をする。

何度も繰り返すうち、吐くときと吸うときの音が微妙にちがっていることに気づいた。それだけのことが面白くて、息づかいを長くしたり短くしたり、強くしたり弱くしたりと変化をつけた。

ふと気づくと脚の痛みが和らいでいた。眠気と空腹は感じていたが、それまでよりかなり楽になっている。

それから数日後のこと、音に親しみをもっている自分に気づいた。鳥や虫の声や風の音が己になにかを伝えようとしているように聞こえてきたのだ。さらに耳を澄ませると、ほかのいろいろな音が聞こえてくるようになった。とりわけ風に揺すぶられて木々の枝が擦れ合う音がたまらなく好きになった。まるで音曲（おんぎょく）のようだ。

昇雲と親しくなったことで、常坐三昧が満行（まんこう）となる日まで思いのほか早く過ぎた。

「どや。なにか感じることはあったか」

径雲が雄源に尋ねた。

「まわりに音がたくさんあることに気づいた」

「そうか」

「音を聞いているときは安らかにも感じた」

「山川草木に助けられたゆうことやな」

径雲がなにげなくつぶやいたのを聞いて、雄源ははたと思い当たった。とても微かではあったが、ある日、なにやら得体の知れないものに助けられているという感覚を覚えたのだ。この世そのものが御仏の胎内であり、そのなかで生きている人間を含めたあらゆる生き物や石ころなどの鉱物は、もとをただせばみな同じなのだと天台は教えている。だから己の立場に応じて一隅を照らせばいいのだと。

意欲が増してきた雄源は、常坐三昧のほかに常行三昧という行にも取り組んだ。これは九十日の間、一日二十時間以上、阿弥陀仏のまわりを寝ずにひたすら念仏を唱えながら歩きまわるという行である。その間、坐臥(ざが)してはならず、一メートル四方程度の縄床で二時間だけ仮眠を許される。つまり、九十日間ずっと立ちっぱなしである。

この行も簡単ではない。雄源は三日目になって足がぱんぱんに膨らみ、歩き続けることが困難になった。

しかし、このときも昇運に教えられた呼吸法によって体を調(ととの)えた。

雄源はそののち籠山(ろうざん)十二年を終えるまで、多くを山岳修行に費やした。深夜二時ごろ起きて、真っ暗闇の山を歩く。暗闇が怖いと思ったことはなかった。視覚に頼れない分、そのほかの感覚が鋭くなる。特に落ち葉が積もった山の道なき道を歩くのがおもしろかった。

落ち葉の芳しい匂い、踏みつけるたびにかさかさという乾いた音、澄み切った空に光る星々の輝き……、どれも御仏の一部のように感じた。その修行によって自在に山のなかを歩けるようになったことが、のちに自分を助けることになるなど思いもよらなかった。

比叡山での十二年にわたる修行を終え、里に戻ってから雄源に異変が起きた。無性に腹が立って仕方がないのだ。本来であれば、それまでの修行によって心が調えられ、己を律することも容易(たやす)くなっているから生きやすいはず。しかし苛立ちが始まると、どうにも制御できない。

叡山で教えられていたことと里坊での現実には、甚だしい乖離(かいり)があった。そもそも叡山で修行すべき僧が里坊に住み、昼間から酒に浸り、女を貪(むさぼ)っている。

(いったいあの十二年間はなんだったのか!)

雄源は、偽りごとを学ぶために大事な十二年間を浪費してしまったと思った。それを強いた父親や径雲に対し、激しい憎悪をかきたてた。修行と現実の落差にうまく折り合いをつけられる性格ではなかったのだ。

「おまえにいい縁談がある」

父親は、息子の苛立ちを知ってか知らずか、縁談を持ちこんできた。堅田の公人の次女で、名前はゆり。歳は十七。たいへんな器量よしで、温厚な性格だという。

「嫁はいらない」

雄源はきっぱりと拒否したが、父親は聞く耳を持たなかった。翌日、その娘と両親が訪ねてきて、初顔合わせとなった。

ぜったいに娶(めと)るものかと思っていたのだが、ひと目ゆりを見て、決心がぐらついた。肌がぬけるように白く、その名のとおり清楚な佇(たたず)まいで、春の日差しのようにたおやかな笑みを浮かべている。体の線が細く、病弱そうに見えたが、それがまた雄源の本能をくすぐった。雄源の意地は、容易に潰(つい)えた。まるで風に吹かれる砂埃のように。

それからすぐ雄源とゆりは祝言(しゅうげん)をあげた。雄源、二十三歳。永禄三年（一五六〇年）、織田信長が桶狭間の戦いで今川義元を討ち取った年のことである。

結婚してからしばらくの間、雄源の心身に巣食っていた妙な〝虫〟は動きを潜めていた。里坊で酒食にふける僧を見ても、遠い世界の出来事のように思えた。翌年には、長男の小太郎が生まれた。

小太郎は、生まれながらにして才長(さいた)けた子であった。無邪気な表情を浮かべても、眼の奥には妙な落ち着きがあり、子供らしく喚(わめ)くこともなかった。言葉の上達が異様に早く、いつもなにかを考えているふうだった。

「小太郎は子供らしいところがないな。いつもなにかを考えているみたいだ」

小太郎が三歳になったころ、雄源は妻に言った。

「あなたに似ているのではありませんか。あまり手もかからず、いい子ですわ」

（おれに似ている？）

そう言われて、まじまじと小太郎を観察すると、腑に落ちた。たしかに、表情や動作の一つひとつに自分と共通するものがある。

そのとき雄源が感じたのは喜びではなく、一種の戸惑いだった。小太郎に対する戸惑いではない。自分のような人間が、この世に増えたことへの疑問だった。やがて大きくなってから自分を脅かす存在になるのではないかという、オスとしての本能がそうさせたのかもしれない。あるいは、ゆりの心が小太郎に集まっていることへの妬みだったかもしれない。

本心に衝き動かされるまま、遊びに出かけるようになった。公人としての仕事はほとんど放擲した。どんなに父が激しく怒ろうが、おかまいなしだった。

京都の遊郭といえば、江戸時代になってから整備された幕府公許の島原が有名だが、それ以前にもあった。英雄色を好むの言葉どおり、権力を握るような男の多くは精力に満ちている。有力大名のみならず僧籍にある者までが女を買い求めるため、せっせと遊郭に足を運んだ。その仲買をする女衒が暗躍する時代でもある。

やり手の女衒にとって、雄源のような男はいいカモである。家の社会的信用が高く、世間知らず。体は壮健だが、憤懣を内に抱えている。延暦寺の座主覚恕法親王の覚えめでたい父はそれなりの信用があり、雄源は後払いで遊ぶことができた。

京の遊郭には、抹香臭い世界とは正反対の、きらびやかな蜜が充満していた。十二年もの間、極度に欲望を抑えつけられた若い男が溺れるのは簡単だった。

ある女衒に紹介されたお蝶という女にのめりこんだ。それまでに見たこともないような美貌だった。一挙手一投足にしなをつくり、ちょっと掠れた声で甘い言葉をささやく。源氏名のとおり、花の蜜を吸う蝶のような女であった。

女の目当ては金だと知っていたが、逢瀬をやめることはできなかった。頭の奥が痺れるような快楽を与えてくれるお蝶は、習慣性のある麻薬にも似ている。

だが明け方、帰ろうとすると、いつもとはちがったきつい口調で、お蝶から言われた。

「雄さん、そろそろお代を払っていただきまへんと出入りできなくなりますさかい」

「心配いらぬ」

虚勢を張って答えた雄源だが、そろそろ年貢の納めどきかと観念した。

すべてが露見したのは、それから間もなくのことであった。溜まりに溜まった代金を払えと、店の使番が突如、雄源の屋敷に現れたのだ。使番とはいえ、目や体の動きに隙がない。あきらかに手練(てだ)れの剣術使いと見えた。

対応したのは、同居していた父親だった。

使番が伝えてきたことは多額の借金とその利息の返済、そしてお蝶という女が雄源の子を身籠っており、その子が十五歳になるまでの養育費をまとめて払ってほしいとの内容であった。

「借財につきましては仔細わかりもうした。一週間後、耳を揃えてお返しにあがります。しかし、お蝶さんとやらが身籠ったという子に関しては、しばしお待ちくだされ」

誇り高い父だが、額が畳につくほど低頭し、相手が帰るまでそのままの姿勢でいた。相手が帰ったのを見届けてから奥へ下がるとき、隣の部屋で端座しているゆりと雄源の母の姿があった。一部始終を聞いていたのである。

雄源は、木刀でひどく撃たれた。

もとより雄源の父は公人仲間では剣の指南役を務めるほどの腕前。大怪我をしないよう気をつけながらも、しばらく起き上がれないくらいに息子を打擲(ちょうちゃく)した。

「おまえは人間のクズだ。いったいなんのために十二年も修行をしたのだ。恥ずかしいと思わぬのか。ゆりどのがどんな気持ちでいたのか、考えたことはあるのか」

打擲ののち、幾度も足蹴りにされた。よけているうち、雄源は土間に転げ落ちた。額が切れて、真っ赤な血が噴き出した。

父親に立て替えてもらった金は、何十年かかっても返せないほどの大金だった。

お蝶が身籠ったというのは、やはり嘘だった。雄源の父は京都の武田屋敷を訪れ、交誼(こうぎ)のある市川太郎右衛門に会った。息子の一件を包み隠さず話し、お蝶という女が実際に子を身籠っているかどうか、また身籠っていたとして、その子がほんとうに息子の子なのか調べてほしいと依頼した。太郎右衛門は武田家の諸国御使者衆に属し、主に京都近辺の動きを探索する役目を担っていた。

お蝶の嘘はすぐに露見した。同じような虚言をもとに、何人もの男をゆすっていることもわかった。その調査に携わったのが松野吾郎である。

吾郎は報告のために由本家を訪れ、雄源とその父に委細を説明した。それがきっかけとなり、雄源と吾郎は親しく交友することになったのである。

はじめて吾郎と会った日のこと、彼がぼそっとこう言ったのを聞いて、雄源は「この男は信用できる」と思った。

「心が揺れやすいころに理想漬けになってしまうと、俗世に戻ってから苦しめられるんだよな」

ある劇作家が、「美しすぎる童話を愛読したものは、大人になってからその童話に復讐される」と言ったが、そのころの雄源はまさにそういう状態だった。雄源と吾郎は、間もなく無二の親友となる。

事件が解決したのち、憑き物が落ちたかのように雄源の心が調った。冷静になると、どうしてあんなことをしてしまったのかわからなかった。自分のなかに、もうひとりの自分がいたとしか思えない。

雄源はある陥穽に落ちたのである。美しいものを見過ぎたり真理を一心に求める者が陥りやすい落とし穴ともいえる。

完全に美しく、真理に満ちた世など人間社会にはありえない。人間は一人ひとり歪な形をしており、清濁を併せ持っている。それだからこそ人間は美しいともいえる。本来は、それを悟るための修行でもあるのだが、そこに行き着くまでは理想と現実の間に横たわる深い溝の存在を知り、それを越える術を身につけなくてはならない。雄源は父親や吾郎、そしてゆりの助力を得て、その陥穽から抜け出すことができたといえる。それを〝割り切り〟ととる人もいるが、そうではない。人間の不完全さに心を乱されることなく、己の天分を発揮できる端緒についたというべきなのだ。

その事件が父の心を蝕んだのか、それから二年後、父は帰らぬ人となり、あとを追うように母も亡くなった。

雄源はしばらく茫然自失となり、自分を責めた。

しかし数ヶ月も過ぎると心境ががらりと変わっていることに気づいた。ますます才気煥発な子供になった小太郎に対し、素直に評価できるようになっていたのだ。さらには、ゆりに対する気持ちである。ゆりは、夫の乱心などまるで知らなかったかのように微笑みを絶やすことなく、雄源に接してくれた。雄源の心のなかで、ゆりは慈母のように神格化されていった。

そんなときである。女の子を授かったのは。出産の予定日より一ヶ月半も早く生まれてきたためか、壊れてしまいそうなほどの未熟児であった。雄源ははじめて娘を抱いたとき、胸の奥底から湧き上がってくる感懐を覚えた。

(ぜったいにこの子を守る)

痛切にそう思ったのだった。

しかしみつが四歳になったあの年、みつは母親とともに短い命を終えた。あの日のことは、まるで昨日のことのように鮮烈に甦る。ゆりが倒れたときのドスンッという鈍い音、みつが息を引き取ったときの力が抜けていく様子……。

翌朝、目覚めるとすぐ、吾郎に言った。

「叡山へ行かないか」

ゆりとみつが亡くなった場所で手を合わせたいのももちろんだが、生まれてからずっと親しんだ比叡山がどのような姿になっているのか、この目で見たいと思ったのだ。

当面、することがない吾郎は快諾した。

ふたりは東美濃の山中を抜け、大垣経由で西近江へ向かう。途中、いたるところに徳川や織田の兵がいたが、もとより間者の吾郎と山中での行に勤(いそ)しんだ雄源にとって、人と遭遇せずに移動するのはさほど難しいことではない。

大津で宿をとった。前夜、比叡山は薄闇に包まれた空に曖昧な稜線を記すのみだったが、宿を出て、鳰(にお)の海(琵琶湖)の背後に昔日と変わらず比叡の山があるのを確認したとき、雄源の目にみるみる涙が溜まってきた。

麓の坂本には、槌音（つちおと）が響きわたっている。新たに街を区画し、道や家屋をつくっている。あの日、坂本の街は灰燼（かいじん）と帰したが、これならあと数年でかつての活気を取り戻すにちがいない。

あの日と同じ経路をたどって比叡山の頂上を目指すことにした。山塊はイガグリ頭のようである。地中から新たな芽が出て陽光をたっぷり浴びている。新たな芽はひょろひょろと茎を伸ばし、風に揺れていた。

「こうして見ると、ずいぶん威厳がなくなってしまったなあ」

吾郎が山を仰ぎ見て、つぶやいた。鬱蒼（うっそう）とした木立が山を覆っていた往時の比叡山とは比べるべくもない。

あらゆる道がなくなっていた。もともと木立の一部を切り開いて道にしたのだから、木が焼け落ちてしまえば道がなくなるのは道理。適当なところで右に折れ、頂上へ向かって急登を歩き始める。

（ゆりが死んだのは山の中腹ほどであったはず）

雄源は注意深く観察しながら歩を進める。ときどき石の祠（ほこら）があり、花が手向（たむ）けられている。

言葉が出なくなった。あの日の出来事がまざまざと蘇る。みつを背負った雄源が先頭に立ち、そのあとを吾郎に守られたゆりと小太郎がついてきた。ゆりが弓矢に射抜かれたのは、勾配（こうばい）が急にきつくなったあたりだった。あのとき、ゆりは転がりながら滑り落ち、体を貫いたままの矢が折れたのをこの目で見ている。ゆりの体から流れ出た血が乾いた土を赤く染めていた。

あるところで足が止まった。

（ここだ）

確証はない。しかし勾配がきつくなりかけのところは、あのときの地形に酷似（こくじ）していた。

雄源は力なく膝から崩れ、地面に前のめりになった。こらえてもこらえきれない哀しみの渦は、やがて理性を決壊させた。

だれはばかることなく声を出して泣いた。慟哭は空に吸い寄せられていく。

(悪かったな、ゆり。ひどいことをしてしまったおれを許してくれ)

雄源はひざまずき、手を合わせた。そして、どうか小太郎を守ってほしいと祈った。

どれほどの時が過ぎていたことだろう。涙は涸れ、気持ちが鎮まった。よろけながら立ち上がると、吾郎が無言で抱きしめてくれた。雄源は吾郎より、頭ひとつ背が高い。吾郎の肩を見ながら、吾郎と出会えたことの僥倖を感じた。皮肉なことだが、あのとき道をはずれたからこそ吾郎に会えたのだ。人の縁の不思議を感じた。

空っぽになった心を抱えてふたたび歩き始める。あのときと同じように、無動寺谷への道を進み、それから根本中堂があった東塔付近を歩いた。

小さな木の芽がところどころに生えているものの、きれいさっぱりとなにもなくなっていた。樹木が繁っていないから鳥も来ない。

殺風景に慄然とした。

数多くあった坊舎は跡形もなく消え、替わりに焼けて赤くなった土が堆積していた。見晴らしがよく、琵琶湖がことのほか美しく見えたのは、なんとも皮肉なことに思えた。あの日の惨劇を思うと、あらためて己が生かされていることの意味を問わないではいられなかった。

なだらかな丘の向こうに、なにやら白いものが目に入った。近づいてみると、木札である。さほど日焼けしていないところをみると、一、二ヶ月前に立てられたようだ。

## 風過ぎて物の跡消える

墨でそう書かれている。

人間の所業を、自然界がすべて消してくれたということか。あるいは自然の懐に帰り、永遠の命を得たということか。

真意はわからない。

あることに気づいた。どこにも遺骨がないのだ。あの焼き討ちでは、数千ともいえる人間が死んだ。骨まで焼けてしまったとは思えない。だれかが一つひとつ遺骨を集め、葬ったのだろう。

ふと昇雲の顔が脳裏に現れた。

あのころ彼は、無動寺明王堂での堂入りを目前にしていた。千日回峰行（せんにちかいほうぎょう）のなかでもっとも過酷と言われるその行は、九日間、食や水を断ち、いっさい睡眠をとらず不動明王の真言を十万回唱え続けるというもの。その行を始めてから途中で辞めることは許されず、続けられないときは自害しなければならない。そのための死出紐と短剣、三途の川の渡り賃である六文銭、埋葬料をつねに携行するよう義務づけられている。雄源にとって気の遠くなるような修行である。

信長の比叡山焼き討ちがあったあの日、彼は山の外を歩いていて助かったのかもしれない。

（彼ならば満行（まんぎょう）を遂げたにちがいない）

雄源は、青空に昇雲のすました顔を思い描いた。

「さあ、どうする？」

吾郎が雄源に訊いた。「どうする」の意味を雄源は悟っていた。このまま来た道を下るか、あの日と同じように坂本の裏側にあたる八瀬（やせ）の北へ下るか。

そこにはみつが眠っている。織田方に見つからないように、土を掘って体を丸ごと埋めているから、遺体は焼かれずに済んでいるはずだ。しかし目印のないところに埋めたのだから、そのあたりへ行ったとして場所を特定することはできないだろう。

「行きたい。いや、行かなければならない」

雄源は自らに言い聞かせるように、強い口調で言った。

あのときは鬱蒼と繁った藪のなか、道なき道を懸命に走って逃げた。そして炎に追いつかれる前に穴を掘ってみつの遺体を埋めた。

南側の斜面と同様、北側も新しい樹木の芽が伸びている。当時の面影はない。北側の斜面も一帯、猛火に覆われ、すべてが燃え尽きたはずだ。試しに土を掘ってみた。黒く湿った土があるだけだ。

しばらく山の斜面をさまよった。

（ぜったい、この斜面のどこかにみつはいる）

幾度もそう念じ、丹念に地面を見て歩いた。しかし、手がかりは見つからない。

日が傾きかけてきたころ、吾郎が言った。

「おみつはおまえが来てくれたことを知っているはずだ。ここで手を合わせれば、かならずおみつはわかってくれる」

悲痛な面持ちでそう言った。吾郎はことのほかみつを可愛がってくれていた。

雄源はおもむろに大の字になった。空にはいくつもの白雲がたなびいている。風が強く、その形を刻一刻と変えつつ、西へと流れていく。

（みつよ、おまえを連れて帰れなかったふがいない父を許しておくれ。みつ、みつ、みつ……）

閉じた目から、とめどなく涙がながれた。

あの日以来、心のなかでみつへの謝罪を繰り返している。みつを背負うのではなく胸に抱いていればよかった、もっと遠まわりして比叡山の裏側に出ればよかった、もっと早く駆け登ればよかった……。悔恨は汲めども尽きぬ泉のように溢れてきた。

もう一度、あの柔らかく小さな体を抱きたいと思った。たった一度でいいから……。

いまならわかる。どうしてみつが矢で射抜かれた瞬間、鋭い痛みを感じたのか。みつはまさしく己の肉の一部であり、心の一部でもあったのだ。血肉を分けるという言葉の真の意味を思い知らされた。

みつは、生まれてきたこの世に対して、なんら邪な思いを抱いていなかった。それなのに、あの子は生きることを許されなかった。

なんて無慈悲な世界なのだ。御仏の教えの聖地であんな蛮行があったなんて……。

その日、雄源の心はずっと哀しみに満ちていたが、同時に浄化されているとも感じていた。ゆりとみつが心の澱を溶かしてくれたのだ。比叡山の修行ののち人間として落ちていくばかりの自分をまっとうな人間に戻してくれたのは、ゆりとみつであったのだ。ふたりと過ごした時は短いが、その輝きはいささかも褪せることはない。その記憶を糧に生きていくことが己の使命だ、と強く念じた。

## 高坂弾正の献策

勝頼の焦りは極限に達していた。

長篠設楽原の戦いで失ったものは計り知れない。満を持して臨んだつもりだが、終わってみれば一か八かの戦いだった。強気で通す勝頼であるが、さすがに自らの非を認めないわけにはいかなかった。

三倍近い敵に真っ向から挑んだのである。三千挺もの鉄砲隊が潜んでいようとは夢にも思わなかった。しかも総大将である勝頼と信玄譜代の御親類衆との間には抜きさしならぬ不信感があった。御親類衆筆頭の穴山信君と武田信豊は、勝頼の指示を無視し、勝手に退却を始めた。それがきっかけとなり武田軍は総崩れとなった。数で圧倒的に劣る軍団の意思が統率されていないのだから勝てるはずがない。

設楽原の戦いで武田軍が惨敗したとの報を聞きつけた高坂弾正昌信は愛馬を長駆し、信濃の駒場で勝頼を出迎えた。高坂弾正はまたの名を春日虎綱といい、馬場信春、山県昌景、内藤昌豊とともに武田四天王と呼ばれた宿将であるが、はからずも高坂弾正以外の三人はその戦いで命を落とすことになった。彼は上杉謙信への備えとして信濃の海津城を守っていたため、長篠設楽原の戦いには参加していなかった。

高坂弾正が、急ぎ勝頼のもとに駆けつけたのは理由がある。ひとつは勝頼の武具を新しく替え、敗軍の将の惨めさを感じさせないようにすること、もうひとつは勝頼に献策することであった。

勝頼の代になってから重用されているのは、跡部勝資や長坂長閑斎のほか、信玄をして「わが両眼の如き者」と言わしめた曽根昌世と真田昌幸らであった。高坂弾正のような老臣は遠ざけられていた。勝頼にとって煙たい存在だったのだ。このときも、高坂弾正が迎えに来ていると聞いた勝頼は、不快な表情をした。

「こたびの戦さ、誠に慚愧に堪えませせぬ」

勝頼は無言でうなずいた。疲れ切って言葉を発するのも億劫のようだ。

「ほかになんぞ申したいことがあるのか」

「献言したきことがございます。お聞き届けくださいますようお願い申し上げます」

言葉は丁重だが、有無を言わさぬ強い口調だった。

「明日にしてくれぬか。余は疲れ切っておる」

「お察し申すが、大事なことゆえ、なにとぞ」

高坂弾正が急ぐには理由があった。ほかの重臣たちが集まる前に献策をしたかったのだ。

「では、手短かに」

「はっ。では、申し上げます」

高坂弾正は五つの策を献言した。

一つは、現在領有している駿河と遠江を同盟者の北条氏政に割譲すること。もはや両国を経営する力は武田家にはない。武田家は甲斐、信濃と上野の一部の三カ国の経営に専心し、氏政と結んで織田・徳川に対抗すること
一つは、北条家との紐帯（ちゅうたい）を強めるため氏政の妹を勝頼の正室に迎えること
一つは、木曽義昌の離反を防ぐため上野に国替えし、上野国の小幡信真を木曽に移すこと
一つは、山県昌景らの遺児たちの処遇のこと
そして、最後の献言が勝頼を震撼（しんかん）させた。

「わが軍が大敗を喫する原因となったのは、武田典厩（てんきゅう）信豊どのと穴山信君どのが御屋形さまのお指図に従わず、勝手に軍を引いたことによるもの。ここは責任を明確にし、厳正に対処なされることを望みまする」

「どうすればいいというのだ」

「切腹を申しつける以外にございませんでしょう」

「典厩と信君に腹を切らせるというのか。典厩はわが父の甥であり、信君のご母堂は父の姉御である

ぞ」

加えて穴山信君の正室は、信玄の次女であり勝頼の姉でもある見性院である。武田信豊は信玄の弟信繁の子、勝頼にとっては従弟にあたる。

「いかに御親類衆とて責任の重さは免れませぬ。いや、御親類衆だからこそ、このままでは示しがつきませぬ」

高坂弾正が言わんとしていることは、いちいち理解できた。この窮状を武田家単独で乗り切るのは不可能である。組む相手は考えるまでもない。いま同盟関係にある北条家をおいてほかにない。

ただし、策謀家の氏政が真心から勝頼を助けるとは思えない。相応の見返りを求めるはずだ。駿河と遠江の二国が一滴の血も流さず手に入るとすれば、あるいは高坂弾正の思惑どおりにいくかもしれない。

信豊と信君に切腹を命ずる献言についても、反論の余地はない。事実、あのとき信豊と信君が勝手に退却せず踏ん張っていれば、戦さの流れは変わっていたかもしれない。変わらないまでも、あのように大崩れすることはなかったはずだ。

そう考えると信豊と信君が多くの将兵を死なせたといえる。万死(ばんし)に値するという高坂弾正の言い分は、至極正当なものだ。

(しかし……)

勝頼は、信玄麾下(きか)、駿河と遠江を切り取る作戦の大部分に参加している。多大な犠牲をはらっているのは百も承知。それをただでくれてやるということは考えられないことであった。

また信豊と信君に切腹を命じることは、自ら武田家の力を削ぐ行為と言えはしまいか。懲罰を課すことは簡単だが、有能な重臣の多くを失ったいま、信豊と信君の代りを務められる武将はいない。両人とも智謀にすぐれ、非凡な外交能力を持っている。特に信君の駿河経営と対北条家の外交交渉は余人ができることではない。だからこそ高坂弾正は駿河と遠江を割譲すべきと献言したのであろう。

「あえて言挙（ことあ）げするほどのものでもなかろう」

北条家との婚姻や重臣の遺臣の処遇などについては、高坂弾正の献言を受け入れることにしたが、領土割譲と信君らへの切腹命令は拒否した。むしろ信君らを重用する方向へ舵を切った。山県昌景に代わって信君を駿河の江尻城代にし、信豊を越後との交渉役に命じたのである。

切腹に値するような人間を重用せざるをえなかったことをとっても、設楽原の戦いにおいていかに武田家の人材が払底（ふってい）してしまったかがわかる。

その後、武田家を取り巻く状況は悪化の一途をたどる。

勝頼がすぐには反撃できないと読んだ家康と信長は、息つく間もなく動く。設楽原の戦いの六日後、家康は遠江と駿河へ侵攻を開始するのである。その軍勢のなかには、今川氏真の姿もあった。家康は信玄とともに今川家を滅亡に導いた役者であったが、このときは駿河の国衆を糾合するため、わざと氏真の姿が目立つように配慮した。人心を巧みに操る家康の真価を発揮し始めたといえる。また信長は東美濃、奥三河へ侵攻を開始する。

勝頼はまったく反撃できなかった。大半は攻め立てられる城兵を見殺しにし、まれに後詰めとして大軍を動員しても、訓練をろくに受けていないにわか仕立ての軍は質の低下がいちじるしく、家康や信長とまともに戦うことはできなかった。

その年の十一月二十一日、東美濃の要塞岩村城は信忠軍によって落城する。このとき信長は開城すれば城将秋山虎繁らを赦免（しゃめん）すると約束したが、長良川で磔（はりつけ）の刑に処した。助命を約束しながら処刑するのは信長の常套手段だが、このころからいちじるしくなっていく。

また徳川方の大久保忠世に包囲されていた二俣城は十二月二十三日、七ヶ月の籠城の末、ついに陥落する。

唯一の救いとなったのは、武田家の戦力低下を機に、謙信が信濃へ侵攻しなかったことである。設楽原の戦いの直後、謙信は信長から信濃への出兵要請を受け、一時は応諾しているが、信濃へは向かわず越中を攻めた。国衆である寺島宗徳が謀反を起こしたという事情もあったが、それ以上に信長の天下布武の手先として使われるのは真っ平御免と思ったのである。

その背景にあったのは、勝頼から和睦交渉の打診があったことである。謙信と信玄は、川中島で五度にわたり干戈(かんか)を交えた好敵手だったが、信玄の読みどおり、謙信は勝頼を攻めるより、むしろ和睦へ舵を切る。そして同年十月、長年の怨敵(おんてき)であった甲斐と越後の間に和睦が成立する(甲越和与)。同盟関係にあった謙信と信長は、天正四年(一五七六年)、断行することとなる。

### 邪魔者信玄

勝頼の容貌は、わずか数ヶ月で激しく変わった。真っ向勝負の戦さが好きな若武者の眉間(みけん)に深い縦じわが刻まれ、極度の心労が颯爽とした表情に薄暗い膜をかけた。

強気でとおる勝頼だが、さすがに意気消沈している。

ここは躑躅ヶ崎館の勝頼の居室。勝頼の前に、武田典厩信豊、真田安房守昌幸、跡部勝資がいる。

このところ、穴山信君をはじめ御親類衆が勝頼を見る目つきは険しい。信君などは設楽原の戦いで勝手に戦線を離脱しておきながら、

「大切な重臣たちを失ったではないか」

と勝頼に詰めかけたことがある。たしかに山県昌景や馬場信春らが執拗に撤退を主張していたにもかかわらず、決戦を挑んだのは勝頼である。しかし勝頼はその言い草に腹がたった。まるで敗戦の責任は勝頼ひとりにあるかのような物言いだった。

以来、勝頼は御親類衆の目に怯えるようになった。無言のうちに自分を詰(なじ)り、

「御屋形さまとはかくもちがうのか」

と言われているような気がした。

重臣と目が合えば、言葉にならぬ言葉が聞こえてきた。

――そもそも御屋形さまがご健在であれば、こんな無謀な戦さはしなかった。

――御屋形さまだったら、無理攻めはせず、早めに退却したにちがいない。

勝頼は、一種のノイローゼに近い症状だった。

「……むむ」

勝頼は虚空(こくう)を睨みつけ、言葉を発しようともがいてようやく一声を発した。

「どうにもうまくいかない」

「戦さというものはさまざまな欲得や思惑をもった人間同士が相争う真剣勝負。力や勢いは絶えず変化しています。そのなかにあって勝機は一瞬にして生じ、一瞬にして消え去ります。よって勝ちもあれば負けもあります。つぎはかならずやわれらに天運が下りまする」

勝資の言葉は虚しく響いた。それほどに戦況は悪化している。

「そちたちに相談がある」

勝頼が意を決したように前置きした。

「御屋形さまのことだ」

それを聞いた三人は、とっさに勝頼の言わんとしていることを察した。先の戦いで苦杯を喫したのは、ひとえに重臣たちの意識が信玄に向いていたからだと勝頼は考えているにちがいないと。

はたしてそうであった。

「人斎に尋ねたところ、お目覚めになるのはいつとも知れぬとのことだ。その間もみなの目は御屋形さまに向いておる。これではわれらの力を存分に発揮することはできぬ」

「しかしながら、三年過ぎねばどうにもならぬことと思います。年が明けてから、あらためていかようにするか決めても遅くはないのでは」

信豊が答えた。

「そこでだ、典厩どのに頼みがござる」

「なんでございましょう」

「そなた、謙信どのとの和睦交渉、まことにあっぱれな働きであった。御屋形さまはあのように仰せであったが、ここまでうまくいくとは思わなんだ」

「かたじけのうござる」

「して本題であるが、御屋形さまのお身柄を謙信どのに預かっていただくわけにはいくまいか」

勝頼は遠慮がちに言った。

「御屋形さまを、越後へ移される……ということですか」

あまりの突飛（とっぴ）な発言に、信豊は色を失った。

「さよう」

「ですが、われらが一致して御屋形さまをお守りするのが筋ではありますまいか」

「要はいかにしてこの難局を乗り切るか。そのためには、みなの心を束ね合わせなければならぬ」

信豊、昌幸、勝資は黙りこんでしまった。眠りに就いているとはいえ、信玄の身柄を他国へ移すなど、想像だにしていなかったことだ。

「年が明けて四月、葬儀を執り行う。快川紹喜どのにも話をつけている。このことはすでに決定したことだ」

三人が三人、唖然として言葉も出なかった。

「謙信どのは、御屋形さまのことをどれほど知っているのだろうか」

勝頼は典厩信豊に問いかけた。

「すべて、事実をご存知でおられました」

「そうか。して、どのような感慨をお持ちであったか」

「たいそう悲しんでおられました。まわりの家臣たちにはばかることなく、涙をはらはらとこぼされて」

「上杉謙信公、聞きしに勝る義と情のお方」

勝頼は目を潤ませた。

もとより彼は謙信に共感を抱いていた。謀略を用いず、武士の王道をいくような戦い方に自分と相通ずるものを感じていたのである。ある意味、父信玄に対するより、謙信への親近感が強かったともいえる。

一方の謙信も勝頼に対して同じような感慨を抱いていた。そもそも謙信は、孫子の兵法を用いるのは心の汚い者のすることだと思っているような男だ。だからこそ実直、剛毅との評判がある勝頼から和睦交渉の申し入れがあったとき、信長との約束を反故にし、快く受けた。謙信にとって信長は信用ならない人物だったが、勝頼なら信用できると思ったのである。

人間、同類の匂いを嗅ぎつけるものである。信玄の遺言「謙信と和睦せよ。謙信は勝頼を攻めるようなことはしない」は、両者の親和性を見越したうえでのことだった。

「典厩どの。すまぬがもう一度越後へ行ってくれぬか。いますぐにということではなくとも、御屋形さまを受け入れてくれる存念があるかどうかを探ってほしいのだ」

「わかりもうした」

浮かぬ表情で答えた信豊ではあったが、その日さっそく昌幸を伴って越後へ向かった。

勝頼は、信玄が眠る奥の間に入って行った。恭しく迎える人斎と小太郎には目もくれず、横たわる信玄の顔をまじまじと見つめる。

(ずいぶん小さくなられた)

珍しい生き物の標本を見ているかのような眼差しを注ぐ。

「御屋形さまのご容態はいかがか」

「はっ。脈も呼吸も安定し、いまのところ小康を保たれております」

「今後の見通しはどうじゃ」

「なんともわかりかねます」

「わからぬ？　快方へ向かっておるのか、そうでないのか、それくらいはわかるであろう」

「それにつきましてもなんとも言えませぬ」

「もう半年以上も過ぎているのだぞ」

「まだ半年にございます」

「その方、それでも医者か。薬代だけで途方もない入り用なのだぞ」

「申し訳ございませぬ」

人斎は床に額を押しつけ、じっと堪えている。

小太郎は一部始終を見聞きし、悄然とした。勝頼が焦るのも理解できる。三十歳という年齢で大国を一身に背負うこととなり、家臣や領民からつねに品定めされている。想像を絶する心労があるにちがいない。あげく歴史に残る大敗を喫した。すべてが悪循環に陥っている。そんなとき、大きな心で父親の容態を案じることは難しいのかもしれない。

しかし、その言動は許しがたかった。人斎がどれほどの誠意をもって施療に専念しているか知る身だからこそ、憤懣やるかたなかった。これでは言外に「御屋形さまは邪魔だ」とにおわしているに等しい。

このところ小太郎の気鬱が高じていた。半年前、設楽原の戦いで多くの宿将が死んだこと、分けても山県昌景の死は、小太郎の心にダメージを与えた。昌景ははじめて小太郎に目をかけてくれた大恩人である。小太郎は信玄が仮死状態になってから一歩も館を出ていない。ただでさえ気鬱になっているところに、その悲報である。おまけに信玄の蔵書を自由に読んでいいと言ってくれた信廉も姿を見せない。

「勝頼さまは言葉が過ぎます」

勝頼が退去したのち、小太郎は声を潜めて人斎に言った。

「これこれ小太郎どの。お言葉に気をつけなされまし。勝頼さまもおつらいのです」

「とは申しても、人斎さまがどれほど命がけでなさっているか、少しはわかってもらいたいものです。満足に眠っていないではありませぬか」

「いいのです。まだ結果は出ておりませんし……。拙者の施療に大金を投じてくれるだけでもありがたきこと。かならずやその恩に報いるつもりです」

光がほとんど差しこまない奥の間で、人斎はこまごまと動き、小太郎は些細な手伝いを除き、読書に耽った。傍らには微動だにしない信玄。戦国の世にあって、じつに奇妙な空間だった。

## 謙信の答え

典厩信豊と安房守昌幸は、五十騎ほどを従えて棒道を急いでいる。棒道とは、信玄が北信濃攻略のために整備した軍略道路をいう。その名のとおり、早駆けしやすいよう、まっすぐ伸びた一本道である。川中島へ軍勢を送る際にも用いた道を、いまは信玄の身を託す交渉のために早駆けしている。なんとも皮肉なものだと信豊は思った。

謙信の居城は春日山城。直江津から南西へ約八キロ、典型的な山城である。頂きに謙信や重臣たちの館がある。

供回りの騎兵を麓に残し、案内役に附いて信豊と昌幸は山を登っていく。頂きに出ると日本海から吹き渡ってくる寒風が身に沁みる。甲府の底冷えとはまたちがった、肉を切り裂き、骨に届くような鋭い寒気である。

昌幸はちらと小さな堂舎に目を配った。

(これが毘沙門堂か。これほど寒い日もここに籠もるのだろうか)

謙信が深く神仏に帰依していること、とりわけ毘沙門天への尊崇が人並みはずれ、自らを毘沙門天の生まれ変わりと信じていることは聞いていていた。

甲越和与がなった直後だけにものものしさはなく、和やかな空気のもと謙信が待つ居間に案内された。

謙信は、すでに広間の上座に座っていた。通常、訪問者をしばらく待たせたうえ、もったいぶって現れるものだが、謙信はそのような虚勢は張らない。若い時分のままに駆け引きのない実直な人柄である。

信豊と昌幸は恐縮してすぐさま平伏し、言上を述べた。

昌幸は顔を上げ、はっとした。信豊から聞いていたものの、間近で見る謙信のいでたちは異様としか言いようがなかった。白絹で頭を包み、法衣の上から濃い緑色の五条袈裟を下げている。武将というよりも高僧の佇まいである。

想像を越えて小さい体格だが、体がひと塊となって発する妖気は、やはり常人のそれではなかった。

しばらく近況を語り合ったのち、信豊は居住まいを正した。

「本日はお願いしたき儀がござり、まかり申しました」

「聞こうぞ。近う寄ってかまわぬ」

謙信は繊細な用件であろうと察し、小声で話せるよう気を配った。

信豊は、これまでのいきさつをくわしく述べた。それは謙信がつかんでいる情報を越えていた。武田家の弱点にもなりえる機密事項もあえて隠さずに話した。そのうえで信玄をあずかってほしい旨を伝えた。謙信を説得するには、いっさい駆け引きはしないことが肝要だと、昌幸の助言があったからでもある。

果たして謙信は、感じ入っているようであった。瞑目し、眉ひとつ動かさないが、想念が渦巻いているように見えた。

やがて訥々と話し始める。

「あれはわしがいくつのころであったろうか。晴信どのをはじめて見たのは。六部（行脚僧）姿で信濃をまわっていたときのこと。諏訪御寮人や板垣信方どのもごいっしょであった」

謙信は、つねに信玄を諱で呼んでいたのであろうか。川中島でたびたび死闘を繰り広げた相手にしては、親近感のこもった呼び方である。

「遠目から見ただけだが、晴信どのの品のある堂々とした佇まいと物事の本質に通じておるような面差しに、わしは大いに気後れしたものだ。と同時に激しく嫉妬もした。この世のものとも思えぬほど諏訪御寮人が美しかったからだ。同時に、そのような女人が、実の父を殺した仇と夫婦になるなど、鬼畜にも劣るふるまいだとも思った」

謙信は拳を握りしめ、声を震わせた。

「あの御寮人が生んだお子が勝頼どのとは……」

謙信は、明かり取りの障子の向こうをみやり、しばらく無言のままだった。

「今年の六月ごろであったか、岐阜の信長どのから矢のような催促があった。いま信濃を攻めれば、かならず切り取れるとな。しかしわしがそうせなんだのは勝頼どのから和睦の使いがあったからだ。典厩どのと高坂弾正どのがみえての」

「ははっ。あの節は格別のご配慮を賜りました」

信豊はさらに平伏した。

「わしは晴信どのが好きではなかった。理由はそこもとらも知っておるはずだ。わしは策謀をめぐらすのが好きではない。武士であれば、正々堂々と戦うべきだ。晴信どのが幾人もの愛妾を囲っているのも気に入らぬことであった。もっともそれを言えば、あらかたの大名が嫌悪の対象ではあるが……。しかし晴信どのの実力は認めていた。彼ほど器ならずの人間はそうはいまい。ひとつの型に収まっていない。心底、妬ましく感じたものだ」

聞きながら、昌幸は謙信の心中を察した。彼は七歳にして信玄の近習に抜擢され、それ以来、信玄の謦咳に接して育った。いわば信玄のあらかたを知っていると自負する昌幸にとっても、信玄は〝器ならず〟の人であった。

「しかしな、ご子息の勝頼どのは父親に似ていないんだ。彼に会うたことはないが、人間をいくつかの型に分ければ、わしと勝頼どのは同じ範疇に入ると思うておる。それだからこそわかるのだ。彼の苦悩が」

謙信は言葉を切ると、近くに侍っている小姓に命じた。

「琵琶を持て」

謙信は、琵琶の名手でもある。若い時分、琵琶の音色に惹かれ、懸命に稽古を重ね、ついにわがものにした。四度目の川中島の合戦の前、妻女山の本陣で悠然と琵琶を弾きながら武田軍が動くのを待ったという逸話はつとに知られている。

おもむろに甲府の方角に向きを変え、静かに弦を鳴らす。それが信玄に対してか、勝頼に対してかはわからない。幽くも凛とした音が室内に響きわたった。あるときは春の日だまりのような、あるときは野分のような音を変化自在に弾き分けている。信豊と昌幸は時の過ぎるのを忘れ、琵琶の音色に聞き入った。

やがて琵琶を置き、謙信は言った。

「お申し出の件、しかと承った。ただし、公けには武田信玄ご逝去とし、晴信どののご遺言のとおり、ご葬儀を済ませてのち、ここ越後に移されるがよかろう。仮に目が覚められても晴信どのが武士としてふたたび世に出ることはないぞ。それでよろしいか」

「もちろんでございます。慈悲深きご決断を賜り、お礼の申しようもありませぬ。こたびのご厚情、しかとわが殿にお伝えいたしまする」

謙信はうなずき、こうつぶやいた。

「ここで晴信どのと一献酌み交わしながら、四方山話をしたいものじゃな」

謙信の目はかつてのような燃えたぎるような色はなく、好々爺のそれであった。

明けて天正四年（一五七六年）、快川紹喜を導師として、塩山の恵林寺にて信玄の葬儀が執り行われたのち、信玄は秘密裏に越後の春日山城へ移送された。付き添っていたのは伴人斎、小太郎、そして信玄付きの三人の小姓だけだった。

## 謙信と小太郎

甲越和与の余波は早々と現れる。五月、本願寺と上杉家が、武田家の仲介によって和睦するのである。

もとより謙信は、信玄と敵対することは本意ではなかった。村上義清ら信濃の国衆が信玄に追われて謙信を頼ったため、彼らを匿うち、義侠心に火がついて信玄と対峙することになったのである。

謙信に信濃への領土的野心はなかった。上杉と武田の緩衝地帯がつぎつぎと武田領になっていくのを歯がゆい思いで見ていたが、かといって味方の将兵を犠牲にして戦う意義も見いだせなかった。できれば信玄とは干戈を交えたくない、それが謙信の本音だった。

耕作地が少ない甲斐にとって、他国を切り取るよりほかに生きる術がないことも知っていた。南に北条、東に今川と強国に阻まれているため北と西へ向かう以外になく、たまたまその場所に義清らがいたのである。

……ともかく、長年争ってきた武田家、本願寺との和睦がなり、謙信は久しぶりに心穏やかな日々を過ごしていた。雪国の越後にとって、五月は絶好の日和。日本海からの潮風に樹々の香りが微妙に入り混じり、心をほぐしてくれる。

長い眠りに就いた信玄がやって来る日のために、謙信は万全の備えをしていた。春日山城の頂きにあった毘沙門堂を大きく改築したのである。毘沙門天に深く帰依する謙信は、毘沙門堂に籠もることを日課としていたが、堂の裏側に信玄用の部屋と伴人斎、由本小太郎ほか小姓たちの起居する部屋をそれぞれ設けた。それによって、毘沙門堂はそれまでの十倍ほどの広さになった。あわせて北側の谷にのぞんで塀をめぐらし、本丸との間に深い切岸をつくった。信玄の体を冷やさぬよう、特別に二重の壁を設けるという念の入りようである。

毘沙門堂で、謙信は横たわる信玄をしげしげと見つめている。

ずいぶんの面変りに驚いた。若いころに遠目から見た馬上の晴信は、きりりと引き締まった細面で、いかにも若武者らしく颯爽としていた。ところが川中島の合戦のときに見た信玄は太り肉(じし)の赤ら顔で、強欲そうに映った。心の様子が容貌を変えるものだと蔑(さげす)んだものである。ところが目の前の信玄は、余分な肉が落ち、神々(こうごう)しささえ漂わせている。

「人斎どの。不都合はないか」

謙信は、人斎の微に入り細に入った処置を見ながら声をかけた。

「はい。かようなご配慮をいただき、まことにお礼の申しようもございませぬ」

人斎は手を休め、深々と頭を下げた。

謙信は、視界の片隅に小太郎が読みかけの書物を見た。貞観政要という文字が見えた。

「小太郎と申したな。歳はいくつになる」

「十五にございます」

「そちはずっと晴信どのにつききりと聞いたが、それはまことか」

「はい。御屋形さまより、目覚めたとき側にいるようにとのお言葉を承っているゆえ、その心づもりでおります」

謙信は、感心した面持ちで人斎と小太郎を代わるがわる見つめた。

（人心荒廃して久しいというのに、この者たちの献身ぶりはどうだ。暴虐な主君であれば、こうまではしまい。わしはもしかすると晴信どのへの見方を誤っていたかも知れぬ）

「そちは格別に書物が好きなようだな」

「戦さに出ることもなければ、郡方のような務めもございませぬ。御屋形さまの弟君であられます信廉さまより、御屋形さまの書物を自由に読んでよいとのお許しをいただきました。せめて御屋形さまがお目覚めたのち、お話のお相手が務まればとの思いで読み耽っております」

郡方とは、農務や徴税などを担当する文官をいう。

「それらの書物は晴信どのが所有されているものか」

謙信は小太郎の脇に置かれている書物を食い入るように見つめ、口調を強めて言った。

「はい。御屋形さまは数え切れぬほど書物をお持ちですが、そのうちの五十ほどをこちらへ持参いたしました」

「そうであるか。悪いがそれらの書物を見せてもらってもよいか」

「もちろんでございます」

小太郎は自分にあてがわれた部屋に謙信を案内した。白木と真新しい畳の匂いが満ちている。

「これでございます」

小太郎は片隅に並べた五十冊ほどの書物を指して言った。

謙信は膝を折り、一冊一冊穴のあくほど見つめている。

(なるほど晴信どのはかなりの好学と聞いていたが、これほどどとは)

そこに並んでいる書物は諸子百家、兵書、史籍、仏法、詩歌などじつに広範であった。

もとより謙信は知的好奇心が強い。

ふと思い立って、謙信は小太郎に尋ねた。

「書物とはなんであろうかのお」

いきなりの問いに、小太郎は焦った。

書物とはなんであろうか。考えたこともない。見れば、ただ文字が記された紙の束にすぎない。それを読んだからといって、すぐに役立つとも思えない。

小太郎はじっくりと考えをめぐらしたのち、謙信の前で居住まいを正し、答えた。

「浅学の未熟者とて不確かではありますが、著した人の魂が宿るものと心得ます。それゆえ書物を読むことはその魂に触れ、自らの魂を磨くこと、でありましょうか」

それを聞いて謙信の目が光った。

「ほほぅ、ということは書物を読めば、己の魂が磨かれるというのか」

小太郎は謙信の問いを聞き、浅はかなことを言ってしまったと思ったが、つぎの瞬間、こう答えていた。

「わたくしはいにしえの賢人の魂に触れることによって一生を善きものにするための道しるべを得た思いでございますれば、それが遍（あまね）く当てはまるかどうかはわかりませぬ」

「書物を読めば、人の一生がうまくいくということか」

「いいえ、書物はひとつの道しるべにすぎず、あとはそれを読む者が活かすか否かではないかと考えます」

「そちはこれらの書物を熟読玩味（じゅくどくがんみ）していることであろう。して、その効能はあると考えるか」

「確かなことは言えませぬが、以前に比して心を調える術は会得できているかもしれませぬ」

「心を調えることの要諦（ようてい）はなんと心得る」

「なにごとにも偏らない心と心得ます」

「なぜ、書物によって偏らない心を得られるのだ」

「いにしえの賢人の魂と触れ合うことによって、人が織りなす営みの本質を知ることができます。そうなれば自ずと心の軸が中庸（ちゅうよう）になるものと心得ます」

「それはそちの存念なのだな」

「はい。あくまでもわたくしの考えにございますれば、誤っているかもしれませぬ」

謙信は鋭い眼光で小太郎を見ている。目が合った瞬間、小太郎は強い光で目を射抜かれるのではないかと身が震えた。

「もうひとつ訊く。そちは孤独であろう。人と交わらなければ内なる狂気や獣性（けだもの）が育ち、始末に負えなくなるのではないか」

謙信は、長尾家の家督を継いだころ、嫌気がさして出奔（しゅっぽん）したことなど自身の体験になぞらえて興味深く訊いた。

「いいえ、わたくしは孤独とは思いませぬ。人斎さまとは親しくさせていただいておりますし、御屋形さまはわたくしを信じて穏やかにお眠りになられております。父もどこかでわたくしを思いやってくれていると思いますし、母や妹の愛も感じております。また、これらの書物はわたくしの大切な尚友でございます。わたくしのなかにも狂気や獣は棲んでいるものと思いますが、ご心配にはおよびませぬ。なぜならわたくしはけっして孤独ではないからです」

謙信は無言で小太郎を凝視し、やがてあくの抜けたような、すっきりした表情になった。

それから数日が過ぎた。

謙信の使いが小太郎に、すぐに本丸に参じよと伝えてきた。

甲斐からここ春日山城に移ってのち、謙信に呼ばれたことは一度もない。謙信は無理難題を言うような人には見えないが、暇を持て余しているのであれば自分の側使いになれという沙汰はあるかもしれない。小太郎の主君はあくまでも信玄だが、その便法がいつまでも通用するとは思えない。

衣装を整え、参上した。

春日山城本丸の大広間の板張りは、差しこむ陽光を反射している。中央奥に座する謙信は、濃い緑色の法衣の上に生成りの袈裟を架けている。信玄とはまた異なる威容を湛えていた。

小太郎は、六人の重臣が列席する末席に平伏した。

「小太郎、近う寄れ」

謙信は、親しげに手招きした。

「もっと近う」

小太郎は膝を立て、にじり寄った。

「面をあげよ」

「はっ」

「そちに頼みたいことがある」

小太郎は身を固くした。

「ここにいるは喜平次景勝といい、わしの子である。景勝はそちより六つ歳上だが、まだ思慮分別に不確かなところがある。よって、そちは朋友としてこの者と親しく交誼を結んでほしいのだ」

「朋友……でございますか」

「そうだ。師でも家来でもない。朋友として、そちが学んだことをこれに教えてほしい。いいな喜平次」

「はっ」

景勝は謙信に向かって答えてから、小太郎のほうに向き直り、よろしくお願い申すと言って頭を下げた。

小太郎は、予想だにしなかった謙信の申し出に戸惑いながら、自らの才知が認められたことがうれしくてたまらなかった。

ふと景勝を見ると、この措置をどう思っているのか表情にはいっさい出ていない。しかし実直で芯の強そうな性格が顔のすみずみに表れていると小太郎は思った。

「もうひとつ付け加える。本日より、そちは城内を自由に歩いてよろしい。晴信どののお付き添いもあろうが、ときには体を動かすがよい。幸い、この春日山城は山の上にあるから、ほどよい気晴らしにもなるであろう」

## 御館の乱

天正四年（一五七六年）、畿内の情勢が動いた。五月、毛利水軍が大坂本願寺へ兵糧を運びこみ、織田軍を破った。謙信の書状には、織田軍が敗れたことを喜んでいるくだりがあることから、謙信は信長への敵対意識を強めていたことがわかる。

その後、謙信は能登の七尾城を囲んで攻略、翌年九月には加賀の手取川の戦いで織田軍に完勝した。上杉軍の勝利は、本願寺ら畿内の反信長勢力に伝わり、勢いづかせた。

しかし、このときも運は信長に味方する。謙信はその年の十二月二十三日に帰国するが、その後の出征はままならず、天正六年（一五七八年）三月九日、厠で昏倒し、そのまま意識を取り戻すことなく死去するのである。

享年四十九歳。死因は脳卒中だと伝えられる。謙信は、関東出兵と称して集めた大軍を西へ向け、信長を殲滅するつもりであったが、天意はそれを許さなかった。

謙信の急死は、上杉家内外にさまざまな波紋を起こした。

まずは北条の動向である。氏政は謙信の死によって越後が弱体化し、信長の侵攻を許すと予測した。そうなれば武田と同盟を結ぶ北条は、織田・徳川から敵視される恐れがある。そのため、武田との同盟を破棄する方向に舵を切った。

つぎに上杉家の家督問題である。謙信には三人の養子がいたが、すでに上条上杉家を継いでいる三番目の養子上条政繁を除き、景勝と景虎がそれぞれ支持する者たちに担ぎ上げられ、家督を争うことになった。

景勝は長尾政景の子であり、謙信の甥にあたる。謙信は喜平次という自らの幼名を景勝に与えていたうえ、前年、上杉の姓と景勝の諱（いみな）を与えるとともに弾正少弼（だんじょうしょうひつ）という官位も譲っている。弾正少弼とは越後の国主と守護職に任ぜられたときに足利義輝より与えられたもので、世襲を許されていた。このことを鑑みれば、謙信が景勝に家督を譲るつもりであったことが窺われる。

一方の景虎は北条氏政の弟氏秀を養子としたもので、人質の意味合いもあった。彼は北条家の人間であり、後継者として異議を唱える家臣が多かった。だが景虎という名は謙信の諱であり、景勝より前に上杉の姓を与えられてもいた。

景勝を推す家臣たちは、謙信が死ぬ間際、枕頭（ちんとう）に直江兼続（かねつぐ）らを呼び寄せ、家督は景勝に譲ると言ったとして春日山城の本丸に入った。ただそのころ謙信は話すこともできず、重臣直江景綱の後室（こうしつ）が「お跡目は景勝公へお譲りなされますか」と訊ねたところ、謙信は笑みを浮かべてうなずいたという程度のものであり、そのことを証明できるものはなかった。

それに異議を唱えた景虎派は春日山城を追い出され、春日山城から北東へ八キロほどにある上杉憲政の居城御館城に移る。関東管領職の憲政は景虎派であった。

それから一年間、越後は真っ二つに分かれ、熾烈な後継者争いを繰り広げることになる。これが御館の乱である。

景勝を支持するのは主に上田衆であり、戦力は景虎方を上まわっていたが、景虎は兄の北条氏政とその同盟者武田勝頼に援軍を依頼した。それによって戦況は一気に景虎有利となる。

勝頼は氏政から出兵の要請を受け、越後へ向けて軍を進めたが、同盟の誼（よしみ）だけで出兵におよんだわけではない。景勝のもとには父信玄が匿われている。もとより景勝を攻めることはできるはずもない。和平の仲介役となることで領土を広げようという思惑があった。

景勝は、謙信が信玄を丁重に扱っているのを間近で見ていたため、同じように匿う覚悟でいた。また謙信の命に従って、小太郎とは無二の朋友になっていることから勝頼と争いたくないというのが本音だった。

勝頼は、信玄の価値がどの程度のものかわからなかった。

なぜなら、信玄の葬儀が済んですでに二年の年月が経過しているのである。信玄が長く仮死状態にあると知っている者でさえ、これから長く生きるはずがないと思っていた。いわば取り引き材料としての信玄の価値は無きに等しかったのである。

追い詰められた景勝は、しゃにむに動く。勝頼に対し、領土割譲などを条件に、兵を引いてほしいと和議を申し入れた。

勝頼は信越国境で軍を止め、景勝と景虎の和平を仲介するため、上杉家の使者と面談した。それによって武田に有利な条件を引き出そうとした。

和平仲介が思うようにいかず、勝頼は軍を進め、春日山城まで間近に迫った。その間にも事態は進展せず、ついに北条と景虎に対する勝頼の不信感はきわまった。氏政は勝頼に出兵を要請しておきながら自らは出陣せず、わずかの兵しか出さない。勝頼に支援を頼んでいる景虎も模様眺めに徹していた。勝頼の支援によって景勝に勝利しても、その後、武田の影響力が増すと危惧したためであろう。

ついに勝頼の堪忍袋の緒が切れた。自らの手を汚さず、景勝を滅ぼそうという魂胆がみえみえの氏政と景虎に対し、手切れを決意する。

景勝の和議申し入れに対し、勝頼側が提示した条件は、

・景勝の正室として勝頼の妹菊姫を迎え入れること

・その結納金として二万両を払うこと

・東上野の上杉領を武田に引き渡すこと
・引き続き父信玄を預かり、仮死状態から覚めた場合も隠居の身分として上杉家の外には出さないこと
・以上を起請文（きしょうもん）として提出すること

であった。起請文とは、寺社が発する護符の裏面に書いた誓約書をいい、その約定を違（たが）えた場合、神仏の罰が下る旨が付記されている。正式に締結された外交文書も反故（ほご）にされることが珍しくなかった戦国時代のことでもあり、どれほどの拘束力を有していたか定かではないが、一定の効力はあったようだ。

勝頼は景勝と和議を結び、兵を引く決断をする。これによって景勝方は勢いを増し、景虎方を圧倒した。

天正七年（一五七九年）三月二十四日、景勝がついに家督争いを制し、景虎は切腹する。

それ以降、上杉家を継いだ景勝に運が向く。信長の侵攻をしのぎ、信長が死んで秀吉の時代になるや秀吉に従い、会津百二十万石の太守となるのである。

**武田家滅亡**

長篠設楽原の戦いから約七年後の天正十年（一五八二年）、いよいよ武田家が滅びるときが迫った。

武田家滅亡の引き金となったのは穴山梅雪であった。二年前、剃髪して梅雪と号し、家督を嫡男勝千代に譲っていた。母は信玄の姉南松院、正室は信玄の次女（勝頼の姉）見性院、勝頼とはいとこの

関係というれっきとした御親類衆筆頭である。駿河の江尻城主として駿河経営と同盟者北条氏との外交を任されていた。

長篠設楽原の戦いが、勝頼との間の溝が深まるきっかけだった。梅雪はほかの重臣たちとともに撤退を主張したが、勝頼がそれを聞き入れず、決戦を挑んだことによって武田軍は壊滅的な敗北を喫した。勝頼に意見できるのは自分だけという思いもあり、以来、ことごとく勝頼のやり方に意見するようになった。

ひとつは外交方針。勝頼は隣国との外交折衝（せっしょう）に重きを置いていなかった。

ひとつは鉄砲。勝頼は長篠設楽原の戦いで鉄砲隊にさんざんに撃ち負かされていながら、騎馬隊を重視する考えを変えようとしなかった。

ただし、外交方針は柔軟な方針に転じ、北条氏政の妹を側室として受け入れ、北条との同盟強化を図っている。また先述したように上杉との和睦交渉を進め、甲越和与にこぎつけていた。

梅雪が謀反に傾いたのは、四年前、上杉家の家督争い、いわゆる御館の乱に勝頼が介入してからである。そのころ武田は北条とも上杉とも良好な関係にあった。しかし御館の乱の際、中立の立場を貫くことが肝要と幾度も諫言したにもかかわらず、勝頼は景勝方に肩入れしてしまった。父を預かってもらっているという事情が大きく作用したことは間違いない。景勝と争った景虎は北条氏政の実弟であり、勝頼が介入したことで敗戦を余儀なくされた。

それによって氏政は勝頼に敵意を抱くようになった。西に徳川、織田という強敵と相対する武田にとって、北条との関係を良好に保つことがきわめて重要である。対北条の外交交渉を任されていた梅雪にとって、あえて甲相同盟を破綻させるような行動は論外であった。

「小童（こわっぱ）でもわかるようなことが、なぜ四郎どのにはわからぬのか」

以来、梅雪は勝頼への不信感を隠そうともしなくなった。

梅雪が織田・徳川方へ寝返ることにしたのには、もうひとつ重要な理由があった。武田宗家を絶やさないためである。それには信玄の娘である見性院（梅雪の妻）と信玄の外孫（梅雪の嫡男勝千代）は欠かせない存在だった。梅雪は勝千代に武田宗家を継がせることを織田・徳川方に寝返る条件とし、それが認められた。

その年の一月、木曽義昌も寝返った。義昌は信玄の娘真理姫を娶っている御一門衆である。長篠設楽原の戦いの直後、高坂弾正が勝頼に献言したなかに、義昌を上野国へ移すという項目があった。義昌の離反は、すでに七年前から予想されていたのである。適切に処置しなかった勝頼の怠慢と言われても仕方がない。怒った勝頼は、木曽家の人質を磔刑に処するが、義昌を発奮させるだけであった。

二月三日、信長配下の森長可（もりながよし）が岐阜城を進発したのに続き、十一日、信忠が本隊を率いて発った。信忠は信長から家督を引き継いでいる。否が応でも気勢は上がった。

十八日、家康が一万の軍勢を率いて浜松を発った。内応していた梅雪は二千を率いて江尻城を進発し、富士川沿いに甲州往還を北上した。北条軍も駿河を虎視眈々（こしたんたん）と狙い、軍を進めた。ここに至り、戦国最強の名を欲しいままにしていた武田軍は、一転して深手を負った獣のごとくになった。

武田家にとって、さらに過酷な事態が発生する。敵軍が迫りくるなか、浅間山が大噴火を起こしたのである。

火山灰は、まさしく死の灰だった。広範囲にわたって降り積もった灰は農作物を壊滅させ、ただでさえ生活に余裕のない領民に塗炭（とたん）の苦しみを与えた。領主の武田家は天罰を招くほど運にも見放されていると領民は思った。

織田・徳川連合軍は、ただ黙って人々が苦しむ様子を見ていればよかった。やがて頃合いを見て、わずかな糧食をめぐむ。それだけで連合軍は救世主となった。

武田家の滅亡は、雪崩をスローモーションで見るかのようであった。信忠軍が甲府に入り、甲斐善光寺に布陣。徳川軍が甲府の南、文殊堂に布陣。三月十一日、勝頼は岩殿城を目指すが城主の小山田信茂は勝頼の受け入れを拒絶。信茂は武田二十四将のひとりとして信玄、勝頼を支えてきた重臣である。

同じ日、勝頼主従九十二人は天目山の麓の田野に追い詰められ、全員自害した。うち五十人は女子供だった。

戦後、織田軍による武田狩りは酸鼻をきわめた。早くから寝返った梅雪と義昌を除き、ぎりぎりになって降伏した小山田信茂を含むすべての将兵をことごとく捕らえ、一族郎党とも根切りにせよとの厳命がくだった。

甲斐・信濃・駿河の領民は恐怖に打ち震えた。戦っていなかった者まで巻き添えをくった。武田家と遠い縁戚関係にあると疑われただけで一族皆殺しにあった。反面、家康はかねてから計画していたように、武田軍を自軍に取りこもうと画策した。

信長の厳しい監視を逃れるのは容易ではないが、数百人もの武田の遺臣を匿ったのである。もちろん、敗者に情けをかけたのではない。いつまでも信長を頼ることはできないという危機感と武田軍の力を自軍に取り込みたいという思いがそうさせたのである。

家康が匿った武田家の遺臣には、多くの名将がいた。そのなかには先述した曽根昌世や依田信蕃もいた。信蕃は遠江の二俣城主、駿河の田中城主として織田・徳川軍に徹底抗戦し、武田家が滅亡するまで忠誠を尽くした男だ。その奮闘は家康を心胆寒からしめた。信長からは特に目をつけられていたが、家康は細心の注意をはらって信蕃を匿った。

武田家の滅亡から三ヶ月も経たない六月二日、信長は本能寺の燃えかすとなるが、それ以降、家康は武田の遺臣を井伊直政に預け、山県昌景の赤備えにちなみ、兜や具足を赤一色に統一した赤備えを組織する。

その措置は、信長の死を奇貨として一気に甲斐・信濃・駿河を掠め取ってから効果を発揮する。旧武田の領民は、家康の処置を口々に讃えたのである。井伊の赤備えは、徳川家康が旧武田領に対して思いやりがあるとの印象を与える象徴となった。

## 恵林寺焼き討ち

身延に戻った雄源の心は軽くなっていた。比叡山を再訪することにためらいがあったが、行ってよかったと思えた。

しかしまた新たな煩いの種が生じた。武田家が滅んだということが伝わってきたのだ。

(小太郎はどうなるのか)

小太郎が、眠る信玄とともに越後の上杉家の世話になっていることは聞いているが、それ以降のことは知らない。雄源の脳裏に、上杉家で厄介者扱いされ苦しむ小太郎の表情が映った。

四月初旬の朝、三嶺寺へ参詣した。行けばかならず住職の永能に会い、会話を交わす。

永能の姿はすぐ目についたが、穏やかならぬ表情と雑な動作に違和感を覚えた。

「おはようございます」

雄源は永能と目を合わせた瞬間をとらえて挨拶するが、永能は軽くうなずくだけで、慌ただしく庫裡のほうへと小走りに去った。

ただならぬことが起きているのだと思った。つねに泰然自若とし、雄源の心をほぐしてくれる永能の姿ではない。

「これから恵林寺へ行くことになった」

永能はすぐに引き返して来て、雄源にそう告げた。

「恵林寺とは塩山のでございましょうか」

「そうだ。さきほど織田家の使いの者が参って、急ぎ恵林寺に行くようにとの指図があった」

嫌な予感がした。恵林寺の快川紹喜は信玄の師とも軍師とも言われ、武田家の精神的な柱石と目されている碩学の老師である。前年は正親町天皇より円常国師の号を賜り、威望はいやおうなく高まっていた。その快川紹喜を頼り、信長の仇敵が恵林寺に身を寄せているということは吾郎から聞いていた。

永能は快川紹喜の弟子筋にあたる。

雄源は、ただの杞憂であることを願った。

佐々木次郎義賢という男がいる。またの名は六角承禎。かつて近江の西南部に勢力を張っていたことがある。信長が将軍足利義昭を供奉して京都へ上ろうとするとき、承禎は三好らと結び、信長に抵抗した。その後もことごとく信長に敵対し、杉谷善住坊を使って信長暗殺を企てたこともある。この一件は不首尾となり、善住坊は信長によって鋸引きの刑に処せられた。

そののち承禎は諸国を放浪していたが、三井寺の上福院や足利義昭の家臣大和淡路守らとともに武田家を頼って甲斐に入り、恵林寺の快川紹喜に匿われていた。信忠は武田家を滅ぼしたのち承禎を引き渡すよう要求したが、義に厚い快川紹喜はそれを受け入れず、密かに彼を逃がしていた。

信忠からいきさつを聞いた信長は激怒した。即刻下した命令は「快川紹喜に連なる諸寺の長老、若衆、稚児（ちご）ども別なく焼き殺せ」だった。

永能が恵林寺に到着すると、すぐ山門に押しこめられた。寺のまわりは、蟻の這い出る隙間もないほど兵が取り囲んでいる。すでに来ている僧は息を潜めている。高山長善寺の大覚和尚、東光寺の藍田和尚など見知った名僧もいる。快川紹喜の姿を探すが見当たらない。

「織田どのはどうなさるおつもりなのであろうか」

永能は藍田長老にそっと尋ねた。

「わからぬ。だが、ただごとでは済まぬだろう」

名僧と言われている藍田でさえ、目に怯えが映っている。まして若い修行僧や子供にとって、その恐怖はいかばかりか。こらえきれず、泣き叫んでいる者もいる。

集められた僧侶は、山門の二階に登るよう命じられた。およそ百五十人が押しこめられると、横になる隙間はない。

永能の脳裏に比叡山焼き討ちや伊勢長島一向一揆衆の苛烈な皆殺しが浮かんだ。雄源から聞かされた話は、この世のものとは思えないほどおぞましいものだった。鬼畜の行いを平然とする者が、この日本国（ひのもとのくに）にいること自体、不思議だった。

あの話のようなことがこれからここで行われるかも知れないと考えると、膝が震えてきた。長年、厳しい修行を積み、いかなるときも無心でいられると思っていたが、それは思いこみに過ぎなかった。

泣き疲れたのか、稚児たちがおとなしくなったことで、風の吹きすさぶ音が明瞭に聞こえてきた。境内の木々の葉が風に揺れ、ザワザワと不吉な音を出している。

永能のすぐ目の前に、二十代とおぼしき若い僧の顔があった。大きな眼をかっと見開き、遠くを見やっている。やがて眼がぬめぬめと光り、顔が歪み、僧は「ひっ！」という声を発した。男の眼に朱色が浮いている。はっとしてふり返ると、西の空が赤く染まっていた。日が落ちた直後だった。

血塗られた空だった。

赤い空が薄墨を流したような色に変わったころ、地上には身の毛もよだつような光景があった。寺を囲んでいた兵たちが藁束を担ぎ、堂塔や山門、回廊などあらゆるところに積み上げているのだ。

「われらを焼き尽くすつもりではないのか！」

ひとりの若い僧が大声で言った。

とたんに悲鳴と罵りが湧き起こった。

われらがなにをしたというのだ、ただ仏法に身を捧げているだけではないか、あの者たちは悪魔の化身か、信長を祟り殺してくれる……。僧たちが発する言葉は、はかなくも薄暮れの空に吸いこまれていった。

押しこめられた僧たちは、眠れぬ夜を過ごすことになった。いよいよ火をつけられるのではないかと怯え、固唾を飲みながら夜気にさらされていた。それは、残忍の極みであった。

立つか坐る以外できない狭い空間で、永能はひとり静かに端坐する僧を見つけた。近寄って確認するまでもない。

快川紹喜である。

永能は近寄り、すぐ前に正坐する。目が合ったのち、深々と礼をした。

言葉にすると、その瞬間に意味を失いそうだった。幸いだったのは、意が通じたと確信できたことだ。

明くる朝、信忠の命令によってすべての藁に火がつけられた。黒煙が立ち上ったのち、火は赤々と燃え広がり、二階にいる僧たちを照らし出した。

火はまたたく間に全山を覆い尽くした。太田牛一の『信長公記』には、そのときの光景が描かれている。

――老若・稚児・若衆たちは、躍り上がり、飛び上がり、互いに抱き合って泣き叫び、焦熱地獄・大焦熱地獄のような炎にあぶられ、地獄・畜生道・餓鬼道の苦しみに悲鳴を上げている有様は、目も当てられなかった。

この日の焼き討ちによって、恵林寺に集まった諸寺の長老十二人のほか、百五十人以上が焼き殺された。

焼け死ぬ前、快川紹喜が発したという言葉が残っている。聞いた人が生き残っているはずもないのだから後世の人間による創作だろうが、快川紹喜であればそう言ったとして不思議ではないと思わせる。

「心頭滅却すれば火も自ずから涼し」

その日、信忠から一部始終を聞いた信長はかすかに笑みを浮かべ、こう言った。

「まだまだ焼かねばならぬ人間があまたおるぞ」

皮肉にも「焼かねばならぬ人間」のひとりが自分であることを、いかに天才であっても知る由がなかった。

## 家康と光秀

本多平八郎忠勝は懸命に諫めた。

「殿、弾正忠（信長）どのの魂胆が見えますぞ。けっして招きに応じてはいけませぬ」

鉄砲玉の平八郎は、顔を真赤にして直訴した。

「言葉を慎め、平八。それ以上言うてはならぬ」

「いえいえ何度でも言いましょう。主君が籠絡されるのを座して看過するような平八郎ではござらぬ」

「平八の杞憂はわかる。だが、心配は要らぬ」

家康の物言いはいたって平静だった。

「なにゆえそう言い切れるのです」

「接待役が日向守どのだからだ」

「明智惟任（これとう）日向守？」

「そうじゃ」

「なにゆえそれで安心なのでござる」

「まあいい。弾正忠どのはわしを殺さぬ。いや、殺せぬ」

家康の自信に満ちた断言によって、忠勝の杞憂は鎮まった。

家康と光秀は、ときどき文を遣わし合っていた。とくだん意味のあるものではない。信長に読まれても、さしつかえのない内容ばかりだ。大半は、家康が自らを田舎者で教養に疎いため、有職故実（ゆうそくこじつ）に通じ、京の事情にも明るい日向守どのに教えを乞いたいという内容だった。それに対して光秀はこと細かく教える。それだけの内容だ。

しかしたびたび文を交わすうち、互いの微妙な機微が伝わるようになった。具体的なことはなにも書かれていないにもかかわらず、互いの危機意識が共鳴するようになったのである。

ともにふたりは、ある思いを抱くようになった。家康は、いずれ光秀は信長から邪険にされるであろうことを。光秀は、いずれ家康は織田家との同盟関係を破棄されるであろうことを。

五月十五日から十七日にかけて、家康一行三十人余は安土城にて盛大な接待を受けた。名目は、長年に渡って協力してくれたことへの謝意を示すものだった。

光秀が用意した家康への饗応膳は、絢爛のきわみであった。

信長は安土城の威風と贅を尽くした饗応膳によって家康を圧倒しようとの思惑があったが、質実を好み、吝嗇家の家康は心を動かされなかった。むしろ、はったりとしか思えなかった。もちろんそんなことはおくびにも出さず、連日の饗応に圧倒されている自分を演じていた。

異変が生じたのは、三日目のことであった。信長が突如、腐っている魚があると言いがかりをつけ、光秀を接待役から解任したのである。さらに光秀は、わが耳を疑うようなことを言い渡される。丹波と近江坂本の領地三十四万石を取り上げる替わりに出雲、石見を与えるというものであった。

光秀は、丹波と近江坂本の領国経営に心を砕いていた。領民はよく懐き、天下を平定したのちの政の範になるとさえ見られてもいた。それを召し上げられるのは無念この上なかったが、それ以上に驚愕したのは、いまだ毛利家の領地である二カ国を与えるという信長の言い草である。敵の領地を与えるなど前代未聞。自分で切り取れという意味であろうが、人を虚仮にするのもいい加減にしろと言いたくなる。

毛利は大国。思うように切り取れるはずがない。現に秀吉も毛利攻めに手こずっている。もし今年の米の収穫時までに切り取れなければ、多くの家臣団が路頭に迷うことになる。新暦でいえば、それを伝えられたのは七月初旬。米の刈り取りまで三ヶ月ほどしかない。

光秀は、三年前の出来事を思い出した。信長の命によって、家康が妻築山殿と嫡男信康を殺害せざるをえなかったことを。家康は、そのときの憤懣やるかたない思いを手紙の行間に匂わせていた。そのような文言はひとつもなかったが、そのときの無念が伝わってきた。高度な言語感覚を有している者同士であれば、そういった機微を伝えることは不可能ではない。

（おれはそのような思いはしたくない）

光秀は痛切にそう思った。

だとすれば、どうするべきか。

光秀の肚（はら）は決まった。生計を立てる術がなくなれば、どんなことをしてでもそれを確保しようとするのは当然である。家臣団それぞれに家族がいるのだ。あとは〝それ〟をいつ決行するか。

そんな光秀に、備中への出陣命令が下った。秀吉の後詰めである。そのため光秀は出陣の準備と坂本城の明け渡しに忙殺された。

光秀のもとに天啓とも言うべき報せがやってきた。信長は小姓や近習、女房方など百人余とともに本能寺に滞在し、そこで博多の商人らを接待したのち妙覚寺に滞陣する信忠と合流し、備中へ向かうという。

（小姓らだけで本能寺にご滞在？　あまりに無防備ではあるまいか。畿内に敵はいなくなったとはいえ、数十人の小姓らでは野盗の襲撃さえ防ぐことはできないはず。まして本能寺には本格的な濠（ほり）も櫓（やぐら）もない。板塀で囲まれているから火矢を放たれてはひとたまりもない）

信長は自身の圧倒的な武威を示すためか、往々にして無防備な行動をとることがある。城づくりもそうだ。安土城の大手門は幅広の一本道が中腹までまっすぐ伸びている。さあ、いつでも攻めてこいと言わんばかりの大胆で無防備な縄張りだ。もっともそれを言えば、武田家の躑躅ヶ崎館はその最たるものであったが……。

信長が手勢もなく本能寺に滞在していると聞き、光秀にひらめくものがあった。千載一遇の好機が訪れたのだ。この機を逃せば、永遠にわが身は信長の意のままにされ、あげくは佐久間信盛父子のような末路をたどることになるだろう。

ただ光秀に悪人の図太さはない。考えてはならぬことを考えているうち、胃のなかにどろりとしたものが落ちるのを感じ、ごくりと唾を飲みこんだ。

決意を胸の奥にしまい、光秀は一万三千の兵を率いて坂本を発ち、丹波の亀山城へ向かう。城を明け渡すための雑務をこなしたのち、軍を東へ進めた。備中へ向かうのであれば西へ向かわなければならないが、光秀が示した進路は反対方向であった。

兵がざわついてきた。

六キロほど進んだ老ノ坂（おいのさか）で軍を止め、主だった臣下を集め、光秀は存念を語った。

「われらは武士である。武士である以上、主君に従うは道理だが、そのことによって天下に害するとなれば話は別である。信長さまは比叡山を焼き、伊勢長島や加賀では数万の一向宗徒を焼き殺し、千人以上の高野聖（こうやひじり）を殺し、甲斐では罪のない名僧長老を恵林寺もろとも焼き殺すなど、筆舌に尽くしがたい悪事を重ねてきた。人道にはずれたこれらの行いに従うは同罪であり、われらが望むところではない。よってわれらは大悪人を誅殺（ちゅうさつ）し、将軍家を押したてて新しい秩序をつくり、世を均す（ならす）」

武士である以上、戦場で命のやり取りをするのは必定。しかしこれ以上、なんの科（とが）もない無辜（むこ）の民を焼き殺したり磔（はりつけ）にするのは堪えられない。光秀が斎藤利三ら重臣たちに語った真意はすぐさま伝わった。意義を申し出る者はひとりとしていなかった。

六月二日未明、光秀の軍勢は水色桔梗の旗印を掲げ、本能寺と妙覚寺を取り囲んだ。信忠は謀反を察知して二千の兵とともに近くの二条城に移り、立て籠もった。

信長のいる本能寺はあっという間に丸焼けとなった。

（おぬしは、将兵から女子供にいたるまで数え切れぬほどの人間を虫けらのごとく焼き殺してきた。同じ苦しみをここで味わうがよい）

炎を見ているうち、光秀の憎悪は満腔に膨れ上がった。

二条城に籠もった信忠は必死の抵抗を示したものの多勢に無勢、ほどなく制圧された。ここに信長の天下布武の夢は、道半ばで潰えることとなる。


家康がこの変事の報に接したのは、堺から京都に戻ってくる途中であった。

（とうとうやってしまわれたか）

家康は光秀の苦悩を知っていたが、まさかこれほど早く事におよぶとは思わず、嘆息をついた。

気脈を通じた光秀だから、これから降りかかるであろう艱難を乗り越えてほしいとは思う。しかし織田家の後継者争いに勝てるとは思えなかった。柴田勝家、羽柴秀吉、滝川一益、丹羽長秀ら各地に展開する総大将を合すると十三万の軍勢となる。一万三千ではとうてい太刀打ちできるはずもない。しかも、光秀の謀反に同調する者は存外に少ないようだ。

おそらく光秀は、楽観的な予測をしていたにちがいない。丹波の細川藤孝とは和歌を通じた誼みがあり、娘の嫁ぎ先でもある。同じように、大和の筒井順慶にも娘を嫁がせている。大坂の津田信澄は娘婿だ。人のいい光秀は、彼らはかならず馳せ参じてくれると思っていただろう。

しかしどんな理由があれ、謀反人の烙印を押されてしまった人物に未来はない。現に早々と勝頼を裏切り、徳川家についている穴山梅雪を見ていると、哀れをもよおしてくる。武田の遺臣や甲州人から蛇蝎（だかつ）のごとく嫌われ、織田・徳川の将兵からも蔑まされている。毎日、針の筵（むしろ）の上で暮らしているようなものだろう。

木曽義昌と梅雪は早い段階で寝返ったため、信長は両人を許したが、心の裡ではいずれ難癖をつけて殺してしまおうと思っていたはずだ。一度寝返った者は、二度三度と繰り返す。そう思われているし、事実そうである。

家康は熟考した。

信長の同盟者として、どう行動すればいいのかを。弔（とむら）い合戦と宣言して光秀討伐軍を向ければ、今後の後継者争いにおいて優位な位置を占めることができる。

さまざま思案したのち、こう結論づけた。

(日向守どのへのせめてもの気遣いとして、中立でいよう)

じつはそのころ、家康は光秀を案じている場合ではなかった。絶体絶命の危機に瀕していたのだ。どうやって三河へ戻るか。経路はいくつか考えられたが、いずれも命を落とす危険があった。

そのなかで家康は、あえて伊賀越えを選んだ。伊賀は前年、信長が侵攻し、無慈悲な殺戮をした地であり、織田家に対する怨念が凄まじい。当然、織田の同盟者である家康に対する憎悪も激しい。

しかし家康は運がいい。茶屋四郎次郎や服部半蔵の機転などによって、無事三河に戻ることができたのである。ちなみにこのとき同行していた梅雪は横死している。落ち武者狩りに襲われたとか家臣に殺されたなどの説があるが、裏切り者の哀しい末路だった。

六月十四日、家康は信長の仇討ちと称して光秀討伐軍を発する。もちろん、あくまでも擬態であった。すぐ岡崎に引き返し、つぎなる一手の準備にかかった。

その一手とは、織田家が動揺している隙に駿河・甲斐・信濃三カ国を掠め取ることである。火事場泥棒と揶揄（やゆ）されようが、そんなことは意に介していない。

その後、驚くべき報に接する。なんと中国攻めをしていた秀吉が軍を取って返し、山崎で光秀を討ち取ったというのだ。

家康は秀吉の戦さ上手に舌を巻くと同時に、今後の見通しを修正せざるをえなかった。明智光秀、柴田勝家、羽柴秀吉、滝川一益らによる織田家の後継者争いは長引くと見ていたが、存外早く決着がつくかもしれない。

このころ家康は、あまり見栄えのしない田舎大名から、したたかな大名へと変貌を遂げる最中であった。彼の意識のなかに天下取りという大きな目標が姿を現したのである。

家康は自身の変化に気づいていないが、より大きな視点を獲得していた。それは、自分が争いごとを好まない人間だと自覚し始めたということである。

戦さに出るたび、そこで繰り広げられる人間模様のおぞましさに嫌気がさすようになっていた。信長や秀吉とは異種の人間だと気づいたのである。武将たるものそれではいけないと思いつつ、事実そうなのだからしかたがない。だからといってきれいごとだけで済むものではないことも料簡している。

この思考の末に、したたかさを獲得した。家康の怜悧（れいり）な目は、理想主義だけでは世は平らかにならないという真理を捉えたのだ。信長が急死し、織田家が混乱状態にあるいまこそ駿河・甲斐・信濃を手に入れる好機であり、それがやがて世を均す素地になると思った。

家康は躊躇（ちゅうちょ）しなかった。良いことをするのに、なんぞためらう必要があるのか。その結果、三河・

遠江・駿河・甲斐・信濃の五カ国、合わせて百四十万石の大名となるのである。

　規模の大きさだけではない。この時期、徳川軍は戦国一の屈強な軍団になった。

　軍勢の強弱を決めるのは、まず兵の多寡であることは間違いないが、きちんとした訓練を受けていない兵卒をたくさん揃えても強い軍団とならない。

　もともと家康率いる三河兵は主君に忠実で統率がとれ、危険を顧みずしゃにむに突進していくことで敵側に恐れられていた。その軍団に武田遺臣が加わったのだから、強くなるのは当たり前である。まさに家康の度量の大きさがつくりあげた戦闘集団といえる。

　それを証明したのが、天正壬午の乱である。武田家が滅亡したのち甲斐は織田家が支配していたが、信長の死によって混乱状態に陥った。そこに真っ先に乗りこんだのが家康だが、ほかにも領土を隣接する北条と上杉が参戦し、熾烈な争いとなった。

　この乱の後半、黒駒合戦において、徳川勢はわずか八千の兵で三万五千の北条勢を打ち破り、甲斐・信濃・駿河三カ国の領有を決定づけた。

　その二年後の天正十二年（一五八四年）、羽柴秀吉との小牧長久手の戦いでは、三万の徳川・織田信雄連合軍が十万の羽柴勢を破っている。


　信長の最期についてふれたい。

　信長は天下統一が間近になるにつれ、勢力を持ちすぎた大名や部下を恐れるようになった。それらは家康であり秀吉であり光秀である。光秀が統治してきた湖西や苦心惨憺（くしんさんたん）して獲得した丹波の領地を取り上げ、まだ毛利家の領地であった出雲と石見を与えるという荒唐無稽（こうとうむけい）な領地替えを命じたのは、その恐れゆえである。

結果として光秀の謀反によって天下布武の志は閉ざされた。光秀にとっては、自らが先に信長を弑さなければ、その前に信長によって粛清されるという恐怖心があっただろう。光秀ばかりではない。家康や秀吉も利用価値がなくなった時点で信長に殺された可能性が高い。他人と協調するなどはなから意識にない信長が、後顧の憂いを断つにはそうする以外にないからだ。

周囲と協調する能力が信長にあったら、とは思うものの、理想主義の革命家にそれを求めるのは酷というものだろう。家康にあって信長になかったものといえば、まさしくそれなのである。

# 第四章　信玄の目覚め

## 小太郎と景勝

小太郎は夢を見ている。

日の差しこまない、鬱蒼とした山を登りながら雲の上にある頂きを目指している。水気をたっぷり含んだぶ厚い雲に入ると、雲が胸元から侵入してきて気味悪さを感じた。引き返そうとは思わなかった。この目で見なければならないものがその先にある。

雲を抜けると頂上の一角に、廃墟同然の小屋が現れた。扉には鮮血が飛び散ったような赤い斑がある。近寄って見ると、それは赤い折り紙を貼り付けたものであった。おそるおそる扉を押すときしんだ音をたてて開いた。扉の向こうに漆黒の暗闇が広がっていた。

闇に目が慣れると、かすかに断崖が見える。杉の木と土の焼ける臭いとともに、杉の葉が焼けて爆ぜる音が聞こえてきた。滝壺にいるかのように凄まじい音だ。

断崖に沿って敷設された細い一本道があった。道はゆるやかに下っている。どうやら山の裏側につながる道のようだ。

長い時間をかけて地上まで降りると、檜でできた丸い桶があった。桶の縁につかまってなかを覗くと、眼下に広大な山塊があった。

どこか見覚えのある風景だった。山の裾野の先に水面が広がっている。鳰の海（琵琶湖）だろうか。とすれば山塊は比叡山である。

上から見る山は地上から見上げるそれとはちがい、哀れなほど威厳を失っている。下から見ると、山は頂きで点を結ぶが、上から見おろす山には頂上も輪郭もない。

桶の縁から身を乗り出し、さらに凝視する。赤黒い地面の間をたくさんの小川が流れている。

ふと、山の頂き近くに動いているものを見つけた。地中に潜ろうとしている虫のようにも見えるが、目を凝らすと、ふたりの人間が手を取り合って歩いていることがわかった。

なにかを探しているようだ。

声をあげたいが喉の奥に詰まって出てこない。心の臓が早鐘のように激しく打っている。

ひとりは子供だ。上から見られていることに気づいたのか、ゆっくりふり向いた。

目が合い、胸の鼓動が激しくなった。

みつだった。みつは、焦点の合わない目で、空の上にいる兄を羨ましげに見つめている。

目覚めた瞬間、小太郎はまわりを見渡し、大きく息を吐き出した。総身に汗をかいている。このところ、同じような夢を幾度も見ている。

天正十一年（一五八三年）ももうすぐ終わろうとしている。年が明ければ、小太郎は二十三歳になる。眠る信玄とともに越後に来て、もうすぐ八年になる。

その間、小太郎の境遇は大きく変わった。信玄が長い眠りに就いてからの三年間、躑躅ヶ崎館から一歩も外へ出なかったため、人との交わりがなくなった。唯一の例外は、伴人斎である。しかしここ越後に来て謙信の目に留まってから運が向いてきた。謙信の懇請（こんせい）によって景勝との交誼が始まり、無二の朋友になった。

春日山城は広さ二・五キロ四方におよぶ山城である。そこを毎日上り下りすることで、失われた体力が戻っていた。

おのずと家臣たちの小太郎を見る目が変わった。躑躅ヶ崎館にいたころのような、妬みと敵意の混じった視線にさらされることもなくなった。直江兼続や本庄繁長でさえ、小太郎とすれちがうときは丁重に会釈をする。上杉家内の者ではないと知りつつ、君主景勝に少なからず影響をおよぼしていることに敬意を表しているのだ。

もっとも、景勝に影響力があると見られているということは、それだけ命の危険もあるということ。それを知っているからこそ、小太郎は人前で政治的な発言をけっしてしないよう心がけている。

信玄はいまだ小康状態を保ったままだが、それを除けばすべてがうまくいっている。

それにもかかわらず、あの気味の悪い夢を見るようになった。あらためて母や妹の死が無念でならず、ずっと忘れていた父の安否が気にかかるようになった。その背景には、自分だけこんなにいい境遇を得て……という自責の念があった。

いつものように人斎の処置を手伝ったのち、自分の部屋に戻ると、障子の外で景勝の声がした。

「小太郎どの、よいかな」

多いときは週に三度ほど、景勝は信玄の見舞いがてら小太郎を訪ねてくる。勝頼の妹菊姫を娶って(めと)いる景勝にとって信玄は岳父でもある。謙信が養父、信玄が岳父というのはよほどの運の持ち主といえる。しかし本人は恬淡(てんたん)としている。

扉を開けると、景勝が立っている。口をぎゅっと結び、涼し気な目でじっと見つめてくる。いかにも裏表のない、実直な気風が漂っている。

「景勝さま、ご用であれば使いの者をお寄越しください。すぐに飛んでまいりますゆえ」

「それはならぬ。小太郎どのとわしは朋友にござる。朋友を呼び出す輩がどこにおる」

「なにを仰せなさいます。景勝さまは越後国の国主でございます。軽々しく配下の者を訪ねてはいけませぬ」

「わしはそなたを配下にした覚えはないぞ」

毎度のやり取りがあったのち、景勝は勝手知ったる畳の上に座った。

「いま、敷物をお持ちいたします」

小太郎は景勝と親密に交わるうち、その日の面持ちで景勝がどんな思いを抱いて訪ねてきたか、わかるようになっていた。

「お茶を点てましょう」

こみ入った話があるのではないかと察し、茶を淹れた。

「先ほど、信玄どのをお見舞いもうした。人斎どのが仰せのことには、なにやら良き兆しが現れているとな」

「そうなのです。この二日ほど、心の臓の動きがいつもより早くなっているようです。人斎さまが仰るには、この寒い冬を越すことができれば、桜の咲くころ、お目覚めになるやもしれませぬ」

「ぜひともそうなっていただきたいものだ」

景勝は力を込め、そう言った。その言い方が面白くて、小太郎はつい笑みをこぼした。

「景勝さま、あらためてお礼を申し上げます。これまでの並々ならぬご厚情、筆舌に尽くしがたきものがございます。幾重にも感謝申し上げます」

小太郎は額が畳につくほど深々と頭を下げた。

「おやめなされ小太郎どの。水くさいではないか。わしはなにもしておらぬ」

景勝は越後国の国主でありながら、六歳下の小太郎に対する言葉遣いは一貫している。重臣にさえ利かないような丁寧な口ぶりだ。

小太郎は、景勝が好きだ。泰然自若とした爽やかさがある。武田家が滅んだ以上、信玄を匿っても一銭の得にもならないのに膨大な費用を惜しまない。それでいて恩の押し売りをしない。

景勝は茶を啜りながら、黙ってしまった。

無口なのはいまに始まった話ではない。家臣の前で笑ったことは一度しかないという逸話が示すように、無駄口をいっさいきかない男なのだ。後に石田三成が景勝に会ったときの印象を「おもくち(重口)」と言ったというが、北国の生まれらしく、口は重い。

小太郎は水を向けた。

「なにか思うところがございますか」

景勝は茶を飲み干し、ぼそっと言った。

「じつはいまでもあれでよかったのか、思いあぐねておる」

「羽柴さまとの一件にござりますか」

「いかにも。家臣のなかには、羽柴どのに強硬な意見を持つ者が多いのでな」

その年の四月、景勝は秀吉の求めに応じて越中を攻め、秀吉と柴田勝家の間で起きた賤ヶ岳の戦いにおいて秀吉方についた。家中には、秀吉のふるまいは主家を乗っ取る卑しい行為だと激しく糾弾する者が少なくない。しかし景勝は、つぎは秀吉が覇権を握ると見て、熟慮のうえ秀吉への臣従を決めたのである。

「おそれながら、人にはそれぞれに合った器があります。その器の大きさを見きわめ、それに合った仕事をすることが肝要かと思いまする。それに照らせば、景勝さまのご決断は器に沿ったものであると思います」

「しかし、わしは自分の器がわからぬ」

「いいえ、景勝さまは存じております。ご自分の器から中身がこぼれるようなことはいたしませんし、また、せっかくの器を使わず無駄にすることもありませぬ」

「そうかな。して、小太郎どのはご自分の器の大きさがおわかりか」

「はい、知っているつもりです。わたくしの器はさほど大きなものではありません。景勝さまのように一国を統べるなど、とてものこと……」

「わが父謙信やそなたの主君信玄公はさぞかし器の大きな方なのであろうな」

「謙信さまについてはわたくしが物申す立場ではありませんが、武田の御屋形さまは、器が大きいか小さいかというものを超えた器（き）ならず、つまりひとつの形にはまらぬ、底しれぬお方です。そのような天分を十全に使われたからこそ、五カ国を統べることができたのでありましょう。もろもろ聞きますに、羽柴さまの器もたいそう大きなものです。男は度胸、女は愛嬌と申しますが、男の愛嬌も器があってこその武器です。あっ、これは失礼しました。景勝さまを揶揄しているつもりはありません」

　景勝はにやりとしたが、すぐ元の表情に戻った。

「少し、外で冷たい風に当たろうではないか」

　景勝は小太郎を誘い、毘沙門堂の脇道を抜け、春日山城の頂きの一角に出た。晴れた日には日本海が見渡せるが、今日は霞がかかっている。

　海から吹き渡ってくる風は、まるで剃刀のように鋭い。しかし景勝と小太郎は、そこに立って四方山話をするのが好きで、ときどきここに来る。

「前々から小太郎どのに訊きたいと思っていたのだが……」

　景勝は前置きをして、雲のいる山の稜線を見つめた。

「比叡山であれほどの仕打ちを受けたのち、甲斐国に行かれて短時日（たんじじつ）のうちに信玄公に認められ、勝頼どのの近くにもおられた。なぜ亡き父が小太郎どのをわしの朋友にしようとされたのか、いまはわかる。じつにありがたいことだ。そんな朋友が一生にひとりでもできれば望外（ぼうがい）の幸せというものよ」

景勝はそう言って、瞑目（めいもく）した。

「わたくしもそのように思っております」

「小太郎どのは、物事がつぎつぎとうまくいく様子と悪くなっていく様子を間近で見ていたということでもあるな。その二つを分けるものはなんであろうな」

景勝は甲斐国の興亡の要因はなんであるかと問うたのである。

「それもつまるところ、器の見きわめではないかと存じます。勝頼さまはご自分の器の大きさに比して版図（はんと）を広げすぎたといえるかもしれません。こたび景勝さまがこれから天下の移り変わりを見通され、羽柴さまに与（くみ）されたのと同じように、ご自分の器の大きさを見きわめ、それに沿ったご決断をされていたなら、あるいは武田家は生き延びることができたのかもしれません」

事実、勝頼の代になってから、領地は信玄の時代より広くなっていた。

「ただ、勝頼さまの器が御屋形さまより小さかったということは、勝頼さまが劣っていたということではありませぬ。勝頼さまは高潔で私利私欲のないお方でした。戦さ場でも率先して戦っておられました。受け継いだ軍が強すぎたゆえに滅ぶのも早かったということもありましょう」

「強すぎたゆえに、か……。なぜ、そうなるのであろう」

「己の力を過分に信じたことではないでしょうか。先だって景勝さまがとられたような熟慮の末のご決断は、過信があってはできないことにございましょう」

「なるほど……」

景勝は身を乗り出すようにして、小太郎に問いかけた。

「もうひとつ、お聞きしたい。愛嬌のない者はどうすればいいと思うか」

小太郎は微笑んだのち、景勝の目をとらえて言った。

「先ほど羽柴さまは愛嬌があると申しましたが、愛嬌とは軽いものでもあるのです。はじめに人を惹きつける際には力を発揮しますが、それだけで長く通用するとは思えませぬ。わたくしが思うに、世間とは川の流れのようなもの。軽くて膨らんだものを水面に浮かべ、重厚でがっしりしたものを沈めてしまう働きがあるようです。愛嬌があるのは魅力でもありますが、それだけでは軽くて膨らんだものともいえます。水面に浮いたものは目につきやすく、名声を得やすいものですが、流されるのも早いもの。最後に物を言うのは、どっしりとしたものではないかと思います」

「わしはそれを目指せばいいと、そう申すのだな」

「さようです。されど、景勝さまは自ずとおわかりになっておられます」

景勝は身を切るような寒風とともに、小太郎の言葉を胸の奥深くに飲みこんだ。

「いつも思うのだが、なぜに小太郎どのは諸事万端、物事を見通せるのだ」

「自分ではひとつもそのようには思っておりません。強いて申せば、渦中にいないからかも知れませぬ。当事者には見えないものが傍から見える場合があります。現場にいることは大切ですが、時に欲得やつまらぬ意地によって目が曇ることがあります。和睦の仲介は、決まって利害関係のない第三者がいたしますが、それは一歩引いて見ることで落としどころが見えるからではないでしょうか」

「とはいえ、すべての物事に傍観者でいることはできないであろう」

「おっしゃるとおりです。つまり当事者でいながら物事を傍から見る目をもつということでしょうか。そのためにこそ学びがあるのだと自らを戒めております」

小太郎は人生経験が長いとは言えないが、余人には想像すらできない、生死を分けるぎりぎりの経験をした。父から、ひとりで生きていけと言われたのちは下足番から身を立ててきた。さらに物事の本質を著した万古不易の書物を熟読玩味している。数多くの出来事に共通する本質を抽出し、それらを統合して真理をつかむという、帰納法的な思考を修得していた。

「小太郎どの、礼を申す」

そう言い、軽く頭を下げた。

「おやめくだされ。この国のお殿さまですよ」

「いやいや、そなたの前では殿もなにもない。それからもうひとつ、そなたに打ち明けておきたいのだが、どうにもお菊とうまくいっていないのだ」

「菊姫さまと？」

「信玄公を見舞いに来るときも一緒にと誘うのだが、なにをいまさらという顔をし、自分はひとりで行くと言ってきかない。どうやらお菊は、勝頼どのの援軍要請にわしが応えられなかったからお家が滅んだと思っているふしがある。わしとしてもすぐに援軍を差し向けたかったのは山々だが、いかんせん周囲の状況がそれを許してくれなかった。お菊の気持ちもわからないではないが」

お琴の方を母親にもつ菊姫は信玄の五女で勝頼の妹。輿（こしい）入れは二十二歳のとき、四十七人のお付きの者とともに越後にやってきた。いまだ子宝に恵まれていない。

立ち去る景勝の後ろ姿を見ながら、小太郎は目を細めた。

（なんと誠実なお方なのであろう。薫風（くんぷう）のごとき清々（すがすが）しさと大海原（おおうなばら）のようなおおらかさを兼ね備えておられる）

小太郎の目には、上杉家がさまざまな波濤（はとう）を乗り越えながら末永く続いていく様子が見えるようであった。

## 景勝の船出

景虎との家督争いを制した景勝は、天正八年（一五八〇年）、上杉家の当主に就いたが、その後も苦難が続く。時間を遡り、景勝の足跡を追ってみよう。

発端は、御館の乱の戦後処理である。

戦さは勝てば万事うまくいくというものではない。その後の処理、いわゆる論功行賞において家臣や国衆を納得させることができなければ、家中に不満が溜まることになる。

組織が大きくなればなるほど、いくつもの派閥ができるものだが、それらの調整は容易ではない。家康も三河衆と遠江衆のバランスをとることに腐心した。

まだ若い景勝はそのような調整能力がじゅうぶんになく、戦後処理で失敗した。父長尾政景が上田長尾家の当主だったことから上田衆への恩賞を手厚くし、長く対立していた三条長尾家や国衆たちに厳しい処分を下したのである。

これと似たようなことは、現代でも政治の世界などでよく見られる。選挙で当選したのち、自らが属する派閥を優先するのか、実際に功績のあった者を取り立てるのか、ひとつ間違えばつぎの当選はなくなる。

土地の豪族や国衆は、大名直属の家臣ではない。どの大名に従えば有利になるか（あるいは生き残れるか）、つねに算盤勘定（そろばんかんじょう）を弾きながら従属先を決めている。昨日まで従っているから明日もそうだという保証はない。国と国の力関係は絶えず揺れ動いているのだから、国衆が情勢を見るに長けているのは当然といえよう。

景勝が上杉家当主になった年の翌年、御館の乱の戦後処理に不満をもつ北越後の新発田重家（しばたしげいえ）は信長と通じ、反旗を翻す。信長は柴田勝家に四万の大軍を率いさせ、景勝を追い詰めた。

このとき景勝と武田勝頼は同盟を結んでおり、勝頼は越中に援軍を送ると約束していたが、それどころではなくなっていた。木曽義昌や穴山梅雪らの御一門が勝頼に反旗を翻し、武田家は一気に瓦解し、勝頼は天目山の露と消えた。

勝頼の援軍を当てにできなくなった景勝は窮地に追いこまれる。信長によって越中をほぼ制圧され、北条氏直は大軍を率いて川中島に布陣した。上杉家は内に新発田重家、外に織田、北条、徳川と対峙せざるをえなくなっていた。まさに存亡の危機にさらされていたのである。

その年の四月、上杉方の諸将が直江兼続に送った書状には、「わが軍は四十日もの間、昼夜を分かたず攻撃を受け、ここに至って皆々滅亡と覚悟を決めている」とある。また翌月、景勝が常陸国の佐竹義重へ送った書状には「六十余州を相手に越後一国をもって戦い、滅亡することは、死後の思い出である」と綴られている。このころ景勝も上杉方の諸将も上杉家の滅亡を覚悟していたのだ。

しかし景勝は運良く危機を脱する。圧倒的な兵力差で上杉軍をひと飲みせんとしていた氏直が急遽、川中島から兵を引くのである。この背景には、家康が信濃の諏訪まで進出していたことがあった。

さらに景勝にとって天啓ともいえる出来事が起こる。

六月二日の本能寺の変である。それによって織田軍は越後から兵を引き、景勝は九死に一生を得た。

将軍足利義昭は景勝と柴田勝家の和睦を図ったが、景勝は織田家の後継者争いは羽柴秀吉が有利と見て秀吉に接近し、年が明けた天正十一年（一五八三年）、秀吉に従属することを決める。内憂外患に直面する上杉家が単独で生き残ることはできないと判断したのである。その年の四月、景勝は秀吉の要請に応じて勝家との賤ヶ岳の戦いに兵を送り、秀吉の勝利に貢献する。

天正十二年（一五八四年）、織田家の継承問題で秀吉に敵意を燃やす織田信雄が家康を誘い、対立が深まった。これが小牧長久手の戦いへと進展する。

景勝は上野国や信州へ兵を出すなど秀吉方に加勢するが、家康は小牧長久手の戦いにおいて数で圧倒する秀吉を撃退し、戦線は膠着状態となる。

この戦さで敗れた秀吉がつぎに向けた鉾先は、越中の佐々成政であった。約十万の大軍を向け、成政を降伏させる。このときも景勝は兵糧を運ぶなど、秀吉方として貢献している。

## 信玄の目覚め

「小太郎どの、ちょっとよろしいですか」

払暁とともに起き、いつものように坐禅を組んでいると、人斎の声が聞こえた。

「どうぞ、開けてお入りください」

座ったまま目を開けると、朝の柔らかい陽光とともに人斎の顔があった。はじめて会ってから十二年近くになる。齢は自分でもわからないというが、ずいぶん顔の皺が増えた。この十二年で三十歳も老けたような気がする。それも顰めた表情が刻まれた皺である。いかにその間、苦労の連続であったか、その顔が雄弁に物語っている。

「あらゆる臓がつながりながら動き始めました」

「えっ？」

吉報だということは人斎の表情からわかったが、思ってもいなかったことである。

「ほんとうですか」

急いで信玄が横たわる部屋、毘沙門堂の裏につくられた居室へ駆けこんだ。

信玄はいつもと変わらず、上体が軽く傾く程度に枕を高くして仰臥している。骨の上に薄皮が一枚貼りついているように見える。米穀を断って木の実などを食べて修行する木喰上人のようでもある。髪の毛はすべて落ち髭もない。目は深く窪んでいる。

「脈をとると、わずかに動いているのがわかります。峠を越した証しです」

「触ってもよろしいでしょうか」

「どうぞ、ここを軽く指で触れてください」

小太郎は信玄の右手首の脈をとった。かすかに脈打っているのを感じる。

「気息はいかがですか」

「気息のほうもはっきりとわかるようになりました」

「奇跡が起きたのですね、人斎さま」

小太郎は感きわまって声を震わせた。

天正十二年（一五八四年）三月十五日のことである。このとき信玄六十四歳、小太郎は二十三歳になっていた。野田城攻めののち長い眠りに就いてからすでに十一年の時が流れている。

信玄は肺炎と胃の腫瘍があったが、息を吹き返すまであと一歩というところまで癒えたのである。

数日後、さらに人斎の表情が明るくなった。

「人斎さま、いかがでありましょうか」

「まだ安心はできませんが、快方に向かっているのはまちがいありません。ほら、首のあたりをご覧ください。少し赤みが増しているでしょう」

小太郎は言われたあたりをまじまじと見るが、その微妙なちがいがわからない。そう言われればそう見えるかもしれないといった程度だ。

（人斎さまは、微妙なちがいがわかるほど日々真剣に診ておられたのだ）

小太郎は人斎への尊敬がさらに増すのを抑えることができなかった。

「このままでいけば、あるいは一週間ほどでお目覚めになるやもしれません」

「まことですか」

思わず小太郎は弾む声をあげた。

信玄が薄目を開けたのは、その日からきっちり一週間過ぎた日の朝だった。目を瞬(まばた)かせ、虚ろな表情をしている。

人斎も小太郎も声を失った。ただただ感動に包まれ、涙は滂沱(ぼうだ)となって顔を濡らした。この日が来ると信じていたが、心のどこかではそんなことはありえないとも思っていた。

信玄目覚めるの報は、またたく間に春日山城内に広がった。古今東西、重病の患者を長期間眠らせ、その間に治療を施すという試みはあまたあるが、ここに人斎の執念が実を結んだのである。

## 小太郎の縁談

すぐれた名君の条件のひとつに、喜怒哀楽を表情に出さないことがあげられる。主君の心の動揺は、すぐ家中に伝播(でんぱ)する。家中の動揺は、末端の兵の一人ひとりに伝わる。それが戦況に微妙な影響を与える。

その点、景勝は名君の条件を備えているといえる。親しく交誼を結ぶ小太郎でさえ、景勝が喜怒哀楽を表したところをあまり見たことがない。景勝の心の裡は、深い井戸のように伺いしれない。

そんな景勝も、信玄が十一年ぶりに目覚めたことを大いに喜んでくれた。

「わが上杉家にて目覚められたのは瑞兆である」

秀吉に敵意を燃やす織田信雄が家康を誘い、一触即発の状態となっている折り、景勝も無関係ではいられず、いずれ秀吉より出兵の要請がくるはずである。そんな矢先、長く庇護していた信玄が奇跡的に息を吹き返したという報せは景勝を勇気づけた。景勝にとって信玄は岳父にあたるのだ。

主だった家臣を春日山城の大広間に集めてそのことを伝えたのち、その日の夕方から盛大な祝賀会を催した。みな山海の珍味と美酒を楽しみに集まっていた。

小太郎も招待された。人斎は信玄の側を離れるわけにもいかず、祝い膳を居室に届けてもらった。

「信玄公とは川中島での合戦以来、因縁の間柄であるが、先代と並び、天下に比類なき英傑である。ご隠居の身とはいえ、そのご威光はただならぬものがある。みなの者も信玄公の謦咳に接し、戦さの要諦などを学び取っていただきたい」

景勝が挨拶をすると、筆頭家老の直江兼続が質した。

「こののち信玄公はどうされるのです？」

「どうもしない。ただ、わが上杉家で穏やかな余生を過ごしていただく。それだけだ」

「しかし、世上が放っておかないでしょう」

「あくまでも隠居となる約束である。それにいまとなってはご自身が率いてこられた兵卒もいない。なにができるわけでもなかろう」

「思えば信玄公も不憫なお方よのぉ。長い眠りから目覚め、病が癒えたのはいいとして、武田家はご家族や譜代の家臣もろとも滅んでしまわれたのであるから。なまじ息を吹き返さないほうがよかったのではないか」

「そうであるのぉ。正直なところ、わが身に置き換えると真っ平ごめんにござる。死ぬときは天の定め。それにあらがいたいとは一片（いっぺん）たりとも思わぬ」

「右に同じ」

みな、信玄の恢復を祝いながら憐（あわ）れみを隠そうとしない。

ついで諸将は小太郎に対し、礫（つぶて）のごとく質問をぶつけた。信長による比叡山焼き討ちのこと、信玄最後の戦いのこと、長い眠りに就いてからのこと……。小太郎は、立板に水のごとく返答をした。

一座を湧かせたのは、西上作戦における信玄の采配ぶりだった。特にみなの関心を引いたのは、つねに本陣の奥にいながら、いかにして大軍を自在に動かすことができたのか。信玄は、金鼓（かなだいこ）の合図だけで将兵を自らの手足のごとく自在に動かしたが、軍神と恐れられた上杉謙信は、それとは正反対の戦い方をしてきた。自ら先頭に立って将兵を鼓舞（こぶ）し、敵陣を切り裂きながら軍を操っていた。

そういう戦い方しか知らない上杉家の重臣たちに、小太郎がどんなに言葉を尽くしても信玄の采配の妙を伝えることはできない。最後の西上作戦のときは旗本隊にいて信玄の采配を見ていたが、一つひとつの指示がどのような意味なのか、皆目見当がつかなかった。わかったことは、信玄の指示によって各部隊が手足のように動いていたことだった。

「そうとなれば、その秘訣とやらをご当人に聞かせてもらわねばなるまい」

千軍万馬の古強者（ふるつわもの）どもが胴間声（どうまごえ）を上げると、座はさらに盛り上がった。

「小太郎どの、ちょっと話があるのだが、ちょっと……」

祝宴がお開きになったのち、小太郎は景勝に声をかけられた。

景勝の表情は仔細ありげだった。先ほどまでの重く落ち着いた様子ではない。相談ごとではないかと思いながら附いていくと、はたして予想外の話を持ちかけられた。

「じつはそなただから打ち明けるのだが……」

「はい」

「内密に願いたいのだが……」

「はい」

景勝は言いにくそうに間を置いた。

「わしにはもうひとり、別腹の妹がおって……」

景勝の妹は御館の乱で争った景虎に嫁いでいるのだが、その下にもうひとり妹がいるという。

「ただ対外的にはそのことを伏せており、上田の国衆の娘ということになっている」

父の政景が侍女に産ませた子らしいが、その時代、そのような例は数え切れないほどある。隠すようなことではないと思いつつ、小太郎は話の続きを待った。

「小太郎どのは、その……、二十三であったな」

「はい」

小太郎が生まれたのは永禄四年（一五六一年）。五たびあった川中島の戦いで最も激烈であった第四次の戦いがあった年に生まれている。武田家と上杉家には因縁浅からぬ星の下に生まれたのである。

「嫁をもらう気はないかと思うてな」

景勝は意を決し、早口で言い切った。

「嫁、ですか」

小太郎はその瞬間、混乱に陥った。思考が止まり、頭が真っ白になってしまった。しきりに目を泳がせ、顔がこわばってきた。目から鼻に抜けるような、いつもの才気は霧消（むしょう）し、替わって現れたのは朴訥（ぼくとつ）な童（わらべ）そのものの顔であった。

しばらく間を置いたのち、景勝が訊ねた。

「つまり、その、さきほど申した、わしの妹を娶（めと）ってはもらえぬか」

小太郎はしどろもどろになり、返事さえできずにいた。

「すぐに返事がほしいというものでもない。ただ、考えておいてほしいのだ。そうそう、言い忘れた。名は涼（すず）、歳は十七、器量は折り紙付きだ。そなたが応諾（おうだく）してくれるのであれば、いったんわしの養子とし、そののちに婚姻を結ぶという形にしたい。そうなれば、わしとそなたは朋友であるばかりか縁戚にもなる。より紐帯（ちゅうたい）が強くなるというものだ。その気があるのであれば、一度会ってもらいたいのだが」

「そもそもわたくしは無禄の人間です。嫁を娶るなどとてもとても……」

「信玄どのが目覚められたのだから、これからは自在に動ける時間もできよう。じつはもうひとつ、そなたにぜひとも頼みたいことがあるのだ」

「……なんでしょう」

「わしや重臣どもを集めて、ときどき講義をしてほしいのだ。遠からず天下は平均される。そうなれば武辺一筋では生きる場がなくなる。だからそなたから学問を授けてほしいのだ」

小太郎は講義の件はすぐに応諾したものの、婚儀についてはしばらく考えさせてほしいと言って辞去した。

（もしや小太郎は女人（にょにん）に興味がないのであろうか）

景勝の脳裏に浮かんだ疑問は、小太郎が衆道、すなわち男色家ではないかということだった。

この当時、男色は珍しいことではなかった。謙信は生涯不犯を貫いたと言われるが、男色だったという説もある。信玄は女好きで鳴らし、多くの女を娶ったが、若いころは男色家でもあった。

あるいは、小太郎は女人に対して極度の奥手ということも考えられると景勝は思った。

（しばらく様子をみよう）

考えてもわからないことは考えない。景勝は恬淡とした性格である。

一方の小太郎は、部屋に戻ってからも宙に浮かんでいるような感覚だった。

書物によって万古不易の真理を求めてきた小太郎であったが、滑稽なことに同じ人間である女人についてはなにも知らなかった。そもそも女人に接したことがほとんどない。もちろん肉の契りを結んだこともない。女人を抱きたいと思ったこともない。男と女が異性として惹かれ合うということがどういうことなのか、いまだに見当がつかない。

小太郎の身体も心も健やかである。二十三歳といえば、男盛り。きっかけさえあれば異性に対して興味を抱くのは当然のことである。

しかし、悲しいかな小太郎には些細なきっかけさえなかった。坂本にいたころはまだ子供だった。甲斐に移ってからこの日まで、そのほとんどの時間を信玄の間近で過ごしてきた。謙信に許されて春日山城内を自由に歩ける身となったが、それとて端から端まで湯を沸かして茶を点てるほどの距離だ。女人に出会うことなどほぼなかった。

この時代、有力な家の生まれであれば、政略も含め親が勝手に縁談を決めたものだが、上杉家に庇護されているが臣従しているわけではない小太郎に縁談などあろうはずもない。そんな身を慮って景勝が縁談を持ちかけたのである。

突然の縁談にうろたえた小太郎ではあるが、それから心境に変化が現れた。女人が生身の人間として意識されるようになったのである。信玄から、目覚めたとき枕元にいることを望むと言われたことを果たした以上、いつまでも部屋に籠もっているわけにはいかないとも思った。

また、景勝から申し出があった家臣たちへの進講の件は、渡りに船であった。これまで培（つちか）ってきたことを活かせるうえ、多少なりとも俸給を得ることができる。ずっと自分は世の中の役に立っていないという焦燥（しょうそう）があったが、そういう負の感情を払拭（ふっしょく）できる機会だととらえた。

## 医法は心の処方

雪深い越後に住む人たちにとって、待ちに待った季節がやってきた。仰臥する信玄のいる居室の引き戸はすべて開け放たれ、新緑の薫る風が吹き渡っている。

信玄の目は、達磨大師（だるまたいし）のようにギョロリと剥（む）き出しになっている。

十一年間も仮死状態にあった人間が覚醒したのち、どのような変化をたどって回復するのか、人斎にも予測がつかなかった。目は覚めたものの、意識が戻らないまま寿命を終えてしまうことも考えられなくはない。

人斎が考えたことは、まず血液の循環を促すこと。それまでも生命を維持するうえで必要最低限の血流はあったが、それだけでは体を動かしたり複雑な思考をすることはできない。とりわけ脳へ大量の血液を送りこむことは喫緊（きっきん）の課題であった。健常者の場合、循環する血液の約四割は脳へ流れるといわれる。それが滞れば脳障害が起きる。そのため、手で信玄の体をさすりながら血液の流れを促している。この作業は気力と体力、そして人並みはずれた忍耐力を要した。人斎と小太郎は交替でこの作業に当たっているが、終わりの見えない作業を続けられるのは、一にも二にも信玄が回復することを信じているからだ。

もうひとつ人斎が考えついたのは、五感を刺激して脳を覚醒させること。信玄は和歌や漢詩を嗜んでいた。自らの心情を自然の微妙な移ろいに託して詠んだものが多い。おそらく信玄は五感をフルに使って自然の森羅万象を感じ取ろうとしていたはずだ。

そのときの感懐を思い出せるよう、まずはすべての戸を開け放った。その途端、樹々や花々の匂いが住居に入り、鳥のさえずりが聞こえてきた。

「小太郎どの、御屋形さまはどのようなことにご興味がおありだったのでしょう」

あらためて人斎が訊いた。

「さあ、わたくしがお側にお仕えしたのはわずかですから、さほどくわしいわけではありません」

「お香を焚いてみるのも妙手かもしれませんね」

人斎は、五感のなかでもとりわけ嗅覚が脳を覚醒させる鍵になるのではないかと考えていた。自身の体験からも、匂いと記憶が対になっていることを知っていた。

「とにかくいろいろ試してみましょう」

それから数日後、信玄の体にほんのりと赤味がさしてきた。血行が良くなったのだ。人斎と小太郎が手で体をさすっているとき、相手の目をじっと見つめるようにもなった。ときどき瞳がかすかにまわる。密閉された記憶の容れ物をなんとかして開けようとしているかのように見えた。その隙間から、記憶の像が薄ぼんやりと現れてきたのかもしれない。

小太郎の一計は、いかにも論理的に考えがちな彼の性格が現れていた。書物の読み聞かせ、である。言葉によって記憶の扉を開かせようという思惑であった。

選んだのは『孫子』をはじめとした兵法書、京都の五山文学、源実朝の『金槐和歌集』、宗祇の連歌集などだった。

　やがて、人斎はおずおずと言った。

「さしでがましいようですが、さまざまな書物を読むより、御屋形さまがしたためられたご辞世を繰り返し読まれてはいかがでしょうか」

　人斎はせっかくの小太郎の着想を粗略にせぬよう、気遣いながら言葉を継いだ。

「と申しますのも、まだ多くの言葉を知覚できる状態ではないと思われますし、ご辞世は御屋形さまにとってもっとも新しい言葉であるはずですから」

「そうかもしれませんね」

　小太郎は甲府から持参してきた手文庫から辞世がしたためられた紙を取り出し、そらで言えるよう覚えた。

　　霞むより　心もゆらぐ　春の日に
　　　野辺の雲雀も　雲に啼くなり

　繰り返し読んでから、ときどき小太郎は信玄に問いかける。

「御屋形さま、春ののどけさに誘われて空へ舞い上がった雲雀を、ご自身になぞらえたのでございますか」

「大気の流れのままに漂う霞より、さらに揺らぐ心とはいかなるものなのでしょうか」

　信玄はぴくりともしない。

「雲間から聞こえてくるかすかな雲雀の鳴き声と、御屋形さまの、聞く者を圧倒するお声がどうにも重なりませぬ」

小太郎は恐れ多いと思いつつ、幼子をからかうような口調でそう言い、笑みをこぼした。

はたして自作の辞世を繰り返し読み聞かせたことが、どれほどの効能があったのか知る由もない。ひとつ言えることは、それを繰り返すことによって小太郎は信玄との距離がいっそう縮まったと感じたことだった。


人斎は、ある仮説をたてていた。信玄の頸や胸に触れたとき、信玄の瞳がかすかな反応を示すことに気づいたのである。

（もしかすると、脳を覚醒させる、なんらかの経路があるのかもしれない）

人斎が迷走神経の存在に気づいた瞬間だった。

景勝は二日おきの間隔で信玄の容態を見るためにやってくるが、その折り、人斎は自分の仮説を説明し、交誼のある鍼灸師はいないかと相談した。鍼を使って神経経路を刺激することで信玄の意識を取り戻すことができるかもしれないと思ったのである。

景勝はさっそく調べさせ、京都東山に大谷友三郎という評判のいい鍼灸師がいることがわかった。謙信が京都に滞在していたとき、幾度か施術してもらったことがあるという。

信玄の名を伏せ、詳細を綴った書状を送り、半月ほどののち越後に出向いてくれるとの約束を取りつけた。

上杉家は秀吉に臣従しているが、それでも京都から越後までの道のりは安全とは言い難い。三百の軍勢を越中との国境に差し向け、友三郎を出迎えた。

春日山城に到着するなり旅装も解かず、友三郎は信玄を診た。ひと目見て顔色を変えたが、なにも言わなかった。

「そなたが伴どのか。これまでのいきさつをくわしく教えてくれはりますか」

人斎は、絶命する直前に信玄を眠らせたこと、十一年ののち目覚めたことなどをくわしく語った。

「それにしても不思議なことがあるものやな。あの武田信玄どのがまだ生きてはったとは……」

信玄という名はいっさい出していなかったが、友三郎は先刻承知のようである。これ以上隠す必要がないのは、むしろ好都合である。

友三郎は信玄をうつ伏せにし、頸に三本鍼を打った。人斎が思ったとおり、頸のあたりに意識を覚醒させるツボがあるのかもしれない。

「大谷どの、これまでに同じような患者を診たことはありましょうか」

小太郎が尋ねると、友三郎は小太郎のほうを向き、答えた。

「ないですな。ただ唐国の書物には、十年以上、植物みたいやった人間が突如として生き返ったというようなことが書いてありました。そののちどんな処置をしたかは、あいにく書かれておりまへん。長く眠らせたうえで治療するっちゅう試みは遠くヨオロパでもされておったようですけど、それがうまくいったかどうか……。そう考えると、伴どのがしはったことは画期的なことですわ。ぜひとも薬の成分や処方について、くわしく書き残していただきたいですな」

「いずれはそういったことも考えなければとは思いますが……。して、信玄さまはいま、どのような状態にあるとお診立てでしょうか」

「心と体と脳がつながってへんというか、ばらばらの状態やと思います」

「それらをつなぐためには、どうすればいいと？」

「さあ、それはわかりまへん。拙者なりに最善は尽くしますが……」

現代でも、長く植物人間状態だったのち覚醒した事例を研究している人がいる。彼らは、外界からの刺激に反応せず、自分を取り巻く状況を認識できない状況について、「意識がこの世に存在しない状態」と説明している。目覚めてはいるものの意識が戻っていない状態である。このときの信玄はまさにこういう状態であった。

友三郎は半年ちかく春日山城に滞在し、鍼治療を行った。

## 青苧を織る女

謙信の時代から、上杉家は青苧（あおそ）の生産に力を入れ、越後国の特産物として貴重な収入源にしていた。その産業政策をさらに推進したのが、景勝の腹心ともいえる直江兼続である。

「小太郎どの、ちとよろしいかな」

ある日、小太郎は兼続に呼び止められた。直江兼続は小太郎のひとつ歳上、景勝の五つ歳下である。

「殿からお聞きかと存ずるが、ぜひとも小太郎どのに青苧を広める旗振り役をお任せしたいと考えております」

いまや上杉家を支える屋台骨ともいえる山城守兼続だが、小太郎は上杉家の家臣ではなく、景勝の朋友である。言葉遣いは丁重だ。

信玄は目覚めたのち、きわめてゆっくりとではあるが、快方へ向かっている。小太郎がやるべきことはまだまだ多くあったが、ひとつの山は超えた。

小太郎は、週一度の割合で重臣たちに兵法や思想、国風文化などを進講している。さらに青苧を国外で売るための策を練ってほしいと頼まれた。景勝は、小太郎が肩身の狭い思いをしないよう配慮したのであった。

現代では、青苧という言葉はほとんど人口に膾炙（かいしゃ）しないが、明治時代になって養蚕（ようさん）が盛んになるまでは繊維産業の主役を担っていた。

原料は野原や里山に生えるイラクサ科の多年草からとった麻糸で、カラムシとか苧麻（ちょま）と呼ばれている。もともとこの地方の山野には多くの青苧が自生している。

小太郎は理詰めで考える。というより、それ以外の思考法を持たなかった。まして直感でものごとを決めるなど、できない相談だった。それだけをとっても指導者には不向きな人間だが、相性がよくてすぐれた上司を持てば、これほど実力を発揮する人間もいない。

彼はまず春日山城に出入りする商人たちに質問し、青苧に関してどのような需要があるのかを綿密に調べた。そのうえで越後の青苧が、出羽産などほかの競合品と比べ、どのような優劣があるのかを調べた。

その結果、越後縮（えちごちぢみ）は繊細で耐久性にすぐれており、とりわけ越後上布と名づけられている製品は需要が多いことがわかった。室町時代から京都方面に出荷され、幕府の公式礼服や貴族の単衣（ひとえ）、さらには武士の裃（かみしも）にも使われている。越後は国内でも有数の豪雪地帯であり、その厳しい気候条件が功を奏していた。

小太郎は越後縮の特性を活かし、さらに付加価値を上げようと考えた。計算のうえでは、大衆向けに大量生産するよりも富裕層に高価なものを売るほうがはるかに利益が大きい。では富裕層にいままで以上の価格で買ってもらうにはどうすればいいいか、その答えが、

・優秀な手織り職人を育成する
・反物として販売するだけでなく、付加価値の高い完成品、いわゆる創作越後上布を供するであった。そのため、
・半年後までに創作越後上布の作家を選び、独自の商品を考案してもらう。入選者には一年間働いて得られる程度の報奨金を出す
・一年後に春日山城で大規模な見本市を開催し、公家や京都・堺など全国の大店呉服商を招待するとした。
現代でいえば、目玉となる作家の育成であり、生産者の顔が見える売り方であり、一種のブランド戦略といえるものであった。「○○がつくった越後縮」という需要が高まれば、価格は急騰する。個人が手織りできる量は限られているからだ。そのかわり、従来にはない斬新な商品が求められる。

顧客を集めての大規模な見本市は現代では珍しくないが、戦国時代当時、そのようなことを考え、実行する大名はほかにいない。以上の案を兼継に提示し、景勝に報告されたのち、正式に了承をとりつけた。

春日山城下には、青越工所という名の、住居と工場が一体となった施設がある。

謙信は戦さによって身寄りがなくなった子らを収容する施設として、それをつくった。敵味方の隔てなく、孤児を救済しようと思ったのだ。

敵方の子にとって上杉家は親の仇。禍根を残さないよう、敵方の子は除外してほしいという家臣の諫言に対して謙信は、

「根雪も、春の日差しで溶けるではないか」

と一笑に付した。なくなった家への帰属意識を高める苗字を名乗ることも禁じるべきとの意見に

も、

「そうまで案じていては、煩わしくてきりがないわ」

と退けた。

謙信は、青越工所の子供たちに青苧織りの作業を覚えさせた。手に職をつけさせることが主な目的だが、結果的に上杉家に多くの収入をもたらすことになった。

それから半年後、青苧の織り子たちが自ら創作した織物を持って春日山城の麓に設けた特設の会場にやってきた。野外に天幕を張っただけの、簡素なつくりである。上杉家をあげての取り組みでもあり、景勝をはじめ兼継ら重臣も数多く集まっている。

世上では、秀吉に敵意を剥き出しにする織田信雄が家康を巻きこみ、一大決戦を挑もうとしている。そんな折り、青苧の作品の競合を催すなど呑気にもほどがあるが、これもひとえに中央から離れている土地柄であろうか。

一人ひとり接見し、作品の品定めをするのは小太郎の役目である。二十人ほどに絞ったうえ、最終的な決断は景勝と兼続が下すという段取りになっていた。

集まってきた織り子たちを見て、小太郎は胸騒ぎがした。予感していたとはいえ、全員が女子（おなご）なのだ。

小太郎は、景勝から縁談を持ちかけられたときの狼狽（うろた）えぶりがいまだ鮮烈に記憶に残っている。生身の女人と接したわけではなく、ただの縁談に、なぜあれほど狼狽（ろうばい）したのか、自分のことながらわからない。ふたたびあのときのような醜態をさらすかもしれないと考えると落ち着かなくなった。

そもそも小太郎は妙な男である。信玄や謙信、景勝など目を合わせることすら躊躇（ためら）われる人物とは堂々と、かつ冷静に受け答えができる。重臣たちに進講するほど弁もたち、学識にすぐれ、物事の道理にも通じている。それなのに若い女たちを前にすると不安でいたたまれなくなってしまうのだ。

小太郎はうっすらとかいた額の汗を手の甲で拭い、人に気づかれないよう幾度も深呼吸を繰り返した。

接見が始まると、落ち着きを取り戻した。名前や年齢などとともに、青苧織りの経歴、作品の特徴などを訊ね、丹念に吟味する。

自作の特徴を伝える表現はそれぞれだが、十人、二十人と続くうち、小太郎の気持ちは高揚してきた。懸命に取り組み、完成させた作品の良さを知ってもらおうと、みな言葉を尽くしている。ある若い女は、目に涙を浮かべ、懇願するように自作を訴えてきた。

小太郎が接見し、要点を書き留めた紙と作品を裏方へまわすとその都度、小姓が重臣たちのもとへ持っていく。五十人ほど接見し、あと何人くらいであろうと思いながら、出番を待つ列を見やった。

(残りは五人か)

そう思いつつ、目の前に立つ女と目が合った。切れ長の涼し気な目が小太郎の目をとらえた。瞬間、小太郎の背中がざわざわと粟だった。

「そなたの名は？」

「胡桃沢（くるみざわ）うたと申します」

「お歳は？」

「二十一にござります」

たったそれだけの会話だった。胡桃沢うたが発する声は、風鈴（ふうりん）のように軽やかで、およそ人間が発する声色（こわいろ）とは思えないほど澄み切っていた。

　小太郎はふたたび激しく狼狽した。と同時に、いきなり剣ヶ峰に立たされたような心地になった。荒く息を継ぎながら、かろうじて問いを発した。

「あなたのつくったものを見せてください」

　うたは、自作の織物を差し出した。碧く染められたそれはふわふわとし、持つと綿菓子のように軽い。

「ど、どんなところが……」

　うたは小太郎の様子がおかしいと思いながらも、言われたことの意を察し、説明を始めた。

「公の行事には不向きかと存じますが、貴顕（きけん）な方々が肌寒い日に散歩されるときなどにお召し物の上から首に巻きつけるものがあるといいのではないかと考えました。体の温もりをこの巻物に溜めると寒さも和らぎますし、碧の色具合がお日様の向きによって微妙に異なるのです。名を風巻（かざまき）とつけました。それから……」

　小太郎は脂汗（あぶらあせ）を見られまいとうつむいた。懸命にこらえていたが、体が瘧（おこり）のように震え始め、座っていることさえできなくなった。

「ごめん……」

　そうつぶやき、その場に倒れた。うたの顔がすーっと消えかけ、空に溶けこんだと思った直後、地面に頭を打ちつけた。現代であれば、過呼吸症候群と診断されるのであろう。

　失神から覚めると、人斎がいた。頭がズキズキと痛む。昏倒したとき、地面に頭を打ちつけたようだ。

「お目覚めですか」

人斎の顔の前を、黒くて細かいものが飛んでいるように見える。

「気を失われたあと、ここに運びこまれたのですよ」

小太郎の脳裏に、気を失ったときのいきさつが蘇ってきた。

「いったい、どうされたのでしょう。どこも悪いところはないようですが」

「いや、その、わたくしにもとんと見当がつかなくて……」

小太郎は人斎にはじめて嘘をついた。

人斎と同じように、あのとき現場に居合わせた人のすべてが小太郎の異変に驚いた。小太郎は父親に似て上背が高く、戦さ場での経験はないが、日々体の鍛錬に勤しんでいる。体を震わせながら昏倒するなど、思いもよらぬことであった。

しかし小太郎が倒れた理由を正しく推測する人間がひとりいた。

景勝である。

景勝は、縁組の話をしたときの小太郎の異様な様子が脳裏にあったため、いきさつを聞いてすぐに合点（がてん）がいったのだ。

（まったく……。秀吉どのから矢のような催促があって出陣の支度で気ぜわしいというに、女人ひとりに泡を噴いて倒れるとは、小太郎どのも困ったものだ）

景勝はめったに笑わないが、このときばかりはおかしさがこみあげ、ひとりでくすくすと笑った。

（とはいえ、なんとかせねば……）

今後もあのような事態になっては青苧の増産計画に支障をきたす。景勝は意を決し、不意に小太郎を訪ねた。

出迎えた小太郎は、ばつの悪そうな表情を浮かべ、部屋のなかに通した。

「お体の具合はいかがかな」

「その節は大変ご迷惑をおかけし、重ね重ねお詫びいたします。ご心配におよびません。すっかり良くなりました」

「そうですか。それはなにより……」

景勝は言葉に詰まった。どう話を継いでいけばいいか考えあぐねた。一方の小太郎もいつもの快活さがない。じつは、あのとき以来、うたの表情と声色が頭から離れないのだ。

「以前、縁談について申したが、あれはひとまず保留にしておきたいと思うてな」

「きちんとしたご返答もせず大変失礼いたしました。まだまだ半人前の身ゆえ、景勝さまにご迷惑をおかけすることは必定かと。ご放念ください」

「あの件はわしの一存にてお話ししたまで。それはそれでいいのだが、もしや小太郎どのは女人が苦手なのかと、そんなふうに思ったものだから、つまり、なんというか、無理もなきことかと」

景勝はしどろもどろになりながら言葉を継いだ。

「物心ついてから信玄どののお側に仕えて外へ出ていなかったのだから。ただもしそうであるなら、それはそれで問題であろうと思ってな。お節介のようだが、わしができることもあろうかと……」

「滅相もありません。ご心配にはおよび……」

「女人に接するたびに気を失われても困るゆえ、わしの話を聞いてもらいたい」

景勝は小太郎の話を遮（さえぎ）り、口調を強めた。小太郎は神妙な面持ちでつぎの言葉を待った。

「半年後の見本市ではこたび選んだ九人の織り人を同席させ、自らの品の良き点を語らせる段取りである。作り手を前面に出すことはそなたの考えでもあるからの。そこで、一度みなを集めて入念な下打ち合わせをしたいと思っている。わしはもうすぐ出陣するゆえ、青越工所の頭である斎藤一朗太にいっさいを申しつけておいた。彼奴（かやつ）はちと調子者だが弁もたつゆえ、そつなくこなすであろう。なに、小太郎どのは野の花々を眺める心持ちでその場にいればよい」

小太郎は、格別の配慮をしてくれている景勝の役に立っていない自分が情けなかった。おそらく景勝はすべてお見通しなのだ。自分が女性に対して極度にあがり症だということも。

思えば景勝が指摘するように、生まれてからこれまでほとんど女人との接点はなかった。母や妹は異性ではない。お蘭の方やお琴の方は信玄の側室というだけで、もはや雲の上の存在だった。それを知って景勝は「女人に慣れてくれ」と言っているのだ。

数日後、小太郎ははじめて青越工所を訪れた。入り口で斎藤一朗太が迎えてくれた。小太郎に会うと、彼は童（わらべ）のように相好（そうごう）を崩した。

「本日はそれがしに任せてください。由本どのは高みの見物とやらで、ゆるりとされればええです。きゃーわり（心配）でしょうが女しょも同じ人間ですわ。ハッハハハ〜」

四十代とおぼしき一朗太は、鬢（びん）に白いものが混じっている。飾らない土地の言葉が小太郎の緊張をほぐしてくれた。

青越工所は住居用の長屋が何十棟と続き、その中央にひときわ大きな建物がある。なかに入ると列を整え作業に没頭している光景があった。ざっと見たところ、十列ほどもある。ほとんどが若い女で、なかには年若の男の姿もあった。

目が赤く濁っている者もいるということは、寝不足になるほど長時間働いているのだろうが、陰鬱な空気はなかった。だれもが一心に作業を続けている。

「みな、いったん手を止めてよく聞けや。きょうはみなも喜ぶようにと、若い男を連れてきてやったぞ」

一朗太が土地の言葉で軽口を叩くと、笑いが弾け、場は一気に和んだ。

「ここにおわすは由本小太郎どのといってな、お殿さまのご朋友であらせられる。お殿さまよりお若いのに、お殿さまに知恵を授けておられる。ここの出来がわしのとはちぃっとばかりちごうてな」

そう言って一朗太は剽げた姿勢でこめかみのあたりをとんとんと叩いた。その姿はいかにも間抜けのようで、聞いている者たちは一斉に笑った。

一朗太の言うとおり、その日はただ参観することにした。

一朗太が数十人もの織り子たちの心を自在につかんでいることが興味深かった。小太郎には、まるで手品師のように映ったのである。

「お栄、こっちへ来なせや」

一朗太は、年かさの女を呼び、こう告げた。

「由本どのに、青苧が反物になるまでの工程を言うてかせ。色男だからと色目を使うんじゃないぞ。色目はわしに取っておけ」

お栄と呼ばれた女は下卑た冗談を軽く受け流し、説明を始めた。

「ここでは、青苧を繊維にし、それを績んで織り上げるまでを一貫して行っております」

「績むというのは、どういうことですか」

「青苧を細かく裂いて、手で縒りながらつないで長い繊維にすることでございます」

お栄は小太郎の質問に対し淀みなく答える。おかげで小太郎は短い時間で青苧の制作工程を理解することができた。

原材料となる青苧を水に浸し、指先で細く裂き、先端どうしを撚ってつないでいく。乾燥する時期は乾かないよう口で繊維を湿らせるなど、繊細な作業を求められ、熟練の者でも一反に使用する糸を績むには五ヶ月ほども要するという。そのようにして紡いだ糸を機で織り上げ、布目を緻密にするための足ぶみをしたのち、冬の天気のいい日、雪の上に広げ、漂白させる。

「足ぶみするとか雪の上で天日にさらすとか、それを考えた人の智慧に感心しますね」

「さようでございます。このような葉っぱが、このような上等な布になるなど、わたくしには考えもおよびませぬ。いにしえの人々の、見えないものを見る力には太刀打ちできませぬ」

お栄は右手に青苧を、左手に仕上がった布を持って、そう言った。たしかに素材の青苧と仕上がった縮は、まるで別物であった。

（見えないものを見る力か……）

戦国の世になり、さまざまな技術が発展したといわれるが、昔の人のほうがすぐれているところもある。それを忘れてはいけないと小太郎は思った。

一連の作業を経てでき上がる青苧のなかでもっとも高級といわれる越後上布は、蝉の羽にも喩(たと)えられるほど薄くて繊細である。うたはその軽やかさを活かして「風巻」という作品をつくった。

説明を聞いたのち、小太郎は織り子たちが作業している光景を見学した。とりわけ腰当てを使って張力を加減したり、足を使って紐を引いたりしながら経糸(たていと)と緯糸(よこいと)を交差させる作業には目を見張るものがあった。

その場に慣れた小太郎だが、いまだにうたを直視する勇気はなかった。その日、工場に来てすぐ、小太郎はうたを見つけたが、意識をすればするほど視界からはずれていった。

それでも視界の片隅に映る彼女は、ほかの女人と一線を画していた。あるいは小太郎の贔屓目(ひいきめ)がそう思わせたのかもしれないが、座る姿がひときわ美しく、一挙手一投足に無駄な動きがなかった。

凝視せずとも視界に入るだけで、小太郎の喉が詰まった。恋に落ちるということがどういうことかわからないままに、ただ己が体の反応を感じていた。さして暑くもないのに、うっすらと汗をかいた。冷静さを失っている自分が恥ずかしかったが、それでいて心地よくもあった。

しばらくして、小太郎は「あっ」と声にならない声を発した。ずっと信玄のことを忘れていたのだ。それまで十一年間、つねに信玄の間近にいて、片時も信玄の容態が頭から離れることはなかった。「忠犬小太郎」の異名そのままだった。それなのに、いつの間にか小太郎の意識のなかで信玄とうたが入れ替わっていたのである。

「急用を思い出しました。これから実城(みじょう)へ戻ります」

小太郎は一朗太にそう告げ、足早にその場を辞した。この場合の実城とは、春日山城を指す。足は軽やかだった。

## 信玄の覚醒

小太郎が急いで戻ったとき、信玄のいる居室から人斎の声が聞こえてきた。声の調子から、信玄に話しかけていると思えた。

「おお、なんてことが起こったのだ。これは奇跡じゃ」

人斎はわらわらと小走りし、慌てて駆けこんだ小太郎と鉢合わせした。

「小太郎どの、御屋形さまの意識が戻られました。それもことのほかはっきりと」

「ほんとうですか」

信玄は仰臥したまま、大きく目を見開いている。これまでの視点の合わない、虚ろな目とはちがう。意識の光が宿る目であった。

「御屋形さま、お目覚めでございますか。小太郎にございます」

小太郎は信玄の横に座り、声をかけた。

信玄は目で、わかっていると返事をした。掠(かす)れた息を吐き、口を動かしている。口の動きからコタロウと言っていることがわかった。

小太郎は嬉しさのあまり、体が震えるのをこらえることができなかった。覚醒してからしばらく意識が戻らなかったため、そのまま命を終えてしまうのかと恐れていた。もしそうだとすれば、眠ったまま生き長らえた十一年間になんの意味があるのだろうと。

「内臓や筋肉が元どおりになるまでにはまだ日を要しますが、峠は越えましたぞ」

人斎と小太郎は、抱き合って喜んだ。ふたりはまさしく戦友だった。

毎日丹念に手で信玄の体を撫でて血流を促したことがよかったのかもしれない。あるいは五感を刺激したこと、とりわけ信玄が詠んだ歌を読み聞かせしたことも功を奏したのかもしれない。人斎は、意識が戻るとすれば、きわめて緩慢にと予測していたが、突如スイッチが入ったかのように意識が回復したのである。

「これからなすべきことは、食べ物から生きる力を得られるようにすること、そして筋肉をつけ、ご自分で動けるようになることです。そのための案はすでに練ってあります」

人斎は、施術をくわしく綴った帳面を取り出し、なかを開いて小太郎に見せる。そこにはミミズが這いまわっているかのような汚い字がぎっしりと書かれている。体裁を整えようとしていないその書面に、人斎の必死の思いを感じた。

信玄が回復するにつれ、小太郎にはある憂慮が生じた。武田家について訊かれるということ。記憶が戻った信玄が真っ先に知りたいことは、まさしくそのことにちがいない。

案の定、信玄は訊いてきた。

「カツヨリヲ、コレヘ」

まだ声にならないが、信玄は必死の形相でそれを伝えようとしていた。

そのことで相談できる人は、いない。遠征続きで疲労の色が濃い景勝に訊く筋合いのものではない。一度、人斎に相談したが、困り果て、しばらく思案していたのち、

「それがしにはなんともわかりかねます。ただ、いつまでも隠しとおせるものではありません。いずれはおわかりになること。事実を知った衝撃は大きいと思われますが、ここまで回復すれば、その衝撃が仇となることはないと思われます。それをお含みのうえ、ご判断は小太郎どのにお任せ申す」

と言われた。

（腹をくくらねば）

小太郎は意を決し、信玄の間近に座った。前かがみになって両の拳（こぶし）を床についた。頭を垂れると拳に力が入る。

小太郎は鬼になろうと思った。畏敬する信玄に、けっして偽りを告げることはできない。

「御屋形さまに申し上げげます。勝頼さま、お世継ぎの信勝さまをはじめ、武田家の主だった方々は立派にお務めを果たされ、身罷（みまか）られましてございます」

小太郎は、胸が張り裂ける思いでそう伝えた。

信玄はみじろぎもしない。いま聞いたことを頭のなかで咀嚼しているようだ。しばらくして、小太郎はこう告げた。

「良き報せもございいます。徳川家康さまに千人近くの家臣を召していただいておりまする。御屋形さ

まのご息女見性院さまも家康さまの庇護のもと、ご健勝とお聞きしております。真理姫さまもご健在とのことでございます」

信玄の眉がピクリと動いた。

「御屋形さまは長いお眠りに就かれたのち、上杉謙信さまの居城、ここ春日山城に移られました。その後、謙信さまは身罷られ、景勝さまが上杉家をお継ぎになりました。御屋形さまのご息女菊姫さまがお嫁ぎになられたお相手が景勝さまでございます」

小太郎は言葉を切り、おそるおそる信玄の顔を窺った。

信玄の顔を間近で見て、胸がふさがれる思いだった。両の目尻からはらはらと涙をこぼしているのである。

小太郎は、信玄の心中を鏡にうつすように洞察した。それ以上、ひとこともも語ることができなくなった。

信玄の記憶がどれほど甦ったか、小太郎に知るすべはない。ただ身体を切り裂かれるような、残酷な仕打ちを受けているであろうことは想像できた。

しばらく経っても信玄の涙は止まらない。いったい、この干からびた体のどこにこれほどの水分があるのかと思うほど、あとからあとから涙があふれてきた。

信玄が長い眠りに就くころ、武田軍は戦国最強の名をほしいままにしていた。先代信虎から受け継いだ財産があったとはいえ、信玄の代になってから武田家は戦国有数の大名にのしあがったのである。

信玄の意識に家族や重臣たちが浮かんでいた。なぜあれほど多くの者たちが死んでしまったのか。いったい勝頼はどんな命運をたどったのか。いま甲斐や信濃、駿河はどうなっているのか。家康が武田家の家臣たちを召していると聞いたが、信長はどうなっているのか、謙信とわしは幾度も矛を交えたのに、なぜわしは謙信の子に匿われているのか……。盛者必衰（じょうしゃひっすい）の理（ことわり）が武田家におよぶとは思いもよらなかった。

　疑問は果てしなく湧き上がってきた。

　信玄の体の回復は緩慢だったが、脳の回復は早かった。人斎の処置によって長い眠りに就く前のことが、まるで昨日のことのように甦ってきた。

（あれから何年経っているのか）

　信玄はそれを訊こうとしたのだが、声にならない。手足どころか首も動かせない。ただし、ゆっくりとではあるが瞼（まぶた）を閉じたり開けたりすることはできた。

　小太郎は信玄がなにか言おうとしていることは察したが、意思を推し量ることができないでいた。

「勝頼さまのことでありましょうか」

　小太郎が話しかけると、信玄は瞼を閉じた。

　それが小太郎には「ちがう」という意思表示だと思えた。

　自分が信玄の立場だったら、と思い巡らし、

「いまがいつなのか、ということでありましょうか」

　信玄の瞳にかすかな光が灯った。「そうだ」という意思表示に思えた。

「本日は天正十二年十月十四日にございます。御屋形さまが長い眠りに就かれてから十一年と半年になりまする」

　それを聞いた信玄はかっと目を見開いた。

　生まれてからずっと戦乱の世の移り変わりを見てきた信玄にとって、十一年半という歳月がいかに

多くの物事を変転させることができるか知らないはずはない。栄枯盛衰は世の習い。それだけの歳月があれば、一族が滅びるにじゅうぶんであるし、天下をとることもできる。現にあのとき、あのまま西上作戦を続けていれば京の都に武田菱の旗を立てることができたかもしれない。

すべてを失ったと知ったいま、信玄は生きる気力も失った。もはや統べる国も率いる家臣団もない。自らの体ひとつ動かすことさえできない。

惨めだった。

自分が哀れだった。

老いてこれほど酷い体験をするとは……。

この日からしばらく、信玄は心を閉じた。

## 小太郎とうた

自分の世界に引きこもってしまった信玄の心を痛いほど理解できる小太郎であったが、皮肉なことに弾む気持ちを抑えられないでいた。

うたである。

彼女のことを思っては、胸を踊らせた。

人を思うだけで心が浮き立つ。小太郎は二十三歳にしてはじめてそのような心持ちを味わっていた。

ただ思うだけでよかった。

あの澄み切った声、仕事に取り組むときの一途な眼差し、人懐こい目の光、それでいて芯の強そうな佇（たたず）まい……。

（うたどのと話すことができたら）

とは思わない。それは小太郎にとって〝大それたこと〟であった。

そんな小太郎のもとに、一朗太からの使者がやってきた。

過日行われた品評会で選ばれた九人の作品に改良を加えたものを胡桃沢うたに持たせる。ついては、小太郎にも品定めしてほしいという内容だった。

（なぜ、うたどのを？）

聞いた瞬間、耳を疑った。

「胡桃沢どのが、でしょうか」

咳払いをし、自分の気持ちに覆いをかけた。

「さようです。本日午後、実城に直接ご持参いたします」

「委細承知つかまつったとお伝えくだされ」

（たいへんなことになってしまったぞ）

嬉しいやら緊張するやら、小太郎はわけがわからなくなってしまった。

その日の午後、小姓に導かれ、うたが小太郎の前に現れた。小姓は、うたが背負ってきた笈（おい）を降ろすとすぐに去った。

「斎藤さまより、これを由本さまにお持ちするようにと承りました。なかの物を取り出してもよろしゆうございますか」

「あ、どうぞ」

うたは笈の蓋を開け、なかから九つの越後上布を取り出した。過日の品評会で選ばれた織り人がつくったものに、さらに改良を加えたものだ。

うたは、一つひとつどこがどう変わったのかを説明し、その要点を記した紙を小太郎に渡した。

小太郎の目に入ったのは、やはり紺碧色の「風巻」であった。うたによれば、糸の目が詰まり過ぎていたため、わずかだが荒目にしたという。

「いいですね。いずれも上品で、この風土ならではの佇まいがあると思います」

小太郎は落ち着いて話すことができた。

「あと数日もすれば山城守さまが戻ってまいりましょう。わたくしのほうから説明いたします。その後の仔細(しさい)については斎藤どのにお伝えいたします」

「なにとぞよろしくお願いいたします」

うたは深々と頭を下げた。

「では、これにて」

小太郎がそう言い置いて辞去しようとすると、うたは、

「あの、たいへん不躾(ぶしつけ)ではございますが」

と言って、懐から小袋を取り出した。

「先だって倒れられたとき、お怪我をされたのではないかと案じておりました。よろしかったらこれを」

うたはおずおずと小袋を小太郎に差し出した。

「なんでありましょう」

「傷に効く塗り薬でございます。母が生前、つくっておりましたのでそれを真似てみました」

「よろしいのですか。それではありがたく頂戴いたします」

小太郎は受け取り、深々と頭を下げながら、意を決して言った。

「お時間が許すようでしたら、お茶などいかがですか。越後縮について少々お聞きしたいこともありますし」

うたは目を伏せながらうなずいた。顔から首までほんのり赤く染まっている。小太郎も自分が上気しているのを感じていた。

春日山城の一角にある、外部の者と接見する際に用いる部屋にうたを招き入れた。

小さな卓台をはさんでうたと対座している。うたの背後の障子は開け放たれ、その向こうに日本海へとつらなる山々が広がり、鳶（とび）が悠然と風に舞っているのを見て、気を落ち着けた。

ふたりともしばらく無言のままだった。話の糸口がつかめなかったこともあるが、小太郎は至福のときを味わっていたのである。

「由本さま、なにかお訊きしたいことがあるとおっしゃっておりましたが……」

小太郎はうたの声が笛の音のように聞こえ、しばらく笛を吹いていないことを思い出した。

「あっ、そうでした」

聞きたいことがあるというのはとっさに思いついた便法であったが、それをうまくごまかせるほど器用な人間ではない。

「それがなにであったか忘れてしまいました」

うたは俯（うつむ）き、くすっと笑った。

「品評会のときはどうなさったのでございますか。突然のことにわたくしも動転してしまいました」

「いいえ。なんでもなかったのです。あんなことは生まれてから一度もありませんでした」

「それをお聞きして安心いたしました」

小太郎はその言葉が意味するところを考えたが、そうしているだけで心が舞い上がるような感覚だった。

「由本さまはお殿さまのご指南役と伺いました」

「なんのなんの、ただ書物で読み齧ったものをお伝えしているだけです。うたどののほうがいかにも世の役に立っております」

「わたくしは好きなことをさせていただいているだけでございます。これほどの果報者はいないとお殿さまには感謝するばかりです」

「越後上布を国外に広げるというのは、亡き謙信さまのご発案らしいですね」

「はい。そうお聞きしております」

「ところで、うたどのは青越工所に住まわれているのですか」

「はい。かれこれ十年以上になります」

「ということは、ご両親は？」

うたは言い淀んだが、

「父は戦さで、母もそのときに……」

と答えた。面に影が差していた。

「あっ、つらいことを思い出させてしまいました。ご容赦くだされ」

小太郎は、深慮もなく不躾なことを訊いてしまった己の未熟さを恥じ、悔やんだ。

ひとしきり会話を交わしたのち、うたは空の笈を背負い、山城を下って行った。着古した作務衣姿だったが、小太郎にはそれさえもことのほか美しく見えた。

## 家康の決断

「なにっ、信玄どのが」

ここは浜松城。越後方面に放った間者が信玄の動向を家康に伝えると、家康は気色立ち、身を乗り出した。

「あれから十一年。よもや息を吹き返すとは思わなんだ。さすがは信玄公」

家康は感慨深い面持ちで、そうつぶやいた。

「景勝どのは信玄どのをどうするつもりなのか」

それに対して、筆頭家老の酒井忠次が答えた。

「どうしようもありますまい。武田家はすでに滅んでおります。いかに信玄公が稀代（きたい）の軍略家なれど、裸一貫ではなにもできませぬ。まして御年六十四のご老体であります。景勝どのは父謙信公のご意向を受けて面倒をみているだけでありましょう」

「まあ、そうであろうが、われわれと上杉家は今後鉾（ほこ）を交えぬとも限らぬ。そうなれば、信玄どのの存在は不気味ぞ」

家康は天守閣の片隅から北西の方角を眺めた。五カ国を治める大身となっても、あの日の光景は忘れられるものではない。

三方ヶ原の台地はいまも変わらずそこにある。のどかな光景が広がってはいるが、家康にとっては血塗られた台地である。

「それにしても上杉景勝という男がわからぬ」

家康は腕組みし、しばらく思案していた。

「なにがでございますか」

次席家老の石川数正が訊いた。次席家老とはいえ、徳川四天王には数えられていない。

天下が収まれば、このような男は重宝されるにちがいないが、荒武者にも謀臣（ぼうしん）にもなれない地味な男だった。

「あの男、凡庸なのか賢いのか、わからぬということよ。じつはな、そういう者がいちばん手に負えぬ。そんな男が信玄公と組んだと考えてみい」

数正は、びくっとした。「凡庸なのか賢いのかわからぬ男がいちばん手に負えぬ」とは、まさに自分のことだという気がした。あきらかに考えすぎであったが、それほどに思いつめていたのである。家臣団の結束が固い徳川軍団には謀反や出奔（しゅっぽん）はほとんどないが、やがて数正は出奔し、ライバルである秀吉に身を寄せることになる。


本能寺の変ののち信長の後継者争いはどうやら秀吉が制することになりそうだ。毛利攻めをしていた秀吉は巧妙に和議をまとめ、予想外の早さで取って返し、山崎で光秀を討ち取った。信長と信忠の弔（とむら）い合戦を真っ先にやってのけた秀吉の発言力が高まるのは当然といえよう。

（筑前のやつ、ただ戦さが巧みなだけの猿だと侮っていたが、どうやら見方を変えねばならぬようだ）

本能寺の変直後、家康には光秀を討つか光秀と組むかという選択肢があった。しかし呆気なく光秀が討ち取られるや、その選択肢は消えた。

織田家の主な将と信長の子らが集まった清洲会議において、織田家の跡継ぎは三法師（信忠の嫡子。のちの織田秀信）と決まったが、まだ幼少であったため実質的には秀吉の意向がとおりやすい。それに不満を抱いたのが柴田勝家、織田信孝（信長の三男）、織田信雄（信長の次男）であった。

勝家は信孝と結んで挙兵するが、賤ヶ岳の戦いで秀吉に敗れ、信孝も居城の岐阜城を追われ、自刃を余儀なくされる。伊勢の長島城に籠って抵抗を続けていた滝川一益も秀吉に屈した。清洲会議からほぼ一年で、秀吉が織田家を簒奪（さんだつ）したのである。地べたを這うような暮らしをしていた若いころの秀吉を知っている者で、こうなることを想像した人は皆無であろう。

残るは信雄である。

この男、気性の荒いところだけは父親譲り。そのほかはなんの取り柄もない。もっとも始末に負えない男だが、あろうことか家康を頼った。

家康の家臣は、酒井忠次や石川数正らを除き、反秀吉派の巣窟（そうくつ）だ。本多忠勝や榊原康政、井伊直政らは、

「筑前守どのは亡き右大臣さまのご恩を忘れ、後継者たる信雄さまと戦うは悪逆非道のきわみ。許せん」

と顔を真赤にして息巻いている。彼らは信長が存命中は信長を蛇蝎（だかつ）のごとく忌み嫌っていたが、こんどは憎悪の対象を秀吉に移した。要は暴れたいだけなのだ。

と書くと、血に飢えた獣のようだが、いつの時代も軍人（武士）が生きていくには戦争が欠かせない。彼らは、世が平らかになったからといって文人として生きていくことはできない。

家康はそういう類の人間ではない。筆頭家老、次席家老とも穏健な人物を起用している。とはいえ、忠勝ら武断派の存在価値を認めていないわけではない。むしろ彼らへの信頼のほうが厚い。彼らの意気ごみを蔑（ないがし）ろにしようとも思わない。家康の真骨頂は〝猛獣さばき〟にもある。

「おまんら、本気で勝てると思うておるのか」

家康は膝に肘をつき、にやりとして問う。

このころ秀吉の領国は六百万石を超え、動員兵力は十五万人。対する家康の領国は百四十万石。動員兵力は三万六千。数の上では大きな開きがある。

「なにを仰せか。敵は大軍とはいえ、雑兵（ぞうひょう）の集まり。この平八めがこうして串刺しにしてくれる」

忠勝は槍で刺す動作をしながら大音声で息巻いた。

それを聞き、家康は、

（法螺（ほら）ばかり吹きおって）

と思うが、嫌いではない。忠勝は三河譜代の最古参であり、武勇にすぐれ、小気味いいほど真っ直ぐな男である。

家康にとって、この男は精神安定剤のような存在である。幼少の頃より人質生活が長く、人を容易に信じない家康だが、忠勝だけは例外だった。この男に接すると、ざわざわとした心がたちどころに鎮まっていく。

秀吉は家康に対し、臣従（しんじゅう）を求めたが、家康は自ら和睦を乞えば不当な条件を飲まざるを得ないことがわかっているため、精一杯の抵抗を続けているのである。だからこそ忠勝ら武断派の主張にも理解を示している。

家康は、中長期的には秀吉に敵わないと思っている。局地戦で勝利を収め、それをもって和平交渉に臨む。「できるなら相手にはしたくない」と秀吉に思わせること。そのうえで交渉を有利に進める。

ただし、まだ秀吉という人間がわからない。景勝以上にわからない。思えば、信玄も信長もわかりやすい人物だった。その膝下（しっか）にひれ伏すか、覚悟を決めて敵対するか、それを選べばよかったのだ。

このころ、秀吉との間合いをどうとるかはもっとも家康を悩ませる問題であった。

家康にとって秀吉という人間は、無教養、ガサツ、軽薄であると同時に、剽軽（ひょうきん）で愛嬌があるなど、これまでの武士の規範から大きく逸脱している。それは秀吉の出自に由来するのであろうが、武士の矜持（きょうじ）など通じる相手ではない。

心の底ではそんな秀吉を見下している。だからこそ膝を屈することに躊躇（ためら）いがある。家臣たち、特に武断派の連中は家康以上にその思いが強い。それゆえ織田家を継ぐべき信雄が頼ってきているのにそれを救けようとしないのは武士の道に反するなどととってつけた詭弁（きべん）を弄す。

家康は腹をくくった。決定的な勝利は得られないまでも、目先の戦いにしっかりと勝つ。数倍する敵であっても、かならずどこかに隙がある。それを注意深く探り、機を逸すことなく果敢に攻める。それ以外に活路はない。

事態が動いたのは、天正十二年（一五八四年）三月六日。秀吉に誼（よしみ）を通じていた三人の家老を信雄が殺害したのである。それに怒った秀吉は、十万を超える大軍を発し、美濃へ押し寄せ、犬山城を攻略する。

対する徳川軍は約三万。数の上では三分の一にも満たないが、士気は高い。この戦さに自分たちの存亡がかかっているのだ。その勢いのまま酒井忠次が羽黒の戦いで、秀吉方の森長可（森蘭丸の兄）を破った。

その後、両軍とも自陣に籠もったまま、睨み合っている。

この場合、はじめに動いたほうが分が悪い。とくに徳川方にとっては数で圧倒的に劣るため、野戦になってはほぼ勝ち目がない。さりとて撤退するにも多大な犠牲がともなう。袋小路に入ったまま、しばらく膠着状態が続いた。

家康としては、なにがなんでも秀吉方が先に仕掛けるようにしむけたい。それ以外に戦況を打開する手はない。しかし戦さ巧者の秀吉もそれは重々承知している。

「これだ！」

さんざん考え抜いたのち、脳裏にひらめくものがあった。

三方ヶ原の戦いである。あのときの信玄の立場にたてばよい。信玄は浜松城に籠城する敵をおびき出すためになにをしたか。言い換えれば、なぜあのときおれは野戦にうって出てしまったのか。敵の隙を見つけ、そこを突けばなんとかなると考えたからだ。

しかしあれは隙ではなく、信玄がしくんだ罠であった。おれはまんまと擬似餌に食いつき、あげく釣り上げられた。

信玄は三方ヶ原で、孫子の兵法をひいて勝頼にこう語ったという。

「勝者はまず勝ちて、しかる後に戦いを求め、敗者はまず戦いて、しかる後に勝ちを求む」

一か八かの戦さは愚の骨頂、戦さとはその前に決まった勝敗を追認する機会に過ぎないと。


家康と信雄は小幡城に入り、諸将を集めて軍議を開いた。

家康は、まず諸将に意見を言わせてから結論をくだすという軍議をつねとしているが、この日は早々に結論を述べた。

「これから擬似餌を撒く」

酒井忠次はじめ諸将は呆気にとられた。ふだん家康は直截にものを言い、比喩をもちいない。聞いている諸将は、いずれも百戦錬磨の武辺者ばかり。まわりくどい言い方では齟齬が生ずる。

「敵の乱波がこのあたりにうようよしていることだろう。そいつらの鼻先にとびきり旨そうな餌をぶらさげてやれ。ただし偽の餌を」

家康はにやりとした。

総大将である自分が落ち着いているというところを見せつけなければならない。諸将は喉仏を上下させ、つぎの言葉を待っている。

「三河ががら空きだと、あちこちで言いふらすのだ」

事実、岡崎城に残した兵力はわずかしかいない。

そのとき榊原康政ら諸将は、とっさに岡崎城を獲られたらまずいと思ったが、それはそのまま秀吉方の考え方にも通ずると悟った。

「おそらくそれを聞いた敵方のなかに、岡崎城を遊撃しようと考えるやつが現れるだろう。とくに先の戦さで敗れた森長可は鬼武蔵の異名をとるほどの強者。じっとしてはおられまい。池田恒興も血の気が多い。秀吉は慎重を期すだろうが、そこで軍議がどう転ぶか。五分と五分だが、試してみる価値はある」

家康のしかけた情報戦は、数日のうちに大波となって秀吉方に押し寄せた。この絶好期に敵の本拠地を一気に陥れようと主張する者と、自重すべきだとする意見に二分された。家康が読んだとおり、前者は森長可や池田恒興であり、後者は秀吉であった。

秀吉が自説を貫けなかったのは、まだ家臣団との紐帯が弱いと感じていたからである。天下の諸将が、ここ長久手での合戦に注目している。結果次第では秀吉から離れていく武将も出てくるにちがいない。まして、三倍の大軍にもかかわらず自重するだけでは武威を示すことはできない。

動いた！

秀吉軍に潜ませていた徳川方の密偵がすぐさまその報をもたらした。四月六日深夜、二万の秀吉軍がひそかに尾張楽田城を出て、動き始めたのである。

「先陣は池田恒興どの、中軍は森長可どのと堀秀政どの、殿軍は三好孫七郎どのが率い、三好どのが総大将でございます」

「三好孫七郎？　聞いたことがないな」

家康は首をかしげた。

「秀吉どのの甥御とのことでございます」

彼はのちに羽柴秀次となり、関白となる。

「この戦さ、勝てるぞ」

家康はほくそえんだ。

(秀吉ともあろう者が、最悪の布陣を敷いたようだな)

勝ち気に逸る池田恒興が先鋒、戦さの経験がほとんどない甥っ子が殿軍で総大将。大軍ということもあり、部隊はまちがいなく間延びする。

「いいか、敵がわが軍の横を通り過ぎてから孫七郎軍の尻に噛みつけ。池田と森は秀吉の甥を見殺しにはできん。かならず引き返してくる。それを迎え撃て」

孫七郎こと秀次は白山林に陣を敷き、払暁のころ朝餉の支度を始めた。徳川軍は近くに身をひそめ、その機を待っていた。合図とともに、徳川軍はどっと攻め入った。敵が背後からやってくるなど想像だにしていなかった秀次軍はなにもできないまま大混乱に陥った。まるで蟻の群れを上から踏みつぶすかのように、徳川軍は一方的に秀次方の兵士を殺戮した。

秀次はとり乱し、発狂せんばかりの醜態をさらし、多大な犠牲をはらったのち、ほうほうの体で逃げ帰った。

秀次軍が壊滅したことを知った中軍と先鋒隊も急ぎ引き返したが、白山林の道は細いため、大軍は細長く伸びきらざるをえない。大口を開けて待ち受けていた徳川軍の餌食になるばかりであった。

終わってみれば、秀吉軍は森長可、池田恒興・元助親子ら一万五千もの将兵を失う惨敗を喫したのである。


家康の目論見（もくろみ）は果たされた。

依然として秀吉が圧倒的に有利という状況は変わらなかったが、両軍とも膠着（こうちゃく）状態のまま日が過ぎていった。

そんな折り、家康のもとに信じがたい報せが届いた。なんと秀吉との争いに家康を巻きこんだ当の信雄が、勝手に秀吉と単独講和を結んだというのだ。つまり家康はむりやり屋根に上げられ、梯子（はしご）を外された格好となった。

もはや万事休す。小牧長久手の戦いでいかな勝利を収めたとはいえ、徳川単独で秀吉に抗（あらが）える力はない。また戦さを続行する大義名分もない。

この時点で秀吉は、徹底的に家康を潰そうと企んでいた。ところが家康は天運に恵まれた。東海・尾張地方を大地震が襲ったのである。天正地震である。

この地震では畿内をはじめ北陸や東海まで広い範囲において大きな被害が出たが、とりわけ秀吉が治める美濃や尾張は壊滅的な打撃を受けた。一方、三河・駿河など家康の領国は、ほとんど被害がなかった。秀吉にとっては戦さどころでなくなり、家康と和議を結ばざるをえない状況となったのである。

（信玄公の大病、信長公の横死、そしてこたびの大地震。どうやら天意は、わしになにか大業をなせと諭（さと）しているのではないか）

家康がそう思うのも無理はなかった。事実、家康ほど絶体絶命の危機を「天運」によって免れた男は、日本史史上ほかにはいまい。

和議の交渉は、家康の目論見どおりに進展する。条件は秀吉の妹旭姫を家康の正室とし、旭姫の見舞い役という名目で秀吉の生母大政所（おおまんどころ）が岡崎に入ることになった。旭姫と大政所は実質的な人質である。家康にとって臣従という形ではあるが、領土の割譲などはなく、また体裁としても申し分のない条件であった。これには戦さ好きの武断派も承知せざるをえなかった。

和議が整ったのち、秀吉は家康に対し和戦両用の構えで上洛を迫った。当初、家康の重臣たちは大坂に行けば殺されるとして徹底拒否を進言したが、家康方には旭姫と大政所という人質がいる。家康はこのあたりが潮時と判じ、九月、秀吉のもとに伺候（しこう）する。その後、家康の次男於義丸（おぎまる）（のちの秀康）を養子とすることが決まった。於義丸も事実上の人質であった。

九月二十六日の夜、家康が大坂での宿所としてあてがわれていた秀長（秀吉の弟）の屋敷にいると、前触れもなく秀吉がひとりでぶらっと現れた。

まさに、ぶらっと、である。赤地に金ぴかの羽織が滑稽だった。うけを狙っているのか地なのか、家康には判断がつかない。ただ目を丸くしていた。

「まあまあまあ、家康どの。これは遠路ようこそおいでくださった」

間近に見る秀吉の顔は、まさに猿であった。皺くちゃの細面に絵で描いたような笑みを浮かべ、腰を屈めながら入ってきた。

家康が居住まいをただそうとすると、すかさず家康に近寄り、

「ま、ま、ま。そんな畏（かしこ）まったことは要らぬ。長年の誼ではないか。今夜は心置きなく飲もうぞ」

そう言って両手で握手を求めた。

懐から志野焼の土器(かわらけ)を二つ取り出し、千利休に選ばせたと大声で言い、黄色い歯を見せながら豪快に笑った。

秀吉の大声はつとに知られている。馬蹄の響きや将兵の喚声、鉄砲の筒音(つつおと)などが渾然と渦巻く戦場でも遠くまで聞こえたという。将たるもの、喜怒哀楽を内に秘め、けっして表情に出してはならぬなどとはいっさい考えない。底抜けに賑やかな男である。だからといって人が好いとは限らない。笑顔の裏側に、虎視眈々と獲物を見つめる冷酷な目を隠し持っている。

家康は思い知った。

(やれやれ、またとんでもない男とつき合わねばならなくなったわ)

ほどなくして家康は肝を冷やすことになる。天正十三年（一五八五年）十一月、三河以来の忠義者として家康が信頼を置いていた石川数正が突如として出奔し、秀吉に臣従したのである。

家康を裏切って秀吉についた理由はあきらかではないが、秀吉の調略にあったことはまちがいない。

家康は狼狽した。次席家老が仮想敵方にまわったのである。事は重大だ。軍の機密事項を知悉(ちしつ)する重臣が敵方に移ったということは、徳川軍の編成部隊に関する詳細な情報が筒抜けになることを意味する。そこで以前から懸案としていた軍制改革に着手することにした。

その際、手本としたのが甲州流軍制である。それまでの徳川軍の軍制は、永禄九年（一五六六年）に定めた三つの備(そなえ)を基本としていた。備とは、単独で作戦行動のとれる部隊を指し、現代でいう師団に近い。

軍制が網羅するものは、旗本、馬廻衆、侍大将、鉄砲大将、弓槍大将、使者衆、間者衆、荷駄隊、旗指、使番、陣形の種類や退き鐘など多岐にわたっている。さらには武器、弾薬などの備え、戦場での指揮系統、各部隊間の伝達方法、人材採用基準、金銀の蓄え、領国で収穫できる作物の種類やその収穫量、領国内外の人間関係（縁戚）などである。

並みの人間であれば、怒り心頭に発し、なぜ数正の出奔を見抜けなかったのだと重臣たちに当たり散らすのが関の山だろうが、このころの家康は、持ち味のどっしりとした精神性がさらに重みを増していた。数正の出奔という災いを機に、それを転じて福としたのである。

軍制改革の結果、徳川のそれはより緻密なものとなり、関ヶ原の戦いにおいても力を発揮するのである。

その年、秀吉は関白に、翌年には太政大臣に任ぜられ、正親町天皇から豊臣の姓を下賜された。日本史において類例のない成り上がりであった。

## 信玄の妙薬

信玄はいまだ武田家の顛末にはいっさい耳を閉じている。そのかわり、小太郎が天下の情勢を説明すると、目に光が灯った。とりわけ、信長が光秀に討たれたと知ったときは目の色が変わった。

「わしは信長を討ち果たす絵図をくわしく描いておったが、それが果たせず、代りに家臣に討たれるとは……。まことに哀れな男じゃ」

そう言いながら、信玄はかすかに笑みを浮かべた。信玄の家臣には二十四将をはじめ名だたる者が多いが、信玄の時代、重臣のだれひとりとして主家を裏切ることはなかった。そういう信玄から見れば、部下に討たれるなど、悲劇を通り越して滑稽でさえあった。

このところ信玄の回復はめざましいものがある。意識はほぼ回復し、指先も少しずつ動かせるようになっている。

人斎は、微量だが流動食を与えている。それによって食べ物から栄養を摂取する機能が徐々に回復している。

ふと景勝が現れた。景勝の居室からここ毘沙門堂裏まで、歩いて五分とかからない。

「おかえりなさいませ」

小太郎と人斎は丁重に景勝を迎えた。

景勝は秀吉の要請に応じて、秀吉と家康が小牧長久手で戦さをしている最中、上野国や信州へ兵を出した。

秀吉の戦さ上手は練度を高めている。戦闘地域のみならず、戦局を広範囲にとらえ、各部隊が有機的に連動するよう戦術を凝らしている。景勝もその一翼を担っている。

「信玄どの、上杉景勝にございます。お目覚めになられたこと、亡き父ともども心よりお喜び申し上げまする」

景勝は信玄の目をほぼ真上から見つめ、深く頭を垂れた。

「わしこそ、礼を申す」

信玄は仰臥したまま、返礼した。

その後、四方山話（よもやまばなし）に転じた。内容は領国経営や天下の情勢分析など多岐にわたった。

信玄の頭脳は明晰であった。雑念がなくなっている分、霧が晴れたようにものごとがよく見える。

とはいえ、すでに治める領国もなければ動かす軍もない身である。景勝が羨ましくもあった。

越後国を統一するためとはいえ、秀吉につくという判断をしたことの是非を景勝は信玄に問うた。

信玄はしばらく考えたのち、

「是非もなし。いま聞いたところでは、秀吉が天下を手中にするのはほぼ間違いなかろう。ただ、それで天下が鎮まるとは思えん。そのあとにかならずやひと山あるだろう」

「と申されますと？」

景勝は信玄に問うたが、信玄は黙りこんでしまった。


入れちがいに菊姫が見舞いに訪れた。侍女がひとりついている。信玄が目覚めてから幾度か見舞いに訪れてきたが、今日は話ができると聞いて、表情も晴れやかだ。

「お父上、菊でございます」

信玄は目を見開き、子供のような無邪気さを隠そうともせず喜んだ。

「おお、お菊。おまえ、きれいになったのぉ。息災にしていたか」

「はい。おかげさまでつつがなく暮らしております」

きれいになったのぉと言ったものの、信玄は実の娘をまじまじと見たことさえなかった。生まれた子が女とわかれば、興味を失った。戦国のならいとはいえ、女子(おなご)は政略の道具にすぎない。結婚に適した歳になっていようがいまいが、あとは〝道具〟の使い道を決めるだけだ。

親が親なら子も子である。自分がそういう存在だと知っているから、親に対して親密な情愛など湧かない。互いにあと腐れのない関係を維持していたのである。

ところがこのとき菊は妙な感懐を抱いた。かつて父親に対して抱いていた尊崇の念は跡形もなく消え、替わって情愛のようなものが沸々と湧き上がってきたのである。

物言いも直截になった。

「お父上の世話をしているのは小太郎どのと人斎どのか」

菊は側にいる小太郎に訊いた。

「さようです」

すかさず菊は小太郎にぴしゃりと言った。

「それはいけませぬ」

物言いが多少きつかったため、小太郎は怪訝な表情をした。

「女人をお使いなされ。そなたたちのような男衆に世話をされてもお父上は喜びませぬ。よろしいですか。お父上はかつての御屋形さまではないのですよ」

親からの愛情を受けていないとはいえ、信玄の娘。姉の見性院にも言えるが、肝の座り方は半端ではない。並みの男ではとうてい歯が立たないほど胆力がある。夫の景勝も、「貴方のせいで武田家が滅んでしまった」という論法にただじたじとなっているのだ。

「にょ、女人ですか」

「そうです。小太郎どのはお父上のご側室にもお会いになられているでしょう。お父上はお若いころからことのほか女人が好きだったのです。長く仕えていれば、わかりそうなものを」

「そうとは気づきませんでした」

「だからうだつが上がらないのですよ。国もない、ご家来衆もいない、お金もない……。お父上から女人を奪ったらなにも残らないではありませぬか」

（いやはや……。そこまで仰せですか）

うだつが上がらないのはそのとおりと思いつつ、信玄を見やると、まんざらでもない表情をしている。

「お菊、よくぞ言うた。おまえは賢いのぉ。さすがはわしの子だ」

信玄はしわがれ声で、とぎれとぎれにいった。小太郎にとって、信玄親娘の会話はわからないことばかりであった。

菊は帰り際、小太郎に耳打ちし、

「少しよろしいですか」

と言った。庭先までついて行くと、菊は小太郎の手を取り、威圧するような眼差しで言った。

「お父上がお元気になられたのはそなたと人斎どののおかげです。あらためて礼を言います」

立って並ぶと、菊は小太郎の胸の高さほどもない。子供のように華奢(きゃしゃ)な体だが、満腔に気丈さが溢れている。

「いいえ、受けたご恩の万分の一もお返ししておりませぬ」

正直な気持ちだった。

「先ほどの件、そなたに託します。万事景勝さまにお話をとおしておきますゆえ」

「ちょ、ちょっとお待ちくだされ。先ほどの件と申しますのは、御屋形さまのお世話をする女人のことでしょうか」

「そうです」

「わたくしに探せ、と仰せなのですか」

「はい」

「あの、わたくしはほとんど女人との交友がありませぬゆえ、ご期待に添えるとは思えませせぬ」

「お父上をよく知っておられるそなただからこそ、お願いしたいのです」

「ですが、どのような女人を探せばいいのか、見当もつきませぬ」

「お父上の刺激になるような方です」

「それではとんとわかりませぬ」

「いいえ、お父上を心から案じていれば、おわかりになるはず。頼みましたぞ」

菊はそう言い置いて、さっさと帰ってしまった。

（またまた大変なことを仰せつかってしまった。どうして自分はこのような役目が多いのだろう……）

小太郎は、途方に暮れた。


後日、小太郎は景勝の屋敷に出向いた。用向きを伝えると、景勝は苦笑し、奥の方をちらと見たのち、

「そなたのところで話そう」

と言った。

正室の菊がいては話しづらいと思ったのだ。越後国を統べる当主にしては気弱な、と思いつつ、菊姫の立ち居振る舞いを思い出し、それもむべなるかなと思った。

「側室を迎え入れてから、さらに意固地になってなあ」

景勝はぼそっと呟いた。世継ぎが生まれなければお家断絶もありえるという立場にはない小太郎は、己の境遇で良かったと思った。信玄もそうだったが、正室のほかに側室が何人もいるなど、どう逆立ちしてもうまくやれそうにない。

「それはそうと、お菊から話は聞いている。癪（しゃく）にさわるがお菊の言うことはいちいちもっともだ」

「どなたか心当たりはございますか」

「いや、とんと思いあたらぬ。お菊も、お父上の刺激になる女人としか言わない」

「刺激になると言われても、どんな刺激かもわかりかねます」

「それはわしへの当てつけでもあると思う。女人は男にとって大切な存在だと思い知らせたいのだ」

小太郎は黙るしかなかった。

「まあ、いい。来週、そなたが重臣どもに講義をする際に、みなの者に適任がいるか尋ねてみるのも手であろう。こういう問題こそ衆知を集めればなんとかなるものよ」

景勝の心はいまだ平穏ではない。領内も盤石ではないのだ。ふたたび新発田重家が活発に動いている。

そんな折り、信玄の世話役の女人を探すなど、本来どうでもいい話である。奥がどう言おうが一喝すればいい。しかし景勝はそういうことを蔑ろにできない男なのだ。

翌週、評定所で重臣たちに小太郎が『吾妻鏡』の講義をしたのち、景勝がいきさつを説明し、どこぞに心当たりの女人はいまいかと言うと、その場の空気が一気に和(なご)んだ。

その場に居合わせる重臣は、直江兼続や本庄繁長など名だたる武将ばかりだが、なかでもひときわ異彩を放っているのが斎藤朝信(さいとうとものぶ)である。彼は先代謙信がもっとも信頼した重臣のひとりであり、「越後の鍾馗(しょうき)」と異名をとっていた。御館の乱で景勝方につき、勝頼に和睦交渉を持ちかけ、成立させた男である。ちなみに鍾馗とは道教の神であり、学業成就に霊験あらたかとされる。それだけで朝信が文武両道の武将であることがうかがわれるが、彼の発言が場を和やかにした。

「信玄公といえば、公家の娘御を娶られたうえ、多くのご側室を抱えていたお方。領国だけではなく、褥(しとね)の上でも版図を広げられましたからな。気の利いた女子を侍らせればたちどころにご回復されるでありましょう」

　真面目な朝信がこう言ったものだから、一同大笑いになった。

「さすればいずれはわが上杉家のためにひと肌脱いでいただくこともあるやもしれぬ」

「女子をひと肌脱がせたうえでご自身も、というわけですな」

　ワッハハハー。

　哄笑はいつまでも続いた。

（ふだんは寡黙な武辺者がこれほど無邪気に笑っている。さても女人というものは男にとっておもしろき存在かな）

　小太郎は座の中央で諸将を見渡しながら、妙な感懐に耽っていた。

　さしもの信玄も、自分が猥談のネタになっているなど思いもよらなかった。


　やはり情報の多さは物を言う。信玄の世話人の候補者が五人、集められた。全員の面談をし、選ぶのは小太郎の役目である。女人に対する極度のあがり症は、風疹のように消えている。消えてみれば、なぜあのように狼狽えたのか、当の小太郎にもわからない。

　ともあれ小太郎が選んだのは、奈津という女であった。鮫ヶ尾城下の地侍山尾権七の娘で、歳は二十一。

　面談のとき、奈津は茶褐色がかった大きな目で小太郎の目をとらえ、はきはきと物を言った。鼻っ柱が強そうな、それでいて万事に気働きができそうであった。野の気風があり、器量は十人並みに見えるが、心根はよさそうだ。なにかの拍子に思わぬ花が咲きそうな予感があった。

「武田信玄という方の名は聞いたことがあるか」

第一声、小太郎がそう問うと、奈津は、

「存じませぬ。どこぞのお偉いお方なのでしょうか」

おそれを知らない、好奇心のまさった目を見開き、反対に質問をしてきた。

国境を接していたとはいえ、十二年前には表舞台から姿を消している。無理もないかと思った。

「甲斐や信濃をはじめ五カ国の太守で、天下最強と恐れられたお方です」

「では、怖いお方なのですね」

奈津は無邪気な口調でそう言い放った。

「先のお殿さまを苦しめられた方なのでしょう?」

突如思い出したように、言う。

「しかし、それも昔の話。景勝さまのご正室はその信玄さまのご息女ですよ」

「そうなのですか。それではいま、両家は仲がよろしいのですね」

この娘は武田家が滅んだことも知らないようだ。

「そなたの父母はご健在か」

「はい。祖父母も弟も妹もみな健勝です」

「家族の仲はいいのだね」

「それはもう……」

「ということは、嫌ならすぐに戻れる場所があるということかな」

「はい」

みじんも隠そうとしない。奉公したいという気持ちははなからなさそうだ。

「そなたの父親は代々の地侍と聞くが」

「外に出たときの父は存じませぬが、家に戻られたときの父はよく存じております。話し好きで、いつもわたくしを可愛がってくれます」

小太郎はこの言葉を聞き、奈津を選んだ。確たる理由があったわけではない。親から愛情を受けた者であれば、他者に対して愛情を注ぐこともできるにちがいないと思ったのだ。信玄の恢復を心から願うがゆえの判断だった。

果たして小太郎の選択は間違っていなかった。

## 雄源の自問自答

そのころ雄源は苦しんでいた。腹の底から指先まで呻吟していた。

甲斐国の領主が武田家から徳川家に変わっても、雄源に影響はなかった。言い換えれば、それほどに「どうでもいい」人間であったのだ。仕事は月に五度か六度、荷物を運ぶだけ。洗うがごとき赤貧に甘んじている。そのかわり自由になる時間のすべてを費やして身延近辺の山々を歩いている。ここ数年、行動範囲を広げ、いまでは甲斐駒ヶ岳のあたりまで行くこともある。

比叡山焼き討ちに遭い、妻と娘をなくし、命からがら甲斐に逃げてきてから十四年。雄源は四十八歳になっていた。この時代の平均寿命をとうに越している。

十四年の間、甲斐の外に出たのは、吾郎と比叡山へ行ったときだけ。世の中の流れはあまり知らないし、興味も失っている。

（いったい、おれはなにをしているのだ）

この一、二年、そう思うことが多くなった。越後に行った信玄が長い眠りから覚めたことや小太郎が上杉家の国主と昵懇で、重臣たちに進講しているということは吾郎から聞いていた。

（小太郎め、わが子ながらあっぱれなやつ。まさに鳶が鷹を生んだということだな）

小太郎を誇らしいと思う反面、その父親である己はなんと意味のない人生を生きているかと暗澹たる気持ちになる。自分を写す鏡などないから容貌がどう変わっているかは知る由もないが、手を顔に当てればおおよその見当はつく。肌は日に灼けて水気を失い、無数の皺が刻まれている。髪は伸びるにまかせ、ときどき自分で散切りにするだけ。着ているものは擦り切れ、もはや衣類の様相を呈していない。物乞いだけは断じてしないと戒めているが、傍から見れば疑いなく物乞いと映るはずだ。木の実や野の草、川魚、ときどき鹿や野うさぎの肉にありつく程度で、いつも腹をすかせている。いま小太郎に会っても、息子はすぐに父とはわからないだろう。

だが、雄源の懊悩はそんなことが理由ではなかった。

――いったい自分は生きている価値があるのか。

その一点に尽きる。

戦乱の世が続くなか、ほとんどの人間がそんなことを考えて生きているわけではない。だれもが明日をも知れぬ命なのだ。織田信長の例を持ち出すまでもなく、いかに隆盛をきわめていようが、翌日も今日と同じように生きられるという保証はない。平均寿命は四十に満たないのだ。

世の中がどうであろうと、人はそれぞれに生きる。天から俯瞰すれば、人ひとりの生き死になど塵芥にも等しい。悠久の時からすれば、人の一生などほんの瞬きほどもない。そうと知りながら、この世に生まれてきた意味を探り、己の生を燃やしつくそうと思う人間もいれば、面白おかしくその日を生きられればいいと考える人間もいる。人のために尽くす生涯もあれば、人の命を奪う生涯もある。

とどのつまり、人間は持って生まれた天分に従うしかないのだ。この場合の「分」とは、その人に授けられた生き方、と雄源は考えている。

その点、雄源はややこしい人間であった。ややこしい人間が十二年も比叡山に籠もって修行したあげく、焼き討ちによって妻子を失うという筆舌(ひつぜつ)に尽くしがたい経験をしたのだから、ややこしくないはずがない。

雄源が選んだ道は、自然と一体になり、愛しき妻と娘の魂に邂逅(かいこう)することであった。その思いはいささかも変わらない。事実、家族で幸せに暮らしていたころの記憶は、いっそう明瞭になっている。その当時、幸せと思っていたかどうかは定かではない。あるいは、ひたすら山のなかを歩いたのは、つらいことを忘れるため無意識に選んだ行為だったとも考えられる。

あれから十四年、ありていに言えば、雄源は山のなかを歩くことしかしていない。日の本にどれほど人が生きているかわからないが、そのような人間は修験者(しゅげんしゃ)を除けばほかに皆無であろう。その間、ゆりやみつの魂と邂逅できたかといえば、ないと断言できる。

永能が生きていたころ、永能は、

「そなたなら夢が叶うじゃろう」

と言った。その目は気休めに言っている目ではなかった。

それを聞き、そのような体験があるのかと永能に問うと、すかさず彼は、

「ない」

と答えた。

心の寄る辺を失ったとき、幾度も救ってくれた永能もいまはいない。快川紹喜らとともに、恵林寺の山門もろとも焼かれてしまった。三嶺寺も廃寺となっている。

永能の、確信に満ちた言葉を信じてひたすら山川草木に親しもうと努めているが、ときどき弱気になる。

(死んでしまった者と会えるわけがない)

悔しいかな、そう考えてしまう自分がいるのだ。そういうときは自分がことさら情けなかった。自己憐憫のきわみである。

雄源は、吾郎を除いて友と呼べる人間がいない。四十八歳になってこのざまである。吾郎は武田家が滅んだのち、徳川家に奉公を願い出て、それが許された。類まれな情報収集能力が、彼の身を助けたのである。それ以降、雄源の住処に立ち寄るのは滅多になくなった。彼はふたたび水を得た魚のように諸国を巡っている。

みな、己が天分に従って生きるのだ。

雄源は、ひしひしと孤独を感じた。小太郎に会いたいと思ったが、この風体で会いに行けば迷惑になるのは知れている。そこまで恥知らずではなかった。

来る日も来る日も、雄源は考えた。頭がどうにかなってしまうのではないかと思うほど考えた。それでも答えは出ない。いっそのこと、死んでしまえばこんなことを考える必要もない。死ねば簡単にゆりやみつに会うことができるのではないか、そんな魔の手が心のなかに忍び寄ってくることもある。

雄源は、比叡山延暦寺の山徒公人の家に生まれたのだから、仏道に関わる生き方を選ぶべきだったのかもしれない。身延には日蓮が開山した久遠寺という大伽藍と寺町があり、宗旨変えをしてそのなかで生きる道もある。しかし、それにはなんら惹かれなかった。

まだ体力はあるのだから、いまの歩荷の仕事を手広くすることもありえる。が、それにも意義を見いだせなかった。

秋晴れの日、野原に寝転び、物憂げに空を見ていた。雲の流れから、明日は気温が下がり、にわか雨が降るなと思ったその瞬間、はたと思いあたった。

（なぜ、おれはそう思えるのか）

考えるのではなく、思う。考えるまでもないからこそ思えるのだ。

そのときだった。青空にゆりの顔が映った。それまでにも似たような経験はあったが、このときはより輪郭が明瞭だった。気のせいだとは思えなかった。

曇りのない笑顔で雄源に話しかけてきた。

――貴方はすばらしい力をお持ちですよ。まだ気づいていないだけです。貴方がわたしたちに会いたいと、それだけを願って自然の懐に飛びこみ、身を置いてきたからこそおわかりになったことがたくさんあるではありませんか。それを活かせば、いろんなことが夢じゃありませんわ。

――たとえば、どんな？

試しに雄源は心のなかで問いかけていた。

ゆりは馥郁とした笑顔のまま、

――たくさんありますよ。そのなかからどれを選ぶかも貴方の自由ですし、生きる楽しみなのではありませんか。

そのとき、雄源の心のなかで火花が散った、ような気がした。

（自然の移り変わりを読むことはかなり覚えたはずだ。それを探求したら、おれにしかできないことができるかもしれない）

自然の動きについて、雄源の感覚はより研ぎ澄まされていた。夏は昼が長く、冬は短いこと。春と秋に均衡がとれること。それがどのようなことを意味するのか、包括的に理解しつつあった。また風の向きや空気の圧を耳で感じることで、翌日の天候をおおまかに予測することができるようにもなっていた。

当時の暦は不完全だった。不完全だからこそ、それを補うために閏（うるう）という調整弁を要した。暦をつくることは不可侵の聖域のひとつだが、より正確なものをつくることができれば農事などにも役立つはずだ。明くる日の天気をより正確に予測できたら、どれだけ多くの恩恵を施すことができるか計り知れない。

雄源の胸が踊ったのは、いつ以来だろう。彼はついに四十八歳にして新しく生を受けたのである。

そのときから雄源の日常が変わった。調べたことを書き留めるため、紙を買うための金が要る。紙はけっして安くはない。これまでのように最低限食べられればいいという考えでは紙を買うことはできない。彼は歩荷の仕事量を五倍に増やし、それで得た金で紙と筆と墨を購入した。掘り出し物を探すのは吾郎の役目である。

紙といっても現在のような紙ではない。京都には紙屋院（かみやいん）と呼ばれる製紙場があり、主に公家など高貴な階級の人たちに用いられていた。それにともなって、使い古された紙を集める紙屑屋という商売もあった。吾郎はそういうところから程度のいい紙を安く買ってきてくれた。

雄源には、ある予感があった。緻密に動く天の運行には、かならずいくつかの秩序があるということ。事実、それを突き止めようと、さまざまな科学者が叡智（えいち）をふり絞っている。しかし、いまだ正確には解明されていない。

（生きているうちに、ひとつでいいから真理をつかみ取りたいものだ）

雄源はそう強く願い、寝ても覚めても天の運行の研究に費やすことになる。

# 第五章　家康の江戸入府

　信玄の介護役となった奈津は、信玄の居屋の隣りで起居することになった。地侍の娘でありながら武家の作法やしきたりに通じておらず、妙な自尊心もない。働くことを少しもいやだと思っていない。もの言いは不躾けなところがあるが、気配りができ、動きも俊敏、胸のすくようにまっすぐな性格である。食事や排泄の世話、話し相手など信玄の世話をするにはうってつけの人物であった。

　奈津は開口一番、言った。

「信玄だなんて辛気くさいですわ。お若いころはなんと名乗られていたのですか」

　不躾けなもの言いに、信玄はむっとし、言い返した。

「それがなんだというのだ」

「お寺のご住職でもありませんのに、戒名なんておかしいと思いませぬか」

　寺の住職でなくても戒名を名乗ることを奈津は知らない。

「そうかな……」

　信玄は気圧（けお）され気味だ。

「おかしいですわ。ちゃんとご自分のお名前があったでしょうに。そもそも殿方は変なのです」

「なにが変なのだ」

「だって、そうじゃありませぬか。元服したといっては生まれたときにつけてもらった名前を捨て、そのあともなにかといえば呼び名を変えます。官位や役職を名乗ったり……。ご当家の直江さまだって山城守と呼ばれていますけど、いったい山城国とどんな関係があるのでしょう。もっとも小太郎さまは幼名のままだとか。おえらいですわ」

（そうか、小太郎は幼名のままか。では、わしが元服名を授けてやらねば）

言われているそばから、信玄は小太郎の新しい名前を考えていた。

「われら女子（おなご）はそのような小むずかしいことはいたしませぬ。生まれたときに親からいただいた名前を死ぬまで使います。名前は一生ものなのです。だから女子はぶれないのです。地に足がついているのです。そこへいくと殿方は出世魚じゃあるまいし、名前をころころと変えて。虚栄心のかたまりですわ。殿方は鎧（よろい）を着けるのがお好きなようですけれど、心にも鎧を着けないと安心できないのですわね」

信玄は、しばらく呆（ほう）けた表情で奈津を見ていた。

「おまえ、おもしろいことを言うな。もう一度言ってくれないか」

「そうですか、ではもう一度言います」

信玄は怒る気になれないどころか、伝法な奈津のもの言いを楽しんだ。奈津の言うことはいちいちもっともである。

奈津は、菊姫に言い含められていた。少々の失礼はかまわぬから、ほどよく頭に血がのぼるくらいの態度で接しなさいと。

「もっとも、そなたなら地でいけそうね」

菊姫はそう最後に言った。奈津の性格をいちはやく見抜いていたのだ。

「名前の話だったな。わしの幼名は太郎といった。遠い昔のことだ」

信玄は顔をそむけ、遠くを見やるような眼差しになった。

「あら、よくあるお名前ですわね。で、そのあとは」

信玄はむせながら答えた。

「元服して晴信と変えた。晴の字は足利将軍の、信の字は父親の一字だ」

「生まれながらに恵まれたお方だったのですね。お父さまを他国へ追放なさったとお聞きしましたけれど」

「あれは家臣どもが企んだことだ」

「まあ、あきれた。責任を家臣に押しつけるつもりですか」

奈津は、信玄をきっと睨んだ。

信玄は困りきった表情で言葉をつぐんだ。「武田信玄」もかたなしである。

信玄の機嫌を損ねたとみた奈津は、

「申し訳ありません。言い過ぎました。ではこれから晴信さまとお呼びしてもいいですか。だって素敵なお名前ですもの」

「おまえがそう呼びたいのなら、そう呼ぶがいい」

「はい、晴信さま」

信玄が晴信と呼ばれたのはいつの日以来だろう。正室や側室からも御屋形さまと呼ばれていた。母親以外はだれもそう呼んでいた、と思いきや、ひとりだけ諱(いみな)で呼んでくれた人がいたことを思い出した。

元服してすぐ、躑躅ヶ崎館の近くに住む地侍の娘おとよと恋仲になった。おとよだけは「晴信さま」と呼んだ。おとよのことは家中に知られ、いつしか彼女は姿を消してしまった。いや、消されてしまったのだろう。

思えば、純真な恋はそのときが最初で最後だった。のちに娶った女たちは、いずれも政略の色があった。

信玄は晴信さまと呼ばれ、甘酸っぱい思いが胸にあふれるのを禁じえなかった。

「もうひとつ、お願いがあります」

「なんだ」

「ご自分のことをわしというのはやめてください。お年寄りくさくていやですわ」

「そうか。でも、わしはもう年寄りじゃ」

「実のお歳はそうでも、お気持ちまでお年寄りになってはいけませんわ」

「では、なんと言えばいいのだ」

「おれ、でございましょう」

「おれ……か。迫力に欠ける気がするな」

「もはや迫力は要りませんでしょう」

「まあな。たしかに若いころはおれと言っていたような気がする」

「そうでありましょう。小太郎さまはけっしてご自分をわしとは言いません」

「では、これからおれと言うことにしよう。慣れぬうちはわしと言ってしまいそうだが、そのときは遠慮なく指摘していいぞ」

「ふふふ……」

奈津は可笑(おか)しそうに笑った。

「なにがおかしい」

「だって晴信さまは意外に素直なんですもの。もっと怖いお方かと思っておりました」

信玄は照れ笑いを浮かべ、ぼそっと言った。

「本来、わしは素直なのだ」

「ほら、またわしとおっしゃった。すぐに慣れるよう、おれと三十回唱えてくださいませ」

「ははは、そうだな。じゃあ数えるぞ、おれおれおれおれおれおれおれおれおれおれおれ……」

(まるで子供みたい)

指折り数えながら「おれおれ」と繰り返す信玄を見て、奈津は茶褐色の大きな目を細めた。


ある日、小太郎と人斎は信玄に呼び出された。

「お呼びでござりますか」

「ふたりともそこに座れ」

小太郎と人斎は示されたところに座り、あらためて平伏した。

顔を上げた人斎は、はっと驚いた。信玄の肌艶が見ちがえるように良くなっているのだ。手足の動きや声の張りも二週間ほどでかなり滑らかになっている。

「御屋形さま、ずいぶんとおすこやかになられたとお見受けいたします」

「それ、それを言おうとしておった」

「やはりお奈津どのの介抱が功を奏したのでございましょう」

「いや、おれの体のことではない。以後、御屋形さまと呼ぶことは禁ずる」

ふたりはきょとんとし、なぜでございますかと問うた。

「おかしいではないか。おれにはもう屋形などない。一介の老人、いや人間にすぎん。景勝どのの慈悲で生かされているようなものだ。御屋形さまなど笑止千万(しょうしせんばん)。これからは晴信と呼ぶのだ」

ふたりは呆気にとられ、顔を見合わせた。

「とても、そのような恐れ多いことはできませせぬ」

小太郎が困惑した顔でそう言うと、

「とにかく晴信と呼べ。奈津が信玄という名は辛気くさい、抹香くさいといやがるのだ」

「お奈津どのが……」

そのとき、所要を済ませた奈津が戻ってきた。いつも足早に歩く。働き者の証拠だ。

「あらぁ、小太郎さまと人斎さま」

奈津は丁重に挨拶したのち、信玄のほうに向き直り、

「井戸のところで見つけたのです。すみれ草、まことにきれいでございましょう」

奈津は満面に喜色を浮かべ、一輪のすみれ草を信玄の目前に差し出した。

「ああ、わかった。ちょうどいい、奈津もそこに座れ」

「ちょっとお待ちください」

一輪挿しにすみれ草を活けたのち、奈津は信玄の隣りに座った。

「奈津に言われて気がついたのだが、小太郎はずっと幼名のままだったな。遅くなったが、おまえに名を授ける」

小太郎はそれを聞き、目を大きく見開き、すぐ平伏した。

「この奈津めは、男はころころと名前を変えて出世魚のようだとぬかすが、そうも言っておられぬ。おまえにおれの一字を与えよう。きょうから信久と名乗るがよい」

うやうやしく聞いていた小太郎だが、身がかたまり、かすかに苦渋の表情が浮かんだ。

「不服か」

「身にあまる幸せにござりますが、信の字だけはご容赦いただきたく、伏せてお願い申し上げます」

信玄は察した。

「そうか、信長と同じ字は使いたくないというのだな」

「も、申し訳ございませぬ。母と妹の仇ゆえ……」

小太郎は身を固くした。いまだ憎しみを放念できないことを情けないと思いつつ、それだけは固辞したいと思った。

「ま、その気持ちもわからなくはない。それでは、晴信の一字をとって晴久というのはどうだ。折りよく晴信と呼ぶように申し伝えたばかりだ。不服はあるまい」

この瞬間、由本小太郎は、晴久と名を変えた。元服としてはかなり遅いが、二十四歳のことである。

「これはこれは、おめでとうございます」

人斎はわがことのように晴れやかな表情で晴久こと小太郎を見た。

奈津は内心、苦笑していた。

(男とは、なんて堅苦しい生きものなのかしら)

それでも、奈津は笑みを絶やさなかった。

「もうひとつあるのだ」

信玄は目の前に座る三人を見まわし、言った。

「これからは奈津に体をさすってもらおうと思っている。よいか、奈津」

人斎と晴久が毎日やっていた、信玄の体をさする施療はお役御免ということである。

「ようございますよ、晴信さま。その膠(にかわ)のようなお肌を奈津がさすってさしあげましょう」

それを聞いた瞬間、人斎と晴久は飛び上がらんばかりにおののき、互いに目を見合わせた。天と地がひっくり返っても、そのように不躾けなもの言いは許されるはずもない。いまだかつて信玄に対し、そのような言葉を吐くのを聞いたこともない。それなのに信玄はまったく意に介さず、泰然としている。

ふたりは混乱した。

やがて人斎の表情に陰がさしてきた。自分の役割が終わろうとしているのを感じていたのである。

伸びるにまかせた人斎の髪の毛はほとんど白くなっている。顎髭（あごひげ）は白いつららのようでもある。

信玄は家臣に裏切られた経験がない。もちろん、それは偶然ではない。家臣たちから厚い信頼を得る理由があった。

そのひとつは、己の言葉に対して家臣がどう反応しているかを注意深く観察することであった。家臣におもねるという意味ではない。自分が家臣だったら、自分の決断や言葉をどう思うだろうかと相手の立場にたって忖度（そんたく）することができたのである。守護大名になることが生まれながらに決まっていた人間にしては奇跡ともいえる能力であった。

このとき、信玄はかすかにではあるが人斎の表情が曇ったことを見逃さなかった。立場を置きかえればわかることだった。

自分の存在価値がなくなりかけている。さりとて信玄の身体が回復することは喜ばしい。人斎のように、無償の行為を十数年も続けられる人間はそう思うはずであった。つまり人斎の心のなかで、相矛盾するふたつの感情がせめぎ合っていたのを信玄は見のがさなかった。

「人斎、そちの働きは一国の知行にも相当するものである。かつてのおれであれば、その方に相応の恩賞を与えたであろう。だがいまはそれもかなわぬ。せめてそちに感謝の念をつたえたい」

信玄は人斎の目を見て、言った。

「身にあまるお言葉にございます。この人斎、御屋形さまにお引き立てをいただきまして、生まれてはじめて己の役どころを得たのでございます。おまえはもっと生きてもいいのだとお許しをいただいた心地がいたしました。そのうえ、かくも温かいお言葉をかけていただけるとは……。人斎は果報者にございます」

人斎は肩を震わせてむせび泣き、目からいく筋もの涙を滴らせた。

「おれからはなにも与えられぬが、景勝どのにそちを侍医として召し抱えてもらえるよう言うてみるつもりだ」

「ありがたきことにございます」

人斎は額を床につけた。

信玄の居室を辞去すると、人斎はアクが抜けたような面持ちになった。それまでの一挙手一投足は真剣で切り結ぶような緊張感を湛えていたが、それが消え、穏やかな春の日ざしをまとっているかのような表情になった。

晴久にとって人斎はまさに同志。十三年もの間、同じ場所で過ごし、濃密な信頼関係にあった。なにを語らずとも、互いの心情を語り合うことができた。だからこそ人斎がねぎらいの言葉をかけられたことは、晴久にとっても無上の喜びであった。長い間の苦労が報われたと思えた瞬間だった。

「わたくしは人斎さまを誇りに思います」

自然と口から出た言葉であった。それに対して人斎は、雑味のない、子供がはにかむような照れ笑いを見せた。

「いえいえ、晴久さまのおかげです。己の役目を果たすということがいかに幸せなことか、あらためて思い知りました」

「上杉家の侍医になられる日もそう遠くはないと思います。これからも末永いおつきあいをお願いいいたします」

晴久はそう言って、人斎の両手をかたく握りしめた。

その日の夜、人斎は忽然と姿を消した。

晴久は春日山城の周囲を血眼になって探した。山城ゆえ、なにかの拍子に足を滑らせ、谷底に転落したとも考えられる。急峻な斜面をおり、山すそもくまなく探した。

手がかりひとつなかった。

が、事故ではないことがわかった。人斎が起居していた部屋はきれいに整頓され、上杉家からもらっていた微禄はまったく手つかずのままかつての薬箱に入っていたのである。

(人斎さま、一文の金も持たず、いったいどこへ行かれたのですか)

老齢の男が、身ひとつで生きていけるとは思えなかった。せめて自分の金くらい持っていてほしかった。

その日の夜、顚末を聞いた信玄は、ひどく悲しんだ。人がひとりいなくなることで、これほど悲しくなるとは思いもよらなかった。かつて傅役の板垣信方は村上義清との上田原の戦いにおいて、無謀な戦い方をする若き晴信を諫めるかのように討ち死にした。また晴信のよき理解者でもあった弟信繁は、第四次川中島の合戦で命を落とした。そのときでさえ、これほど悲しい思いはなかった。

## 春の宴

信玄は奈津の肩につかまってゆっくり歩けるほどに恢復している。まるで年老いた男と孫娘のようである。

「若い女の匂いはいいものだ」

春日山城の本丸まで往復しながら、信玄は奈津の耳にささやいた。この時代は女も男もおおらかである。

「あら、わたしの匂いでお元気になれるのならお安い御用ですわ。どんどん嗅いでくださいまし」

そう言って、奈津はからからと笑った。

信玄と奈津はよほど相性がいいのだろう。ちょっとしたやりとりにも心地よい躍動がある。

「ところで晴信さま」

「なんだ」

道々歩きながら、ふたりは幼い友だち同士のように会話が絶えない。

「このところ、晴久さまのご様子がおかしいと思いませんか」

「晴久の？　なにがおかしいのだ」

「晴久さまは恋をなさっておいでですよ」

「晴久が？　相手はだれだ」

「ここまで申し上げてもわからないのですか。鈍感なお方」

奈津は呆れた。部下の心境の変化には敏感だが、しょせん男と女の機微に疎いのだ。

「うたどのですよ」

「うた？　どこのうただ」

「まあ！」

奈津が来てからというもの、晴久は気を遣い、用事がなければ信玄の部屋を訪れることがなくなった。上杉家の重臣たちへの進講の数も増え、青苧（あおそ）を使った越後上布の展示会の後始末でおおわらわの状態である。

「越後上布の作家さんですよ」

そこまで聞いて、ようやく信玄はピンときた。以前、晴久が若い女の前で失神した話は聞いていたが、そのときの相手こそ胡桃沢うたという名であった。

「見たことがある。かなりの器量よしだ。おれが若かったら側女（そばめ）にしていたかもしれぬ」

聞いて、奈津はぷいと横を向いた。

「晴久も二十五歳。そろそろ嫁を娶らねばならぬ歳だ」

「わたしは二十一ですけど、そろそろ嫁がねばならない歳でしょうか」

信玄は立ち止まり、しげしげと奈津を見つめる。

「おまえ、縁談はなかったのか」

「こんな性格ですから、なかなかもらい手が見つかりません」

「みな見る目がないのだな」

ふともらした信玄の言葉で奈津の表情がぱっと輝いた。

「では、晴信さまがもらっていただけますか」

「戯言（ざれごと）を言うな。おれはもう六十五の爺（じじい）だ」

平均寿命が四十に満たない当時、現代でいえば八十か九十歳に相当するだろう。

「もちろん、戯言ですわ」

奈津の言葉を真に受けて返した言葉があっさりと却下され、信玄はいくぶん寂しげな表情を浮かべた。

「ではおれがひと肌ぬいでやろうか」

配下の者の恋愛が成就するためにお節介をやくなど、かつての信玄にはありえないことだが、これも老成するということであろうか。

事実、晴久は恋をしていた。生まれてはじめて味わう、心の揺れであった。うたのことを考えるだけで、得も言われぬ心地になり、彼女と知り合えた自分は世の中でいちばん幸せな男だと思えた。

しかしつぎの瞬間、うたには想い人がいるにちがいないと考えては憂鬱になった。つまり、あれこれと思いめぐらせては幸せになったり不幸になるという思春期特有の現象に見舞われていたのである。

越後上布の展示会にかこつけ、晴久はうたと顔を合わせる機会をつくった。立場を乱用していると思いつつ、抑えることができなかった。ふたりは顔を合わせるごとに、目や声色で互いの気持ちを伝えあった。

それほどに思い焦がれていれば、相手に伝わらないはずがない。それでも晴久は心情を言葉にする勇気がなかった。こと男女の関係において、からきし意気地がないのだ。

そんな折り、奈津から晴久に思いがけない申し出があった。

「遅まきながら晴久さまの元服のお祝いと越後上布の展示会の成功を祝して、ささやかですがごく内輪の者にて祝宴を設けたいと景勝さまが仰せです。出展された越後上布作家の方々すべてをお招きしたいのですが、もろもろ事情もあるゆえ、もっとも人気を博した胡桃沢うたどのを代表としてお招きしたいとのことでございます」

場所は本丸の書院。景勝はあくまでも晴久の朋友として、正室菊姫とともに参席するという。それを聞いたときの晴久の喜びようはいかばかりであったか。

景勝は越後国の当主であるが、頑として上座に座ることを固辞した。もちろん信玄に対する遠慮であるが、晴久との朋友関係を重んじてのことでもあった。景勝は晴久の前に座り、その隣りに菊姫が座った。奈津は給仕役である。おのずから晴久の隣りにうたが座ることになった。

質素な膳を並べただけの席であったが、晴久は天にも昇る思いで盃（さかずき）を受けた。

ふだん物静かで無口な景勝も、この日は朗らかだった。出陣が重なり、信玄と腹を割って話す機会もなかったから、今日ばかりは領国経営や戦場での采配について存分に聞きたいと思っている。

おのずと信玄と景勝の会話が中心になった。信玄は問われるまま、これまでの戦さでの戦略・戦術や領国経営について語った。とりわけ天文十六年（一五四七年）、二十六歳のときに発布した「甲州法度（こうしゅうはっと）」について、景勝はくわしく聞きたがった。

正式には「甲州法度之次第」という名の民法であり、はじめ二十六ヵ条、のちに五十七ヵ条に改められた。領民の権利と義務、土地や年貢の取り決め、婚姻などの規則を定めたものである。最後に「晴信の行為や、その他法度以下のことについて異論があるならば、貴賤にかかわらず目安に書き記して申し出でよ。時により修正を加える用意がある」と記し、国主であっても、法度に反した場合は身分の別を問わず訴訟を申し出てよいと明記した。晴信がいかに若年のころから領民の生活に関心をいだいていたかがわかる。のちに家康は万事につけ甲州（信玄）流を取り入れているが、「甲州法度之次第」についてもくわしく研究し、民政に活かしている。

参席している者の思いはそれぞれに異なった。信玄の娘菊姫は、あらためて父親の偉大さを思い知るとともに、いつになく朗らかな夫景勝に接し、ぎくしゃくした関係がほどよくほぐれていくのを感じていた。

景勝は現役の国主であると同時に、軍の総大将でもある。信玄から学ぶことはいくらでもあった。

信玄の一言ひとことが、まさに乾いた大地に水が沁みこむように腑に落ちた。そして、できうることなら信玄が参謀として自分を扶けてくれることを願った。

晴久は自分よりわずか二歳上のときに民法をつくったという事実におののき、いかに自分が未熟な人間であるかを思い知らされた。

うたはこのような宴に参席したことなどあるはずもなく、傍目にもかわいそうなほど身を固くし、戦さで死んだ両親を思い返していた。両親は謙信に敵対した国衆に与し、謙信に滅ぼされた。そののち謙信の庇護を受け、天分ともいえる仕事にめぐりあい、いまこうして秘かに思いを抱いている人の隣りに座っている。人生の不可思議をあらためて感じていた。

もっとも衝撃を受けていたのは、じつは奈津であった。その日、奈津は給仕をしながら部屋の片隅でみなの話を聞いていた。いかに奈津が世事に疎くても、そのなかで信玄が抜きん出ていることに気づかざるをえなかった。人物の器は隠そうとしても現れてしまう。信玄と相対している景勝が子供に思えたほどであった。

話には聞いていた。武田信玄は清和源氏の嫡流で、かつて戦国最強と恐れられた武田軍団の総帥であり、甲斐・信濃・駿河などを統べる国主であったと。しかし日々接している生身の信玄は威厳を感じるどころか、ちょっとお茶目な好々爺という程度の認識しかなかった。だからこそ恐れもなく親しげな口をきくことができたともいえる。

衝撃だった。と同時に信玄という人物に対する印象が急激に変わった。

ほどよく酔いがまわり、宴も終わろうかというとき、信玄が晴久に言った。

「おまえはこれから景勝どのに尽くすがよい」

晴久が、承知いたしましたと言ってしっかりうなずくと、重ねて言った。

「これを機にそろそろ嫁を娶ってはどうだ。だれか意中の人でもあるか」

そう問われると、晴久は顔を真っ赤にして、

「はい」

と答えながら、横目でうたを見た。うたは息が止まってしまったかのような表情をした。

「わたくしは、うたどのが好きであります」

晴久は口から心臓が飛び出そうなほど緊張していたが、ようやくそれだけを言うことができた。

それを聞いたうたは、現実のことなのか夢のなかのできごとなのかわからなくなっていた。そっと手の甲をつねったほどである。思いを寄せている人と結ばれるなど、この世にはけっしてありえないことだと思っていた。歓喜の渦はうたの許容範囲を超えていた。

この日、うたはひとことも発していなかったが、いつもの風鈴のように軽やかな声で、

「ありがとうございます」

と言うのが精一杯だった。

晴久の頭に、ふと父親はいまごろどこで、なにをしているのだろうとよぎるものがあった。数ヶ月前の夜中、吾郎が商人の化装をしてふらりと春日山城にやってきた。吾郎はいつものように晴久の居室に入っていた。そして夜を徹して話した。

外に漏れないよう気を遣いながら、ふたりは積もる話を語り合った。そのとき、父親の雄源が天体の研究に勤しんでいることを聞いたのである。

(ついに父上も自らの天分を見つけられたか)

晴久はうれしかった。

そのとき意外なことを聞いた。人斎が身延山中で、仙人のような暮らしをしているという。吾郎

は、そのことをだれにも口外していないが、かならずや彼を必要とする人物が現れるにちがいないと言った。人斎を隠し玉としてしっかり握っていたのである。

## 臣従か敵対か

本能寺の変後、羽柴秀吉に臣従するか敵対するかのいずれを選んだかで、各大名の興亡が決定づけられた。明智光秀、柴田勝家、滝川一益ら織田家の重臣、織田信孝や織田信雄らはことごとく秀吉に敵対し、滅ぼされた（信雄は北条征伐後に改易）。

上杉景勝は天正十四年（一五八六年）、家臣の反対を退け、上洛して秀吉に会見し、臣従すると誓ってから、それまでの閉塞した状況が好転する。翌年、新潟津に兵を進め、長年の仇敵であった新発田重家を討って国内を平定し、その二年後には佐渡へ侵攻して版図を広げた。佐渡を領有したことは、のちのち上杉家の経済力を向上させることになる。

家康は信雄の誘いに応じて秀吉に対峙したが、局地戦で勝利を得たのち、外交交渉を進めた。そして有利な条件で講和を結び、秀吉に臣従することを誓った。

小牧長久手の戦いの最中、秀吉は関白に就任し、豊臣姓を下賜された。朝廷の威を借る秀吉に抵抗する術は、もはや家康にはなかった。和戦両様を使い分けた秀吉の戦略的勝利であり、景勝も家康も天下の情勢を冷静に見きわめたといえる。

しかし秀吉に臣従することを拒否する大名もあった。関八州を支配し、難攻不落の小田原城に蟠踞する北条氏である。

秀吉は再三再四、北条氏政に対し上洛をうながすが、氏政は応じなかった。氏政は、小田原城さえあればいかに秀吉が大軍をもって攻め寄せようとも落ちることはないと信じていた。事実、これまでにも信玄や謙信を撃退している。しかしこたびはその成功体験が仇となった。

家康は娘督姫(とくひめ)が氏政の嫡子氏直に嫁いでいることから北条と秀吉の和睦を画策したが、不首尾に終わる。

天正十七年（一五八九年）十一月、北条軍は真田領の上州名胡桃城(なぐるみじょう)を攻略する。これが秀吉による「惣無事(そうぶじ)」に抵触し、侵攻の口実を与えることになった。惣無事令とは、秀吉の承認なき私戦を禁じたもので、秀吉はある時期をもって各大名の領土を確定させ、彼らの「戦さをする権利」を取り上げたのである。これが戦乱の世が収束する大きな一歩になった。

翌年三月、秀吉は東海道から十五万、北国方面から三万五千、水軍を合わせると総勢二十三万という大軍で小田原城を囲んだ。

景勝は北国方面軍の大将前田利家と合流し、松井田城を攻めた。北条方の支城がつぎつぎと落ち、六月になると小田原城は袋のねずみとなった。「小田原評定(ひょうじょう)」とはよく知られた言葉だが、こうなってはいくら評定を重ねようが打開策はない。

家康は三万の軍勢を率い、韮山城に籠城する氏規を説得するなど、北条方の損耗を抑えようとするが、すでに焼け石に水であった。

七月五日、小田原城はついに開城し、北条氏政・氏照兄弟は切腹した。氏直は家康のとりなしによって死罪を免れるが、流罪ののち赦免(しゃめん)され、ほどなく病死する。

ここに北条早雲以来、五代続いた北条氏は百年の歴史に幕を降ろし、秀吉によってほぼ戦国の世に終止符が打たれたのである。

## 江戸へ

（自ら乗りこんでくるとは……）

北条征伐ののち、秀吉は戦後処置を行った。いつものようにいささかも遅滞がない。

秀吉という人物を表す特長はあまたあるが、ほかの武将のように、もったいぶったところがない。彼は才気煥発と果敢な行動力を両輪として戦国の世をのしあがってきた男だ。どっしりとかまえて沈思黙考（ちんしもっこう）するなど、頭の血のめぐりが悪いやつのすることだと思っている。

それなのに旧北条領をどうするか、まだ明らかにしていない。徳川家の重臣たちは、そのうちの三カ国くらいは拝領できるのではないかと噂しているが、家康はそれほど甘い考えはもっていない。

秀吉が遣（つか）わした使者が家康のもとにやって来た。徳川家の知行（ちぎょう）を大幅に加増したいと思うが、くわしいことは明朝、秀吉が直々に岡崎城を訪れ、説明するという内容だった。

（なにかあるな）

並みの武将なら、知行地が増えることを手放しで喜んだだろう。しかし家康は「そんなに甘いはずがない」と考える。幼少のころより人質として長い年月を過ごし、信長の麾下（きか）として耐え忍びながら大きくなった大名である。竹を割ったような性格の秀吉とは根っから異なる。

家康主従は、数日前、岡崎城に入っていた。

「なにゆえわれらが城の番を毛利ふぜいに頼まねばならなかったのだ。戸を開け放ち、このいやな臭いを外へ出せ。ぐずぐずするな」

憤懣（ふんまん）やるかたない本多平八郎忠勝は、部下に八つ当たりし、大騒ぎしている。

徳川軍が小田原城を山王口から攻めている間、岡崎城の城番は、毛利方の吉川広家が務めていた。

もちろん秀吉の差配である。徳川と毛利は同盟関係にあるわけではない。にもかかわらず城番を務めてもらうなど、本来ありえないことだ。しかしいまや天下は秀吉のもの。秀吉を頂点とし、ほかはすべてその配下にある。よって城番の差配にいたるまで秀吉がするのだと天下に示したことになる。

忠勝が怒りを発散するのは日常茶飯事だから、家康にとっては鳥の鳴き声にひとしい。それより今後のことを考えていた。

おそらく秀吉は難題をつきつけてくるであろう。それを丸く収めるために自らここまで乗りこんでくるのだ。常套手段である。猿と呼ばれた男も、いまや天皇に次ぐ宮中最高位にある。源氏の系譜を引いていないことが明白なことから征夷大将軍になれない秀吉は、それならば朝廷の力を利用しようと、関白太政大臣に就き、豊臣の姓を下賜されていた。朝廷の力に頼らず、右大臣のままだった信長とは考え方が大きく異なる。

秀吉が家康に対してそうであるように、家康も秀吉の心の機微が手に取るようにわかる。

――卑しい出自を糊塗（ こと ）するためならなんでもする。

秀吉の位が高くなればなるほど、相対的に劣等感は大きくなっていく。戦さにおいて秀吉の隙を突くのは難しいが、こと出自に関わると隙ができる。それが秀吉の弱点になると読んでいた。貴顕（ きけん ）な位に就いた秀吉を仰ぎ見るような態度をとれば、秀吉は満足するであろう。演技下手な家康でも簡単にできることである。反対に、秀吉に対してそれまでと同じような態度をとれば、秀吉はかならず威を示すため圧力をかけるはずである。

翌朝、秀吉は大音声（ だいおんじょう ）を発しながら家康が待つ広間にずかずかと入ってきた。

「いやいやいやー、家康どのはおるかのぉ。はっははははは」

とくだんおかしいことがなくても大声で笑えることも秀吉の特技だ。装束（ しょうぞく ）は関白太政大臣のそれだが、中身は以前とまるで変わらない。

「関白殿下におかれましては、じきじきにご足労いただきまして、まことにかたじけなきことにございます」

家康は平伏し、自分でも気恥ずかしくなるほど畏まった挨拶をした。秀吉は満面に笑みを浮かべて近寄り、前と同じように両手で握手を求めてきた。

「そんなふうにされても困るがな、家康どの。さあさ、顔を上げてくだされ」

目と鼻の先にいるにもかかわらず、耳鳴りがするほど大きな声だ。少し前まで仇敵であった者から関白殿下と呼ばれるのは面映ゆくもあり、よほどうれしいようだ。

ふたりは膝詰めで北条攻めの手際を称え合った。家康はあらためて娘婿の氏直を助命してもらったことの礼を伝えた。

「なあに、貴殿のたっての願いとあらば、聞き入れないわけにはいくまい」

秀吉は呵々と大笑しながら、貸しがひとつあるぞと念を押した。

「岡崎といえば、貴殿の原点ともいえるところじゃの。よくぞこの地から大きくなられたものよ。もっとも、成り上がりという点では予の方が一日の長があるがの」

秀吉はまた大笑した。予という言い方がまだ板についていないが、表面はなんとも明るく愉快な男である。もちろん面の皮の下はそれほど単純ではない。

家康は、今川義元が信長に討ち取られた間隙をぬって岡崎城に入り、三河で起こっていた一向一揆に悩まされながら東へ領土を広げ、信玄とぶつかり合った。信長が急死したのち、掠め取るように旧武田領の三カ国を手中にした。一連のことが走馬灯のように脳裏をよぎった。

「ところでだ、今日は貴殿に喜んでもらいたくて、こうしてじきじきに参ったのよ」

いよいよ本題か、と家康は身がまえた。

「そうそう身がまえんでもよい。じつはな、国替えのことなのじゃ」

国替えという言葉を聞いた瞬間、家康は背中に冷たいものを感じた。

「長く続いた戦乱の世もどうにか平らにすることができた。これもひとえに貴殿のお力添えの賜物である。あらためて礼を申すぞ」

秀吉は居住まいをただし、しっかり家康の目を見て会釈した。

「かような下剋上の世の中がふたたび来ぬようにするにはどうすればいいか、まずはそれが肝心だ。もっとも、下剋上の世だからこそ、予はこうまで登りつめたのだがな」

ふたたび豪快な笑いが響いた。家康は、胸中いくらでも笑うがいいと冷静につぎの言葉を待っていた。

「天下を見渡すと、東国をいかに治めるか、それが肝要なのはあきらかなのだが、ではだれにまかせるか。これが悩ましいところじゃ。熟慮の末、やはり貴殿以外にこの重責が務まる御仁はいないと、そう考えたのだ」

「東国……でござるか」

「さよう。貴殿の領地をもらう代りに、関東を貴殿に与えたい。石高は百五十万石から一気に百万石増の二百五十万石となる。どうじゃ、やり甲斐もあるし悪い話でもなかろう」

秀吉は身を乗り出し、家康の目を間近にとらえ、睨みつけるように言った。北条の旧領の大半、具体的には伊豆・相模・武蔵・上総・下総・上野そして下野の一部。ほとんどが家康にとって未踏（みとう）の地である。

「ありがたき幸せにござる」

いまの家康に、それを拒否できる力はない。

「本拠をどこにするかは貴殿の一存にまかせるわ。さいわい小田原城はほぼ手つかずのまま残っておる。よもや貴殿がそこに籠もるようなことはあるまいしなあ」

そこでまた、がははと笑い、

「鎌倉でもよし、あるいはそのまた先の江戸でもよろし」

と、満面に笑みを浮かべ、言った。

家康は、三河から駿河にかけての東海地方に長く根ざしていた。定まった場所を好まず、流れることが好きな人がいる一方、生まれ育った土地に執着する人もいる。家康は根っから土着の気質があった。温暖な気候、旨い食べ物、一途でまっすぐな人柄……すべてが自らと不可分だと思っている。遠征をしていると、ときどきひどく腹を下したものだが〝水の合わない〟土地に長く滞在するのは苦手だった。しかも新しく築いた駿府城に移ってまだ間もない。これから領国経営に勤しみ、天下一の地にしてみせるぞと意気ごんでいた矢先である。北条の旧領に国替えすると聞いたときは愕然とした。

だが、家康は難題を突きつけられることに慣れている。秀吉は機転と行動力を両輪として戦国の世をのしあがったが、家康の真骨頂は目の前の難題を「凌駕すべき興味深いテーマ」に変えることができるという、ものごとを多面的にとらえる能力であろう。それがあったからこそ人質時代も有意義に過ごすことができた。天下一気難しい信長と長い間、同盟関係を維持することもできた。自分の心を自在に操ることは禅僧にも難しいことだが、家康は幼少のころより師太原雪斎に学び、その術を自家薬籠中のものとしている。

秀吉は言いたいことだけを言って、さっさと京都へ戻って行った。東国の統治うんぬんは便法にすぎず、要は家康を要衝地から僻地へ遠ざけ、戦略的に力を削ごうという魂胆であることはあきらかだった。

（信長は陰湿で癇癪もちだったが、秀吉はあのようにカラッとしている。しかし、信長よりはるかに怖い男だ）

あらためて秀吉という人物がなぜ、天下を平定するに至ったか、思い知らされた。

翌日、家康は馬を飛ばし、駿府城に入った。そして書斎にこもり、ひとりきりになった。部屋の広さは八畳ほど。出入り口以外すべて塗り壁で、天井裏もない。まだ新木の匂いがたちこめている。

家康は大の蔵書家でもある。この書斎は奥の書庫と一体になっている。書庫には数万冊を収められる棚を設けている。部屋の中央には炉が据えられ、茶室としても使えるようになっている。が、それは表向きであり、じつは密談室としてつくられていた。

その書斎で家康は放心状態になった。放心というより沖気と呼んだほうがいいだろう。心のなかを空っぽにし、忘我の境地になるのである。

心の整理ができたのち、家康は近習を呼び、命じた。

「松野がどこにいるか調べて、ここに呼べ」

あの松野吾郎である。すでに書いたように、吾郎は武田家が滅んだのち徳川家に奉公を願い出て、それが許された。決め手は信玄に重用されていたという、その一点である。以来、なにかにつけ家康は吾郎を呼び、情報収集の役を与え、ときには意見を聞くこともある。勝頼の時代、吾郎は仕事を干され、腐っていたが、いままた家康という主君を得、水を得た魚のように東奔西走している。

近習が戻り、松野吾郎は駿府城近くの支城におり、すでに使いを向けている旨報告した。

その日の夕刻、家康のもとに吾郎が参じた。

家康と吾郎は、炉をはさんで向き合っている。

「おまん、江戸へ行ったことはあるか」

「はっ」

「どんなところか」

「いく筋もの大河が注ぎ、葦（あし）ばかりが生い茂る、じめじめとしたところにございます」

「たしか、城があったな」

「あることはありますが、城とも砦ともつかぬもので、荒れ果てたまま放置されております」


江戸城は長禄元年（一四五七年）、扇谷上杉家の家臣だった太田道灌（どうかん）が築いた。いまから百三十年以上も前のことである。

道灌は地の利を見る目をもっていた。入り江に突き出し、天然の要害になるとみて、そこに城を築いたのである。江戸の名の由来は江の戸、つまり海への戸口という意味である。道灌が築城したのち三十年ほどで城主がいなくなり、それ以降放ったらかしにされている。土塁や堀切は往時のまま残っているが、雑草が人の侵入を阻むように繁茂（はんも）している。


「人はどれほど住んでおる」

「くわしくは存じませぬが、わずかに十ばかりの村が点在するだけの未開の地であります」

「土地は広いのか」

「それはもう広うございます。近くに高い山もなく、開けた土地といえるでしょう」

「鎌倉に行ったことはあるか」

「はっ」

「どんなところだ」

「狭隘（きょうあい）な地形ゆえ、守るには堅固かと存じます」

「鎌倉を囲む山々を削り取ることはできると思うか」

吾郎は目を丸くして、頭を横に振りながら答えた。

「かようなことはとうてい無理かと……」

「よし、おおむねわかった。じつはな」

家康は顔を吾郎に近づけ、声を落とした。

「鎌倉と江戸をこの目で見てみたい。おまん、わしを案内(あない)せい。もちろん隠密にだ」

「かしこまりましてございます」

この当時、駿府から旧北条領を越えて江戸へ行くのは、まだ危険が多かった。北条の残党がいたうえ、北条家を慕う領民はことのほか多かったのである。領民の態度を見れば、北条氏は善政を敷いていたといえる。

家康は六部姿（行脚僧）に変装し、わずかな供回りとともに駿河から東へ向かった。もともと体型はずんぐりむっくり。だれが見ても、五カ国を封する太守には見えない。

しかし鈍重そうな外見からは想像もできないほど動きは機敏だった。吾郎は家康を気遣って歩く早さを抑えていたが、予想外に健脚であることに目を丸くした。


腕組みをしたまま、かれこれ一時間以上も眺めている。

ここは江戸城の北に位置する神田山の頂上。現在のＪＲ御茶ノ水駅前にあたる。渺々(びょうびょう)としてさえぎるものがあまりない。

家康は頂上付近に立ち、入り江まで続くなだらかな湿地とその向こうに広がる江戸湾をつぶさに観察している。太平洋の荒波を直接受ける遠州灘を見慣れている目に、江戸湾は穏やかに映った。紺碧色の大海原の手前、入り江の際にいく筋かの白い波濤(はとう)が見える。

吾郎にはなんの変哲もない光景と映っているが、家康にとっては重大な意味をもっていた。

当時の江戸の海岸線は、複雑に入り組んでいた。日本橋や新橋は陸地だったが、現在の築地（地名の由来は地を築く）や浜松町あたりは海だった。皇居東御苑に汐見坂という坂があるが、その近くまで海は入り組んでいたのである。

「見たところ、大きな船をつなぎとめる岸はなさそうだな」

「あのあたりは砂浜ばかりにございますが、少し東の方角へ行けば、切り立っているところもございます」

家康は東のほうへ目を向ける。

「あれはなんという川だ」

「隅田川にございます。さらにその先には利根川、荒川と呼ばれている川もございます」

現在、利根川は茨城県と千葉県の県境の鹿島灘に注いでいるが、この当時は江戸湾に注いでいた。

吾郎は根っからの諜報部員。カメラのシャッターを切るように地形を写し、記憶している。かつて信玄から、地形を寸分の狂いもなく覚えよ、としつこく言われていたことから、いつしかそれができるようになった。

家康は江戸に来る前、鎌倉に立ち寄ったが、本拠を構えるには適さないと判断した。戦国の世はもうすぐ終わる。敵の襲来に対する備えより、平和な世における政の中心になれるかどうかを考慮したいと考えている。その点、鎌倉は狭すぎる。人が多く住むための上水を確保できるとも思えなかった。

「松野、小田原と鎌倉と江戸。おまんならいずれを選ぶ」

家康の質問の真意を測りかね、

「と申しますと」

と答えた吾郎に対し、家康は目を剥いて一喝した。

「察しが悪いぞ、松野！」

「申し訳ございませぬ」

吾郎はすぐさま地に膝をつき、頭を垂れた。

「物見遊山（ものみゆさん）に来ておるとでも思うておるのか」

家康はふだん温厚だが、ときとして烈火のごとく怒る。部下を弛緩（しかん）させないための工夫でもあるのだが、いきなり叱られた方はたいてい狼狽（うろた）える。吾郎とて例外ではなかった。

吾郎は高速で考えをめぐらし、国替えののちの本拠地の話と推測した。国替えの詳細は聞いていないが、徳川家が関東に飛ばされるという噂があった。

「信玄公ならいずれを選ぶと思うか。存念を申せ」

「恐れながら申し上げます。江戸をお選びになるものと拝察いたしまする」

「理由は」

「地の利にございます」

「しかしあれを見ろ。ただのすすきっ原ではないか」

「それがし、たびたび信玄公より人の栄える港町の様子をつぶさに見て、くわしく知らせよとの命を受けてまいりました。その際、申されたことは、甲斐のような山国では人が集まらぬ。人が多く住むことのできる広い平地が肝要であると。また山の上に城をつくるような考えでは民の暮らしはよくならぬとも仰せでございました」

峻厳な山塊に囲まれた甲斐に生まれた信玄は、肥沃な土地を求めて信濃へ兵を出し、港を求めて駿河に侵攻した。本拠としたのは、とうてい城とは思えぬ躑躅ヶ崎館。そこで信玄は存分に領国経営の旗を振った。

「では、なにゆえ小田原ではないのだ」

「小田原はすでに城郭ができあがっております。いかようにもつくれるという点で、江戸は最適かと存じます」

「あの川はどうする。たびたび氾濫し、住人を苦しめるだろう」

家康は幾筋もの川を指差し、責め立てるように質問した。

「川の流れを変えることはできまする」

吾郎は堤防によって、暴れ川と言われた釜無川の流れを変えた土木工事について家康に語った。

秀吉が備中高松城を水攻めにしたときも、大がかりな土木工事によって河川の流れを変えている。

「そんなことはとうに知っておる」

「恐れ入りましてございます」

「しかし、あれらの川は釜無川よりもはるかに広いぞ。あれほどの川も流れを変えられると思うか」

「それがしは土木を得手としておりませぬが、流れがゆるやかゆえ、できぬことではないと思われまする」

ふん、と家康は鼻で言った。

（それほど容易な工事ではあるまい）

家康は、未来の江戸の町を想像していた。

（この山を切り崩して、あの海岸を埋め立てれば、いかような町ができるであろう）

このとき、家康に新たにふたつのテーマが去来した。

ひとつは江戸に本拠を移し、日の本一の城下町を築き、戦乱のない世をつくるための礎（いしずえ）にすること。信長は権威を見せつけるために安土城を築いたが、己は政（まつりごと）を執（と）りおこなうための城をつくる。威勢を示すため山の上に城をつくるという発想はもはや古い。平地のほうが行政に適している。百万もの人々が暮らせる都市にする。そしてこの江戸を拠点に、日の本津々浦々まで統べる。

（わしは政治家になろう）

そう考えると、こたびの関東移封（いほう）は願ってもない好機といえた。

もうひとつは、ときを味方につけること。岡崎城で秀吉に会ったとき、ひどく老けていることに驚いた。朝の光だったからなおさらそう見えたのかもしれない。秀吉は家康より六歳上だが、さらに十歳くらい老けて見えた。長年の過酷な戦さばたらきが祟（たた）っているのだろうが、なぜあれほど急激に変わったのか、解せなかった。

（秀吉の時代は長くは続かない）

それは確信に近かった。秀吉はすぐれた軍略家ではあるがすぐれた政治家ではない。いまは忍従しているが、自分より早く秀吉は死ぬだろう。秀吉が死んだのち何年生きられるかによって、どれほどのことがなせるかが決まる。

家康は生来、医者が嫌いだ。医者は危険な存在である。毒を処方されたという例は枚挙にいとまがない。

では医者に頼らず、長生きするにはどうすればいいのか。答えは簡単だった。医法と薬の調合を自ら学び、実践することだ。

「松野。信玄どのを眠らせ、生き返らせた伴人斎という男がおったな」

「はい。幾度かお目どおりしたことがございます」

「かの者はいま、どこにおろうな」

吾郎は、信玄が長い眠りから覚めたこと、そして人斎が出奔したことを報告したことがあった。

「出奔してから五年が過ぎておりますが、ようとして行方はわかりませぬ」

吾郎は心の裡を見透かされないように答えた。

家康はふり返って富士の高嶺を仰ぎ見、腕組みしたまま黙考している。西からの逆光によって、家康のずんぐりとした体の影はふだんより二割方大きく見える。どっしりと重心の低い、大人の風格があった。

「人斎を探し出せ。召し抱えたい。いかなる条件でもよい。人斎を連れてきたあかつきには、そちにも褒美をとらせよう。いますぐ発つがいい」

家康は吝嗇家、いわゆるケチである。人物好きだが、条件をつけずに召し抱えたいなどと言うのはよほどのことである。吾郎は鉄砲玉のように飛び出していった。


その年の八月一日、家康は数万の兵とともに江戸城に入った。とはいえ江戸城は城の体をなしていない。よって、三万人はそろって野営を強いられた。本多忠勝や榊原康政、井伊直政ら武闘派の将たちは、口汚く秀吉の仕置を罵り、いつか恨みをはらしてくれると息巻いているが、家康はあくまでも冷静だった。江戸町奉行板倉勝重に城下の整備を命じ、さらに伊奈忠次に対し、利根川の流れを変える大規模な工事に着手するよう命じた。

この伊奈忠次という男、家康がなぜ多くの忠臣にめぐまれたかを知る上で格好の人物といえる。家康は桶狭間合戦で今川義元が討たれたのを機に出生地の岡崎城に戻るが、そののち三河一向一揆に苦しめられる。忠次も一揆側に加わり家康に敵対した。信長であれば、一度敵対した人間はけっして許さない（ごく一部の例外はあるが）が、家康は一揆を平らげたのち忠次らを許した。

以来、忠次は家康に対し愚直に尽くす。本能寺の変後、家康一行が命からがら伊賀越えをしたときも身を賭して主君を守った。

利根川の流れを変えるなど、重機のなかった当時、途方もない難工事だった。しかし江戸を家康の想像したような大都市にするためには、なにがなんでもなさねばならない事業だった。俸禄に見合った仕事をすればいいと考えるような人間ではけっして務まらない。

家康はそれらを知ったうえで、この大工事を忠次に託したのである。この工事が実を結ぶのは忠次の代ではない。その子の代でもない。完成したのは承応三年（一六五四年）、なんと忠次の孫の代であった。

## 長生きは最強の武器

人斎がだれにも告げず上杉家を出奔したのは、かならず引き留められると知っていたからである。信玄や晴久、景勝らの温情は痛いほど伝わっていたが、それにすがって生きることは彼の信条に反した。容貌は浮浪者のようでも、人間としての本質はどこまでも高貴であった。彼らの温情を断りきれないことがわかっている以上、ひっそりと姿を消す以外になかったのである。

人斎は、出自が不明だ。幼いころ親に捨てられ、もらわれた先々でこき使われ、犬猫のような生活をしながら食いつないできた。そのような身上の人間の心性は、大きくふたつに分かれる。卑しい人間になり果てるか、それとも艱難辛苦（かんなんしんく）をバネに生きる力を身につけるか。人斎はまさしく後者だった。

彼は着の身着のままで川中島を越え、甲州往還を南下した。とくに行く宛てがあったわけではない。自然に足が向いたのは、身延であった。そう、雄源が住んでいるところである。

人斎は、野草や木の実に含まれる栄養について知悉(ちしつ)していた。最小限の食べ物から必要な栄養源を摂取することができた。それでじゅうぶんだった。

ある日、吾郎は雄源に紙を届けた帰り道、奇妙な人相の初老の男に出くわした。

人斎であった。

「あなたは人斎どのではありませんか」

声をかけられる前に、人斎のほうが気づいていた。驚きもせず、

「お役御免になりました」

と答えた。

人斎は吾郎が家康に奉公し、情報収集を担っていたことは知っていたが、いっさい杞憂(きゆう)はなかった。人斎や小太郎（晴久）に都合の悪いことはけっして家康に報告しないと信じていた。なにをもってそう信じることができるのか、本人もわからない。まっとうな人間と人間が共通してもっている合鍵としか言いようがない。

人斎から、信玄が驚くほど恢復していることや小太郎が晴久と名を変えたことなどを聞くと、吾郎は目をしばたたかせた。

（あのときの少年が……）

吾郎の脳裏に、真っ赤に焼ける比叡山を背に、逃げのびた日の小太郎がくっきりとよみがえった。

小太郎は母と妹が死ぬのを間近で見たあと、哀しみを懸命にこらえ、体力の続くかぎり走った。体力

が尽きても走った。あれほどのことができた少年が、無為な人生をおくるはずがない。信玄や謙信、そして景勝に取り立てられ、いまでは上杉家の重臣たちに古今の学問を進講しているという晴久を心底から称えたかった。

「ところで人斎どのは、これからどうされるおつもりですか」

吾郎はあらたまった口調で訊いた。

「どうもしません。できることはすべてやりきりました。晴れ晴れとした気持ちです」

このときの人斎ほど澄みきった表情の人間にはなかなか会えるものではない。吾郎は、人斎の心境を踏みにじりたくないという気持ちと、もうひと花咲かせてほしいという気持ちがない交ぜになった。

恬淡（てんたん）とした人斎の表情を見ているうち、家康への奉公の話は胸の奥に封印した。

「人斎どの、じつはこの近くに晴久どのの父上が住まわれているのです」

それを聞いた瞬間、人斎の細い目に光が灯った。

（ただふらふらと行く宛も決めず歩いてきたが、小太郎どののお父上に引き寄せられていたとは）

人斎は、広い砂浜で小石と小石がぶつかるかのような奇遇に、この世の不思議を思った。

「ぜひ、ご挨拶したいのですが……」

雄源の小屋は、さらにみすぼらしくなっていた。屋根は傾き、壁板も反り返っている。持ち主の三嶺寺が廃寺になって以降、近隣の山林は荒れる一方だった。

入り口で声をかけると、建てつけが悪く、なかなか動かない扉が開き始めた。

「ずっと小太郎とごいっしょだった人斎どのだ」

雄源は吾郎の背後にいる人斎に目を見張った。判で押したような日々をおくる彼にとって、吾郎のひとことは、すぐ近くに雷が落ちたかのような衝撃があった。一瞬、虚をつかれた表情をしたが、すぐさま人斎を家のなかに招き入れた。

「あなたが人斎どのですか。ようこそおいでくださいました。お話はかねがね吾郎からうかがっております」

「このような見苦しいなりで、いきなり訪れましたご無礼をお許しください」

「なんのなんの、わたしもこんな暮らしをしております。さあさあ、お座りください」

雄源は板が剥がれ、縁の下が見える上がり框（かまち）に人斎を座らせた。

「小太郎は息災にしておりますか」

雄源はすがるような目を人斎に向けた。

人斎は、自身が武田家に召し抱えられた日から春日山城を出奔するまでの経緯を話した。目をつぶって話を聞いていた雄源だが、話がすすむうち、さながら雲が少しずつ流れ、やがて月影が現れたかのように表情が明るくなった。わが子の人生が展（ひら）いていく様子が手に取るようにわかった。

ひとり息子と人斎が、十数年もの長きにわたり、ひとつ屋根の下で生活していたという事実は、あらためて雄源の心を揺り動かした。

ふと雄源は小太郎と交わした会話を思い出した。あれは長巻の稽古をつけたあとのことだった。なにを思ったか、小太郎はきっと父親の目を見据え、言った。

「学問をやりとうございます」

生まれつき聡明で、話したそばから吸収していった小太郎は、比叡山の山徒公人という父親の仕事を継ぎたくなかった。長巻の稽古に熱心に取り組んでいたが、学問で身をたてることができればと思っていたのであった。

「では、仏典を学べ」

父親の言葉に対し、小太郎は珍しく反抗的な表情で、

「世の中は広うございます。いろいろな考え方があります。それを知りとうございます。ほんとうの海の向こうには、まだ見ぬ人たちが住んでおります。それも見とうございます」

土地のひとびとは、琵琶湖を指す鳰（にお）を「海」、それに対して「ほんとうの海」と使い分けていた。

あのときの息子の真剣なまなざしを思い出し、雄源は心のなかで息子の来し方を称えた。

「人斎どの、愚息を支えていただき、なんとお礼を申し上げてよいか……」

「そのようなことは無用です。それがしのほうが小太郎どのに助けられてきたのですから」

それから雄源は好奇心のまま、人斎の医法について訊ねた。専門的な話の半分も理解できなかったが、ふと気づいたことがある。

——人体は大いなる宇宙の秩序と相似形（そうじけい）をなしている。

朝、目覚めてから床につくまで、いや眠っている間も天体の運行について考えている雄源だからこそ気づいたともいえる。

それを人斎に伝えると、こんどは人斎が好奇心をむきだしにして雄源に問うた。すると人斎も医法と天体の運行とに多くの共通点があることに気づいた。

つまり人斎から見れば、天の運行は人体の拡大形であり、雄源から見れば、人体は天の運行の縮小形であった。体の滞り（とどこお）を修正するには天の運行が、天の運行を調べるには体の仕組みがヒントになると気づいたのである。

話は延々尽きることがなく、ついにその日は雄源のあばら家に泊まることとなった。男三人はまるで子供のように話し疲れ、明け方近く、雑魚寝（ざこね）で鼾（いびき）をかきながら眠りこけた。あとでふり返れば、そ

れがいかに幸福な夜であったか、わかるだろう。

朝早く、吾郎と人斎は雄源の住まいを辞した。一本道を下り、二股に分かれるところで、吾郎はどちらへ行こうか迷った。左は甲府、右は駿河につながっている。

「人斎どのはどちらへ」

「それがしはこのあたりが気に入りました。このあたりで生まれたのかもしれないと思うほど、この空気に馴染んでいるのです。懐かしいといいますか、なにか大きなものに包まれたような安心感があります。吾郎どのはこれからどちらへ」

問われた吾郎は、迷った末、言った。

「じつは、人斎どのが身延に来ていたことは知っておりました」

人斎はかすかに笑みをもらした。視力は悪いが、その分集中力と勘が抜きん出ている。

「それがしも吾郎どのをいくどもお見受けしておりました」

吾郎は、自分が人斎に見られていたとは露ほども知らなかった。これでは間者として失格である。吾郎はまだ言いだせないでいた。しかし目が語っていた。そして、それを人斎も受け取っていた。まだなにも語っていないのにわかる。現代人には理解できないだろうが、互いにどんな状況に身をおいているかがわかれば、あながち不思議なことではない。

「人斎どの、わたしといっしょに江戸へ行きませんか」

吾郎は身を乗り出し、語調を強めた。

「徳川どのは江戸に転封（てんぽう）されるのですか」

人斎は一を聞いて十を知る男だった。

「そうです。徳川さまは江戸に日の本一の町をつくると意気ごんでおります」

「それがしが江戸へ行って、なにをするのです」

人斎の声が冷ややかになった。

「徳川さまはぜひとも人斎どのをお召しになりたいと申されております」

「なにゆえ徳川どのがそれがしのような者を必要とするのでしょう。よもや世をはかなんで長い眠りにつきたいというわけではないでしょうね」

人斎は皮肉交じりに言った。

「世をはかなむどころか、徳川さまは大きな志を抱かれております。それを成就（じょうじゅ）するために、ぜひとも人斎どののお力をお借りしたいと仰せです」

とは言ったものの、内心、吾郎も解せなかった。医者嫌いの家康がなぜ、人斎を召し抱えたいのか。理由を問えば、そんなこともわからんのかと激するだろうが。

「これはわたしの推測ですが」

吾郎はそう前置きして言葉を継いだ。

「今川義元公、織田信長公、そして信玄公にもいえることですが、国の統治を一手に引き受けていた主がいざいなくなると、盤石だった国が急に乱れ、瓦解することがあります。それらをつぶさに見てきた徳川さまは、大いに思うところがあったのではないでしょうか」

「死ぬことは悪しきこと、長生きが善きこと、と」

武士の美風に反している。武士は不断に死を覚悟することによって本懐が遂げられるという世の常識は、家康に言わせれば、ナンセンスきわまりない。死んでしまったらおしまい。数々の修羅場をくぐってなお生きているからこそ得た境地でもある。

「寿命を天にまかせるのではなく、自らの工夫によって延ばせるところまで延ばす」

「徳川どのはかなり現実的なお考えのようですね」

人斎にとって、命をまっとうするための医法は、涎が出るほど興味ぶかいテーマである。本来、医者はそうあるべきと思っている。病になってから治すのは、後手の医療だ。本来、その人のもっている生命力を高め、寿命をまっとうするために手助けするのが医者の本分ではないかと思っている。

「いまは関白殿下の世。戦さは当分ないと心得ますが、仮りに景勝さまや信玄さまと家康どのが対立されたら、どうなります。それがしは信玄さまや景勝さまを裏切ることになりましょう」

上杉家を出奔したのちも、人斎にとって信玄は主君であり、景勝は大恩人であった。

「それは取り越し苦労です、人斎どの。そもそも徳川さまは戦さを好む方ではありません。なにかにつけて信玄公ならどう考えるだろうと仰せです」

いま、人斎はなんの悔いもない。欲しいものもない。望むことといえば、自らの来し方を汚すようなまねだけはしたくないということ。恩ある人に後ろ足で砂をかけるようなことは死んでもしたくない。ただ吾郎の話を聞くうち、ほんとうに家康が平和な世を望んでいるのであれば、自分の医法が世の中の役にたつのではないかと思い始めてもいた。

「徳川さまは、どんな条件でもよいと仰せです」

「それほどの価値はありませんよ、それがしは」

人斎はぼそっとつぶやき、苦笑した。

「すぐにお決めにならずともけっこうです。いずれにせよ、徳川家はこれから江戸への引っ越しでおおわらわですから」

人斎も、しばらく身延の地で、気ままに命の洗濯をしたいと返答した。

## めぐる春

信玄は七十歳になっていた。体はほぼ恢復している。奈津は微に入り細に入り、信玄を気づかっている。当初、老人の下（しも）の世話なんてまっぴらと嘆いていたが、いま信玄はすべて自分で用を足せるようになっていた。勾配（こうばい）のきつい春日山城を登り降りできるようにもなった。

人斎が去ってから、彼の居室だった部屋は、晴久とうたの新居になっている。なにかにつけ晴久とうたも信玄を気づかう。戦いに明け暮れた信玄の晩年に、これほど平穏な日々が待っていようとは、本人も想像だにしていなかった。

　ところが、

(飽きた)

信玄はそう思うことが多くなった。

人間はないものを求めるというが、そのとおりだった。戦さ続きのころは、いますぐにでも横になってずだ袋のように眠れたらどれほどいいだろうかと思った。長い眠りから覚め、意識が回復してからは、体が自在に動かせたらどれほどすばらしいことかと思った。欠けているものがあると、それを希（こいねが）うのだ。

　しかしいまは過酷な遠征もなく、体を動かすこともできる。自分を敬い、大切にしてくれる人がたくさんいる。景勝は信玄を下にも置かぬよう配慮してくれるし、娘の菊も慕ってくれている。ありていにいえば、欠けているものがないのだ。

　しかし……。

(いったい、おれはなにが不満なのだ)

自分の本心がわからない。

心の深いところでは気づいていた。なにが不満なのか、なにに飽きたのか。

「奈津」

信玄と奈津は三の丸まで散歩に行き、帰り道、景勝邸の下を抜けた。そのあたりで、信玄がやおら奈津に声をかけた。

「なんでございましょう」

「飽きた」

奈津はむっとした表情で、

「わたしに、ですか」

信玄は鼻で笑い、言った。

「生きていることに飽きたのだ」

奈津はうすうす感じていた。少しずつ体を動かせるようになったころ、人斎が信玄に課した機能回復のための訓練は容易ではなかった。それは超えなければならない課題であり、信玄は黙々とこなした。その甲斐あっての恢復である。だが皮肉なことに安穏(あんのん)な日が続くと、信玄の目から生気が失われていった。

奈津には理解できた。五年もいっしょにいるのだ。

若い時分から重い責任を背負い、一日とて気のやすまらない日々をおくってきた男が、平穏な生活に安住するはずがない。

「晴信さまは若くして武田家の当主となり、それからは戦さ続きでしたわね。あのとき病に倒れていなければ、京の都に武田菱の旗を立てたかもしれぬようなお方」

信玄と景勝が会話をしているとき、景勝がまるで子供のように幼く思えたことを境に、奈津は信玄の話を聞くことがたまらなく好きになった。根掘り葉掘りきくうち、奈津は信玄の半生を間近で見てきたかのようにその足跡がわかるようになっていた。

「だからなんなのだ」

「そういうお方が、こんなのんびりした日々に飽きるのは当然ですわ」

信玄も、そう気づいていた。気づいていたからこそ、そう指摘され、心地よくはなかった。

「おまえは嫁に行かぬのか」

信玄は話題を変えた。

「なにを唐突におっしゃるのですか。わたしはすでに二十六。女盛りはとうに過ぎております。器量もよくありませぬ」

「そうかな、おまえのような女なら、相手は幸せになれるのではないか」

「まあ、晴信さまったら……。嘘でもうれしいですわ」

奈津は翳（かげ）りのある笑みを浮かべた。奈津の父は奈津を信玄にくれてやったと思っているのか、縁談のことなどいっさい考えていないようだ。

奈津は話を戻した。

「お若いころはどんなことがお好きだったのですか」

「女、だな」

奈津は噴き出した。

「そのことは存じております。ほんとうにお盛んだったようですね」

まあな、と言って、信玄ははにかむような笑顔を見せた。

「そのほかにはどんなことが？」

「そうだな、戯れほどでしかないが、和歌や漢詩を詠んだ。絵を描くのも好きだった」

「そういえば辞世の歌があると、晴久さまからお聞きしたことがあります」

「辞世を遺しているのに、こうして生き恥をさらしているのは、まことに間抜けな話だ」

信玄のもの言いがおもしろくて、つい奈津はけらけらと笑ってしまった。事実、辞世を詠んでのち十七年も生きていることが滑稽に思えた。

「笑うな」

信玄が怒ると、

「もういちど本気で歌を詠まれてはいかがですか。幸い、ここ春日山城から見える景色は、晴信さまの詩心をくすぐるものと思いますよ」

と奈津は真剣なまなざしで言った。

信玄は芸ごとに熱中した自らの十代を思い返した。武芸の手習いより、詩作のほうがずっと楽しかった。昼間から家のなかに籠もり、蝋を灯して詩作にふけった。その結果、十九歳で二十に余る歌集を残した。命のやりとりが日常という戦国大名の嫡男として、あまりに特異な青年時代であった。

永禄二年（一五五九年）、晴信が三十八歳のとき、加賀美山法善護国寺に奉納された『武田晴信朝臣百首和歌』の原本は消失しているが、筆跡をそっくり真似た写本が残っていた。それをもとに木版本として刊行されたものが現在に保存されている。ちなみに本作で紹介した信玄の四つの歌はそのなかから抜粋したもので、どのような動機で詠んだかは筆者の創作である。

若き晴信は仏画にも熱中した。甲府の稲久山一蓮寺と塩山の恵林寺にはそれぞれ「渡唐天神画像」を模写したものがあるが、信玄筆と伝えられている。いずれも素人芸を超えた出来ばえである。

そのような体たらくであったから、気性の激しい父信虎が晴信を好まず、弟の信繁を溺愛したのは当然といえる。このままでは国務が疎かになると傅役の板垣信方に諫められ、晴信はようやく改心した。

とはいえ、完全に詩作と決別していたわけではない。天文十五年（一五四六年）、二十五歳のとき、甲府積翠寺で和漢連句の会を催している。家康は文武両道の人だったが、信玄はかなり文に偏った大名だったといえる。

その日のやりとり以来、信玄は歌詠みに打ちこんでいる。思案しては紙に書きつけ、そのなかで選りすぐったものを短冊に書きつける。興(きょう)が乗った日は、朝から夜まで歌を詠んでいる。創作の邪魔をしてはいけないと、奈津は近寄ることをはばかっていた。

和歌の創作をはじめてから二週間ほどすぎた日のこと、信玄は奈津に言った。

「だめだ、言葉が湧いてこない。歌はひねりだすものではないのだ」

「そう焦らずとも、日々書き続けていれば、かつての感覚を取り戻しますよ」

奈津は子供をなだめるように、やさしい声色で言った。

「そうじゃないのだ」

状況がまるでちがう。

時間があるから詠めるというわけではない。むしろ過酷な状況の合間に寸暇(すんか)を見つけて詠んだものに秀作があったと信玄は言う。公家と武士は歌詠みの動機が異なる。いまのような緩みきった日常で、いくら言葉をひねり出そうとしても無理がある。

「奈津、今宵(こよい)から添い寝してくれ」

「えっ？　なんですか、藪から棒に」

「安心せい。七十の老いぼれだ。変なことはせぬ」

「あたりまえです」

その日の夜から、奈津は信玄と同衾することになった。もちろん若い男女のような行為はない。母親が幼な子を包みこむかのように、奈津は横向きで信玄の体に密着させ、いっしょに眠るのである。

奈津は、骨の浮き出た肉体を抱え、自らの体温で信玄を温める。治療のひとつとして信玄の体をさすり続けてきたため、体のすみずみまで覚えている。

添い寝を続けているうち、信玄に対する感情が変化しているのを感じた。異性という感覚はまるでなかったが、一個の人間として親しみが深まっていたのである。一方の信玄も、奈津への親愛が高まるのを感じていた。

恋愛感情からはじまった男女であれば、五年の歳月は当初の新鮮さを失わせるにじゅうぶんだが、このふたりは時とともに情を深めていった。

「奈津、着ているものを脱いでくれぬか」

「……」

じつは、そうしてあげようと奈津は思っていた。なぜなら、それをこの老人が望んでいることを感じていたからだ。

奈津は膝を立て、一枚ずつ脱いでいった。衣擦れの音が輪郭をともない、ふくらみを増して静寂のなかに艶めかしく響いた。

信玄は、横臥しながら蝋燭の炎に照らされた奈津の体を見つめ、息を呑んだ。この世に、これほど美しいものがあったことをずっと忘れていたのだ。

奈津はするりと夜着の下にもぐり、寄り添った。信玄の心臓は波うち、奈津の肌は赤く染まった。

そのままの態勢で、どれほどの時間がすぎただろう。いつも尊大な信玄がおずおずと言った。

「乳を吸ってもいいか」

奈津は息を呑み、しばらく黙ったのち、声を震わせた。

「いちいち尋ねないでください」

奈津は、胸をはだけて信玄の顔に近づけた。小ぶりな乳房の頂きが口に含まれた。しばらくそうしていたのち、信玄は唇を離し、言った。

「赤児になった心地だ」

はたしてそれが特効薬だったのか。それ以降、信玄はよく眠れるようになり、厠に起きることが少なくなった。そして、みるみる活気を取り戻していった。

そのような男女の営みを超えた乳繰り合いが一ヶ月も続いた日の夜のことであった。信玄は股のあたりでもぞもぞと蠢くものを感じた。

奈津もすぐに気づいた。

（まあ、大きくなってる……）

## 型やぶりの公家

そのころ晴久は京都から戻った。近衛前久から「風巻」をまとめて買いたいと申し入れがあり、その商談をまとめるため、京都に赴いていたのだ。

近衛前久。

将軍足利義晴から偏諱を受けて晴嗣と名乗るも、のちに前嗣、前久と名を改める。

戦国時代の後半から江戸幕府開府にいたるまで、型やぶりの発想と行動力で暗躍した公家である。彼がいなかったら、秀吉の関白就任も家康による幕府開府もなかったかもしれないと考えると、とうてい無視できる人物ではない。簡単にその経歴にふれたい。

公家には家格がある。前久は五摂家の筆頭格である近衛家に生まれた。五摂家とは、近衛家・九条家・二条家・一条家・鷹司家を指す。

前久は公家の常識など、おかまいなしだった。

そもそも彼は京都が好きではなかった。人生の大半を流浪し、名だたる戦国武将たちと交わった。まずは上杉謙信である。永禄二年（一五五九年）、謙信（当時は長尾景虎）が上洛したとき、前久（当時は前嗣）と謙信は気脈を通じた。前久は、武士らしい武士が好きだったのだ。夜をてつして酒を酌み交わすほど意気投合し、ついには、

「マロを越後へ連れて行ってくれ」

と懇願した。前久にとって、因循姑息な京都は息苦しいだけだった。

翌年、前久は前代未聞の行動を起こす。謙信からの連絡を待ちきれず、関白の職にありながら越後へ下向するのである。のみならず危険を冒してたびたび謙信と戦場へ赴いている。第四次川中島の戦いの際は、遠く常陸国から謙信に宛て、戦勝を祝す書状を送っている（実際には戦勝といえなかったが）。

やがて帰京するや、こんどは信長との親交を深める。

信長の目に、常識はずれの前久は魅力的な人物と映った。天下布武を推しすすめる上で、朝廷や公家とのパイプが欠かせないと知っていた信長は、前久を大いに利用できると考えた。ふたりは鷹狩り

や馬術という共通の趣味をとおして友誼（ゆうぎ）を深めていった。前久は、武田家を滅ぼした甲州征伐にも信長と同行している。まさにやりたい放題の公家であった。

しかし本能寺の変によって、前久は変転を余儀なくされる。二条城を攻撃した明智軍が前久邸の屋根から射撃したという讒言（ざんげん）に遭い、織田信孝や秀吉から疑いの目を向けられるのである。そこで家康を頼り、浜松に下向する。そののち家康のとりなしによって秀吉の誤解は解け、京都に戻る。

前久は、秀吉を天下人にするうえでも重大な役割を演じた。

秀吉は、源氏の血統でなければ征夷大将軍に、五摂家でなければ摂政関白になれないことを知っていた。天下に覇（は）を唱えるには、なんらかの権威づけが要る。そのため前久はとんでもない奇策を弄する。なんと秀吉を自らの猶子（ゆうし）としたのである。猶子とは形式的な養子をいう。養子は、元の親との縁を切らせたうえで自らの子とするものであり、跡目を継がせることもあるが、猶子は元の親と縁を切る必要はなく、跡目を継ぐこともない。一時的な便宜として使える手法である。

晴れて秀吉は五摂家の一員となり、関白に就任する。さらに秀吉は、天皇家と縁戚になることを考え、前久の娘前子（さきこ）を自らの猶子とし、天皇の妃とした。前久は、猶子という手管を使って、秀吉を名実ともに天下人にしたのである。

また、家康も前久の恩恵を受けた。

家康の家系である松平氏が源氏の系譜にあるかどうかは定かではなかった。源氏の系譜であることを証明できなければ、征夷大将軍の任を下賜されることはない。

ここで前久が暗躍する。吉田兼右（かねみぎ）とともに徳川氏の家系図をつくりあげ、源氏の流れであることを〝証明〟してしまったのだ。ただし、それが偽造かどうかはわからない。あやふやであった徳川氏の創姓を、明白な家系図に仕上げたということにとどめておこう。

ともあれ晴久は、東山慈照寺（銀閣寺）東求堂（とうぐどう）に前久を訪ねた。

会った瞬間、晴久は想像をくつがえされた。公家にありがちな容姿を思い描いていたが、目の前に現れた前久は色黒で動作がきびきびしている。身につけていた狩衣（かりぎぬ）は紅地に円い金箔がほどこされ、陰気な東求堂にあってかなり奇抜に映った。

「そなたが由本か。景勝から話は聞いておる。まあまあ、これへ」

生来、人好きのする性格なのだろう。子供がそのまま大きくなったような無邪気さで晴久を招き入れた。晴久が平伏し、慇懃（いんぎん）に挨拶を言上しかけると、

「そんな堅苦しいことは無用や。マロのことは話に聞いておるやろ。面倒くさいことは抜きや。さあさ」

晴久は前久をつぶさに観察し、なるほどこの人柄が天下の覇を競った大者たちを蕩（とろ）かしたのだなと納得した。

しばし雑談になった。

「由本とはなにやら縁（えにし）を感じるのお。マロもそなたも久の字を戴いておる」

「かたじけのうございます」

「由本は長く信玄に仕えたというが、信玄とは浅からぬ縁がある。互いに足利義晴から諱を受けている。もっともマロは居心地が悪うなって、その名を捨ててしもたがの」

前久はいたずら小僧のように笑った。

「信玄と本願寺の顕如どのは相婿のようだが、マロも顕如どのとは懇意にしておる。亡き信長から頼まれて、顕如どのに戦さはやめときなはれと進言したのはマロや」

事実、十年以上も信長に敵対した石山本願寺を説得し、開城させたのは前久の手柄であった。前久が息子に宛てた手紙には、信長から「天下を平定した暁には近衛家に一国を献上するという約定を得た」と書かれている。前久は、顕如の子教如をも猶子にしている。

「それにしても信玄が生き返ったと聞いて、マロは腰を抜かしそうになったわ。みなは乱世を嫌うが、マロは楽しんでおる。いろいろおもしろいこともあるもんやな」

「十一年間、お眠りになっておられました」

「そうらしいの。もっとも信玄にとって、それがよかったのかどうかはわからへんな。ま、どちらでもよろし。もう過去の人やしな。ところでそなたにおいで願ったのは風巻の話やったな」

前久はひょうひょうと本題に向けた。

「あれはすぐれもんや。あんなもんは見たことあらへん。どや想像してみい、マロがこの狩衣のうえにあれを巻いて宮中を歩いている姿を。馬子にも衣装とはいうが、まさにマロにも衣装やな」

前久は自分の言葉に、手を叩いて笑いころげた。おもしろいとは思わなかったが、晴久もおざなりに笑みをつくった。

「あれは一年にどれくらいつくらはるのや」

真顔になって前久が尋ねた。

「三十くらいと想定しておりまする」

「そうか。ほな、みんなマロがもらうわ。もちろん、お代はきちんと払いますで。なんなら前金でもよろし」

晴久は度肝を抜かれた。風巻は一本あたり二十両と値付けをしている。当時の一両を現在の貨幣価値で三十万円として計算すると、六百万円という高額になる。それを三十本まとめてとなると、しめて一億八千万円。前久は隠居の身である。いったいどこにそれほどの金があるというのか。

けっして高禄を食んでいるわけではない晴久にとって、六百両という金額は天文学的な数字であった。独断で返答することはできないと判断した晴久は、丁重にその旨を説明し、後日また伺う約束をして辞したのであった。

春日山城に戻った晴久は、景勝に一部始終を報告し、前久の要望どおり、風巻を三十本、納める許可をとった。なにかにつけ華々しい前久が広告塔になることによって、ほかの銘柄にも波及効果が期待される。このうえない滑り出しだった。

## 「の」の字型の城塞都市

家康は着々と計画を進めていた。板倉勝重に対し、当面の手当として、まず数万人の家臣とその家族が住める住居の整備を命じた。それと並行して都市計画を進めている。

家康の頭には、ひとつの概念があった。それは江戸を文武両用の城塞(じょうさい)都市とし、あわせて経済振興を図り、日の本一の大都市にすることであった。ありていにいえば京都、大坂、堺の機能を併せ持った都市である。

この構想を進めていくなかで、思わぬ副産物があった。理想の都市を思い描いているうち、江戸のみならず天下国家の理想形が心の裡からふつふつと湧き出てきたのであった。

家康の理想形は、質実剛健で安定感のある政権が前提となる。これまでは威を示すため、政治を担う者は派手できらびやかな政策を用いることが多かった。現に秀吉の政はそのきわみである。

そもそも家康自身が質実の気風の塊である。彼の出生地である三河国とその隣りの尾張国は現在、愛知県とひとくくりにされているが、境川をはさんで両者は価値観も言葉使いも異なる。尾張人は信長に代表されるように進取（しんしゅ）の気風があって華美を好むが戦さは弱い。三河人は素朴で律儀者が多く派手さを好まないが戦さはめっぽう強い。いずれの地も吝嗇家が多いと言われるが、同じケチでも尾張人はいざというときは派手に散財するのに対し、三河人は貯めるだけ貯めて使わないといわれる。

家康もその典型であろう。己にも他人にも吝（しわ）い。ある意味、それだからこそ信長との清洲同盟を二十年も遵守したといえる。

いったい家康以外のだれが、あのような片務色の強い、割に合わない同盟を守ろうとするだろう。形のうえでは対等な同盟関係であったが、信長はつごうよく家康をこき使うばかりであった。家康側が煮え湯を飲まされたことは数しれず。にもかかわらず、その同盟によって家康が新たに得た土地は、遠江と駿河のみであった。織田家の家臣たちより領地が少なかったほどである。

しかし家康は忍従した。生来の忍耐強さに加え、家康の価値観がそうさせた。現代風にいえば、彼は億万長者になることよりも、己の定めたテーマを克服することに喜びを見出すタイプの男である。質実な家康は、版図を広げることより内政の充実を図っていた。その結果、天下随一の屈強な家臣団をつくることができたともいえる。

こんな逸話がある。小牧長久手の戦いの前、秀吉は家康をてなづけようとし、本人に承諾を得ないまま朝廷に奏上して、自分より上の従三位（じゅさんみ）参議という官位を授けさせ、お礼の言上のために上洛させようとした。だが家康はそれをまったく喜ばず、上洛の要請にも応じなかった。家康にとって、なんら実体をともなっていない官位など鼻くそのようなものでしかないのである。

と、脱線してしまったが、家康は酒井忠次ら徳川四天王と呼ばれる重臣を伴い、ふたたび松野吾郎と神田山の頂きに立っている。

こたび、吾郎はある人物を伴っていた。

昇雲。

若かりし雄源が比叡山に籠もって修行したとき、雄源よりひと足さきに修行を始めていた男である。昇雲は千日回峰行に挑み、もっとも困難な修行といわれる無動寺明王堂での堂入りを目前にしていた。九日間、食や水を断ち、いっさい睡眠をとらず不動明王の真言を十万回唱え続けるという過酷な行である。

しかし昇雲の千日回峰行は成就しなかった。信長の比叡山焼き討ちによって、無動寺明王堂も灰となったからである。

失意の昇雲は、比叡山への立ち入りを監視する信長軍がいなくなったのを見はからって山に登り、一片も残さず遺骨を拾い、埋葬した。心のなかでは、それをもって千日回峰行満行（まんぎょう）としたのである。そののち諸国を流浪し、随風（天海）を頼って武蔵国の無量寿寺に入り、その縁で地域の寺で住持を務めていた。

昇雲は一度、身延の雄源を訪ねたことがあった。そのとき仏法などのほか、古代中国の陰陽五行説にのっとった町の設計や土木工事についてくわしく学んだことを雄源に話した。それが吾郎に伝わった。そして吾郎は昇雲を訪ね、江戸の都市づくりにひと役買ってもらうことになったのである。

昇雲は、五十二歳になっていた。寒冷地での過酷な行が祟ったのか、労咳（ろうがい）を患っていた。自身、命の炎が消えかけていることを知っている。吾郎から話をもちかけられたとき、この世に生きた証として最後の奉公をしようと思ったのである。

二ヶ月ほど前、家康は昇雲とはじめて対面したとき、風水の観点から、新しい領国の地相を調べるよう命じていた。

家康は、神仏に対する信仰心がとくだん厚いわけではないが、風水は信じている。だれが商いをしても繁盛しない場所、だれが住んでも不幸になる家がある反面、おのずと善きものを引き寄せる場所があることを知っている。人は行ってみたいところと避けたいところを直感的に選び分けている。

以来、昇雲は家康の新領地をくまなく巡り、今日はその結果を報告する日である。その場所として昇雲のほうから神田山の頂きを指定していた。陰陽五行説にのっとった四神相応の考えに照らし、江戸が最適であることを説明するためである。すでに家康と吾郎がそこに来ていることは知らない。

ちなみに陰陽五行説は、太陽・月・星の動きや位置などから吉凶を占う陰陽師の「陰陽」とは異なる。また四神とは、玄武・青竜・白虎・朱雀を指す。それらが相応するとは、北（玄武）に山、東（青竜）に川、西（白虎）に道、南（朱雀）に湖や海がある地をいい、自然の気が循環し繁栄するとされている。平安京の地相もこれにかなっている。

その日、神田山の頂きは、海からの強い風が吹き渡っていた。昇雲は吾郎に肩をささえられ、頂きに登ってきた。すでに家康と重臣一行が待ちうけていた。

「遅くなり、たいへん申し訳ありませぬ」

吾郎は土下座をして詫びた。昇雲が息もたえだえだったのを見ていた家康は、

「大儀」

と言い、それ以上責めることはなかった。

「徳川さまの新しい領地をくまなく調べてまいりました」

咳こみながら発した言葉は風にかき消された。

「聞こえぬ。もっと近くに寄れ」

昇雲はためらった。

「かまわぬ」

「されば……」

昇雲は家康に近づき、膝を屈した。

「立ったままでよい。その方の存念を聞きたい」

昇雲は立ち上がり、話し始めた。

「結論から先に申し上げます。四神相応に照らし、本拠とされるのは、ここ江戸がもっとも理に適っていると存じます」

「なにゆえだ」

「東にいく筋もの川、西に京とつながる東海道、北に日光山、南に江戸湾がございます。まさに大いなる宇宙の大気が縦横無尽に交わる、絶好の場所と存じます。また土地は三方に開け、豊かな穀倉地となりましょう。河川の流れはゆるやかで水運に適しておりますゆえ、商いが栄えることと存じます」

「富士山が北であれば申し分なかったな」

富士山の位置は真北から西へ傾いている。

「しからば申し上げます。富士山をあえて北と見たてる手もございます」

「烏は白と言うつもりか」

「めっそうもございません。そのように見立てることもできるということです」

昇雲はとぎれとぎれに答えた。

「申してみよ」

「近く、江戸城の整備もされることと存じますが、その際、富士山を北とみなし、江戸城の大手門の向きを少し変えるのでございます」

「まあ頭に入れておこう。ついでに聞くが、江戸城の縄張りについてその方の存念はあるか」

昇雲は大きく息を吸いこみ、気を落ちつけた。

「されば申し上げます。あれに見える江戸城はこの台地の突端に造られておりますが、守りに堅い城とは思えませぬ。まずは城をかこむ濠を左回りの『の』の字型にされるとよろしいかと存じます」

家康はじめ、居合わせた重臣たちも目を見開いた。かつてそのような城を見たことがない。

「なぜに『の』の字型なのだ」

忠勝が吠えた。

「忠勝、病人を恫喝（どうかつ）するでない」

忠勝は恫喝しているつもりはない。ただ地声が大きいだけだ。

死を覚悟している人間にとって、たとえ相手が怪物であっても怖くはない。

「『の』の字型の濠は大宇宙の秩序にかなっております」

「なにをもってそう言うのだ」

「じつは、これはわたしの考えではありません。比叡山でともに修行した男が申したことでございます。その者が申すには、この世の生き物の形は宇宙の秩序にしたがってできており、それを数字に置き換えることもできるというものです。たとえば一、二、三、五、八、十三、二十一、三十四、五十五と続くというのですが、花びらや葉の数もその法則にしたがっているとのことでございます」

それを聞いて家康は思案顔をしていた。

「四つ葉の草があったはずだ」

「はい、わたしも指摘したのですが、それはあくまでも奇形だとのことでございます」

家康は腑に落ちないという表情をしていた。

「仮にそうだとして、その話と濠を『の』の字型にすることはどういう関係があるのか」

「その者は、その数字の長さを一辺とした四角をつくって並べると、渦巻き型になるというのです。それを見て、はたと思いついたそうです。人間の耳や指の紋様、巻き貝、竜巻、水が一ヶ所に流れ落ちるときの渦巻きなど、この自然界は渦巻き型に満ちていると」

現代であれば、それはフィボナッチ数列だとわかるが、雄源がそれを学んだはずがない。彼は自然界に身を置き、つぶさに観察するうち、そのことに気づいた。ただしフィボナッチのように数式化したわけではない。なんとなく、そんな感じの秩序があるのではないかと気づいたのである。

「防御以外に、なにか実利はあるか」

「京の都をご覧になればおわかりですが、格子状の往来の合間に家屋が密集すると、いざ火事が発生した場合、つぎつぎと燃え広がってしまいます。『の』の字型の濠によって類焼を防ぐこともでき、また物資を船で運ぶにも適しているのではないかと存じます。いずれ各地方へいたる街道を整備するものと思われますが、濠と街道が交わるところに枡形の門を設けることで、守りやすく、攻めやすい起点をつくることができると考えまする」

一瞬、家康はにやりと笑みを浮かべた。

「いいことを聞いた。昇雲、その方に褒美をとらせよう」

「おそれながら申し上げます」

「うん」

「わたしの命は尽きようとしております。ご報奨はお心だけ頂戴することといたします。僭越ながら、それをこの江戸の発展のために使っていただきとうございます」

それを聞き、家康はしげしげと昇雲の顔を見つめた。

「よくぞ申した。さすがは千日回峰行を満行しただけのことはある」

家康は昇雲が千日回峰行を成就していないことを知っていたが、あえてそう言った。焼き討ちがなければ、満行にいたったと確信できたからである。

そのひとことを聞き、昇雲は胸から全身へ温かい波が広がっていくのを感じた。そして眼下に映る広大な湿地帯が「の」の字型の城塞都市となって発展していく姿を思い浮かべ、この世に生きた意義があったと思えた。

それから二週間ののち、昇雲は息を引きとり、本人の遺志にしたがって、遺体は比叡山の麓に埋められた。

関ヶ原の戦いののち、家康は藤堂高虎らに江戸城と濠の設計を命じた。そして伊達政宗ら大名が普請に携わった。

昇雲がおおまかに提唱した「の」の字型の掘割については、のちに天海がその詳細を完成させ、江戸の町そのものを宇宙の相似形にした。江戸城の完成は、寛永十七年（一六四〇年）まで待たなければならない。

## 人斎と家康

吾郎は多忙をきわめていた。昇雲の遺骨を比叡山の麓に埋葬するや、すぐ身延に引き返し、人斎と会うことになっている。

ひどく疲れを感じた。すでに五十三歳。まわりに自分と同年代はほとんどいない。若い時分から諸国をまわり、おのずと足腰は鍛えられたが、徒歩だけで江戸と西近江を往復するのは骨が折れる。

しかし、急がねばならなかった。

「人斎はまだ来んのか」

家康からそう一喝されたのは、昇雲が死んで間もなくであった。人斎を召し抱えたいという家康の要望はいまだ実現されていない。一刻の猶予もならぬと叱咤（しった）され、昇雲の遺骨を持って飛び出すように江戸を発った。

人斎は、雄源の住処からほど近いところに居をかまえている。杉の大木に屋根、壁となる板をくくりつけ、筵（むしろ）で覆っただけの粗末な住処だ。

人斎は「独坐大雄峯」という心持ちでどっしりと落ちついている。いまこうして、ここに坐っていること以上に貴いことはない。この世に生きているだけでいいのだと。心はすでに禅僧であった。

人斎と雄源は、新たに得た医法や天体の見識を互いに披瀝（ひれき）し合い、そこに共通点を見いだし、さらなる探求の糧（かて）としていた。

ふたりとも髪や髭は伸びるにまかせ、着るものにもいっさい頓着しない。人斎は白い髪が腰の下まで垂れ、頭頂部はすっかり禿げあがっている。傍目には浮浪者にしか見えないであろう。風貌はいっそう凄みを増しているが、人間はいかにも円（まろ）やかになっている。

「吾郎どの、お待ちしておりました。では、出かけましょう」

吾郎が人斎を訪ねると、人斎は開口一番そう言い、笈（おい）を背負った。

「どこへ、出かけるのですか」

「もちろん江戸ですよ」

人斎は大まじめな表情でそう言った。前に会ったときもそうだったが、読心術でも習得しているのではないかと思うくらい、人の心を読んで先まわりする。よけいな手間がなく楽ではあるが、いくぶん気味悪くもあった。

ともあれ吾郎と人斎は身延をあとにし、甲州往還を甲斐へ向けて歩き始めた。甲府の手前で右に折れ、大月を抜けて八王子で一泊し、翌日には江戸に到着した。当時の人の脚力は、現代人の想像をはるかに超えている。

ふたりは江戸城の大手門から入った。大手門とはいうものの、ただ城の正面に空いている広い出入口で、堅固な門扉はない。築城されてから百年以上も放置されたままで、荒城そのものであった。城下の屋敷もようやく町の縄張りが決まったばかりで、普請はこれから。数万人におよぶ将兵とその家族は曲輪のなかで筵を敷き、その上で暮らしているありさまであった。

しかし、いたるところから聞こえる槌音は活気に満ち溢れ、日毎に町が変わっている。

「従三位参議三河守さまにお会いしたい」

吾郎が門番にそう伝えると、門番は血相を変えて走って行った。家康は伴人斎なる人物が来たら即刻通すようにと門番に伝えていた。

ふたりは本丸の片隅にある板張りの間に通された。歩くと床板はぎしぎしときしみ、底が抜けるかと思えた。ひとつだけある小さな窓が開け放たれていたが、黴の臭いが充満している。

家康は小姓ふたりを従えて足早に入ってきた。頬がゆるんでいる。すこぶる機嫌がよさそうだ。

「そちが伴人斎か、遠路、大儀であった」

家康は人斎の肩をたたき、ついで吾郎の肩もたたいた。

「ゆるりとせい」

言いながらふたりの前にどっかりと腰をおろした。

「会いたかったぞ、人斎」

家康は親しげに声をかけた。

家康はしばらく無言で、嘗めまわすように人斎の容貌を見ていたが、やがて笑い始めた。

「信玄公を生き返らせた男と聞いて、どんな風貌かと想像しておったが、寸分とたがわない。これは驚いた」

目を細め、しきりにうなずいている。

「かたじけのうございます」

人斎は困惑した面持ちで言った。

「つまり、こういうことよ。その方は医法に通じた顔をしておる。医法に通じれば、その方のような顔になる。ものごとの真理に到達した面じゃ。わしはな、容易に人を信じぬ男だが、その方は信じられるぞ」

家康は部屋の片隅に控えている小姓に熱い茶を所望した。

「松野、そちの働きにも満足しておる」

「ありがたきお言葉にございます」

吾郎は、つねづね家康から冷遇されていると思っていただけに安堵した。人斎を連れてきたあかつきには褒美をとらせようと言われていたが、そんなことはどうでもよくなった。家康も覚えていないだろう。

「まあ、よく聞け。わしはな、武田家を滅ぼした人間のひとりだ。あのとき、信長公は武田の士卒はことごとく根切りにせよとわしに命じてきた。その言いつけにしたがっていたら、いまのわしはない。わしは武田の遺臣と五千人近くの兵を召し抱え、まるごと(井伊)直政に預けた。召し抱えたのは兵卒ばかりではない。大久保長安のような文官もおる。彼らのめざましい働きぶりよ」

家康は、訥々と話し続ける。

「わしは三河武士団こそもっとも強いと思っていたが、三方ヶ原で上には上がいると思い知らされた。あのときの甲州兵の凄まじさよ。地獄とはこういうものかと心底震えた。巷ではわしが糞をもらしたと笑っているようだが、実際に戦った者でなければあの恐怖はわからぬ」

恐怖におののいた話をしているのに、家康の顔は紅潮し、じつに楽しげだ。

「信玄公の姿はいっさい見えなかった。本陣に四如の旗がはためいているだけだ。見えないからこそ恐怖がいや増した。あのときわしは思った。いつかこの軍団をわがものにしたいと。それゆえ、わしは武田の遺臣たちを抱えたのだ」

家康は問わず語りに語っている。

「以来、わしの心の裡で信玄公の存在は大きくなるばかりだった。どうすれば、信玄公のようになれるかと。信玄公が読んだと聞けば、それと同じ本を取り寄せた。兵法の戦略、戦術、軍制をことごとく調べ上げた。築城術や治水術も調べた。戦さのない世になったら、信玄公がつくった『甲州諸法度之次第』を参考に民法を定めるつもりだ」

憧憬とは行き着くところ、同じ人間になりたいと願うことである。

「貨幣を統一するために、甲州で用いられていた守随秤を公定秤と定めた。戦さの掛け声も信玄公が率いられていたころの掛け声を真似た。どうだ、ことほどさようにわしは信玄公を畏怖しておるのだ」

人斎も吾郎も呆気にとられている。

「わしにこう思わせたのは信玄公以外にいない。二十年、同盟関係にあった信長公に対しては、ついぞ一度もこのような気持ちになったことはない。まして摂政関白と称して得意顔になっているかの者など話にもならん。さて長々と話したが、わしがなにを言いたいか、わかるか」

「はっ」

人斎は、家康の心を察した。というより心の様子が目の前に明文となって現れたかのように、赤心が伝わってきたのである。

「それほどに思い焦がれている信玄公の命を救ってくれたその方に、まず礼を申したいのだ」

なんということだろう。湧き出る思いを胸のうちに収めておくことができない若者のようである。

家康にとって、信玄は心胆を底冷えさせた不倶戴天の敵。にもかかわらず恐怖が転じてこれほどの憧憬になろうとは……。

人斎は、とうてい言葉には言い表せられない喜びを全身で味わっていた。ぼろ雑巾のように扱われた幼少期のせつない気持ちがよみがえり、いったいなにが自分の運命を変えたのかと不思議でならなかった。伴人斎という人間の本質は、以前とまったく変わっていないのだ。

親につけられた名前もわからず（おそらく、名は授けられていない）、行く先々で名を変えた。伴人斎と名乗るようになったのは、己の医法をきわめようと決意したときだ。そののちは「名は体を表す」という言葉を体現するような変転だった。

（こんなことが待ち受けていようとは……）

しかし、いつまでも感慨にふけってはいられなかった。家康が矢継ぎ早に訊いてきたからである。

家康が念入りに訊いてきたのは、信玄を眠らせ、その間に病を治療するという手法についてであった。熱心な態度から、家康自身が試したいのではないかと思えたが、その処方を端的に表すことはできない。半分以上は微妙な勘にたよっていた。人斎は巧妙にはぐらかしながら、明かせるところは惜しげもなく明かした。

家康の目に、好奇の色が浮かんだ。

「それにしても母親の人体の奥に目に見えない命の素があり、それと男の放つ精が合一するとおびただしくその数が増え、命の素がなくなると死に至るという見立てはまことに興味深い。病んだ体を仮死状態にして必要な命の素を最小限にし、しかるべき治療が終わったのち蘇生させるという手法も納得できる。命の素は空気のなかにもあり、それは人間の体に銹（さび）を植えつけ、悪くさせるものでもあるという説も痛快だ。おまん、どこでそれを学んだのだ」

家康は聞いたことをそのまま諳（そら）んじている。驚異的な記憶力に、人斎も吾郎も驚かざるをえなかった。

「なにも学んでおりませぬ。ただ森羅万象をつぶさに観照し、疑問をいだき、己の見立てを突き詰めただけでございます」

家康は前のめりになり、ぎょろりとした目で人斎を睨んだ。

「おまんの医法は気宇壮大だ。病の一点を見つめるのではなく、この世の大いなる秩序をとおして体全体を見ているのであろうな」

「かたじけのうございます」

「このごろの医者はやたらなんたらかんたらの専門家と抜かしおるが、それについてはどう考える」

「人体を科（ます）のように分けて診るは便利とも言えますが、大事なことを見落とすことになるのではと憂慮いたします」

「であろう。だからわしは信用できんのだ」

家康の医者嫌いは最近とみにひどい。医者が処方する薬も信用していない。戦場より、医者のほうが危険だと思っているフシがある。

　重い病を患ったとき、重臣たちから、医者に診てもらいなされませ、この薬をお服(の)みくださいませと言われても、頑として聞き入れず、自分で調合した薬を服んでいる。

　それが効いているかどうかはわからない。すぐには症状が改善されなかったところをみると、気休めとしか思えない。それでも医者を近づけなかった。

「おまんの力量はほぼわかった。だがな、わしは万が一のとき、信玄公のように生き返りたいとは思わぬぞ」

「その必要はございませんでしょう。なぜなら信玄公はまだ命の素がじゅうぶん残っているにもかかわらず病にその働きを阻害されたのでございます。徳川さまにおかれましては、命の素をすべて使い切ること、つまりは命をまっとうされることが肝要かと思います」

「同感だ。それゆえ、おまんを召し抱えるのだ」

「ありがたき幸せにございます。この人斎、最後のご奉公の覚悟で務めさせていただきます。されどひとつだけ、わがままを聞いていただきとうございます」

「言うてみい」

「よもやありえぬこととは存じますが、徳川さまと上杉さまが干戈(かんか)を交えることになりましたときにはお暇(いとま)をいただきとうございます」

　家康はじろりと人斎の目を見た。

「ようわかった」

　信玄が上杉家に保護されている以上、上杉家と敵対するは信玄に敵対するのと同じ。もとより忠義者が好きな家康に断る理由はなかった。

ともかく医者嫌いの家康が、はじめて心を許した医者が人斎である。以来、人斎に触発され、家康は「健康マニア」になっていく。それは当時の武士の概念からすれば、滑稽なことでもあった。武士はつねに死と隣り合わせに生きている。健康で長生きしたいと願うことは、武士の本分に反するともいえる。しかし家康は率先して健康を保つことの意義を唱え、実行したのである。

人斎は、まず家康の身体を丹念に調べた。信玄にもそうしたように目の奥を覗き、脈をとり、体温を計り、胸や腹部背中を押し、陰部や肛門を探り、爪の状態を見、何度も声を出させ、息を嗅ぎ、便を指ですくって舐め、尿をひと口含んだ。それらに要した時間はゆうに一時間を超えた。

（こいつは本物だ！）

家康は素裸のまま、珍しい生き物がそこにいるかのように、しげしげと人斎の一挙手一投足を見つめた。

そして小姓を呼びつけ、褌（ふんどし）だけ身につけると、

「暑い。あとはよい」

と言って小姓を下がらせた。

褌姿の家康は人斎に向き直った。

目で所見をうながした。

「陰と陽でいえば、徳川さまのお体は陽に傾いております。生気と精気に満ち溢れ、命の素が躍動している様子が見えるようでございます。ただ、ものごとはすべからく行き過ぎてはいけませぬ。ときどきはお休みになられて、陰の気を養われるべきかと存じます」

言いながら、人斎は感心していた。その頑健な体に、である。これは四十九歳の体ではない。見た目は太り肉（じし）で鈍重そうだが、屈強な力士のように肌艶がよく、張りもある。動きに無駄がなく、満腔（まんこう）

に気が充満しているのがわかる。生来もっている生命力と不断の努力がこのような肉体にしたのであろう。「かつて海道一の弓取り」と異名（いみょう）をとっていたのもうなずけた。

久能山東照宮に、家康が三十八歳のときの手形がある。それによると身長は百五十五センチ、体重は六十キロだったと推測されている。己を律していたのだろう。だからこそ天下を手に収めたのちも豪奢（ごうしゃ）にならず、質実な生活を送ることができたのである。

「つぎは食べ物のことでございます。食は本なり、体は末なり、心はそのまた末なり、でございます。必要な栄養は人によって異なります。それをわきまえていなければ、命をまっとうすることはできないとお心得くださいませ」

人斎によれば、必要な栄養は人によって微妙に異なる。寒冷なところに住んでいる者と温暖なところに住んでいる者は同じではない。その人の体格、体質、仕事の内容でも大きく変わる。

「それは道理だが、ではどのようなものを食べればよいのか、それがわからないのだ」

と言う家康だったが、彼の食事は理想的だった。麦飯を主食とし、野菜がたっぷり入った味噌汁、鳥肉、青もの魚、根菜、大豆の加工食、海藻、木の実などバランスの良い食事をずっと続けている。体を冷やさないことと衛生上の観点から、真夏でも冷たい水はけっして飲まず、かならず沸かしているという徹底ぶりだ。

人斎はそれらをふまえ、一週間ごとに家康の食事の献立をつくることにした。

さらに人斎は言った。

「命をまっとうするための秘訣は食べ物ばかりではありません。ほどよく体を動かすことが大切です。お見受けしたところ、徳川さまのお体はたいそう頑健でおわしますが、なにか特別のことをなさっておいでででございますか」

家康は、駿河で人質だったころの話をした。それによれば剣術、馬術、弓術、砲術などの武術を身につけ、いまにいたるも稽古を続けているという。また水練や相撲も若い者に負けないと豪語する。

さらには鷹狩りである。

「鷹狩りはいいぞ、人斎。つぎからそちも同行せよ。体の鍛錬にもなるうえ心の憂いもなくなる。領民の暮らしを知る機会にもなる。なにしろわしはあの信長公に二十年もこき使われた者よ。心の憂（うれ）いを溜めない工夫をしなかったら、いまごろは狂い死にしていたにちがいない」

家康の鷹狩り好きは筋金入りで、死の直前まで続けたといわれる。人斎は家康の鷹狩りに同行し、薬になりそうな野草や鉱物を採取し、持ち帰っては薬の調合をするようになった。それによって人斎と家康の共同作業による薬が数多く誕生することになる。

「心を鎮めるといえば伽羅（きゃら）を焚（た）くのも好きでな、世間の者はわしを吝いというが、こればかりは金に糸目をつけず買い求めておる」

人斎は、家康の旺盛な学習意欲にも感嘆していた。『和剤局方』や『本草綱目（ほんぞうこうもく）』といった医学書を熟読し、使えそうだと思えば自ら調合し、試していた。

こと健康に関して、家康が敬慕する信玄は意識が高いとはいえなかった。それゆえ重病を得てしまったのであろう。

戦国大名は、ただ戦さに勝てばいいというものではない。ただ領国を治めればいいというものでもない。自分が死したのちも家が安泰であるよう、たくさん子をつくらなければならない。たくさんの子をつくることは大事な責務のひとつであった。

当時の幼児の致死率（特に男子）は、現代では考えられないほど高かった。そのために一夫多妻制があった。政略結婚で娶った相手が自分の好みでなくても子づくりに励まなければならない。それはむしろ苦行であろう。

あの体型からは想像もつかないが、家康は多くの女人から愛された。そのうえ頑健な肉体に裏づけられた、人並みはずれた精力があった。たくさんの子が生まれたのは当然ともいえる。家康が認知した子は十八人。隠し子を含めればその数は想像がつかない。最後の子市姫が生まれたのは、家康が六十六歳のときである。


家康は、気になっていることを人斎に尋ねた。

「関白どのに会ったことはあるか」

「ありませぬ」

じつは人斎は地べたを這うような暮らしをしていた少年時代に深く交わったことがある。しかし、あえてそのことは胸にしまった。

「一年前、関白どのに会ったときのことだが、以前のような生気が失せ、ひどく老けた印象を受けた。京に放っていた間者が戻って言うには、このところ関白どのは鬱の気が生じているのではないかと。なにか思い当たるフシはあるか」

人斎はすぐに合点がいった。

「おおむね想像がつきまする」

「どんな想像か」

「生活と食べ物がそれまでといちじるしく変わってしまったがため、心身が疲弊しきっているのではないかと推察いたします。さきほど徳川さまは陽の塊（かたまり）と申し上げましたが、おそらく関白さまはその反対で、陰の塊でありましょう。もともと関白さまはそれがしと同じように野人のようなお方。それが突如として公家の暮らしになられたのですから、その反動が出るのは必定かと想いまする」

「どんなふうに反動が出るのだ」

吾郎は、目の前にいる褌一本の家康と公家装束に身を固めた秀吉を交互に思い浮かべ、苦笑した。

「まず、熱量が足りませぬ」

「熱量だと？」

「はい。公家衆はほぼ体を動かすこともなく、食べるものといっては虚のものが大半にございます。おそらく主食は白米、しかも割り粥にしておられると想像いたします」

割り粥とは、白米を水につけて柔らかくし、それを細かく砕いて炊き上げるもので、おそろしく手間と金がかかる。貴顕な人間であることを証すための食事ともいえる。

「そういえば安土城に招かれたとき、一度食ったことがある。塩気がなく、なんとも味気ないものだった。それに柔らかすぎて噛んでいる気がしなかった。筑前はあんなものを毎日食っているというのか」

公家の最高位である関白である以上、それなりの生活を維持しなければ天下にその威勢を示すことはできない。

（筑前めもとんだ籤をひいたものよ）

家康の意識のなかで、関白は筑前守に戻っていた。

「柔らかなものばかり食べていれば咀嚼の必要がなく脳への刺激もなくなります。さりながら、これも貴顕な方の宿命にございます。もともと公家のお生まれでしたら、体がそれに合うようになっておりますからさほどの心配は無用ですが、関白さまの場合は……、」

「出が卑しいからな」

家康はとっさに言葉をかぶせた。それを言いたくてうずうずしていた感がある。

「よく眠れずに情緒が不安定となり、ひどい場合には妄想を抱くようになるとも考えられます」

それから数年間、秀吉の妄執はひどくなる。そのことが平らかになったかに見えた天下に重大な影響をおよぼすことになる。

それは家康が目論んだとおりの展開であった。秀吉が死んだのち家康は十八年も生きる。もし家康が短命に終わっていたら、はたして天下はどうなっていただろうか。戦国の世に逆戻りした可能性もある。

人はみな死ぬ。それを避けることはできないが、寿命を伸ばすことはできる。それがどういうことを意味するのか、家康の実例は雄弁に語っている。

## 信玄の大金星

そのころ、越後の春日山城では珍事に湧いていた。なんと信玄と奈津の間に女児が生まれたのだ。景勝は重臣たちを集め、本丸の広間で盛大な祝宴をもうけた。

信玄、御年七十一歳。大金星というべきであろう。赤児を胸に抱き、奈津とならんで上座に坐している。女児は「きよ」と名づけられた。

いちばん驚いているのは、信玄である。七十一歳で子ができたということにではない。わが子がこれほど愛おしいと思えることにである。父親の意外な一面を知った菊姫も驚いている。

「お父上のそのような幸せなお顔、はじめて拝見しました」

自分は一度もそのような目で見られたことはなかったと言いたげな表情だが、菊姫にとってその赤児は妹、喜びもひとしおである。

　菊姫は女児を信玄から受け取り、しっかりと胸に抱いた。

「五十歳ちかくも離れた妹というのはどういうものだ」

「妹というより、孫のようなものでございます。それにしてもなんとまあ利発そうなお子でございましょう」

　いまだ子宝に恵まれない菊姫にとって、肉親の子は特別な感慨があるようだ。赤児を抱きしめたまま、離そうとしない。

（なんと幸せなひとときなのだ）

　晴久は、目の前の光景を眺め、しみじみそう思った。

　はじめて信玄に会ったときのことを思い出していた。母、妹と死に別れ、心細さに胸が押しつぶされそうになっていたころのこと。躑躅ヶ崎館で対面した信玄は、まさに雲の上の存在だった。同じ空気を吸っていることさえはばかられた。父から見放されたと思いこんでいたときも、心の支えになっていたのは「このお方のお役にたちたい」であった。それ以来の半生は信玄抜きに語ることはできない。

　それなのに目の前の信玄は、まるで別人のように無防備であけすけで、幸福そのものの表情を隠そうともしない。

　今日は無礼講。上杉家の家臣たちは、かわるがわる信玄の前に出て祝いの言上を述べ、酌をしている。

　それまで彼らは、信玄に対して遠慮があった。それもそうだろう。たとえ隠居の身であろうと、かつては天下を震撼させた男。越後では神のごとく敬われる先代謙信といくたびも矛を交えた相手なのだ。

しかしまるで好々爺となった信玄を間近にし、彼らの畏怖心は融(と)けた。信玄との距離が一気に縮まったのである。席に戻るや、彼らは口々に信玄を肴(さかな)に談笑している。

それを聞いても信玄は意に介さなかった。むしろ喜んで酒の肴になろうという気配さえあった。信玄の隣りに座る奈津が、つねにわが子と同じように信玄を気遣っているのも微笑ましい光景であった。

ところが……。

晴久は、信玄を間近で見て愕然とした。笑みを浮かべながらも、目に光るものがあったのだ。

この日の喜びがあまりにも大きいからであろうか。

そうではないような気がした。が、考えても、晴久にはとうてい伺い知ることのできないことであった。

# 第六章　もうひとりの秀吉

## 成りあがり関白

時はさかのぼって、天正十五年（一五八七年）。

秀吉から、もちまえの快活さが失われている。

理由は本人にもわからない。小鳥の鳴き声にも苛だつことがある。

本来であれば、だれよりも幸福感に満ちているはずである。尾張の生家から追われるように飛び出し、身ひとつで出世の階段を駆けあがり、いまや天皇に次ぐ位に昇りつめた。

前年、正親町天皇は念願かなって譲位したが、それもひとえに秀吉の財力によるものだった。朝廷の財政は逼迫しており、即位礼などの儀式ができなかったため、正親町天皇は七十歳になるまで譲位できずにいた。替わって即位したのは孫の後陽成天皇。いまだ十六歳。秀吉にとっては意のままに操れる年齢である。

秀吉は、新たな願望を抱いた。

——天皇家の縁戚になりたい。

越えてはいけない一線だった。しかし秀吉はその願望、いや欲望を抑えることができなかった。卑しい出自の自分が関白になれたのは、近衛前久の猶子になることによって近衛家の一員となったからだが、機転のきく秀吉はこの手を使えばなんでもできると知ったのである。

「わしを天皇家の縁戚にしてくださらんか」

秀吉は前久を呼びつけ、難題をつきつけた。

前久は飛び上がらんばかりに驚いた。

（氏素性もわからない百姓の生まれが天皇家の一員になるとは、なんと畏れ多いことを）

奔放な前久でさえ不敬な野望におののいた。

「……」

いくども諫める言葉が出かかったが、懸命に飲みこんだ。

「なんとかしてみるさかい……」

力なく答える以外、術はなかった。いかな常識破りの前久でもこればかりは受け入れ難かった。しかし秀吉の要求をはねつけることはできなかった。

前久には十一歳になる前子(さきこ)という娘がいる。その前子を秀吉の養女とし、後陽成天皇に入内(じゅだい)させる。この手を使うことにした。前久にとっては苦渋の決断である。形の上とはいえ、まだ幼い娘を氏素性もわからない男にくれてやるのだ。

かくして秀吉は、後陽成天皇の義父となった。かつて天皇の後ろ盾として絶大な権勢を誇った藤原氏と同じ立場になったのである。いま天下を見渡して、これほどの栄華を極めた者は秀吉をおいてほかにいない。心は幸福感に満ちているはずである。

なにかにつけ苛々するようになったのは、そのころからである。宮中最高位にある秀吉に対しぞんざいな態度をとる者はいない。しかし秀吉の心のなかに疑心暗鬼が芽生えた。慇懃(いんぎん)に接してくる者に対し、内心おれを軽蔑しているのだろうと思うようになった。

宮中の庭園を散策していたときのこと、遠くから哄笑(こうしょう)が聞こえてきた。公家の声は生来かん高い。もともと野人の趣きが強い秀吉にとって、公家たちが話す言葉は心地よく響いたものだが、いまは癇(かん)にさわってしかたがない。

とっさに秀吉は自分が話のネタにされていると思いこみ、頭に血がのぼった。すぐさまふたりを呼びつけて土下座させ、持っている扇子で後頭部を打ちつけた。理由は、宮中で頓狂(とんきょう)な声をあげ風紀を乱した。おののいた公家が女のような声で「ひぇー」と悲鳴をあげ、膝下にひれ伏したときは気が晴れたが、ほどなくして自己嫌悪が倍加してやってきた。

うすうす気づいている。成りあがりが柄にもないことをしているが、ほんとうの自分はこんなことをしたくないのだと。

秀吉にとって、戦さほど己が能力を十全に発揮できるものはない。半生をふりかえると、自分らしくいられたのは戦さであることに気づく。戦さにこそ全身全霊を傾けることができ、己は特別な人間なのだと自覚することができた。

亡き信長公に引き立てられたのも、多くの大名が己が配下になって家の安泰を図ろうとしているのも、もとはといえば自身の戦さ上手ゆえである。己のすぐれた特質は、戦さがあってこそ発揮されるものだった。

浅井長政を滅ぼしたのち、その妻のお市の方（信長の妹）を娶ろうと名のりをあげたが、あのときお市はあたかもほんものの猿を見るかのように侮蔑の表情を浮かべ、自分を睨みつけた。お市は柴田勝家の妻になることを選んだが、勝家が滅ぶとき、さらに生き延びて秀吉の妻になることは断じて選ばなかった。お市の長女茶々を側室にしたのは、そのときの意趣返しでもあった。

そんな経歴があるからこそ一国一城の主たちが自らに対し、心底から膝を屈することなどないということは知っていた。源氏の血統ではなく征夷大将軍の道は閉ざされているのだから、関白という地位で諸侯を威圧するしかなかったのである。

それまで自分を見下していた連中に傅かれる喜びはつかの間だった。戦さで味わう歓喜の比ではない。そもそも日々着用しなければならない衣冠束帯は堅苦しくて動きにくい。好きなところを自由に歩くことさえかなわない。食べ物は、病人が食べるようなやわらかくて味気のないものばかり。塩と味噌だけで食べた麦飯の大むすびが恋しくてしかたがない。しかし、もはや元に戻ることはできない。

それにひきかえ前の年に四国の長宗我部（ちょうそかべ）を、今年、九州の島津を降伏させたときのなんと楽しかったことよ。血が逆流して波打ち、体の内側から皮膚を震わすような感覚をおぼえ、まだ降伏するには早すぎるぞと内心敵に声援をおくっていたほどだ。家康が臣従しているいま、いまだ平定していないのは小田原の北条と奥州の伊達のみ。

（楽しみはあとに残しておかねば）

北条と伊達をすぐに征伐しないのは、そういう理由もあった。

だが、いずれは両者とももみつぶす。となれば天下に敵はいなくなる。それはそれでつまらぬものだ。

秀吉にとって、天下を平定したあとの政など、退屈なだけだ。判で押したような単調な日々が愉快であるはずがない。そんなものは文吏である石田三成や増田長盛、長束（なつか）正家らにまかせておけばいい。

そんなことを考えるうち、唐入（からいり）という着想が湧いてきた。この日本がわがものになっても、海の向こうには広大な土地がある。バテレンが言うには、日本は小さな島国である。まだ見ぬ広い土地をことごとく征服すればいい。

秀吉は苛立ちがつのると、そんなことを夢想するようになり、そのときだけは心が開放された。

## 北野大茶会

（だれもが思いつかないようなことをして世間を驚かせてやろう）

関白に就いてからの秀吉は、豪奢（ごうしゃ）をきわめたいと思っている。天下をわがものにし、財貨もうなるほど持っている。政（まつりごと）を考えるより痛快なことをしたい。

思いついたのが、前例のない大茶会である。

すでに秀吉は茶会の味をしめていた。二年前の十月、関白に任じられたことを受け、前代未聞の宮中茶会を開催した。常御所（つねのごしょ）で正親町天皇と、紫宸殿（ししんでん）で左大臣近衛信尹（のぶただ）（近衛前久の子）らと一献交わしたのち、小御所（こごしょ）において自らの点前（てまえ）で正親町天皇らに茶を献じた。そうまでできるよう秀吉を指導したのは千宗易、のちの利休である。

その情報はすぐ都じゅうに広がった。一介の庶民が、宮中で今上天皇に茶を献じたのである。この快哉事は、皮肉屋の多い都でもおおいに受けた。とりわけ秀吉に対する庶民の期待は高まった。

（町人や農民でも参加できる茶会とし、茶の湯の垣根を低くするのだ。さすれば、わしの声望はいやがおうでも上がるにちがいない）

秀吉はそう考えた。

秀吉は学問や芸術に関心がなかったが、茶の湯だけは別だった。亡き主君信長から恩賞として茶道具が下賜（かし）されたことがきっかけで、茶の湯への関心が高まった。茶会を開くことも許されていた。

信長の死後、天下人となった秀吉は、だれはばかることなく名物狩りをした。どこそこに名物ありと聞けば、ためらうことなく買い求めた。金はうなるほどあるのだ。

秀吉が蒐集（しゅうしゅう）した茶道具は、いずれも当今最上級。その価値は青天井で、ものによっては一国にも相当するといわれる。それほどの名物を集めれば、人に見せびらかしたくなるのが人の情。そのためには狭い茶室でちまちまと見せるより、野外に多くの人を集め、どんと見せびらかすほうがいい。自らの権勢を天下に知らしめるうえで、これほど適したものはない。天下人の秀吉はかならず座の中心になれるのである。

さっそく秀吉は前田玄以を呼び、申しつけた。

「去る七月、九州を平定し、まもなく聚楽第（じゅらくてい）が完成する。それらを祝って、かつてない大がかりな茶会を開くことにする。ついてはそちを奉行に任じ、いっさいの手配を任せる」

前田玄以は美濃生まれの僧侶で、信長に仕えていた。本能寺の変のとき信忠とともに二条城にいたが、信忠の命で二条城を脱け出し、岐阜城にいた嫡男三法師（のちの秀信）を清洲城に移した。のち秀吉の家臣となって五万石を与えられ、丹波亀山城主となった。京都所司代として朝廷との交渉役を務めていたことからこの任にうってつけと秀吉は判断した。やがて豊臣政権の五奉行の一角を担うことになる人物である。

玄以は、まず千利休を巻きこんだ。利休は二年前まで千宗易と名乗っていたが、秀吉が朝廷に奏請して利休居士号を勅賜（ちょくし）された。このときの利休は野外で大がかりな茶会を催すという秀吉の奇想天外な発想を「大胆で無邪気」とみる心の余裕があった。

玄以は利休と相談しながら、大茶会の概要をまとめ、秀吉に示した。

その内容は、

・ときは十月一日より十日間
・場所は京都の北野天満宮境内
・若党、町人、百姓を問わず、茶の湯が好きであればだれでも参加できる

・茶道具がない者は、替わりになる物を持参すればよい
・服装・履物・席次などはいっさい問わない
・初日は北野天満宮の拝殿に三つの茶室をつくり、天下の名道具を展示する
・関白秀吉のほか千利休・津田宗及・今井宗久を茶頭として迎え、希望者には身分を問わず公平なくじ引きによって茶を供す

などであった。

それまでの茶の湯の常識を根底からくつがえすような大胆な企画である。

聞き終えると、秀吉は顔をくしゃくしゃにして喜び、持っている扇子で自分の膝頭をたたきながら言った。

「身分を問わず参加できるというのはいいぞ。破天荒の趣きがある。新しい時代の息吹きを感じよう」

「かたじけのうございます」

玄以はほっと胸をなでおろした。

「予や天下の名人が茶を点てて供すというのもおもしろい。間近でひと目見んと大勢が押しかけるであろう」

秀吉の脳裏には、数千人いや数万人がわれ先にと押しよせる様子が克明に映し出された。

「だがな」

秀吉はそれまでの人懐こい目を細め、声色を変えた。瞬時に玄以は身を固くした。

「まだなにかが足りん。この大茶会を象徴するような華がないのだ」

そう言われても、あそび心の片鱗もない玄以に着想のあるはずもない。

「そうだ。金の茶室だ」

秀吉はひらめくと同時に大声をあげた。

「金の……茶室でございますか」

「そうだ。想像してみい。外も内もすべて金箔張りにし、そのなかで茶を喫すのだ。世の中は侘び茶などと申して貧乏くさい茶室が流行っておるが、その大向うを張るのだ」

秀吉はまばゆいばかりに輝く茶室を想像し、満悦だった。

「急ぎ、つくらせよ。拝殿の中央にそれを置くのだ。茶室だけではない。茶道具もすべて金にせよ。棗（なつめ）、四方盆、風炉、釜、水指、茶杓（ちゃしゃく）なにもかもだ。銭はいくらかかってもよい。この世に極楽浄土をつくるのだ。いやいや、これはおもしろうなってきたぞ。侘び茶好きの利休はなんと申すかのお」

秀吉はいたずら好きの子供のように無邪気な笑顔を弾けさせた。

かくして総金箔貼りの茶室と茶道具がつくられることになった。当日、玄以からそのことを聞かされた利休は、背筋が凍る思いだった。しばらく言葉を失い、かろうじて、

「その茶室でわたしが茶を点てねばならぬのか」

とつぶやき、肩を落とした。

利休の憂慮とはかかわりなく、着々と大茶会の準備は進められた。公家をはじめ畿内の諸大名や茶人などに宛て、茶会に招待する旨の朱印状を発し、七月下旬には畿内の各所に茶会の概要を記した高札を立てた。

茶会の告知をする高札の結びには、こう書かれている。

――こうした配慮にもかかわらず参加しない者は、以後茶の湯を行ってはならない。

この場合の配慮とは、こうまで垣根を下げたということ。ある意味、威しでもある。この文面は秀

吉の強い意思によって追加された。北野天満宮を人だかりで埋め尽くしたいという願望のあらわれでもあった。

秋も深まり、絶好の天候のもと、初日を迎えた。秀吉の予想では、日が明けきらぬうちから行列ができているはずであった。そのため、往来や辻辻の警備を厳重にしている。

しかしやってくる人は存外まばらであった。そのため混乱はなく、じつに整然と催しが進んでいる。午前中、秀吉は予告どおり茶をふるまい、午後になると会場のなかを歩いた。知己に会えばかならず笑顔をふり向け、ひとことふたこと軽口をたたいた。

(静かすぎる)

そもそも茶会とは騒々しいものではないが、秀吉にとって静かな大茶会などつまらないものでしかない。騒々しく、大笑いがうずまき、ときには押し合いへし合いして喧嘩もする、そんな賑やかな光景を思い描いていたのだ。

しかし……。

秀吉の表情は日が傾くにつれ、曇っていった。休憩場所として設けた陣幕に入ると前田玄以を呼び出し、その日の来場者数を訊いた。

「およそ二千ほどかと存じます」

それを聞いた秀吉は表情をしかめ、周りに聞こえぬよう小声で玄以に耳打ちした。

「わしが数えたところ、せいぜい八百だ」

玄以の全身から血の気が引いた。まるでその全責任は自分にあると断定されたかのように聞こえた。

「初日でこの人数だ。これからさらに減るのではないか」

「……」

玄以は、秀吉の問いに答えることができずにいた。

自分の責任ではないと思っている。そもそもこの茶会は大坂で開くと提言したが、「茶会は京の都で成功してこそ意義がある。はじめからそのようなおよび腰でどうする」と怒声を浴び、鶴の一声で京都開催となった。賑やかなことが好きな大坂人であれば、おおいに受けたと玄以は思っている。

玄以の耳に都の人たちの囁きが聞こえていた。

「なんや、茶道具を自慢したいだけやろ」

「こんな下品な茶会、聞いたことあらしまへん。ほんま、お里が知れますよって」

「金の茶室やて、ほんまえげつないなあ」

「茶の嗜(たしな)みがある人はだれも来(き)いひんわ」

もちろん、時の天下人に正面きって異を唱えるような人はいない。秀吉自身は気づいていないが、もはや庶民の声が届かないところに生きている。

そこに新たな凶報が入ってきた。肥後国で一揆が発生したという。

秀吉はおおいに慌て、憤慨した。そもそもこの大茶会は九州を平定したことを祝う名目で行われている。にもかかわらず、よりによって初日に当の九州で反乱が起きたのである。洒落(しゃれ)にもならない。

秀吉の面目は丸つぶれになった。

初日の茶会が終わるころ、秀吉はふたたび玄以を呼び出し、こう告げた。

「茶会は本日をもって終わりとする。明日以降の予約はすべて取り消すように」

かくして北野大茶会は初日だけで中止となり、運営に携った者たちは筆舌に尽くしがたい虚無感を味わった。

拝殿の中央に据えられた金の茶室は、なまじ絢爛（けんらん）なだけに、いっそう哀れを誘った。それを見た秀吉はこの手で壊してやりたいと思ったが、さすがにそれはできるはずもなく、やり場のない苛立ちに、ただ歯噛みするだけであった。

**聚楽第行幸**

生来、秀吉の性格は明るく前向きで風通しがよかった。

風通しがいいというのは、喜怒哀楽をひきずらないということである。北野大茶会が不首尾に終わってから数日、さすがの秀吉も落胆していたが、ほどなく持ち前の遊び心が頭をもたげてきた。

かねてから秀吉は平安京大内裏跡に、政務を執り行う庁舎という名目で聚楽第を建設中であったが、北野大茶会の前月、完成をみた。聚楽第は周囲に濠をめぐらせ、三つの曲輪をもつ。四囲にめぐらされた塀の長さはおよそ千九百メートル。外郭の内側には豊臣家一門のほか、秀吉を補佐する大名、すなわち前田利家、黒田孝高、細川忠興、蒲生氏郷、堀秀政などの屋敷が建ち並んでいた。

聚楽第は竣工の後、八年で破却されているため、正確な場所や建物の詳細はあきらかではないが、『聚楽第図屏風』によれば、豪壮な天守閣を配し、まわりに白い塀をめぐらし、金箔瓦が数多く用いられていたことがわかる。「聚楽第」という命名は秀吉の造語と考えられるが、「長生不老の樂（うたまい）を聚（あつ）むるものなり」（『聚楽行幸記』より）との意味である。政庁というより私邸としての色が濃かった。

秀吉が考えたことは、竣工なった聚楽第に正親町上皇と後陽成天皇の行幸を仰ぎ、天皇の前で諸侯に忠誠を誓わせ、序列をあきらかにすることであった。

秀吉は宮中最上位の関白とはいえ、あくまでも天皇の臣下である。にもかかわらず上皇と天皇に行幸を仰ぐということは、分を超えたことであった。名目は「行幸を仰ぐ」ではあるが、実質的には半強制的な奏請である。正親町上皇や後陽成天皇にそれを断ることはできないと秀吉は知っていた。戦乱の世が続き、財政が逼迫していた朝廷を助けたのは、ほかならぬ秀吉であったのだから。

秀吉は朝廷に売った恩をきっちり返してもらおうと考えていた。それが聚楽第への行幸であった。天皇が臣下の私邸へ行幸するのは、永享九年（一四三七年）、後花園院が足利義教の室町殿へ行幸して以来となる。

正親町上皇と後陽成天皇は、あっさりと秀吉の奏請に応じた。秀吉の魂胆をじゅうぶん見透かしていたが、この行幸によって得られるものを想像すれば、断る理由はない。

快諾を得た秀吉は、てはじめに天皇に対して地子銀五千五百両と米八百石を、上皇に対して米三百石を献上した。そして百五十一年前に行われた、後花園院の足利義教邸への行幸をくわしく調べさせた。そのときの行幸に数倍する規模で行う意向であった。

その日、上空から京の都を俯瞰すれば、行列に使われる大通りは聚楽第まで黒山の人だかりで、蜜に群がる蟻のように見えたにちがいない。天正十六年（一五八八年）四月十四日、その日から五日間にわたり、正親町上皇と後陽成天皇の聚楽第行幸が行われるのである。

なにもかもが破格であった。北野の大茶会ではもののみごとに肩透かしを食らわせた都人であったが、こたびは絢爛な大行列をひと目見ようと早朝からわれ先にと往来や辻に繰り出した。秀吉が配置した六千人の警備人と見物人とで大通りはごった返しとなり、人に圧迫されて息を吸えずに倒れる者もいた。

怜人（れいじん）が奏でる雅楽とともに、紅顔（こうがん）の後陽成天皇や摂家衆、公家衆や女房衆がしずしずとねり歩く。万事にそつのない秀吉は、この日のためにきらびやかな衣冠束帯を整えた。それらを身にまとった行列を見て、集まった人々は感嘆の声さえあげられないほど雰囲気に飲まれた。

　この行列の見どころは上皇と天皇だけではなく、供奉（ぐぶ）する大名たちでもあった。このとき秀吉に臣従している大名はほぼ全員が供奉している（上杉景勝や毛利輝元は隣国への備えとして国許に残るよう命じられていた）。前駆（まえがけ）に導かれるようにして牛車（ぎっしゃ）に乗った秀吉が続き、各大名や豊臣政権の文官らが随伴した。

　行列ののち五日間にわたって贅のかぎりを尽くした饗宴や儀式が続いた。秀吉はそれらの合間に金貨、名刀、馬、特上の衣装などを息もつかせぬ勢いで献上した。その途方もない財力は、参列者を圧倒した。

　秀吉がもっとも重視する儀式が二日目に行われた。

　聚楽第の一室に後陽成天皇の出御を仰ぎ、豊臣政権の重要な位置を占めるであろう諸侯を集めた。すなわち徳川家康、織田信雄、豊臣秀長（秀吉の弟）、豊臣秀次（秀吉の甥）、宇喜多秀家（秀吉の養子）、前田利家の六人である。

「その方ら、末代まで天子さまに尽くすことを誓紙に署名して差し出すように。さすれば天下は未来永劫静謐となるであろう」

　朝廷とそれに次ぐ秀吉に忠義を尽くせば平和な世は続くという内容であり、秀吉の意に違えることは朝廷の意に反することであると宣言したにひとしい。

さらに念を押すかのように、あらかじめ用意された誓紙の末尾にはつぎのような一文があった。
――関白殿のおおせ聞かさるるのおもむき、いずれにおいてもいささかも違背すべからざること。
天子に次ぐ関白に絶対服従するとの内容である。諸将は誓紙に血判署名し、差し出した。この誓紙にはあらかじめ「金吾殿」と書かれていた。金吾とは小早川秀秋のことである。そのとき秀秋は秀吉の養子になっていた。当時、秀秋は十五歳。秀吉の後継者は甥の秀次であろうと諸将は予測していたが、ここに秀秋が後継者の有力候補として名のりをあげたともいえる。

この行幸において秀吉がもっとも重要視していたのは、天皇の威を借りて、天下に自らの地位を示すことであった。出自が出自ゆえ、関白になりおおせたとはいえ心服していない諸将や公家たちが少なくなかったが、この日を境に秀吉の権威は絶対的なものとなる。そのような意味においても後陽成天皇の行幸は大成功だったといえる。おそらく天下人秀吉がもっとも輝いた瞬間だっただろう。

正親町上皇と後陽成天皇は聚楽第に四泊され、御所に還幸された。そのときの土産がこれまた人々の度肝を抜いた。特大の箱に贅を尽くした品々が収められ、その数は五十個にもおよんだ。さらに同席した公家衆や諸大名にも高価な土産が配られた。秀吉の圧倒的な財力を見せつけられ、諸将はひれ伏す以外なすすべもなかった。

## 方広寺大仏殿

（なにもかもがうまくいった）

その日の夜、秀吉は深い安堵につつまれていた。かつて小牧長久手で戦った家康や信雄は、粛々と朝廷への忠義を誓った。その朝廷にはこの秀吉もふくまれている。溜飲（りゅういん）が下がる思いがした。

秀吉の威望はかつてないほど高まったが、じつはもうひとつ秀吉の権勢を天下に示すための大事業が並行して進められていた。聚楽第に天皇の行幸を仰いだことはたしかに画期的なことではあるが、記憶はやがて薄れていく。その点、半永久的に残るような物があれば、人々はいつまでも秀吉に畏怖する。それが人々にとってありがたいものであれば、その価値が減じることはない。

そう考えた秀吉が出した答えが、方広寺の大仏殿造営である。

伏線がある。松永久秀によって消滅した奈良東大寺の大仏殿は再建されずにいた。秀吉はそこに目をつけた。ただし東大寺の大仏殿を元どおりに造立(ぞうりゅう)するのではない。それでは人々の度肝を抜くことはできない。かつてないほど規模の大きい大仏殿を京都に造立するのである。

このころの秀吉は、さながらゲーム感覚で新しい事業の着想を得ていた。目的はことごとく自らの権勢を天下に示すためである。そのために、湯水のごとく資金をつぎこんだ。金蔵には見るのも嫌になるほど金があるのだ。出し惜しみはいっさいしない。

しかし秀吉は大事な事実を見逃していた。それらの金は民から吸い上げた税であり、やがて枯渇(こかつ)する運命にあるということを。よく知られる太閤検地(このころはまだ太閤ではなかったが)もありていにいえば石高をはっきりさせ、税収を上げるためである。また石高に応じた軍役を課し、戦地に兵を送りこむための地ならしでもあった。

秀吉の狙いが自らの権勢を誇示することである以上、新たに造立する大仏殿も過去に例のない、壮大なものでなければならない。それほど大きな建築物をつくるには、相当量の金属と巨木が要る。そこで秀吉は刀狩を実施し、諸大名に巨木の提供を命じた。

この賦役(ふえき)には家康も駆り出され、巨額を投じて富士山麓の巨木を伐採し方広寺へ運んだ。木曽山中の巨木もことごとく伐採された。薩摩の島津義弘には、屋久島にある樹齢千年以上の巨木を一本残らず供出するよう命じた（難を逃れた縄文杉などがのちに発見された）。

大型船十一隻を使って屋久杉を大坂へ運んだという記録があるが、そのときに伐採した巨木の痕跡のひとつがウィルソン株と呼ばれるものである。日本の植物を研究していた英国の植物学者アーネスト・ウィルソンによって調査されたことでその名がついている。

この大規模な伐採は、思わぬところに禍根を残した。大きな伽藍建築に必要な巨木がこの国から姿を消してしまい、それ以降は心柱に寄木材を使わざるを得なくなってしまったのである。

## 鶴松誕生

地べたを這いずりまわっていたような下人の出が、天子さまに次ぐ高位についた。実質的には天子さまをも動かすことができる。

秀吉にはもはや憂いはなかった。

たったひとつを除いては。

後継者である。

秀吉は家康ら大名の家に生まれた者とちがい、下男から立身出世して信長の家臣のひとりとなり、本能寺の変を奇貨として政権を簒奪した。そのため、幼少のころより仕えてくれた旗本衆がいない。それは豊臣政権の行く末を考えるとき、憂慮すべきことであった。

それ以上に憂うことは、子がないことである。

おそらく子だねがないのであろう、と秀吉本人もうすうす思っている。なにしろ人一倍女好きで、いい女と見ればかたっぱしから手をつけている。にもかかわらず、だれひとり懐妊しない。これは秀吉に問題があるとしか思えない。

ところが……。

ついに子ができたのである。しかも相手は寵愛いちじるしい茶々である。茶々の母親は信長の妹お市の方。秀吉にとっては主家筋である。茶々にとって秀吉は、父親である浅井長政を滅ぼした仇敵（きゅうてき）であるが、秀吉の強い要求を拒むことができず、側室となっていた。

秀吉は自身が卑賤（ひせん）の生まれであるがゆえ、貴顕な女には目がなかったが、なかでも茶々は格別であった。生まれながらにして貴種であることをいささかも疑っていない人間に特有の気ぐらいを身にまとっているうえ、その美貌は畿内随一とも言われていた。

茶々を手に入れるや、秀吉は彼女を愛玩した。何人いるか覚えていないほど多くの側室のなかで、茶々への情愛は度を越していた。京の伏見に淀城を築いたのも、茶々のためである。

淀城の建設は天正十七年（一五八九年）正月に着工し、わずか三ヶ月で完成している。真新しい城に移った茶々は、それ以降、淀殿と呼ばれることになる。

五月二十七日、淀殿は男児を生んだ。ときに二十三歳。

棄丸（すてまる）と名づけられた。当時、捨て子はすこやかに育つという迷信があり、それにちなんで命名された。のちの鶴丸である。

秀吉の喜びようは尋常ではなかった。待望の、しかも男児である。棄丸が泣いても笑っても一大事となり、天下の仕置は意識から完全に消え失せた。

秀吉にとって、棄丸の誕生を喜ばない者は敵にひとしい。それを察知した諸将は贅を尽くした品々を携え、われ先にと祝いに駆けつけた。ひっきりなしに訪れる諸将にあって、やはり北条氏政と伊達政宗の姿はなかった。前年の後陽成天皇の聚楽第行幸のときでさえ上洛しなかったのだから当然であろう。

（まずは北条を討つ）

秀吉は喜色を満面に浮かべながらも、内心そう考えた。

頑強に抵抗を続けていた北条氏だが、秀吉の前では野分(のわき)の前の枯れ葉にひとしかった。秀吉は小田原城攻めの本陣に淀殿を呼び寄せ、ゆっくり高みの見物をするほど余裕綽々(しゃくしゃく)であった。

翌年三月、小田原城が落ちたのち、伊達政宗は血相を変えて大坂城に馳せ参じ、白い死装束姿で秀吉に謁見し、会津返上を申し出て許された。その直前には、家康に対し関東転封を命じている。天正十八年（一五九〇年）は秀吉にとって、なにもかもがうまくいった年であった。

しかし好事魔多し(こうじまおおし)。本来であれば、そういうときにこそ滅びにいたる芽が生じやすいことを肝に命ずべきであった。天下人でさえ、その例外ではない。

## 利休切腹

明けて天正十九年（一五九一年）、得意の絶頂にいた秀吉の周辺がにわかに曇り始める。それまで利休との確執が噂されていたが、ついに二月、秀吉は千利休を堺に追放した。利休の居士号を下賜されてから六年足らずである。

その間にいったいなにがあったのか。なにが秀吉の逆鱗(げきりん)にふれたのか、いまでも謎が多い。しかしふたりの理想とする茶風があまりにもかけ離れていることをみれば、こういう結末になったとして不思議ではない。

利休は侘び茶を標榜(ひょうぼう)し、茶の湯をとおしてなにものにもとらわれない境地にいたることを目指したが、かたや秀吉は権勢を誇示する場として活用することに眼目をおいた。

利休が追求した茶の湯の美学は、茶室に凝縮されている。茶室の広さはますます狭くなり、茶道具は無駄がはぶかれ、貧相の一歩手前、ぎりぎりまで虚飾を排した。

また、躙口は秀吉に対する無言の戒めでもあった。秀吉は官位のみならず、後陽成天皇の聚楽第行幸などあらゆる機会を設けて天下の序列を示すことに腐心したが、躙口は茶の湯の前ではいかなる人も平等であると宣言している。そのような考え方を秀吉が容認するはずがない。

金の茶室や茶道具に代表されるように、秀吉は生来、派手好きでスケールの大きなものを好んだ。侘び茶など笑止千万であった。利休から茶の湯の手ほどきを受けた当初は素直に受け入れることができたが、やがてさかしらな知識がついてくると、ばからしくなった。当然、ことあるごとに意見が対立する。

六年ちかく、ずっと耐え忍んでいたのは利休のほうであった。相手は天下人である。おもてだって異を唱えることはできない。しかも関白に任じられてから、それまでの秀吉とは別人のように気難しくなり、自らをことさら大きく見せようとする。秀吉に聞く耳はなかった。

利休には、秀吉の心の移り変わりが手にとるようにわかった。

（なんと哀れな御仁であろうか）

とさえ思いながら粛々と従った。本来なら天下の茶頭などではなく、一介の茶人として心ゆくまで茶を楽しみたかった。しかし、いまとなっては引き返すことなどできるはずもない。

利休は、心の裡を色に出さずに秀吉に従うには純粋すぎたのだ。彼は秀吉を蔑んでいることを徹底して隠しとおすことはできなかった。秀吉は、ときどき自分に向けられる、そうした視線に耐えられなくなっていた。その積もり積もった鬱憤が沸点に達した。

秀吉は利休を死罪にしたかったが、明白な罪状がなければ、世間は秀吉が利休の才を妬んで殺したと思う。事実そうなのだが、事実であるだけにそれだけは避けたいことであった。そこで三成を呼び、意を伝えた。

三成にとって、なにもないところから罪状を仕立て上げることなどわけもないことであった。福島正則や加藤清正ら秀吉子飼いの武断派にはとうていできない芸当である。それゆえ秀吉は三成を重用したのであるが、三成もまたそうすることが自身の保全になることを知っていた。秀吉と三成は互いの利害を補完し合っていたのである。

やがて三成は、以下の二つの罪状をこしらえ、秀吉に献言した。

一つは、大徳寺山門の楼上（ろうじょう）に据えられた利休の木像が不敬であること。もう一つは、茶道具を法外な価格で売り、暴利をむさぼっていること。

応仁の乱で焼けた大徳寺の再建のため、利休は多額の寄付をしたのだが、寺側がそれに謝意を表するため設置したのがその木像である。利休の意思とはかかわりなくつくられたものであり、大徳寺側はそこに利休の木像を安置することをあらかじめ大納言秀長（秀吉の弟）に届け、許可を得ている。利休の理解者でもあった秀長が死去したのはつい先日のことである。秀長は、気鬱の症状が進んで精神状態が不安定な秀吉をうまく補佐していたが、早くもこのような形で影響が現れることになる。

もう一つの罪状もでっちあげであることは明らかである。

利休が選んだ茶道具に法外な価格をつけて売買しているのは美術商であり、利休との関わりはいささかもない。利休の審美眼が一部の茶道具の価格を釣り上げたことはたしかだが、三成はその事実から利休は売僧（まいす）になり果てていると結論づけた。

二つの罪状を突きつけられ、堺に追放された利休に、秀吉から使者が来た。利休が詫びをいれれば許すという。

そもそも秀吉は、利休になんら科がないことは知っている。ただ自尊心の問題なのだ。自分から鉾をおさめることはできない。利休が詫びれば、それで気が済む。それだけの話である。

しかし利休にとっては命よりも大切なものがあった。

茶人としての矜持である。それを秀吉によって膾のように切り刻まれた。あげく詫びをいれろとは、とうてい料簡できる話ではない。利休は使者にそう伝えた。

そのことを聞いた秀吉は怒りで顔を真っ赤にし、大徳寺山門の利休像を引きずり下ろし、聚楽第の大門戻橋で磔にせよと命じた。そして利休を聚楽第の自邸に引き戻し、切腹を命じた。二月二十八日、利休は、切腹を見届ける使者に茶を供したのち、武士のように端然と腹を切った。

おりしもその日は、早朝から霙混じりの雷雨が京にとどろいていた。あたかも秀吉政権の先行きを暗示するかのように不穏であった。

そのとき利休屋敷を三千の兵で十重に二十重に取り巻いたのは、景勝率いる上杉勢であった。景勝に、利休切腹の理由はわからなかったが、京の民衆がその理不尽な顛末を憂いていたことは伝わってきた。景勝は、胃の腑にどろっとしたものが溜まったような不快さを感じたが、ただ秀吉の命に従う以外に選択肢はなかった。

## 落首事件

「今夜はまた冷えるだぎゃ」

役目を終え、番所に戻った五右衛門は身を縮め、手のひらに息をふきかけながら同僚の与吉に言った。与吉は五右衛門とすぐに交替しなければならないが、五右衛門の話を聞いて、気が引けた。雑談をかわすうち、時間が過ぎてしまった。

ここは聚楽第の番所。塀のまわりを監視する十七人の番衆が詰めている。広大な聚楽第の周囲を十七人で監視するのは楽な仕事ではない。京都の冬は底冷えがするうえ、夜は暗闇に覆われている。五感を研ぎ澄ませ、目を凝らしていても人影を見逃してしまうことがある。

五右衛門は、給金の大半を国許の老いた両親におくっていた。父親は病に伏せ、母親がつききりで看病している。息子からの仕送りが途絶えれば、両親ともに生きていくことはできない。

五右衛門はすぐ眠りについたが、翌朝、血相を変えて番所に戻ってきた与吉の大声で目が覚めた。

「えらいことになってしもた」

緊迫した声の調子から、ただならぬことが起こったことを察した。

「落書きや。塀にいくつも落書きされとるんや」

五右衛門はとっさに番所を飛び出し、落書きされた現場に駆けつけた。朝日を受けて白く輝く塀の壁に、黒々と呪わしい文字が踊っているのを見たとき、血の気が引いた。

末世とは　別にはあらじ　木の下の
　さる関白を　見るにつけても

(末世はほかのところにあるわけではない。いまこそ世の終わりである。木下の猿関白を見ればわかる)

現代の落書きとは異なり、当時は五七五調で書かれ、落首と呼ばれていた。「木の下の」は秀吉の旧姓を、「さる」は本来「とある」という意味だが「猿」に掛けているのは一目瞭然である。

同じ塀のさらに南には、べつの一首が書かれていた。

ささ絶えて　茶々生い茂る　内野原
　きょうは傾城　香をきそひける

（笹が絶え、茶の葉がますます生い茂る内野の原。亡国の美女が色香を放っている）

「ささ」は秀吉に滅ぼされた佐々成政を、「茶々」は淀殿を指す。傾城とは「城を傾けてしまうほどのめりこんでしまう絶世の美女」をいう。内野は聚楽第が建つ場所である。

読めばそのまま納得できる落首だが、五右衛門と与吉は絶望した。十首ほどもある落首の前に、早くもたくさんの町民が集まり、あちこちで哄笑が渦巻いている。このことはまもなく秀吉の耳に入るであろう。そのとき、番衆はどのような咎（とが）を負うことになるのか。

塀を進み、直角に曲がったところにこんな落首もあった。

村々に　乞食の種も　尽きずまじ
　しぼり取らるる　公状の米

聚楽第や淀城などうち続く城郭の普請、寺領没収、刀狩、新たな検地による過酷な年貢米など、庶民の不満と怨念がこめられた落首である。ほかにも、子だねがないはずなのにいったいだれの子が生まれたのだろうといった、きわどい落首もあった。

怒り狂った秀吉はわが身をふりかえるのではなく、下手人を厳しく罰することで再発を防ごうとした。ただちに三成を呼び、見せしめのために厳しい処置を命じた。

五右衛門の予感は的中した。落首があった夜に城番を担当していた十七人に死罪が言い渡されたのである。

番衆を統率していた親方をはじめ、五右衛門らは縄で縛られ、京の街を引きまわされたのち、六条河原に連れて行かれた。

河原には十七本の磔用の柱が立っていた。

五右衛門らに、その光景はどのように映ったことだろう。

十七人は磔用の柱に逆さ吊りに縛りつけられ、まず鼻を削（そ）がれた。勢いよくあふれた血はひたいを真っ赤に染め、頭のてっぺんから地上に滴（したた）り落ちた。さらに両の耳を切り落とされ、最後に槍で心臓を突き刺された。その一部始終は衆人環視（しゅうじんかんし）のもとに行われた。

秀吉の怒りはそれでも収まらなかった。下手人が見つからなかったからだ。その怒りは三成らにぶつけられた。

のちに五奉行に列せられる石田三成、増田長盛、長束正家は豊臣政権の吏僚として絶大な権限をもっていた。事実上の独裁者秀吉の厚い信任を得、立法、執政、司法のすべてを担っていた。内務のうち、とくに重要と目されていたのが治安維持である。重税を課したことによって、豊臣政権に対する不満はそこかしこに現れている。それらの火種が大きくならないよう三成らは細心の注意をはらっていた。畿内の情報を集め、政権に批判的な人物を列記していたのである。三成は犯人が見つからなければ、そのなかから適当な人物を犯人に仕立て上げればいいと考えていた。彼らはいずれ弾圧すべき人物であり、その時期が早まるだけの話である。さほど痛痒（つうよう）を感じることはなかった。

尾藤次郎右衛門道休という僧侶が犯人と特定された。そのころ道休が京都から大坂天満の本願寺に入ったという報せがあったからである。

さっそく三成と長盛らが本願寺に行き、道休の引き渡しを迫ると、顕如は道休と彼をかくまった願得寺顕悟を自害させ、その首を差し出した。かつて信長に敵対した怪僧顕如も、秀吉の前ではまったく無力であった。

しかし、それでもまだ秀吉の怒りは収まらない。道休と願得寺顕悟の住居をあとかたもなくとり壊し、その周囲の町内一帯を焼きはらい、さらには道休の妻子をはじめ、女や子供を含む町民六十三人を犯人隠匿（いんとく）の罪で捕え、六条河原で磔刑（たっけい）に処したのである。

そのようにして聚楽第の落首事件は、関わりのない八十人以上の人間を惨殺することでようやく決着がついた。犯人とされた道休は、一度も弁明の機会を与えられることなく露と消えたのである。

## 第一次朝鮮出兵

なぜ秀吉が朝鮮出兵にふみきったか、さまざまな憶測がある。国内を平定するとき、信長のように敵を抹殺せずに調略で味方にしてきたため傘下の大名が多く、じゅうぶんな恩賞を与えられないため、やむなく版図を海外に求めたなどとも言われているが、そうではないだろう。当時の秀吉に、そのような気遣いはなかった。ただ単に「関白職に飽きた」のだ。関白になる前は、宮中最高位への憧れがあったが、なってしまえばこれほど退屈な仕事はない。というより、仕事などほとんどなかった。全身全霊をかけて戦さに臨み、つぎつぎと版図を広げるという血湧き肉躍る体験をした者がいつまでも閑職に満足できるはずがない。

秀吉は、関白職に就いた直後から、「いずれは朝鮮・大唐・天竺までをも従える」と豪語していた。唐入（からいり）という言葉が人口に膾炙（かいしゃ）するようになったのはそれからである。

利休の切腹や聚楽第の落首事件で世の中を震撼させてからおよそ四ヶ月後のこと、ある出来事によって、秀吉はこの世の終末にもひとしい衝撃をうける。

鶴松の死である。

気も狂わんばかりにとり乱し、悲嘆のあまり自ら髻(もとどり)を切ってしまったほどである。

戦国武将の多くはわが子に対して冷淡であるが、秀吉は例外だった。だれよりもわが子を愛し、仮に日本全国とどちらを選ぶかと問われれば、迷わずわが子を選んだであろう。そんな男がわずか三歳の子を失ってしまったのである。

心のなかにできた空白はなにをしても埋めることはできない。せっかくつかんだ天下人という地位も、引き継がせる意中の者がいてこそ価値がある。自らが築いた莫大な財産や栄誉の後継者がこの世にいなくなり、秀吉はなにもかもを投げ出したくなった。それはまた、かねてから計画していた唐入を決意する後押しともなった。

てはじめに海外遠征に必要な将兵を確保するため、身分統制令を発した。武士が主家の許可なく他家へ奉公することを禁じたのである。奉公先が固定することによって徴兵が容易になった。さらに豊前中津城主浅野長政を惣奉行に任命し、朝鮮へ派兵する兵站(へいたん)拠点として肥前名護屋に新たな城を築く計画を推し進めた。

かり出されたのは九州の諸大名である。秀吉の計画では、遠征軍は十六万人を超える大軍である。それらの兵站を担う拠点となれば、広大な城となる。

さらに秀吉は世間を驚かせた。甥の秀次を養子とし、関白職を譲ることを明らかにした。それによって秀吉は、前の関白を意味する太閤となったのである。

朝鮮出兵は二度行われているが、一度目の出兵は前触れもなく始まったわけではない。

秀吉の狙いはあくまでも唐入であった（当時は唐ではなく明が中国を統治していたが、このような表現が定着していた）。朝鮮王国など歯牙（しが）にもかけていなかった。

秀吉はまず朝鮮王国の代表を参じさせる折衝（せっしょう）を、対馬の宗義智に命じた。が、朝鮮王国と交易をしていた義智は、秀吉が考えるようにやすやすと事が運ばないことを知っていた。そこで内容をすり替え、秀吉が日本を統一し、新たに国王となったことを祝賀する通信使を派遣してほしいと要請した。

しかし、それでさえ断られた。

そののちも義智は折衝を続け、ようやく黄允吉（フォンユンギル）と金誠一（キムソンイル）が使節として来日する運びとなった。鶴松が死ぬ前年の天正十八年（一五九〇年）のことである。

秀吉は聚楽第で彼らを引見した。彼らは、日本（秀吉）に隷属するための使節であると早とちりし、こうきりだした。

「予が母の胎内に宿りしとき、母は太陽が胎内に入った夢を見た。予は日輪の子であり、東アジアに君臨するは天命である」

黄允吉らは事前に、秀吉は猿のような顔をした小男だと聞かされていたが、目の前にいるのは想像どおりの容貌である。顔は皺くちゃで貧相だが、身につけているものは滑稽なほど不釣り合いだった。頬がゆるむのを懸命にこらえていたが、随伴していた義智が訳したことを聞いて慄然とした。

（この男は狂っている）

ふたりは同時にそう思った。

さらに秀吉はこう言った。

「よって貴国に明を征服する先導役を命じる」

慌てたのは義智である。朝鮮王国は日本に祝賀の使節をおくることさえ渋っていたのだ。にもかかわらず秀吉は朝鮮に対し、明を征服するための先兵隊を命じた。秀吉が述べたことをそのまま訳し伝えれば、それまでに築き上げてきた朝鮮との交易が途絶えると考えた義智は、明に攻め入る日本軍が朝鮮の道路を使うことを許可してほしいと、これまた内容をすり替えて伝えた。

朝鮮側の回答は拒絶であった。

ここに至り、唐入の前哨戦として朝鮮に攻め入ることが避けられない事態となった。

かくして天正二十年（一五九二年）四月十二日、第一次朝鮮出兵が始まった。この戦争は「文禄の役」と呼ばれているが、文禄元年への改元はその年の十二月八日であるため、正確には「天正の役」であろう。

宗義智と小西行長率いる一万九千の第一軍は、七百艘余りの船に乗って対馬から釜山に上陸し、わずか二時間で釜山を陥落させた。緒戦の勝利で勢いづいた日本軍は、その後も破竹の進撃を続ける。第一軍から遅れること二週間、加藤清正と鍋島直茂が率いる第二軍、黒田長政らの第三軍以下、第六軍までの総勢約十四万が渡海した。

最初の上陸からわずか三週間後の五月三日、朝鮮王国の主都漢城（ハンソン）（現在のソウル）を陥落させた。王族は陥落前に脱出し、平壌（ピョンヤン）に逃げのびた。

戦果を聞いた秀吉は狂喜乱舞した。鶴松の死後、一日とて気分が晴れたことはなかったが、ひさびさに味わう歓喜だった。根っからの武人はこれで息を吹き返した。

が、それだけでは済まなかった。それまでにもあった誇大妄想の気が急にふくらんだのである。なんと秀吉はつぎのような東アジア統治構想を関白秀次に披瀝（ひれき）する。その内容は、

・二年後に後陽成天皇を明の北京に移す
・日本の天皇には良仁親王（覚深法親王）かその皇弟智仁親王を即位させる
・豊臣秀次を明の関白とする
・日本の関白は羽柴秀保か宇喜多秀家とする
・朝鮮を羽柴秀勝か宇喜多秀家に与える
・秀吉は日本・朝鮮・明の盟主となり、日明貿易の拠点である寧波に移住し、天竺（インド）征服も視野に入れる

秀吉は本気でそう考えた。身ひとつで天下を平定した自分にできないわけがない、そう頑なに思いこんでいる。すでに秀吉は、空想と現実が入り交じる世界に生きていたのである。

そのような折り、島津義久の家臣が肥後で反乱を起こし、一揆を誘発したという情報が入ってくる。反乱の原因はたび重なる賦役と朝鮮出兵による過酷な負担である。反乱はすぐに鎮圧されたが、秀吉は再発を防ぐため、さらに圧力を強化する。力で民衆の不満を押さえこむことが一時しのぎの愚策であると知っているはずだが、それさえ失念するほど独裁者の末路をひた走っていた。

緒戦こそ快進撃を続けた日本軍だが、脇坂安治の水軍が、巨済島近くの閑山島沖で李舜臣率いる水軍に惨敗を喫する。このとき朝鮮水軍が用いた船は亀甲船と呼ばれ、その名のとおり亀の甲羅のように堅牢な軍船であった。

開戦からわずか三ヶ月足らずの出来事である。この敗戦によって制海権を失った日本は、早くも補給路を断たれることになる。それ以降、日本の進撃のペースは鈍くなり、兵士たちの間に厭戦気分が広がっていく。

秀吉は居ても立ってもいられなくなった。自分が戦場に赴けば戦況は一気に好転すると思い、渡海の準備にかかるが、家康や前田利家の諫めによって断念し、代りに三成が朝鮮に赴任し、惣奉行として諸大名を統括することとなった。

三成は漢城に小西行長や小早川隆景、島津義弘ら諸将を集め、軍議をひらいた。彼らの報告を聞いた三成は、慄然とし、背中に冷たいものが走るのを感じた。思い描いていた戦況と実際のそれとでは大きな乖離があったのである。

(これでは太閤殿下に申しひらきができぬ)

まっ先に考えたことはそうであった。前線で戦う兵士たちがいかに飢えと寒さで苦しんでいるか、それを切々と訴える諸将の言葉は三成の心には届かない。それどころか、なじるような視線を彼らにそそぎ、こう言った。

「工夫が足りぬのではないか」

その瞬間、諸将は三成の心胆を見抜いた。この男は根っからの文官。戦場から遠く離れた安全なところにいて、自分につごうのいいように取り次ぐだけではないか。あるのは秀吉に対するご機嫌伺いと己の保身だけ。

しかし秀吉政権にあって強固な実権をにぎっている男に面と向かって批判するわけにはいかない。言質をとられるばかりか、それが虚飾されて讒言となり、秀吉の耳に届くこともありえる。そうなれば、いわれのない罪を着せられて追放されるか、ややもすれば死罪ともなりえる。

いかな三成といえども、彼らの話を聞くうち、明に攻め入り討ち滅ぼすことが不可能だということは理解できた。そこで当面の目標として平壌を死守することとし、その地で越冬することを決めた。

朝鮮に出陣したのは大半が九州の大名である。彼らは温暖で湿潤な気候に慣れていた。平壌の寒さは、北陸や東北の比ではない。ろくな営舎もないまま酷寒の地で冬を超すのである。そのうえ兵糧米もいちじるしく不足していた。

日本軍は現地の農民から食糧を強奪せざるをえない状況に追いこまれた。抵抗する農民は容赦なく殺した。農民をさらって牢に入れて人質とし、彼らと引き換えに兵糧米をとるなどの行為も行った。侵略者のこのような行為に対し、現地の農民は義勇兵団をつくり、各地で決起した。

日本軍の窮状を察した朝鮮側は五十日間の休戦協定を申し出、日本側もそれを受け入れた。もとより双方とも戦争をしたいわけではない。朝鮮に在陣する日本兵は、ごく一部の者を除き、なんのためにこれほど厳しい戦さをしなければならないのか、その意義をまったく理解していなかった。それもそのはず、この戦争を仕掛けた当の秀吉に大義はなかったのであるから。これでは厭戦気分が蔓延するのは当然である。

そのころ明は策略を企て、ある人物を皇帝の使節と偽って日本側に送りこんだ。そうとは知らず、和議の交渉が整ったと理解した日本軍は漢城を撤退する。

翌文禄二年（一五九三年）五月、偽装した明使節は肥前名護屋に到着する。それによって秀吉は相国寺の西笑承兌（さいしょうじょうたい）に和議の条件案をまとめさせ、そのうえで七カ条を発した。そのなかには、明皇帝の娘を日本の天皇の后（きさき）にする、朝鮮南部四道の日本への割譲など、強硬な条項が含まれていた。秀吉は皇統に異国人の血を入れようとしていたのである。

### 秀頼誕生と吉野大花見会

八月三日、秀吉の意識から戦争を遠ざける吉事が起こる。淀殿が男児（のちの秀頼）を生んだのである。

名を拾丸とした。秀吉は戦さのことなどすっかり忘れ、大坂城にこもりきりになった。

秀頼が生まれて約半年後の翌年二月、いまだ興奮冷めやらぬ秀吉は、景気づけに大きな催しを行おうと考えた。

吉野での大花見会である。

秀吉は愛妾や侍女、徳川家康、宇喜多秀家、前田利家、伊達政宗らの名だたる武将、公家、茶人など総勢五千人を引き連れ、吉野へ花見に出かけた。

秀吉が催すのだから簡素な花見であるはずがない。贅沢と趣向を凝らした、かつてない一大催事である。計画では、吉水院に本所を置き、五日間にわたって歌会、茶会、能の鑑賞などを楽しむというものだった。そのため、家康や利家ら有力武将らは茶室や能舞台などの普請を言い渡されていた。家康は、朝鮮の戦さも終わっていないこの時期になにを呑気な、とその身勝手さに呆れた。

秀吉の浮かれた心を諫めるかのように、初日から雨が降り続いた。翌日も、そのまた翌日も降りやまない。屋内で歌会などはできるが、肝心の花見ができないのでは興をそがれる。

天気ばかりは意のままにならぬ、とだれもが考えるはずだが、秀吉はちがった。激しく怒り、その矛先を吉水院の僧侶たちに向けたのである。なんと、「雨がやまねば全山を焼きはらう」とまでのたまった。

驚いた僧たちは懸命に祈祷をした。それが功を奏したのかわからないが、雨は四日目にあがった。

このときに行われた仮装大会の記録が残っている。伊達政宗とその家臣が山伏に扮して芝居をし、秀吉や家康らは大いに笑ったという。政宗としては、北条が滅ぶまで抵抗し続けた経緯があり、秀吉にとり入りたい一心でなんでもやったのであろう。家康は、明・朝鮮との問題が長引いているさなか、仮装大会などにうつつをぬかしている場合ではないと思っていたが、それをすべて飲みこみ、笑顔をとりつくろった。演技下手な家康にとってけっして心地いいひとときではなかった。

この大花見大会で秀吉は大いに怒り、大いに笑った。まるで物心つく前の子供のようにふるまったのである。

この花見から半年後に、かねて建設中だった伏見城が完成した。朝鮮に出兵しなかった大名らに普請を命じ、人夫は二十五万人を数えた。秀吉は聚楽第を新しい関白秀次に譲ったのち、大坂城を居住地としていたが、自らの邸宅と外国人を接見する場として伏見城をつくったのである。

農民はこの普請によって人手を取られ、さらなる増税で生活はいっそう困窮することになった。このころ秀吉の頭のなかには、すでに民の暮らしは塵(ちり)ほどもなかった。

しばらくの間、秀吉の意識は秀頼に向いていたが、朝鮮での戦争が終結したわけではない。日本軍は撤退しているものの、和議の交渉は継続中であった。

朝鮮に在陣していた小西行長と朝鮮側が画策し、行長の家臣を偽りの使節に仕立て、秀吉の文書を偽造して持たせ、派遣することにした。その文書には、日本軍は撤兵する、朝鮮と和解するなどのほか、日本は明の宗属国となるなど、とうてい秀吉の考えと相いれない内容が書かれていた。つまり、日・明・朝の当事者たちは戦争をなんとしても終わらせたいという一心で、それぞれの主君に対し、偽りの報告をしたのである。

しょせんは一時しのぎの策であり、のちに露見しないはずはないのだが、当面の間、休戦する時間をかせいだといえる。そして、それは無駄ではなかった。その間に秀吉の「残り時間」が減っていたのであるから。

## 秀次切腹

翌文禄四年（一五九五年）、世間を震撼（しんかん）させる事件が起こる。秀吉が甥の秀次を切腹させるのである。

そもそもなぜ秀次は秀吉に替わって関白になったのか。

秀次（幼名孫七郎）は秀吉の姉「とも」の子である。秀吉がそうであるように尾張の在に生まれ、野良仕事に従事する少年時代をおくった。

秀吉の最大の悩みは世継ぎが生まれないことと、親族に有能な人物がいないということであった。信玄や家康のように大名の嫡子として生まれれば、はじめから親類衆がいる。ときに彼らが家督争いの種になることはあるが、多くの場合、親類衆がいずれ主君となる若君をもりたてる。ところが百姓の生まれである秀吉に親類衆などあろうはずがない。加えて一族郎党ことごとく武術や学問に縁がない。親類衆にするにも候補者さえいなかった。

秀次は、親類のなかで最年長だったという理由だけで関白に叙された（就任当時二十四歳）。ありていにいえば、なんら取り柄のない青年を、宮中最高位に就けたのである。現代であれば、任命責任を厳しく問われるであろう。

関白になるまで、秀次は異例の昇進を続けた。

天正十三年（一五八五年）、従四位下右近衛中将に任じられる。翌年、参議となり、正二位権大納言に叙された。鶴松の死後、豊臣家の養嗣子となり内大臣に。そのわずか二十四日後、関白に叙された。

官位だけではなく、秀次は莫大な富を与えられる。十八歳の若さで近江国を与えられ、小田原遠征では副将格として帯同し、そののち百万石を与えられる。

秀次は、日本史上前例のないほどのスピードで出世を遂げたが、それがその後の不幸を呼び寄せた。「位死に」という言葉があるように、その実力に比して不相応の出世を遂げた者は、ろくな死に方をしないと言われている。秀次もそのとおりになってしまった。未熟な若者に権威と金銭を与えるとどう人間性が変わるか、という見本のような結末であった。

出世街道を歩き始めたころ、秀次はいつも気後れしていた。作法を知らず、言葉は依然として田舎者のそれである。人より秀でているものがなにひとつないということはだれよりも自分が知っている。

しかし聚楽第を邸宅として与えられ、公家や名だたる武将が自分にかしずく姿を見ているうち、それが当たり前になった。いつしか言葉づかいが横柄になり、人を見下すようになり、自分にできないことはなにもないと思うようになった。

秀次は女が欲しくなった。二十四歳の若者だから生理現象として当然ともいえる。戦さに行くこともなく、学問にも関心がない。衣服の脱ぎ着せまで侍女がやってくれる。考えることといえば、気に入った女を殿中に入れ、淫蕩にふけることしかない。やがて愛妾は三十人を越えていた。母親と十一歳の娘を同時に犯したともいわれている。

彼女たちが醜女であれば秀次の目に留まることもなく、悲惨な結末にならずとも済んだのに、と思わざるを得ない。彼女たちの幾人かは子を産んだが、その子たちこそ悲運のきわみである。

ついで秀次は、自らの武術を試してみたくなった。心のどこかに、小牧長久手の戦いで大失態を演じ、ほうほうの体で逃げのびたことが残っており、その鬱憤を晴らしたかった。

彼は闇討ちにのめりこんだ。なんの咎もない、弱き者たちを斬った。幕末に流行った峰打ちではなく、刃で斬りつけるのである。武術の嗜みがないため、一度で首を落とせず、まるで膾を刻むかのようにさんざんに斬りつけ絶命させたこともあった。

始末におえないことに、それを悪いと思っていないどころか、千人斬りをすると公然と言いたてた。以降、それを真似する輩が現れ、京都の治安はいちじるしく乱れる。

本来であれば、関白に就任してから一年九ヶ月後、淀君に男児が誕生したと聞いたとき、自らの行く末を予想して豊臣家の後継であることを辞退すべきであったろう。しかし彼はそれほどの分別もなく、ひたすら享楽に耽った。

しだいに秀次の行状が秀吉の耳に入るようになった。秀吉は「秀次がそんなことをしているのか」と驚き、激怒し、そして三成と増田長盛に調査を命じた。

三成にとっては渡りに船であった。もとより秀次の目に余る行為に嫌気がさしていたうえ、蒲生氏郷が死去したことにともなう後継問題で秀吉と秀次が対立したことを苦々しく思っていたのである。

氏郷は武勇、知略ともにすぐれ、会津九十二万石を領していた。秀吉の朝鮮出兵について、家臣たちに、「猿め、することがのうて、いよいよ狂うたな」と語るなど、歯に衣着せぬ物言いで多くの武将から畏敬されていた。

氏郷は前年十月、伏見の自邸で秀吉の訪問を受けた直後、重態に陥り、回復することなく絶命した。そのような経緯があることから、三成の讒言によって秀吉が毒殺したという風説が流布した。真偽は定かではないが、秀吉や三成が氏郷を煙たがっていたことは事実である。

問題は氏郷の遺領相続についてであった。秀次は、氏郷の子秀行に相続を認めようとしたが、秀吉はそれに異を唱えていた。そのことが発端となり、両者の間はぎくしゃくとしていく。

さらに正親町上皇の服喪期間中に秀次が鹿狩りをした、あるいは秀次が朝廷に多額の献金をしたなど、いくつかの理由が取り沙汰されたが、核心はやはり秀頼という世継ぎが生まれたことで、秀次が邪魔になったのである。

高野山への蟄居を命じられていた秀次は、七月十五日、切腹を言い渡され、その日のうちに自害した。享年二十八歳。関白就任からわずか四年後のことである。

翌日、秀吉は秀次の首を検分したが、それでも怒りが収まらず、秀次の係累を根絶やしにしようとする。

八月一日、秀次の妻妾とその子供たち、侍女・乳母ら三十九人に死罪が言い渡される。翌日早朝、全員が死に装束に身を包み、京の三条河原に連れて行かれた。

そこにはすでに塚が築かれ、秀次の首が西向きに据えられていた。その首の前で、まず四人の男の子と娘ひとりが首を刎ねられた。幼い子供は家族でどこかへ遊びに行くものと思ってはしゃぎまわっていたが、事態を飲みこむ間もなく母親の見ている前で骸となった。

全員の処刑が終わると、遺体はひとまとめにされ、あらかじめ掘ってあった穴に放りこまれた。その穴の上につくられた塚には「秀次悪逆」の文字が彫られた石塔が立てられた。秀次付きの家老も全員死罪を言い渡され、切腹した。

お宮の方という、十三歳の側室の辞世が残されている。

心にも　あらぬうらみは　ぬれぎぬの
　つまゆゑかかる身と　なりにけり

秀吉の怒りの矛先は秀次の眷族だけではなく、秀次らが居住していた聚楽第にまでおよぶ。なんと莫大な費用を投じてつくった聚楽第を、その周辺にあった三百戸余りの屋敷もろとも跡形もなく取り壊してしまうのである。竣工後、わずか八年後の出来事であった。

## 天変地異

秀次とその眷族の死の翌文禄五年（一五九六年）、日本は天変地異に見舞われる。まず四月、浅間山が大爆発を起こした。それまでにもたびたび爆発を繰り返していたが、こたびは石を飛ばすほど大きな噴火で、多くの死者がでた。さらに七月にもふたたび大爆発を起こし、関東甲信越はもとより畿内にも火山灰を降らせた。京都周辺では馬の毛が降ってきたと大騒ぎになった。これは火山毛と呼ばれるものだが、京の人々は不吉と感じ、恐れおののいた。

浅間山に呼応するかのように、遠く離れた九州の霧島も噴火した。

六月二十七日、京都で砂が降ってくる事態となった。その騒ぎが収まるや、閏（うるう）七月十二日の深夜、畿内地方を大地震が襲った。文禄の大地震である（慶長の大地震と記述されることもあるが、慶長に改元されるのはこの年の十月）。

この大地震の震源地は、なんと秀吉が隠居の地と定めた伏見一帯であった。これによって、完成したばかりの伏見城天守閣や完成間近の方広寺大仏殿が崩壊してしまったのである。方広寺は日本中の巨木を皆無にするほど鳴りもの入りで建設されていたが、天は完成を許さなかった。この地震では、京都の中心部だけでも四万人以上の死者が出、大坂や奈良でも甚大な被害が出た。

このころ、京都で流行ったわらべ歌がある。

京の　京の大仏さんは　天火で焼けてな
　うしろの正面　どなた　お猿　キャッ　キャッ　キャッ

最後の「キャッ　キャッ　キャッ」に込めた庶民のたくましさよ。衝撃を受けた秀吉は以後、神経衰弱と被害妄想、誇大妄想の度を増していく。

また豊後でも大地震が発生し、別府湾に大津波が押し寄せ、瓜生島（うりゅうじま）がまるごと海中に没した。この島には千軒以上の家屋があり、多くの人が暮らしていたが、跡形もなく海中に沈んでしまったのである。

## 第二次朝鮮出兵

いよいよ時間稼ぎの終わりが近づいてきた。文禄五年（一五九六年）、明の特使が来日し、大坂城で秀吉に謁見し、明皇帝からの勅諭を届けたのである。

（わざわざ皇帝の使いがやってくるからには、降伏するのであろうな）

秀吉は、明が日本に降伏する旨がその勅諭に記されていると思いこんでいた。そして自らが示した和議の条件、すなわち明皇帝の姫を日本の天皇の后にすることや朝鮮南部四道の日本への割譲などに対し、明皇帝がどのような返答をよこしたのか、期待に胸をふくらませながら読んだ。

しかし勅諭は「秀吉を日本国王に封じる」とあるだけで和議条件にはいっさいふれていない。それもそのはず、戦争を終わらせたい小西行長と朝鮮側がともに画策して秀吉の文書を偽造し、明皇帝に届けたのだから。その文書には、日本は明の宗属国となりたいなど、秀吉の和平案とはおよそ正反対のことが書かれていた。

秀吉は激しい怒りで、皺だらけの顔を真っ赤にし、特使の前で文書を握り潰し、大音声で喚いた。

「われは予を愚弄する気か！」

特使たちは、なぜ秀吉が怒り狂っているのか、その真意がわからない。日本側から遣わされた使節の文書には、日本は明の赤子になりたいという旨が書かれていたのであり、それに対する明皇帝の返書にいささかも遺漏はない。行長にとって幸いだったのは、秀吉が、なぜ話が食い違っているのか調べようともしなかったことである。

かくして秀吉は狂乱のうちに、ふたたび朝鮮へ出兵することを告げる。家康や利家が懸命に諫めたが、もはや秀吉に聞く耳はなかった。

総大将に任じられたのは、意外や小早川秀秋であった。秀吉の養子という以外に確たる理由はない。のちに豊臣家を滅亡に追いやるきっかけとなる秀秋にとって、こたびの遠征はひどい結末となる。

三成は、家康か利家を総大将として推薦したが、ふたりは言を左右にしてのらりくらりとかわした。このとき、家康は関東に国替えになったことをどれほど喜んだことか。遠国の家康に渡海の命が下ることはなく、まさに天啓であると家康は思った。渡海軍の大半は九州など西国の大名であり、彼らは膨大な戦費の捻出と兵力の損耗に悩まされることになる。

翌慶長二年（一五九七年）二月、加藤清正と小西行長が先遣隊となり、十四万余の大軍勢が朝鮮へ渡海する。

この遠征軍が永禄の役と異なるのは、明を征服することが目的ではなく、朝鮮南部四道を力づくで奪うことを目的にしていることである。そのため、まず朝鮮半島南岸に城を構築した。

緒戦は永禄の役と同じように、日本軍が勝利を重ねた。巨済島の戦いで朝鮮水軍を破ったのを皮切りに、黄石山城の攻防戦では清正らが城を陥落させた。九月、稷山の戦いでは、毛利秀元と黒田長政の軍が明軍と戦うが膠着状態が続き、両軍とも兵を引きあげる。

その年の十一月、清正や浅野幸長ら日本軍は、釜山の北に位置する蔚山(ウルサン)に城を築いていた。日本で徴発された工員たちは極寒のなか昼夜を問わず働かされ、その疲労は限界に達していた。

もうすぐ城の普請が終わるというころ、明・朝鮮連合軍は七万の軍勢をもって蔚山城を囲み、兵糧を断ち切った。このため籠城する日本軍の兵糧は枯渇し、水も尽き、さながら地獄絵図のありさまとなる。

よく知られている『朝鮮出兵図屏風』は、城の周囲を明・朝鮮連合軍が蟻の這い出る隙もないほどに取り囲み、城内では飢えに苦しむ日本兵が軍馬を殺し、食べている様子が描かれている。のちに朝鮮から帰還した兵士らが「あれこそが生き地獄だった」と口々に語ったように、この籠城戦は凄惨きわまりないものであった。救いといえば、明軍にとってしょせんは他国の戦争であり、是が非でも日本軍を撃滅するという気迫に欠けていたことである。

やがて毛利秀元、黒田長政らが包囲軍を背後から突いて退却路をつくり、そこを抜けて全軍撤退することができた。この負け戦をもって、日本軍の敗戦がほぼ確定した。

このとき総大将の秀秋は、勇んで敵陣深く攻め寄せるが、それが軍監の任にあった三成には、総大将らしからぬ軽率な行為と映った。三成が讒言(ざんげん)したことによって秀秋は秀吉の怒りを買い、大きく減封されることとなる。秀秋にとってこのことは恨み骨髄(こつずい)であった。関ケ原での裏切りの端緒(たんちょ)は、この退却戦にあったといえる。

蔚山城での籠城戦がいかに過酷なものであったか、豊後国臼杵(うすき)の太田一吉の医僧として従軍した安養寺の僧慶念（きょうねん）の従軍記に記されている。ちなみに太田一吉隊は秀秋に与していた。

そのとき慶念は六十二歳。慶長二年六月から翌年二月までの出来事を目撃したまま記している。手柄が必要な兵士ではないことからも信憑性はかなり高い。

釜山に上陸してから北上行軍し、蔚山城での籠城の様子などのほか、日本軍による放火・殺戮（さつりく）・人身売買なども記述している。人身売買について、つぎのような記述もある。

――日本から商人たちが朝鮮にやって来たが、その中に人商いをする者も来ていた。奥陣のあとをついて歩いて、老若男女を買うと首に縄をくくりつけて一ヵ所に集めた。人買い商人は買いとった朝鮮人を追い立て、歩かなくなると杖で追い立てて走らせる様子は、さながら地獄の鬼が罪人を攻めているようだ。

戦国時代は、国内でも人や物をことごとく奪う「乱取り」が行われていた。が、それは朝鮮人には関係のない話である。なんら理由もなく一方的に攻め寄せられ、ある者は殺され、ある者は家畜のごとく追い立てられた。

朝鮮の役での残虐行為のきわめつけは「鼻切り」であろう。聚楽第の落首事件の際も、番衆が鼻を削がれ、両耳を切られたのち磔刑に処せられているが、いったい秀吉はどこで鼻切りという残虐行為を覚えたのか。各武将の戦功を目に見える形で確認したいという、それだけの理由でこれを命じた。

そのため諸将は兵に対し、鼻切りの割り当てをせざるをえなかった。兵士らは戦果が乏しいと、民間人の鼻を削ぎ取った。慶念は従軍記に「目も当てられぬ気色」と書いている。

現地の軍目付は、諸将から千個ずつ塩漬けにして桶や樽に詰めた鼻を受け取り、秀吉に「鼻請取状」を送った。多いときは、鼻の数が一万を超えたこともあった。現在、京都豊国神社前に耳塚（鼻塚）があるが、その大きさに驚く。秀吉はこの塚をつくり供養の儀を設けたとあるが、わずかでも自責の念はあっただろうか。

二度にわたる朝鮮出兵は慶長三年（一五九八年）八月十日、秀吉の死によってようやく終止符が打たれる。六年以上におよぶこの戦争は、いったいなんだったのか。

日・朝・明各軍の戦死者数について、正確な記録は残っていないが、ルイス・フロイスの『日本史』には一度目の文禄の役についてつぎのように記されている。

——兵士と輸送員を含めて十五万人が朝鮮に渡り、そのうちの三分の一にあたる五万人が死亡した。敵によって殺された者はわずかで、大部分は飢餓や疾病によって死亡した。朝鮮人の死亡者は知りえないが、死者と捕虜を含め、その数は日本軍のそれとは比較にならぬほど膨大であった。

戦場となった朝鮮は、日本軍が撤退したのちも惨状が続いた。農地が荒らされ、農民が殺戮されたり逃亡したため、深刻な飢饉に見舞われたのである。また救援軍であったはずの明軍による朝鮮人への略奪なども横行した。

はっきりしていることは、これほどの災厄をもたらした二度の朝鮮出兵によって得るものはなにひとつなかったということである。秀吉の寿命があと数年長かったら、その分、被害も増えたはずである。

秀吉の訃報を聞いたとき、将兵や農民の多くは心のなかで喜びを噛みしめたにちがいない。三成や長盛ら一部の側近吏僚を除いては。

## 秀吉の最期

なりふりかまわず我欲に生きた。

秀吉の晩年は、そんなふうにも言える。最高権力者であるからには、権利と責任の両輪が絶えずバランスよく機能していなければならない。しかし秀吉の意識のなかで、責任感は急速に萎み、あるとき完全に消え去った。替わって権力欲だけが膨張した。

そんな秀吉も、わが身の衰えを感じないわけにはいかない。老耄（ろうもう）が激しくなっても、そう遠からず死ぬということはわかる。そのころ秀吉が考えたことは、この絶大な権力をわが子秀頼にそっくりそのまま継がせたいということだけであり、民の暮らしについてはまったく意識になかった。

秀吉の時代の税率はおしなべて二公一民といわれる。約三分の二が税であり、残りの三分の一で生活を養っていかなければならない。庶民上がりの秀吉が、いつしか庶民の生活を失念してしまったのである。大坂城や伏見城の蔵にはまだ金がうなるほどあったが、第二次朝鮮出兵のころになると、莫大な費用をまかなうため、裏作の麦にまで課税するようになった（この措置は、秀吉の死後、四日目に撤回された）。

秀吉が秀頼のことを気にかけるようになったのは、文禄四年（一五九五年）のころである。その年の七月二十日、秀次を粛清（しゅくせい）して世の中が動揺しているころ、秀吉は諸大名を集め、起請文を提出させた。内容は、

――秀吉と御ひろい様（秀頼）に対し、表裏別心を抱かず奉公する。

というものであった。秀頼はいまだ六歳。行く末が心配でしかたがない。

豊臣政権の中心を担う徳川家康、前田利家、毛利輝元、小早川隆景、上杉景勝、宇喜多秀家の六人

が御掟（おんおきて）に連署した。御掟には、御意を得ない大名間の婚姻や盟約、誓詞の交換を禁ずるという内容もふくまれていた。このときの六名がそのまま大老となった（二年後、小早川隆景が死んで五大老となる）。

いよいよ死期が迫っていると悟った慶長三年八月五日、病に伏せていた秀吉は伏見城に五大老・五奉行（石田三成・前田玄以・浅野長政・増田長盛・長束正家）を集め、自筆の遺言状を渡し、秀頼への奉公と御掟の遵守を誓わせた。遺言状には、こう書かれていた。

——秀頼のこと、成長するように、ここに書きつけた者へ頼み申す。何事も、この他には思い残すことはない。返す返す、秀頼のこと、頼み申す。五人の衆へお頼み申し上げる。

同日、五大老・五奉行が遺言に対し血判起請文をしたため、五奉行と筆頭格の大老である徳川家康・前田利家の間で起請文が交わされた。

### ふたりの秀吉

秀吉はまことに興味深い人物である。六十二年の生涯を概観すると、関白に就く前後で、その人物像が大きく異なる。まったく別の人格をもった人間が入れ替わったかのように対照をなすのである。秀吉は「羽柴秀吉」と「豊臣秀吉」というふたりの人生を生きたともいえる。

わかいころ、秀吉は無学ではあったが、孔孟（こうもう）の教えを体現するかのような人物であった。しばしば「書は人なり」と言われるが、秀吉の書には闊達（かったつ）で作為のない人柄が表れている。朝鮮出兵のとき、肥前名護屋から北政所に送った書状が高台寺に残されている。側室の淀殿が男児を生んだという報せを受け、その子の名を「ひろい」とすることを伝えたものである。

秀吉が書を嗜(たしな)んだことはないが、のびのびと風通しがよく、いかにも邪気のない心持ちが表れている。そのころ秀吉の老耄(ろうもう)はひどくなっていたが、根っこの部分ではそのような軽やかさもあったにちがいない。

人を信じる、相手を裏切らない、約束を守る、相手をたてる、人を見下さない、相手が困るような要求をしない、部下を公正に評価する、いつも快活にふるまう、人が嫌がる仕事を率先して自ら引き受ける、戦さにおいてもなるべく人を殺さないなど、彼の美徳はあまたあった。それは言い換えれば、出自が卑賤で武術の嗜みも体力もなく、学問や教養も財力もなく、さらには容貌があまりにもひどいということを彼自身が知っていたから、そのようにふるまう以外になかったのだろう。

では類まれな才覚に恵まれ、そのようなふるまいができた秀吉が、なぜにかくも別人のように変節してしまったのか。

秀吉はまぎれもなく余人にはもちえない才能を授かった。が、それを御す術を知らなかった。とはいえ、秀吉だけを責めても詮ないことである。だれもが秀吉の境遇に身をおけば、そうなる可能性がある。大多数の人間は秀吉のような才覚に恵まれず、よって絶大な権力を一手にすることがないため、自分の本性を知らないで済んでいるだけかもしれない。

英国のロックグループ、ピンク・フロイドが一九七三年に発表した『狂気』の原題を直訳すれば「月の暗いところ」となる。だれもが内面に持っている狂気は、月の暗い部分のように目には見えないが、あきらかに存在している。

作中につぎのような一節がある。

狂気は野原にある
狂気は家の玄関にある
狂気はわたしの頭のなかにいる

狂気が音もなく忍び寄ってきて、いつしか自分の頭のなかに巣食っている様子が表現されていて、思わずゾゾッと戦慄(せんりつ)を覚える。

# 第七章　うごめく天下

## 上杉家の国替え

秀吉が死去する年の正月、景勝は越後から会津への国替えを命じられた。

秀吉が全国を統一する直前まで、会津の領主は伊達政宗であった。政宗は北条が征伐されたのち会津領を返上し、秀吉に臣従した。

政宗の後、東北の要ともいえるこの地を任されることになったのは蒲生氏郷である。氏郷は秀吉の期待に応え、善政を敷いたが、四十歳の若さで亡くなる。氏郷は秀吉と会った直後に死んでいることから毒殺説がある。直截（ちょくさい）な物言いが秀吉の逆鱗（げきりん）に触れたとか、武勇、知略ともに秀でているため、のちの障（さわ）りになるとみた三成が仕組んだなどと噂が流れたが、真実は闇に葬られた。

それと相前後して異変が起こる。新たな検地によって、申告していなかった所領が見つかったことや家督争いが問題視され、宇都宮国綱が改易されたのである。この処分にともなって、蒲生家は宇都宮への国替えを命じられ、九十二万石から十八万石へと減封（げんぽう）される。替わって会津に移封されたのが上杉景勝である。

これによって上杉家の新たな領地は出羽の一部と佐渡を含め百二十万石となり、五大老のなかでは家康に次ぐ知行（ちぎょう）となった。しかし家臣の大半は生まれ育った故郷を離れなければならないことに不満をつのらせている。

景勝は家中の一喜一憂とは距離をおき、浮かない顔をしている。もともと感情を表に出さない男だが、いっそう寡黙になっていた。重臣たちから歳賀をうけても、気のない応答をするだけだ。

「この雪景色も見納めでございますな」

ほかの重臣たちが去ったのち、直江兼続が語りかけると、景勝は寂しげな視線を天守の窓外に向けた。春日山城下から御館、日本海へかけて、あらゆるものが雪に埋もれている。積もった雪の表面は凍りつき、日を照り返している。微かな濃淡が織りなす雪景色は、この世のものとは思えないほど神々しい。

（これぞ上杉の心だ）

銀白の世界を眺め、景勝はあらためてそう思った。

「晴久どののところへ行ってくる」

景勝は兼続の問いかけには答えないまま、そう言った。

兼続や本庄繁長ら重臣たちにとって、晴久や信玄の存在はいささか心に引っかかるものがある。景勝の心の拠りどころになっていることはわかるのだが、一方で自分たちが蔑ろにされているとも思えるのである。しかし景勝と晴久の朋友関係は、亡き謙信の下命から始まっている。それを知っているだけに、異を唱える者はいない。

景勝はひとりで天守を降り、外に出た。城内の各所をつなぐ道に積もった雪は固く踏みしめられ、滑らないよう細かな穴が穿たれている。それでも注意を怠ると転倒することがある。

城内を行き交う者たちは、景勝の姿を認めると道の端によけ、立ったまま礼をする。やがて頃合いをみて頭を上げ、景勝の後ろ姿に親しげな視線をおくる。無数の視線に見送られながら、景勝は毘沙門堂の裏手にある晴久の屋敷へ向かう。

「ごめん」

玄関で声をあげると、すぐに妻のうたが戸を開けた。

景勝はときどきふらりとやってくる。うたは多少慣れてきたとはいえ、いまだどのように対応していいかわからない。景勝は豊臣政権の五大老に列し、権中納言の官位を得ている。気安く家臣の自邸を訪れてはいけない人である。しかし景勝はまったく意に介していない。

うたは慌てて景勝をなかに招き入れ、急ぎ板の間に正座し、平伏しながら言上した。

「お殿さまにおかれましては新年のご吉慶、まことにおめでたくお喜び申し上げます」

「うん。そこもとにとっても良き年であるよう願っておる。加えてこれまでの尋常ならざる働き、あらためて礼を申す」

「もったいなきお言葉にございます」

いまや、うたが創作する越後上布は上方でも奪い合いとなり、それにつられて越後産織物の価値が総体的に高まり、上杉家の貴重な収入源となっている。

「晴久どのはおられるか」

「はい。ただいま奥で瞑想をしておられます。すぐに呼んでまいりますから、こちらでお待ちいただいてよろしゅうございますか」

「いやいや、それにはおよばぬ。熱い茶を一杯いただけるか」

景勝は自分の位がどんなに上がろうと、人との接し方を変えることはしない。それを実直とみる者もいれば、威厳に欠けるという者もいる。晴久は実質的には家臣のひとりである。家臣の妻に気を遣う大名など、そう多くはあるまい。

景勝とうたは越後上布にまつわる四方山話をした。めったに笑わない景勝だが、気持ちよさそうに笑うこともあった。そういうとき、彼はいっそう涼し気な目になる。戦乱の世を生き抜いてきた武将というより、碩学の士という面持ちであった。

話し声を聞きつけて晴久があわただしく現れた。

「景勝さま、いらっしゃっていたのですか」

晴久は、重臣たちが歳賀のあいさつを終え、退けた頃合いを見計らって景勝を訪ねようと思っていた。

「言いたいことはわかる。まあまあいいではないか。わしは晴久どのとはずっと気安い間柄でいたいのだ」

それは景勝の本意であった。正三位権中納言という官位を下賜されても、実感が湧かなかった。先代謙信は官位に執着する一面があったが、それは必要に迫られてのこと。景勝にとっては、むしろ要らぬ名誉であった。

「晴久どのもこたびの国替えのことは聞いておろう」

「城中はそのことでもちきりです」

景勝は思案顔になった。

「そのこと、そなたはどう思う」

「加増されたのですから、よきに解釈するべきなのでしょう」

「まあ、それはそうなのだが、少々頭が混乱している」

景勝はやつれた顔でそうつぶやいた。

「いろいろと賦役も重なりましたゆえ、お疲れなのでありましょう。正月くらいはゆっくり休まれてはいかがですか」

「こんなことを話せるのはそなたくらいしかいないのだが……」

そう言い置いて黙りこんだ。

組織の頂点にいる者にとって、腹蔵なく話のできる真の友人は得難いものだが、養父謙信の配慮の賜物といえる。景勝は晴久の前ではいっさいの虚飾を排し、素の自分をさらけ出すことができる。ふたりは水と魚のように切っても切れない関係になっている。

「本音をいえば、大坂と距離をおきたいのだ」

景勝はけっして軟弱な武将ではない。御館の乱を制したときの鬼気迫る統率ぶりは晴久の脳裏にしっかり刻まれている。天下が平定されてからも上杉軍は強靭である。

景勝は一風変わった武将である。無口で派手なことを好まないのは生来のことだが、上杉家の当主になってからも領地を増やしたいという欲望をほとんどもたなかった。これは謙信譲りともいえる。景勝と会って二十年以上になる晴久にとって、その点が景勝の魅力と映っている。

一方、家臣たちにとってはそう割り切れる話ではない。領地が増えないのだから、華やかな活躍をしても知行を加増されることはほとんどない。それゆえ、野心のある有能な人物が集まらないという一面もあった。

(豊臣政権の中心から離れたい)

景勝は秀吉に臣従してから、ずっとそう考えていた。しかし、案に相違して中央政界に取りこまれていった。気がつけば、徳川家康、前田利家、毛利輝元、宇喜多秀家とともに五大老に名を連ねている。

「なぜにわしが大老なのだ」

そもそも五大老のうち、秀吉と縁戚関係にないのは景勝だけである。家康は秀吉の妹旭を正室とし、次男秀康を人質として差し出し、秀吉の養子となった。利家の妹は秀吉の側室であり、秀吉の甥秀秋は毛利家の一角をなす小早川家を継いでいる。宇喜多秀家は秀吉の養子である。見方によっては、秀吉と縁戚関係にない景勝が大老の一角を占めているというのは大抜擢ともいえる。

秀吉は権力欲や金銭欲に拘泥(こうでい)しない景勝の人柄を買い、合議における緩衝(かんしょう)のような役割を期待したのかもしれない。あるいは景勝を臣従させるには政略の手を用いる要がないと考えたともいえる。

「わしはこの越後が好きだ。ここを離れるのは意に沿わぬ」

秀吉に臣従している以上、国替えの命令には従わなければならない。理屈の上ではわかるが、心の奥では納得できないのだ。景勝にとって、越後の風土は血肉にもひとしい。

景勝は国替えについての不満をたらたらと述べ、

「いまになって内府どののお心持ちがわかった」

とまで言った。東海の所領を奪われ、関東に移封された件である。家康も知行は大幅に増えたが、家臣団は猛烈に反対したと聞く。

晴久は、景勝の気持ちを汲んだ。彼の人となりを熟知しているから、そう考えるのは当然だと思った。傍目には景勝の栄達は華やかに見えるが、当人の心はわからないものだ。

「朝鮮の陣ではさぞやご苦労があったことでしょう」

晴久は、景勝のなかに溜まっている毒を吐き出させようと思い、水を向けた。

「なまなかなひどさではなかった。いったい太閤殿下はどのような勝算があってあの戦さを仕掛けたのか、いまもってわからぬ」

第一次朝鮮出兵が始まると、景勝は五千の兵を率いて春日山城を出発し、およそ一ヶ月半かけて肥前名護屋城に到着した。その翌月には別働隊が三千石を名護屋に運搬した。

その年の五月、上杉勢に渡海の命令がくだったが、その後、東国勢の渡海は沙汰止み（さたや）となった。そのかわり、熊川城の普請に駆り出され、釜山浦に上陸する。

「戦さもさることながら、敵地での城普請は過酷なものだ。われらは武士であり、土木作業は得手ではない。そもそも食べるものがないのだ。体は疲弊し、風土病に冒され、多くの者が死んだ。それでも期日までに造営しなければならぬ。われらは昼夜たがわず牛馬のように働き続けた。動けなくなって倒れる者が続出したが、そういう者たちを助けるすべがないのだ。ずっと仕えてくれていた忠義者が死んでいくのを横目に、過酷な労働をしなければならない、あのつらさよ。まさに地獄だった。どうにもならなくなって逃亡した者もあまたおる。彼らの大半は現地の者たちになぶり殺しにされた。城の普請がなったのち、われらは幸いにも陣払いすることができたが、幾年もかの地に残って戦った者たちの辛苦はとうてい言葉にはできまい」

戦地での過酷な実態を聞き、晴久は戦慄した。十一年もの長きにわたって仮死状態の信玄に寄り添っていたことで学問の道へと進むことになったが、あらためて自らの恵まれた環境に感謝し、心の裡で景勝に手を合わせた。

「わが国も敵方も被害は甚大と聞いておる。いつしか敵方の鼻を切り取って名護屋に送るよう命じられるようになった。わしは太閤殿下に恩義があるうえ、石田治部少輔どのとも格別の交誼がある。しかしながらこの戦さをどうするつもりなのか、それがとんとわからぬ。このままでは、東国の武将たちにもいつなんどき出陣命令が下るかわからぬ。そんな矢先に国替えの話だ」

景勝の問わず語りは止まらなかった。利休を切腹させる際、利休屋敷を囲んだときのどうにもならぬ不快感を語ったときの表情は、まるで自らが切腹を申しつけられたかのようでさえあった。

胸のうちに溜まっていたものを吐き出して気が楽になったのか、景勝の表情に明るさが戻ってきた。

「ところで信玄どのはご在宅であろうか」

朝鮮での築城、伊達政宗や最上義光への備えやらで、景勝は国を留守にすることが多く、この一年ほど信玄と顔を合わせていない。

「先ほど、お奈津さまと御花畑に出かけられると申しておりました」

「御花畑……とな」

この時勢に呑気なことよ、と言葉に含みがあった。これほど近くにありながら、景勝はほとんど御花畑に足を向けることはない。

「晴信さまはお奈津さまときよさまを伴って御花畑に行かれるのを日々の習いとしております」

「晴信さま……？」

「そうお呼びしないことにはお奈津さまに叱られるのです。かといって、面と向かって諱（いみな）でお呼びするわけにも参りません。ほとほと困っているのです……」

晴久は頭を掻きながら苦笑いをした。

「奈津どのにはなにやら思惑があるのだろう。信玄どのは奈津どのを得てから見ちがえるように溌剌（はつらつ）とされている。ちと信玄どのに伺いたいことがあるのだが、ここで待たせてもらうぞ」

やがて奈津の声が聞こえてきた。娘のはしゃぐ声も混じっている。きよは今年七歳。可愛いさかりである。

晴久が外に出て、呼び止めると、きよは弾けたように晴久の足元に駆け寄り、「おじさまおじさま」と言って太ももに抱きついた。晴久はそうされるたび、まだ子供の時分、妹のみつがそのようにしてきたことを思い出す。それは幸せな思い出であるのだが、いまとなってはほろ苦くもある。

（みつが生きていたら、いまいくつになるのだろう）

想念をふりほどき、信玄に景勝が訪ねてきている旨を告げた。

信玄と景勝は晴久の屋敷で向かい合って座っている。

春日山城の本丸近くとはいえ、どこに隠密の目があるかわからない。晴久にあてがわれた屋敷は密議に使えるよう工夫されている。天井裏はなく、雪国のため高床式となっているが、縁の下には砂利が隙間なく埋められ、周囲を堅い板で重囲している。よもや話し声が外に漏れるということは考えられない。

（精悍な顔になられた）

信玄とひさしぶりに対面した景勝は、まずそう感じた。余分な肉が削げ落ち、血色のいい肌は齢七十六とはとうてい思えない。目は鋭い光を放ち、顔の下半分は短く切りそろえた白い髭で覆われている。

信玄になんらかのスイッチが入ったのだ。

「これから天下がどう変転するか、信玄どののお考えをお聞かせ願えればと思い、参った次第」

「まあ、そう焦らずともよいではないか。晴久、御神酒をもって参れ」

一献傾けたのち、信玄は唇を嘗めた。

「やはり越後の酒は旨い」

ふくんだ酒を舌の上で転がし、じっくり堪能している。

「花畑に行っておった。城下の、しかもこんな一等の場所に花畑があるのはなんとも風流だ。さすがは謙信公。心が潤っていたのであろう」

信玄は川中島での激闘を思い出していた。あのころ幾度も干戈を交えた相手の本城で暮らしている人生の妙に、思わず笑みがこぼれた。

「一面雪景色でなにも見えないではないか、と言いたいのだろう。たしかに見えん。ただ、想像はできる。むしろ、見えないからこそ見えてくるものがある。歌心も湧いてくる」

景勝は黙って聞いている。ときどき聞かされるそのような話は得手ではない。早く本題に入ってほしいと思うのだ。

「さあさあ、景勝どののもう一献」

信玄は徳利をさし出した。

「いえ、わしは公務があるゆえ」

「公務だと？　正月くらい公務を忘れ、ゆっくり骨休みなさらんか。朝鮮でもずいぶん苦労したのであろう」

信玄に薦められ、景勝は平盃を掲げた。

「旨い。酒がこんなに旨いものとは、この歳になるまでついぞ知らなかったわい」

信玄はいかにも旨そうに酒を飲み干した。

「ところで、これからの見立てであったな。ちょうどいま、畿内に放っておいた使者衆からの報告を見ておったところだ」

信玄は身を乗り出し、話し始める。

信玄が甲府にいたころ、全国各地に放っていた使者衆のうち、有能だった者を二十人ほどふたたび召し抱え、畿内に遣わしている。吾郎も誘ったが、すでに家康に奉公していると聞き、断念した。

それら諜報活動の原資は景勝から出ているが、大老職にありながらあからさまにできることではない。そこで信玄が大元となって細工をし、仮に間者が捕まっても信玄までたどれないよう巧妙な経路を設けている。昨年暮れ、彼らからの諜報がつぎつぎに届いたのである。

「今年はきわめて大事な年になりそうだ。景勝どのも厳しい選択を迫られることになろう」

景勝は鋭い視線を信玄の目に注いだ。

「秀吉は早ければ春ごろには死ぬやもしれぬ」

「……そっ、それほどにお悪いのでありますか」

「悪い。このところ呂律（ろれつ）がまわらなくなり、食べ物がろくに喉を通らないようだ。おれは酒が旨いというに、じつに可哀想な男だ。曲直瀬道三（まなせどうさん）という侍医が懸命に手を尽くしているようだが、焼け石に水だろう。もっと前に人斎のような者に出会っていればよかったものを……。そういえば、人斎は出奔（しゅっぽん）してから家康に拾われたようだ」

「人斎が？　内府どのに仕えているのですか」

「徹底した医者嫌いだった家康が人斎に目をつけるとは、やはり並みの男ではない。やつは寿命を長らえることで秀吉に勝とうとしているのだ。人斎は適切な助言をするだろう。もっとも人斎のやつめ、徳川家と上杉家が事を構えた場合はすぐに徳川への奉公を辞めるという条件で仕えているらしい」

　信玄は手酌（てじゃく）で酒を注ぎ、ぐいとあおった。酒の助けもあり、ますます肌艶がよくなっている。

「秀吉の誇大妄想は激しくなる一方だそうだ。言うことが支離滅裂でもはや狂人に同じだと。しかるに秀吉が死ぬまでは朝鮮の陣払いはできぬとみたほうがよかろう」

「も、もし太閤殿下が身罷られると、どうなりましょう」

「秀吉は死ぬ前、景勝どのら大老職に、かならずや秀頼を奉ると起請文（きしょうもん）を書かせるにちがいない。やつの目下の関心事はわが息子のことしかない。天下のことなど頭の片隅にもない。問題はそのあとだ」

　信玄は無口な景勝のために発言の間をもうけた。

「起請文は守られないということですか」

「そんな虫のいい誓約を家康が守るとは思えん。そこで三成らと激しく対立することになるだろう。治部（三成）らにとっては秀頼政権が存続するかどうかは自らの生き死にに関わることでもある」

「それを見越して太閤殿下は、秀頼さまの傅役（もりやく）を前田大納言どのに仰せつけられたのではないでしょうか」

「利家も長くはもつまい。かなり病が進んでいるようだ」

「……」

「さて景勝どの。ここが思案のしどころである。秀吉が死んだのちはどういう経路をたどろうが、内府と治部の争いに行き着く。そのとき貴殿はいずれの側につくか」

景勝はつぎつぎとわが身に降りかかる難事に気を奪われ、秀吉が死んだ後のことなど頭をよぎることさえなかった。闇のなかでいきなり白刃の切っ先を目の前に突きつけられた格好となった。彼は信玄が言ったことを頭のなかで反芻（はんすう）しつつ、考えをめぐらした。

まずは秀吉に対する恩情である。越後一国でさえ統一できないままでいた自分が、いまこの地位にあるのはまぎれもなく秀吉のおかげである。武士である以上、受けた恩に対し、命をかけて報いるは本道である。

つぎに石田三成との厚い交誼（こうぎ）。三成は秀吉の命を受け、対上杉工作の担当となったが、以来、一貫してよきにはからってくれている。景勝がもっとも信任を厚くしている直江兼続との関係はきわめて良好で、三成と敵対するなど兼続は断じて拒絶するはずだ。

そして家康である。天下においてその重厚な度量と経験豊富な人心掌握など、彼に比肩（ひけん）する者はいない。家康は信玄を密かに師と仰いでいるというが、たしかにふたりには同じような気風を感じる。

だが好悪の情で測れば、家康は好みではない。心の奥底にいかなる思念を隠し持っているか、推し量ることができないのだ。

それらを考え合わせれば、三成方に味方するのが妥当といえるだろう。

ただ……。

すぐにそう結論づけられないこともたしかだ。なぜなら秀頼を奉じるということは、現在の秀吉政権を追認するということである。そもそも現在の政治がいいとは思えない。大坂城から一歩も外に出ていない秀頼が天下に号令を発することなどできないであろうし、発するべき理念がないことも明白である。併せて秀頼の威を背景にし三成らがどんな政をするのか、それもまったく見えない。

「景勝どのにとっては難しい問題であろう」

「さようでござる」

「はっきり答えが出ないというのであれば、とるべき道はただひとつ、中央政界と距離をおき、どっちつかずの立場をのらりくらりと貫くことだ」

「そうでありたいとずっと考えていました」

「ただしそれも容易ではあるまい。家臣たちはどちらにつくか激しく対立するであろう。というよりも、大坂方につくことで一致するだろう。それをうまく制御できるかどうか、景勝どのの真価が問われる。いずれにせよ新たな諜報があれば、随時景勝どのに知らせよう。そのときの状況を考慮して、結論を出せばよい。慌てることはあるまい。ただし家臣たちの前で自らの考えを述べてはならぬ。けっして言質（げんち）を与えないことだ」

神妙な表情で聞いていた景勝は、最後にひとつ質問をした。

「内府どのと治部どのが戦さにおよぶとなれば、天下を分けることにもなりましょう。その場合、勝つのはいずれでありましょう」

「勝つのは家康だ。治部が勝つことは百にひとつもない。治部は人間をそっくり入れ替えるような覚悟でなければ、だれもやつにはついていくまい。だが己だけが正義だと思いこんでいる治部が心を入れ替えるなど、天地が避けてもありえまい」

景勝はけっして三成を嫌いではないが、彼が多くの者から嫌われているのはもっともなことだと思っている。

国替えの準備で多忙をきわめていた上杉家主従は三月十九日、会津に入った。信玄と晴久も同行している。

それから五ヶ月後の八月十八日、秀吉は死んだ。景勝は国替えにともなって秀吉から三年間の在国を許されていたが、九月十七日、会津を出発し、十月二日、伏見に着いた。

## 三成憎し

秀吉が死ぬことをもっとも恐れていたのが三成であり、もっとも待ち望んでいたのが家康であろう。

事態はあわただしく動く。

(内府を弑(しい)するのはこのときをおいてほかにない)

三成は秀吉の死ののち、間をおかず実行しようと企んでいた。秀吉の死を知らないまま伏見城に登城する隙を狙って襲撃するのである。三成にとって、罪状を繕うことなどわけもない。

秀吉の死の翌日、登城しようとする家康に侍臣の本多正信が耳打ちした。万が一、そのようなこともありえると、家康は伏見城内に数人の密偵を放っていたが、そのひとりからもたらされた情報を正信が家康に伝えたのである。

家康は秀忠に対し、すぐさま江戸へ早駆けするよう命じた。父子同時に殺されればこれまでに積み上げてきたものが水泡に帰する。信長の最期を骨身に知る家康にとって、それだけはなんとしても避けなければならない事態だった。

家康は歴戦の強者、命を狙われることは日常茶飯事であった。その襲撃未遂事件のあとも平然としている。それどころか、それによって心持ちがすっきりした。

（もはや治部に気兼ねをする必要はなくなった）

秀吉が死ぬ前、幾度も誓詞の提出を求められた。もちろん本意ではなかったが、血判を押して差し出したことは事実である。それを反故(ほご)にするという行為に対して、一片の後ろめたさを感じていた。

しかし三成の本心を知ったいま、よけいな気遣いは無用と割り切ることができた。家康は内心において、三成への宣戦布告をしたのである。

だが家康はそれをいささかも表に出さない。思っていることがすぐ顔色に出てしまう三成と比べると、一枚も二枚も上手だった。

その日の夕方、伏見城で三成と顔を合わせたとき、家康はいつもと変わらず接した。のみならず、秀吉が死んだことがいかに大きな衝撃か、それを衆目に見せつけるかのように沈痛な面持ちをした。事情を知らない者たちは、家康の真心に接した思いであった。

筆頭大老の家康と次席大老の前田利家は、秀吉が死したいま、彼の尻拭いに着手する。国内では、秀吉の死の一ヶ月ほど前から騒然としていた。朝鮮出兵にかさむ戦費を捻出するためと称し、たびたび年貢を引き上げていたが、ついに裏作の麦にまで年貢を課すことになった。過酷な政治への反発から、各地で打ちこわしや米強奪事件が起きていた。

家康と利家は秀吉の死の四日後、麦への課税を取りやめた。さらに秀吉の死を秘して明・朝鮮軍と和議の交渉をすることを決め、三成と浅野長政を博多へ派遣した。

もとより明も朝鮮も好んで戦争をしていたわけではない。終盤は局地戦で日本軍が勝利を収めていたこともあり、和議は整い、日本兵は順次帰国することとなった。朝鮮の地で壮絶な戦さをしていた加藤清正ら武闘派と三成ら吏僚派の対立が深まるのはそれ以降のことである。

その顛末にふれる前に、武闘派と吏僚派の説明をしなければならない。

武闘派は、戦場を己の生きる場と心得、戦さでの勝利を得んがため働く者たちであり、秀吉の配下でいえば加藤清正、福島正則、池田輝政、加藤嘉明、浅野長政、中村一氏、堀尾吉晴らが含まれる。彼らは秀吉の黎明期、いわゆる尾張時代に台頭した。

一方、吏僚派と呼ばれているのは秀吉がはじめて城持ちとなった長浜城時代に登用した石田三成、増田長盛、長束正家、前田玄以ら五奉行に名を連ねる者たちである。

秀吉が天下を平定したのち、全国にまたがる高度な統治機能が必要となったが、彼らがそれを担った。彼らは現代風にいえば、巨大なコンピュータネットワークのOSに相当すると考えていいだろう。それが機能しなければ税の収納や各武将への俸給の支払いから兵站にいたるまで停止せざるをえない。武闘派と比べ、どちらがより重要になっていくか、答えは自ずと出る。

それら吏僚派のトップが三成だった。秀吉はやがてすぐれた吏僚こそが必要になると考え、小姓の佐吉（三成の幼名）に目をつけた。そのころの秀吉は国をよく統治したいという願望があったのだ。三成は類まれな計数の能力をもっていた。生来もって生まれた生真面目さと妥協を許さない仕事ぶりが秀吉の目にとまり、重用されるようになった。

ただ三成には大きな欠点があった。頭が格段にきれるがゆえ、自分以外の者がすべて愚か者に見えてしまうのだ。そのような性格の人間が、戦場を獣のように暴れまわっている武闘派と合うはずがない。三成が朝鮮の役で軍監という立場になり、一挙に問題が噴出した。

朝鮮では、外征しない秀吉に替わって軍監がおかれた。いわゆる軍目付と呼ばれるものだが、彼らは戦地に赴き、諸将の働きを評価し、秀吉に報告する役割があった。軍監の元締めである三成はときどき戦地を巡察するだけで、多くは国内で監督をした。

替わって、彼が選んだ軍監が渡海した。彼らのひとり、福島直高は三成の縁戚であり、ほかの太田一吉、熊谷直盛、垣見一直はすべて三成に引き立てられ、出世してきた者たちだ。このときの軍監団はすべて三成の意のままに動いていたのである。

三成は、朝鮮に赴く前、彼らに評価基準を詳細に説明した。それらのなかでとりわけ重要視されていたのが、

――軍規違反を犯したる者は事の大小にかかわらず仔細(しさい)漏らさず報告せよ。

であった。

三成にとってもっとも大切なことは、規律に従って戦うことである。抜け駆けや深追いなどの行為は正確に報告せよと念を押した。三成の価値観に照らせば、抜け駆けや深追いなどはとうてい容認できない行為であった。それらの行為を許せば、のちのち彼らの行為が勇猛であるとされ、英雄視される危険があるからだ。

三成は、激戦には英雄が生まれやすいということを知っていた。朝鮮の役において新たな英雄が出現すれば、それはのちの秀頼政権の障りとなる。それを未然に防ぐには英雄的な行為を評価しないことである。

そのような評価軸によって、割りを食ったのが加藤清正、蜂須賀家政、黒田長政、島津義弘・豊久、小早川秀秋らであった。

総大将小早川秀秋が蔚山城に籠もる清正らの救援に駆けつけたのち、勇んで深追いした行為は、裏を返せば「軽率」ともいえる。三成は後者の扱いで秀吉に報告し、その結果、秀秋は大幅な減封を余儀なくされた。

清正は、戦地でのふるまいなどをあげつらわれ、さんざんな評価を付けられた。その結果、秀吉の逆鱗にふれ、あわや切腹かという事態にまで発展した。清正の秀吉に対する忠誠心は福島正則とともに絶対的ともいえるが、その清正が秀吉との謁見も許されず、弁明の機会も与えられなかったのである。

蜂須賀家政は窮地に陥っていた清正や浅野長政を救援したが、追撃しすぎて戦線が広がったなど、言いがかりとしか思えない報告をされ、領地の一部を没収された。黒田長政は戦い方が消極的と報告され、処罰を受けた。

その一方で、清正と犬猿の仲である小西行長は三成との関係が良かったことから、不利な報告はいっさいされなかった。従軍した諸将は、三成の評価いかんで天と地ほども開きができてしまったのである。

清正は、帰国して諸将の話を聞くうち、事の真相を知る。

（おのれ、やはり治部めの讒言か。かならずやつを八つ裂きにしてくれるわ）

剛直で義理堅く、強気一辺倒の清正は、三成に対してかつてないほど憎しみをつのらせ、復讐を公言してはばからなかった。

三成ほどのきれ者が、こと「人間」のことになると、まるで要領が得ない。人間には感情があるということすらわかっていないのではないかと思うような行動をとる。行動を起こしてから相手の反応を知り、戸惑う。このときもそうであった。彼はようやく朝鮮から軍を撤収することが決まったころ、外征軍の間で、自分に対する恨みつらみが激しく渦巻いていることを知った。

そこで外征した諸将を慰労するため、伏見城で茶会を催すことにした。しかしその気遣いは、やぶへびとなる。三成の報告によって処罰を受けた清正らにとって、慰労の茶会など噴飯ものの茶番である。

「己は戦場から遠く離れ、太閤殿下の威を笠に着てぬくぬくと御殿住まいをしていた身でありながら、われら槍働き衆を虫けらのごとく扱い、己の保身のみを考えるような舌先三寸の男が茶会を開いてわれらを慰労するだと？　愚弄（ぐろう）するのもいいかげんにしろ。それほどに茶をふるまいたいのであれば、己が点てて己が飲むがいい」

清正がそう激高すると、島津豊久も続いた。

「われらがかの地でどげん辛苦を嘗めたか、あの横くわい者にはわからんもっそ。夏は病魔に冒され、冬は手足がちぎれるほどの極寒のなか野営を強いられた。食べもんにも事欠き、これで命も尽きようとどげんあきらめたことか。じゃっどん、やつはなんもせんくせに身命を賭して戦ったわれらに感謝するどころか、讒言を弄（ろう）してわれらを陥れたのじゃ。その恨みは末代まで語り継がせもんそ」

小早川秀秋は彼らの怒りを聞き、わが意も同じと思ったが、怒りは心のなかに留めておいた。そのかわり、いざ戦さになれば、けっして三成には与（くみ）しないと心に固く誓った。

三成への批判は、連鎖して広がった。七年にもおよぶ朝鮮出兵によって十万人以上もの死傷者が出たことをはじめ、戦費の調達のために年貢が上がり（大坂城には金がうなるほどあったが）、さらにうち続く自然災害などによって米など農産物の収穫量が減るなど、武士も庶民も困窮のきわみにあった。

それらの怨嗟（えんさ）は、本来、朝鮮出兵を決めた秀吉に向かうはずだが、秀吉はすでに亡くなり、また豊臣政権が続いている以上、表立って秀吉への批判を口にすることなどできない。秀吉に替わる標的として三成は格好の人物だった。家康への暗殺未遂事件によって三成という人物像に暗い影を落としていたことや、エリート官僚として権力を一手におさめているということも、民衆と距離が開いた一因であった。

人々は口々に三成への批判を強め、帰国した将兵たちに同情を寄せた。そのきっかけを三成自身がつくってしまったのである。

具体的にだれがどのような不満を述べているか、それらの情報は逐一、信玄と家康の諜報網に乗って会津と江戸へと伝わり、それらは生きた情報としてその後の政治活動に生かされることとなる。

## 秀吉の決算書

家康と本多正信は、百枚以上もの紙を綴（つづ）った記録帳に見入っている。

「それにしても、よくもこれだけのことをやらかしてくれたものだ」

「沙汰のかぎりでございますな」

「まったくだ」

その記録帳は、時系列に沿って秀吉政権の詳細を綴っている。いつ、なにをして、どんな結果になったか、それに対してだれがどのような意見や感想を述べたか、人々の反応はどうであったか、それに費やした資金の推定額など、細かい字でびっしりと書かれている。いわば豊臣政権の決算書といっていい。

「これだけ悪い手本を見せてくれたことは、ありがたいと思うべきなのか」

「左様ですな。なかには試したいと思うても試せないこともございましたから」

「羽柴どのの頭のなかを覗いてみたかったものよ」

家康は羽柴に力を込めた。それに対し、正信は記録帳を指差し、答えた。

「羽柴どのの頭のなかは、ここにそっくり写し取られてございます」

家康と正信はそれを繰りながら、聚楽第落首事件の顛末を記したところを読み返した。

「このようなことをすれば人心は離れ、やがて自らに刃を向けてくるという道理がわからなかったのでありましょうか」

「水は船を浮かべもするがひっくり返しもする。筑前はもとはといえば一滴の水であったのに、いつしかそれを忘れてしまったのだ」

正信は、民意を水に喩えた家康の機知に感心した。

「天下は万民のものだ。ひとりの権力者のものではない。ただしはじめはそう思っていても、いつしか勘違いするのが人間だ。つねに自らの心に監視の目を向けていなければならぬ」

ある時期から、家康は秘書官として正信を侍らせるようにしていた。同じ秘書官でも三成とは正反対である。三成は、なにかと物事を善悪で計る傾向があるのに対して、正信は清濁併せ呑むことができる。人が嫌がる濁った水を飲むことも厭わない。外交にも内治にも現実感覚をもった汚れ役が要るという家康の望みにかなったわけである。なにかといえば突撃を主張する武闘派と異なり、つねに冷静沈着であることも家康の信頼感を高めた。

正信は、徳川四天王のひとり本多忠勝とは遠い縁戚にあたるが、人間のタイプはまったく異なる。忠勝は正信を忌み嫌い、まるで汚いものを見るかのように一瞥（いちべつ）をくれるだけで、けっして近寄ろうとしない。よくも悪くも竹を割ったようにしか物事をとらえられない忠勝にとって、正信のような人間は心がねじ曲がっているとしか思えないのである。

家康の後半生、そして秀忠の二代にわたって政務を補佐した正信は、奇妙な経歴をもつ。

桶狭間合戦ののち家康は故郷の岡崎城に戻るが、それは新たな苦難の始まりでもあった。三河一向一揆に悩まされることになるのである。一揆方には多くの忠実な武将が家康に反旗を翻（ひるがえ）して加わった。正信もそのひとり。

正信は三河を出奔して加賀へ行き、一揆衆と合流して信長と戦ったともいわれている。加賀の一揆が鎮圧されると、全国を流浪した。それによって各地の情勢をつぶさに見たことが、のちに正信の身を助けることになる。

本能寺の変の直前、正信は大久保忠世のとりなしにより徳川家に帰参が認められた。

当初、家康は正信の帰参を快諾したわけではなかった。人材が不足していたため、やむをえず許したのである。しかし正信を観察するうち、思わぬ拾いものをしたと気づく。複雑にからまった糸玉をほぐすかのように緻密な思慮があるのに、いたって私欲がないのだ。名誉欲や金銭欲など、ほとんどの人間が終生悩まされる煩悩（ぼんのう）に縛られていないと家康には映った。

それに気づかされたのは、家康が秀吉に臣従したのち、秀吉のはからいで徳川家の重臣たちに叙位・任官がなされたときである。正信は従五位下佐渡守に叙位・任官されたが、いっこうにありがたがる気色（けしき）を見せず、かたくなに辞退した。それでは秀吉の機嫌を損ねるからと、なかば強制的に受けさせたという経緯があった。相模国玉縄二万石を与えようとしたときも、正信は頑強に辞退した。

「それがしのような立場で高禄を食んではなりませぬ」

それが正信の言い分だった。

日ごろから質素倹約が身についている家康にとって、このときの正信の言い分ほど心を動かされたものはなかった。ちなみにこの正信の持論は徳川幕府の人事制度の特徴のひとつ、「権力をもつ者は少禄に」という基本方針として受け継がれていく。

かの松永久秀は正信をこう評したことがある。

――徳川には多くの侍がいるが、大半は武勇一辺倒だ。しかしひとり正信は剛にあらず、柔にあらず、卑にあらず、非常の器である。

久秀は正信に、自分と同じ種類の人間という符牒を嗅ぎ取ったのかもしれない。

## 家康、動く

天下をとるため、なりふりかまわず調略を重ねる。その決意を後押ししたのは、秀吉の政治を記述した、くだんの記録帳であった。家康は幾度も読み返し、その身勝手な政に怒りを覚えた。こんなことを繰り返してはならない、との思いがつのった。ただ時が過ぎるにつれ、人々は秀吉政治の負の面を忘れ、ある懐かしさをもってその享楽的な政治を思い出すこともあるだろうということも忘れてはいなかった。一方の天秤を上げれば一方の天秤は下がる。その言葉のとおり、今後、誹謗中傷にさらされるかもしれない。しかしそのときは片方の耳だけ傾けておけばいいと覚悟を決めた。

家康と正信は伏見城で毎日のように顔を合わせ、緊密な議論を交わしながら政権を奪い取るための行程をつくっていた。

「まずどのあたりからか」

「定石(じょうせき)ではありますが、まずは上様が直接諸将の私邸をお訪ねになることでございましょう。人と人の関係が良くなるにはなにをおいても直接お顔を合わせ、屈託のないお話をされることであります」

「であろうな」

「つぎに婚姻でございましょう。ここにそれがしの案がございます」

「見せてみぃ」

正信が差し出した紙には、だれの子女を家康の養女とし、だれに嫁がせるかが記載されている。

「つぎにこちらが恩を売る相手とでも言いましょうか。家中の対立が激しい大名などを挙げておきました。上様の仲介でお家騒動が収まるようなことになれば、先方から誼(よしみ)を通じてくるものと思われます」

「恩を売るとは人聞きの悪い。ほかに穏当(おんとう)な言い方はないのか」

「ははぁ、ほかに適当な言葉が思い浮かびませぬゆえ、しかと考えておきまする」

このあたりは絶妙なやりとりである。

「これは当家に楯突(たてつ)いてきそうな面々でございます。ただし懐柔(かいじゅう)できないというわけではありません。調べたかぎりの弱みも付記してございます。これらの面々はなるべく事前に力を削いでおくことが肝要と思われます」

家康は満足そうな表情を浮かべ、書面に見入っている。

「こちらは、治部少輔どのに反感を抱いているものと思われる面々でございます。多々ご存知とは思いますが」

「あい変わらず痒(かゆ)いところに手の届く男じゃ」

家康はカラッと笑って、正信の肩に手を乗せた。

家康は、その体格からは想像もつかないほど行動が機敏である。まず伏見に屋敷を構える大名たちへの訪問から始まった。長曾我部元親、新庄直頼、島津義久、細川幽斎らをつぎつぎと訪ね、誼を通じた。

つぎに婚姻政策である。家康は子だくさんではあったが、すでに持ち駒が少なくなっていた。そこで正信の献言によって他人の子を養子とし婚姻政策を進めることにした。そのような形で婚姻させた数は十四件あるが、以下はその一部である。

・氏姫（外曾孫小笠原秀政の娘）と蜂須賀至鎮（家政の嫡子）
・満天姫（異父弟松平康元の娘）と福島正之（正則の養子）
・栄姫（家康の姪）と黒田長政（官兵衛の息子）
・かな姫（従弟水野忠重の娘。のちの清浄院）と加藤清正

これらを見てもわかるように、家康は秀吉子飼いの譜代から切り崩しを始めている。また奥州の伊達政宗の娘五郎八姫と自身の六男松平忠輝を婚姻させ、会津の上杉景勝に対する楔を打った。

家康と正信が熟考をかさねて練り上げた婚姻政策は絶大な成果を生むことになる。

明けて慶長四年（一五九九年）元旦、大坂城は年賀の祝いを述べるために集った諸将でいっぱいになった。

大広間の正面に座っているのは、秀吉から秀頼が十五歳になるまで傅役に命じられていた前田利家である。

利家は七歳になった秀頼を抱いたまま、諸将の歳賀をうけている。家康がとりわけ注意深く観察し

たのは、利家の健康状態である。かつて犬千代と呼ばれていたころの才気煥発さはみじんも感じられない。家康は人斎の助言を受けて身体を壮健に保つことはなんでも実行しているからか、五十六歳にして若返ったかのようだが、利家の落魄（らくはく）ぶりはだれの目にもあきらかだった。

いま、利家は最後の務めを果たそうとしている。自分が死ねば、小康を保ってきた事態が雪崩（なだれ）を打ったかのごとく流動化するにちがいないと危惧（きぐ）していた。

一月十九日、利家は数人の供を引き連れ、伏見城の家康を電撃訪問した。取り次いだのは正信であった。

「権大納言どのがわしに、か。して、なに用であろう」

家康はわざとらしく驚いてみせた。用向きは重々承知している。御掟に背いて大名同志の婚姻を進めていることを咎めにきたのであろう。

「いずれにせよ、大納言どのが自ら参られたのだ。手厚くおもてなしいたせ」

利家を上座にあげ、家康は衣服を改めて対面した。

家康は利家と顔を合わせた瞬間から満面に笑みを浮かべている。まるで家康と利家は無二の親友であったかのようにふるまった。そして旧交を温めてきた友の訪問がどれほどうれしいか、表情で知らせた。利家はつられて、つい世間話に興が乗ってしまった。が、ふと思い直したように険しい表情になった。

「本日、内府どのを訪ねて参ったのはほかでもない」

話を切って、幾度か咳払いをした。

「内府どのは、ご子息ご息女らと諸大名との婚姻をなされたと伺っておるが、それはまことか」

家康はきょとんとした表情をし、しばし口をつぐんだ。まるでいたずらを見つかってしまった童（わらべ）のように無邪気な目を利家に向けた。

「さあ、まことか」

沈黙の家康に、利家は重ねて尋ねた。

「大納言どのもご存知のように、わしは子だくさんである。子の行末は気になるもの。であれば、少しでもよき相手を見つけてやるというのも親心」

他人の娘を養女とし嫁がせていることを考えれば、あまりに的はずれな返答である。利家はきっと家康を睨(にら)み、言った。

「親心の話をしに来たのではありませぬぞ」

これまで親らしいことなどしなかったくせにと利家は内心いきりたった。

「故太閤殿下のお許しなき私婚は御掟で禁じられていること、内府どのもおわかりであろう。誓詞を書いたことはよもやお忘れではあるまいな」

家康は神妙な面持ちになり、しばらく絶句したのち、

「それはうかつであった。以後、慎み申す。平にご容赦願いたい」

家康はあくまでも御掟については失念していた風を装い、あとはひとことの弁明もせず、ひたすら頭を下げた。

そうまで下手に出られれば、利家もそれ以上強硬な態度には出られない。私懇についてはお咎めなしとなり、以後くれぐれも御掟に従うということで決着がついた。一時は諸将が徳川方、前田方のいずれにつくかで騒然としたが、家康が下手に出たことでとりあえず丸く収まった。

会談の冒頭、家康は、御掟は豊臣家にとって都合がいいだけの私的な掟ではないかと利家に説こうと頭をよぎったこともあった。しかし利家の顔に死相が現れているのを見て、よけいな話はすまいと

方針を変えた。いまや家康は人斎の手ほどきによって死相を見抜く術を身につけていた。

人斎によれば、ときに死相は健常な人間にも現れるという。健常者は、病魔が宿主である自分を殺す前に、自らの力で病魔を死滅させることができるが、その力がなくなったとき、死相はよりはっきりと現れるという。

利家の顔に現れていた死相は、ゆるぎのないものであった。命の残り火はあとわずかと明白に告げていた。そのような者に理屈をこねてどうする、と思ったのである。秀頼の傅役としてまっとうさせてあげれば、死地に旅立つときも心持ちがいいだろう。

そのころ利家の死をもっとも恐れていたのは、三成であった。三成は、利家が生きている間に決着をつけようと思い、一月と二月、家康を襲撃する計画を企てたが、いずれも事前に察知され、未遂に終わった。家康が大坂城に送りこんだ諜報者は増田長盛や長束正家の側近にまでおよび、三成らの思惑は筒抜けとなっていた。

閏三月三日、三成が恐れていた事態が起きた。天下の調整役としてなくてはならない存在であった利家が死去したのである。利家は、暴れ川を堰きとめる堤防のような役割を果たしていた。彼の死とともにその堤防が決壊し、各地で氾濫が始まったのである。

利家の死を虎視眈々と待っていた者たちがいた。朝鮮の役で三成に讒言された加藤清正や福島正則、黒田長政と細川忠興、加藤嘉明、浅野幸長、池田輝政の七人である。彼らは利家の死の翌日、三成を大坂の市中で襲撃することを企み、周到に準備を進めていた。不穏な動きがあることを数日前から察知していた三成は、かろうじて七将の包囲をくぐって大坂を脱出し、佐竹義宣の手を借りて伏見城内の自分の屋敷にたてこもった。

従来、この事件については、伏見に逃げた三成があえて家康の屋敷に身を投じ、死中に活を求める形で難を逃れたという説が定まっているが、当時の家康の伏見屋敷は伏見城から宇治川をはさんだ対岸の向島にあった。急報を聞いて家康が調停に乗り出したことは事実だろうが、三成が家康の屋敷に逃げこんだとは考えにくい。

家康にとってこのときの三成は、まさに飛んで火に入る夏の虫であった。煮て食おうが焼いて食おうが勝手。ましてそれまでに数回、三成は家康暗殺を謀（はか）っている。そのような輩を殺したとて、だれも咎める者はいないだろう。

しかし家康は考えた。三成をどう処遇すれば、もっとも大きな成果を得られるか。三成は命を助けられても恩義に感じるような男ではない。ゆえに恩を着せる相手には該当しない。

試しに正信に意見を聞いた。返ってきた答えは、家康の考えと少し異なっていた。三成を殺さないという点では同じだったが、正信はしばらくの間、三成を幽閉するのも手ではないかと言った。

「葉っぱをいじってどうしようというのだ」

家康は、ぽつりと言った。枝葉末節（しょうまっせつ）にこだわってなにが変わるのかと言ったのである。そのとき正信は家康の深慮（しんりょ）を覗いた気がした。

家康によれば、三成を死に至らしめるのは下の策である。それは利用価値の高いものを利用せずに捨てるようなもの。よって清正らに突き出すことはしない。それをすれば三成はその日のうちに膾（なます）のように切り刻まれ、宇治川の魚の餌になっていたことであろう。

では上の策は……、

三成の権力を削いだうえで自由に泳がせ、やがて一大決起をさせ、雌雄を決する。

かくして三成は、中央政界から引退を余儀なくされ、佐和山城に隠居の身となった。

この処置で家康の声望はいやがおうにも高まった。幾度も自分を殺そうとした相手を助けたのである。民衆のこの反応は、家康にも正信にも想定外であった。

一方、三成は奉行職を解かれ、翼をもがれた形となったが、政務から離れて自由に動ける立場になった。家康の掌で動かされていたのであるが、そうとは知らず対家康工作を進めていくことになる。

## 吾郎の最期

ここは会津の本拠となる会津若松城。

三月十九日、上杉家主従は越後から二百キロ以上もの道のりを大挙して移ってきた。

（土の匂いがする）

日本海からの潮風に慣れ親しんでいる景勝は、会津の空気に微妙なちがいを感じた。どっしりと重く、浮ついたところがない。それはそのままこの土地に住む人々にも言える。質朴でまっすぐで、義理に厚い。手練手管や権謀術数とは生涯縁のなさそうな、底抜けの人の好さと剛直なまでの一本気を感じた。

景勝の気質に合っていた。彼は、狡知で裏表のある人間が苦手であった。腹に一物を抱えている者をうまくいなすことのできない人間だった。そういう意味では不器用そのものであった。

信玄と出会って驚いたのが、両様を使い分けることができるということであった。高潔な人物にはそれなりに、悪辣な人物にもそれなりに対応する。相手との距離を、そのときどきに応じて伸縮自在に使い分けることができる特殊な装置をもっているとしか思えなかった。

そもそも正親町天皇より円常国師の号を賜った快川紹喜を師としながら、日本一の表裏比興の者と言われる真田昌幸のような教え子がいること自体、摩訶不思議である。景勝の朋友として心の支えとなっている晴久（小太郎）も信玄を一途に畏敬している。景勝は、信玄という人間の奥行きを見通すことができないでいた。

（いったい、どこをどうつなげば、武田信玄に至るのか）

もしかすると、家康もそのように複雑な多面性をもっているのかもしれないと思った。

中央政界と距離をおきたいと考えていたのは、自分の性向が、権謀術数とはほど遠いと自覚しているがゆえであった。人に擦れて良くなることもあれば悪くなることもある。いまさら人間性を変えることなどできない。秀吉から会津への国替えを命じられたときは越後に未練があったが、いまとなってはよかったと思えるようになった。

信玄は幾度も固辞したが、会津若松城内の一等地にその居住屋敷を与えられた。彼は自らを隠居老人と称しているが、景勝の扱いは相談役であった。信玄は軍務と内治のいずれにおいても景勝に知恵を授けているが、兼続ら重臣たちの気を損ねないよう、出過ぎた行為を厳に戒めていた。


ある日、信玄の屋敷の廊下に人影があった。隠れている様子はない。じっと平伏し、見つけられるのを待っているかのようだ。

松野吾郎であった。

「松野ではないか。おまえを呼んだ覚えはないぞ」

信玄が声をかけると吾郎はゆっくり顔を上げ、じっと信玄を見つめた。

「御屋形さま、お懐かしゅうございます」

「まさかおまえ、おれを殺しに来たのではあるまいな」

信玄は耳の穴を指でほじくりながら鷹揚に訊いた。

「きちんと正面から入れていただければいいものを、どうしても楽な方法をとってしまいまする。ご容赦くださいませ」

「息災にしていたか松野。家康に奉公していると聞いたぞ」

「はっ。おかげさまでなんとか生き長らえております。御屋形さまにおかれましてはまことにご健勝と拝察いたしまする」

「どうだ、死ぬ前と比べるとずいぶん面変りしておるだろう」

吾郎は、信玄が長い眠りに就いてからの自らの来し方を簡潔に述べた。武田家が滅亡に至るいきさつにはあえて触れず、身延で人斎に会ったことなどをくわしく語った。

「そうか、身延にいたのか……」

信玄は感慨深げにつぶやいた。身延には信玄が贔屓にしていた隠し湯がいくつかあった。甲斐から南や東へ遠征した帰り道、疲れを癒やすため、毎度のように湯に浸かっていた。

「身延といえば、晴久の父君が住んでいると聞く」

「はい。ときどき立ち寄りますが、いまは天の運行の真理を突き止めんと日夜励んでいるようです」

「天の運行だと？」

「寿命が尽きる前に、それらを小太郎、いや晴久さまに届けたいと申しておりました。雄源どのも本年五十九歳。こののち何年も生きることはかなわないと思います」

「おまえもそれくらいになるだろう。すでに老人の風貌だ」

「はい、彼と同い歳にございます」

この当時の平均寿命の記録はないが、武士は四十歳、一般庶民は三十代なかばと考えられている。乳幼児の死亡率は全般的に高かったが、とりわけ庶民のそれは非常に高かった。武士の家庭では家の存続がかかっているため、乳幼児に対する手厚い保護があった。また栄養や衛生環境なども庶民より恵まれていた。そのようなことを鑑みれば、諜報を生業として六十歳近くまで生きていること自体、稀有なことである。

「ところで松野、用向きはなんだ」

吾郎は、われに返ったような表情をしたのち、

「御屋形さまのご尊顔を拝したかっただけにござります」

と言い、湿(しめ)っぽい目で信玄を見上げた。

「せっかくお目にかかれましたついでに、上方の動きをひとつお耳に入れたいと思います。去る閏三月四日……」

吾郎は清正らによる三成襲撃事件の顛末を語った。

神妙に聞いていた信玄は、吾郎の真意を悟った。こいつはおれに会うために会津まで来たのだ。これが長年の恩顧に対する報いだと心に決めて。

「松野、おまえはすぐれた仕事師だが、致命的な欠点がある。情が勝ちすぎていることだ。おれはかつての雇い主。疑われるような行為は慎め。諜報を集める者には敵味方の目が光っていることを忘れるではないぞ」

「ありがたきご配慮にございます。この松野吾郎、御屋形さまのもとで働けましたこと、生涯の誇りと思っております」

「くれぐれも命を大事にするのだ。ここを去る前に晴久に会ってやれ」

吾郎は、信玄の思考力や包括的な直感がかなり恢復していると感じた。家康から上杉の動向を探れと指示を受けていたが、会津の国境付近でだれかに追跡されているという直感があった。わざと昼寝

をし、様子を見たが、近づいてくる気配はなかった。それは相手が、吾郎の警戒を察知したということでもある。

吾郎は目の前にいる壮年の男を見て、胸がいっぱいになった。並んで立つと、吾郎より頭ひとつ大きい。長身の家系なのだ。

あれから二十八年が過ぎた。歯を食いしばって懸命に涙をこらえていた少年がりっぱに成長した。時の流れはさまざまなものを変える。

「小太郎、よくがんばったな」

あとは言葉にならず、声をつまらせた。

「松野さま、つい昨日のことのように覚えております。子供のころ、松野さまがいらっしゃるのが待ち遠しくて……。珍しいものをたくさん買っていただきました。けっして色褪せることのない思い出です」

「それにしても学問で身を立てているとはなあ。上杉家のご指南役と聞いたときは腰を抜かしたわ」

「さほどに偉いものではないのです」

晴久ははにかんだ。

「ところで、父上は息災でございましょうか」

吾郎はあの日から雄源がどんなことをしてきたかをかいつまんで話した。雄源の歩んできた道のりは、箇条書きにすれば数行で終わってしまうほどのものではあるが。

晴久は、父雄源が妻と娘の魂と邂逅（かいこう）することを求めて山野と一体になるという生き方を貫いていると聞いたとき安堵したが、同時に歯がゆくもあった。ほんとうにそんなことが現実に起きるものなのか。気がつけば父ももうすぐ六十。先は長くない。

「それだけではないのだ。いま父君は天の運行に夢中だ」

吾郎は知っているかぎりのことを伝えた。いまではかなりのことを解き明かしたと本人が語っていること、それには人斎もひと役買っていること、それらを詳細に記述した分厚い紙の束を息子に手渡したいと言っていることを。

(父上、ご自分の天分を見つけられたのですね……)

「わたくしも父が元気なうちに会いに行かねばと思っているのですが、なにぶんこのような慌ただしさで……」

「それにはおよばぬ。おれが預かって届けよう」

「ありがとうございます。ただ、なんとか時間を工面して身延を訪れたいと思いますゆえ、父にそうお伝えいただけますか」

その日の夕刻、会津若松城を出た吾郎は、米沢へ向かった。直江兼続が本拠とするところである。できるだけ山道を避け、視界の開けた田園地帯を進んだ。

夕闇の帳(とばり)が降りたころ、異変を感じた。後方から数人の男が異様な速さで近づいてくる音が聞こえたのだ。考える前に体が反応していたが、いつもより反射が鈍かった。いくぶん逡巡(しゅんじゅん)しているうちに逃げ道をふさがれた。

吾郎は脇目もふらず大きく跳躍し、藪のなかに飛びこんだ。棘(とげ)のある枝にからまり、顔や胸に激痛が走った。蔦(つた)が足元にからまり、前のめりに倒れた。そこへ追ってきた男が飛び乗り、背中から刀を突き刺した。吾郎はおびただしい量の血を吐いて絶命した。

下手人は闇にまぎれた。家康は「信玄どのと面会するときは松野が役に立つだろう」と語っていたのだから、吾郎を殺す理由はみじんもない。

つねづね吾郎は、畳の上で死ぬことはけっしてないと語っていたが、そのとおりになってしまった。これが諜報に生きる人間の運命なのだ。

それにしても松野吾郎はよく生きた。

## 上杉家評定

慶長四年（一五九九年）もおし迫った日、会津若松城の大広間で上杉家の主な家臣が参列して評定が行われている。

黒光りする床には塵ひとつない。信玄は景勝の願いを聞き入れ、末席に連なった。

はじめから怒号が飛び交っている。信玄の予想どおりの展開である。議論が真っ二つに割れての怒号ではない。上座でひとり静かに瞑目している景勝を除き、すべてが激高しているのだ。

矛先は徳川家康であった。

「前田どのへのなさりよう、言いがかりも甚だしいではないか。濡れ衣であることは火を見るより明らか。かような手口で邪魔な者をつぎつぎと陥れ、天下を簒奪するにちがいない」

兼続が激しく憤っている。もともと兼続の家康嫌いは筋金入りだったが、三成と接触する機会が多くなるにつれ、さらに憎しみが高じている。

前田利家が死んだのち、嫡男の利長が加賀・越中八十三万石の家督を継いだ。利家は自らの死後三年間は上方にいよとの遺言を残したが、利長は家康の勧めに従って八月、自領に戻った。人望あった父と比べ、己の非力さを痛感する利長は、家康の勧めに唯々諾々と従うほかなかった。

その翌月である。利長や浅田長政、大野治長らが家康の暗殺計画をしているという風聞がたった。根も葉もない噂である。そもそも利長にそのような器量はないし、浅野長政はれっきとした家康派である。おそらく家康側が流した風聞に、紆余曲折を経て尾ひれがついてしまったのだ。

家康は利長に厳しく詰問し、疑いが晴れなければ軍勢を送りこんで成敗すると威した。それに対し利長らは豊臣家に支援の要請をしたが、色よい返答をもらうことができず、家康に屈することとなった。臣従の条件は現在、協議中である。いずれにせよ利長は人質を差し出すことになるだろう。その結果、前田家は戦わずして政争から離脱せざるを得なくなる。

(景勝どのは重臣たちを抑えられまい)

家臣たちと距離をおき、客観的に評定を見聞きしている信玄には、その後の成り行きが目に見えるようであった。義憤にかられた上杉家は反家康派の急先鋒として突出していくことになるはずだ。

前田家に対する一連の言いがかりは、家康と正信が仕掛けた罠であった。あえて陰謀とわかるような演出をし、煽っているのだ。しかし熱くなっている者たちに、それに乗ってはいけないと諭すのは難しい。事実、評定が進むにつれ、場は騒然としてきた。

景勝が一瞬、信玄と目を合わせた。そこにすがるような色を感じたとき、信玄はこの評定に参加してほしいと懇願された理由を察した。

(おれは狂言まわしか)

それはそれで景勝の意を理解した。

「おのおの方の考えはわかった。ここで信玄どののご存念をお聞きしたいと思うが、よろしいか」

列に連なる家臣たちの目がいっせいに信玄に注がれた。老いたりといえどその見識を疑う者はだれひとりとしていない。みな信玄が家康のふるまいについてどう語るのか、耳を澄ませて聞こうとしている。

「それではわが存念を話そう」

しばらく間があいた。しわぶきひとつ聞こえない。

静かに語り始めた。その声は齢七十八とは思えないほど大広間の隅々に響き渡った。

「みなに話したいことは二つある。その前に、わしの立ち位置についてだが、あくまでも上杉家にとってよかれという前提で考えていることを承知おいてほしい。この信玄、本来であればはるか以前にあの世へ行っていたはずだが、亡き謙信公と景勝どのの慈悲を受け、こうして生き長らえておる。まずはみなに礼を申したい」

信玄はそこで言葉をきって、軽く頭を下げた。重臣たちは慌てて返礼した。

「さてこたびのことだが、つまるところは治部少輔方につくか内府方につくかということであろう。どちらも豊臣をたて、大義を前面に掲げているが、いずれに義があるかは判断しかねるところだ」

その場がどよめいた。先ほどまで義という言葉が数十回となく出ていたからだ。もちろん義は三成にあり、家康は不義であると。

それを聞いて本庄越前守繁長がひとつ咳払いをして、信玄に尋ねた。

「おそれながら、義はいずれにあるかわからぬと仰せであろうか」

「そうだ。若いころであれば善と悪の区別はすぐについた。しかし世の中のことがわかってくると、善悪の区別がつきにくくなった。義についても同じことがいえる。おれは甲斐の生まれであったゆえ、そこから見る不二の山しか知らなかった。が、駿河から見た不二はちがって見えた。それと同じように、太閤の遺言が絶対的な正義であるかどうかは、その立ち位置によって見方が異なる。豊臣の天下が続くことを願っている者は治部に義があると言うだろうし、豊臣の政が続くことを厭う者はこれを機に世の中の秩序を変えたいと言うであろう。そもそも豊臣政権は主家である織田家から簒奪したもの。義をどうこう唱える立場ではない」

場が色めき立った。上杉家は謙信以来、不義を厳しく糾弾してきた。そして信玄こそ、もっとも多くその矢面に立たされた男である。その信玄が、義は絶対ではなくそれぞれの立場で変わると言っているのだ。これでは喧嘩を売られているのに等しい。家臣団のなかには、顔を真っ赤にして口をもぐもぐさせている者もいる。

「では、内府どのに義があるとお言いか」

色部長門守光長がどら声で詰め寄った。

「いや、そうは言うておらぬ。もしも家康が豊臣の政とはまったく異なる、天下万民のための計を胸に抱いているとすれば、それこそ義だと言うのだ。みなもこれまでの豊臣の治世がよいとは思えぬであろう。民は疲弊しきっている。ほんとうに豊臣の政がよきものであるなら、それを維持せんとしている治部少輔を太閤子飼いの武将たちが討とうとするであろうか」

それを聞いて、城内は騒然とした。信玄は冷静に吾郎がもたらしてきた情報、すなわち七将による三成討ち入りの顚末と、それを家康がとりなしたことを説明した。

それを聞いた兼続は、憤怒の形相で腹の底から声を絞り出した。

「おのれ、主計頭（清正）め。よくも狼藉を働きおって。これであの者どももおしまいじゃな。太閤殿下の惣無事令に抵触するはあきらかじゃ」

秀吉は私戦を禁じていたが、七将による討ち入りは、あきらかに法令違反である。だが清正らに対する咎めはいっさいなかった。もっともそれを言えば、三成もたびたび家康暗殺を企てたのであるから、すでに惣無事令は形骸化していた。

「もうひとつのご存念をお聞かせ願いたい」

景勝は場を鎮めるため、信玄に続きを促した。

「戦さともなれば、いずれかが勝ち、いずれかが敗れる。仮に敗れる側につけば、お家の滅亡にもなりかねん。このことは実際に家を滅ぼしてしまった人間だからこそ痛切に思うことでもある」

ふたたび重臣たちは息を殺して信玄の話に聞き耳を立てた。信玄が使者衆を使って畿内の情報を集め、独自に分析していることはみな心得ている。

「家康は広大な平地で野戦に持ちこむであろう。なぜなら彼は野戦であれば短時日のうちに決着がつくことを知っているからだ。では家康と三成のいずれが勝つか。おれは諸将がいずれの側につくか、さまざまな可能性を試してみた。美濃あたりを仮想戦場として綿密に図上演習をやってみたのだ。その結果……」

みな、前のめりになった。景勝も演習に立ち会っているが、それは伏せてある。

「その結果、十二とおりの演習すべてに家康が勝利を収めた。治部少輔はどうあがいても勝てん」

「お待ちくだされ、信玄どの。その演習とやらでは、わが上杉家はいずれに与しているのであろうか」

「大方は治部少輔方。中立という見立ても二、三あった。が……」

「ええい！　中立などありえぬ」

いっせいに怒号が噴出した。形勢が不利と聞くとよけいに火がつく武士がいるが、上杉家の重臣たちは幸か不幸か、その類の者が多かった。謙信以来、義を重んじ、負け戦を勝ちにもっていくことこそ武士の本分と思いこんでいる。リアリズムの対極にあった。

評定での信玄の発言は、焼け石に水どころか、逆に燃え盛る火を団扇（うちわ）で煽（あお）ぐ形となった。そして会津若松城は大軍が籠城するには狭すぎるため、ここより北西へ一里強、阿賀川畔の神指原に巨城を築くことが決まり、普請奉行に兼続が命じられた。

評定が退けてからかなり経っているが、大広間はまだ熱気がこもっている。景勝と信玄は奥の間に移動し、熱い茶を喫しながら額の汗を拭った。

「信玄どののお計らいにもかかわらず、あのような結末にいたり、己の非力を痛感している。面目ない」

景勝は声を落とし、うなだれた。

「評定はえてしてあのようになるものよ。無理に止めれば、家中が割れるのは避けられまい。だがこのままでは上杉家は前田家に続く標的になるのはあきらか。おそらく家康は、景勝どのに言いがかりをつけてくるであろう。前田家は軟弱ゆえ、あのような形になったが、剛の者が多い上杉家は徹底抗戦を選ぶと読んでな。大坂から遠いというのも好都合だ」

信玄は目の前に上杉家当主がいるにもかかわらず、すでに上杉家が景勝の意思を離れ、独立した生きものであるかのように語った。

「こうなった以上、負けぬよう手を尽くす以外にあるまい」

「お力をお貸しくだされ」

景勝は信玄の目をしかととらえ、両手で信玄の右手を包み、深く頭を下げた。

## 雪中の雄源

雄源は、目の前に聳(そび)える、雄々(おお)しく白い山容に見とれていた。

甲斐駒ヶ岳。

間ノ岳(あいのだけ)、北岳から北へ続く山塊は、空に衝立(ついたて)を立てたかのようである。甲斐駒ヶ岳の頂きは花崗岩と白砂のため夏でも白い。それがさらに神々しさを醸している。

(まさに神馬が住んでいるかのようだ)

駒ケ岳と名のつく山は日本にあまたあるが、山の頂きに神馬が住むという伝説にもとづいている。

雄源は、峻厳(しゅんげん)な美しさに息を呑んだ。いまだ甲斐駒ヶ岳の頂きに登ったことはない。年が明ければ、還暦を迎える。登山道もなく、とうてい登頂はかなわないが、せめて黒戸尾根あたりまで登って頂きを見たいと思った。

釜無川に沿って北上し、尾白川との合流地点から尾白川に沿って進んでいく。竹宇駒ケ岳神社を過ぎ、十二曲りを登っていくと、曲道が終わったあたりで白銀の世界となった。人が足を踏み入れた形跡はない。ところどころに鳥や兎(うさぎ)の足跡があるだけだ。

雄源は粥餅石で休憩をとり、草鞋に手製のカンジキを巻いた。板の裏に木の鋲(びょう)を打ちつけただけのものだが、これで雪の上を歩くことができる。

足はちぎれるように冷たい。ときどき止まって両足をじゅうぶんに揉みほぐし、血行を促さないと凍傷になる恐れがある。足をもみほぐしながら尾根の稜線に目をやると、朝日を受けて輪郭をきわだたせている。日輪に雲がさしかかると、それに応じて雪の色も変わる。雄源にはその移ろう姿が生き物のように思えた。

一歩一歩雪を踏みしめ歩いていくにつれ、空気が冷たくなっていく。目には映らないが、空気は形をもっている。山の空気の先端は鋭く、衣服の隙間から強引にねじこんでくる。やがて、切っ先が自分の肌を刺してくるだろう。持っている衣服をすべて重ね着しているが、いずれ防寒の役目を果たさなくなる。そこまではなんとかこらえて歩き続けようと気持ちを奮い立たせた。

黒戸尾根にたどり着いたのは、牛の刻をまわったころだろうか。山の反対側から、かすかなうねりが聞こえてきた。

(吹雪になる前に下りなければ)

警戒が点(とも)ったが、足が寒さで感覚を失っている。しかたなく、その場に腰をおろし、しばらく足を丹念にもみほぐす。やがて血がめぐるようになる。

ふと稜線を見ると、表面から雪煙が立ち上っているのが見えた。煙はちいさく渦を巻き、雪の粉が空に舞い上がる。

ほどなくして細かい雪の粉が雄源の顔に降りかかってきた。

(まずい!)

と思うまもなく急に荒れてきた。

急いで下山しようとしたが、そのとき突風が襲ってきた。龍が激しく暴れだしたかのように獰猛(どうもう)な突風だった。

雄源はなぎ倒され、斜面を転がった。しがみつこうとするが、まわりにはなにもない。

どれほど転がされたことだろう。ようやく動きが止まったとき、突風に煽られた雪煙が目に入り、開くことができなくなっていた。かろうじて立ち上がり、目の痛みをこらえながら薄目をあけ、歩こうとするが、さらに強烈な嵐に体ごとなぎ倒された。

（言ってでも下りなければ……）

そのとき雄源の脳裏にあったのは、天の運行を調べ、記した紙の束を小太郎に届けなければ、という思いだった。それは己が生きたことを証す唯一の物である。

しかし彼の脚はうんともすんとも動かなくなっていた。自然を甘くみた罰を受けたのだ。

（ここで死ぬのか）

あきらめとも納得とも区別のつかない妙な感懐をおぼえたのち、意識を失った。

彼方から自分を呼ぶ声が聞こえてくる。

――貴方、あなた……。

――ちちうえ……。

けっして忘れることのない懐かしい声。ゆりとみつの声だった。

ふとわれに返ったとき、いま自分がどこにいるのかわからなかった。たしか甲斐駒ヶ岳の途中まで登り、そのあと吹雪に巻きこまれて……。

丹念に時を遡り、雪のなかで倒れたことを思い出した。

（そうか、おれはあのとき死んだのだ。あの世でゆりとみつに呼ばれているのだ。だとすれば、それも悪くはないな）

――いいえ、そうではありません。貴方は生きています。雪の上で気を失ったのです。

（そう言われてみればそんな気がする。とすると、いまのおれは失神から覚めたのか）

――いいえ、まだ気を失っています。このあと目覚めたら、そのまま転がり落ちてください。十間ほど下に大きな木が倒れています。その根本が半分、地上に出ていますからすぐにおわかりになります。そこに身を隠せば安心です。この嵐は二日ほどでやみますから、それまでなんとかもちこたえてください。

（もういいよ、ゆり。おれは生きることに疲れた。早くおまえたちに会いたい）

――まだやり残されたことがありますわ。貴方が調べた天の運行の記録を小太郎に渡すまでが貴方の人生ですよ。

（あの記録か……。そうだな、あれを渡さなければ……）

――さあ、目をあけてください。

――ちちうえ、がんばってください。

失神から覚めると、雄源は無意識のうちに雪上を転がり落ちた。夢のなかでゆりが言っていたとおり、目の前に大きな木の根っこが口を開けて待っていた。這いずりながらそのなかに入りこんだ。幸いなことに、巨木の根っこにすっぽり身を入れることができた。吹雪は根っこの口の逆方向から吹いている。そこに潜んでいれば、吹雪の直撃から逃れることができる。

雄源は、夢のなかで聞いたゆりとみつの声が、現実のものと思えた。しかしどこを見渡しても、人っ子ひとりいない。荒れ狂う嵐が地鳴りをたてている。静かな話し声が聞こえる状況ではない。しかしゆりの言うとおり、ここに大きな木の根っこが口を開けて自分を待ち受けてくれていた。これはただの偶然なのだろうか。

思えば、以前も空に浮かんだゆりとみつの顔が自分に語りかけてきたことがあった。そして天の運行を解き明かすという人生のテーマを見つけることができた。あのときは妄想がそう思わせたと信じた。しかし先ほどの出来事は、妄想ではない。

（ひたすら自然界に融けこんで山川草木と同化し、御仏の掌のなかに広がる十方世界でゆりやみつの魂と邂逅するという願いが叶ったのであろうか）

そう思えた。いや、そう確信することができた。

それから雄源はゆりとみつを身近に感じることができた。目に見えなくても、かならず傍らにいることがはっきりとわかったのである。

知らずしらず、雄源はふたりに語りかけていた。

「さっきはありがとうな。おかげで命びろいした。外は嵐だけど、そのうち収まるだろう。おかしなことに、あのときはもう死んでもいいと思った。でも、いまは生きていてよかったと思っている。おれ、老けただろう？　もう六十だからな。この歳まで生きている者はめったにいない。ろくなもの食べてないのにな。そういえば、このところ吾郎が姿を見せない。あいつも歳だ。ま、そのうちひょっこり現れると思うが……。おまえたちの声を聞いたときはうれしかったなあ。無性に会いたくなった。どうすれば会えるんだ？　また、みつをこの手で抱きあげたい。三人で川の字になって寝たいって考えたこともなかった。あのころはいつもそうしていたから、それが格別のことだなんて思わなかった。失わないとその価値がわからないなんておれも馬鹿だなあ。それが幸せなことだって考えたこともなかった。太郎はすごいことになってるぞ。考えてもみろ、信玄公に引き立てられ、いまや上杉家のご指南役だ。鳶が鷹を生むとはこのことだな。もっとも、生んだのはゆりだから、そう考えればやつの出世もあながち不思議ではないか。そこへいくと、おれは愚にもつかない人生をおくってしまった。ときどき自分の人生をふり返ると、なんでこんなことをずっとやってきたんだろうって思う……」

雄源は声に出して語り続けているが、やがて意識が混濁してきた。体の内側から高熱が押し寄せ、熾のように熱くなっている。悪寒がし、体が激しく震え、歯ががちがちと音をたてた。話し続けるのが難しくなり、口をつぐんだ。

それからの二昼夜、雄源は現実と妄想の境を行きつ戻りつしていた。目を閉じると、大きな化け物が木の根元を揺り動かそうとしている姿が映った。目を開けると、ぼんやりと稜線の一部が見えた。幸いだったのは、木の根元がしっかりと体を支えてくれていたことだ。脇腹に根の一部がぶつかって痛みを感じたが、いまは感覚がなくなっている。

三日目の朝、嵐は静まっていた。それまでの轟音（ごうおん）がうそのように物音ひとつ聞こえない。この寒さにもかかわらず生き長らえたのは、日ごろの鍛錬の賜物だろう。

生まれたての朝日が雪原を撫でるように照らしている。雄源はおそるおそる体を動かし、根本の外に這い出た。気力も体力も底をついていたが、妙な満足感が胸を浸していた。ゆりとみつに再会できたからだ。

雄源は足元がおぼつかなかったが麓（ふもと）まで下り、それ以上一歩たりとも前へ進めないと観念したところで昏倒した。


目を開けると、いくつもの目が自分を覗きこんでいた。そのなかに以前会ったことがあるような男がいた。

「ずいぶん爺さんになったけど、あんた、あんときの人じゃねえか。ほら、貞吉ずら。崖から落ちたらよ。あんたが助けてくれたずら」

雄源はおぼろげに覚えていた。もう二十年以上も前の出来事である。身延の山奥ですれちがったとき崖から転落した男を助けたことがある。たしかに貞吉という名前だったような気がする。もうひとり男がいたはずだが……、吾八だったか。

雄源はうなずいた。

「やっぱりそうずら。みんな、この爺さんはよ、おれの命の恩人だずら、家まで運んでくれ」

ふたりの男が両脇から肩で支えてくれ、ほどなくして大きな農家に運ばれた。

「そうか、あんときの人か。こりゃよかった。恩返しができるら」

貞吉はよほどうれしいのか。ぶつぶつと問わず語りにつぶやいている。あの日、貞吉はいきなり殴りかかってきたが、案外根はやさしいのだろう。

雄源は妙な心持ちになった。よりによって、ここであのとき助けた男に再会するなんて……。こんな偶然があるのか。これもゆりの采配（さいはい）なのか。そう思わずにはいられなかった。

雄源は熱い湯漬けで体を温めたのち、また二昼夜眠り続けた。目覚めたときは体ごと入れ替わったかのように気分が爽快だった。

貞吉はたまたま生家に里帰りしていたとき、村の人たちが騒いでいるのを耳にし、雄源が倒れている現場へ行ったのだという。体力が恢復するまで滞在していいと言ってくれたが、雄源は辞去することにした。やらなければいけないことがあった。

「これ持ってけよ」

貞吉は大きな塩むすびを五個、包んでくれた。

雄源はなんども感謝を口にした。

「歳を考えろ。もうあんな無茶はすんじゃねえぞ」

貞吉は雄源が見えなくなるまで手をふって見送ってくれた。

身延まで、およそ六十キロ。日が暮れるまでに着くのは難しいだろうが、日が変わる前には戻れるだろう。たくさん眠り、たくさん食べたから全身に気力体力が漲（みなぎ）っている。それ以上に、ゆりとみつに会えた喜びが全身に満ちている。

住居に戻ったとき、日はとっぷりと暮れていた。かろうじて雨風がしのげる程度のあばら家だが、視界の片隅に入ったときから違和感を感じていた。なにかが雑然としている。

はたして戸を開けると、建物のなかは物が散乱していた。空き巣に入られたのだ。空き巣は金の隠し場所になりそうなところを徹底的に探り、なにも見つからなかったことで腹いせに、手当たりしだい物をぶちまけたのであろう。

雄源にとって衝撃だったのは、天の運行を記録した紙の束が引きちぎられていたことだ。無傷の紙もあったが、ほとんど形を留めていないほど細かく千切られたもの、あるいは泥のついた草履で踏みにじられたものなど、目も当てられない状態であった。

(どうしてこんなことを……)

それは雄源の魂の記録であり、血肉にもひとしいものだ。それをいったい、だれがなんのためにこんなことをするのか。雄源は絶望のあまり、その場に崩れ落ちた。

しばらく嗚咽(おえつ)をこらえていたが、堰(せき)を切ったように涙があふれてきた。

声をあげて泣いた。

子供のように泣き続けた。

泣き声が深閑(しんかん)とした森に吸いこまれていく。

泣きながら思った。

(あのときも同じくらい泣いたなあ)

ゆりとみつを失ったときである。

雄源は、もぬけの殻となった。

## 信玄と旧知の再会

信玄は迷いをふりきって上洛することに決めた。

上杉家の評定をうけ、景勝は対家康強硬路線を選ぶことになった。兼続をはじめ重臣の大半は、家康の横暴に屈してはならぬという意見で固まっている。景勝は冷静だったが、反対する重臣たちを押しのけて自分の考えを貫くほど強権的な君主でもない。

景勝には家康と一大決戦をして勝てるという見込みもあった。大老の毛利や宇喜多、浅野長政を除く奉行衆、毛利一族の両川（小早川と吉川）、九州の島津、四国の長宗我部ら西日本の主な大名は家康と敵対するであろうし、三成との確執があるとはいえ、加藤清正や福島正則ら秀吉恩顧の武闘派が豊臣家を見殺しにするとは思えなかった。

主戦派が依拠しているのは、謙信以来、義に厚く、戦えば勝つという強烈な矜持であった。北に伊達や最上の脅威はあるものの、家康が江戸を留守にして進軍すれば、その間隙（かんげき）をついて江戸を攻めることもできる。

信玄ひとり、意見を異にしていた。景勝と信玄は幾度も膝を交えて話し合ったが、信玄は民を苦しめた豊臣の政治を継続させることは大義にはなりえぬ。むしろ民は家康に心を寄せるだろう。三成と家康が決戦をすれば三成は百にひとつも勝ち目はないという持論を曲げることはけっしてなかった。景勝にとって信頼する信玄がそう断言することは不安材料であったが、もはや大勢に抗（あらが）うことはできなかった。

「信玄どののお考えはよくわかった。わが上杉家は誤った判断をしているのかもしれぬ。しかし賽は投げられた。どうか、信玄どのもわが上杉家のためにご助力いただけないであろうか」

景勝がそう言って頭を下げたことで、信玄は自らの考えを放念した。

「わかった。もはや戰さ場に出ることはかなわないが、外交において役にたてるかもしれぬ。すぐに伏見へ参ろう」

かくして信玄は奈津ときよを伴って伏見の上杉家屋敷へ向かうことになった。景勝は信玄の道中を案じ、念のためにと精鋭五百騎をつけた。

伏見には晴久も同道することになっていたが、晴久は父雄源を身延に訪ねたのち、伏見で落ち合うことになった。雄源は今年還暦を迎えている。この機を逃せば父との再会はできないと考え、信玄に申し出、許された。晴久は五騎の武者に守られ、ひと足早く会津を発った。


馬上、信玄は妙な心持ちだった。元亀三年の西上作戦のときは三万の大軍を率いていたが、あのときと比べれば、こたびの上洛は気楽なものである。

分けても大きく異なるのは、西上作戦では鎧に身を固め、諏訪法性兜をかぶって武威を示しながらの行軍であったが、この日は武田菱の大紋をあしらった単の小袖をまとい、娘のきよを片手で抱きながらゆっくり進んでいる。西を目指すのは二十八年前と同じだが、心持ちも出で立ちもまるで異なっている。遊山の気分である。

「お父さま」

きよは後ろをふり返り、信玄を見つめている。丸い目が信玄の目をとらえた。父といっしょに馬に乗るのがうれしくてたまらないのだ。

「どうだ、馬の上は高いだろう。しっかり手綱をつかんでおるんだぞ」

「はい」

すぐ隣りには、奈津が並んでいる。地侍の娘だけあって綱さばきも巧みだ。

信玄一行が目指しているのは上州上田城。〝あの男〟が待っているはずである。

真田昌幸である。

真田幸隆の三男で、七歳のとき人質として甲府に送られたが、信玄がその異才を見抜き、近習に抜擢した。以来、調略や戦術、築城術などを直々に教えた。

信玄は昌幸を「わが目」とまで言い、彼の才能を高く買った。一時、武田家の御親類衆のひとつ武藤家を継いでいたが、信玄が長い眠りに就いたのち、ふたりの兄が長篠設楽原の戦いで討ち死にしたため、真田家に戻って家を継いだ。

勝頼もこの男を重く用いた。勝頼と御親類衆が対立したときは、つねに勝頼の側に立ち献言をしている。

昌幸は最後まで勝頼に従っていたに見えたが、武田家が滅んでから一ヶ月足らずのうちに信長から旧領を安堵された。おそらく、裏で信長と取り引きしていたのだろう。信長は形勢不利とみて直前に寝返った者をけっして許さないからだ。

昌幸は信長の重臣滝川一益の与力となり、本能寺の変後は景勝に仕えたが、すぐ北条方に寝返った。しかし北条氏直に失望し、家康に臣従する。

その後、家康と氏直は和睦するが、そのときの条件が後々の争いのもととなる。条件のなかに、真田の本領上田からおよそ八十キロ離れた飛び地・沼田領を北条に引き渡し、それに見合った代替地を家康が昌幸に提供する旨があった。

沼田はもともと上杉方が治めていた地だが、北条も領有を主張していた。昌幸を心底から信じていなかった家康は、沼田領を早く北条方に引き渡せと言いつつ、代替地については言を左右し、実行を先延ばししていたのである。

家康が約束どおり沼田領の代替地を提供していれば、昌幸を敵にまわすことはなかった。彼は鵺（ぬえ）のように正体のつかめない男であるが、ひとたび意を決するや事態をうやむやにしない男である。

昌幸は家康に絶縁状を叩きつけた。怒った家康は力でねじ伏せようと鳥居元忠、大久保忠世、平岩親吉らに七千の兵を預け、昌幸の籠もる上田城に差し向ける。

上田城の真田方はわずか千二百。昌幸はただ籠城するのではなく、圧倒的に数で勝る相手に対し、智略の限りを尽くして討って出、さんざんに追い落とした。上田城の攻防戦は、家康の数少ない負け戦さのひとつである。その後、昌幸はすかさず景勝を頼り、ついに徳川を上田から駆逐（くちく）することに成功する。

このときの景勝の対応に彼の性格が表れている。景勝は、一度自分を裏切り、その後も従う相手を猫の目のように変える昌幸を許したのである。その年の閏八月、昌幸は景勝を通じて秀吉に接近し、臣従することになる。

信玄は、上田城の大手門が見えるところに着いた。

大手門は大きく開かれ、その前に芥子粒（けしつぶ）のような黒い点を見つけた。近づくにつれ、それが平伏しているひとりの男だとわかった。

昌幸であった。

そのまま近づき、馬を止めると、平伏したまま昌幸は芝居がかった大音声を発した。

「御屋形さまにふたたびお目にかかれましたこと、安房守（あわのかみ）昌幸、重畳至極（ちょうじょうしごく）にございます」

「昌幸、ひさかたぶりだな。面をあげよ」

昌幸はゆっくり顔をあげた。視線の先にかつての主君の姿があった。ただし当時の信玄とは別人のようであり、昌幸は息を呑んだ。

「その方の活躍は聞いておるぞ。日の本一の表裏比興の者と異名をとっているのはまことか」

信玄は皮肉たっぷりに訊いた。

「ははぁ、面目もありませぬ」

信玄はふんと鼻で笑い、続けた。

「おまえらしいぞ。そうまで言われるのを勲章と思うがいい。おまえが律義者ではないと世間が言うても気にするな。それをうまく活かせばありきたりの律義者よりもはるかに価値のある働きができる」

「お褒めにあずかり、恐れ多きことにございます」

昌幸は褒められているのかどうか定かではなかったが、信玄らしいものの見方に懐かしさを感じた。

信玄は城壁を見まわし、笑みを浮かべた。

「これが家康に造らせた城か。そこにたて籠もって家康を打ち負かすとは……。天下広しといえど、さほどに痛快な男はおまえをおいてほかにはいまい」

昌幸はさらに身を縮めた。

昌幸は家康に臣従する際、言葉巧みに操り、この城の普請に関わる費用を家康に捻出させた。あの吝嗇（りんしょく）の家康に城を造らせ、あまつさえそこに籠もってさんざんに撃退するなど、芸術にも匹敵すると信玄は思っている。

「昌幸、手を貸せ。これはきよといって、おれの娘だ」

そう言って信玄はきよを抱えた。昌幸はバネ仕掛けのように立ち上がり、目を丸くしてきよを受け取った。この男、身振り手振りに加え、喜怒哀楽が千変万化するところは秀吉にも通ずる。

（さしたる意図はないようだ）

昌幸は反射的に、信玄のいまの行為がなにを意図しているのか考えた。往時の信玄はしばしば「行為のひとつひとつをつぶさに見て、考えろ」と言っていた。それが信頼の証なのか、なんらかの警告なのか、言葉より行為が明瞭に語るのだと。

しかし、このときの信玄にそのような意図はまったく感じられなかった。ただ娘を抱き上げ、かつての配下に受け取らせただけの話である。そんなところに昌幸は信玄の老いを、そして人間としてのまろやかさを感じ取った。

（それにしても……）

噂には聞いていたが、八十にもなる爺にかように幼い娘がいることが信じがたかった。

「城造りはおれが教えたとおりにしているようだな。ちと案内せい」

「はっ」

上田城は水濠と土塁を設けた、この時代に典型的な城である。この時代の城は、美しい石垣も厳かな天守閣もない。装飾を排し、徹頭徹尾戦うことに主眼をおいた城造りである。

信玄が昌幸に授けた築城術の要諦は、超攻撃的な設計にあった。外敵に攻めこまれた場合の防御力より、ひたすら敵を殲滅（せんめつ）することを優先した城といってもいい。

「虎口（こぐち）はまっすぐだな」

「早く打って出ることができまするゆえ」

虎口とは城の出入り口をいう。通常、守りやすいよう、くいちがいにするなど変則的な経路にすることが多いが、それだと一瞬の隙をついて打って出る際に勢いがなくなってしまう。

「丸馬出しも工夫しておるようだな」

「御意。死角をつくらぬよう、あえて半円形にしております」

戦さは、生と死を分ける分水嶺（ぶんすいれい）の上でするものだ。それだけに双方とも気が張っている。一瞬の隙が死につながる。

しかし人間である以上、かならず気がたわむことがある。あたかも寄せては返す波のように、その「たわみ」は両者の間を行き来している。その流れを見極め、敵が引きかけたとき、一瞬のうちに攻めることができるかどうか。勝利を引きつけるには、そのような機微が不可欠である。

いったん退却の流れに乗れば、生に執着し、死ぬのが怖くなる。そのとき一気呵成（いっきかせい）に追撃すれば、敵は逃げまどい、散り散りとなる。第一次上田合戦もそうであった。

「おまえが家康を撃退するところをこの目で見たかったぞ」

信玄は呵々（かか）と笑った。

「二千、三千の兵であれば、思いどおりに采配をふるうことができます。されど御屋形さまのように数万の兵を自在に動かすことはできませぬ」

「己の分限を知るということは大切なことだ。昌幸は表裏比興の者だが己の分限を知る者でもあるな」

「そ、それだけはご放念くだされ。それがし小身なれば、きれいごとだけでは生き残れませぬ。強き者が生き、弱き者は滅びる乱世でございます。天下の盛衰を観察するに、いたずらにへりくだって敵との融和を唱えた者はことごとく滅んでございます。さながら猛獣を前にして、自らが食べられるのを最後にしてもらおうと餌を与えるようなものでありましょう。いきおい、どうしても表裏比興の者にならざるをえないのであります」

「そんなことは重々承知している。戯言だ。気にするな」

事実、小身の昌幸が戦国の世を生き残ることができたのは、その功利さに負うところが大であろう。二十世紀になって英国の首相チャーチルが昌幸と同じようなことを言い残している。

城をひととおり見分したのち、昌幸は本丸に場所を移し、信玄とその家族を饗応した。

「鄙びた土地ゆえ、お口に合うようなものはございませぬが、お召し上がりくださいますよう」

奈津ときよはご馳走を前にして顔を輝かせている。

しばし談笑したのち、昌幸があらたまった表情で問うた。

「ところで御屋形さま。こたびのご上洛はなにゆえでございますか」

「おれはもう御屋形さまではないのだが、それ以外に呼びようがないのであろうな。まあよい」

昌幸は答えを待っているが、信玄は山の珍味を旨そうに食べている。食べ終わるころ、はたと思い出したように言った。

「上洛のことであったな。とくだん用向きはない。ただの上方見物だ」

「そうでございますか。それがしは来る天下分け目の合戦に備えてのことかと思っておりました」

「それは穿ちすぎだ。おれにはもはやそんな力はない。して、天下分け目の合戦とやらはだれとだれがするのだ」

信玄はとぼけて訊ねた。昌幸もそのことはじゅうぶん心得ている。

「治部少輔と内府どのであります。御屋形さまは上杉どのに御身をお寄せになられているゆえ、治部少輔どのにお味方するものとばかり思っておりました」

「かく言う昌幸も景勝どのとは誼(よしみ)を通じておるだろう。もっとも、幾度か寝返ったとも聞いておるが」

信玄は豪快に笑い飛ばした。

「機を見るに敏でなければ生き残れませぬ」

昌幸はそう答えて、自嘲気味に笑みを浮かべた。

「さもあろう」

結局、信玄は伏見行きの本意を明かさなかった。

ころあいをみて、昌幸が言った。

「じつは本日、あるお方が御屋形さまにお目どおり願いたいと奥の間でお待ちでございます」

奈津ときよが下がると、替りに僧形(そうぎょう)の男がするすると入り、平伏した。骨太の筋肉質で、動きは俊敏にして無駄がない。

顔を上げ、目が合った瞬間、信玄の記憶がよみがえった。頬骨の突き出た大きな顔立ちと真っ黒な瞳は忘れようにも忘れられない。鋭い眼光でじっと見据えられたとき、ただならぬ凄みを感じた。

「おひさしゅうございます」

随風であった。彼は明智光秀の紹介によって、たびたび甲斐で天台講義をしていた。元亀二年（一五七一年）、信長の比叡山焼き討ちに遭い、甲斐に逃げてくると、しばらく甲府に留めおき、仏教や儒学の講義をさせていた。

あるとき信玄は天台宗徒三百人余を甲府に招き、毘沙門堂で大論議を開いた。百の難題からくじ引きで「隣虚細塵空不空(りんごのさいじんくうふくう)」という題が決まった。その題について講義する者をくじ引きで選んだが、それを引き当てたのが当時三十六歳の随風であった。

　居並ぶ古老の宗徒たちは随風を田舎者と侮っていたが、いざ随風の講義が始まるや、その深い見識と音曲のような抑揚の弁舌に聞き惚れてしまい、ついには日が暮れてしまった。

「覚えておるぞ随風。その方、さらに修行を積んだようだな」

「おかげさまにて」

　その後、随風は故郷の会津蘆名盛氏から招聘をうけ、会津に住んでいた。

「会津を出てからいかがした」

「上野国の長楽寺を経て武蔵国の無量寿寺北院（のちの喜多院）に移り、豪海僧正より天海の名を賜りましてございます」

「そうであった。豪海僧正もいっしょであったな。僧正は息災か」

「はっ。比叡山はいまだ開山の目処がたちませぬが、天台の中枢として日夜お勤めなされております」

　信玄は延暦寺焼亡の悲報を聞き、甲斐の身延山久遠寺に延暦寺を移す計画までたてたことがあった。実現することはなかったが、行き場を失った天台宗の僧侶たちに多くの便宜をはかったことは、天台一門に広く知れ渡っていた。

「天海、その方は安房守と交誼があったのか」

「いいえ。本日お初にお目にかかりましてございます。かねがね信玄さまにお目どおりいたしたいと思っておりましたところ、ある筋から京へお上りになられること聞きおよび、であればかならず上田を抜けて行かれると拝察いたし、参じた由にございます」

　それを聞いた信玄は頬をゆるめ、しばらく天海の顔を凝視したのち言った。

「その方、軍師にもなれるぞ。昌幸と組めば、大仕事ができよう」

天海は笑った。すると、それまでの強面が消え、たちまち邪気のない子供のように面変りした。

「その方、ここでおれを待ち受けていたからには、なにか用があったのだろう」

天海は信玄の目をとらえ、居住まいをただした。

「それがしをお供に加えてくだされ。信玄さまのもとで天下の采配を見とうございます」

信玄は呆けた表情になり、目を白黒させている。

「天下の采配だと？　おれはなにもできぬ。隠居の身だ。昌幸にも申したが、冥土の土産に上方見物に行くのだ」

天海はふくみ笑いをし、言葉を継いだ。

「それでもかまいませぬ。お側にお置きくだされ。なにかお役に立てることもありましょう」

そのとき信玄の脳裏に閃くものがふたつあった。ひとつは、天海を使っての朝廷工作、もうひとつは暇つぶしの話し相手である。あらゆる学問に通暁したであろう天海の見識を学びとりたいと思ったのだ。

「よかろう」

信玄が承諾すると、天海は軽く一礼したのち、こう訊ねた。

「最後にひとつだけお聞きしたきことがあります。治部少輔どのはしきりに秀頼公の御ため、豊臣家のご恩に報じるため奸賊を討つと申しているようですが、それに大義はあると思し召しますか」

「またそれか……」

信玄は首を揉みほぐしながら顔をしかめた。

「武士や農民の暮らしを見るがいい。そこに答えがあるだろう。義などどちらでもいいではないか。

上方見物を楽しもうぞ」

## 父子の再会

晴久は甲府に着いた。甲府には、十歳のときから五年住んでいる。あれから二十一年の歳月が流れた。躑躅ヶ崎館は寂れはて、代わりに秀吉によって甲府城が築城されていた。

当時と寸分も変わらないのは、周囲に聳える雄大な山並みである。西に北岳や甲斐駒ヶ岳の巨大な山塊が連なり、南には富士山、北には八ヶ岳連峰を望むことができる。それらを見るだけで当時の感懐がよみがえり、胸に温かい波が広がるのを禁じ得なかった。

「甲府は噂にたがわぬ風光明媚なところにございますな」

護衛のためについてきた中西勇太郎が晴久に言った。

「かように雄大な光景は、日の本広しといえど、ほかにはないでしょう」

晴久は自分が褒められたような気がした。

「由本さまは、比叡山の麓の町でお生まれになられたそうですな」

「焼き討ちのとき命からがら脱け出し、ここで信玄さまに拾われました」

「母君と妹君はそのときお亡くなりになられたとか」

「そうです。いまだにそのときの光景が目に焼きついて離れません。わが身の肉が引きちぎられるような体験でした。父とはここ甲府で別れたのち、一度も会っていないのです」

「感慨無量でございましょうな」

「楽しみと不安、こもごも入り混じっております。では先を急ぎましょう」

晴久にとって、身延は足を踏み入れたことのない土地である。松野吾郎から父雄源の住居の地図を書いてもらっていた。

どこを見渡しても山、山、山である。この奥深くにひとりで住んでいること自体、晴久には信じがたいことであった。

渓流のせせらぎが遠くに聞こえ、空は鬱蒼(うっそう)とした木の葉でさえぎられている。人がようやく歩けるほどの細い道を進むと、やがて小屋が見えてきた。

廃屋ともみまごう掘っ立て小屋であった。

（あれかな。それにしてもこんなところで……）

晴久は息を呑んだ。三十年近くここで暮らし、最小限の仕事をする以外、妻と娘の霊と邂逅するために山のなかを歩きまわっているという。狂気の沙汰とも思えるその覚悟は、自分の父ながら想像の範疇(はんちゅう)をはるかに超えていた。

晴久は戸口に立ち、耳を澄ませた。ごそごそという物音が聞こえてくる。

「だれかいるのか」

まさしく父親の声だった。言葉に近江地方の抑揚があった。それだけで懐かしさがこみ上げてきた。

「小太郎です」

晴久がそう言うと、なかの物音は消え、静まった。引き戸は建て付けが悪く、なかなか開かなかったが、その隙間から父雄源の姿が少しずつ見えてきた。

父と息子は、二十九年ぶりの再会をはたした。

長年、日差しにさらされた雄源の顔は黒ずんでシミが広がり、深い皺(しわ)が刻まれている。髪の毛は伸びるにまかせているようだが、側頭部を残してほぼ抜け落ちている。頬の皮が垂れ、その分、目が小さく見える。身に着けている衣服は垢（あか）が沁みこみ、糸がほつれ、いまにも穴が開きそうだ。父の身なりを想定していた晴久は、使い古した衣服に身を包んでいたが、それでも貴族と乞食のようなちがいがあった。

雄源は小太郎をまじまじと見つめ、かすかに笑みを浮かべた。

「入れ」

小屋のなかは、極貧を描いたような光景だった。風通しが悪いため、饐（す）えた臭いが漂っている。寝具は数枚の筵（むしろ）だけ。調理道具もほとんどない。いったい、ここでどうやって暮らせるのか、晴久には想像もできない。

しかし部屋の一角だけ整然としていた。手づくりの文机の上に、きちんと清書された紙が何枚も重ねられている。そのほかが雑然としているだけに、神聖な空気を感じた。

雄源と晴久は、互いの境遇を語り合った。それによって二十九年の間に溜まった澱（おり）が少しずつ撹拌（かくはん）され、なくなっていくように晴久は思えた。

「小太郎、おまえが出世したことは聞いておるぞ。会津百二十万石の殿さまのご指南役とはな。あのとき、おれはおまえにひとりで生きていけと言った。それでよかったのだ」

「運がよかっただけです」

「そうではあるまい。おまえは幼少のころからほかの子供とちがっていた。しかしこうまでになるとはな……」

雄源は息子の顔をまじまじと見て、顔をほころばせた。

「じつは御屋形さまと伏見へご同行することになり、父上にご挨拶をと立ち寄ったのです」

「御屋形さま？　信玄公か」

「はい」

「そういえば、人斎どのがここに来たとき、信玄公に施した医療のいきさつを聞かせてくれた。世の中には信じられんことがあるものだ」

そう言ってから、雄源は遠くを見るような表情で、

「信じられんことといえば、つい二ヶ月ほど前、ゆりとみつに会った」

雄源は、近所の道ばたで会ったとでも言うかのような口調でそう言った。

「ほんとうですか」

晴久は雄源の言葉にひとかけらの疑念も抱かなかった。

「ほんとうだ」

雄源は甲斐駒ヶ岳の中腹で吹雪に遭い、気を失ったときの出来事を語って聞かせた。あのときの体験を自分と同じように喜んでくれる人間がいることがうれしかった。

「父上の思いが通じたのですね」

晴久は目に大粒の涙を浮かべた。

さらに雄源は、かつて崖から落ちた人を助けたことがあり、その人に偶然出会って助けられたことや空き巣に入られたことも話した。

「何年もかけて調べ上げたことを書き記した紙を破られ、正直なところ、死んでしまおうかと思った。でもな、ゆりとみつに会ったことで、ふたりがいまも近くで見守ってくれていることに気づいたんだ。一夜明けると、俄然やる気が湧いてきて、記憶を頼りに書き記すことができた」

雄源は紙の束を晴久に手渡しながら言った。

「おまえにこれを渡すまでは死ねないと思っていた。おまえなら、これを役立てる人と会えるにちがいない」

晴久は紙をめくった。円い図の周囲に文字や数字が細かく記されている。

「これはなんでしょうか」

「天の動きだ。いま、この国で使われている暦には大きな誤りがある。月食や日食の日がずれているのだ。一年で相当なずれがあるため、農事に使うには支障がある。いにしえから伝わる行事を行うにも不都合がある。これは空に現れたゆりが示してくれたことがきっかけで始めたものだ。天の運行を正確に知るにはさまざまな場所で観測する必要があるが、おれはここ身延でしか観測していない。これだけでは不十分だが、この地点での観測の資料としてなんらかの役に立つはずだ。いや、なんとしてでも役立ててほしいのだ。それでこそ、いままで生きた甲斐がある。それをおまえに託したいのだが、引き受けてくれるか」

晴久は、父親から手渡された紙の束に見入った。季節、日時によって太陽と月がどのように動いているか詳細に記されている。

「すべて父上が観測されたのですね」

これらを調べあげるために、どれほどの努力を要しただろう。天体についての基本的な知識もすべて独学で習得したという。だれにも教えてもらえず、だれにも認められることのないまま、いったいどれほどの集中力を持ち続けたのだろうと気が遠くなる思いだった。

晴久はじっくり時間をかけ、それらをつぶさに読み解いていった。わからないところは父親に問うと、そのつど的確な答えが返ってきた。最後の一枚を見終えたときは、胸がいっぱいだった。

(こんな生き方があったのか)

二十九年前のあの日、雄源と晴久は筆舌に尽くしがたい体験をした。目の前で血を分けた愛する家族を殺されたのだ。あのときの哀しみは、それからどんなことをしても埋め合わせることはできない。その圧倒的な哀しみを共有しているのだ。

晴久は、父のみすぼらしい容貌を誇りに思った。父はあらゆるものと引き換えに、愛する者の魂との再会を願い、愚直にそれを貫き、また自分でしかできないことをなしとげたのである。

「父上、小太郎は父上を誇りに思います。これは小太郎がお預かりし、かならずや世間のお役に立てることを誓います」

雄源は無言で幾度もうなずき、息子を抱きしめた。

晴久が身支度を始めると、雄源は引き留めたが、晴久は外に供回りの者を待たせているからと言って辞去しようとした。

雄源と晴久は戸口のところに立ったまま、顔を見合わせている。おそらくこれが今生の別れであると互いにわかっている。雄源の余命は長くはなく、天下が騒然とし始めたいま、晴久の身もどうなるかわからない。

「小太郎、最後に言っておきたいことがある」

「はい」

小太郎の脳裏に幼いころの記憶がよみがえった。父は息子になにかを伝えるとき、かならず「言っておきたいことがある」と前置きをしてから語り始めたものだった。

「世の中がきな臭くなってきた。戦乱の世がようやく鎮まったと思ったら、またこんなありさまだ。小太郎は上杉家の殿さまと懇意にしている。景勝どのは大老に名を連ねたほどのお方だ。また信玄公も老いたりとはいえ、いまだ隠然と影響力をお持ちであるにちがいない。そこで、おまえがおふたりに掛け合って、戦さが起こらないよう努めてほしいのだ」

晴久は答えに窮した。上杉家の評定にも参加し、決戦すべしという意見で占められているのを現に見ている。あのとき、冷静だったのは信玄と景勝だけであった。

「わたしは軍務にはまったく関わっておりませんので、そこまでのことができるとは思えませぬが……」

「軍務に関わろうが関わるまいが、おまえは理路整然と話すことができる人間だ。人と人が話し合って理解できぬことなどあろうか」

晴久はその瞬間、父の立ち位置を悟った。坂本を離れるまで比叡山の山徒公人として働き、身延に移ってからほぼ人との交わりをもっていない。

一方、自分は学問に生きているとはいえ、戦さや外交調略を目の当たりにして生きてきた。

「父上がおっしゃっているのは大坂方と徳川方の争いということですか」

「そうだ。いままさに一触即発の状態だということは、こんな山奥にいても知っている。そうなれば苦しむのは民草だ。人間には叡智があり理性がある。そうならぬよう防ぐ手立てはかならずあるはずだ。まずはこの世からすべての武器をなくすことだ。武器があるから人はよからぬことを考える」

晴久も平和を願っているのは同じ。しかし長く信玄に仕え、朋友景勝の生きざまを目の当たりにしてきたことで、世の中には話し合っても解決できないことがままあることを知っている。いにしえから読み継がれてきた書物にも、ことごとくそれを裏づけることが書かれている。

手立てを講じるとすれば、戦って勝者となった者が、二度と戦さにならないよう叡慮をもって治世の設計をし、実行に移すことではないか。秀吉は勝者になるところまではうまくいったが、それ以降は失敗の連続であった。が、ここで父親にそれを語ったところで真意は伝わらないということも知っている。

「わかりました。微力でありますが、父上の仰せのように努めます」

晴久がそう答えると、雄源は子供のような表情になり、

「頼んだぞ」

と言って息子の肩をぽんと叩いた。

父の住居を立ち去るとき、はじめて山桜があちこちに咲いていることに気づいた。

山が笑っている。

晴久はときどき思うことがあった。なぜに自分はこれほど運がいいのだろうと。甲府に逃れてからいまに至るまで、いくつもの点が一本の線となってつながっている。点は由本晴久（小太郎）という人間を認めてくれた人との邂逅だ。そのうちのどれひとつが欠けようともいまの境遇はない。すべてがうまくいき過ぎている、と思った。

その疑問が氷解した。

母と妹がずっと守ってくれていたのだ。どうしてそんな簡単なことに気づかなかったのか。

（母上、ありがとうございます。みつ、ありがとう）

馬上で揺れながら、心のなかで手を合わせていた。こうしているいまも、すぐ近くで母と妹が見守ってくれていると思うと、もはや怖いものはなにもなかった。

あの日以来、ずっと父に棄てられたと思っていた。それを認めるのが嫌で、いつもほかのことに意識を向けていたが、それも功を奏したとわかる。目の前のことに夢中になって己の務めを果たそうとすることがいつしか習い性になり、それが由本晴久という人間の価値を高めてくれたのだ。

（父上、お会いできてよかった……）

最後のやりとりでは、少しだけ意見の相違があったが、父子とはいえ異なる人間、考え方が完全に同じはずがない。おそらく父は、一年ももたず妻と娘の待っているところへ行くだろう。最期を看取ってやれないのは無念だが、父から託されたこの記録を世に役立てられるよう最善を尽くす。それが父への恩返しだと心に深く刻んだ。

のちの世のことだが、晴久は自らの死を悟ったとき、父から預かった天行の記録を、名君の誉れ高い会津藩主保科正之に届けるよう、家中の者に託した。保科正之は、水戸光圀とともに改暦を推進していた。それまでの宣明暦（せんみょうれき）は著しく誤差があったうえ、幕閣の有力者という立場上、毎年の編暦を朝廷の陰陽寮（おんみょうのつかさ）に握られていることは由々しき事態であった。

彼は江戸から若き算額者渋川春海（しぶかわはるみ）を会津に招き、改暦に向け研究させた。春海は本名を安井算哲といい、将軍家碁所四家の安井家に生まれている（ほかの三家は本因坊、林、井上）。世界的な数学者関孝和と同年（寛永十六年生まれ）である。

寛永の改暦は春海によってなされるが、雄源の遺した記録を見ていないとは言いきれない。残念ながら、晴久が託した記録を保科正之がどう扱ったかわからないが、大切なことは晩年になって真理を求めんと発意し、命を燃やし尽くした人がいたということである。

さらに余談だが、改暦を進めた保科正之の背景に歴史の綾を見ることができる。正之の父は二代将軍秀忠であるが、母は秀忠の乳母の侍女静（のちの浄光院）、いわゆる婚外子であった。秀忠の正室お江（ごう）は側室の存在を認めず、秀忠の婚外子をことごとく毒殺していた。

生まれてくる子の危険を察した秀忠は、ある人物に生まれたばかりの子幸松を預ける。その人物こそ信玄の次女見性院（景勝の正室菊姫の姉）であった。見性院の夫穴山梅雪は勝頼を裏切り、武田家滅亡を決定づけた男であるが、伊賀越えの途中、横死した。残された見性院は家康に手厚く保護され、江戸城北の丸に居室を与えられていたのである。

秀忠の期待に応え、見性院は幸松を守り続けた。お江から、幸松は自分が育てるから引き渡すようにとしつこく迫られてもいっこうに臆せず、匿（かくま）い、養育したのである。

のちに幸松は旧武田家臣保科正光の養子となって名を正之と改め、会津藩主となり、四代将軍家綱の後見役として尽力することになる。

## 懐かしい場所

信玄は上田城を発ち、中山道を西進して下諏訪に入った。

諏訪は信玄にとって格別の地である。若いころ、諏訪頼重を滅ぼし、その娘を娶った。諏訪御料人こと湖衣姫である。湖衣との間に生まれた子が四郎勝頼となる。

馬上で揺れながら、信玄は当時を回想していた。まるで他人の記憶が自分の脳裏に映し出されたかのように現実味がなかった。

おぼろげな映像のなかでたしかな感触もあった。湖衣に対する思いである。初恋のときは別として、あれほど人に恋い焦がれたことはない。当時の激しい恋情を思い起こすと、総身が粟立つような感覚にとらわれる。その湖衣が生まれ育った諏訪が大切な場所なのは当然であった。

その当時、湖衣にとって武田晴信は憎んでも憎みきれないほどの仇敵。にもかかわらず、晴信は湖衣を側におかずにはいられなかった。

諏訪にはどうしても訪れたいところがあった。ひとつは慈雲寺、もうひとつは諏訪本陣である。

「ここで待て」

信玄は五百の供回りにそう命じ、奈津ときよを連れて慈雲寺の正門をくぐった。苔むした参道に足を踏み入れるや、体の奥底から妙な霊気が立ち上ってくるのを感じた。

戦さに明け暮れていたころ、信玄は軍旅に赴く前にたびたびここを訪れ、天桂玄長から心を調える方策を授けてもらった。信玄が私淑していた人物といえば恵林寺の快川紹喜の名があがるが、天桂もまた信玄の心の支えになっていた高僧である。

信玄は妻と娘を連れ立ち、わざと一介の老人のようにふるまった。あえて腰を曲げ気味に歩き、きよを見ては微笑む好々爺を演じた。父親好きのきよが気味悪がったほどである。

「晴信さまはこちらに来られたことがおありなのですか」

奈津は物見遊山の気分だった。信玄の表情がゆるむだけで、自分の気持ちもほぐれる。

「若いころはしばしば訪れたものだ。この寺には念力の強い僧がおってな、近くから己に向けて矢を射よと申すのだ。おそるおそる矢を射かけると、なんとひとつとして当たらぬ。聞けば、矢除けの霊力があるという」

「ほんとうですか。にわかには信じられませんが」

「であろう。おれもそう思った。こやつは化け物かと。しかしほんとうの話だ」

ちなみに矢除けの石は慈雲寺下の階段脇にいまもある。

「そのお方はもういらっしゃらないのですか」

「わからぬ。ただ今日は会いたくないのだ。もうあのころの武田信玄ではないからな。合わせる顔がない」

山門をくぐると、すぐ前に松の木があった。いつだったか天桂和尚といっしょに手植えしたことを思い出した。きれいに整えられている松の枝ぶりに感心しながら数歩ばかり進んだときだった。信玄の視界の片隅に、ひとりの老僧の立ち姿があった。

目を向ければ、懐かしい顔だった。かなり年老いてはいるが、まぎれもなく天桂であった。満面に笑みを湛え、信玄の一挙手一投足を見つめている。

「これは天桂和尚ではないか」

「信玄どの、おひさしゅうござる」

信玄たちは、本堂奥の茶の間に案内された。

「なぜにわかったのだ」

「わしの目が節穴だと申したいのでござるか」

天桂はそう言って屈託なく笑った。

「門の前に多くの騎馬武者を待たせ、しかも一見して手練れの者ばかり。いったいだれが率いているのかと思い、木陰から見ているとなにげない老人を装っているが、信玄どのではござらぬか。面変りはしていても、そなたの発する威風は昔日と変わらぬ。下手な芝居を見ているようで笑い声をあげそうになったわ。相変わらず演技は不得手のようじゃ」

天桂はふたたび大笑した。

「それにしても、和尚はよくぞ生き延びたものだ」

武田家が滅んだのち、信玄ゆかりの寺はことごとく憂き目に遭っている。

「運がよかったのであろう」

「念力を使ったのではあるまいな」

「まさか。あれは念力ではない。ただ信玄どのの強烈な作為をはずしただけじゃ」

信玄はあえてその真意を尋ねることはしなかった。いまは和尚の言わんとしていることがわかるような気がした。

「武田が滅んだのち、織田がきて恵林寺はあのように焼かれてしまった。いずれここも危ういと思っておったが本能寺の一件で風向きが変わり、それから入ってきた徳川は、むしろねんごろに扱ってくれた。世の移り変わりはなんとも見通しがたたぬ」

「見通そうとするから見通しがたたぬのではないか」

信玄がそう言うと、天桂は破顔一笑し、

「信玄どの、今日はめでたい日じゃ。そなたはこれにて満行でござる」

よもやの展開であった。天桂の本意がどの程度かわからないが、修行が成ったとお墨つきをもらってしまったのだ。

少し前まで、信玄は天下のなりゆきを見通そうと懸命だった。碁の手を読むように、天下分け目の大合戦がどのような経緯をたどってどのような結末に至るのか、蓄えた見識と経験を総動員して予測していた。

しかしあるとき、それを放念した。すべてを見通すことはできない。こうまで考えても、わからぬことはわからぬと。万物が定められたように変転するのは自然だけだ。信玄が歌に惹かれるのは、人知を超えたその霊妙な働きに感動し、それを書き留めておきたいと思うがゆえである。

ところが、である。そう放念したとたん、自ずと先が見通せるようになった。

信玄は、磁石に引き寄せられるように慈雲寺に立ち寄ったのだが、ふたたび天桂に会えてよかったと思った。

「そういえば、信玄どのが絵図を描かれた池泉庭園をご覧になるといい。それはみごとな庭園になっておる」

本堂裏に池泉庭園があるが、その素描を信玄が描いた。信玄は仏画を模写するなど、絵画にも触手を伸ばしていたが、その心得を活かして理想の庭園を描いたのである。

「まあ、きれい……」

まっ先にきよがつぶやいた。瞳を輝かせ、庭に吸い寄せられるように見入っている。

「このお庭の絵を晴信さまが描かれたのですか」

奈津は眩しそうに信玄を見つめる。

天桂の言うとおり、目の前の庭園はどんな絵描きの筆もおよばぬほどみごとな調和がとれている。自然の造化に天桂が手心をくわえたのであろう。信玄はめざす境地を見た思いがした。

「信玄どの。このような生をまっとうされよ」

信玄はしばらく池の前に佇み、その姿を目の奥にしっかりと焼きつけた。


信玄一行はそのまま諏訪本陣へ向かった。慈雲寺からは目と鼻の先、諏訪大社の下社秋宮境内にほど近い。

下諏訪は中山道と甲州街道が交わる交通の要衝にあり、中山道でもっとも大きな宿場町である。諏訪本陣はそのなかでもひときわ典雅な宿所である。

信玄の胸中は複雑であった。会津を発つ前からその日の宿泊地は諏訪本陣と定め、あらかじめ連絡を入れたのだが、実名は伏せておいた。かつて広大な版図を誇っていた武田家の主が、いまや上杉家に身を寄せていることに名状しがたい負い目を感じていたからである。本陣の十一代目当主岩波本忠は、松本深志城主小笠原貞慶に与力する武士でもあった。かつての配下に合わせる顔がない。

しかしはからずも天桂から正体を見透かされたことで、本忠にも自分が武田信玄であることを見抜かれてしまうだろうと予感した。

下諏訪の宿場町には四十を超える旅籠（はたご）が軒を並べている。五百人の供回りはそれらに分散させ、信玄一家は本陣の正門をくぐった。

一歩、足を踏み入れた瞬間、信玄の動きは止まった。正装したひとりの男が目の前で平伏しているのである。真田昌幸とちがっていたのは、男が肩を震わせていたことだ。顔を見ずとも、名前を聞かずとも、だれであるかは瞭然とした。

信玄は胸がつまり、男の前に歩み寄り、腰をおろした。

「息災にしていたか、本忠」

信玄は声をかけた。

「もったいのぉございまする」

「そんなに畏（かしこ）まらずともよい。さあ、立つがよい」

由本晴久の名で宿泊すると連絡があったとき、本忠はすぐにぴんときた。信玄が泊まるのだと。以来、このときを待っていたのである。

武田家が隆盛をきわめていたころ、信玄は軍旅に赴く前に慈雲寺の天桂を訪ね、陣払いをして甲府に戻る途上、ここ本陣で静養し、命の洗濯をすることを習わしとしていた。

本忠は微に入り細に入るもてなしに務めた。それが信玄の心をつかみ、ときには感状をもらうこともあった。信玄贔屓の宿という評判はまたたくまに広がり、やがて町内で人足を集めたり馬の継ぎ立てをするなど宿場町の主な業務を一手に取り仕切る存在になった。

ある日、こんなことがあった。

厚いもてなしに感銘を受けたある公家が、感謝の徴(しるし)にと伊万里の香合を置いて行ったのだが、それが忽然と消えた。くわしく調べると、客が出立したのち掃除をした者がそれをほかの場所へ移すうち、どこかに紛れこんでしまったという。

掃除をした人夫はまっ先に疑われたが、神明に誓って身は潔白であると言い、血眼になってそこかしこを探し続けた。

やがて真相がわかった。庭の片隅に落ちていたのを下女が見つけ、懐にしまっていたのである。あまりにも大きな声で女が泣きじゃくるものだから、宿泊していた武田の家臣にその一件が知れ渡ってしまった。

下女は引っ立てられ、家臣の前に座らされた。ちょうどそのとき、風呂上がりの信玄が夕涼みにと庭に出てきた。

「なにを騒いでおるのだ」

家臣から事のいきさつを聞いていた本忠は、そのまま信玄に伝えた。落ちていたとはいえ、窃盗に変わりはない。通常であれば死罪もありえる。少なくとも追放は免れない。そうなってはどこにも行き場がなくなり、若い女がまっとうに生きていく術はない。

信玄はいかにも素朴で善良そうな女の容貌を見て、問うた。

「おまえはこの家の大事な物を盗んだのだ。それを悪いとは思わぬのか」

女は泣き止んだ。そこに立つ男が信玄だとわかったのだ。瞬時にして覚悟を決めたという表情になった。

「申し訳ございません。どうか死罪にしてくださいませ」

女は毅然と言った。

しばらく女の様子を凝視していた信玄は、本忠に命じた。

「なにか仔細があるやもしれぬ。聞き出してわしに報告せよ」

信玄には、その女が盗みを働くような人間には思えなかったのだ。

一時間ほどすぎたころ、本忠は主屋の信玄を訪れ、女から聞き出したことを話した。それによれば、諏訪の在に住むその女の両親はともに病身で、女の弟と妹を含め一家の賄(まかな)いのすべてをその女が担っているという。

「あのような下女が一家を養っているというのか……」

信玄は思案にくれた。もともと「甲州法度之次第」という民法をつくったのは、領国の隅々にまで規律を行き渡らせ、争いごとや悪事がはびこらないようにするためであった。政の基本は、民の安寧があってこそだ。

しかし人間がつくった法に人間が支配されることがあってはならぬとも考えている。法は大切なものだが、それが金科玉条(きんかぎょくじょう)となっては本末転倒となる。それゆえ、責任ある者の度量が問われる。法をつくるのはたやすいが、運用するのはいかにも難しい。

「本忠、おまえが裁け。女に咎があるのはあきらかだが、死罪も追放もならぬ。ほどほどに罰せよ。情状酌量のない法は悪法だ。一方、香合を落とした者もおまえも咎がないとは言えぬ。適宜、罰を定め、わしに報告せよ。いいな、女ひとりに罪をかぶせてはならぬぞ」

本忠は信玄の理屈が腑に落ちた。

「これを女に渡せ。父母への見舞いだ。女手ひとつで家族を養うなどなかなかできることではない。それだけをとれば、あの女は民の鑑(かがみ)だ」

本忠はその日の出来事を思い出しながら、万感胸に迫り、嗚咽(おえつ)をこらえることができないままでいた。

「どうしたというのだ、本忠」

信玄が本忠の肩に手をかけると、本忠は男泣きに泣いた。

「この世にあってふたたびお目にかかれるとは思いもよりませなんだ。かような醜態、どうかお許しくださいませ」

なぜ本忠が泣いているのか見当がつかない信玄は途方に暮れた。

その日の夕餉は泉水が見える主屋の一角に設えられた。ずっと時代が下り、明治天皇の玉座となったあたりである。

奈津ときよは温泉で血行がよくなり、ほんのりと頬を朱く染めている。

配膳をしている女を見て、信玄の目が開いた。

「おまえはいつぞやの……」

女はすかさずその場に伏し、

「その節は身にあまる御沙汰をしていただきました。おかげさまにていまでもこうして働かせていただいております。このご恩、生涯忘れるものではございません」

あのときの下女は、老女となっていた。しかし、当時の清らかな面影はいささかも減じていない。

「それを聞いて安心したぞ」

「お殿さまからお見舞いをいただいてから、父も母もそれはそれはやさしく面変りし、最期まで笑みを絶やしませんでした。そのことをお殿さまにご報告いたしたいと念じておりましたが、それが叶い、本望でございます」

信玄は、薄くなった女の肩を見ながら、そんなこともあったと記憶をよみがえらせていた。恩も恨みも、受けたほうはいつまでも覚えているものだ。

信玄は女が去ったのち、奈津に耳打ちした。

「辞するとき、少々包んで渡せ」

奈津は細めた目で信玄を見つめ、うなずいた。

## 信玄と三成

信玄一行は西へ向かう。

塩尻から木曽山中を抜けるあたりまではたびたび軍務に用いた道路である。その先は織田の領土だったが、いとも簡単にその先へ進むことができたことで世の移り変わりを実感した。

木曽川を渡り、岐阜城を見ながら長良川、揖斐川（いびがわ）を渡河し、美濃に入る。そのあたりで速度を落とし、周囲の地形を丹念に観察しながら西へ進む。

もし家康と三成の間で一大決戦となった場合、家康は軍勢を整えて東から西へ向かうはず。それに対して三成はどこで迎え撃つのか。大軍をいくつかに分け、籠城することはないだろう。畿内まで進撃を許すのも良策ではない。とすれば大軍同士が戦える広い平地が決戦の舞台になる可能性が高い。戦場に近いという地の利をもって先に有利な場所に布陣することができる。

中山道に沿って進むと、大垣城が目についた。曲輪（くるわ）が広い。数万の将兵を収容できるだろう。大垣城がひとつの起点になるかもしれぬと考えながら進むと、左手に小高い山が見えてきた。南宮大社に登り口がある。土地の案内役に聞くと、南宮山と呼ばれ、頂上から大垣方面が望めるという。

さらに進むと、周囲を山に囲まれた広大な盆地に出た。

「このあたりはなんというのだ」

案内役は関ヶ原と答え、説明を続けた。

「北に高く聳えておりますのが伊吹山でございます。その間を縫って北国街道が越前若狭まで伸びております。また、あれに見えるが伊勢街道でございます」

中山道と北国街道、伊勢街道が交わる広大な盆地。大坂方を三成が率いるにせよ毛利が率いるにせよ、畿内への隘路（あいろ）を塞ぐにはここ関ヶ原が最適である。そう予測しながら周囲をさらに観察していく。ひとつ気になったのは、盆地がすぼむあたりの左手に見える山である。

「あれはなんという」

「松尾山にございます」

「頂きにいたる道は整備されているのか」

「はっ、広くはありませぬが、頂き近くにいたる道がございます」

信玄はその変哲のない山を見て、川中島の激戦のとき、上杉謙信が陣取った妻女山を彷彿（ほうふつ）とし、背中にざわざわと粟立つものを感じた。

一度通っただけだが、信玄の頭には美濃に入ってからの地形が克明に刻まれた。

――一度で地形を覚えられぬ武将は身を滅ぼす。

かねて、そう言い続けてきた。

信玄は伏見城下の上杉家屋敷に向かっているが、その前に立ち寄るところがあった。

佐和山城。

京へ向かう中山道の要衝に位置する三成の居城である。山頂近くに曲輪がある典型的な山城で、軒も桟（さん）も黒く塗られている。前年、加藤清正らの討ち入り未遂事件ののち、三成は奉行職を離れ、ここ佐和山城に隠居の身となった。隠居とは名ばかりで、中央の役職から開放されたのをいいことに、対家康を念頭においた政治活動をいっそう活発化させている。

はじめて見る三成の容貌は、信玄にとって予想外であった。アクのない、つるんとした顔で、まるで僧侶の風体である。目の前の男が戦さ場にいる姿は、とうてい想像できなかった。そのような男が天下を真っ二つに割って家康と対峙しようとしていることがとても珍妙に思われた。

金銭欲もなさそうだ。目の奥に欲望の色がない。五百石の禄を食んでいたころ、渡辺勘兵衛という男を召し抱えるため、自らの禄をすべて与えてしまったという噂はほんとうなのかもしれない。欲で目が見えなくなる者がいる一方、目を見開かれる者もいるが、三成はそもそも金銭欲がなさそうだ。しかも類まれなる知能をもっているのだから、扱いにくいのは当然だ。

(どうやらこの男はおれが一度も会ったことのない型のようだ)

信玄は瞬時にそう見抜いた。

「上杉中納言どのと山城守どのは息災であろうか」

三成はにこりともせず言った。

対座は上下の別がなく、対等としたのは三成なりの配慮なのであろうが、遠来の者に対するねぎらいも、かつて戦国一と畏(おそ)れられた歴将に対する敬意もない。十一年間の仮死状態ののち目覚めたという珍事にも興味がなさそうであった。心の裡では、隠居した老人と見下しているのであろう。顔にそれが表れていた。わかりやすい人物だ。

信玄はその問いには答えず、旅の途上で見た光景などを語って聞かせた。さりげなく大垣から西の地形のことを形容したが、三成ははなから興味がないのか、食いついてこなかった。

（これでは大軍は率いることはできぬ）

三成は語気を強めて話し始めた。

「ご存知あろうが、内府めは加賀どのにあらぬ疑いをかけ、加賀を征伐すると脅した。やつの魂胆は見え見えだ。それ以前には御掟を破り諸将と婚儀を取り結んでおる。政略であることは明白だ」

「存じておる」

そののちも三成は家康に対する批判を続けた。

信玄にとって、愚痴にしか聞こえなかった。愚痴を百万遍唱えても事態はいっこうによくならない。つまり、無駄なことをしているのだ。三成の話を聞きながら、仮に己が家康の立場だったらどのような政略をめぐらすかと考えた

まず前田家を無力化することである。謀反の疑いをかけたのはその端緒だ。いま、落としどころを探っているのだろうが、おれなら利長の母芳春院(ほうしゅんいん)を人質にさし出させる。それによって前田家の動きを封じこめることができる。

つぎに毛利。毛利は主家の毛利家を両川（小早川家と吉川家）が支えるという権力構造になっている。とすれば、もっとも効果的なのは、主家と両川を分断することである。そのための材料はいくつもある。

毛利秀元は当主の輝元の養子で、やがて毛利本家を継ぐ立場にあったが、輝元に嫡子が生まれたことで廃嫡の憂き目にあった。それを知った秀吉は心を痛め、毛利家の所領のなかからそれなりの知行を分けるよう命じた。やがて秀吉が死んでしまったため分知は決行されなかったが、それを家康が蒸し返し、履行するよう輝元に迫り、十七万石もの分知を承諾させた。よって秀元は家康に恩義を感じているはずだ。

小早川家を継いだ秀秋は朝鮮出兵での行動を三成に讒言され、あわや所領没収という事態になったが、家康のとりなしによってそれを免れている。

毛利の外交僧を務めている安国寺恵瓊。やつは父親を毛利元就に殺されている。その恨みを完全に払拭できているのか、それがわからない。やつは三成と意を通じているが、朝鮮出兵における軍務評価において毛利秀元と吉川広家を激怒させたことがある。両者にはいまだそのときの怨念が残っているはず。そこを突けば、毛利家を分断できるかもしれない。

つぎに宇喜多家。当主の秀家は秀吉の養子であるから、よもや徳川方に与することはないだろうが、お家騒動の結果、歴戦の重臣を数多く追放している。そのため大幅な戦力低下は否めない。お家騒動の収拾を家康に頼ったという経緯があるため、一枚岩で決戦に臨むことは難しいだろう。

残る大老は上杉景勝のみだが、そのことを考えると信玄の心は痛んだ。あの愚直で口数の少ない好男子に災難がふりかかるのは、なんとしても避けたいと思っている。上杉家の評定で主戦論を戒めたのも、その思いからだった。

だが己が家康の立場であったら、と考えると、上杉を挑発しない手はない。なぜなら餌を放りこめば、実直な上杉家はかならず食いついてくるからである。直江兼続が本多正信のような型の人物であったら、上杉家も柔軟に立ちまわれるだろう。が、それは家風に反することであり、家中が一枚岩になれない。とどのつまり、上杉家は取りこむより、開戦のきっかけに用いるのが最適である。

信玄は三成の愚痴めいた話が一段落したところで、こう訊ねた。

「治部少輔どのは北政所どのとはご懇意にしておられるか」

北政所は秀吉の正室、寧々のことである。

その瞬間、三成は虚を突かれたような表情をした。なにを藪から棒に、という怪訝な顔色であった。

　ことほどさように三成は己の感情に動かされる。本来、計数に長けた実務型の人間は、己の感情と切り離して言動ができるものとばかり思っていたが、どうやらこの男は感情と言動が直結しているようだ。

「北政所どのに可愛がってもらえるよう工夫されよ」

　信玄は、言わずもがなのことを言ってしまった。それほどに北政所は重要な人物だと思っているからだが、それに対して三成は、

「なぜ、それがしが北政所さまの追従（ついしょう）をしなければならんのでござるか」

と答えた。言葉尻に怒気（どき）を含んでいた。感情的な物言いをしてまずいと思ったのか、すかさず三成は話題を変えた。

「信玄どのは、当家の島左近を存じているであろう。ちょうどいま在城しているゆえ、会っていかれるがよい」

　三成は会釈をし、「これにてごめん」と言い置いて座を辞した。信玄は大きく息を吐いた。

　代わりに現れたのは島左近であった。齢六十を越しているはずだが、巨軀（きょく）はいまだ筋骨隆々としている。いかつい顔立ちの片隅にいくばくかの愛嬌が感じられた。

「おひさしゅうございます。島左近清興にございます」

　信玄が佐和山城に立ち寄った理由のひとつは、この左近に会うことであった。信玄は左近をまじまじと見つめ、記憶の澱のなかから、その勇躍する姿を拾い上げた。

「左近、その方の評判は越後や会津にまで聞こえているぞ。三成に過ぎたるものがふたつあり。島の左近と佐和山の城とな」

信玄ははばかることなく笑った。三成がこの場にいたら、どのような表情をしただろう。大器であれば、それをうけてふたことみこと気の利いた台詞(せりふ)を吐くだろうが、三成にそれは望むべくもなかった。

「それにしましても、よもや御屋形さまがご存命とは……、あっ、失礼いたしました」

「そうであろう。おれ自身も驚いているのだ」

「御屋形さまの最後のご出陣に帯同できましたことは、この左近、生涯の誉れとしております」

左近は大和国に生まれ、筒井順慶に仕えていたが、そののち出奔し、浪人の身となって諸国を歩いた。甲府に来るや、正式に仕えることはできぬが客分として置いてほしいと願い出てきたため許した。信玄の西上作戦にも帯同し、家康を死ぬ目前まで追い詰めた三方ヶ原の戦いでは勇猛果敢な戦いぶりで徳川方の心胆を寒からしめた。

「その方に追われた者どもは、死ぬまで悪い夢をみるだろう」

「それがし、どうしても武田軍の強さの秘訣を知りたく、身を投じたのでございます。甲府を進発してから奥三河の野田城を攻め落とすまで、じっくり堪能させていただきました」

「まさか、こうして左近と再会できるとはな。長く生きているとおもしろいことがあるものだ」

三成がこの男を喉から手が出るほど欲しがった理由がわかる。三成はたしかに天下随一の俊才だが、左近は三成にないものを持ち合わせている。すなわち現実主義者らしい外交調略と戦場での駆け引きである。

三成が四万石の禄を食んでいたころ、島左近に半分を与えたという逸話がある。信玄はそれでも安い買い物だったと思う。

左近は信玄の最後の遠征に帯同したとき、調略と軍略の多くを学んだ。あのころ、左近にそれほどの器量はなかった。ただ勇猛果敢というだけであった。しかしこの男は学ぶことで自らの価値を高めたのだ。

信玄はものごころつくころから学ぶことが好きだった。快川紹喜をはじめとした高僧や上杉謙信ら好敵手から絶えず学んできた。

いまもおのずと学ぶ者が集まっている。晴久、景勝、みな懸命に学んでいる。人斎もそうであった。この旅で再会した真田昌幸、天海、左近もそういう人間だ。

己はなんと学ぶ者たちに囲まれてきたのか、と信玄は感慨深かった。

だが三成は？

わからない。あれだけ計数に長けているからには、その分野は懸命に学んだのだろう。が、ひとつだけどうしても学んでほしいことがある。仇は敵なり、ということを。三成は義を唱えるが、それが正しいとして、蛇蝎(だかつ)のごとく嫌いな人間の唱える義を信奉する人間がどれほどいようか。

家康は？

彼はあきらかに学ぶ男だ。しかし問題はそれがどこへ向いているかだ。悪しきものへ向かう学びは弊害でしかない。

つねづね晴久に言っている。なるべく新しい学問について聞かせてほしいと。古きを知り新しきを学ぶ。いくつになろうとも、そのような姿勢が大切だ。

晴久は、父に会うため身延へ向かった。彼の父もまた学ぶことが好きだという。伏見で晴久に会ったら、話を聞いてやらねばなるまい。思えば、部下に対してこのような気持ちになったのははじめてのこと。人間、歳を重ねると変わることがあるものだ。

信玄と左近は、天下の情勢についていっさい口に出さなかったが、真情は交わした。互いの立場は心得ている。これから天下がどう動いていくのか、おおむね予測もできる。それよりも大切なのは、いまどう生きているかを確認し合うことである。

佐和山城をあとにした信玄の心には、名状しがたい温かなものが波打っていた。

## 信玄と北政所

伏見城下の上杉家屋敷に着いた信玄は旅装を解いたのち、構想を練り直すことにした。その理由は、三成に会ったことで、彼が前面に出てはけっして勝てないという意を強くしたことであった。信玄にとって、三成がどのような態度をとろうが腕に蚊がとまったようなものでしかないが、この争いに関わる以上、最善の策を考える必要がある。そのためには、三成を憎んでいる武将たちの心を和らげることが課題だった。

彼が嫌われている理由は明白だ。彼は人の心がわからないという病なのだ。おそらく自然の移ろいを見て感興を覚えることもないだろう。人の心の機微がわからず、情感も希薄となれば、徹底して利に聡(さと)くなって利を餌に人をたらしこまねばならないが、三成はその手は死んでも使わないだろう。

義に篤い人間だということはわかった。しかし彼の考える義は屈折しているうえ狭い。それでは多くの人の心を動かすことはできない。彼は理論で人を屈服させることができると考えているようだが、仮に理屈で相手を論破しても、心の底まで納得させることができなければ、やがてその差額を支払うことになる。三成は秀吉が天下をとってから重用されるようになったが、秀吉の威を借るうち、その悪い面だけを修得してしまったのかもしれない。秀吉が天下をとるまで、なぜ彼が多くの人の心を惹きつけたのか学ぶ機会はあったろうに……。

不思議な男だ。

あれこれ考えた末、信玄がたどり着いた答えは、北政所と毛利の外交僧安国寺恵瓊を懐柔することであった。これまでに集めた膨大な情報を総合すれば、それがもっとも効果的だという結論に達した。すでに両者には家康の手が伸びているかもしれない。信玄は迅速に動いた。

前年九月、北政所は大坂城西の丸を退去し、京都の新城へ移っていた。その後、すかさず家康が大坂城西の丸へ移ったことを考え合わせれば、北政所の京都移住の背後には家康のなんらかの意図があったと考えられる。

信玄は、旅の疲れを癒やす間もなく、北政所を訪問した。

「あれま、おまんさま、ほんまに武田信玄どのかね」

北政所は馥郁とした笑みを浮かべつつ、目をまん丸にして驚いている。あどけなさを残し、親しげではあるが、独特の風格を帯びていた。尾張弁丸出しで、自分をことさらよく見せようという気はさらさらないようだ。

「ほんとうだ。十一年も眠っておった」

「そりゃ、どえりゃあことで。死んだ藤吉郎どのはおまんさまと戦さをしたくてうずうずしていたが、それが叶わなくなってがっかりしていたがね」

北政所は結婚したときの藤吉郎という名にひとしお愛着があるらしい。

「あのとき右大臣どの（信長）や亡き太閤どのと戦っていたら、どうなっていたことか」

「そりゃあ、おみゃあ、あ、失礼、おまんさまが勝ったでな。そうなりゃ、ただの藤吉郎で終わったがね。むしろそのほうが藤吉郎どのにはよかったのではないかね。晩年、あんな生き恥をさらすこともなかったでな」

「そうか、おれが勝ったか……」

「ただ、おまんさまが京の都に旗を立てることはなかったと思うがね」

そう言って屈託なく笑った。

(この女人は大局をつかんでいる)

信玄は感心した。

寧々と呼ばれた時代から、秀でたものがあったのだろうが、秀吉の出世を目の当たりにしながら人間の本質を学んできたにちがいない。

前年、加藤清正ら七将による三成襲撃事件の仲介をしたのは家康だが、落とし所を示したのはこの北政所だといわれる。清正らは、北政所さまのお計らいであれば、と全面的に条件をのんだ。

北政所は尾張清須の出で、木下家定の実妹である。十四歳のとき、木下藤吉郎(のちの秀吉)に見初められ、結婚した。以後、秀吉の出世を支える存在であり続けたが、子ができなかった。秀吉がはじめて城持ち大名となったのは近江長浜でのことだが、寧々は家宰を仕切るだけではなく、出征続きの秀吉に代わって城主のごとく励んだ。

秀吉が取り立てた武将は尾張出身の加藤清正、福島正則、加藤嘉明、賤ヶ岳七本槍に数えられる平野長泰らだが、彼らは寧々にかわいがられ、寧々を実の母のように慕っていた。それで自然と閨閥(けいばつ)をなすようになり、気脈をつうじた黒田長政、細川忠興、池田輝政、浅野幸長らがその閨閥に加わった。北政所がいまだに尾張弁で通すのは、尾張人を意識してのことにちがいない。

組織が大きくなれば、派閥が生まれる。近江長浜二十万石の大名となった秀吉は、そのころ旧浅井家の人材を大量に採用した。そのなかに三成や増田長盛、長束正家ら計数に明るく、のちに財政や庶務全般をとりしきる一派がいた。彼らは旧主である浅井家に対する愛着をひきずっていた。自ずと浅井長政の長女である淀殿に対して並々ならぬ愛慕と忠誠心があった。それらがひとつの閨閥を形成し、尾張閥と角突き合いを演じることになる。そのことは北政所を中心とする閨閥を家康が懐柔すれば、豊臣の武功派の帰趨（きすう）は決するということを意味していた。老獪（ろうかい）な家康がそれを利用しないはずがない。

ふと信玄の視界に、床の間に掛けられた一幅の軸とその下に置かれた水石（すいせき）が入った。

「あの赤い水石は、詠み人の山部赤人を表しているのかな」

どこの産地か知らないが、赤茶けた山の形をした水石が絶妙に配置されている。

「ありゃあ、内府どのが届けてくださったんじゃ。なにやらそんな由来を聞いたかもしれにゃあが、わしは教養もないじゃがね忘れてしもうた。それにしてもさすがは信玄どの。なまなかな教養ではないがね。猿吉（さるよし）どのが生きておったら、爪の垢を煎じて飲ませたかったわい」

そう言って北政所はひゃひゃひゃひゃっと笑った。なんとも面妖（めんよう）な戯言（ざれごと）に、信玄はどう返していいかわからなかった。

（どうやら家康はたびたびここを訪れているようだ）

信玄の予感が的中した。

「寡婦（かふ）の身じゃから内府どのの気遣いはありがたいがね。ほんま内府どのはよく気が利くお方じゃ。豊臣家に対する配慮も格別でな。ところが佐吉（三成）は内府どののやることなすこと悪いようにとるばかりで諍（いさか）いの種になっとる。おまんさまのお力でなんとかできんかね」

北政所は、母親が不出来な息子を案じるかのような表情をした。

生来、人を疑うことをしないのだろう。あるいは、処世術として人のよい面を見ようと努めているのかもしれない。

ひとつ気になっていることを訊いた。

「金吾中納言（小早川秀秋）は御台の甥であったな」

「おやまあ、そんなことも知ってるがかね。あれは兄の子でな、根はいい子なのじゃ。わしらの養子にしたまではよかったのじゃが、猫可愛がりすぎてかわいそうなことをしたでな」

小早川秀秋は「どのような育てられ方をしたら人間がだめになるか」の見本のようであった。もちろん、本人に罪はない。むしろ被害者といっていい。もともと引っこみ思案だが気立てはことのほかやさしい男であった。その特質を育めば、それなりにいい人生をおくれたはずだ。

しかし秀吉も寧々も彼を溺愛し、望むものはなんでも与え、わがまま放題に育てた。秀秋は、八歳で丹波亀山城十万石を与えられ、九歳で従四位下右衛門督に任じられた。この官位は宮門の警備隊長を意味し、唐名で金吾将軍と呼ばれる。そのため「金吾」という通称が定着した。

わがまま放題を通せれば、それでよかったのかもしれないが、十二歳のとき、命運が激変する。秀頼が生まれたのである。それによって「邪魔者」になった秀秋は毛利の分家である小早川家の養子となり、当主隆景が死去したのち、筑前三十万石を継ぐことになる。その後、所領は五十二万石に増えた。善悪の判断もつかない少年に高い官位と莫大な財力を与えたのである。

当然のことながら、周囲のだれもが秀秋を畏れ敬い、かしずく。それで増長しない人間などいないだろう。やがて秀秋は、育ての母親である北政所からも嫌われることとなる。

秀秋にとって不運は続く。第二次朝鮮出兵では総大将に任じられ、十六万という大軍を率いることになったのである。

彼はあらん限りの勇気をふりしぼって戦場に赴いた。それが徒となった。戦場でのふるまいが軽率であると三成を経由して秀吉に報告されてしまった。

「朝鮮でのことが藤吉郎どのの勘気にふれて所領没収となってしまったでな。それもこれも佐吉の讒言のせいだと秀秋は騒いどった。内府どののとりなしがなかったら、あの子もどうなっていたことやら。わしは子供がおらんが、育てた子はたんといるがね、子供同士の喧嘩は気が安まらんがね。ところで、おまんさまは子供はおるかね」

「数えきれないほどいる。いちばん下の子は九つだ」

「ひぇぇ、そりゃまあたいしたもんじゃ。男の鑑だがね。それだけをとっても藤吉郎どのはおまんさまの敵ではないがね」

北政所は目をまん丸にして驚いている。その様子は、とても従一位の官位を授かっている貴人とは思えなかった。

「ところで、本日はわしになにか用向きでもあったんではねえか」

「いや、しばらく伏見に滞在するゆえ、まずは御台に近づきになりたいと思うてな」

「そりゃあ、うれしいがね。わしゃあ暇だからいつでも茶飲みに来ておくれ。そのうち内府どのとばったり鉢合わせするかもしれんがな」

**信玄と安国寺恵瓊**

(これほど人が多いとは)

伏見城下の上杉家屋敷に戻った信玄は、人に当てられていた。生まれ育った甲斐や侵略した駿府、そして息を吹き返してから暮らした越後の春日山城下のいずれもこれほどの往来はない。どこを見ても人、人、人……。それが騒々しくもあり、また刺激ともなった。ちなみに現在も京都市伏見区に景勝町という地名がある。

北政所に会った日の夕刻、信玄は天海にある指示を出した。早急に安国寺恵瓊との会談の場を設けること。要人との会合の設いを迅速・的確にできるかどうかで外交能力を測ることができる。多彩な人脈と豊富な情報収集力がなければできるものではないからだ。

信玄が北政所のつぎに鍵をにぎる人物と見たのが毛利の外交僧安国寺恵瓊である。西国大名との人脈が広く、外交手腕は一筋縄ではいかない。相手の弱点を見抜き、そこを効果的に攻めながら最大の成果を得ようとする。恵瓊の父親武田信重は武田菱を家紋とし、先祖をたどれば清和源氏に行き着く。若いころの信玄に似ているのはそのためだろうか。

父信重は毛利元就によって自刃（じじん）させられたが、なぜか恵瓊は毛利家に臣従することになった。彼の先見の明を示す逸話がある。信長が飛ぶ鳥を落とす勢いだったころ、信長に会った印象をこう述べている。

――信長の代は、五年三年は持つべく候。明年あたりは公家などに成られ候かと見およぴ申し候。左候て後、高ころびにあおのけにころばれ候ずると見え申し候。藤吉郎さりとてはの者にて候。

(信長は成功するでしょうが、三年から五年ほどで高ころびにころぶにちがいありません。それよりも藤吉郎という者はなかなかの者でありましょう)

恵瓊の予言どおり、信長は本能寺に斃れ、秀吉が天下をとった。

ただこの話を聞いたとき、信玄は半分感心し、半分は驚きに値しないと思った。信長はたしかに稀有（けう）な天才ではあるが、あれだけ人道から外れた行いを続ければ、謀反に遭うのは当然である。それよりもまだ頭角を現していなかった秀吉の才智を見抜いたことにただならぬ人間観察眼を認めたのである。

　天海はきっちり三日後、安国寺恵瓊を伴って伏見屋敷に現れた。まずは及第といえる。

　屋敷の応接間で三人は向かい合っている。くしくもすべて頭を丸めている。天海だけが太り肉で、信玄と恵瓊は痩身だ。

　恵瓊は華奢な体に比べて顔が異様に大きく、黒光りし、三白眼が浮き立って見える。

　互いにひとことも発することなく凝視している。品定めである。ちらりと横目で見る程度ではなく、顔や体の隅々まで舐めまわすように見つめている。相撲の立ち会いにも似ている。気圧されたほうが負けだ。

　熱い茶が冷めかけたころ、信玄が口火をきった。

「貴僧とは祖先を一にするようだな」

「そのようですな」

「なぜに父親の仇を主家と仰いでいるのだ」

「父は父、拙僧は拙僧でござる」

　ふん、と信玄は鼻で笑った。

「割り切っているということか」

「世の中には父を他国へ追放する者もいると聞く。それと似たようなものかと存ずる」

　ふたことみこと交わすうち、信玄は恵瓊の類まれな異能とその限界を見抜いた。この男は自らの異能に溺れている。問題は、そのことに気づいていないことである。

　恵瓊は十六歳のとき、偶然立ち寄った安国寺の竺雲恵心にその才能を見初められ、弟子となった。恵心が外交を得意とする僧であったことから、おのずと恵瓊もそれを体得した。その自信が満腔に溢

れている。それはそれとして、

「貴僧は治部少輔と懇意にしていると聞く。家康と一戦交えるあかつきには旗頭が要るが、治部には務まらん。前田が羽根をもがれたいま、毛利どののしかあるまい。貴僧、輝元どのを説得できるか」

と水をむけた。こういう型の男と話すには単刀直入に限る。

「やってみなければわかりませぬ」

恵瓊はにべもない。

「が、勝算はあろう。問題はほかにもある。貴僧と毛利秀元や吉川（広家）の関係が険悪だと聞いている。そのままではまずいぞ。家康のつけ入る隙になる」

恵瓊はなに食わぬ顔で茶を啜（すす）り、ひとことつぶやいた。

「軍令違反を見過ごしにはできぬ」

朝鮮での戦さの折り、毛利秀元とその麾下（きか）の吉川広家は大きな戦果をあげたが、戦いの前日、抜け駆けに夜襲を行ったことを軍監として渡海していた恵瓊に咎められ、秀吉に報告された。以来、両者の関係はぎくしゃくしている。

三成にもいえることだが、この男は要らぬ敵をつくっている。それがのちの災いとなるという自明の理がわかっていない。戦さ場の経験がない理詰めの人間の限界だと信玄は思った。

天海は、信玄と恵瓊のやりとりにひとことも口をはさまない。存念はあるにちがいないが、いっさいを封じこめている。

「あいわかった。以後、貴僧とはたびたび合議が必要となるであろう。その際、天海を差し向けるゆえ、よしなに」

恵瓊は不敵な笑いを浮かべ、去っていった。

信玄はその後、小西行長、小早川秀秋、毛利輝元と秀元、吉川広家、大谷吉継、長束正家、増田長盛、宇喜多秀家、脇坂安治、佐竹義宣らやがて西軍につく諸将、東軍につくことになる細川忠興、黒田長政、京極高次らとつぎつぎに会談し、その記録を会津の景勝に送った。

秀吉の死によって天下は蠢動（しゅんどう）を始め、それはいよいよ大きくなっていった。

# 第八章　信玄と家康の問答

## 直談判

家康は焦っていた。

本多正信と緻密に描いた天下取りのシナリオが崩れ始めているのである。

原因はわかっている。

信玄が動いたのだ。

家康は、三成など潰すのは造作もないことと高をくくっていた。義侠心しか判断の基準をもっていない三成は、怒らせればおもしろいように食いついてくる。しかし信玄が上杉景勝との誼（よしみ）を通じて三成方についてからというもの、天下の情勢は家康にとって不利な形勢へ傾き始めている。

伏見城下の上杉家屋敷を拠点に活動を始めた信玄は、天海を使って朝廷工作をして豊臣政権との「公武合体」を唱え、諸将に調略の手を伸ばしている。それによって三成憎しで固まっていた武闘派さえも反家康になびきつつあった。老いたりとはいえ、いまだ武将たちの間で尊崇の的（まと）になっている信玄が公武合体論をもって諸将を口説き続ければ、戦わずして負けるような事態になるかもしれない。

家康が焦る要因はもうひとつあった。徳川家内部にも微妙な変化が現れつつあるのだ。武田家が滅んだあと、多くの武田遺臣を召し抱えているが、彼らは信玄が動き始めたということを聞いて動揺し始めた。

これでは時がたてばたつほど不利になる。武闘派に蛇蝎（だかつ）のごとく嫌われている三成を決起させ、一気に決着をつけようという目論見は、信玄が現れてから崩れつつあった。

信玄が唱える天下の形は、朝廷と武家が連携して政を司るというものだが、この公武合体論は信玄も自覚しているように、ただの便法である。そもそも清和天皇の系統につらなる信玄にとって、朝廷と豊臣家が連合して政を行うなど破廉恥のきわみである。秀吉は万世一系の皇統に唐国の血を混ぜようと企んだ者だ。それだけをもってしても、その政権を護持する意義は見いだせない。

しかし信玄は、家康が方々に伸ばした調略の手を短時日のうちに無力化するにはこの策しかないと考えた。理想は大事だが、それに拘泥すれば事は成就しないことを知っている。家康が豊臣政権を簒奪するのを防ぐため、直属軍の名目上の総帥に秀頼を奉じ、実質的に毛利輝元が指揮をとるという構想を聞いて反対を唱える者はほとんどいなかった。

実現不可能な構想を打ち出しているにもかかわらず、諸将の〝受け〟はよかった。この手の案は、尊王思想の強いこの国では受け入れられやすい。室町幕府の失政が人々の意識に暗い影を落としていたこともこの案を有利にした。

諸将の好感触を得ながらも、信玄はむなしかった。この無責任なやり方は、未来に禍根を残すと知っているからだ。

家康は、危険な芽を早めに摘むため、重大な決意をする。

（かくなるうえは、信玄公と直談判する以外にあるまい）

坐して事の推移を見るより、手遅れになる前に直接相対して手を引かせる。

とはいえ、家康は武田家を滅ぼした敵である。じかに話し合いたいという要望に対し、信玄がそうやすやすと応諾するとは思えなかったが、案に相違して、信玄はあっさり承諾した。

家康と本多正信は、極秘に二十人ほどの供回りを引き連れて大坂城西の丸を出た。向かうは伏見城大手門の正面、三の丸の西側にあるカサシワ曲輪に囲まれた、かつての治部少丸。前年まで三成がいた屋敷である。北側に治部池と称された池があることからも、当時の三成の権勢が伝わってくる。

新月の夜、午後八時。

家康と正信は門の前に供回りを残し、大手門をくぐった。

家康の足もとがおぼつかないのは、歳のせいばかりではない。関八州を一手に握る大名になりおおせたいまも、信玄の影におののいているのだ。夜気が冷えているというのに、脇の下にじっとりと汗がにじんでいる。

家康は二十七年前のあの日を思い出していた。三方ヶ原で完膚なきまでに叩きのめされた日のことを。わずかな馬廻衆とほうほうの体で逃げ戻ったときの恐怖がいまだに忘れられない。

あの日以来、家康は、逃げ道を算段してから戦うようになった。はじめから負けることを考えて戦いに臨むのは武士の風上にもおけないとほざく者がいるが、そのような戯言は目先の勝ち負けしか考えていないから言えること。天下をねらう大器と一介の武将とでは、その間に天と地ほどの開きがある。

死んでしまっては天下を取ることはできない。そのことに気づかせてくれたのは、あのときの信玄だ。以来、長生きが天下取りの必須条件と考えるようになった。戒めが功を奏したのか、以来、ほとんど負けを知らない。

家康には廊下が長く感じられた。

（わしは弑されるかもしれぬ）

ふと家康の脳裏に疑念が湧いた。みずから敵の懐に飛びこむなど狂気の沙汰である。

信玄側からすれば、天下を分けて戦おうとしている敵の大将が、期せずして手の内に入ってくるのだ。立場を変えればわかる。すぐ後ろについている正信は、家康から信玄とじかに会って話をつけたいと言われると、

「相手方からすれば、上様はいわば窮鳥のようなもの。わざわざ懐に入ってきた窮鳥を逃すようなまねはしますまい」

と言って家康を翻意させようとした。

しかし正信はそれが叶わないと知ると、考え方を変えた。たしかにこのまま天下を割って大勝負に臨むのは分が悪い。であれば、相手の懐に飛びこむ以外に活路はない。

「お気に召されるな」

正信はまっすぐ前を向いたまま、言う。家康の心の乱れに感づいているのだ。この男は癪にさわることも多いが、心強くもある。

正信は権謀術数のかたまりのような男だが、不思議なことに、自分のことには恬淡としている。人間の欲得には知悉しているくせに、自らの欲にはとんと無頓着だ。主君に対して口はばかることのない物言いは側近たちを唖然とさせることがあるが、家康はまったく痛痒を感じない。正信にとって大事なことは徳川家の安泰であることを知っているからだ。

家康はまだ見ぬ信玄におそれおののくと同時に、なぜか信玄の心の裡がわかるような気がしてきた。妙な共感さえ抱き始めている。

国のためという大義名分があったとはいえ、信玄は実の父親を他国へ追放し、嗣子義信を幽閉し死なせた。家康も、信長から嫌疑をかけられた嗣子信康を切腹させ、本妻築山殿を殺害した。いずれも

まっとうな人間の所業ではない。

　書物や学問を求めているところも似ている。

　信玄は儒学や唐の詩文集を好み、自ら歌をしたためる。かつては躑躅ヶ崎館に禅僧を招いては禅や仏教、儒学の講義をさせ、全国各地の地形、風俗、名物などの話を聞くことを好んでいたと聞く。家康はその質実剛健な性格のとおり、詩歌(しいか)など雅なものより実学を愛する。

　家康が、信長や秀吉より信玄に気脈を感じているのはたしかだった。晩年の秀吉の所業を思い返すだけで虫酸(むしず)が走る。新たな世を創るためには、自らの見識を磨くとともにいにしえに生きた賢人たちが遺してくれた学問が要る。信玄も同じような気持ちで学問を求めていると思いたかった。

　一方で、信玄はこの自分を串刺しにしたいほど憎んでいるであろうことも忘れてはいなかった。勝頼や孫の信勝を含め武田家を討ち滅したのは、亡き信長とこの家康である。それにもかかわらず、腹を割って話せばわかり合えると思っているのが滑稽(こっけい)だった。

　仮死状態の信玄が意識を回復させたと聞いたとき、得も言われぬ安堵を覚えた。そして、会える日がくることを願った。ただし、このような状況下で会うことになろうとは想像だにしなかった。


　入り口に中年の男が仄暗(ほのぐら)い灯りを提げて立っている。

「脇差をお渡しくだされ」

　発した声は、柔和な響きだった。

（人斎とともに信玄どのにつきっきりだったというのはこの男だったのか）

　たしかに晴久であった。のちに家康も親しく交誼を結ぶことになる。

　書院に入ると、すでにふたりの男が座していた。

奥に痩せぎすの老人が座っている。この男が信玄であろうか。

信玄と直に会いたいと正信に言いつけると、正信は熟考した末、相国寺の西笑承兌に話をつけた。この密会は、証人としてそれぞれひとりずつ同席させることになっていた。この日は毛利の使徒として知られ、いま信玄の手先ともなっている安国寺恵瓊が信玄に相伴するとばかり思っていたが、恵瓊の姿はなく、代りに黒衣の僧が手前の席にみじろぎもせず座っている。顎のまわりにたっぷりと肉がついて二重になっているが、弛緩した印象はない。

正信についで家康が型どおりの口上を述べ始めると、対座の老人が手で制した。

「もうよい。堅苦しい挨拶は抜きだ」

温容を湛えているが、言葉の端々に威圧するものがある。

「武田信玄でござる」

老齢とは思えぬ、張りのある艶やかな声が響き渡った。家康はとっさに深々と頭を下げた。無意識のうちに体が動いた。

家康が想像していた信玄の容貌とはかなりの隔たりがあった。肉は薄いが肌の血色はよく、むしろ自分より壮健と映る。

その昔、武田家とは角突き合わせることが多かったが、信玄と直に会ったことはなかった。それだけに信玄の容貌を思い浮かべてはおののいた。気難しい信長に忍従できたのは、第一に信玄を恐れてのことだった。

目の前の老人は、その当時、思い浮かべていた信玄像とまったくかけ離れている。

「拙僧は天海と申す」

天海は、地の底から沸き上がるような荘厳な声で述べた。

家康は、天海の存在を知っていた。朝廷の信頼が厚く、こたびの公武合体策で重要な役割を果たしていると聞いている。静かな佇まいのうちに、ただならぬ妖気を発しているのが感じられた。

信玄が天海の話を継いだ。

「おれが若い時分、甲府に招いて講義をさせてからの交誼でな、叡山焼き討ちのあと、しばらく甲府にいて話し相手になってもらった。それにしても家康どの、はじめて会った気がせぬな」

「同感にござります」

家康は三方ヶ原の話を切り出した。信玄にとって最後の勝ち戦さ。そのときの様子を昔話のように語り合えば、信玄の気持ちはほどよくほぐれるはず。交渉ごとの要は、本題を切り出す前に脅すか、さもなければ気持ちよくさせるかだと家康は信じている。相手との力関係によってそれらを使い分ける。もちろん信玄相手に脅しは通じるはずもない。

「家康どのはなにごとも慎重なお方と聞いておったが、あのときはよくぞ立ち合ってくれた。それにしても逃げ足の速かったこと。感心しながら眺めていたものよ」

信玄は言葉に含まれた皮肉とは裏腹に、邪気のない笑みを浮かべた。

「醜態の至り。あのときの無様な姿はいまでも夢に見ることがあります」

「だが、戦さは長い目で見なければ勝ち負けなどわかるものではない」

それは、つねづね家康が考えていることでもあった。絶頂期こそ最大の危機であると。

ほぼ天下を手にしていた信長は明智光秀の謀反によって志を断たれ、戦国最強と恐れられた武田家は勝頼の代で滅亡の憂き目に遭った。このとき信玄や家康は知る由もないが、今川義元亡き後、今川家を滅亡させられた氏真は京都に移り住み、優雅な余生を過ごして七十七歳まで生をまっとうする。今川のみならず子孫は今川宗家、旗本品川家を代々継ぎ、明治に至っている。

「一時の勝ちが負けにつながることはよくあること。事実、わしが眠っている間に、わが武田家はそなたに滅ぼされてしまった。眠りから覚めてそれを聞かされたときは、天地がひっくり返ったかのように驚いたものだ」

「平にご容赦を」

家康が頭を下げるいわれはないが、自ずと下げていた。

「容赦もなにも、なくなってしまったものは仕方あるまい」

信玄は鼻で笑った。

家康はさらに身を縮めた。

「武田家が滅んだのもそれなりの理由があったということであろう。当時、武田軍は強いと言われていたが、そこに大きな落とし穴があった。己の力を過信していたのだ」

とは言うものの、信玄はいまだ武田家が滅ぶ過程をくわしくは知らない。それを聞くことを頑なに拒んでいるからだ。しかし、おおむねどのような理由で滅ぶに至ったかは想像がついている。

「いにしえから、人はその得意技で身を滅ぼすとも言われております」

「三年間はおれが眠っていることを秘すようにと命じたことも裏目に出てしまった」

「しかしながらそれがしもふくめ、信玄どのが生きているのではないかと思えばこそ、すぐに武田家との本格的な戦いを望まなかったことも事実。それを秘したことは、あながち失敗とは思えませぬ」

「しかし結局はそなたに滅ぼされてしまった。早いか遅いかのちがいだけだ」

「ご無念お察し申す」

「それよりも勝頼のやつめ、あの世で父に叱られると思うてびくびくしておっただろうに、おれがいなくて当惑しているであろうな」

信玄は屈託なく笑った。その笑い声で一座の空気が弛んだ。

「そのような心境になれるものでしょうか」

家康は本心からそう言った。

「おれには守るものがなくなった。領国も家臣も金もない。しかしな家康どの、これもなかなかいいものだ。なにをするも自由。心がすーっと軽くなった。あらゆるものを失ったことで心持ちが軽くなったのだ。ま、負け惜しみととられるであろうが」

信玄はひと呼吸おき、家康をじっと見据えた。

「ところでこたびの用向きはなんであろうか。ただ昔話をするために参られたのではあるまい」

しばし沈黙が支配した。

家康は威儀を正し、丹田に力を込め、唾を飲みこんだ。

「こたびの争いから手を引いていただきたい」

このひとことののち、沈黙が三十分も続いた。だれもがみじろぎもせず、口をぎゅっと結んでいる。

現代人は会話のなかの沈黙を嫌う。言葉の接ぎ穂を失うと、不安でしかたなくなる。そのため相手の言葉を受け、じっくり考えて発言することが少ない。対してこの時代の人たちは、会話のなかの沈黙も会話の一部とみなしていた。黙ってじっくり考えながら相手との間合いをはかる。無言のうちに結論が出ることもあった。これこそ卓越したコミュニケーションといえる。

やがて夢から覚めたかのように信玄が言葉を発した。

「争い？　それはなんの争いか」

「石田治部少輔に与し、安国寺恵瓊どのや天海どのを差し向けて方々に手を伸ばされていることでござる」

信玄は、顔色ひとつ変えない。

「どうやら家康どのはおれを買いかぶっているようだ。もはやおれにはなんの力もない。先ほども申したとおり、従える兵もなければ財貨もない。そもそもおれが武田信玄だと言うても信じぬ人がいる。よかれと思うて三成に進言しても、苦虫を噛み潰したような顔をされる。そんな老人に力のあろうはずがないではないか」

家康は信玄を睨めつける。

「ご冗談を。信玄どののなされよう、すべて存じております」

「では仮にそうだとしよう。だが、無用な戦さをしないよう手を尽くすは上策というものではないのか。大勢の人間が死ぬよりずっといい。それは家康どのもよく存じているはず。おれに望みはない。そなたに対する遺恨もない。だれをも恨んではおらぬ。秀頼に対する忠誠心もない。三成の義侠心とやらに感じ入っているわけでもない。強いて言えば景勝どのへの恩義があるのみ。大坂方が勝とうが家康どのが勝とうが知ったことではないのだ」

「では、なにゆえ治部少輔に与するのか」

「繰り返すが無益な戦さを起こさない、それだけだ。それはすなわち景勝どのを利することにもなる。そのためにこの天海や恵瓊に働いてもらっている。ひとつ聞いておこう。なにゆえ家康どのはさほどに三成を毛嫌いするのか」

「豊臣家の威光を笠に着て、天下を壟断しているがゆえでござる。ただし毛嫌いしているというのは言い過ぎでありましょう。それがしは治部少輔の力を認めております。平らかな世であれば、かの者のような才長けた律義者が必要であることは心得ているつもりです。だからこそ前年の諍いにおいても治部少輔をかくまったのです」

「清正や正則らは馬鹿な真似をしたことよ。こっぴどく叱っておいた。ただすがは家康どの、自らはいっさい手を下さずに三成を中央政界から追い出した上、和議をとりもったことで三成に恩を売り、世間に対しては暴れん坊の七将や奉行衆でさえも家康どのの意向に従わざるをえなかったと見せつけることができたわけだ。これが作為の上での成果であるとしたら、そなたはとてつもない策士といえる。みごとなものだ。事実、あの出来事以来、家康どのは思うがままに世を動かしている」

「それは人聞きの悪い。なにもそのようなことを狙って治部少輔をかくまったわけではありませぬ」

「ふん。まあ、そうであろう」

信玄は鼻で笑った。

「それにしても、世間では治部少輔がそれがしの屋敷に逃げこみ、それがしがかの者をかくまって清正らをとりなしたと噂されているが、治部少輔が逃げこんだのは、まさにこの屋敷でござった」

「世上がそのような噂をたてるということは、家康どのであれば、それくらいのことをすると思うておるからだろう。いまも昔も噂というものはそのようなものだ。世の人間はなにも考えていないようで見るべきところは見ている」

「いやいや、それがしにそのような人徳はござらぬ」

「そう謙遜せんでもよろしい。武田家の家臣たちをまとめて召し上げてくれたのも家康どのではないか」

信玄は家康の目を見つめながら、軽く一礼した。

「礼にはおよびませぬ。武田軍の底力を知っている身として、それをわがものにしたかっただけのことにござる」

「だが結果としてあの者たちは生き長らえることができた。そなたが信長の命ずるとおりのことをするような賊人ではなかったからだ、そうだ、大事なことを失念していた。わが娘（見性院）もそなたの世話になっておると聞く。いきさつはわからぬが、この場を借りて厚く礼を申すぞ」

「見性院どのについては、なりゆき上、手前どもでお預かりしている次第。ご希望とあらば、いつでもお返し申す」

「いや、そのままでよろしい」

信玄は実の娘に会いたくもあったが、なぜ重臣の穴山信君に嫁いだのに家康に庇護されているのか、そのいきさつを知りたくなかった。

「話を戻そう。世の中を大所高所から見渡すことのできる家康どのが、なぜ豊臣の世が続いてはいけないと考えるのか」

「ではそれがしからもお聞きしたい。秀頼さまに世を統（す）べる力があるとお思いか」

「答えるまでもないだろう」

「では、世を統べる者がいないのに、どうして泰平の世になりましょうや」

信玄は一瞬、言葉を詰まらせた。

すかさず家康は言った。

「であれば、天下が荒れるのは必定（ひつじょう）」

信玄はしばし黙考し、家康を睨んだ。

「家康どのの本心をお聞かせ願いたい」

「本心でござる」

「本心から天下国家のことを考えて、自らが世を統べるべきと考えているということか」

「……」

「そうではあるまい。徳川家のためであろう」

「では正直に申し上げる。天下国家のためであり、わが徳川家のためでもある」

「それでは私利私欲で天下を横取りしようとしていると見られても仕方あるまい。そなたは秀頼に世を統べる力がないのをよいことに、秀頼の名を騙(かた)って天下に号令したではないか」

「それはなんのことでござるか」

「前田や浅野のことよ」

「あれは謀反によって世が乱れる芽を摘んだまでのこと。秀頼さまの名を使ったのはやむなきことでござる」

「馬脚を現したな。変な言いがかりをつけられた前田や浅野はいい迷惑だろう。やはり家康どのが天下を乱しているのだ。そなたがなにもしなければ、世は平らかになる」

「ではお聞き申す。世の人々は、豊臣の世が続いてほしいと願っているとお思いか」

「豊臣の世がいいとは言っていない。ふたたび戦国の世に戻るようなことはすべきではないと言っているのだ。戦いに明け暮れた人間だからそう言える」

信玄はなだめるように言った。

「戦国の世に後戻りさせないためにこそ、新しい秩序を打ち立てることが肝要なのです」

「三成らがしっかり仕事をしていたではないか」

「治部少輔は亡き太閤殿下の意を汲んで差配をしていただけに過ぎませぬ。その結果、いかほどの人間が命を失ったか」

「下剋上の世よりましではないのか」

「下剋上の世よりはましというだけで、あの悪政を肯定する気にはなれませぬな」

信玄の瞳がわずかに動いた。

「しからば、そのためにどうするのだ」

「戦さのない国づくりの礎（いしずえ）を定めます」

信玄は皮肉な笑みを浮かべた。

「国づくりの礎とな。そなたはうつけか、はたまたただの夢追い人か。人を虫けらのように殺してなんとも思わぬ人間ばかりになってしまったこの世において国づくりの礎を定めるとな」

信玄は怜悧（れいり）な目を保ったまま笑った。

「であればこそ、盤石な世の仕組みをつくり、それをもって平らかな世を築きたいのです。人の命を粗略に扱うことに疑念を抱かないような世の中とは決別したいのです。正直に明かせば、それがしも人道にそれたことを数多（あまた）いたしました。もうそのようなことは金輪際嫌なのです」

それを聞き、信玄の胸にわだかまっていた悔恨（かいこん）の念が湧出してきた。

信玄は二十五歳のとき、信濃佐久郡にある志賀城を攻めた。敵兵三千余りを討ち取り、大将級の首を槍の先で突き刺し、さらし首にした。そして城主笠原清繁ほか城内にいた兵士三百余名を殺し、生き残った者は女子供を含めすべて甲府に連れ帰り、男であれば金山の炭鉱夫にし、女は売り飛ばした。

そのようなふるまいができることこそが力の象徴だと思っていた。幸い、重臣たちが戒めてくれたからいいものを、あのままの行状（ぎょうじょう）を続けていれば、早々に民心は武田家から離れたにちがいない。

その当時、人身売買の目的で民間人を拐（さら）う「人取り」という行為は珍しいことではなかった。領土的野心がなく、義のために戦う武将として名を馳せていた上杉謙信でさえ、常習的にそれをしていたほどだ。しかしそれは言い訳にならない。あれから時が経つほど慙愧の念が増している。

一方、家康の胸中に去来したのは、一向一揆衆との戦いであった。永禄三年（一五六〇年）、桶狭間の戦いで今川義元が討ち取られ、今川家の人質から解放されると、岡崎城に戻り、三河を統一したものの、一向一揆に悩まされることになった。

さんざん手こずらされたのち、和睦に応じることとした。その際、一揆に参加した者の無罪放免と寺内の不入特権（諸役の免除と検断使の立入禁止）の保証を約した起請文を取り交わしたが、武装解除をさせてから和睦の条件を反故にした。赦免したのは一部の者だけで、多くを追放したのである。あの時代、浪人になるということは生死に関わることだったから、なかには命を落とした者がいたにちがいない。

戦国の世は、どの大名も多かれ少なかれ、人道をはずれた行為をしている。家康の悔恨は信玄のそれとは比較にならないほどかすかなものであったが、それでも卑劣な行いをしたという念が消えることはなかった。

人間は生き物である以上、言葉にせずとも通じ合うものがある。わずかだが、信玄と家康の距離が縮まった。

が、それもつかの間、信玄は錐揉みで射るかのように家康を見据え、問い詰めた。

「天下天下と軽々に言うが、家康どのには平らかな世を築くという算段があるのか。掛け声だけの天下平定は飽きるほど聞かされてきたのでな」

それに対して、家康は朗々と答えた。

「あり申す」

信玄と家康の会談は四時間以上も続いている。その間、本多正信と天海の心中は、どのようなものであったろうか。

正信は、家康と信玄のやりとりを聞き、恍惚（こうこつ）としていた。謀臣（ぼうしん）を自負する正信にとって、きれいごとだけの青臭い話は論外だ。彼にとって「亡き太閤殿下の御恩」など絵に描いた餅。そもそも秀吉から恩を受けたと思ったことは一度もない。ひたすら主君家康に実利をもたらすことだけを念頭に働いてきた。

家康はいつの間にか、信玄との会話の主導権を握っている。あくまでも相手を立てながら、巧妙に自らの考えを訴えているのを間近で聞き、やはりこの主君は並みの人物ではないとあらためて感心していた。

同時に、信玄のどっしりとした威厳にも感服していた。上杉景勝は別として、だれをも諱（いみな）で呼び捨てにし、へりくだることがない。それでいていささかなりとも虚勢を感じさせない。家康が小ぶりに見えるほどだ。

まるで置き物のように信玄の隣に座る天海は、前日のことを思い出していた。信玄と交わした会話がいまだに脳裏にこびりついている。

「明日、家康と会うことになったが、その方にも同行してもらいたい」

「ご下命とあらば」

比叡山焼き討ち以来、信玄に恩を感じている天海にとって、信玄の意に沿うことは喜びでもあった。

「家康の目的はわかっておる。手を引いてほしいと言うのであろう。じつはな天海、おれもやつに会いたいと思うておった」

「なぜにございますか」

「かの男がほんとうに天下を統べる器量をもっているかどうか、この目で確かめたいのだ。なぜなら、いま天下を見渡してかの者に並ぶ人物はいないからだ」

「おそれながら、いま家康どのは信玄さまの敵でございます。敵に期待している、ということでございますか」

　信玄は遠くを眺めるような眼差しになってつぶやいた。

「敵も味方もないのだよ。天下を平らかにできるのであれば」

　そのときの信玄の言葉が妙に心に残った。家康に敵対する行動をとりながら、同時にある種の期待を寄せている。その真意が容易につかめなかった。数多（あまた）の教養には通じているが、人間と真剣で切り結ぶように対峙するという経験に乏しい天海が、信玄と家康の問答に自らの意見を差し挟む余地はなかった。

　ここでいきなり信玄が話題を変えた。

「家康どのは薬草にくわしいとな。医者も遠ざけているそうではないか。どこでそのような知識を蓄えられたのだ」

「それほどのものではござらぬ。すべて独学ゆえ」

「聞くところによれば、人斎を召し抱えたそうだな。かの者は息災か」

「申し遅れました。信玄どののお命を長らえた男と聞き、なにがなんでも召し抱えたいと無理難題を申しつけ、召し抱えてござる」

「たしか松野吾郎が一枚噛んでいるはずだ」

「松野は浪人の身でありましたが、あの者も信玄どのに仕えたという一点をもって召し抱えました」

「彼らにとっても新たな奉公先を得、本望であろう。それにしても薬の知識といい、病を自ら治そうという心構えといい、天下を狙うだけの器である」

家康は意外な話題の展開に興味を抱きつつ、信玄の話の運びに翻弄(ほんろう)されないよう気を引き締めた。

「かたじけない」

「ただ、医師の力を侮るべきではないぞ。おれは人斎の処置で死なずに済んだ。おかげでこうして憎き家康どのと語り合うことができたというわけだ」

信玄は笑みを浮かべ、家康は身をすくめた。

「家康どのが考える政の要諦とはいかなるものか、くわしく聞きたいところだが、今夜はこれくらいで容赦願いたい。年寄りに夜ふかしはこたえる」

前のめりになっていた家康は、居ずまいを正し、言った。

「最後に確かめたいことがござる。こたびの争いからお手を引いていただきたいというそれがしの願いはお聞き届けいただけるや否や」

「気が短いの、家康どの。まだそなたがこの国の政についてどのような絵図を描いているのか聞いてはおらぬ。答えはそれからだ。つぎは日の高いうちに始めよう。寝不足は体にこたえる」

「しかと承った」

家康と正信は一礼し、辞した。

## 会談の余波

信玄が自室に戻ると、奈津が畳の上に正座していた。仄かな灯りに照らされ、泣き出しそうな顔が浮かび上がった。

「おかえりなさいませ」

「どうしたのだ」

涙声の奈津に信玄がそう言うと、奈津はいきなり立ち上がり、信玄の胸元に飛びこんできた。じゃじゃ馬気質はいくぶん和らいだとはいえ、手加減を知らない女だ。まともに体当たりを食った信玄はよろめいた。

「晴信さま……」

奈津は信玄に抱きついた。

「おい、よせ、奈津……」

信玄の視界の片隅に、侍女のよしが映った。

「まだいたのか。もう下がってよいぞ」

よしは顔を伏せながら音もなく出て行った。

「これこれ、よしが困っていたではないか」

奈津は信玄にしがみつき、顔を胸に強く押し当てている。

「ご無事でよかった」

「なにを言う。戦さに行ったわけではないぞ。話をしてきただけだ」

「でも徳川さまは恐ろしいお方なのでございましょう。晴信さまの身になにごとかあったらと考えると、居ても立ってもいられなくなって……」

「おもしろいことを言うものだ。家康はそんな男ではないぞ」

そう言いながら、

（恐ろしいことに変わりはないが……）

と内心つぶやいた。

「奈津はそれほどにこの爺が好きなのか」

「はい。好きで好きでたまりませぬ」

奈津はようやく体を離し、大きく息をついた。

信玄はあけすけに心を寄せてくる奈津を愛おしいと思いながらも、遠からず自分がいなくなることを思うと、心が重くなるのを禁じ得なかった。

そのように思うのははじめてのことだ。長生きすると思いもよらないことが起こる。いまは自分の心の変わりようが不思議でならない。

戦国最強の武将と恐れられていたころは、湖衣は別として妻たちにこれほど愛おしいとは感じなかった。わが子をいとしいと思うこともほとんどなかった。男子であれば戦力とみなし、女子であれば政略の道具とみなしていた。

しかしいまでは奈津やきよと過ごすときはなにものにも代え難い至福のひとときである。そして遠くない将来、この世を去らねばならないことが怖くもある。本心からそう思っている自分が他人のようであった。

「きよは眠っているのか」

「ええ。先ほどまでお父さまが心配で起きていましたが、座ったまま眠ってしまいましたわ」

「そうか。やすむ前にきよの寝顔を見るとしようか」

信玄と奈津は、忍び足できよの部屋に行った。きよの乳母でいまは侍女のよしは、きよと同じ部屋で起居している。すぐに両手をついた。

「寝顔をひと目見るだけだ」

信玄は、娘の顔を穴のあくほど見つめた。薄暗闇のなかでも、安らかな寝顔がまぶしく見えた。きよはすでに九歳。この時代としては大人の女性の入り口にさしかかった齢だが、信玄にとってはいつまでも可愛いさかりだった。

翌朝、起きるとすぐ晴久が現れた。

「佐和山より島左近さまがお見えです。晴信さまにお目どおり願いたいとのこと」

(左近？　もう聞きおよんだか)

前夜遅くまで起きていたせいか、信玄はいくぶん気だるさを感じていた。

「待たせておけ」

信玄は、奈津ときよといっしょに摂る朝餉(あさげ)をことのほか大切にしている。

それぞれの前に白木の御膳が置かれ、丼がひとつ載っている。甲斐の名物ほうとう汁、それだけであった。うどん状のものではなく、小麦粉を丸めて団子をつくり、野菜がたっぷり入った味噌汁のなかに放りこんだだけの素朴な食べ物だ。

「じつに野趣にあふれている。この齢になると、生まれ育った土地の食べ物だけでじゅうぶんだ」

「きよもほうとうが大好きです」

食事の作法を厳しく躾(しつ)けられているきよだが、ほうとう汁を食べるときだけは例外だ。いかにも旨そうに音をたてて啜(すす)っている。そんなきよを、信玄と奈津は目を細めて見ている。

応対の間に入ると、張りつめた空気のなか、左近が瞑目(めいもく)したまま座っていた。表情はたおやかだが、心胆の太さがそのまま顔に表れている。この男に会うたび、信玄は涼風にあたっているような心地よさを感じた。

（あと幾度、この男に会えるのか）

そう思わせる男は滅多にいるものではない。

黙って左近の前に座ると、開口一番きりだした。

「家康どのと会われたとお聞きしました」

前夜の談義はあくまでも密会ということになっていたが、筒抜けになっているのだろう。

「それがどうした？」

「どのようなお話であったかと」

「手を引いてほしいと言われた」

左近に対して隠しごとはできない。正直に答えた。

「やはり、そうでありましたか」

左近は、筋骨が隆々と張って体も大きい。顔も目も大きい。それらを膨らませるようにして言った。

「して、いかようなご返答を」

「まだ返事はできぬと答えた」

「しかしながら、お話はかなり遅くまでおよんだとお聞きしております」

「その方、まるでその場に居合わせたかのようだな」

信玄はいたずらっぽい視線を左近に注いだ。

「家康は、この国に戦さをなくしたいと言っておる」

「詭弁（きべん）でございましょう」

「おれもそう言った。しかしやつは本気のようだ。であれば、どれほどの本気か、どのような大計を胸に懐いているのか、聞く価値はあろう。なにしろこの国は戦乱に明け暮れておる。その方もそういう世の中がいいとは思っていまい」

「それはそうでございますが……」

「それにな、おれは老い先短い。死ぬまでになにができるのか、よく考える必要がある」

「まだまだ壮健にござる」

「追従(ついしょう)はいい。それよりな、三成はたしかに裏表のない男だが、それが争いをつくっているともいえるぞ。その方はかの者の人柄をよく知っておるであろうからあえて言うまでもないだろうが、義侠心にこだわりすぎて世の中が見えていない。それでは争いのない国をつくることはできまい」

主君を否定されたようで、左近はむっとした表情をした。

「勘違いするな。おれは三成を嫌ってはいない。むしろ、こういう時代にあってあっぱれな男だと感心している。それがわかっているから、その方も忠実に仕えているのであろう」

「いかにも、ですが……」

「三成の手綱(たづな)をうまく引けと言うておるのだ」

「信玄さまはこれからどのようにされるおつもりでございましょう。上杉どのとのご縁でわれら大坂方に加わっていただき、方々に手を伸ばした成果が出始めた矢先です」

「ひとつ勘違いしないでほしいのだが、景勝どのはけっして家康と事を起こそうとは思っていないぞ。直江と三成が心を通い合わせているゆえ、それにひきずられる形で大坂方になびいてはいるが、本心では天下を二つに分け、ふたたび戦乱の世にするのはなんとしても避けたいと思っているのだ」

「しかしながらこのまま手をこまねいていては、上杉どのも前田どのの二の舞になるのでは」

信玄は考えこんでしまった。

「これからどうするかは、己で決める。決め手は、この国の民にとってどういう世の中になればいいか、それだけだ。このまま形の上だけでも豊臣の世を続けるのがいいか、あるいは家康が思い描いているという世の中をつくっていくのがいいのか。わかりやすく言えば、きよのような若い娘が平穏に暮らせるにはどうすればいいかということだ」

「はあ、いかにも……」

左近はうつむき加減になって言葉を失った。かつて信長にも恐れられた人物が、こともあろうにこのような場で娘を引き合いに出そうとは……。なかば呆れ果て、そしてまた妙に感じ入ってもいた。

「もうひとつございます。わが殿が、一日も早く佐和山城に移っていただきたいと申しております」

「それを案じていたところだ。なにかと物騒な空気もある。だが、佐和山へ移るのはどうしたものか……」

信玄は、顎をさすりながら思案している。

勘のいい左近は、信玄の心中を見透かした。これまでと変わらず豊臣方につくのがいいか、徳川方につくのがいいか、あるいは中立がいいか真剣に迷っている、と。

左近が辞したあと、信玄の屋敷に大勢の客人が訪れた。福島正則、前田玄以、増田長盛、安国寺恵瓊らいまの表舞台に立つ、錚々たる面々である。

信玄はことごとく面会を断った。こういうとき、七十八という齢は便法として使える。みな、前夜の疲労がたたったのであろうと納得し、くれぐれも大事にしていただきたいと言って辞去した。

用向きはわかっていた。それに対する答えは決めていない。うかつに会い、言質を取られてはまずい。

左近が佐和山城に戻ると、三成が待っていた。憤懣を溜めこんだ表情を左近に向け、前置きもなく問うた。

「わしの屋敷で信玄どのが内府と会われたそうだな」

「もはや殿の屋敷ではございません」

左近は平然と答えた。三成はさらに不機嫌な顔になった。

「知っておられましたか」

「間者が知らせて来た」

三成はぶっきらぼうに言い放った。

三成は、諜報行為が好きではない。そんなものは、心にやましいものを持っている者のすることだと思っている。だから諜報を重んじている信玄や家康がどうにも好きになれない。

調略は基本的に相手の弱みを握り、それにつけこむこと。弱みがなければ、無理にでも弱みをつくる。義理人情に厚い者には、それとわからぬように恩を売りつけ、がんじがらめにする。どうしても弱みを見せない者は武力で成敗する。そのためにこそ強力な軍隊が要る。

信玄がしばしば口にしていた言葉がある。

——手立てが尽き果てたときにこそ、兵を進める。

手立てとは、外交交渉を含めた調略を指す。

信玄はただの権謀術数使いではなかった。彼は家臣たちを信用していた。そこが信長と決定的に異なる点だ。信玄はかなりの人たらしだったのだ。そうでなければ、雇い主の監視の目が光っていない遠方で、かなり危険な諜報活動を続けることはしないだろう。

三成とて、それは認めざるをえなかった。とても自分のような性格の人間ができるようなことではないと自覚していた。

「殿は間者がお嫌いだったはずでは」

左近はしゃあしゃあと訊いた。

その問いを無視して三成は続けた。

「信玄どのと内府はどのような話をしたのだ。信玄どのが内府を説得されたのか、あるいは内府が信玄どのを引きこもうとしたのか、そこもとは聞いておるか」

「大坂方と徳川方の争いから手を引いてほしいと言われたとのことでござります」

「やはりな。して、どのような返事をされたのだ」

「なんともご返答されなかったとのことでございます」

「なぜに信玄どのはこのわしに無断で、家康と会うようなまねをするのか」

左近の動きが止まった。

「それはちとおかしな物言いにございまするな。信玄さまは殿の配下の方ではありません。そもそも殿は信玄さまが交渉事に乗り出すのを迷惑だと申していたではありませぬか」

「山城守（直江兼続）どのは信玄どのをうまく使ってほしいと言ってきたのだぞ」

「殿の配下として使ってほしいと言うたわけではありますまい。信玄さまはかつて亡き右大臣殿（織田信長）をも震え上がらせたほどのお方。そのような態度ではあの方をうまく使うなどできるはずもありません。殿は天下一とも言えるほど弁が立ち、頭もまわりますが、残念ながら心はまわらぬようですな。そろそろへいくゎい者（横柄者）を返上せねばなりませぬぞ」

それを聞いて、三成は口をへの字に曲げた。

ときに左近は主君の三成に対してずけずけとものを言う。三成の長所が横柄者という短所によって帳消しになっていることが歯がゆくてしかたがないのだ。

「信玄どのが徳川につくのはまずい」

「殿が自らそうお伝えなされませ」

「正義がどちらにあるか、それがわからぬ人でもあるまい」

「どちらを是とするかの判断材料は、義があるかないかだけではないと心得ます。人それぞれに善悪の尺度が異なります」

「ほかにどのような尺度があるというのだ」

「どうすれば争いのない世にするのか、それもりっぱな尺度です。そのために、あえて義を曲げることもあながち不義とは言い切れないと存じます」

「屁理屈だ」

「考えてもみなされ。もし義だけで人が動くとしたら、先年のようなことが起こりましょうや」

左近は、七将による討ち入りの結果、佐和山城への隠居を余儀なくされたことをちくりと皮肉った。

三成は唇を噛み、左近を見返している。

「そちが親しくしているのであるから、そちの口からそう伝えればいい。わしが出る幕でもなかろう」

三成は言いたいことは済んだとばかり、そう吐き捨てると、足早にその場を立ち去った。

ひとり取り残された左近だが、いまさら主君の言動にいちいち腹をたてることはない。左近は、人間を総合的に見て判断することができる。三成に対する絶対の忠誠は、自らの信念にもっとも適うことでもあった。

## 家康と天海の問答

天海が家康とはじめて会ったのは、慶長十三年（一六〇八年）、駿府城にてとする説が有力だ。しかし天海については出生を含め、不明な点が多い。

関ヶ原町歴史民俗資料館が所蔵する『関ヶ原合戦図屏風』に描かれている家康の本陣には、「南光坊」と記された人物がいる。関ヶ原の合戦前にふたりが出会っていたとしても不思議ではない。

信玄と家康が会談した二日後、天海は大坂城二の丸に家康を訪ねた。用向きは、つぎの会談の日時を決めることだった。

「訪れたついでに家康としばらく雑談し、それとなく人物を鑑定されよ」

その日の朝、信玄は天海にそう命じた。

「……」

怪訝な表情を浮かべた天海に対し、信玄はつけ加えた。

「家康に質問させればよいのだ」

家康がどれほどの人物かは、どのようなことを天海に尋ねるかで見きわめよということである。

家康は天海に茶をすすめ、つぎの会談の日時を決めたあと、さりげなく訊いた。

「そののち信玄どのはなにか申されていたであろうか」

「なにも申されておりませぬ」

「そうか……」

家康はかすかに失望の色を表した。

思い直したように、つぎの質問を発した。

「御坊は天台宗であったな」

「仰せのとおりにござる」

「御仏（みほとけ）の教えは、そのとらえ方がいろいろと異なるようだが、天台宗の教義をひとことで言えば、どのようなものか教えていただけるか」

「しからば」

そう言って、天海は居住まいを正した。

「伝教大師（でんぎょうだいし）（最澄）は、長い間に培われてきたわが国の人々の営みや自然の風土を鑑み、小乗戒ではなく大乗戒を基としました。おそれながら、内府どのは小乗戒と大乗戒のちがいはご存知ありましょうや」

「小乗戒といえば、一人ひとりの心を律するものであり、大乗戒はそれよりも広いものの見方に立って心を律するものととらえているが……」

「御意。平たく言えば、小乗は己の悟りを目指すもの、大乗は世のため人のための悟りを目指すものと考えてよろしいかと存じます」

「大乗は政の法とも言えるわけですな」

正信がはじめて言葉を発した。

「左様です。世に通ずるためには、世上をよく見きわめなければなりませぬ。さて、ここが肝心なところです。巷間（こうかん）、仏法の前においては出家と在家の別を問わずみな平等であると言われておりますが、本多どのはそれについていかなるお考えをお持ちでしょうか。たしか本多どのは敬虔（けいけん）な浄土宗門徒であると記憶しておりますが」

「建前としてそのような考えはあっても、現実にはけっしてありえないと心得ております」

「天台宗もそのように考えます。『およそ差別なき平等は仏法に準ぜず、悪平等のゆえに。また平等なき差別は仏法に準ぜず、悪差別のゆえに』こう述べているのです。現実に差別はあるのです。それを無視して絵空事を並べても、ものごとの真理から遠ざかるばかりで、解決に至りませぬ」

「……」

「ただし、その先があります。人が生活するうえで、立場がそれぞれ異なります。とらえようによって、それを区別とも差別とも言えるでしょう。僧には僧の本分が、武士には武士の本分が、農民には農民の本分があります。それぞれの立場においてなすべきことをする、それこそが平等であり、結果として世のためになると考えるのです」

のちに士農工商という身分を固定する制度の原理を天海は開陳（かいちん）した。家康の心になんらかの感慨を与えたであろうことは想像に難くない。

「腑に落ちる話である。では戒とはいかなるものか」

「戒とは、そのためにどうすればいいかという実践の根本とも言えるものです。人のものを盗むなという教えに従って、けっして盗みはしないとするだけでは不十分です。それだけでは世の中はよくなりませぬ。なぜならば盗むことはよくないと知りながら、どうしても盗まざるをえないこともあるからです。そうせざるをえない人がいる世の中にしていることそのものが悪いという理屈です」

これは古今東西の為政者が問われている政治の本質でもあろう。盗むことは悪いと知りながら、そうせざるを得なかった人がたくさんいた。フランス革命はその解決策として起きたはずだが、革命を主導したロベスピエールは恐怖政治で社会を震撼させたあげく、貧しき者はさらに増えてしまった。

ことほどさように、安定した平和な秩序をつくり出すことは困難である。大乗戒はそれらをわきまえたうえで、人がどうあるべきかを問うている。

「では、もうひとつ尋ねよう。承久の御代、北条義時公が京に攻め上り、後鳥羽上皇を追い落としたことを悪く言う者もおるが、御坊はどうお考えか」

問いを重ねるたびに、家康の上体は前に傾斜していった。

「本来、わが国の常識に照らせば、朝廷と対立し上皇を配流にするなど是非を問うまでもないことです。しかし後鳥羽上皇がなされたことは、真に人々のためになることだったのか、それを問わなければなりません。古くから律令制度によって権力の座を守られていた公家や朝廷、それらに依って立っていた平氏はかならずしも民の暮らしを考えていたとは言い難いでしょう。坂東武者の政権、すなわち鎌倉に開かれた幕府の気風は、潔さと清々しさを基としていました。名こそ惜しけれ、ひとことで申せば、人として恥じることのない生き方を根本としていたのです。しかしながら後鳥羽上皇は鎌倉幕府三代将軍源実朝公に嗣子がおられないことにお目をつけられ、鎌倉幕府を討とうと院宣・宣旨を発しました。これは朝廷の威を笠に着た行為と言わざるをえません。いたずらに世を乱すもととなりました。よって、義時公がそれに対抗したことは非とすべきものではないと考えまする」

天海の声は、さながら音曲のように聞く者の耳をとおして心に分け入った。

家康と正信は深くうなずいた。『吾妻鑑』を愛読し、源頼朝を信奉する家康にとって、鎌倉幕府の正当性はきわめて重要なことだった。

「最後にもうひとつ。御坊の信念に照らし合わせて、この国にはどのような政が肝要と考えるか」

家康は食い入るように天海を見つめ、さらに身を乗り出すようにして問いかけた。

「拙僧には政のことはわかりかねます」

「しかしながら天台宗の教義を鑑みれば、政はどうでもよいとは言えぬであろう」

「もちろんでございます。それゆえ内府どののお考えをとくとお聞きしたいと思っておりました。つぎの会合を心待ちにしております」

家康はにやりとした。さあ、この国の未来図を描いてみろ、とこの男から言われているような気がしたのである。

そのころ信玄は自室にいた。本心では、伏見城下の屋敷住まいなどしたくない。どこか寂れた山奥の小さな庵で和歌でもひねり、奈津、きよと静かに暮らしたいと思っているのだが、大坂方に引き入れられて外交活動を始めたことによって、徳川方から目をつけられ、身辺の危険を顧みないわけにはいかなくなっていた。どちらが勝とうが知ったことではないと嘯く信玄にとって、はた迷惑ともいえる状況であった。

## 武田家衰亡の話

信玄は払暁のひととき、ひとり中庭を見ながら物思いにふけることを習わしとしていた。長い眠りに陥る前の記憶をたどることが、目下の楽しみのひとつでもあった。

この日は西上作戦の途上、仮死状態になったあとの武田家の顛末を思った。

(いったい、どんなふうにわが武田家は滅んでしまったのか)

十一年におよぶ仮死状態から目覚めてのち、それを知りたいと思う心と知りたくない心がないまぜになっていた。

機が熟したのだろう。島左近に再会したとき、信玄は武田家が滅びるまでの経緯にくわしい者を知らないかと訊いた。

左近は四十歳ほどの男を連れてきた。顔や首筋に深い皺が刻まれ、肌は浅黒い。野働きをしていることがひと目で見てとれた。

名は、菅野大二郎。

もともと木曽の生まれだが、山国暮らしに飽き、駿河を放浪していたころ徳川方に雇われた。二俣城の守備隊の一員として武田軍と戦ったが、九死に一生を得て逃げ出し、その後は武田方についた。長篠設楽ヶ原の合戦では馬場信春隊の足軽兵として参加し、このときも命からがら逃げのび、生国の木曽に身を隠していた。

島左近が武田家滅亡に至るまでにくわしい者を探していると聞きおよび、おそるおそる出向いた。左近はあれほど強大な武田軍が、信玄を失ったあと、なぜ滅亡の道をたどることになったのか、その詳細を調べ、その後に活かしたいと思っていたのである。

「そちの得手は逃げ足の早いことだと聞いていたが、どうやらそれだけではないようだな」

左近は、菅野大二郎の特技を見抜いた。彼は記憶力が抜きん出てすぐれ、話術にも長けているのだ。

「いずれ役にたつこともあろう。どうだ、わしに仕える気はないか」

大二郎は、戦さはもうこりごりだと思っていたので丁重に辞退したが、思わぬことを聞き、翻意した。信玄公が生きている、と左近は言ったのだ。

大二郎にとって、信玄は雲の上の人だった。三方ヶ原の戦いに参加した幼なじみの話を聞くと、遠くから見た馬上の信玄はまるで神のようだったと興奮気味に語った。その信玄に代わって勝頼の代になると、さらに版図が増え、やはり勝頼公は武田家の跡取りだと感服した。

ところが長篠設楽ヶ原の戦いで惨敗すると、その後は雪崩を打ったように武田家は滅亡への道を進んだ。信玄が退いてから九年。武家の興亡は世の習いとはいえ、あまりに残酷な転落に呆然とするばかりだった。

そのころ大二郎はすでに戦さから離れていたが、それでも信玄を慕う気持ちは衰えず、むしろ神格化された存在になっていた。

信玄が生きていると聞き、心のなかでなにかが弾けた。予想だにしないことだった。信玄の謦咳(けいがい)に接したことはないが、その機会が訪れるかもしれないのだ。

大二郎は左近に仕えることにした。

ある日、大二郎は左近から伏見城下の上杉家屋敷へ行くよう命じられた。そこに信玄がいて、武田家がたどった道筋についてくわしく話を聞きたいというのだ。長年、宿敵だった上杉家に身を寄せているということも意外だった。

大二郎が会った信玄は、それまで抱いていた印象とはまるで別人だった。家康が信玄と対座し、最初に受けた印象と同じように、まず痩せ過ぎていると思った。どこか知的で柔和な表情もそれまでの想像とかけ離れたものだった。それでいて鋭利な刃物のような気を放っている。ひとたび話し始めると、この人こそあの信玄公だと合点がいった。

はじめて会った日のこと、信玄は自ら大二郎に声をかけた。

「そちにここまで足を運んでもらったのは、おれが眠りこけている間、わが武田家がいかようにして滅びるに至ったか、それをつまびらかにしたいがゆえだ。聞けば当初、勝頼は連戦連勝であったそうだな」

「はい」

大二郎は武田軍の総帥となった勝頼がみるみる版図を広げたいきさつを信玄に語って聞かせた。

「やつにもそういう時期があったのか。して、上杉家とはどのような関係になったのか」

「はっ、御屋形さまのお言いつけのとおり、謙信どのとは和議を結びましてございます」

「それで信長は焦り、総力戦を挑もうとしたのだな」

「あのころの勝頼さまは飛ぶ鳥落とす勢いでございました」

それを聞いた信玄は目を細めた。だがつぎの瞬間、怒気を発した。

「やつめ、増長したのだな」

信玄の脳裏には、得意顔の勝頼がはっきりと浮かんだ。

「勝頼はいつ、どこで致命的な敗北を喫したのだ」

そう問いを発した信玄の顔には青い影がさしていた。

大二郎は平伏し、

「はっ」

と答えたまま、しばし言葉を失った。

目の前の信玄の悲痛な心が伝わってきた。長篠設楽ヶ原の戦いをどう説明すればいいか、頭のなかで言葉を組み立てていた。

あの日、武田軍は三重に張り巡らせた馬防柵を目の当たりにして、攻め方を決めあぐねていた。けっしてはじめから馬防柵目がけて騎馬兵が突進したわけではない。慎重に慎重を重ねて、用心しながら攻めた。

しかし戦場は全体が巨大な生き物のようでもある。数万もの兵士がひしめき、流れがめまぐるしく変わる。それに乗じて深追いすることもある。ひとことで言えば、その流れを巧みに利用した信長の頭脳が勝頼に勝ったということだ。

織田軍と徳川軍は、信長という司令塔の指示でいかようにも動いた。対して武田軍は各部隊の連携がなく、ばらばらに動いていた。武田軍一万五千に対して織田徳川連合軍はその三倍近く。にもかかわらず武田軍は、無邪気とも言えるほど己の力を過信していた。戦さ上手だからこそ自信過剰となり、それゆえに無理押しし、自ら墓穴を掘ってしまった。

八時間も戦ったことも甚大な犠牲を蒙った原因だった。退却の判断が遅れたことによって、犠牲者は加速度的に増えた。勝敗が決した時点ですみやかに退却していれば、傷は浅くて済んだのだ。

武田軍の大将級の損失は四十人以上、兵士の死傷者数は一万人。それらを考え合わせると、敗戦の責任は総大将である勝頼に帰すということに尽きるが、それを眼前の信玄に告げるのは心苦しい。しかし大二郎は心を鬼にして見たまま聞いたままを、できるだけ客観的に語った。

一部始終を聞いた信玄は、呆けたような表情になった。しっかり引き結んだ口元がかすかに震えている

深い沈黙が訪れた。畏敬する信玄の心中を察すると、居ても立っても居られない。

「そうか。そちは美濃守（馬場信春）の下で織田の軍勢と戦ったのか。して美濃の最期はいかようであったか」

大二郎は信玄に問われたとおり、馬場信春の最期をその場で再現するかのように語った。

「それはお見事な最期でござりました」

あの日、大二郎は、もはや敗戦は必至とみたあと、まっしぐらに逃げ出したのだから、実際に信春の最期を見届けたわけではないが、信春の最期を称える言葉は方々から聞こえてきた。敵対した大将をことさら貶めることで自らの力を誇示することの多い信長でさえ、信春の戦いぶりはあっぱれだったと称えたと聞いている。

あの日、馬場信春隊は武田軍の最右翼に陣取っていた。織田軍の水野元信隊や佐久間信盛隊に対して優位に戦いを進めていたが、敵陣奥深くに攻め入り過ぎ、陣形が間延びしていた。やがて武田軍の中央を担っていた穴山信君隊と武田信豊隊は勝頼の命令を無視し、勝手に退却し始めた。それに呼応するように敵の大群が雲霞のごとく押し寄せ、伸び切った陣形の横腹を突いた。馬場隊は蜘蛛の子を散らすように散り散りとなった。

そのとき信春は殿を務めることを決意した。勝頼の本陣目がけて殺到している敵軍を目にしたからだ。もともと真田昌幸や曾根昌世は敵の調略の臭いがすると言って戦わずに撤退することを主張したが、勝頼の強い意思もあって決戦となった。信春は内心、昌幸らの意見に同調しながら積極的に反対することはしなかった。それが徒となってしまったのだ。

死に所としては格好の場だと信春は覚悟を決めた。いまだ眠りについている信玄への忠節は、新しい棟梁勝頼の命を救うことで果たせると思ったのである。

怒涛のように攻め寄せる敵の大軍に対峙しながら部隊を後退させるのは至難の業だ。命令系統が崩れているうえ、個々人の判断でどっちへ逃げていいかもわからない。後ろ向きになれば無防備な背中をさらすことになり、前を向いたまま後じさりすれば遅々として退却はかなわない。

信春は、供回りが数人になるまで死力を尽くして戦い、ついに討ち取られた。

大二郎は、勝頼に責任を負わせるような話し方は避け、ことさらに穴山信君など御親類衆の身勝手なふるまいを強調しながら話した。

ふと大二郎は話すのを止めた。信玄の頬を大粒の涙が滂沱となって流れているのを見てしまったのだ。眼窩の奥から放たれる視線は虚空を漂っている。

大二郎は目を伏せた。

「もう下がってよい」

信玄は、喉の奥から声を絞り出すように言った。

「明日も同じ時刻に来てくれ」

大二郎は平伏しながら、武田家が滅亡するきっかけとなった穴山信君や小山田信茂の裏切りについてどう話せばいいものかと考えると気が重くなった。

その日の夕暮れ、ひとりになった信玄は、その場に佇んだまま、呆然と中庭を見ていた。庭の木々も鮮やかな花々も視界に入ってこなかった。脳裏に浮かぶ映像と眼の前の実像がないまぜになって区別がつかなくなっていた。

（この歳になって、これほど悲しい話を聞かなければならぬとは……）

信玄はわが身の運命を呪った。こんな思いをするのなら、あのとき死んでいればよかったと痛切に思った。

もともと人の話を聞くのが好きだった。甲斐という山国に生まれたからか、外の世界に興味をもち、さまざまな人物を招いては話を聞いた。

己の役割は諸将の意見を聞き、最後に唯一無二の判断を下すこと。百の意見を統合して一つの答えを導き出すこと。百の考えがあるからこそ一に至ると心得ていた。それゆえの「人は石垣、人は城」であった。

これまでの人生とはなんだったのか。

父信虎を駿河に追放した日、おれは得意の絶頂にいた。これで武田家の棟梁になったのだと思った。あのとき父信虎がどのような気持ちだったかなど、毛の先ほども思わなかった。

嫡男義信が死んだ日も、なんら痛痒を感じなかった。義信の自業自得だと思った。どうしてあのとき義信の気持ちを慮（おもんぱか）ることができなかったのだろう。やつはどれほど無念だったことか。雅な都から鄙（ひな）びた山国に嫁いできた三条に対しても、なぜもっと温かい声をかけてあげられなかったのか。

ふたたび志賀城での理不尽な行いが脳裏に蘇ってきた。なんとおれは冷酷な男だったのか。どうしてあのように非道なふるまいができたのか。城兵にも女子供にもそれぞれの家族がいて、それぞれ生の喜怒哀楽があったはずだ。それなのに、おれは彼らを情け容赦なく地獄に突き落とした。

おれが武田家の棟梁にならなければ、武田家はいまも生き延びていたかもしれない。数万人もの将兵やその家族が死なずに済んだかもしれない。なまじ戦さがうまかっただけに版図を広げてしまった。しかも敵味方それぞれに大きな犠牲をはらわせながら……。

目の前に、馬場信春や山県昌景、高坂弾正らの顔が浮かんだ。

勝頼の下でひとつになれなかったのも、おれが中途半端に生きていたからではないか。それによって武田家の動きを封じてしまった。なんと浅はかなことをしてしまったのか。

どうしておれはこれまでの行いをなんとも思わなかったのか。悔恨の思いがとめどなく湧き出てきた。

さんざん悔いたあとだった。ふと視界の片隅に一条の光が差し、きよの顔が眼前に浮かんだ。愛しいとしか言いようのない奈津の顔も浮かんできた。なにも疑わぬ、邪気のない笑顔だった。こんなおれに向けて一点の曇りもないまなこを向けてくれる。

おれは生まれ変わった、これまでの信玄とはちがう、心をもった人間に生まれ変わったのだ。そう思いたかった。

数分前は、あのとき死んでいればよかったと思っていたのに、いまではあのとき死なずに済んでよかったと思っている。生きていたからこそ奈津やきよに会うことができたのだ。

ふたりに情を注ぎ、ふたりを守ること。それがおれの役割ではないか。老いた身ではあるが、おれならできる。腹の底から力が湧き上がってくるのを感じた。

ふたりに替わって家康の影が脳裏に浮かんできた。

家康は天下を正そうとしている。争いのない世にする方策があると言っていたが、そんなことがほんとうにできるのだろうか。

思えば百数十年、この国はずっと戦禍にまみれている。人と人とが殺し合うことが当たり前の世の中が、果たして変わるものなのか。

（争いのない世の中か……）

あまりにも長く戦乱の世が続いているためか、平和な世など絵空事としか思えなくなっていた。

しかしあきらめてはいけないのかもしれない。奈津やきよが憂いなく、すこやかに暮らせる泰平の世をつくるにはどうすればいいのか。家康は何百年も泰平が続く仕組みをつくると言っていたが、いったいどういう仕組みなのか、それを聞きたいと渇望していることに気づいた。

あの男の目は真剣だった。世間から狸親父（たぬきおやじ）と揶揄（やゆ）されているが、嘘偽りを言っている目ではなかった。

思い巡らすうち、歌がひとつ降ってきた。

かく思ふ　心の底の夢ならば
覚めてもえはや　人に語らん

愛しい人が夢にまで現れる。夢から覚めると、その夢を話したいと思う人がいる。そういう心境になれたことがうれしかった。

忘れぬうちに紙にしたためた。

## 信玄と家康の問答

家康のもとから戻った天海はすぐ信玄に面会し、家康と交わした会話をこと細く説明した。

信玄はそよりとも動かず、息をするのを忘れたかのように聞いている。

「その方の見立てはどうか」

人物として家康はどうか、という意味である。

「家康どのは現実をしっかと見据えながらも、夢多き方と存じます」

「……」

「横と縦への意識の射程がことのほか長いと感じました」

「横と縦への意識とな」

「はい。多くの人は日々の雑事に追われ、過去も未来も意識の外にあります。しかし家康どのは広く天下を望み、いにしえの人たちの営みから学ぶべきところを学び、そのうえで百年後、二百年後の世の中をも見通しているように感じ受けました」

「ほぉ、ちと褒めすぎではないか。して、家康はどのようなことをそこもとに尋ねたのか」

「ひとつは天台宗の教義について、ひとつは戒について、ひとつは承久の御代、北条義時公が後鳥羽上皇を攻めたことの是非についてお尋ねになりました」

　信玄は眉根を寄せて黙考し、天海が語ったことを反芻し、家康の心の動きを探っている。

「最後に、この国にはどのような政が肝要かと問われましたが、それに対しては答えませなんだ」

「さもあろう。それこそをやつの口から聞きたいのだ。のちの参考までに聞いておきたいのだが、その方、秀吉をどう見る？」

「亡き太閤さまは天下人に登りつめるまでは大きな器の人物でございましたが、いざ天下をわが手に収めたあとは、ひたすらわがことのみに意識が向いていたと見受けられました」

「わが国の版図を唐や天竺にまで広げたいというのは、志とは言わないのか」

　信玄はくだらない質問と知りつつ、あえて問うた。

「これは拙僧の邪推ですが、全国を平定したのちは従える将兵が多すぎたため、ほどよく死んでくれればいいと思ったのでございましょう」

　信玄は、童のように相好を崩した。

「おもしろい見立てだ。事実、そうかもしれぬ」

「世上では、家康を狸と揶揄する声もあるが、その方、どう思う」

「権謀術数が過ぎるという世間の見方は的外れとは思いませぬ。ただそれを悪ととるか、善を追い求める上での策ととるかのちがいではないでしょうか」

　信玄は深くうなずいた。そして権謀術数といえばおれも多く用いたな、と思った。世の中には権謀術数をやみくもに使う者がいるが、おれはちがう。要はいかにして無益な殺生を避けるか。無駄な死を避けるための権謀術数であれば、悪いことではない。

（それにしてもこの男は使える。このような逸材を野に放っておくのは天下の損失であろう）

信玄は問いに対して立て板に水のごとく答える天海を見てそう思った
「つぎの家康との会合で、場合によってはそこもとに失礼なことを頼むかもしれぬ。心の片隅にとどめおかれよ」

信玄は天海の目をまっすぐ見つめ、そう言った。

「お心のままに」

天海は平伏した。


家康との二度目の会談の朝、信玄は奈津ときよの他愛ない会話を聞きながら坐禅を組んでいた。

坐禅が終わると、奈津が信玄の側に寄ってきた。

「家康さまとお会いになられるのね」

奈津は、ときどきため口をきく。ひ孫くらいの妻にそう言われて、信玄は悪い気がしない。

「はて、そのことをおまえに話していたかな」

「いいえ、お聞きしておりませんわ。でも晴信さまのお顔がうれしそうで……」

きよも父親の顔を覗きこみ、

「ほんとうだわ、うれしそう」

と嬌声をあげる。信玄は思わず顔を手で拭った。

(そうか、おれは家康と会うのを楽しみにしているのか)

不思議な心持ちだった。つい数日前、家康を交えた四者会談をする前、信玄にとって家康は不倶戴天（ふぐたいてん）の奸物（かんぶつ）であり、いずれは倒すべき敵と思いこんでいた。上杉家に身を寄せていることから、なりゆきでそうなったのだが、三成方に加勢することによって家康の野望を砕こうと思っていたのは事実である。

しかし……。

思えば最初の会談のときも、むずむずするような心映えがあった。それがいったいなにに由来するものかわからなかったが、気が重いとは感じなかった。さらに、今朝は起きた直後から気分が高揚している。

なぜなのか。

信玄は奈津ときよがからんでくるのを適当にあしらいながら、あれこれと想像を働かせていた。すぐに思い当たった。

家康の夢を聞きたいのだ。

人と人とが殺し合うことが当たり前の世の中になって久しい。今日の味方は明日の敵。そんな世の中が続いてきたことによって、だれもがわが身を守ることに汲々としている。

だが、家康は争いのない世の中をつくりたいと言う。そんなおとぎ話のようなことがほんとうに実現するものなのか。

家康ならできるかもしれぬという気がしてきた。三成や景勝にはそのような絵図は描けまい。秀頼は言わずもがなだ。このまま形ばかりの豊臣政権が続いていいわけがない。まして秀頼には淀という後見人がいる。あの女狐（めぎつね）が天下を牛耳るとしたらどうなるのか。唐の歴史を紐解けば、そのような教訓が数多あるではないか。

信玄は口に出すことはなかったが、大坂方に与していることに疑問を抱き始めていた。

つぎの会談をあえて秘すことはしなかった。一度目の会談はすでに公然となっている。

この日も信玄に同席するのは天海ただひとりである。

細い雨脚が軒下の影に映っている。数日前の暖かさが嘘のように冷えこんでいる。

信玄と家康の二度目の会談は、大坂城二の丸で行われることになった。門の前で家康の近習が信玄と天海を出迎え、部屋に案内した。

信玄らが屋敷に入ったころ、城下の武将や配下の者たちがぞろぞろと集まってきた。近々信玄と家康の二度目の会談が行われることは噂にのぼっていたが、まさか白昼堂々行われるとはだれも想像していなかったようだ。

家康の胸中は前回と異なり、穏やかだった。

「さて本日はとくと家康どのの話を拝聴したいと思っている。先の会合では、国づくりの根本とやらを定めたいと聞いた覚えがあるが」

信玄が第一声を発した。

家康は試されているような気がしたが、臆してはいなかった。

「その前に、それがしの旗印についてご説明申し上げたい。旗印と言えば、その多くは家紋を用いるのが習わしだが、くしくもそれがしと信玄どのは言葉のみを用いた旗印があります。されどその意味するところは、大きく異なります。信玄どのの旗印は疾如風（その疾きこと風の如く）で始まる四如でありましたな。孫子の兵法は戦さの旗印とするにはじつに理にかなっていると存ずる。しかるに徳川家の旗印はこれです」

家康はそう言って一枚の書面を掲げた。そこには「厭離穢土欣求浄土」とあった。久しく戦場から遠ざかっている信玄は、家康の旗印を覚えていなかった。

そのとき屋敷の外が騒然となった。突然叫び声が聞こえ、それに重なるように怒号が響いた。

家康の小姓が現れ、こう告げた。

「福島さまと佐竹さまの手勢の間で悶着(もんちゃく)があり、小競り合いとなっております」

どうやら信玄と家康が会談をしていると知り、気の早い連中が二の丸の周りに集まり、情勢を探っているうち、つまらぬ言い争いから斬り合いになったようだ。

佐竹とは、豊臣恩顧の七将による三成討ち入りの際、三成を女輿に乗せて宇喜多秀家の屋敷に手引きした常陸国(ひたちのくに)の武将佐竹義宣である。五十四万石を領し、家康にとっては背後の脅威でもある。福島正則らは、佐竹義宣が三成に助け舟を出したことが気に入らないのだ。

正則は信玄に説諭され、家康方につくことをためらっているが、三成に対する憎悪は断じて消えていない。むしろ三成は秀頼の名を騙(かた)り、天下を私する奸物だという確信を深めている。

「火が燃え広がらないうちに対処せよ」

家康がそう言ったとき、すでに正信は腰を上げていた。諍いを鎮めるためである。家康の心の機微に反応するよう、常に感覚を研ぎ澄ましている正信にとって、命令を待ってから動くなど論外である。

「天海どのはこの言葉の意味を存じているであろうな」

家康は外の騒ぎなど一向に気にする様子もなく、天海に尋ねた。

「人心の荒廃がきわまり穢(けが)れたこの世を厭い、離れたいと願い、阿弥陀如来がおわす安寧に満ちた極楽への往生を願い求めるという浄土宗の教えでありましょう」

家康は戦さの結果、どのような世の中をつくりたいのかを端的に示すためにこの旗印を掲げている。かつて自分に抵抗した一向一揆宗が唱えている世界観でもある。それを旗印として用いてまでそのような世をつくりたいという真意が込められている。

ちなみに山岡荘八は『徳川家康』で、なぜ家康がこの言葉を旗印に使うことになったか、その遠因を以下の逸話を用いて説明している。

家康が松平元康と名乗っていたころ、今川義元は信長に急襲され、討たれた。元康は故郷岡崎の菩提寺である大樹寺に逃げこんだが、門の外は追ってきた織田軍が取り巻いている。もはやこれまでと、松平家の墓の前で自害しようとした。すると住職の登誉上人が現れ、元康にこう言った。

「代々松平家は平和な世をつくろうとしてきた。先祖代々の思いをそなたは断ち切るつもりか」

そう諌めた後、厭離穢土欣求浄土と書かれた旗を元康に授け、先祖の思いを引き継ぎ、平和な世を建設せよと鼓舞した。

「応仁以来長きにわたり、各地で争いが絶えないのはたしかであるが、ただ平和を希うと唱えるだけでは絵空事でしかあるまい。口で言うことはだれでもできる。平和平和と唱えて平和になるのであれば、すでにこの世から戦さはなくなっているはず」

信玄は、まず原則論をもって指摘した。現実を無視した観念的平和論を説くだけでは平和な世にならないと問うたのである。

対して家康はいささかも狼狽の色を見せずにきり返した。

「もちろんでござる。それがしも幼少のころより戦さに翻弄された身。口先だけで平和がやってくるといった甘い考えは毛頭持っておらぬ。まずはこの世をどうしたいのか、それをわれわれの旗印に掲げたのでござる。はばかりながら、信玄どのが甲斐を治めていた時代、このような国をつくりたいと思えばこそ甲州法度次第をつくられたのではござらぬか。それがしのまちがいでなければ、あれをつくられたのは信玄どのが二十代なかばを過ぎたあたり。つまりはこういう国にしたい、こういう世の中にしたいという心があったればこそ、その志を表そうと思われたのではあるまいか。さすれば、まずはあるべき姿を言葉で言い表わすは大事なことと心得る」

「では、この世が汚らわしいからあの世へ行きたいと望むということか。おれは御仏の教えを信じているひとりだが、あの世へ行けば救われるというのでは、政ではなく神仏の教えであろう」

「それがしが思い描く浄土とは、あの世にあるものではござらぬ。人を殺してもなんとも思わぬ世の中を正し、安寧に満ちた浄土をこの世につくるという意味でござる」

「であれば、どのような姿がこの世の浄土というのだ」

「まずは一人ひとりがこの世に生まれてきたことを喜び、互いに尊び合うことのできる世の中でござる。いま、わが身の利のみを考え、他者を一顧だにすることなく生きる人間が大半です。みながそうであれば、たちどころに世の中は行き詰まります。なぜならば己以外のすべては他人。それは親族であっても例外ではありません。まず己以外の他人と良好な関係を築くことが良き世の中の始まりと考えます」

「それが浄土か」

「それが浄土というより、浄土への入り口と考えていただきたい。人は己が天分に心を傾け、それをまっとうすることによって他人の役に立つことができ、ひいては本人も深い満足を得ることができるのです」

「人の天分とはどういうものなのだ」

「それは一人ひとり異なります。要は、その人がその人らしく生きるための、それぞれの役割ととらえればよろしいかと存じます。武士には武士の天分が、農民には農民の天分が、商人には商人の天分があります。同じ武士でもそれぞれに天分は異なります。つまり世の中の人の数だけ天分があると考えればよろしいかと存じます」

「それはだれもが自由に選んでいいと考えるか」

「その点については熟慮が要るものと思われますが、まずは良き世の中をそのように定義しているということをわかっていただきたい」

応仁以来の世相を鑑みれば家康の言っていることは、まるで空想の世界のようでもあるが、そのような世がほんとうに到来するのであれば、それはあきらかにこの世の浄土だと信玄は思った。

なぜならば奈津ときよを得て、目下の関心事はふたりが末長く幸せであること。そのためには、みなが互いに慈しみ合うことのできる世の中でなければならぬ。

「天下を治めるものが、まず目指す国の姿を描くことはたしかに大事なことであろう。それがなければ、行き先も決めずに広い海の上を漂うようなもの。それでは結局どこへも行き着かぬからな」

「つぎに天下を治める側の責任について申し上げたい。まず国を治める者は、民なくして国立たずという政の根本を肝に銘じなければなりません。それがしと（本多）弥八郎は、亡き太閤どのが関白に就任されてからの詳細な記録を、長い時をかけて紐解きました。そこでたどりついたことは、奢りからすべての悪事が起きるということです。天下は鏡のようなものであります。天下を統べる者が地位に胡座をかき悪事をはたらけば、世の人々もおなじように悪事をはたらきます。天下を統べる者が率先垂範して良き行いをすれば、世の人々もそれを手本とし、自ずと良き行いをするようになります。太閤どのは人の命を粗略に扱い、戦さとは関わりのない無辜の民を数十万と殺めました。あげく租税をきびしくし、搾り取るばかり。これでは人心が荒廃するは必然」

信玄は嘲りの混じった苦笑を浮かべた。

「秀吉の悪政を例に出してどうするのだ」

「まずは上の者が姿勢を正すべきと言いたかったのでござる」

「まあ、道理であろうな」

信玄は顎をさすりながらつぶやいた。

「これまでのように民をただ都合のいい道具としか扱わないような政ではかならずや人心は荒れ、破綻しましょう。まずは民に対して規則を押しつける前に、天下を治める側が自らを律しなければならぬということです」

このときの言葉どおり、家康は三年後、征夷大将軍に任ぜられ江戸に幕府を開くや、すぐさま「郷村法令」を発した。これは武士が農工商人を斬るのを禁じた掟である。上意討ちが当たり前とされていた時代、きわめて画期的である。家康政治を特色づけるもののひとつと言っていい。それほどに家康は、まず上位の者がけじめをつけることを重視していた。

「道理としては間違っていない。だが、それでもわが身さえよければという輩（やから）がいなくなることはありえまい」

「はばかりながら、信玄どのの政は人の支配によるものでありました。しかし、それでは一代限りで終わるやもしれませぬ」

事実そうなったではないかと言い含められていた。信玄は事実を指摘され、不快な表情を見せたが、すぐに平生（へいぜい）の顔に戻った。

「人の支配ではいけないのか」

「権力を持てば、人はかならず腐っていきます。それを防ぐには法を整え、特定の人間に権力が集まらないようにすることが肝要です」

「しかしそれが行き過ぎると、人がつくった法に人が縛られることになりはしまいか」

「柔軟に運用できるような制度を設計するのです。基本はあくまでも法が支配する。しかし時と場合に応じて複数の人間が合議して情状酌量の裁量を行う。それができてはじめて一代限りではなく、泰平の世が続く基となります。そのような仕組みをつくることは、巨大な大仏をつくるのに数倍勝ると考えます」

家康の意識の片隅に、秀吉が方広寺につくろうとした巨大な大仏殿がよぎった。

「まあ、大仏にもそれ相応の意義はある。要はその用い方であろう。して、かような仕組みをいかにしてつくるのだ」

「もちろん、それがしひとりでつくろうというわけではござらぬ。そのときこそ、天下の叡智を結集したいと考えております」

「その仕組みのもっとも基本となるところをひとことでいえば、どのようなものなのだ」

「身分と階級を定め、むやみに変わることのなきようにすることでござる」

「それが過ぎれば堅苦しい世になるぞ」

「たしかにそうではありますが、この百年以上、争いが絶えなかったのは、力さえあれば上の者を倒すことができるという下剋上がまかりとおっていたからです。信玄どのもそれがしも、もとはといえば下剋上をされる側でありました。力があれば上の者にとって代わることができるといえば聞こえはいいが、それはまた別の話。そういう余地はほかに設ければよいのです」

信玄はしばし沈思黙考した。

身分と階級を固めれば、たしかに社会は安定するが、活力は乏しくなる。戦国時代、英雄豪傑がひしめき、軍事や土木、航海の技術など軒並み向上し、食料増産の工夫がなされ、人口も増えた事実を家康も知らないわけではなかった。

ここで信玄ははたと気づいた。ひとくちに文治政治とはいうものの、平和な世になれば、負の面がまったくなくなると考えるのは早計であると。争乱の世では恩賞によって主従関係が固定されていたうえ、経済が発展した。一方、平和な世は地位も収入も上がりにくい、ゼロ成長社会に近づくということである。努力してもしなくても生活が変わらないとすれば、いったいだれが努力をするだろう。

考えるうち、信玄はとんでもない袋小路に入ってしまった。

「方向として間違ってはいまいが、現実としてどの程度まで身分と階級を固定するか、その線引きが難しいところだ。それから……」

家康は信玄の言葉にかぶせて言った。

「じつはそれがしもそのことを考えておりました。平和な世になれば、それに安住し、人々が堕落するのではないかと。そこで弥八郎と幾たびも議論を重ねたのです。そこで得た答えは、一挙両得はないということです。しからばいずれが大切か。平和な世でありましょう。政は堅実であればいいのです。世が定まれば、あとは一人ひとりが自ずと楽しいことを考えるようになります」

これが家康の人間観であった。世の中が安定すれば、人はおのずと良き人生にしようと努力するはずだと。

信玄は、家康の構想に惹かれつつあった。

「法による支配はわかった。身分と階級を固めるということもわかった。では地位も俸禄も上がらないという秩序のなかで、人を用いる制度についてはどのようにするのだ」

「これについても考えがあります。ひとことでいえば『禄多き者には権を与えず。権多き者には禄を与えず』を原則とするということです。人はどうしても権力をもてばそれを用いたくなるものです。権力のもととなるのは地位と財でありましょう」

「通常、両者は比例するものだが、あえて反比例させることによって均衡を図るのか。少なくとも妬みやそねみを和らげる効果はあるな」
「それを示してくれたのが、弥八郎でありました。彼は分限以上の禄を受けようとはしません。理由は自らが権力の中枢にいるという、その一点だけで」

徳川幕府の人事制度は独特だった。それまでのいかなる政権においても地位が高い者は高い禄を食んでいたが、徳川幕府は権力の大きな者には高禄を与えないという方針を採ったのである。

事実、江戸時代の武士は貧しかった。「武士は食わねど高楊枝」という言葉が生まれたほどだ。いちばん上の階級が貧しいなど、ほかの国はもちろん、この国にも例がない。権限の大きな吏僚も小禄であった。

幕末になると、武士はいっそう貧しくなり、商人に借財を重ねるようになる。実質的に士農工商のもっとも下位の商人が武士階級の急所を握っていたのである。現在、日本の老舗百貨店の前身は、江戸時代の豪商、大店（おおだな）が多いのはそのことに端を発する。

「その案は悪くはないが、ひとつ確認しておきたい。世の規律をつくったあと、それから外れた者をどうするのか。いかにすぐれた法でも、万人を救えるわけではあるまい。決まりごとをつくれば、それによって弾かれる者も出てくるであろう」
「法の網をどんなに細かくしても水は漏れる。そんなことは百も承知でござる。しからばそれを想定して緻密な法をつくるのみ。それでも水は漏れるでしょうが、漏れた者をいかにして救うか、それはまた考えればよいのです。それ以上はこの段階では枝葉末節というものでありましょう」

信玄は、愚問を呈してしまったと思い、つぎの問いを発した。

「公正な法によって支配する仕組みをつくるという主旨はわかるが、問題はそれをいかようにして世の隅々に広げるのだ。現実を見渡せば、己のことしか考えていない人間ばかりだ。植物に喩えれば、ほとんどの人間の根っこが腐ってしまっている。そんな状況下では、いかに高邁な国づくりの絵図を描いたとしても絵空事になりはしまいか」

大上段に理想を語った家康に、信玄の問いが矢じりのように突き刺さってきた。家康はまさにその点を危惧し、その解決策に腐心し、つい先日、自分なりの答えを得たのである。

「本来、人間は美しき面と醜き面を併せ持っています。はばかりながら信玄どのも古典に親しんでいる由、そのことはじゅうぶんおわかりのことと存ずる。なぜかくも人心が荒廃してしまったか、その理由は明白です。人間の美しき面を抑え、醜き面を出すことに利がある世の中だからです。美しく生きる人間が馬鹿をみる世の中だからです」

そのとき、正信が音もなく戻り、着座した。

「首尾はいかがであった」

「池田どのの旗本に少々手を貸していただき、火を消し止めました」

池田輝政のことである。

「ただ、双方とも数人の重傷者を出したようです」

それを聞いた信玄が、ふんと鼻で笑い、家康に問うた。

「家康どのとおれがこうして話をしているというだけでこのざまだ。美しき面を引き出すどころの話ではないぞ」

信玄は外の方を顎でしゃくり、問い詰めた。

「さようです。いま人の心は疑心暗鬼に凝り固まっています。それもむべなるかな。戦さに続く戦さ、みな明日の命も知れぬ、どうしても刹那的な考え方に傾き、わが身の得ばかりを考えてしまうのです」

「では、いかようにして人の持つ美しき面を引き出すというのだ」

「長い時によって悪くなった人心は、長い時をかけて回復させねばなりませぬ。急がば回れ。遠まわりに見えても、教育こそそのもっとも近き道と心得ます。まずは子供、そして武士から農民商人にいたるまで、ある教えに則って心を調えることが肝要と考えます」

「それが根っこに栄養を与えるということか。その教えとは仏法のことであろうか」

「いいえ、仏法ではござらぬ。それがしは御仏の教えをいささかも否定するものではありませんが、残念ながらいま仏門は軍門ともなっています。亡き右大臣殿によって比叡山延暦寺や本願寺の力が損なわれたとはいえ、いまだ大きな勢力であることに変わりはありません。これは御仏の教えとは大きくかけ離れております。さらに御仏の教えは、その解釈によっていくつもの宗派に分かれていることも災いのもととなりましょう。いずれの宗派を用いようとも諍いの種になりかねませぬ。さすれば、それがしが取り入れたいのは孔孟の教え、すなわち儒教であります」

「儒教とな。おれもいささか親しんでいるつもりだが、それにしても孔孟の教えを国の根幹に据えるとは大胆なことを考えるものだ。天海、その方はいかに考える」

それまで信玄の隣で石のように微動だにせず座していた天海は、数拍おいたのち語り始めた。

「なかなか面白きお考えにござります。拙僧は御仏の教えを修めんと精進することを身上としておりますが、いま、仏法をもって民の心を調えるには不適切かと存じます。内府どのの仰せのとおり、いまだ武器を蓄え、いくつもの宗門に分かれているという事実はどのような便法で糊塗しようと覆いきれるものではありません。釈尊が望んだ姿とはとうてい思えませぬ。その点、孔孟の教えは宗教とは一線を画し、人と人との和を重んじております」

天海の言葉を家康が継いだ。

「まずは、大勢の人が行き交う広い四辻を想像してくだされ。銘々が気の赴くままに四辻を渡ろうとすれば、それぞれがぶつかり、たちまち往来は止まり、すぐに喧嘩が始まりましょう。孔孟の教えは、混み合った四辻を滑らかに行き交うための法でもあるのです」

「おれが定めた甲州法度次第も、もとはと言えばそのようなことを目指していたものだ。して、それをいかようにして広めるというのだ」

「文禄の役のとき、肥前名護屋城で藤原惺窩（せいか）という儒者に会い、『貞観政要』という唐の政治学の講義を聞いたことがあります。その書物にこそ政治の理想が描かれていると感じいりました。かの者たちを頭（かしら）にして教育の仕組みをつくり、全国に広めれば、かならずやこの世に敷衍（ふえん）することとなりましょう」

「藤原惺窩の名は聞いておる」

のちに家康は藤原惺窩を江戸に招聘（しょうへい）したが惺窩はそれを固辞し、代りに新進の朱子学者林羅山（はやしらざん）を推挙した。

つぎに信玄が述べた。

「いにしえにおいては民を支配しやすいよう、民を愚かなままにする政策を実行した例がいくつもあるが、それこそ愚策のきわみだ。むしろ良き教育が行き届き、民の知力が高まれば、それだけ世は安定する。ただ、教育は目指すところを示しにくいという難点がある。唐国では古くから科挙制度というものがあるが、あれはわが国にはなじまぬ。どれだけ学問を修めたか、数の多寡で表すやり方に一理はあるが、それだけでは小賢しい人間が跋扈（ばっこ）する世の中になりかねない」

「では信玄どのであれば、いかようにお考えなさるか」

「社会通念をつくればよいのだ。言うなれば、政府公認の良き手本というものを。その点、信長は巧妙であった。知行を与える代わりに、古びた茶碗を授け、授けられた者はありがたく受け取った。見るからに汚い、いびつな茶碗がとてつもなく価値があると思わせたからできたのだ。茶会を開く権利もそうだ。あれらに元手はかからない。茶会を開く権利は尊いと思わせていたからこその恩賞である。それと同じように、こういう人間が手本である、こういう生き方こそが美しいという社会通念をつくればよいのだ」

信玄には知るよしもなかったが、英国が植民地からただ同然で仕入れた紅茶を世界中に売るため、「午後に紅茶を飲むことは豊かな生活の証である」という社会通念を行き渡らせたこともひとつの事例といえよう。

「いいことをお聞きいたした」

のちに家康は、それを実行しようと考え、後継者の秀忠や幕閣にその政策を進めるよう命じた。その実例のひとつが、近江聖人と崇められた中江藤樹である。

中江藤樹は江戸幕府が開府されて十年後に近江国に生まれた儒学者である。もとは農民だったが、その後武士の養子になり、二十七歳のとき、病身の母に孝行を尽くすため、藩に辞職願いを出すが拒絶される。脱藩したのち郷里の近江で私塾を開いたという経歴の人物だが、彼の行いは仁義礼智信という儒学の教えを体現するものと幕府が称賛し、広く知らしめた。いわゆる人間としての理想像を世に示したのである。その結果、互いに疑心暗鬼となり、わが身の利得ばかりを考える戦国の世の通念が少しずつ変わっていくのである。

家康はかすかな喜びを感じていた。信玄とは遠江をめぐって領土争いを続け、煮え湯を飲まされたことは一度や二度ではない。あまりに憎く、信玄の肖像画を槍でめちゃくちゃに刺したこともあった。だがいま、生身の信玄と天下について問答をしている。

家康はまさしくこのような問答を望んでいたのであった。すなわち日の本をどのような国にするか。それを大所高所から論じる。それができるのはこの世で信玄だけだと思っていたが、それは間違っていなかった。

「ところで信玄どの、この世の諍いのもととはなにか、ご存知あろうか」

すかさず信玄は答えた。

「金と跡目争いであろう」

「ご明察。跡目争いは金の争いでもある。大名家しかり、庶民においてもしかり。だれが跡目を嗣ぐかで争いが勃発するのです。それをあらかじめ防ぐため、孔孟の教えにのっとって長子相続と定めるのです。多少、息苦しくなることもありましょうが、相争い、殺し合いになるよりはるかに良きことです」

「人が集まれば派ができる。派ができれば人を担ぐ。これは人間の性(さが)だ。それをなくすには、跡目争いが起きれば問答無用でお家断絶にするというくらいの厳しい措置を徹底しなければなるまいぞ。家康どのにその覚悟はあるか」

「もちろん、ござる」

ここで信玄は熱い茶を所望した。

外はすでに日が暮れていた。しばしば会話と会話の間の沈黙があるため、どうしても長くなってしまうのだ。

一座は沈黙に浸った。ただ茶を啜る音だけが室内に響いている。一杯の茶を飲み終えるころ、四人の心身には渾渾(こんこん)と気韻が湧き上がっていた。

「さて、大事な質問をせねばなるまい。平和な世になれば、武力は要らないと考えるか」

家康は即座に答えた。

「とんでもないことでござる。平時にいて乱を忘れず。秩序を乱さんと企てる者があきらめざるをえないような強大な武力が必要です。ただし武力はあっても使うことのなきよう、世の仕組みを定めるのです」

「武力をもつということは、武士がいるということであろう。では、武士はふだんなにをしているのか」

これはもっともな問いである。

「武士はどうあるべきか。人間としての手本になってもらうのです。いざ有事の際は命を賭して天下を守る。そうでないときは己を律し、武芸と学問に励む。武士を頂点とした職分を定め、それぞれが自らの職分をまっとうする世の中とするのです」

家康の頭のなかには、武芸が様式美として世の中に定着している様子が描かれていた。

なおも信玄と家康の問答は続く。

当初、信玄は家康が唱える国づくり案の瑕疵（かし）を突き、家康がどのように反論してくるか見定めようとしていた。しかし、くわしく聞くうち、家康の考えが自分の考えに近いことがわかった。うれしさと戸惑いが入り混じった微妙な感覚であった。

「もっとも大切なことを訊きたい。そのような天下を統べる者はだれなのだ」

「天下を平らげたあかつきには、この家康が天下を統べ申す」

家康の返答を聞き、信玄はしばし考えこんだ。天下を見渡して、家康に比肩（ひけん）する者はいない。それゆえ、家康が天下を統べるという発言に異論はないが、無条件で料簡できることでもない。

「たとえば、毛利と両川（小早川家と吉川家）らによって西国を、上杉景勝と伊達政宗らが合議して東北を治め、中央の家康どのと合議のうえで政を進めるわけにはいかないのか」

信玄はその案がいいとは思っていなかったが、あえて問うた。

家康は首を傾げたのち、すぐに反駁した。

「政が合議制でうまくいった例がありましょうや。そのときどきの力関係で、争いが生じるのではありますまいか。世継ぎの問題がからめば、さらにその危険性は高まることは、応仁からの長い戦乱の世が示しているのではありませぬか。そもそも合議制を採ったとして、ひとつの結論に至るとお思いでござるか」

「民の幸せを第一に考えたものであれば結論に至るであろう」

「信玄どの、まことにそうお思いか。それほど甘いものではありますまい。民の幸せを第一に考えて己の行いを定める者など、百人にひとりといないはず。どんな小さな規則であっても、それによって利益を受ける者と不利益を蒙る者があります。それらの調整を合議でするには途方もない力が要るでしょう。参加する人の数が多ければ多いほど、合議は遅々として進まず、やがて決裂するのは火を見るより明らか。それが発端となって戦さになることもありましょう」

ふだん感情の起伏の少ない家康にしては興奮気味の口調だった。

それがわからぬ信玄ではない。だが腑に落ちないのだ。ひとりの人間が、日本国の権力を一手に握るということへの疑念が依然としてあった。天下をわがものにしようと、はばかることなく言ってのける家康が傲岸と映った。百歩譲って、それが賢人であれば由としよう。しかし後継の者が愚かで権力を乱用しないとは限らない。信玄の脳裏には、関白となった秀吉や秀次のふるまいがくっきりと刻まれていた。

「合議制で政がうまくいった例はただのひとつもありませぬ。いたずらに天下を乱すもとをつくるだけです」

「そういう例がないと、ほんとうに言い切れるのか」

家康は信玄を睨んだまま、返答をしない。たまりかねて信玄は言った。

「そのような例がなかったとは言い切れまい。家康どのは『吾妻鑑』にことのほか親しんでいると聞くが、源頼朝公が亡くなられたのち、北条泰時公は鎌倉幕府が衰退するのを阻止せんと、合議によって天下を導く体制を確立した。執権を扶（たす）ける連署を新しく設け、さらには十一人の御家人を評定衆に任じ、合わせて十三人が合議することで世を治めようとしたことはご存知か」

『吾妻鑑』は、源頼政の挙兵から宗尊親王が帰京するまで鎌倉幕府のなりたちを日記体で綴ったものである。

「存じております」

「合議によって政を執り行うには、全国津々浦々に唯一無二の法を適用させねばならぬ。朝廷と対立した承久の争乱ののち、各地で諍いが起きていた。それらを仲裁するために法を整えようと、泰時公は法にくわしい者らの助力を得、それまでの律令に武士社会の道理を加味し、法典をつくった。それが貞永式目（御成敗式目）。つまりよき法をつくれば合議で政を執り行うことができるのではないか」

家康はにやりとして、言った。

「それにしても、物知りにござりますな」

家康は信玄の勢いを削ごうとした。

「生き返ってからというもの、時間をもて余しておる。やることと言ったら妻と娘の遊び相手か本を読むくらいだ。史書は滅法おもしろい。人間の本性がわかる。おかげで小賢しい知恵がついてしまったかもしれぬがな」

家康の目に喜色が浮かんだ。

「そういえば、信玄どのにお子が生まれたと聞き申した。それがしも女子（おなご）が好きなうえ精が盛んで大勢の子がおりますが、いやはや信玄どのには敵いませぬな。して、おいくつのときのお子でありますか」

信玄ははにかんだ表情を浮かべ、しぶしぶ答えた。

「七十一だ」

「七十一でござるか。なんとも羨ましいかぎりですな。まさに男の鑑（かがみ）。ぜひ、お手ほどきを願いたいものです」

家康は珍しく剽（ひょう）げて、呵々と大笑した。正信は懸命に笑いをこらえていたが、たまらず吹き出し、天海も忍び笑いを洩らした。下の話は、ときによって場を和ませる効果がある。瞬時にその場の空気が弛んだ。

それをふり払うように、神妙な面持ちの信玄が天海に問うた。

「先ほどおれが言ったことに偽りはあったろうか」

しばらく瞑目したあと、天海は答えた。

「拙僧の記憶しているかぎりにおいて偽りは認められませぬ」

家康はぐいと身を乗り出し、下から信玄を見上げた。

「しからば信玄どのにお訊き申したい。政を合議で執り行うというその仕組みは、いかほど続いたのであろうか」

信玄は答えに窮した。北条時宗が御家人である三浦一族を討ったのち、ふたたび専制政治が始まったことを知っていたからである。とすると、合議によって政を執り行われていたのはおよそ二十年少々であろうか。

「ことほどさように、合議によって政を執り行うのは難しきことにござる。いまは二百年、三百年と平和が続く天下を構想しております。わずか二十年しかもたなかった例など話にもならぬのではありませぬか」

家康は息巻いた。

かつて信玄はあくまでも最終決定を自らが下したものの、それまでは各将に意見を出させていた。そのなかには自分では思いもよらぬ貴重な意見があった。だからこそ合議を閉ざせばそれが無になる、ひとりの指導者の見識によって政を執り行うのは理に合わないことだと考えていた。

しかし、政を集団の合議で執り行うことがいかに難しいかも理解していた。

「天海、貞永式目が定められてから、天下はどのように移り変わったか述べてみよ」

「貞永式目が制定されてから二度におよぶ元の襲来、各地での大名家同士の争い、天変地異や飢饉、流行り病によって鎌倉幕府は滅びました。そののちの足利氏による政も不安定なものでした。応仁の争乱を経て、下剋上の世にいたったことは申し述べるまでもないでしょう」

天海の説明を聞いて、したり顔の家康に信玄は言った。

「それらの凶事がすべて泰時公の時代の弊害だとは言えまい」

「もちろんでござる。それほどに天下を安寧に導くということは難しいと申したいのです。平和な世が何百年も続くなど、あるいは人間の本質に反することかもしれません。しかしながら、あきらめずにそれをなし遂げんとするのが天下を担う者の責務ではありませぬか。この国に生きる民の心を調え、争いの芽を摘む仕組みをつくりあげれば、天下はかならずや鎮まると信じたいのです。たとえ後世の人たちにどう思われようが、そのような世をつくらねばなりません」

信玄は、家康の気迫に圧され、目を丸くした。

（なにゆえこの者はそれほどに平和な世を希求するのか）

信玄の脳裏に素朴な疑問が去来した。

（家康の生い立ちがそうさせるのだろう）

そう信玄は読んだ。

家康の祖父清康と父広忠は、あろうことか揃って家臣に殺された。家康自身は三歳のときに母と生き別れ、六歳で継母の父から織田方へ売られ、人質となった。それから人質交換で今川方へ。十年以上もの間、人質として過ごしたという数奇な体験をもつ。

家康が、下剋上の世の中を憎むのは当然かもしれぬ。不遇の時代に培った忍耐力が、信長との清洲同盟を遵守し、秀吉に忍従する素地を築いたのは想像に難くない。

とすると、やはり家康が天下に号令をかけることがもっとも平和への道となるかもしれぬ。なにより、家康が平和な世を希求していることは明白だ。

信玄の脳が超高速で動いていた。考えているときの信玄は、まるで彫像のようだ。ぴくりとも動かない。

「長きにわたる平和な世の礎をつくったあとをどうする？　人の寿命はわずか。だれが家康どのの志を継ぐのか」

「徳川家の長子相続を原則とします」

その場かぎりの説得を目的とするのであれば、征夷大将軍の地位は豊臣を含め持ちまわりにするなど、便法はいくらでもあっただろう。しかし家康は小手先の言い繕（つくろ）いはいっさいやめようと思っていた。

「な、なに！　徳川家が何百年も天下を統べるというのか。それではあきらかに天下を私するということではないか！」

信玄は顔を真っ赤にし、獣が咆哮（ほうこう）するように舌鋒鋭く突きつけた。

家康は信玄の言葉を無視し、冷静に言葉を継いだ。

「天下を分けての戦さに勝ったのち、征夷大将軍の名のもとに、江戸に幕府を開きたい」

信玄は家康を睨みつけ、声高に言った。

「ならぬ。天下を徳川家で壟断（ろうだん）するなど、言語道断だ」

それからのち会話は途絶え、睨み合いが続いた。信玄も家康も互いに目を逸らそうとしない。天海と正信はしばし息を潜め、虚空を見つめている。

沈黙を破ったのは、信玄だった。

「その方、源氏の嫡流でなければ征夷大将軍の宣下を受けることはできないということは知っていよう」

源氏の嫡流でなければ征夷大将軍になれないとの定説があるが、正式にそのような決まりがあるわけではない。ただ、鎌倉幕府も室町幕府も源氏の血をひいていた者が開いたという事実を基に、それが定説となっただけである。

「徳川家は、れっきとした源氏の嫡流にござる」

腹の底から発した声で家康は反論した。

家康は、徳川家の祖は八幡太郎義家（義光の兄）の孫の新田義重と主張しているが、定かではない。

そのとき家康は、どういう理由からか、信玄の底意を理解した。この男は、徳川が源氏の嫡流かどうかを問いただしたいわけではない。徳川家が天下を治めるに足るかどうかを見きわめたいのだと。

だとすれば、どのようにして目の前の信玄を説得することができるのか、家康はおそろしいほどの集中力をもって念じるように考えた。

（この信玄に、小手先の理屈は通じまい）

理屈をもって論駁(ろんばく)しても、腹の底から納得させることができなければ遺恨が残る。理屈で勝つことがほんとうの勝利ではないことを家康は理解していた。これまでの人生において、空々しい理屈をいやというほど聞いてきたからだ。現に、敵に攻め入る理由や主君に叛逆(はんぎゃく)する理由などいくらでもつくることができる。ここは天地神明を貫く誠の理(ことわり)なのか、あるいは小賢しい知恵による上っ面の理屈なのか、それをわきまえて考えなければいけない。

ふと三方ヶ原の戦いの記憶が脳裏に甦った。あのとき、なぜ己は信玄に負けたのか。

信玄が人間として格上だったからだ。この男は戦さという現場と多くの書物から人間の本質を学んでいた。わざと自陣に隙をつくり、それを餌に、信長や遠江の国衆に見放されまいと功に焦ったおれをおびき寄せ、一気呵成に攻めてきた。

なぜ、おれは信玄の策にひっかかったのか。小手先の理屈で考えていたからだ。もうその轍は踏むまい。

「それがしが武家の政権を立てたいと考えるのは、一にも二にも天下を鎮めたいがためである。嘘偽りは申さぬ。徳川家の栄華だけを求めているわけでもない。もう戦さが続く世はこりごりなのだ。どうかそれがしの赤心(せきしん)をご理解いただきたい」

家康は一語一語に魂を込め、そう言うと、あとは深々と頭を下げ、そのままの姿勢でいた。

信玄は虚を突かれた。

家康の立ち居振る舞いに目を奪われてもいた。頭を下げてはいるが、卑屈さはみじんも感じられない。総身から放たれる気には、真剣のごとき鋭さと山川をわたる薫風のごとき爽やかさがあった。

「頭を上げよ、家康どの」

なおも家康はそのままの姿勢を続けた。

信玄の眉間がわずかに弛み、それと同時に思案にもぐった。

(自らは世の中に対してなんら貢献しようとせず、得ることを考える人間ばかりになっているのだから、天下はふたたび乱れるであろう。この男は天に選ばれし者なのかもしれぬ。自らに多くを求め、生の計画をもち、実現しようとしている。そのことは認めねばなるまい)

ふたたび長い沈黙がその場を支配した。

「戦さが続く世はこりごり、その言葉に偽りはないであろう。ただし代々徳川家が世を統べるというのは、ちと虫がよすぎるのではないか」

「争いの芽を摘むためである。小さな争いが、やがて燎原の火のごとく大きな戦さへと燃え広がっていく。それを防ぐためには、小さな争いを起こさせぬこと。そのためには家督争いの芽を摘むこと。それがしを継ぐのは、徳川家の嗣子をおいてほかにはありませぬ。天下持ちまわりにすれば、かならず世が乱れまする」

ここに至り、家康は一切の迷いがなくなっていた。

その一直線の思いが信玄の心を貫いた。この世に起きる争いごとの芽を摘むにはこの男が言っていることしかないという考えに傾き始めていた。

「長子が天下を統べる器でなかったとしたら、いかがする?」

「しからば、長子がどのような器であろうとも、周囲が補佐する、揺るぎない政の仕組みをつくるのです。権力を細かく分けて一部の不届き者が悪用せぬよう整え、それを法によって支配する。なんと言われようと、それをやり遂げる覚悟でござる」

「それは本心か」

「本心でござる」

「天地神明に誓って誠か」

「誠でござる」

　家康は間髪おかずきり返した。

「それができるとして、戦さがない世をつくるには大きな戦さが要るのではないか」

「それは避けて通れぬことでありましょう。そのため、こうして信玄どのと腹を割って話をしているのでござる」

（三成と秀頼を屠（ほふ）るということか）

　信玄の脳裏にふたりの顔が浮かんだ。秀頼と会ったことはないが、いかにも過保護に育てられた、気弱そうな面持ちの少年と、清冽ではあるがどうにも融通の効かぬ三成の頑固そうな顔が浮かんでは消えた。

　三成と秀頼の骸（むくろ）の上をまたいで行かねば、家康の理想とする天下は実現しないのか。それもまた世の理なのか。生贄（いけにえ）のない変革はない。たまたま三成と秀頼がそのような役の籤（くじ）を引いてしまったのだ。ふたりに連なる数千、数万という人間も運命をともにするだろう。

　左近の顔がちらついた。あの律儀な男に天下の趨勢を説いても、主を裏切ることは万に一つもないであろう。

信玄は長い間、思案していた。その間、家康は沈黙を保っていたが、信玄の緊張が解けたと見て取ったあと、ふたたび荘厳な口調で言った。

「天下を分けての戦さののち、何百年もの長きにわたって戦さのない世の中にする秩序をつくります」

それからふたりは互いの目を見つめていたが、信玄は大事なことにはたと気づいた。

「考えておかねばならぬ問題がもうひとつある」

家康は怪訝な表情で信玄の言葉を待った。

「家康どのが望むよう、平和な世になったとして、戦さがなければ生きられない者どもをどうする？加藤や福島ら、三成を討とうとした者どものことだ。やつらは戦さで力を発揮することがすなわち生きること。とても平穏な世に生きていくことはできまい。いずれは平和な世を乱す分子となるやもしれぬ」

家康はうつむき加減になり、息を飲みこんだ。

「そのこと案じてはおりますが、この段階でどうするかは思慮の外であります」

「では、おれの考えを述べよう。やつらは三成を激しく憎んでいる。三成らとの天下を分けた大会戦ではやつらを前線で戦わせるのだ。存分に暴れるにちがいない。戦さが終わっても生きていたら、大きな恩賞を取らせ、遠国へ配置するがいい。しばらくは大人しくしているだろう。それから家康どのは盤石の体制を築き、ほどよいところで理由をつけてやつらを改易するのだ。減封などとちまちましたことはせず、いっぺんに取り上げる。取り上げた知行は細かく分け、これはと思う者たちに小出しに与える。相手が嫌だと思うことは電光石火のごとく一気に実行し、相手が喜ぶことはその喜びを噛みしめることができるよう小出しに与える、それが肝要だ」

「つまり、福島らは使い捨てにせよと、そう仰せか」

非情な仕置を厭わない家康にも、そこまでの考えはなかった。

「それくらいの覚悟がなければ、ふたたび争いが起こるのを防ぐことはできぬぞ」

「非情にござるな」

「国を統べんと志す者、情と野蛮さを使い分ける能力をもっていなければならぬ。きれいごとだけで平和な世の中になるのであればわけもないことだが、そのような絵空事は夢想家にまかせておけばよい」

家康は信玄の深い心胆に戦慄した。と同時に、いま考えたくないことを後まわしにしていた凡慮(ぼんりょ)を恥じた。たしかに、生半可な決意で平和な世は実現できない。

覚悟を決めた。心を鬼にしてやらねばならぬことが山ほどある。そして、人類史に類例のない平和な世を築くのだ。

信玄と家康の問答はほぼ半日を要し、両者とも精根尽き果てた。

ふたりは心地よい虚脱感に浸った。言葉には発しなくとも、意を尽くし理解し合えたという実感があったのだ。

信玄は、ついに口を開いた。

「そなたの申すとおり、手を引こう。以降、だれの手助けもせぬ」

家康は身を前に乗り出して両手を両膝に置き、軽く会釈した。そして、ほうっと息を吐いた。

「さて、おれはどうすればよいのか……。この会談ののち、手を引いたとなれば、景勝どのに合わせる顔がない」

「江戸に来てくだされ」

家康がそう言うと、信玄はとっさに手で払う仕草をした。

「それでは家康どのに与したと思われる。やはり、大きな病を患う以外にあるまい。家康どの、人斎を返してくれ。人斎が懸命におれを施療しているとなれば、世間も多少は信用しよう。その間、おれは高みの見物をする。それまで命があれば、の話だが」

「ぜひとも長生きしていただかねばなりませぬ。天下を平定したのち、どのような国づくりの絵図を描くのか、それをとくと見ていただかぬことには、それがしも義理がたちませぬ」

家康は高い峠を越したという充足感に浸った。

生来弁舌が巧みではないゆえ、信玄を説得できるかどうかは半信半疑だった。しかし、こうまで意が通じるとは思っていなかった。

ふたりの問答を聞いていた天海は、恍惚（こうこつ）としていた。比叡山の焼き討ちから逃れたあと、どれほど平和な世を願ったことか。家康の心の風景が、鏡をうつすように洞察できた。

ふと会談の前、信玄から言われたことを思い出した。「そなたに失礼なことを頼むかもしれぬ」という言葉だ。そのときは受け流したが、急にそのひとことが気になりだしたのである。

それを見透かしたかのように信玄が言った。

「ところで、家康どのに贈りものを用意しているのだが、受け取ってもらえるであろうか」

家康は一瞬たじろいだ。贈りものほど厄介なものはない。その多くは、どうにもならない作意を含んでいるからだ。

「ここにいる天海を家康どのに進ぜよう。おれの近くにいてもこの者の力を十全に活かすことはできぬ。家康どのが天下百年の計をつくるにあたり、大いに役立つにちがいない」

信玄はあたかも物を贈るかのようにさらりと言ってのけたが、そこには一片の邪気もなかった。

それどころか天海は得も言われぬ感動に包まれていた。いままでに培ってきたものをどう活かし、どう生きていけばいいか決めあぐねていたが、生涯をかけて取り組むべき仕事が忽然と眼前に現れたのである。

「お礼の申しようもござらぬ。かねてからそれがしに知恵を授けてくれる者を近くに置きたいと切望しておりました」

家康は満腔の謝意を表し、深々と頭を下げた。

その後、天海は家康の側近となり、二代将軍秀忠、三代将軍家光にも仕えることになる。金地院崇伝とともにさまざまな法を整備し、朝廷との交渉を務め、家康亡き後、家康を神君に祀り上げることに尽力した。平均寿命が四十にも満たないこの時代、なんと百八歳という長寿をまっとうしたのである（百五歳という説もある）。

翌日の昼ごろ、報せ（しら）もなく島左近が信玄の前に現れた。左近にとって、佐和山城から伏見城まで歩くことはなにほどのこともない。鼻息が荒いのは、長い距離を駆けつけたからだけではない。

「用向きはわかっておる。家康のことであろう」

信玄は、家康とのやりとりを、天海のことも含め、包み隠さず左近に話した。左近に対する後ろめたさが、そうさせた。

「なぜに天海どのを内府どのに」

「家康がこの国のこれからの絵図を描いていると申したゆえ、役に立つであろうと思ったまでだ。世の中のためになることをためらう必要があろうか」

「わが殿も天下の絵図を描こうとされております」

「それはちがうぞ、左近。三成がしようとしていることは、豊臣の世を長引かせようというだけのことだ。もし三成が天下を望む大器だとしても、わずか二十万石足らずの所領ではだれもついてはいくまい。それに三成は好き嫌いが激しい。豊臣の世を長引かせても、戦さが絶えぬ世の中になる。左近、わしは老い先が短い。早いところ戦さのない泰平の世が見たいのだ」

左近は心の動揺などおくびにも出さないが、それでも息づかいのなかに強烈な不満が渦巻いていた。

「しかし、それでは信玄さまと袂を分かたねばなりません」

「わしはもう老いた。どちらにも与しない。許してくれ」

聞きながら、左近は哀しみに打ちひしがれた。家康を討ち滅ぼし、豊臣の名において世を鎮めようと謀ってきたことが砂上の楼閣となりつつあったからだ。

信玄の言っていることは頭では理解できた。いまだ義は三成にあると思っているが、理は家康にある。それがわからない男ではなかった。

ただ左近は理によって己の生き方を決めるのが嫌だった。心の琴線に触れぬものに命を賭ける気はない。

その点、三成はみごとに左近の心の琴線を震わせてくれた。飛び抜けて明晰のうえ、愚直で不器用で独善的で……。珍しいほど私利私欲にとらわれない。左近を召し抱えたいと言ったとき、じっくり考えることもせず自らの所領の半分の封禄を与えると言った。以来、それを違えたことはない。

左近はそんな三成が好きだった。横柄な態度でさえいとおしいと思った。もしかすると、その心持ちは親が子に対するものに近いのかもしれない。

左近は、きりっと口を結び、今生の別れと覚悟し、信玄の前を辞した。それからおよそ半年生きることになるが、そのとき心の裡に生じた気持ちが揺れることは片時たりともなかった。

(かならずや殿は家康に対して挙兵する。勝つ見込みは、おそらく十に一つほどであろう。それでもあの主君に仕えて生ききりたい)

左近はそう考えるだけで幸せだった。

# 第九章　天下分け目の大会戦

信玄は、こたびの争いから手を引くと家康に約束したものの、身の振り方を決めかねていた。重い病に罹(かか)ったと偽装すればいいと思っていたが、家康が毒を盛ったと見られかねない。またこのまま伏見城下の上杉家屋敷にいるのは針の筵(むしろ)に座る気分だった。敵味方問わず訪れてくる者が多く、すべてを断るわけにはいかない。大坂城へ移るとすれば、本丸と西の丸のどちらに入るかで、旗幟鮮明(きしせんめい)となる。昵懇(じっこん)だった本願寺の顕如はすでに入寂しているが、これまでの誼で身を寄せれば、本願寺を巻きこむことにもなりかねない。

身の置きどころがなくなったのである。

窮余(きゅうよ)の策として、中立宣言を発し、雲隠れすることにした。天海の知己(ちき)を頼り、妻子と侍女のよし、晴久を伴って、ある古刹(こさつ)に身を隠すこととした。そして会津にいる景勝に対し、家康との会談の要諦を書状にして送った。景勝ならわかってくれると念じながら。

信玄が手を引いてから、潮の流れが変わった。

家康はそれを見逃さなかった。

これまで積み上げてきたものを引き潮にごっそり持って行かれそうであったが、ある瞬間、その流れが止まり、満ち潮に変わった。その流れに乗じて、望むものを手もとに引き寄せられるかどうか、そこに天下獲りの成否がかかっている。

てはじめに着手したのは、信玄の外交活動によって大坂方に傾き始めていた諸将への働きかけである。三成との関係が悪い福島正則、加藤清正、加藤嘉明、黒田長政、細川忠興、浅野幸長、島津義弘・豊久らと面会し、公武合体論は実現不可能となり、信玄は手を引いたことを説明した。そして、こたびの争いはあくまでも秀頼の名を騙(かた)って豊臣家を私する奸物(かんぶつ)三成を誅(ちゅう)するものであり、豊臣家への忠誠は変わらないことを諄々(じゅんじゅん)と説いた。もともと三成憎しで凝り固まっていた彼らの迷いを払拭(ふっしょく)するのは赤子の手をひねるようなものだった。

さらには三成の手先となって暗躍する毛利の使僧恵瓊との関係が悪い吉川広家や毛利秀元、小早川秀秋らに、黒田長政を使って調略の手を伸ばした。

それらに要した日数は、わずか五、六日。いかに家康が不退転の決意で臨んでいるかがわかる。

「弥八郎、入れ」

家康は大坂城西の丸の小書院に正信を招き入れた。

この小書院、見てくれは素朴だが、どっしりと重厚で剛健なつくりである。薄茶色の漆喰塗り壁に、分厚い格子窓がはめこまれている。装飾性はほとんどない。いかにも家康の人となりを表している。

対して、ここから見渡せる本丸天守閣は黒漆喰ときらびやかな黄金瓦の組み合わせ。ときどき日の光を反射して眩しいほどだ。家康には、中身がないのに空威張り(からいば)している人間のように映った。

「いよいよでございますな」

一礼して正信が入ってきた。両の目に力が込もっている。

「そろそろ西笑承兌(せいしょうじょうたい)が会津に到着するころだろう」

相国寺の西笑承兌は、信玄と家康の会合を手配した僧である。家康から上杉家への詰問状(きつもんじょう)を預かり、それを携えて会津へ向かっている。承兌は兼続の連歌(れんが)の友でもあるが、かなり厳しいやり取りになるはずである。

詰問状は、景勝が国許で戦さの準備をしていることに対して上方で疑念があるため上洛して申し開きをせよ、近日中に使者の伊奈図書と河村長門が会津へ下向するゆえ、返答をせよというのが主な内容だった。

「さて、上杉どのはどのような返答をされますかな」

正信の問いに、家康はにべもなく答えた。

「拒絶するだろう。わしが会津中納言の立場でもそうするわな」

自分が景勝の立場なら断るという内容を平然と突きつけている。滅茶苦茶な話である。たしかに秀吉の死後、上杉家は戦力を増強しているが、それをもって豊臣家に対する謀反とするには無理があった。上杉家には、伊達政宗や最上義光という北の脅威がある。

(上様もずいぶんとしたたかになられた)

正信の背筋に冷たいものが走った。この男を敵にしなくてよかったと胸をなでおろした。

正信がそういう家康を見てもなんら失望することがないのは、家康の本心、すなわち天下を平定し、平和な世の秩序を打ち立てたいという願いがあることを知っているからである。その目的を達するには、少々手荒いことも厭わない。正信もそう思うのであった。

家康は、前田家に縄をつけて抵抗できない状態にしたあと、つぎの標的を上杉家に絞った。

景勝が徳川との戦さを望んでいないことは重々知っている。五大老が列席する場で幾度も顔を合わせたが、性格は実直にして温厚。無口な人間は腹になにを蔵しているかわからないものだが、この男にかぎって表裏はないと思えた。

そもそも上杉と徳川では、動員兵力に倍以上の開きがある。さらに前年からの家康の調略外交により、家康に与するであろう諸将の戦力を合わせれば、どうみても上杉に勝ち目はない。景勝はそういう現実をしっかりと認識していると思っている。

そこで家康と正信は、上杉家の外交を担っている筆頭家老の直江兼続を刺激することにした。三成に劣らず家康嫌いの兼続なら、かならずや餌に食いついてくるとの思いがあったからだ。

「人間、好かれるばかりではだめだ。嫌われてこそ活かせることがある」

家康はしばしばそう語っている。人間関係にはかならず相性がある。どうしても合わない人がいる。要は、それを必要に応じて活かすことだ。

承兌が兼続に届けた書状は、それを一読すれば憤怒にかられるよう〝配慮〟されていた。果たして兼続は烈火のごとく怒り狂った。兼続の怒りは重臣たちに飛び火し、もはや景勝ひとりの力では抑えることができないほどであった。彼らは謙信以来、上杉家こそ天下一の武門だという自負がある。その点が前田家と異なるところだ。前田を突いても豆腐のように反撥（はんぱつ）はなかったが、上杉家はおもしろいように反応する。

承兌が届けた書状に対する返答が、かの有名な「直江状」である。

兼続は家康の詰問に対し細かく反論した。当家の上洛より先に、謂（いわ）れのない讒言（ざんげん）をする者を糾明するべきではないかと書き記し、家康に対し、貴殿は表裏なのかという過激な文言で締めくくっている。

直江状を読んだ家康は激高した。

……と、まわりの者たちは理解した。事実、家康はかなり興奮した様子で怒り、近くの襖（ふすま）を思い切り蹴飛ばす始末だった。

もちろん演技である。演技が過ぎて、足の指先に激痛が走るというおまけつきだった。もし兼続が家康の要求に従って、弁明のために上洛すると返答していたとしたら、それこそ地団駄を踏んだことであろう。

「食いついてきたな」

家康は満足げに兼続からの返書を正信に手渡した。

「これにて征伐軍を差し向けるのはいささか強引という気もいたしますが、まずは重畳至極でございますな」

家康の天下獲りのグランドデザインは、反家康勢力を結集した三成を挙兵させることから始まる。計数についてはすこぶる優れた頭脳をもつ三成だが、大軍を動かしたことは一度もない。挙兵させることに成功すれば、三成がいかに大軍を動員しようが勝てる。何十人もの武将を適材適所に配置して陣形を整え、機を読みながら有機的な連携をはかり、攻守の手綱を引くことなど一朝一夕にできることではない。戦さの経験に乏しい三成には天地が裂けてもできない芸当だ。

(信玄どのが相手でなくてほんとうによかったわい)

過日、膝詰めで会談を行った信玄が三成方にとどまっていたとしたら、いかな歴戦の雄として畏れられる己でも分が悪いと家康は思った。

まず三成に挙兵させる。

そのためには、家康に従う大軍を長駆させ、長い間、大坂を留守にしなければならない。その条件にもっとも適うのが上杉征伐である。

家康にとって、わざわざ会津くんだりまで出かけて景勝と干戈を交えても得るものはなにもないどころか、相当な犠牲を覚悟しなければならない。そもそも豊臣家のために景勝を討つ理由はみじんもない。

多くの者が、上杉征伐は三成を挙兵させるための陽動作戦だと気づいているはずだが、この作戦のスケールがあまりにも大きいため、一度動き始めたその流れを阻止できる者はいなかった。大雨による洪水は、自然に水が引くまで待つ以外にない。

だれが見ても理不尽な上杉征伐を思いとどめるような動きがなかったわけではない。五月七日、長束正家、増田長盛、前田玄以の三奉行と中村一氏、生駒親正、堀尾吉晴の三中老が連名で（直江状は）「田舎者の不調法ゆえ、相手にされまじ」と家康に上杉討伐を中止するよう求めた。

しかし家康はあくまでも強硬な姿勢を崩さず、六月十六日、軍勢を進発させ、東海道を下った。

この軍勢には、本多忠勝、井伊直政、榊原康政、酒井家次ら徳川直属の武将を中心に、東海道筋に拠点をもつ諸将、すなわち福島正則、田中吉政、池田輝政、堀尾忠氏、山内一豊、中村一忠らが従っていた。これは朝鮮出兵の際、ほぼ西国大名が兵を出しているのと同じように、敵に近い所領をもつ武将が出兵の義務を負うという原則に基づいての出兵である。ほかに黒田長政や加藤嘉明といった三成を毛嫌いしている者や、蜂須賀家政のように徳川家と縁戚になった武将も従っている。

軍勢はゆっくり進む台風のように、不穏な空気を撒き散らしながら東進した。陽動作戦であるのだから、急ぐ必要はない。

七月二日、家康らは江戸城に入る。そして、北陸・北関東・東北を基盤とする前田利長・堀秀治・佐竹義宣、伊達政宗・最上義光らに会津攻めの号令を発するとともに、徳川本隊は宇都宮城を前線拠点として攻撃できるよう準備を進めた。この陣容を見れば、いかに上杉軍が精強とはいえ、単独で対抗することはとうてい不可能である。

三成は動いた。いや、正確にいえば動かされた。

上方から徳川本隊と家康の息がかかった諸将がいなくなったことで、三成はついに決意したのである。側近らは上杉討伐は家康による陽動作戦ゆえ自重すべきと助言したが、三成はこの好機を逃してはならぬと行動を活発化させた。

家康が江戸城に到着した七月二日、会津攻めに加わるため、遅れながらも東へ向かっていた大谷吉継のもとに三成から連絡が入り、吉継は美濃の垂井宿(たるいじゅく)から佐和山城へ引き返した。

三成は旧友に家康の不義をあげつらい、いまこそ家康打倒のために決起すべきだと訴えた。

「佐吉、やめろ」

三成と吉継は、秀吉がはじめて城持ち大名になった長浜時代に若くして召し抱えられ、以来、ともに切磋琢磨し、頭角を現してきた者同士。互いに「佐吉」「紀之介」と幼名で呼び合う盟友であった。

秀吉は早くから吉継の戦さ上手を見抜き、「紀之介に百万の軍勢を預け、存分にやらせてみたい」とまで語ったという逸話がある。吉継は武芸のみならず智謀にもすぐれ、武闘派とも吏僚派ともうまくやれる柔軟性があった。

吉継は三成の気持ちが痛いほどわかった。吉継にとっても秀吉は大の恩人であり、その嫡子である秀頼は生涯、忠誠を尽くすべき主君であった。だが一方で家康との一大決戦に臨んだとして勝ち目はほとんどないと見ていた。

冷静に状況を見渡せば、自明のことだった。三成を忌(い)み嫌う者は多いが、家康を嫌う者は義憤にかられた、ごく少数の者しかいない。むしろ家康に心を寄せる者は、時とともに増えている。脂の乗り切ったころの秀吉から学んだのか、人心をとる巧みさが凄みを増している。

「勝算はじゅうぶんにある」

三成は自信たっぷりに答えた。

「しかし佐吉の旗印のもとに人は集まるまい。そこもとは人望がない」

すると、三成はちらっと周囲に目を配り、こう言った。

「毛利どのに大坂方の総大将になっていただく。さすれば上杉攻めに向かった西国大名を翻意させることができる」

三成は、安国寺恵瓊を使って輝元を説得し、その確約を得ているという。

輝元は、中国の覇者となった毛利元就の孫である。「三本の矢」の逸話で知られるように、元就は毛利家を嫡子隆元に継がせ、ふたりの弟、元春と隆景を吉川家、小早川家の養子とし、両川（吉川と小早川）が主家を支えるという集団指導体制をつくった。その後、隆元が早逝（そうせい）したため、子の輝元が主家を継ぎ、元春の跡を継いだ広家と小早川家の養子となった秀秋が補佐している。

たしかに毛利家は八ケ国百十二万石を有し、西国大名のなかでももっとも知行が大きい。さらには毛利秀元（輝元の養嗣子）の十八万石（周防・長門）、小早川家の三十万石（筑前名島）、吉川家の十四万石（出雲）を合わせれば百七十四万石となり、動員兵力は六万人を数える。

しかし、吉継は輝元が総大将になっても、家康に対抗する力にはなりえないと判断した。理由は簡単だ。家康と輝元を比較した場合、人物の容れ物がまるでちがう。

輝元には幾度も会っているが、ひとことでいえば凡庸（ぼんよう）な男でしかない。いくら所領の石高が大きくても、輝元という容れ物に米を入れると、あちこちからこぼれ落ちてしまう。人を引き寄せる魅力もない。

「毛利どのか……」

吉継はなおも思案する。

「毛利どのを筆頭として西国大名を糾合し、東の上杉どのと挟撃すれば、家康めも太刀打ちできまい」

三成は重大なミスを犯していることに気づかない。「こうであってほしい」という願望が、「かならずこうなるはず」という根拠のない思いこみへと変わっていることに。

「それはあくまでも佐吉がそう望んでいるだけであろう。毛利どのは自領を増やすことにはいたく執着するが、天下を望む器ではない。そもそも元就公は三人の子たちに天下を望んではならぬと厳命しておるのを知らぬわけではあるまい。また上杉軍がいかに精強とはいえ、伊達どのや最上どのの脅威があるなか、領国の外へ打って出ることができるのか。ここはしっかり見きわめねばなるまい」

三成は気色ばんだ。

「紀之介ともあろう者がそんな弱気でどうするのだ」

三成の真剣な面持ちを見ているうち、吉継はこの男の言っていることにも一分の理があると思い直していた。時が過ぎるにまかせれば、家康はますます調略の手を伸ばし、味方を増やすであろうことは火を見るよりも明らか。二言目には「太閤殿下へのご恩返し」と言い、声高に義を強要する三成に比べ、家康はあくまでも豊臣政権のためという大義名分を装いつつ、自らに味方すればこれだけの利があると約束している。

利を義で巧妙に飾っているのである。家が存続するか滅亡するか瀬戸際に立つ大名たちに対し、義だけをもって説き伏せることは容易ではない。

いまであれば、家康の調略の手が伸びていない大名はまだまだいる。彼らを説得するにはいましかない。

吉継を合戦にけしかける動機が、もうひとつあった。自身の健康状態である。

あるとき、指の麻痺に気づいた。やがて指が変形し、熱せられた鉄に触れても肉が焼けるだけで熱いと感じなくなった。みるみる視力が衰え、やがて失明した。口を思うように動かすことができず、話そうとすると涎が口元から垂れ落ちるばかりで話すこともままならなくなり、自力で歩くこともできなくなった。そのため家臣が担ぐ駕籠に乗って移動し、顔から膿が出てひどく歪んでいるから、つねに頭巾をかぶっている。

だが吉継は病を悲嘆しなかった。不思議なことに、病がひどくなるにつれ、ものごとがよく見えるようになった。壮健だったころにこれほど見えていたら、百戦百勝だったかもしれないとひとりほくそ笑んだ。

（ここがわしの死に所になるだろう）

ものごとがよく見えるだけに、どの大名がどう動くだろうと推測もできた。どうせ死ぬのなら、盟友とともに戦い、華々しく生を終えるのも悪くはないと思った。

「よし、わかった。ともに死力を尽くそうぞ」

そう言った直後、吉継の胸に溜まっていたものが一気に流れ出た。なんら咎のない上杉家を討つためにはるばる会津まで軍を率いて行かなければならないことに気が塞いでいたのである。

このころ、吉継の軍勢が垂井宿に滞在したまま一歩も動かないこと、吉継が佐和山城で三成と密会し、挙兵を企んでいることなどを江戸の家康に知らせた者がいる。三奉行のひとりで、三成の盟友であるはずの増田長盛である。

長盛はことの重大さに怖気づいていた。家康に対して勝ち目はないと踏んで、事前に密告することによって事が起こった場合に備え、二股をかけたのである。長盛のみならずほかの奉行、長束正家と前田玄以も同じような密書を家康宛てに送った。

さらに家康が驚く事態となった。淀殿や長束正家、前田玄以ら二奉行と前田利長の連名で、早急に上方に戻り、ふたりを阻止してほしいという旨の書状が届いたのである。

家康は、複雑な表情で本多忠勝と榊原康政に言った。

「ついに食いついた」

上方に垂らしておいた釣り糸の餌に三成が食いついたのである。

「だがな……」

予想外の展開となった。三成らが挙兵計画を進めるのは想定内だが、その企てを阻止してほしいと、よりによって淀殿が依頼してきたのである。上杉征伐も体裁の上では豊臣公儀に従っているが、これはあくまでも陽動作戦であり、実際に上杉と戦うつもりはない。しかし淀殿の要請によって上方にとって返し、三成を討つのはまずい。これでは天下を分ける戦さにはならず、三成を排除したとしても豊臣政権は正当性を維持したまま続くからである。

「弥八郎を呼べ」

家康は忠勝や康政では埒があかぬと正信を呼び、書面を見せた。

「これではなにも解決いたしませぬな。わが徳川家が豊臣の忠実なしもべになるだけの話でござる」

「であろう。右衛門尉め、よけいなことをしおって」

家康はこの発令のために画策したであろう長盛に怒りを向けた。

「あとは治部少輔が巻き返すのを待ちまするか」

それしかない、と家康も思った。

（弥八郎、全体が見えておる）

豊臣家に仇なすと決めつけられた三成は必死になって淀殿に自身の潔白を証し、自らの正当性を訴えるであろう。淀殿は翻意するはずである。

「この書状は無視する。治部が挙兵するまでゆるりと会津への旅を続けてくれ」

家康は七万の軍勢を北へ進めることにした。

先鋒隊の榊原康政は七月十三日、江戸を発ち、その後、秀忠を総大将とした前軍が江戸を発った。

家康はあくまでも悠然としていた。江戸を発ったのは二十一日である。このゆるりとした行軍の速度は、そのまま家康の心の余裕を現していた。

ところが、のっぴきならない事態が発生した。三奉行の連名で「内府ちかい（違い）の条々」十三カ条が七月十七日付けで諸国へ発せられたのである。それによって家康は公儀の味方から、一転して逆賊になってしまった。

三成と吉継は三奉行を取りこみ、淀殿を説得した。さらに恵瓊を巻きこんで、豊臣公儀のもとに家康を弾劾（だんがい）したのである。古来、逆賊が公儀に勝った例は数えるほどしかない。家康は絶体絶命の窮地に陥った。

その直前には三成らが輝元に対し、大坂城に入るよう要請し、「内府ちかいの条々」が発せられた当日、輝元は一万の軍勢を率いて大坂城に入り、土佐から長曽我部盛親も軍を率いて入城した。

この時点で西軍は九万三千に膨れ上がった。大坂城には家康が留守居役として佐野綱正を置いていたが、綱正は大坂城を明け渡さざるをえなかった。

これだけの工作を短時日のうちに仕上げてしまった三成は、やはり稀代（きたい）の能吏というべきであろう。

では「内府ちかいの条々」とはどのような内容なのか。主な項目を現代語訳であげてみよう。

・五奉行である石田三成、浅野長政を蟄居（ちっきょ）に追いこんだこと

・前田利家に誓紙を差し出し、違背のないことを誓ったにもかかわらず、上杉景勝を討つといって前田利長から人質を取ったこと
・上杉景勝になんら落ち度がないのに、討ち果たそうとしていること
・伏見城の城番として太閤秀吉が定めた留守居役を追い出し、私兵をもって占拠していること
・北政所様の御座所である西の丸に居住していること
・西の丸に本丸のごとく天守閣を築いたこと
・諸将の妻子は人質であるのに、自分の党派の妻子を国元へ返していること
・私婚は禁止されているにもかかわらず、数しれず縁組を行ったこと

などであった。

それを読んだ家康は逆上した。平生、感情を露わにしないだけに、その怒り狂いようは生半可ではなかった。血管が切れるのではないかと思うほど顔を真っ赤にし、近くにある物を手当たりしだい放り投げた。歴戦の強者本多忠勝でさえ縮み上がるほど凄まじい怒りだった。

「治部の野郎、あることないこと書き連ねおって」

家康がこれほどの大音声を出せるのかと驚くほどの怒声で三成をののしった。

(あることないことではなく、大半はあることだが……)

正信は冷静にそう思った。が、そこに書かれている家康の行動に非があるとは思っていない。

十三カ条で述べられていることは、あくまでも豊臣政権を絶対正義としたうえでのことである。たしかに誓詞を交わすなど約束ごとはあったが、それを断じて違えてはならぬとなれば、世の腐敗した政権が永久に続くことになるという考え方も成り立つ。時の政権が絶対正義とはかぎらない。

ありえないことだが、もしこの当時、国民に豊臣政権の是非を問うアンケート調査をしたら、支持

率は惨憺たるものであったろう。二度の朝鮮出兵やうち続く巨大建造物の普請で武士も民草も疲弊のきわみにあった。だからこそ諸将が家康に寄せる期待は大きかった。けっして自身の利得だけを考えて家康につこうと思ったわけではないはずである。

嵐が静まるのを待って、正信が声をかけた。

「しかしながら上様、早急に手を打たねばなりませぬな」

正信の冷静な声色が家康の荒れ狂った心をたちどころに鎮静させた。

うむ、とうなずき、腕組みをして考えこんだ。

ここまで従ってきた諸将はこの発令に接し、心穏やかではないはずだ。このまま家康につき従えば公儀に反することになり、賊の烙印を押されるのである。毛利輝元が大軍を率いて大坂城に入ったことも寝耳に水だった。大坂城には依然として秀頼がいる。遠からず三成が挙兵したとき、はたしてこのまま従っていいものか。諸将の心境が手に取るようにわかった。

数々の修羅場をくぐってきた家康だったが、この事態ばかりは想定していなかった。崖っぷちに追いやられたのである。

(治部を見くびっておったわ)

三成には人望がないと思いこみ、この事態を予測しなかったのである。もし作戦参謀がいたら、彼は死罪を言い渡されるほどの失態であろう。

家康はつねづね、戦略の失敗は戦術で挽回することはできず、戦術の失敗は戦場で挽回することはできないと考えていた。しかしいかに窮地に陥っても、命があるかぎり、起死回生の手はある。相手は人間なのだ。かならずどこかに突破口があるはずだと考えた。

家康は雑念をいっさい排し、集中して考え続けたが、妙案は浮かばなかった。

## 小山評定

二十四日、家康は下野国の小山に到着した。当初からここで宿営する予定だった。その昔、源頼朝が奥州征伐に赴くとき、この地を宿営地としたという故実がある。家康は験を担ぐのが好きだ。

小山城は廃墟同然だった。ここを根城にしていた小山氏はすでに滅んでいる。いたるところに蜘蛛の巣が張り、鼠の死骸が転がっているのを片づけるところから始めなければならなかった。自ら指示したとはいえ、ここに泊まるのかと暗澹たる気持ちになった。

夕刻、ひと息入れているところに井伊直政が参上した。

「どうした、万千代」

「伏見城番、鳥居彦右衛門尉どのより密書が届いております」

鳥居元忠は、三河譜代衆のなかでも抜きん出た忠義者で、家康は全幅の信頼をもって伏見城を託していた。

書状を読むうち、さすがの家康も動悸が激しくなるのを抑えられなかった。伏見城は西軍四万に囲まれていると書かれている。包囲軍の総大将宇喜多秀家がしきりに降伏勧告をしているというが、元忠が聞き入れるはずがない。間もなく城は落ちるだろう。いや、すでに陥落しているかもしれない。

「明日二十五日、ここ小山で軍議を開く。諸将に伝令を出せ」

家康は乾坤一擲の勝負に出る決意をした。信玄を説得したときのように、本心をあけすけに語ればいいというものではない。かといって嘘偽りで固めてもいずれは露見する。堂々と自らの正当性を説くにはどのような話法がいいか、それをじっくり考えるのだ。

会津へ向かって進軍を続ける軍は、最前線から最後尾まで約七十キロの長さがあった。それぞれの隊に対し、小山に集まるよう伝えるため、母衣武者衆(ほろむしゃしゅう)が勢いよく馬を駆った。

「弥八郎と万千代、こっちへ来い」

家康は正信だけではなく、直政を奥の小部屋に呼んだ。長い年月、外気が入らなかったため、そこにいるだけで身の毛がよだつような、どんよりとした腐臭が漂っている。

家康は近習に、だれもこの部屋に近づけるなと命じ、床几(しょうぎ)に腰をおろした。正信と直政も床几に座り、三角形の形で対座した。

家康はふたりを睨み、言葉を選んでいた。

「よいか、明日が天下分け目の合戦だ」

家康は、天下分け目の戦いを二度、勝たなければならないと覚悟を決めている。一度目は明日の軍議である。これまで従軍してきた諸将をつなぎとめられるかどうかが問われる。二度目は実際の戦闘である。

正信と直政はじっと無言のままだ。

「明日の軍議で負ければ、その後はない。よいか」

ふたりがかすかにうなずいた。

「治部の謀略によって、われらは豊臣公儀に反する軍となった。毛利の大軍が大坂城に入り、秀頼を擁(よう)している。宇喜多を総大将とする四万の軍勢が伏見城を囲んだ。戦端は開かれたのだ。おそらく鳥居らは全員討ち死にするであろう」

ふたりの喉が上下に動いた。

「さて難しい選択をせねばならない。このまま会津へ向かうのか、引き返して西軍と決戦におよぶのか。その方らの存念を聞きたい」

状況をいち早く整理した正信が発言した。

「われらにつき従う将は八十余人。そのうちの大半は豊臣恩顧の大名、いわば客将であります。彼らのほとんどが人質として妻子を大坂城に残してきております。それだけでも由々しきことであるうえ、われらは豊臣に矢を向ける逆賊とされてしまいました。とてものこと、このまま彼らがわれらに与するとは思えませぬ。へたをすればこの地で合戦に発展するやも知れませぬ。まずは一人ひとりに向背(こうはい)を問い、いずれにつくかを見きわめたうえで、西上軍を再編成すればよいのではないかと考えまする」

家康はしばらく唸(うな)っただけで、直政のほうを向き、発言を促した。

「それではいかにも時がかかるうえ、いたずらに考える間を与えることとなりましょう。戦さは勢いが肝心。このまま軍勢を引き返し、脇目もふらず敵に攻め寄せれば、よけいなことを考える暇(いとま)などありませぬ。躊躇(ちゅうちょ)することなく西軍との決戦に臨むことが肝心と存じます」

「それは楽観的に過ぎるぞ、お若いの。彼らが妻子を犠牲にしてまでついてくる保証はないぞ」

正信が直政を諌(いさ)めた。

「保証など求めていては戦さはできませぬ。仮に迷う者がいても、大きな流れには逆らえぬはず。とにもかくにも考える猶予(ゆうよ)を与えず、一気呵成にことを進めることが肝要と存ずる」

「甘いな。兵部どのは人間というものがわかっておらぬ」

「佐渡守どのはわかっておられると申すのか」

「そなたよりはな」

直政はいきりたち、勢いよく立ち上がった。その反動で床几が倒れ、そのままふたりは睨み合いを続けた。

「まあまあ、やめい」

家康は、この両者から最適の策を引き出そうと思っているわけではない。考えてもわからないときは、だれかに発言させるにかぎる。それによってぽろっと妙案が浮かぶことがある。このときは妙案というより、ある確信を深めたと言ったほうが正しいであろう。

「わしの考えはこうだ」

そう前置きをして、家康は小声で自らの考えを述べた。

「ただ、それだけでうまくいくとは思わない。多少の仕掛けが必要だ。その鍵を握るのがあの男だ」

家康はさらに小さな声で言った。

「左衛門大夫（さえもんだゆう）どのでござるか」

「そうだ、左衛門大夫だ。だれがあの者に話をつける適役と思うか」

「こ、これからでございますか」

気づけばとうに亥の刻をすぎている。

「もちろんだ。軍議は明日なのだぞ」

左衛門大夫とは福島正則のことである。家康も正信も、豊臣恩顧の武将のなかでもっとも影響力のある者として、腫れ物に触るかのような扱いをしてきた。

家康にとって思い出すのも癪（しゃく）に障（さわ）る、こんな出来事があった。

上杉征伐に出陣する前のこと。正則が清洲城から伏見城にいる家康に使者を遣（つか）わしたが、通行手形を持っていなかったため関所で押し問答になった。結局、使者は関所を通ることができず、やむなく清洲に引き返した。そして正則に激しく叱責され、責任を感じて切腹した。

それからが家康を震撼させた。正則はなんら説明を添えず、その男の首を家康に送りつけたのである。驚いた家康はことの次第を調べさせ、哀れとは思いつつ関所の役人を自害させ、詫びの書状とともに正則に首を送ったが、彼の怒りはそれでも収まらない。関所の木っ端役人ではなく責任者の首を送れと要求したのである。

正則を怒らせてはまずいと思った家康は、やむなく伊奈昭綱を自害させ、その首を送ったという出来事があった。

ことほどさように正則という男は固陋な人間だ。使者に通行手形を持たせなかった自分が悪かったとは毫も考えない。こうと思いこめば梃子でも動かない。

正則はもともと尾張清洲の桶屋の息子だが、怖いもの知らずで武芸に長け、秀吉の従姉の子ということもあって小姓に取り立てられ、やがて清洲城二十四万石をあてがわれた。秀吉に対する報恩の思いは強く、だれもが認める豊臣恩顧大名の代表格であった。

その出来事があったとき、家康は思い知らされた。正則は憎しみの対象があってこそ馬鹿力を発揮する人間だと。以来、三成に向かっている憎しみが自身に向かわないよう、細心の注意をはらってきたのである。

その福島正則を軍議の前に説得するには、だれがいいかと家康は問うた。

「黒田甲斐守（長政）どのをおいて、ほかにはおりませんでしょう」

家康が考えていたとおりのことをすかさず直政が言った。

「そのとおり。万千代、たのんだぞ。今夜が勝負だ。すぐに参れ」

黒田長政。

彼もまた、三成に対する遺恨をもつ男である。

朝鮮での役で敵の大軍に包囲された蔚山城（うるさんじょう）の救援に蜂須賀家政とともに向かった。彼らはびっしりと城の周りを埋め尽くす敵軍に突進していったにもかかわらず、敵と戦わなかったと三成らに虚偽の報告をされ、秀吉の勘気に触れた。家政とともに逼塞（ひっそく）を命じられた。

長政はそれに対する怒りが収まらず、秀吉の死後、五大老に訴えた。

そのとき親身になって動いてくれたのが家康だった。くわしく調査した結果、報告された内容は事実と異なることがわかった。以来、長政は意趣返しをもくろんでいた。七将討ち入りに加わったのは、その遺恨があったからだ。

長政は秀吉がもっとも信頼し、かつ畏れた黒田官兵衛（如水）の倅（せがれ）である。長政が父に「関ヶ原で勝ったのち家康と握手した」と言うと、官兵衛は「そのとき左手はどうしていたのだ」と訊いたという逸話がある。なぜ空いたほうの手で刺し殺さなかったのかという意味である。当今、謀略にかけては右に出る者がいないと言われる官兵衛の子である。彼は勇猛果敢であったが、外交の手管（てくだ）にも長けている。

長政は吉川広家にも働きかけ、家康に内応する約束を取りつけている。また縁戚関係にある平岡頼勝や家臣の大久保猪之助を使って小早川秀秋に寝返るよう画策している。そして、こたびの正則への調略である。

長年、長政は正則と気脈を通じていた。豊臣家への思いも三成への激しい憎悪も知り尽くしていた。正則は、家康が豊臣家に対して忠義心があるのかという一点だけを疑っていたが、長政は、家康が豊臣家を蔑（ないがし）ろにすることはないと太鼓判を押した。

つくづく三成は厄介な男を敵にまわしてしまったといえる。もし黒田長政が家康と敵対していたら、関ヶ原の帰趨（きすう）はどちらに決していたかわからない。秀秋が寝返らなければ西軍優勢のまま東軍は後退させられたであろうし、広家が南宮山を塞ぐ形となって山上に陣取る毛利秀元の攻撃参加を止めていなければ家康の率いる本隊は背後から突かれていたはずだ。

家康にとって運命の日を迎えた。これから開かれる軍議の結果次第では、こつこつと積み上げてきたものを一気に失うことにもなりかねない。金ヶ崎の戦い、三方ヶ原の戦い、伊賀越えなど、絶体絶命の危機をたびたび乗り越えてきた家康だが、それらに匹敵するほどの剣ヶ峰だと気を引き締めた。

軍議は家康の陣所に、急ごしらえの建物を足した広間で始まった。八十人以上の武将が固唾をのんで家康の登場を待っている。

みな胸中穏やかではない。公儀の軍に謀反すると烙印を押されてしまったうえ、大坂に妻子を残している者が多い。伏見城が落城間近だという情報もまたたく間に諸将の間をかけめぐった。

やがて家康が現れた。ひそひそ話がやみ、不安定な雰囲気が一瞬にして引き締まった。

従えているのは本多正信と本多忠勝のふたり。いずれも質素で地味な陣羽織を着ている。秀吉はこのような場ではかならずきらびやかな衣装に身を包み、参列する者たちを圧倒した。人は〝なり〟のちがいで気後れすることを知っていたのだ。

しかし家康はちがう。生来、質素倹約が身についているが、出世するほどに地味な衣装を心がけている。秀吉政権の後期、厳しい賦役に苦しんだ諸将は、絢爛な衣装を身につける者に対して反撥を感じていることを知っている。

「よくぞ、お集まりいただいた」

家康はあたうかぎりのやさしい声色で語り始めた。

「われらは公儀に従って会津攻めの途についておる。にもかかわらず、われらの留守をいいことに治部少輔が奸計をめぐらし、われらに矛先を向けてきた。あれに書かれた条々にいちいち反論する気はないが、そもそも太閤殿下の思し召しによって秀頼さまの傅役（もりやく）は前田どのに、政はそれがしにとのご下命がござった。あれに書かれた条々はすべて政の一環である。よって、なんら後ろめたいことはない」

家康は心にもないことを言っているが、その一方で、やましいとはみじんも思っていない。己には大志があり、それによって民が安寧になるとしたら、事実を多少飾り立てた便法など些細なものでしかないと思っているからだ。小さなことを気にかけ過ぎる人は、大事を成就させることができないとも思っている。

「そもそも治部少輔の考えることがすべて正しいとしたら、朝鮮の役での報告もすべて正しいものとなるはずである。ところが、治部少輔がやったことは親しき者へのおもねりと嫌いな者を陥（おとしい）れる讒言（ざんげん）であった。そのことはみなもご存じであろう」

そこで話をいったんきると、諸将の多くは幾度もうなずき、なかには、

「そうだ、そうだ」

と小声でつぶやく者もいた。

ふと正則を見ると、三成への憎悪が蒸し返されたのか、顔が煩悶（はんもん）し、歪んでいる。

「古来、君の側近くに侍（はべ）り、君の威信を笠に着て権力を壟断（ろうだん）する例は数多ある。治部少輔はまさに奸佞（かんねい）であり、一刻もはやくそれを取り除かねば豊家に災いをおよぼすのは必定。よってわれらはここで軍勢を引き返し、奸佞を討つことにいたす」

家康は話をきった。居並ぶ諸将がそろって唾を飲みこむ音がした。事の展開に肝をつぶし、身のふり方を模索し始めている様子だ。

しかし、すぐに答えが出るはずもない。彼らは横目でちらちらと居並ぶ者たちの表情を見分けようとしている。

「しかしながら、みなの者にもそれぞれのご事情があろう。大坂に身内を残している者も多いはず。それがしも幼年時代は長い人質生活を過ごしたゆえ、その気苦労は知っているつもりである。しからば、大坂方につきたい者はこの場で陣払いをされても一向にかまわぬ。咎めだても邪魔だてもしない。それぞれ好きに判断されよ」

広間は水を打ったように静まり返った。しわぶきひとつ聞こえない。

それも束の間、胴間声が響き渡った。声が発されたほうを見やると、その主は福島正則であった。正則は立ち上がるやいなや高らかに語った。

「なにを申されるか、内府どの。それがしが治部めに味方するなど天地が裂けてもござらん。やつの悪だくみは明々白々。それを知って与するは大罪にひとしい行為。それがしは内府どのにお味方奉り、君を私するやつばらを誅する覚悟。ぜひともご先鋒を賜りとうござる」

三成への憎悪に満ち満ちた、天地をつんざくような怒号が広間を圧した。

その効果は絶大であった。自分では結論を出せなかった者たちは、豊臣家への忠誠心が人一倍強いと思われている正則がそう発言したことによって、家康方の東軍につくことの正当性を確信することができたのである。

正則の声に気圧され、口をあんぐりと開けている者もあったが、ひとりが立ち上がり、

「それがしも同様でござる」

と述べるや、その後は雪崩をうったように同じ意思表明が続いた。その場の空気に押され、五分五分で迷っていた者はもちろんのこと、西軍につこうと決めていた者でさえ、考え直し、同調し始め

た。

かくして参列している諸将のすべてがそのまま西へ取って返すことになった。古来、日本人は同調圧力に弱い。このときもそのような展開となった。

深夜、長政を正則の陣所へ行かせ、この軍議で真っ先に発言してもらうよう画策したのだが、そのとおりの展開になったのである。

家康は、正則が長政にその話をもちかけられたとき、十中八九は承諾すると読んでいた。自らを正則の立場に替えて考えればわかる。この期におよんで三成に味方しても正則の将来はないからである。たとえ正則が西軍に加わって戦さに勝ったにせよ、自分を蛇蝎のごとく嫌っている男を三成が優遇するはずがない。咎を創作し、公儀のもとに処罰することは三成にとって朝飯前である。それを正則は朝鮮の役の報告で嫌というほど見せつけられた。

場の空気とはおそろしいものである。正則の発言によって巻き起こった空気がそうさせたのか、思ってもいなかったことを口にした武将がいる。

「待たれよ、軍議はまだ終わっておらぬ」

発言したのは、山内一豊である。

「それがしは遠江国の掛川城を領しておるが、わが城と領地を内府どのにさしあげとうござる。このたびの進軍においてて存分にお使いなされ」

一豊の発言を聞いて、家康は腰を抜かさんばかりに驚き、そして喜んだ。わざわざ上段から降りて一豊のもとまで歩き、両の手をとって感極まった面持ちで言った。

「対馬守どの、なんと礼を申してよいか。このご厚情は生涯忘れいたさん」

一豊の発言が呼び水となり、海道筋にある城をもつ武将は、われ先にと自分の城と領地を家康にさしあげると発言した。その場の流れから東軍が優勢であるとみて、家康に〝投資〟をしたのである。

この投資は、莫大なリターンを生み出す。一豊は関ヶ原の戦いにおいてさしたる武功をあげなかったが、このときの発言が功を奏して、掛川六万石から土佐二十四万石へと四倍もの加増となった。いかに家康がこの発言を重く評価していたかがわかる。

家康が剣ヶ峰と位置づけていたこの評定は、人の心の機微を巧みに読みきった家康の勝利だった。

## 書状作戦

つぎにやらねばならないことは、豊臣恩顧の武将を含め、全国の大名を手なづけることであった。

評定の翌日、秀忠率いる徳川直属三万八千を上杉への備えとして宇都宮城に置いたまま、家康と東軍の諸将は小山を発った。江戸に到着するのは八月五日のことである。

諸将は順次、東海筋を西へ上ったが、家康は江戸にどっかりと腰をおろしたまま動こうとしない。家康が江戸を出立するのはなんと九月一日のことであるが、それまでの二十五日間、無為にすごしていたわけではない。むしろこのときにやったことこそ、家康の真骨頂だといえる。

家康は江戸城の自らの屋敷に、本多正信、榊原康政、井伊直政の三人を集めた。前回の密議に呼ばれなかった康政が拗ねていると聞いて、彼も加えている。女の嫉妬は怖いといわれるが、組織に属する男の嫉妬はそれ以上に怖い。

股肱の臣を自認する康政は、家康が直政ばかりを贔屓しているように思えてならない。その思いは、召し抱えた武田の遺臣を丸ごと直政に預け、天下に響く赤備えとしたことに端を発する。家康としては、直政を次世代の重席家老として育てたいという思惑があったのだが、その匙加減を誤ると家臣団の不協和音を招くと思い、早めに手を打った。

小山廃城の煤(すす)けた広間を思うと、江戸城の質素な屋敷は極楽にも思えた。

「上様、ご出立はいつになされますか」

逸(はや)る気持ちを押さえて康政が尋ねた。

「そう慌てるでない。ここでまだまだやることが残っておる」

「さりながら、戦さは勢いが肝心。小山ではあのように申しておった武将らが、いつ変心するともかぎりませぬ」

彼らは最後尾に徳川旗本隊三万がついてくると思いこんでいる。そのためにもすぐに出立すべきだと康政は主張した。

「そう急(せ)かすな。おまんらに集まってもらったのはほかでもない、これからだれにどのような書状を発するか、詳細に決めるからだ」

「書状……にござりまするか」

「世間では手紙ともいうが」

「なんと呑気な……。いや、失礼つかまつった。書状など半刻（一時間）もあれば済むではありませぬか」

「半刻で済むような数ではない」

家康はとぼけた表情で答えた。

「なにゆえこの期におよんでさほどに多くの書状を……」

家康は康政の言葉を最後まで聞かずに、言葉をかぶせた。

「念には念をの備えだ。信玄公も申されている。戦さは戦う前に勝つことが常套(じょうとう)だと。そのための工作よ」

「では、急ぎましょう」

「急ぐではないと言ったはずだ。仕事は丁寧が肝心。まずは下ごしらえだ。料理もそれを省けば不味くなる」

前月は三十四通の書状を発している。それを見て、康政はずいぶん筆まめだと感心していたが、それどころの話ではない。

家康は全国の諸大名一人ひとりの名をあげ、東西どちらの陣営に加わりそうか、なにが好きか、だれと懇意にしているのか、決定権を握る人物はだれか、家内で騒動はないか、領国で変わったことはないかなどをこと細かく調べ、それぞれの状況に応じた内容の書状を発するというのである。

「おそれながら申し上げます」

正信がそう前置きをして発言した。

「全国の武将をいくつかに分け、それぞれの集団に合った文面の雛形（ひながた）をつくり、一部を変えればよろしいのではないかと存じます」

文官の正信でさえ、そのような発想である。家康は正信の顔をしげしげと見つめ、呆れ、そしてこれがこの男の限界だと思った。

「そんな書状を受け取って、心に響くと思うのか！」

家康は怒鳴った。このところ激することが多い。

「いいか。書状は時として武器以上の武器になる。その内容いかんによって、戦わずして数万の味方ができるかもしれぬ。一滴の血も流さずにだ。それを知ればこそ、あだや疎かにすることはできぬ」

常在戦場。

これは三河以来の譜代大名である牧野忠成が長岡を治めてから、その地に浸透した信条だが、家康もこの精神を継いでいる。

人並みの人間と家康のちがいはここにある。戦場で手抜きをすれば、地獄への扉が大きく口を開けて待っていることを知っているからこそ、平時も手を抜くことをしない。

そのときだった。伏見城からの使者が到着したという報せがあった。

「通せ」

使者は小走りに家康の前に膝つき、言上した。

「申し上げます。八月一日、伏見城が陥落いたしました。城主鳥居元忠どの以下千八百人、ことごとく討ち死にしてございます」

家康は色を失い、大きく息を吐いた。しかしすでに予期していたことでもあり、気を取り直し、そのまま合議を続けることにした。

情報整理は丸々三日間におよんだ。

秀忠付きの右筆（ゆうひつ）を宇都宮から呼び寄せ、合わせて三人の右筆に対し、書状ひとつずつの要点を説明し、下書きをさせ、家康が確認することにした。

翌日、右筆のひとりが書状の原案を家康のもとに持参した。

京極高知宛ての書状である。

読み始めてすぐ、家康の顔はみるみるかき曇った。書状を持つ両手が震えている。

「なんだこれは！」

落雷のごとき家康の声が鳴り響いた。瞬時に顔面蒼白となった右筆はその場に土下座し、額を地面に押しつけた。

「これではわしの心が伝わらぬではないか」

そう言って、家康は持っている扇子で右筆の後頭部を強く叩きつけた。右筆の口から、ヒェッという怯えた声が漏れた。

「言ったはずだぞ。これは高知へ宛てた書状でありながら、その兄の高次に対するものでもあると。そのためには、高知がこれを読んで兄に読ませたくならなければならぬ。おまえがこれを読んだとして、さような気持ちになるか。戦場で戦う武士たちの心意気で書かぬからこんなクソみたいな文しか書けないのだ。いいか、真剣で切り結ぶつもりで書け。戦さ場では切っ先が一寸およばぬだけで、つぎの瞬間、己が殺されているのだぞ」

怒りを抑えきれない家康は、二度三度、扇子で右筆の後頭部を打ち据えた。先ほどの打擲でミミズ腫れになっていたところを打たれ、右筆は痛みにうめき声をあげた。

「申し訳ございませぬ。たったいま書き直して参ります」

「半刻のうちに持って参れ」

家康は真剣だった。なにが人の心を動かし、なにが反感を抱かせるか知っているから、心を動かすことができない仕事を激しく憎んだ。三河譜代の家老たちが家康に重用されていたのは、そのあたりの機微を理解していたからである。

ちなみにこの右筆、関ヶ原の戦いののち由本晴久に学び、家康が将軍職を辞して江戸から駿府に行くのに同行し、大御所政治を扶けることになる。

京極高次についてふれたい。黒田長政が関ヶ原の戦いを勝利に導いた立役者であるのと同様、彼もまた重要な働きをしたからである。

信長の姉お市の方と浅井長政の間に生まれた三姉妹のうち、長女の茶々（淀殿）と三女の江についいてはよく知られているが、次女の初についてはあまり知られていない。その初を娶ったのが京極高次である。正確を期すのであれば、秀吉によって強引に娶らされたと書くべきであろう。

高次は淀殿の妹を娶ったというだけで近江大津城七万四千石の城主となった。さしたる武功もないのに異例の出世を遂げた高次を、世間は「蛍大名」と揶揄した。義姉や妻の七光りで出世した、あるいは義姉や妻の尻の光といった意味である。武将にとって、これほどの屈辱はない。

高次は大坂城にいる淀殿との関係上、かならず西軍につくと見られていた。しかし高次の弟高知は秀吉の死後、人望のある家康に分があると見て、積極的に家康に近づいた。そのような経緯があったため、家康と高知の間には一定の信頼関係があったのである。

関ケ原の前哨戦のひとつに大津城の戦いがある。

西軍につき、大谷吉継の下で前田利長との戦さに向けて出立した高次であったが、途中で軍を引き返し、大津城に籠もってしまった。

城兵わずか三千。義姉の淀殿が説得したが、それでも翻意しなかったため、西軍は三万八千という大軍で大津城を囲んだ。そのなかには島左近に勝るとも劣らない猛将立花宗茂もいた。

高次は本丸に籠もって徹底抗戦を続け、関ヶ原の戦いの日まで持ちこたえ、ついに降伏開城し、剃髪して高野山に入った。

戦後の論功行賞において家康は、降伏したものの西軍の大軍を十三日間も大津城に足止めした高次の功績を評価し、越前小浜十万石に加増した。蛍大名の汚名を返上したのであった。

家康は高知宛てに五通の書状を発している。それが高次の心を動かし、東軍につかせたのである。

書状の文案に対する家康の指摘はその後も激烈で、重箱の隅を楊枝で突くような緻密さであった。八月に発した書状は九十三通、九月は関ヶ原の戦い（十五日）の直前までに三十四通を発するという猛烈な書状作戦を展開したのである（警戒している福島正則宛てに十四通、調略の鍵を握る黒田長政宛てには九通）。

家康が直接発せずとも、長政らが発した書状を合わせればその数は膨大であった。内容は、味方になるよう誘引したり、恩賞について書かれたものが大半であったが、相手の心をつかむことを心がけた。

小山の評定では従うと約束したものの心変わりする者が一定程度いると見越したうえで、先手を打ったのである。

書状は口約束とは異なり、重要な証拠となる。約定違反をすれば家康の信用が失墜するのであるから、よほどの理由がなければ反古にすることはできない。

## 陣取り

家康がせっせと書状を書いていたころ、福島正則、黒田長政、池田輝政、細川忠興、加藤嘉明、浅野幸長、山内一豊、堀尾吉晴、田中吉政、藤堂高虎、中村一栄ら三万五千の先発隊は、八月十三日、正則の居城清洲城に入った。正則に対して不信感を拭いきれなかった家康は、先発隊の軍監として本多忠勝と井伊直政らを派遣した。

正則はいきりたった。

「内府どのはわれらをけしかけて自らは江戸城に居座り、豊臣の武将同士、相争うのを高みの見物するおつもりか」

忠勝と直政につかみかからんばかりの勢いで、詰め寄った。気性の激しさでは正則にひけをとらない忠勝ではあったが、ここは自重した。

「もうしばし待たれい。上様はもうすぐ江戸をお発ちになります」

正則は、

(なにが上様だ。上様は秀頼さまをおいてほかにはおらんわ)

内心毒づいたが、彼も自重した。些細なことで争っても得るものはなにもない。それくらいの思慮はあった。

忠勝から、正則が憤慨しているとの報せを受け取った家康は村越茂助を派遣し、「わが軍がいなければ攻略できぬのか。これからすぐ江戸を出立するゆえ、後詰めは万全。まずはおのおの方が存分に働きなされよ」と返答した。家康は、尊大なふるまいをする相手に対し、下手に出るのは火に油を注ぐようなものだと知っている。正則のような好戦的な男に対しては、上からの物言いでけしかけるにかぎる。

長政名義の書状を含め、数百通もの書状をさみだれ式に発した家康は、満を持して軍を発する決意をした。その前に本多正信と榊原康政を呼んだ。

「弥八郎、そちは秀忠のもとへ行ってこう伝えよ。中山道から美濃へ入ってわれらと合流せよとな。途中、上田を通ることになるが真田昌幸はけっして相手にするな。秀忠の手に負える相手ではない。食えない男だ。一度、食おうとしたがとんでもない毒まんじゅうだった。すぐに吐き出したから命に別状はなかったがな……」

そう言い、家康は鼻の頭に皺を刻んだ。

「真田安房守どのは信玄公の薫陶を受けておりますからな」

正信がしたり顔で言うと、家康は小さく舌打ちし、続けた。

「まったく信玄どのもとんだ食わせ者を育ててくれたものだ。おかげで心配の種が尽きぬわ。いいな弥八郎、くれぐれも真田は相手にするなと伝えるのだぞ」

「承知いたしました」

ちなみに真田家は天下分け目の合戦を前にして家族会議を開き、昌幸と次男信繁（幸村）が西軍に、長男信幸が東軍につくことに決めた。昌幸は家康を嫌っており、信繁は大谷吉継の娘を娶っているため、そういう結果となった。いずれが勝っても家が存続できるよう親兄弟が敵味方に分かれたのである。一族もろとも、とならないドライな思考が真田家の命脈を保たせることになる。

八月二十三日、福島正則と池田輝政が、織田秀信の守る岐阜城をあっという間に攻略した。秀信は信長の孫で、本能寺の変の後に行われた清洲会議で織田家の家督を継いだ。岐阜城はかつて信長が居城とし難攻不落と言われていたが、その城がいとも簡単に陥落したことに三成らは大きな衝撃を受けた。秀信はこの敗戦によって改易され、剃髪して高野山に入る。

江戸で岐阜城陥落の報に接した家康は、いよいよ江戸を進発することに決めた。自分が乗りこむ前に西軍と決戦になってはまずい。美濃に在陣する諸将に対し、攻撃を自重するよう指示を出した。

九月一日、家康は本隊三万を率いて西へ向かい、四日、小田原に到着した。

行軍の途上、家康は一大決戦への戦略を練っていた。

（いったい治部はなにを考えているのか）

家康のもとには、伏見城での攻防戦以降、各地で始まった局地戦の情報が入っているが、百戦錬磨の家康には三成の戦略がまったく理解できない。三成の戦い方は、なにか裏があるのではないかと疑心暗鬼になるほど稚拙なのだ。

大軍同士の戦いでは戦力を集中するのが鉄則だ。戦力を分散させたり小出しに逐次投入して勝った例はほとんどない。しかし三成は戦力を分散させている。彼は吏僚で、大軍を率いたことがないということを差し引いても不可解だった。

まず七月二十日、西軍は一万五千もの大軍で、空き城同然の舞鶴田辺城を攻めた。城主細川忠興は家康に従軍して留守にしていたため、隠居した父幽斎がわずか五百の手勢で城を守っているにすぎないが、九月になったいまも落城させることができない。

そもそもなぜ田辺城なのか。京都の背後に位置する丹後はたしかに重要といえなくもないが、この時期にそこへ大軍を差し向ける意図が解せない。しかも一ヶ月以上も攻め続けて、なにゆえ城を落とせないのか。

伊勢の安濃津城攻めも同じだ。守勢千七百の小城を、なにゆえ三万もの大軍で攻める必要があるのか。この城は数日で落としているからまだしも、全体の戦略が見えてこないのである。戦略がないから、あちこちに戦力を分散させているのか。あるいはそれ以外の深謀遠慮があるのか。内通している京極高次が大津城に籠もって抗戦しているが、間者の報せによれば西軍は大津城攻撃に一万五千を差し向けているという。

(葉っぱをいじってどうするというのだ)

家康は幾度も首をかしげた。

考えてもわからない。わかったことは、三成が軍事的な戦略をもたず、大軍を率いるうえで不可欠な連携作戦など毛頭考えていないということだった。

西上作戦のときの圧倒的な信玄の手口は、まさしく軍略の専門家であった。あのときに感じた恐怖と驚嘆はいまだ忘れることができない。

（よりによって天下分け目の合戦を素人相手にしなければならんのか……）

三成は、視界に入るところに敵の姿があることが我慢ならないのかもしれない。田辺城など放っておけばいいのだ。

結局、田辺城を攻めていた西軍は攻略に二ヶ月近く要したため、関ヶ原の合戦に参戦することができなかった。大津城を攻めた軍勢と合わせれば、三万の兵力を無駄にしてしまったのである。家康に言わせれば、葉っぱをいじっているうちに大事なことが終わってしまったということになる。

家康が生まれ故郷の岡崎に入ったのは、九月九日。そのころには戦略が固まっていた。

野戦で一気に雌雄を決す。

これが絶対条件だ。これ以外はない。

長期戦におよべば、西軍には奥の手がある。秀頼を擁して輝元が参戦すること。

そうなれば、福島正則や加藤嘉明ら豊臣恩顧の武将たちは秀頼に矢を向けることは絶対にないであろう。いくら三成憎しとはいえ、輝元の下知に従わざるを得ないはずだ。

毛利家の主君である輝元が参戦すれば、内通している吉川広家が約束どおり中立を貫けるか予測できない。広家が南宮山の歯止めとして機能しなければ、若くて血気にはやる秀元は勇んで参戦するだろう。そうなれば、寝返りを確約している小早川秀秋も躊躇せざるを得ないはずだ。

それでも秀忠に預けた三万八千の別働隊と家康に気脈を通じる武将を合わせれば、十万ほどの軍勢になる。よもや負けるとは思わないが、かなりの犠牲を覚悟しなければならない。それらを考え合わせれば、野戦で一気に決着をつける以外にない。

では、いかにして野戦に持ちこむか。

家康が長期戦を忌避していることは、三成も想定しているはず。それゆえいずれかの城に籠もるであろう。それはどこなのか。

現在、東軍の最前線は、岐阜城近辺である。それを考えれば、一大決戦の地は長良川の西ということになる。長良川から少し西へ目を転ずれば、大垣城がある。

(まず十中八九、三成らは大垣城に籠城するであろう)

穴のあくほど地図を見つめ、そう結論づけた。

(大垣城の収容力はいかほどか)

土地にくわしい者に訊くと、三万から四万は入ることができるという。後詰めの軍もいる。東軍の軍勢は八万弱。秀忠の別働隊を合算すれば、十一万強となるが、城を我攻めにしてもかなりの長期戦になるだろう。

いくら三成が戦さの素人とはいえ、籠城することの利点を見逃すとは思えない。やがて毛利本隊と挟撃できるという奥の手があるのだ。

では、敵が大垣城に入るのを阻止できるか。

それは完全に不可能だ。そもそも現在、西軍の城である。となれば、いったん城に入った敵を大軍同士が戦える広い野原におびき出す必要がある。

ここで家康の脳裏に信玄の顔が浮かんだ。

(信玄公ならどう考えるか)

国家建設についての問答からまだ半年ほどしか経っていない。あのときの胸躍る体験は、すみずみまで心体に刻まれている。

——三方ヶ原のとき、なぜそなたは浜松城に籠らず、のこのこと出てきたのだ。

目の前に信玄がいるはずもないが、突如そんな言葉が舞い降りてきた。思わず左右をきょろきょろと見まわしてしまったほどだ。

そうだ。あのとき、おれは家臣たちが懸命に諫めるのをふりほどき、野戦にうって出た。

(なにゆえおれは城を出たのか)

記憶のなかに潜りこんだ。

武田軍の先頭が狭い坂の一本道を下り始めたという物見の報せがあったことで、土地勘のあるわれわれなら敵の後尾に一矢報いることができると思いこんでしまったのだ。本拠とする城の鼻先を敵の軍勢が通りすぎていくのを見過すことによって国衆が離反したり、同盟者信長から軽蔑されることが怖かったことも城を出た理由だった。つまり、そこにはふたつの大きな要素があった。

ひとつは、自分たちが有利な状況だと思いこんだこと、もうひとつは、籠城すれば失うものがあったこと。

(こたびはおれが信玄となり、三成をあのときのおれにさせればよいのだ)

先祖が力を貸してくれているのか、岡崎に来てからますます才気が冴えてくるような気がした。ここまで考えが熟すれば答えは自ずと出てくる。

まず西軍にとって有利な布陣をさせること。これなら勝てる、と思わせれば、籠城をせず一気に勝負をつけようとするはずだ。われわれはあえて不利な形で戦さに臨むのだから危険も伴うが、万が一の場合に備えて逃走経路を定めておけばよい。

もうひとつは、籠城していては危険だと思わせること。そのため大垣城を素通りして三成の居城である佐和山城を攻め、畿内に入る作戦だと偽情報を撒き散らすことにした。

では、決戦の舞台はどこか。

家康は関ヶ原と決めていた。いや、だれもがそう予測するだろう。それほど大会戦に適した地形である。大谷吉継らがすでに不破の関近くに陣地を築造しているという情報もあった。

ここで関ヶ原の地形について説明をしたい。

中山道（当時は東山道）を西進して美濃に入り、大垣城を左手に、赤坂宿を右手にさらに西へ十キロ進むと、左手に南宮山がある（標高四百十九メートル）。その西には壬申の乱のとき、大海人皇子（おおあまのみこ）が兵士たちに桃の実を配ったという逸話で知られる桃配山がある。南宮山の尾根続きにある小高い丘のような山である。

そのまま進むと、伊吹山をはじめ周囲を山で囲まれた盆地状の平野が開ける。東西四キロ、南北二キロほどの盆地、それが関ヶ原である。東西を中山道が貫き、北国街道、伊勢街道が交錯する交通の要衝（ようしょう）でもある。

関ヶ原の西の端から狭い谷筋になるが、そこに不破関（ふわのせき）がある。壬申の乱で勝利した大海人皇子が天武天皇となり、翌年、設けた関所である。「破ラズ」という名のとおり、藤古川を背に、伊吹山系と養老・南宮山系にはさまれた狭隘（きょうあい）な地形を巧みに活かした難所である。

この関を詠んだ芭蕉の句がある。

　秋風や　藪も畠も　不破の関

芭蕉が訪れたときはすでに関所は廃止されていて、荒れ果てた建物だけが残っていた。平易な風景描写の奥底に、壬申の乱や関ヶ原の戦いで命を落とした人たちへの哀惜が込められている。この句は、荒涼とした光景が都人の旅情を誘うと詠った藤原良経の歌（新古今和歌集）の本歌取りでもある。

話を戻そう。

この地が決戦の舞台となると予想していた家康は、緻密に陣取りを考えていた。関ヶ原の戦いにおける超ハイリスクともいえる東軍の布陣は、家康が意図したものである。

十一日、清洲城に入った家康は岐阜城へ移動し、十四日早朝、出立する前に本多忠勝、井伊直政を呼びつけた。本多正信と榊原康政は秀忠を補佐するため、別働隊に同道している。

「平八、万千代、よく聞け。これから陣取りの計略を話す。その方らも存念があれば申せ」

大垣城にはすでに石田三成、宇喜多秀家、小西行長、島津義弘の西軍主力三万が入っている。また南宮山の頂上付近には毛利秀元、山麓の蛇溜池付近に安国寺恵瓊、その下に吉川広家が、南宮山の東側に長曽我部盛親と長束正家が布陣している。

「これから大垣城の一里ほど北西にある赤坂宿の岡山に入る。治部らはわれらの動きを正確につかんでおらぬようだから、知らせてやったほうがいいだろう。三葉葵の紋どころと金扇の馬標を掲げて見せつけてやれ。やつらは腰を抜かすにちがいない」

「と申しますれば、われらは大垣城を囲むのでござりますか」

忠勝が身を乗り出し、問うた。

「いいや、囲まぬ。夜襲の警戒を怠らぬようにして、敵の様子を見る。おそらくやつらは城を出て関ヶ原へ向かうはずだ」

「であればわれらは赤坂ではなく、関ヶ原へ行かれてはいかがでしょうか。先に陣取りしたほうが有利になりますゆえ」

　直政がもっともらしい意見を述べた。

「それではやつらは大垣城から出ぬ。城から出させるために、甘い餌を関ヶ原に撒いておくのだ」

「甘い餌とは、戦うに有利な陣地ということでござりまするか」

「そうだ」

「とすれば、われらはかなりの危険を犯すことになりまする」

「危険を犯さねば、大きな勝ちは得られぬ。万全の布石はうってある。南宮山の麓に陣取る吉川はけっして動かぬ。吉川が動かねば、毛利も安国寺も動けぬ。さらに小早川の小倅（こせがれ）には松尾山に陣取れと命じておる。やつはかならず寝返る。それ以外の選択肢はない」

「やはり噂は事実だったようでございますな」

　忠勝がにやりと微笑んだ。

「そこでだ、平八、おまんはときどき野犬のようになるのが玉に瑕（きず）だ。今夜、やつらが大垣城を出たのち、われらも移動を開始するが、けっして敵の尻に噛みつくでないぞ。そこで小競り合いをしてもなんにもならぬ」

　忠勝は釈然としない表情だったが、自らに言い聞かせるようにうなずいた。

「して、われらはいずこに布陣するご所存でありますか」

「桃配山だ」

　小山での評定もそうであったが、家康は故事にならって験を担ぐのが好きである。

「桃配山……にございますか」

　忠勝は腑に落ちない様子だ。

「そうだ」

「さようですか。南宮山の毛利勢は動かぬとのことでございますが、万が一の場合もございます。あの場所は危険が大きすぎるかと」

たしかに桃配山は危険な場所といえる。背後にいる秀元らに背中を見せているのだ。黒田長政が吉川広家と幾度も約定を取り交わし、南宮山の麓に陣取ったまま決して動かないことになっているが、それも状況次第で反古にされかねない。家康は背後への備えとして池田輝政、浅野幸長、山内一豊の二万をおくことにした。

さらに最大の備えは秀忠の別働隊三万八千である。秀忠が到着すれば、南宮山の毛利勢は動けないはずだ。

(それにしても、あのバカ息子はいったいなにをしておるのだ)

家康の脳裏に秀忠の顔が浮かんだ。そのことはおくびにも出さず、こう言った。

「万が一の場合は伊勢街道を逃げる。桃配山なら伊勢街道にも近いからな」

家康は、三方ヶ原の戦いで命からがら逃げ延びてから、つねに逃げ道を算段してから戦さに臨むようになった。こたびも万が一の場合は伊勢街道を南に疾駆し、伊勢から海路、江戸へ逃げる手はずとなっている。

それを聞いた忠勝は露骨に嫌な表情をした。

「おまん、みっともないとでも思っておるのか」

忠勝は目を伏せた。家康の問いに対して「はい」と言ったようなものだ。

「くだらぬ。わからんのか。ここでおれが死ねば、こつこつと積み上げてきたものがいっぺんに瓦解する。おまえらの分もまとめてだ」

忠勝はしぶしぶうなずいた。

「作戦というのはあくまでも己の都合だ。うまくいく場合もあれば、失敗する場合もある。はじめから作戦が失敗した場合のことを考えるから負けると言うやつがいるが、そういう輩にかぎって滅びている。あらゆる場合に備えて考えるのが真の名将なのだ」

直政はそれを聞いて納得した。諸大名と婚姻を進めたり、他家のお家争いを仲介したり、せっせと書状を送ったことは、すべて最後に勝つための布石である。味方の勝利を信じることは大切だが、それだけで勝てるという甘い考えは彼にもなかった。

「浅慮でござった。お許しを」

忠勝は、この鬱憤を戦場で晴らしてくれるぞと強く念じながら頭を下げた。頭では理解できるが、心の底では納得していない。武士は死ぬつもりで戦場に臨まなければ生きて帰ることはできないと思っている。

その後、家康本隊は西軍主力の籠もる大垣城を尻目に軍を進め、予定どおり赤坂宿の岡山に布陣した。葵の紋どころと金扇の馬標を見せつけながら悠然と通りすぎた。三方ヶ原の戦いの逆を再現したかのような悠然とした動きだった。

そのころ大垣城ではひと悶着あった。島津義弘が家康の陣営を奇襲すべきと三成に建言したが、聞き入れられなかったのである。

たしかに義弘の言い分に理はあった。家康は夜襲を警戒していたが、防御施設はなきにひとしい。おりから降り続いている雨も攻撃側にとって有利になるはずである。

しかし三成には正々堂々と野戦で決したいという矜持があった。惜しむらくは、その本意を義弘に伝えきれなかったことだ。三成はいつものように横柄な態度で義弘の献策を却下した。義弘は朝鮮の役で「鬼石曼子（グイシーマンズ）」と恐れられていたほど勇猛な武将である。

この時点で、義弘は三成を見放した。そうまで言うのなら好きにやればいいと。翌日、義弘は最後まで戦いに参加しなかった（勝敗の帰趨が決してから、東軍の中央を突破して伊勢街道へ逃げるという離れ業は演じたが）。

十四日深夜、家康の願ったとおり、西軍主力部隊三万余は大垣城を出る。激しい雨のなか行軍し、十五キロほど西へ進んで関ヶ原に着陣した。

それを確認してから家康は桃配山に移動し、布陣した。

三成が関ヶ原北端の笹尾山に到着したのは夜中の一時。宇喜多隊が北天満山の麓に到着したのは夜中の三時。雨が降りしきるなか、馬防柵（ばぼうさく）や空堀（からぼり）、土塁を築く。

小早川秀秋は家康の指示に従い、松尾山に布陣した。

この時点での東西両軍の布陣を概観してみよう。

〈西軍〉

・笹尾山に石田三成六千（配下に島左近、蒲生郷舎（がもうさといえ）、舞兵庫）
・豊臣秀頼直属の黄母衣衆（きほろしゅう）一千
・北国街道を隔てた小池村に島津義弘千五百
・天満山北麓に小西行長六千
・天満山南麓に宇喜多秀家一万七千
・藤古川を隔てた山中村に大谷吉継千五百
・その東に戸田重政、平塚為広、木下頼継ら千四百

・松尾山に小早川秀秋一万五千
・松尾山の北東麓に脇坂安治、朽木元綱、小川祐忠、赤座直保ら千二百
・南宮山に毛利秀元一万六千
・南宮山の中腹に安国寺恵瓊千八百
・南宮山の麓に吉川広家四千二百
・南宮山の南東麓に長曽我部盛親六千六百
・南宮山の東麓に長束正家千五百

〈東軍〉
・先鋒隊に福島正則六千
・その背後に京極高知四千二百、藤堂高虎二千五百、寺沢広高二千四百、本多忠勝五百
・右翼隊に黒田長政五千四百、細川忠興五千、加藤嘉明三千、筒井定次二千八百、田中吉政三千
・その東に松平忠吉三千、井伊直政三千六百、古田重勝一千、織田有楽斎四百五十、金森長近一千、生駒一正一千
・桃配山に徳川家康本隊三万
・その背後の中山道筋に有馬豊氏九百、山内一豊二千、浅野幸長六千五百、池田輝政四千五百
（そのほかに大垣城への備えとして堀尾忠氏ら一万二千）

南北に連なる山々に広く布陣した西軍は巨大な鶴翼の陣をなし、盆地の中央部に固まっている東軍を大きな翼で包みこむ形となっている。さらに東軍の背後には南宮山に陣取る毛利勢らがいる。

この布陣図を見た欧米の軍事専門家は、全員が西軍の勝ちと判定した。それほど圧倒的に西軍が有利な布陣であった。

## 開戦

(十六万もの動物が息を潜めている)

桃配山の中腹に立つ家康は、四方を見渡し、そう感じた。これは人間ではなく、生死のはざまにいる動物の気配だ。

一面に濃い霧がたちこめ、見えないゆえに強烈な殺気が伝わってくる。小競り合いを含めれば、家康が戦さに臨んだのは百を超えるが、この日ほど恐怖を感じた朝はない。

ここに集まった十六万は、戦国の世を生き残ってきた者たちである。一瞬の気の緩みが死につながることを知っている。

おそらく数千、あるいは一万以上が命を落とすことになるだろう。その数に自分が含まれていないとは言いきれない。いま濃霧を見つめているこの目と、そこに蠢(うごめ)く気配が不気味だと感じている胸が切り離され、白日の下(もと)に晒(さら)されるかもしれないのだ。

(秀忠はまだ来んのか)

苛々がつのり、爪を噛んだ。

深夜の行軍で、ほとんど眠っていない。激しく降り続いた雨を下着がたっぷり吸い、動くたびに妙な音をたてる。着替えもなく乾かすこともできない。陣幕のなかで素早く脱ぎ、水気を絞りとったが、それでもべったりと肌に貼りついてくる。水気が夜気によって冷やされ、体温を奪っていく。

陣幕のまわりを歩き、体を温めようとするが、ぬかるみに足をとられ、転びそうになった。

前方の山々と背後の南宮山に八万以上の敵がいる。あえて死中に活を求めたといえば体裁はいいが、内実はそれほど余裕のあるものではない。もしかすると自陣近くにも虎視眈々とわが命を狙っている敵がまぎれこんでいるかもしれない。まさに一寸先は地獄への扉だ。

そのとき、秀忠からの使者が現れた。数日前に到着しているはずの秀忠軍の代わりに使いが来るということは、遅参するということであろう。別働隊三万八千が南宮山に陣取る毛利秀元らに対する、万が一の場合の備えと考えていたが、どうやらそれは水泡（すいほう）に帰すようだ。

案の定、使者はこう述べた。

「申し上げます。予定どおり八月二十四日、中納言さま率いる軍勢は宇都宮城を発ちましたが、木曽川で豪雨に見舞われ、五日ほど遅参いたすとの仰せにござります」

家康は仁王立ちになり、平伏している使者の後頭部を見つめた。

「遅れる理由はそれだけか。よもや、上田城の真田につかまったわけではあるまいな」

「それにつきましては……」

使者はそこで言い淀んだ。

「それについてはどうなのだ」

「しかとはわかりかねまするが、上田城で少々手こずった様子にござりまする」

「はじめからそれを言え！」

家康は使者の額を蹴りあげた。使者は仰向けに倒れ、後頭部をしたたかに打った。

「五日遅れなど言語道断。本日中に参陣せよと伝えて参れ」

まだ木曽川を渡っていない状況では絶対不可能だが、家康はあえてそう命じた。使者は戸惑いの色を浮かべたが、鉄砲玉のように飛び出していった。

「まったくあのド阿呆息子が……」

家康は地団駄踏んだが、どうにもならなかった。


時とともに朝日が差しこみ、霧が少しずつ薄れてきた。

異様な気配を感じているのか、鳥の群れが山から山へ移っていく。バサッバサッという羽ばたく音が霧を切り裂いていく。

前方に目を凝らすと、霧が薄らいでいるのがわかる。しかし、巨大な障子があるかのように先は見通せない。

そのまま待つこと二時間、午前八時ごろになってようやく霧が晴れ、戦場全体が見えてきた。

その瞬間、家康は度肝を抜かれた。おびただしい数の人間が小魚の群れのようになって密集しているのだ。その間に色とりどりの旗印がひしめいている。

両軍とも、睨み合いを続けている。

短期決戦を挑みたい家康は苛立ち、伝令を呼んだ。家康の使番は、背中に「伍」の字の指物を背負っているため、一目瞭然である。

「すぐに万千代（井伊直政）のところへ行き、抜け駆けして忠吉に先陣を切らせよと伝えよ」

使番はすぐに馬を駆って、風のごとく消えていった。

家康の伝令を受け取った直政は表情を曇らせた。

（これはまた難儀なことを……）

この日の先鋒は福島正則と決まっている。正則を出し抜いて先陣をきるなど、正則を知る者ならとても恐ろしくてできないことである。

直政は正則や本多忠勝らより一世代若い。つねに勇猛果敢でありたいとは思っているが、一番槍をつけることが武士の誉れなどという考えはもはや時代遅れだと思っている。

主君はつねに逃げ道を算段してから戦さに臨むような人だ。そんな現実主義者に仕えているため、一番槍がどうのという争いとは一線を画したいと思っている。

このとき直政は家康の四男、二十一歳になる松平忠吉の後見となっていた。家康の下知は、忠吉をダシにして戦端を開けということだと解釈した。

直政は忠吉と馬を並べ、精鋭五十騎で田中吉政隊の左をすり抜けて中山道に出て、そのまま福島隊に近づいた。

隊の後尾にいたひとりの男が威勢よく立ちはだかった。背中に笹竹を指しているところを見ると、可児才蔵（かにさいぞう）であろう。

才蔵は「笹の才蔵」という異名をとり、剛の者としてつとに知られている。戦場で死なせた相手の首を獲る間が惜しいため、自分の手柄だとわかるよう、背中に差している笹竹から葉っぱをむしり取り、死人の口や鼻に挿しておくことからその名がついた。

「待たれい」

才蔵が直政らの前で両手を大きく広げ、言った。

「皆々、目にも鮮やかな甲冑と具足。井伊兵部少輔どのとお見受けいたす」

直政は、家臣すべてが赤一色に統一した赤備えの軍勢を率いていることから「赤鬼」と畏怖されている。

「いかにも」

「ここにおわすは上様の若君、松平下野守（しもつけのかみ）忠吉さまにござる。初陣ゆえ、本物の戦さとはどのようなものか、後学とするためまずは先鋒隊の様子を物見してござる」

「いずこへ参られる」

「物見と言いながら、さように多くの騎兵を引き連れておるのは不可解千万。抜け駆けを企んでいるのではあるまいか。こたびはわが福島隊が先鋒を賜っている。これ以上先に進むことは絶対にまかりならん」

才蔵は、一歩でも前へ出れば槍で突き殺すぞという殺気を放ちながら峻拒（しゅんきょ）した。

「これはまた若君に対する無礼な物言い。聞き捨てならん」

直政は凄んだが、才蔵は眉ひとつ動かさない。

ここで揉み合いを続ければ、正則が騒ぎを聞きつけて現れることもありえる。そうなれば、味方同士で斬り合いになるかもしれない。正則とはそういう男なのだ。

直政は、いったん引き返すことにした。

（まったく、あの手の者どもはわからぬ）

直政は内心毒づいた。岐阜城攻略のときも、正則と池田輝政が先陣争いで揉めに揉め、それを仲裁したという経緯があった。

直政は忠吉と五十騎を率い、いったん退却してから才蔵の視界に入らないところを選び、一気に前方へ突進した。福島隊の足軽たちは、呆然と見送るしかない。

「待て、待てい！」

後ろから才蔵の声が追いかけてきたが、直政らは遮二無二（しゃにむに）突っこんでいく。

前方には宇喜多隊が待ち構えている。宇喜多隊の鉄砲隊は直政らが襲ってくるのを待ち構え、射程範囲に入ったところで一斉に弾を放った。

赤備えの数騎が弾を食らって馬から落ちた。弾をくぐって鉄砲隊に突っこんだ直政らは鉄砲隊の数人を槍で突き、そのまま猛烈な勢いで引き返した。

鮮やかな抜け駆けであった。これを機に、福島隊と宇喜多隊が吶喊の声をあげ、戦いが始まった。

地鳴りのような喊声が、桃配山にいる家康にも聞こえてくる。

ついに戦いの火蓋が切っておとされた。関ヶ原の西端で凄まじい筒音が絶え間なく続き、あたり一帯の空気を震わせている。まだ霧は低くたれこめているが、巨大な人の塊が荒波のようにうねっているのが見える。

「松平下野守さま、井伊兵部さまとともに宇喜多隊を相手にみごと一番槍をつけましてござります」

使いがそう述べると、家康は満悦の表情を浮かべ、それでよしと言った。家康は一番槍など屁とも思っていないが、それをうまく活かすことは意識している。正則の怒り狂った顔が脳裏に浮かんだ。彼はその怒りを敵にぶつけるだろう。

「われらはいかようにいたしまするか」

馬廻衆のひとりが片膝をついて家康に尋ねた。

「このままでよい」

大軍同士がひしめくこの平野で、三万もの軍勢が一気に動く効果は計り知れない。その好機をとらえ、軍を動かすのが己の最大の仕事と肝に命じた。

福島隊と宇喜多隊の戦端が開かれるや、あっという間に飛び火し、藤堂隊・京極隊と大谷隊が、黒田隊・細川隊と石田隊が、寺沢隊が小西隊と戦いを始めた。

けたたましい陣鉦と獣の咆哮のような法螺貝が戦場に響きわたる。

両陣営は間合いを詰めていく。

はじめは鉄砲だ。敵との距離が二百メートルほどになると整然と列をつくり、射撃の構えをとる。鉄砲足軽頭の合図でいっせいに弾を放つ。

この時代の鉄砲は弾道が不安定で、手練の射撃手でもかなり近づかないと命中させることができなかった。しかし兵が密集しているため、一度目の射撃で数人が体を撃ち抜かれて倒れた。

一発撃てば、熟練者でもつぎの弾を装填するのに二十秒は要する。その間、敵の突撃を撥ね返すため、弓組の出番となる。

弓は連射が利く。敵陣に雨あられと矢を降らせる。空気を切り裂く、不気味な音をたてながら無数の矢が宙を飛び交う。具足に守られていない部分に矢が当たり、叫喚しながらもんどりうって倒れる兵士がそこかしこにいる。

弓を射るだけでは軍を前進させることができない。つぎは長柄槍の出番だ。

長柄槍隊は五人から十人の組をつくって前進し、敵と突き合い、叩き合う。しばらくは槍が届かないぎりぎりの間合いで互いに牽制を続けるが、一瞬の隙をついて敵兵を刺すと、そこが綻びとなる。そこを目がけ、あらんかぎりの喊声とともに一気に突進する。足軽は兜をつけていないため、顔面を狙われやすい。槍が顔から後頭部に突き抜け、槍を引き抜くのに難渋している者もいる。

長柄槍の突き合いが続いたのち、早太鼓の音とともに騎馬兵と歩兵が怒涛のように突進する。馬蹄の響きが大地を揺るがす。兜首を狙って虎視眈々と隙をうかがう者、恐怖のどん底に落とされ右往左往している者など、兵士たちは肉食獣のごとく動きまわる。そのなかを騎馬兵が疾風のように駆けめぐり、敵をなぎ倒す。

戦いが始まって二時間もすぎるころ、戦況が明らかになってきた。西軍のほうが鉄砲↓弓↓長柄槍↓騎馬の連繋（れんけい）動作が円滑で士気も高い。宇喜多隊と石田隊の戦い方は凄まじく、東軍を数百メートルも押しこんでいる。

とりわけ石田隊の島左近と蒲生郷舎、宇喜多隊の明石全登（あかしてるずみ）の奮闘ぶりが目をひく。進退の見きわめや攻撃隊の入れ替えの指示が的確になされ、まるで隊がひとつの生き物のように連動している。ときに自ら先頭に立って兵士を鼓舞し、手薄になった部分を補い、少し引いて全体を見る。

左近の陣の背後には馬防柵があるが、相対する黒田隊と細川隊を巧妙に引き寄せては、機を見て柵を開き、猛烈に突撃し、頃合いをみて引き上げることを繰り返している。

左近隊が陣取る笹尾山麓の戦況を見て、山上の三成は「さすがは左近」と思わずつぶやいた。平生、冷静な男だが、その鬼神のごとく奮闘ぶりを見て感きわまっている。

（よし、勝てる。あとは小早川と毛利だ）

小早川秀秋と吉川広家は家康と内通しているという噂が絶えず、三成もまた疑心暗鬼でいる。いまだ松尾山と南宮山はそよとも動いていない。いま、両軍が下山して東軍に襲いかかれば、壊滅させることができる。

午前十一時ごろ、三成は命じた。出陣の催促は狼煙で知らせることを両将と確認し合っている。

「狼煙（のろし）を上げよ」

桃配山の家康は、腕組みをしたままじっと戦況を見つめている。戦闘が繰り広げられている関ヶ原西端から四キロほどの距離があるが、優勢か劣勢かはわかる。

あれから三時間、押されっぱなしといっていい。

（左衛門大夫め、口ほどにもない）

とりわけ福島隊の劣勢が目立つ。五百メートル以上も押されているであろうか。大谷吉継が前面に押してきてからは防戦一方だ。

緒戦の劣勢は、ある程度予測していた。西軍が陣を布いた場所は有利なところばかり。士気も高いはず。それにしても予想以上に押されている。このまま手を打たねば、どこかで綻びが生じ、東軍劣勢と見た小早川秀秋が約定を違えることもありえる。そうなれば、静観をきめこんでいた南宮山の吉川広家も動くだろう。

「三左衛門（池田輝政）に、最前線へ出るよう伝えよ」

家康は使番に指示した。輝政は家康の娘督姫を娶っている。万が一、秀元が南宮山を下りてきた場合に備えて最後方に配備していたが、ここは勝負どころ。後方にはいまだ浅野幸長や山内一豊ら一万近い兵がいる。

家康が考える百点満点の勝ち方とは、徳川本隊を動かさずに豊臣恩顧の大名同士を戦わせ、敵方を壊滅させること。さらには味方についている福島正則や加藤嘉明らも大きく損耗すること。彼らが活躍しすぎるのはよくない。戦後の恩賞を弾まねばならぬし後々の障りともなる。

いま正則の隊がひどく押されているのを見て、どこで援軍を差し向けようかと思っていたが、ついに輝政を送ることにしたのである。

そのとき、笹尾山あたりから二本の狼煙が上がった。

（松尾山と南宮山への合図であろうな）

さすがの家康も、全身に粟が生じるのを感じた。この状況を見て、秀秋と秀元らが一気に東軍に襲いかかってくれば、東軍は袋の鼠。それこそ伊勢街道を南下して逃げるのが精一杯となろう。

幸か不幸か、秀忠率いる精鋭三万八千はこの大一番に参加できず、無傷のまま残る。ここにいる本隊三万と合わせれば六万八千。後日を期して軍勢を立て直すことは可能だが、それには時間がかかる。自分の年齢を考えると、それはなんとしても避けたい事態であった。

狼煙が上がったのち、家康はしばらく松尾山を凝視していた。そして遠目の利く者を呼びつけ、小早川の軍勢に動きがあるかを見きわめさせている。

いまのところ、変化はなさそうだ。

南宮山の頂上は、ここ桃配山からは見えない。もとより南宮山の頂上は大垣城方面にしか視界が開けていない。

## 秀秋と広家

朝方、戦場は雨でぬかるんでいたが、いまは血と臓物と泥が混じり合い、異様な臭気を放っている。人と馬の屍(しかばね)は、一万を超えるだろう。重傷を負った者が、ちぎれた手足が散乱する地面を這いつくばっている。

局所を鉄砲の弾で射抜かれ、断末魔の叫び声をあげている者、両脚を切られ、傷口が開いたまま歩こうとしている者、腹部を斬られ、臓物が出るのを両手で必死に押さえている者、顔面に銃弾をまともに食らい、どす黒い血溜まりの池に仰向けで倒れている者、腹を撃ち抜かれ、高い嘶(いなな)きをあげながら棹立(さおだ)ちして昏倒する馬……。地獄絵図さながらの光景が繰り広げられていた。

戦況から判断して、死者の六割から七割近くは東軍の兵士とみられる。

下界で繰り広げられている修羅(しゅら)の戦いを山の上から見つめている男がいる。

小早川秀秋。

この戦いの鍵を握る人物と見られている。

秀秋はこの戦さでは東軍につくと決めていた。しかし伏見城を守っていた鳥居元忠に、城に入ってともに戦うと申し出たが信用されず、やむをえず伏見城攻めに参加した。秀秋の筆頭家老平岡頼勝の弟資重が人質として家康方にいるという事情もあるが、東軍につこうとした最大の理由は叔母にあたる北政所から家康につくよう、たびたび諭されていたこと。やはり、北政所が重要な鍵を握っていたのである。

さらには朝鮮の役での戦い方が、三成から「総大将らしからぬ軽率なふるまい」と秀吉に報告されて、減移封となったことへの遺恨もあった。あのとき、旧領に復すために骨を折ってくれたのは家康であった。

その後、三成は手のひらを返したように、西軍につけば秀頼が十五歳になるまで関白にするとか筑前に加えて播磨一国を与えるとか黄金三百枚を贈るなどと言ってきたが、領国や黄金はともかく、関白職などただでくれると言われても願い下げだ。

秀秋は、関白だった義兄秀次の末路をつぶさに見ている。秀次と秀秋はともに秀吉の養子になり、秀吉に実子が生まれるや邪険にされたという共通点があった。

秀次を死においやったのは秀吉だが、その背後には三成もからんでいると秀秋は思っている。秀次が高野山に蟄居(ちっきょ)することになったとき、その背後には三成の姿が見え隠れしていた。たががはずれ、非道なふるまいをした秀次の切腹はしかたないにしても、一族ことごとく斬首され、多くの郎党が自害させられるのを見て、つぎは自分の番だと恐怖にうち震えた。あのときに感じた空恐ろしさはいまも忘れることはできない。

関白職などその程度のものなのだ。いまさら関白にするなどと言われても、そっくりそのまま三成に返したい気持ちである。

（太閤も治部も、そして内府も……まったく、どいつもこいつも人の命を弄びやがって、自分をなに様だと思っているのだ。たしかにおれは内気で愚図だ。しかし、人の命を弄ぶことはしたくない。だから一刻も早くこんな世は終わりにしたい。たとえ裏切り者の烙印を押されようとも、後世の人たちに悪しざまに言われようとも、おれの力でこの汚れきった世に終止符を打つ）

秀秋は、十九歳。

武士の矜持も太閤への恩義も国家百年の大計もない。ただひとりの人間として、人間らしく生きたいと願うひとりの若者にすぎない。

（おれは世の人の何十倍も辛酸を嘗めた。弄ばれた。もう懲り懲りだ。こんな思いは、もうだれにもさせたくない）

重臣のなかには、太閤殿下の御恩に報いるため西軍につくことこそが義だと言う者がいるが、自分や秀次に対する仕打ちを考えれば、彼らの言っていることは空疎な言葉あそびとしか思えなかった。

そんなとき、三成から出陣せよと催促の狼煙があがった。

重臣たちは、さかんに詰め寄ってくる。いまここで東軍に襲いかかれば、東軍は総崩れになる、と。

秀秋は、いまさら心の裡を明かすつもりもなかった。太閤殿下の七光りだとか身の丈に合わない出世だと嘲りながら、恩賞をぶら下げて味方に取りこもうとしている姿が、じつに滑稽だった。

すでに心は決まっている。山の上から戦況を見きわめ、大谷隊が攻勢をしかけて間延びしたところを見計らって下りるつもりだ。これは、さんざん弄ばれたおれにできるせいいっぱいのことなのだ。

南宮山の麓に布陣する吉川広家も、三成があげた狼煙を見ていた。それを見た安国寺恵瓊や毛利秀元からの使いが軍を動かすよう、やんやの催促をしてくる。

広家は先代元春の三男で四十歳。向こう気が強く、へそ曲がりだが、人を見る目はある。朝鮮の役では碧蹄館（へきていかん）の戦いなどで活躍したが、三成の報告によって秀吉や輝元からの評価がガタ落ちになった。彼が家康と内通することになった理由は、それだけではない。

毛利家の、ひいては自らの保身のため、である。

秀吉が死んで、三成と家康の対立が鮮明になってから、広家はどちらにつけばいいか、注意深く観察してきた。その見きわめを誤れば、毛利家は滅亡することもある。

冷静に両者を見比べれば、答えは明白だった。人間の度量において、三成は家康の足元にもおよばない。広家はそう確信した。事実、日に日に家康は味方を増やしているが、三成は気心が知れる者だけで天下を動かそうとしている。

勝負にならない。

それが広家の結論だった。以来、それが揺らいだことはない。

問題は三成と恵瓊に言いくるめられて、毛利宗家当主の輝元が西軍の総大将に担ぎ上げられたことである。輝元は、父隆元が急逝（きゅうせい）したため、家督を継ぐことになったが、口には出さずとも、広家は輝元を愚鈍な主君と思っていた。

労せずして得た地位に胡座（あぐら）をかき、尊大なふるまいが多い。欲が深く、所領を増やすことしか念頭にない。自らの力を過信する利己的な人間は餌に釣られやすい。それゆえ、やすやすと恵瓊に乗せられてしまった。

毛利家の破滅は吉川家の破滅にもつながる。機を見るに敏い広家は、心を同じくする大坂留守居の者たちと図り、黒田長政に接近した。長政が家康の信任厚く、外交の一角を担っていることを知っていたからだ。

広家は、輝元が西軍の総大将となったのは本意ではない、恵瓊にたぶらかされたのだと長政に説明し、こたびの戦さでは一兵たりとも参戦させないという約定を幾重にも取り交わした。家康は、毛利家がけっして参戦しないことを条件に、所領を安堵すると同意した。

ここに家康と広家の思惑が一致したのであった。

そのような経緯があったため、この日、広家は梃子でも動かないと決めていた。南宮山の麓に陣取る広家四千二百が道を塞げば、その上に布陣する恵瓊千八百と頂上に布陣する秀元一万六千は参戦できない。毛利勢が動かなければ、南宮山の東麓に布陣する長束正家千五百と長曽我部盛親六千六百も動けない。広家が出口を閉じることによって西軍に属する二万七千以上が戦力外となるのである。

この日の広家は、秀秋以上に針の筵に座る心地であった。狼煙があがったのち、出陣の催促が間断なくくるのである。

頂上に陣取る秀元は二十を超えたばかり。家康の養女を娶っているとはいえ、輝元の養嗣子でもある。血気盛んで、戦う意欲が旺盛だ。

広家のもとには、秀元や恵瓊のほか、三成からの使者も来た。それらすべてに対し、参戦の機を伺って戦況を見きわめていると返答した。家臣の多くは準備を終え、いつでも出陣できる態勢でいる。

その場しのぎの方便を用い、時間かせぎをする広家は、彼なりに戦っているともいえた。武士であるにもかかわらず、目の前の敵に打ちかからず、味方の催促をのらりくらりとかわし続けるのだ。

（戦っているほうがどれほど気が楽か）

幾度そう思ったかわからない。

時間は遅々として進まない。味方の白い視線にさらされる。あげく不義の輩だと罵られる。

それでも彼は空疎な言い訳で時を稼いだ。その場しのぎも積み重なればそれなりの時間となる。じりじりと戦さが終わるのを待っていると、伝令が来た。

「申し上げます。松尾山に陣を張る小早川金吾さま……」

使者は激しく息があがっていたため、ひと呼吸おいた。

「金吾がどうした？」

ごくりと息を呑み、使者は続けた。

「寝返りましてございます。ただいま、大谷刑部隊の横を突いているとのことにござります」

これで終わる、と広家は思った。西軍の六割が動いていない。そのうえ小早川軍が寝返った。松尾山の麓に陣する脇坂、朽木、小川、赤座各隊も寝返るにちがいない。

## 大会戦の結末

家康の目にも松尾山が動くのが見えた。巨大な地震で山全体が揺れているようにも見える。

（金吾め、どっちについた）

十中八、九、秀秋は寝返って東軍につくと思っているが、まだ十代の若造だ。どこでどう転ぶかわからない。

ほどなくして中山道と伊勢街道が交わるあたりから狼煙があがった。注意していないと見落とすような低い狼煙だ。正則の軍監として前線にいた忠勝があげたものだ。伊勢方面へ向いていれば秀秋が東軍についたことを、北国街道方面に向いていれば西軍についたと申し合わせてあった。

あきらかに伊勢方面を向いている。

（金吾め、よくやった）

家康の頬がゆるんだ。

獅子奮迅の戦いを続けていた大谷隊であったが、疲れ切っているところに横腹を突かれてはどうにもならない。さらに寝返った脇坂らの各隊も押し寄せ、万事休すとなった。吉継はもはやこれまでと思い定め、自害して自らの首を山林奥深くに埋めさせた。

津波のように大谷隊を屠った小早川隊は、つぎに宇喜多隊に襲いかかった。その余波は小西隊にまでおよんだ。「小早川寝返る」の報は、東軍陣内をまたたく間に駆けめぐった。

「全軍、前へ！」

家康は帷幕にいる近習をとおして、全軍に指令を伝えた。

みな、この瞬間を待ちわびていた。全軍一糸乱れぬ動きで桃配山を下り、中山道筋に西へ進軍した。ザッザッという足音が地鳴りのように響く。

家康は三キロほど進んだところで軍を止め、

「鬨の声をあげよ」

と命じた。

徳川軍の鬨の声はもともと「エイエイエイ」であったが、いつごろか信玄流を組み合わせて「エイトーッ、エイトーッ」と変えた。母音だけより子音が混じっているほうが迫力があり、遠くまで響きわたる。

三万人が一斉に鬨の声をあげる迫力は、兵士たちに絶大な効果をもたらした。味方にとっては百万の援軍のようであり、敵には戦意を喪失させる圧力ともなった。

浮き足立っていた宇喜多隊と小西隊は、恐怖感に駆られ、潰走を始めた。

それを機に、東軍は笹尾山の石田隊に兵を集中させた。左近も郷舎も討ち死にしており、反撃する力は残っていなかった。

三成はすでに退却の機を逃していた。秀秋が寝返った時点で撤退を決意し、数千を率いて佐和山城へ逃れていれば、大坂城にいる秀頼と輝元を引き出すなど、起死回生の策もあったはずだ。

時すでに遅しではあったが、三成は逃げ延びようと決め、兜を脱いだ。兜に植えつけられた黒い毛と金色に輝く二本の鍬形はあまりに目立ちすぎる。

数十人を従え、笹尾山の北斜面を下り、伊吹山方面へ向かった。崖を登る途中、三成は名前も知らぬ若い足軽から声をかけられた。

「殿、その陣羽織をお貸しくだされ」

彼は、三成の身代わりになろうとしていたのである。

意を察した三成は、鮮やかな青の陣羽織を脱ぎ、その男に与えた。

手が震えていた。

三成は潤んだ目でその者に会釈をし、単身、北へと向かった。

## 「北の関ヶ原」

九月二十九日、景勝は会津で驚くべき報せを受け取った。

関ヶ原で行われた戦いで、三成方西軍は半日で敗れ去ったという。美濃で行われた戦さの結果が会津まで伝わるのに二週間を要したのである。

（これほどあっけなく……）

どう少なく見積もっても年内の決着はないと見ていた景勝は呆然とした。

ほぼ時を同じくして東北の地でも西軍と東軍が戦いを演じていた。上杉軍は直江兼続を総大将とし、最上義光の本拠とする山形城に近い長谷堂城を三万の兵で囲んでいる。義光と同盟関係にある伊達政宗が援軍をおくってきた。

長谷堂城に籠もるのはわずか一千。しかし、兼続は攻めあぐねている。すべてが空まわりしていた。

景勝は、信玄とのやりとりを思い出していた。

「治部少輔どのから提案がありました。上方で治部どのが挙兵すれば、かならずや内府どのは上方に攻め上る。そのときわが上杉軍が江戸へ乗りこむ。東西で挟撃すれば勝てる、と」

そのとき信玄は鼻で笑い、

「物語としてはおもしろいが素人の考えそうなことだ。よもや景勝どのは絵に描いた餅を食べようとはせぬと思うが……」

信玄は、さんざん西軍につくことの不利を説いたが、それが聞き入れられない以上、言っても詮（せん）ないことだという表情をしながらそう言った。

景勝はいまさらながら信玄の意図を理解した。そして伏見へ向かったのであった。

現実的に、伊達と最上を背後にしたまま江戸へ攻撃を仕掛けることは不可能だ。宇都宮には家康の次男結城秀康がいて、江戸への入り口を塞いでいる。どう考えても上杉の江戸侵攻など画餅（がべい）以外のなにものでもなかった。

こうとなっては御家断絶もあるかもしれない。百二十万の領主たる自分の指導力のなさが、いまの事態を招いたのだ。

家康の上杉討伐軍が引き返したのを奇貨として、中途半端な局地戦に入りこんでしまったのはなぜなのか。

戦略眼がなかったからだ。

意を尽くせば、国境を接する伊達、最上と和睦できたかもしれぬ。そもそも、家康が上杉討伐を決意する前に、恥を忍んで大坂へ出向き、臣従すると誓えばよかったのだ。現に前田家は利長の母芳春院を人質として差し出している。芳春院は江戸におくられたが、そのおかげで前田家は関ヶ原に兵をおくらずとも所領は安泰であろう。

いっときの恥をしのぶことも国主の役割なのだ。多くの家臣や領民を預かっているのだから。そのことも考えず、なりゆきにまかせてしまった己がなんとも歯がゆかった。

われらは謙信公以来の武門の誉れと口々に言うが、現実には一千で守る平城を三万の兵で落とすことができなかったのも予想外だった。

しかしまだ上杉家が改易と決まったわけではない。こうなった以上は、いかに恥をかいても、上杉家を残すためにできることはなんでもする。死ぬまで朋友と誓い合った晴久がここにいたら、かならずそう言ってくれるにちがいない。

景勝は兼続に対し、即日撤兵を指示した。

その後、景勝のもとに上方の情勢を伝える書状が幾通も届いた。それらのなかには、西軍の総大将毛利輝元が本領安堵を条件に家康に誓紙を差し出し、大坂城を出て安芸に帰ったこと、そして十月一日、石田三成、小西行長、安国寺恵瓊が京都の六条河原で処刑されたことが書かれていた。

# 終章

## 父を訪ねて

弓なりの形をした国土のほぼ真ん中で行われた大会戦は、おびただしい犠牲者をだし、あっけなく勝負がついた。

そして、不気味とも思える静謐が訪れた。

これから天下はどう変わるのか。

東軍についた者たちは、期待に胸を踊らせている。命を賭けるのは恩賞のため。戦さの機会が減っていくなか、恩賞を期待しないではいられない。

一方、西軍についた者たちは、どのような仕置が待っているか不安に駆られている。首謀者として三人が処刑されたが、いまだ落ち武者狩りは続けられている。改易にともなって牢人となる者も数多く現れるだろう。この時代、牢人となって食いつなぐことは容易ではない。

由本晴久の心中は複雑だった。

正式な家臣ではないが、ずっと上杉家に身を寄せ、その国主景勝とは生涯朋友の契りを結んでいる。それゆえ、あきらかに敗者の側である。

しかし信玄と家康の会談の内容を知る身としては、東軍の勝利を望んでいたことも事実であった。願わくば上杉家に対する処分が寛大であること。非力ではあるが、そのためにできることはなんでもする覚悟でいる。

もうひとつ、晴久の心に引っかかっている棘があった。

父雄源のことだ。

はじめて身延の父を訪ね、辞去するとき、誇り高い父に直接手渡すことはできず、工面できるだけの金を寝具の下に滑りこませた。老いた父の体力では、歩荷(ぼっか)の仕事はできない。それでなんとか食いつないでほしいと思った。あのときは今生の別れと覚悟を決めたが、父のことが気になってしかたがない。

（もう一度、会わねば）

関ヶ原の戦いが終わり、天下の趨勢(すうせい)がほぼ決まりかけると、べつの杞憂(きゆう)が生じたのである。会津に残してきた妻から渡された金はすべて父に渡してしまい、いまや一文無しだが、父がきちんと生活できているのか、そればかりが気になっている。

「おまえがそうしたいのであれば、べつにかまわんが、路銀はどうするのだ。わが家には一文たりとも残っていないぞ」

父を訪ねたいと信玄に申し出ると、そう言われた。

「ご心配にはおよびません。なんとかなると思います」

「まだ落ち武者狩りも続いておるようだ。呑気(のんき)に歩いてはいけぬぞ」

「美濃方面は避け、海沿いに下ろうと思います」

信玄と晴久が話をしていると、奈津はいつものように部屋の片隅に座り、ふたりのやりとりを聞いている。

奈津は、言葉を差しはさんだ。

「晴久どの。お金でしたらじゅうぶんありますから、どうぞお使いくださいまし」

「金があったのか」

信玄はぎょっとした様子で奈津に尋ねた。

「はい。毎月、天海どのが持ってきてくださいますのをお忘れでしたか」

家康は、信玄が外交活動から手を引き、隠遁(いんとん)すると決めたあと、暮らしに必要な物資や金を毎月、天海に持たせている。けっして少なくない額であった。

信玄は、いまだ金の数え方を知らない。金を持ったことさえない。すべて郡方(こおりがた)にまかせてきたからだ。思えば、この経済観念の乏しさが信玄の弱点でもあった。経済の重要性に知悉(ちしつ)していた信長とは正反対といえる。

晴久は単身、馬に乗り、寺を発った。鈴鹿を抜けて太平洋岸に出ると、京都の底冷えとはまたちがう種類の寒さを感じた。新暦でいえば季節は晩秋。鋭い潮風は馬上の晴久を容赦なく痛めつける。

やがて三河に入り、東海筋を東へ下る。信玄の西上作戦の進路を逆方向に進んでいる。遠江に入ると、懐かしい光景が目に飛びこんできた。

(あのとき、自分は台風の目にいたんだ)

当時は小太郎という名で信玄の近習だった。それだけで鼻が高かった。

信玄を囲む旗本隊が妙に静かだったことを覚えている。旗本隊の周囲の大軍は、台風そのものだった。進路の途上にあるものをことごとくなぎ倒し、しゃにむに進んだ。

あのころの自分を思うと、いまの境遇に驚かざるを得ない。幼いころ、父に学問の道へ歩みたいと言ったものの、それが実現すると本気で思っていたわけではなかった。学問で生きていくことは、武士になるよりはるかに狭き門だった。

(いまに至る分岐点はなんだったのか)

答えは明白だ。信玄の蔵書である。

あのとき書物の扉を開き、あり余る時間にまかせ、その世界に没頭した。読むたびに刮目(かつもく)させられた。人間という生き物はなんと複雑で、深遠で、そして驚きに満ちているのかと胸が高鳴った。その先に謙信がいて、景勝がいた。

（これでよかったのだろうか）

馬の背の心地よい律動を味わいながら、問いを繰り返し自分に突きつけた。

自ら選んだというより、自ずとこういう道を歩んでいたのだが、これでよかった、といまなら断言できる。

しかし、それだけでは足りないとも思っている。それだけでは書物に書かれている一部を自分の頭に移したにすぎない。自分の頭の一部分が蔵になっただけの話である。

想念に耽（ふけ）っていると馬が飛び跳ね、われに返った。ふと下を見ると、小川が流れている。晴久はそこで馬を下り、水を手ですくって飲んだ。水は清らかだった。

（そういえば晴信さまは、清らかな子になるようにとの願いを込めて娘の名をきよにしたとおっしゃっていた。この小川も流れているから澄んでいるのだ。知識も澱ませてはいけない。流さなければ……）

しかし、どうやって自分が得た知識を世に流せばいいのか。流すということは、言い換えれば世の中に役立てるということだろう。答えはすぐに見つからないが、そう意識し続けることが大切だと晴久は思った。やがてなにかの拍子に見つかるものだ。これまでの経験上、そう信じている。

気がつくと日が暮れていた。安倍川を渡って駿府の町に入り、そこで宿をとることにした。

宿場町の路上で立ち話をしている人たちや宿でくつろいでいる人たちは、口々に関ヶ原の戦いについて語っている。おしなべて家康に対する期待が多かった。駿府の人たちにとって徳川家康は旧領主である。家康が善政を敷いていたことが忍ばれる。

（人斎さまはいまごろどこにいるのか）

床につく前、ふとそのことが脳裏をよぎった。信玄は、家康に人斎を返してほしいと伝えた。しかし、いまだ人斎は現れない。彼と過ごした単調で濃密な日々が走馬灯のように頭のなかを巡った。

翌朝早く目を覚ました晴久は、父に再会できる喜びに混じって、一抹の不安を覚えた。前回会ったときの落魄ぶりを考えると、重篤な病を患っていることも考えられる。

道を急いだ。目印の四つ辻を左に折れ、勾配のある杣道を駆けのぼった。木々はあらかた葉を落としている。枯れ葉の香ばしい匂いが風にのって漂っている。

あれ?

父が住んでいた小屋があるはずの場所にはなにもなかった。落ち葉が積もっているだけで、そこに建物があったという気配さえない。

晴久は夢中で周囲を駆け足で探しまわった。しばらくしてもとの場所に戻った。

父の痕跡はあとかたもなく消えていた。前年までそこに住んでいたことが幻であったかのように。胸のなかに茫漠としたものが生じ、膨れ上がり、苦しくなり、全身から力が抜けた。

(ああ、父は母上とみつのもとへ行かれたのだ……)

そう思えば悲しさも和らぐが、言葉に言い尽くせない虚無を感じた。

これほどきれいに片づけられているのだから、だれかが父を葬ってくれたのかもしれないと思い、もう一度、丹念に周囲を探すことにした。

やがて北に隣接する山に至る尾根道に卒塔婆らしきものが立っているのを見つけた。盛り土の上に板を刺しただけのものだが、なにも書かれていない。

(ここに父が眠っているのだ)

とっさにそう思った。

父を葬った人は、父の名を知らなかったのだろう。目を下に転ずると、大きな丸い石があり、その下に皺くちゃの紙と貝独楽(ばいごま)があった。

思わず声が出た。皺くちゃの紙は、みつが息を引き取るとき、父がみつの懐から取り出した千代紙だった。千代紙も貝独楽も、幼いとき吾郎が京都で買ってきてくれたものだ。

父はそれらを後生大事に持っていたのだ。遺留品はそれしかなかったのだろう。

なんとあっぱれな人生だったことか。父はだれにも認められることなく、生涯、己の信念を貫きとおし、ぼろぼろになって与えられた生を終えたのである。このときほど父を誇らしいと思ったことはない。

「父上、いろいろ教えていただきました。小太郎は、父上の子として恥ずかしくない人間になります」

晴久は墓の前に両膝をつき、頭(こうべ)を垂れて両の掌(てのひら)を合わせた。するとそれまでこらえていた涙が一気にあふれてきた。

晴久は日が傾くまで祈り続けた。

## 命を長らえさせる人

信玄が身を寄せている古刹(こさつ)は、本堂こそ古びて朽ちそうだが、広大な庭は丹精こめられている。毎朝、奈津ときよを連れて庭園を散策し、歌を吟ずるのをならわしとしているが、その日はことのほか詩興(しきょう)が湧き、気に入った歌を短冊(たんざく)に書きつけていた。

春日山城にいたころ、あけすけで勝ち気だった奈津は、きよを産んでから時が経つほど憑(つ)き物が落ちたように丸くなり、その分、気弱にもなった。

「だって晴信さまは、わたしたちを置いてどこかへ行ってしまわれるのですわ」

潤んだ目で見つめられ、湿っぽい声でそう言う。

「いずれはな。案ずるな、おまえたちのことはつねづね考えておる」

「なにを考えておられるのですか」

「ま、いろいろだ」

信玄も気づいている。この先長くは生きられまいと。足腰の衰えが目立ってきたし、食も細くなってきた。歌を吟ずるときも、いつも頭の片隅に辞世のことがある。

しかしわが身のことより気にかかるのは、奈津ときよの行く末だ。ふたりに遺してやれるものはなにひとつない。この時代、女ふたりでどうやって生きていくのか。

「天海さまと人斎さまがお見えです」

晴久が現れ、信玄の心配ごとを吹き払うようにそう告げた。晴久の顔には、柔らかな笑みが広がっている。ひさしぶりに見る、晴久の晴れやかな表情だった。

「なんだと。人斎が……」

天海の後ろ五、六歩ほどを空け、人斎が身を縮めながら入ってきた。

信玄、晴久と対座すると、人斎は顔を伏せた。

「この世にあってふたたびお目にかかれるとは思いませんでした。先般の儀、なにとぞお許しください」

先般の儀とは、ある日突然、春日山城から姿を消したことを言っているのだろう。信玄は、そんなことはなから気にしていない。そこにいる意味がなくなったから出奔（しゅっぽん）したのだろうと思っていた。

「会えてうれしいぞ、人斎。さても後ろ髪が伸びたな。羨ましいかぎりだ」

信玄は懐かしげに目を細めた。いまや人斎の髪の毛は、尻に届かんとしている。

「はっ」

「早く顔を見せてくれ」

人斎は少しずつ顔をもたげた。顔には十四年分の老いが刻まれていた。本人も自分の年齢を知らないと言っていたが、百歳を超えているようにも見えるし、昔日(せきじつ)と変わらぬ軽い身のこなしを見ていると、その半分ほどのようでもある。

「家康どのに奉公しておったようだな」

「はい。このような浮薄者(ふはくもの)でありますが、召し抱えていただきました」

「かの者におまえの知恵を授けたのだな」

「さような大層なものはもちあわせておりませぬが、ことのほかご熱心に尋ねられましたゆえ、それがしにわかることは惜しむことなくお教えいたしました」

「長いことおまえを放さなかったようだな。おれはすぐに返してほしいと言ったのだが」

「そう思っていただくだけで、人斎は果報者にございます」

「それより訊きたいことがある。おれの命を長らえさせたおまえだ、人の寿命についてもくわしかろう。聞けば、ここにおる天海には、あと四十年は生きられると申したそうだな」

「お聞きしておりましたか」

「ああ。天海がうれしそうに言っておった。坊主の身でも寿命が長いのはうれしいようだ」

天海はこのとき六十五歳。これから家康・秀忠・家光三代にわたって仕え、寛永二十年（一六四三年）、百八歳の生涯を閉じることになる。

「おれはあといかほど生きられる？」

「……」

「齢八十。平生の倍以上も生きておる。いつ死んでも悔いはないが、気がかりなのは奈津と娘のことだ。そういえばおまえはおれが奈津を娶ったことは知らぬだろう」

「……」

人斎はそれを知っていたが、無言でいた。

「おまえも覚えておろうが、奈津は越後でいちばんと言われた女子だ」

「……はい」

「おれは年甲斐もなく奈津を口説き落としたというわけだ」

信玄はわざと隣の部屋にいる奈津に聞こえるほど大声で言い、邪気のない笑みを浮かべた。

「その奈津とのあいだにできた子がきよだ。七十一のときの子ゆえ、ひ孫のようだが」

「それはそれはおめでとうございます。そのこと、江戸でもたいそうな評判になっておりまする」

「七十一で子をなしたことが、か」

人斎は恥ずかしそうにうなずいた。

「どうだ、おれの命の残りはいかほどだ。遠慮はいらぬ。直截に言え」

「こればかりは即答いたしかねます。もろもろくわしく調べませぬと」

「では、さっそく調べてくれ」

人斎は旅装も解かぬうち、信玄の身体を調べることになった。

信玄が腰を浮かしかけたとき、天海が言った。

「おいとまする前に、上様より預かって参りました言伝を申し上げます」

「上様？　家康のことか」

信玄はいつもの癖で、ふんと鼻で笑った。

「近いうちにご挨拶に伺いたいとのことでございます」

「家康がここに？　それはちょうどよかった。ぜひとも言っておかねばならぬことがある。承知したと伝えよ」

信玄は玄関まで天海を見送り、その気魄（きはく）のこもった背中を見つめ、あれならあと四十年生きるという見立てもまんざら偽りでもあるまいと思った。


信玄は、人斎の手の感触を思い出した。

人斎の触診は以前と変わらず微に入り細に入りであった。信玄のほかに、これほど長きにわたって他人の手に触られた者はいないであろう。

人斎の手の動きが止まったとき、すでに夜の帳（とばり）は下り、空にはおぼろな月が浮かんでいた。

人斎は信玄の前に片膝をついた。

「正直に申し上げます。このままではあと一年もつかどうか、というところでありましょう」

信玄はそんなものだろうと思い、格別失望したわけではない。しかし悲しみにうちひしがれた奈津ときよの顔が脳裏に浮かぶと、できるだけ長く生きねばと思った。

「伸ばす手立てはあるのか」

「試してみたことはありませぬが、できないことはありませぬ。ただ、老馬に雨あられと鞭（むち）を打ち、無理に走らせるようなものですから、いつその力が尽きるかは予期することができませぬ」

「痛いのか」

「いいえ。痛みはないと思いますが、ずっと動悸が続くものと思われます」

(本来であれば、おれの命は五十三年で終わっていた。その後の二十七年は余録みたいなものだ)

迷う必要はなかった。いまや信玄は人斎に全幅の信頼をおいている。

「ひとつ、申し上げたきことがございます……」

続けよ、と信玄は目で促した。

「長く生きたいと心底思うことであります。できましたら、ただ長く生きたいのではなく、そこに生きる意味が結びついていれば、なおのことよろしいかと存じます。心の気が萎えてはどんな処置もおよびませぬゆえ」

「……わかっておる」

## 書物好きの交わり

家康が天海を伴って信玄を訪ねたのは、それからきっかり一週間後のことであった。

「おかげさまにて、天下静謐の礎を築くことができました」

家康は、深々と頭を下げた。

「みごとな戦いぶりであった」

信玄は会釈もせず、臣下に接するような態度で応じた。

「やらねばならぬことが山積みとなっているゆえ、ゆるりとはできませぬが、本日はまず御礼を兼ねてのご報告とご相談いたしたいことがあり、こうして罷りこしました」

信玄は奥の座敷のほうを向いて晴久を呼びつけた。相談と聞いて、相伴が必要と思ったのである。

晴久はするりと部屋に入り、

「由本晴久にござります」

と名を述べ、信玄の隣りに座った。

「以前、伏見城でお会いしましたな。人斎からも碩学(せきがく)の士と聞いております」

家康は柔和な表情を浮かべ、晴久にそう言った。

「めっそうもござりません」

道中、家康は天海に語っていた。

「信玄公が育てた者はあまたおるが、真田昌幸が毒まんじゅうなら由本晴久は良薬であろう。膝を交えて話をしたいものだ」

と。武辺だけの粗野な男がのさばる時代はこれで終わりにしたいとつぶやいたあとのことだった。

家康は天海から手渡された風呂敷包みを自らほどき、なかに入っていた五冊の書物を信玄の前に差し出した。

「心ばかりではありますが、こたびの御礼として書物を進ぜたいと存ずる」

書物を見るや、それまで仏頂面(ぶっちょうづら)だった信玄の顔に赤みがさした。『孔子家語(こうしけご)』四巻と『貞観政要(じょうがんせいよう)』である。信玄はそれらを手に取り、涎(よだれ)を垂らさんばかりの表情で嘗(な)めまわすように見ている。

「ほほぉ、これは珍しい。しかし、かように高価な書物をもらうのは気が引けないでもない」

「版を起こして何百とつくらせたものゆえ、恐縮していただくにはおよびませぬ」

「これは書き写したものではないというのか」

信玄は目を丸くしている。

「木の板に字を彫り、墨で写し取る方法にて同じ書物をたくさんつくることができます。明年は『三略』と『六韜』も仕上がる予定でござる。それらもでき次第、お贈りいたしましょう」

「これはこれは、老後の楽しみができたというものだ」

家康は信玄がもっとも喜ぶものはなにかと考え、とっさに書物と決めたのであった。

家康は、平和な世になれば武術に代わる人間修養が要ると考え、出版によって良書を全国津々浦々に波及させることを関ヶ原の戦いの数年前から企図していたのである。

日本最古の大学といわれる足利学校の庠主閑室元佶に木活字数十万個を与え、出版したものが『孔子家語』である。続く『貞観政要』は関ヶ原の戦いの直前に完成した。一方で天下を二分する戦さを画策しながら、他方で名著の出版を進めるなど、家康以外にはできない芸当であろう。彼は「海道一の弓取り」と言われた武芸の人であるが学問の士でもあった。わずか五尺一、二寸（約一メートル五十六センチ）の体のどこに、それほどの力を秘めていたのだろうか。

ちなみに『孔子家語』は『論語』に収録されなかった孔子一門の説話をまとめたもの。『貞観政要』は唐の太宗と家臣の間で交わされた問答集で、為政者の理想像を示していると評価されている。『三略』と『六韜』は唐の兵法書である。

家康は、日本や中国の史書、思想書などを含め、貴重な書物の蒐集にも勤しんでいた。家康の死後、駿府城の書庫には一万冊におよぶ蔵書があった。

信玄と家康は、まるで趣味の同じ少年のように、嬉々として書物の話に興じた。実学を重んじる家康は詩歌など文芸には疎かったが、信玄の話を聞き、日本の古典文学も世に広めようと思った。

傍らでふたりの話を聞いている天海と晴久もまた学問を愛する者である。話をふられれば当意即妙に答えた。家康は、晴久の深い洞察力とものごとのとらえ方に舌を巻き、いずれは配下におきたいと思ったのである。

## 武田家再興

しばらく書物の話題が藹々と続いたのち、われにかえったように家康が居住まいをただした。

「おりいってのご相談でござる」

「なんであろう……か」

信玄も神妙な面持ちになった。通常、相談と言われていい話であったためしはない。

家康は信玄の顔をまじまじと見つめた。信玄もまた、射るように見つめ返した。

「ふたつござる。まずひとつは、武田家を再興したいと思うが、いかがか」

信玄は、虚を突かれた。家の再興など思いもよらなかった。見性院や菊姫、真理姫ら信玄の娘のほか、親類衆のなかでも生き残っている者はいる。遺臣の多くは家康に召し抱えられ、井伊直政の配下に組み入れられている。しかし彼らは武田の旗のもとで生きているわけではない。

(いまさらどうしろというのだ)

という気がしないでもない。

「天下に名を轟かせた名家である。そのお家の再興に徳川家の血筋を役立てたいと思うのだが……」

信玄は、家康の意図をじっくり見きわめようとした。いい話には裏があると若いころから思っている。

やがて、あることに気づいた。自分は家康が策謀を働かせる対象ではないことに。いま、信玄はただひとりの老人にすぎない。

「その手立ては?」

「それがしの五男で松平信吉という者がおります。まだ十八ばかりの若輩者ですが、武田家とは浅からぬ縁があります」

信玄は、娘の見性院が松平信吉の養母となっていることを知っていた。いきさつはこうである。

武田家を残したいと考えた家康は、甲斐武田氏の支流である秋山虎康の娘おつまを養女とし、やがて側室として迎えた。ふたりの間にできた子が信吉である。家康は、見性院を信吉の後見人として武田信吉と名乗らせ、武田氏を継承させた。その後、信吉の母が死去したため、見性院が信吉の養母となったのである。

信吉は秀吉の正室北政所（高台院）の甥木下勝俊の娘を娶り、いま下総の佐倉城を拠点とし十万石を領している。

「そのことは聞いておる。だが、武田ではなく松平姓に戻っているはずだが……」

「それについては複雑な事情があり……」

「秀吉か」

信玄は最後まで言わせず、そう言い切った。信吉が木下一族の娘を娶る際、秀吉は信吉が武田姓を名乗っていることを快く思っていなかったのである。

「しかし、いつでも武田姓に復する心づもりがあります。それがしの息子であり、また形の上とはいえ見性院どのの子でもある。その資格もじゅうぶんあろうかと存ずる」

「そういうことなら、あえておれの許諾（きょだく）は必要なかろう。すでに一度、武田を名乗っているのであるから」

「話はまだ続きます。じつはこれがそれがしの願いである」

「なんであろうか」

「信吉の子にきよどのをもらい受けたいと考えております」

それを聞いた瞬間、信玄の目がかっと開かれ、間髪入れず言い放った。

「それは断る！」

家康は、信玄が快諾するものとばかり思っていた。遠からず天下人になるであろう家康の五男の養母が見性院であり、きよが養女となり、武田家を再興する。けっして悪い話ではない。むしろ、だれもが羨(うらや)む良縁といえる。申し出た家康に一点の疚(やま)しさもなかった。

しかし信玄は即座に断った。そして家康の疑念を解くため、ゆるりと話し始めた。

「のお家康どの。おれはさんざん自分の娘を政略に用いてきた。それはそなたも同じであろう。しかし、それは平和な世にふさわしくない。たしかに家康どのの庇護のもとであれば、一生安泰かもしれぬ。だがな、おれははじめて人の親になった心地がしている。それはなんともいいものだ。家康どのも孔孟(こうもう)の教えを広めんとされているのであるから、その気持ちはわかるはず。おれはきよを愛している。きよを権謀渦巻く大奥の世界に入れたくはないのだ」

家康の肩からすーっと力が抜けていった。

「わかり申した」

「ただ、家康どのの心遣いはありがたく思うぞ」

余談だが、信吉は関ヶ原で西軍に属した佐竹義宣に替わって常陸国二十五万石に封ぜられ、穴山梅雪の家臣団を中心とする武田遺臣を付けられて武田氏を再興するが、慶長八年（一六〇三年）、二十一歳の若さで病没(びょうぼつ)した。子がいなかったため、武田氏はふたたび断絶することになる。

「では、もうひとつの話も聞こう」

信玄は和気をおぼえつつ、警戒をゆるめずに促した。

「信玄どのは『甲陽軍鑑』というものはご存知であろうか」

「はて？　知らぬな」

「書物になっているわけではありませんが、武田家の、とりわけ信玄どののことがくわしく記された書きつけでござる」

「なに？　おれのことが？」

「さよう」

「書き手はだれなのだ」

「風聞によれば、高坂弾正（春日虎綱）どのが口語りされたものを猿楽者の大倉彦十郎と申す者が記述したようでござる」

「なに？　虎綱が？」

高坂弾正といえば、信玄が〝可愛がった〟と言われた寵臣(ちょうしん)で、海津城代として知られる。

「そもそもは設楽原の合戦で大敗した武田家の行く末を案じ、勝頼どのとその側近衆への諫言(かんげん)として書かれたとのことですが、弾正どのが身罷られたのち、甥の春日惣次郎どのによって書き継がれたようでござる」

「おれのなにを書いたというのだ。まさか女のことではあるまいな」

信玄が冗談交じりにそう言うと、家康も一笑して続けた。

「ご安心くだされ。それを言えばそれがしも同じ穴の狢(むじな)。平たくいえば、軍学の記録でござる」

「虎綱のやつめ、よけいなことをしおって」

「いやいや、よきことをしてくれました。一読すれば、信玄どのや勝頼どのがなにをされたのか、いかなる合戦をし、その基となる軍法はどうであったのか、はたまた甲州武士の心意気や理想まで書かれております。これほど貴重な資料はまたとありますまい」

天海と晴久は俄然興味をもった面持ちで、つい前のめりになって聞いている。

「それで、その書きつけがどうだというのだ」

「それを書物にして、世間に広めるのはどうかと」

「家康どのは平和な世をつくりたいのであろう。いまさら軍学の書など必要あるまい」

「これはまた信玄どのらしからぬ物言い。平和な世だからこそ、そういう書物が必要なのです。やがて数十年もすれば、平和な世に暮らすことが当たり前になりましょう。そのありがたみがなくなったとき、人は新たに争いを求めるようになります。人は本能のなかに、争うことを心地よいと感じるものを抱えているとそれがしは思っております。なんらかの代替物をとおしてそれを消化させねばなりませぬ」

「それが軍学の書というわけか」

ある動物心理学者によれば、経済行為は戦争を好む人間に与えられた代替行為らしいが、その論法でいえばスポーツも軍記物を読むという行為もそれに近いのかもしれない。

「いずれにせよ、その書物の主役は信玄どのと勝頼どの。けっして武田家を悪者にはいたしません」

「つまり、家康どのは武田家の歴史を書物にして後世に残したいと考えておるのか」

「御意。武田家を敬うそれがしの心はけっして偽りではござらぬ」

「なんともおもしろいことを考える御仁(ごじん)だ。もとよりおれの許可など要らぬ。好きなようにやってくれ」

家康が考えたように、『甲陽軍鑑』は江戸時代をとおして武家のみならず庶民の間でも読まれることになるが、家康が生きている間に出版はかなわなかった。本書二十巻に加え、起巻、目録、末書二巻という大著になってしまったからである。

話が終わって帰りかけた家康を、信玄は慌てて引き止めた。

「なにか御用が？」

「ひとつ申し伝えたいことがあった。できるだけ短くするゆえ、しばし待たれよ」

ふたりは、あらためて向き合った。

「家康どのが総大将としてこたびの大戦さを制したのであるから、戦後の仕置はそなたがされるのであろうな」

そこで家康はぴんときた。

「上杉家のことであろうか」

「そうだ。上杉家への仕置、くれぐれも穏便に願いたい」

家康は黙りこんだ。時間がないと言っていたが、しばらく返答もしない。しびれを切らして信玄が言葉を継いだ。

「よもや忘れてはいないと思うが、おれはそなたの願いを聞き入れた。おかげで人里離れたこんな山奥で不自由な暮らしをしておる」

家康はこくりとうなずいた。

「そもそも、景勝どのに謀反の疑いがあるとでっちあげて上杉討伐に向かったのはそなたの策略。景勝どのにははた迷惑であったろう」

「で、ありましょうな」

信玄は鼻で笑った。

「でありましょうなとは他人事のような言い草。そのことをよくよく考慮のうえ、穏便な処置にしてほしいのだ」

「ただわれらが討伐軍を向けずとも、景勝どのが西軍に与したことはあきらか。伊達や最上とも激しく戦っております。それを考えれば、お咎めなしというわけにはいきますまい」

「なあ家康どの。おれはそなたの志を知ったからこそ、手を引いたのだ。上杉を敵視せず、これからの世づくりに活かしてほしい。景勝どのは実直でまっすぐな男であり、けっして約束を違えるようなことはない。まして上杉軍は精強だ。関ヶ原で勝ったとはいえ、まだ山があるはず。かならずそなたの力添えになるはずだ」

家康はしばらく沈思黙考し、軽く会釈して言った。

「もろもろ考慮のうえ、適宜判断をくだすゆえ、この場での即答は容赦願いたい」

そう言って帰りかけたとき、信玄は家康の背中に向かって言った。

「真田昌幸を生かしておいてくれないか。あの者がいない世などつまらぬ」

家康は一瞬、立ち止まったが、聞こえていなかったような素振りで足早に去って行った。

## 上杉家仕置

関ヶ原の戦後処置は、まず東軍についた諸将の論功行賞から始まった。家康は井伊直政らに命じて諸将の貢献度を調べさせ、十月十五日、その結果を発表した。

まず家康の直轄領は二五五万石から四〇〇万石へと大幅に増加した。その他、主な諸将の論功行賞をあげる。

・結城秀康　下総結城一〇万石↓越前北ノ庄七五万石
・松平忠吉　武蔵忍一〇万石↓美濃五二万石
・井伊直政　上野高崎一二万石↓近江佐和山一八万石
・福島正則　尾張清洲二〇万石↓安芸広島五〇万石
・黒田長政　豊前中津一八万石↓筑前福岡五二万石
・細川忠興　丹後宮津一八万石↓豊前小倉四〇万石
・池田輝政　三河吉田一五万石↓播磨姫路五二万石
・加藤嘉明　伊予松前一〇万石↓伊予松山二〇万石
・浅野幸長　甲斐二二万石↓紀伊和歌山三九万石
・山内一豊　遠江掛川六万石↓土佐浦戸二四万石
・田中吉政　三河岡崎一〇万石↓筑後三二万石
・加藤清正　肥後二五万石↓肥後五二万石
・蒲生秀行　下野宇都宮一八万石↓会津六〇万石
・最上義光　出羽山形二四万石↓出羽山形五七万石

などである。

これらを見ると、家康の大名配置に対する考え方がわかる。信頼できる一門・譜代衆は、石高は抑えながら関東および東海筋に配置している。それに対し、豊臣恩顧の諸将に対しては大幅な加増をしているが遠隔地に配置している。いわゆる外様大名の扱いである。やがて彼らの何人かは改易の憂き目にあう。

西軍についた諸将への処分も発表された。

改易となったのは、石田三成・小西行長・大谷吉継・宇喜多秀家・増田長盛・織田秀信・立花宗茂らである。

吉川広家が「わが主君は安国寺恵瓊にそそのかされて総大将となったのであり、本意ではなかった」と必死の説得工作をし、所領安堵を条件に大坂城を明け渡した毛利輝元だが、その後、大坂城を拠点に西軍諸将への働きかけをしていたことが露見し、一一二万石から三七万石への大幅減封となった。佐竹義宣も五五万石から二〇万石へ減移封となった。

異様なのは真田昌幸への処置である。秀忠率いる別働隊を上田城に食い止めるなど、さんざん徳川方を苦しめた男だが、死罪とはならず紀州の九度山に配流(はいる)。所領も没収とはならず、家を割って東軍についた信幸がそっくり受け継いだ。異例の措置といっていい。

前田利長は所領を安堵され、のちの加賀百万石の起点となる。仮に彼が〝気骨のある〟人物だったとしたら、おそらく家康にたてつき西軍に属したであろう。自らの母親芳春院を人質に出すような弱腰であったため、結果的に家康と敵対せず、関ヶ原に軍を出すこともなかった。

上杉家に対する処置であるが、これがなかなか決まらない。その背景には、家康が五男松平信吉と上杉家を合体させ、上杉家を存続させたいという意図があった。信玄の娘を養女とする企図が潰(つい)えたため、つぎは上杉家へと目を向けたのである。兼続の娘を景勝の養女としたのち信吉に娶らせ、百万石を与えて上杉家を存続させ、景勝にはわずかな扶持(ふち)を与えて隠居させるという案であったようだ。

しかしこの計画が実現することはなかった。

景勝と兼続は、神経をすり減らしていた。百二十万石という大領である。家臣団六千余にその家族や召使いなどを合わせれば、三万人以上の生活がかかっている。よもや改易はないと思っているが、楽観は許されない。

慶長六年（一六〇一年）の半ばをすぎても音沙汰がない。待つことに耐えきれず、七月一日、景勝と兼続は数十騎の馬廻衆を引き連れて会津を発ち、二十四日、伏見城下の上杉家屋敷に入った。二十六日、大坂へ出向いて秀頼に挨拶を済ませたのち、家康に謁見した。

景勝と兼続は、前年の行為を丁重に詫び、これからは誠心誠意臣従することを誓った。

その際、関ヶ原の戦いの半年前、信玄から届いた書状が役に立った。信玄は家康との二度にわたる会談を詳らかにし、自分は中立となって京都郊外の古寺に隠棲すると伝えてきた。

書状には家康の平和国家構想がくわしく綴られていた。それを読んで、兼続は稲妻に打たれたように驚いた。なぜならば家康という男は豊臣家の権力を簒奪しようと企む、人間の皮をかぶった古狸だという思いこみがあったからである。親交の深かった三成の感化を受けたともいえるが、兼続の価値観に照らし、この世に生かしてはおけぬ人物の筆頭だった。

景勝は同じ大老職として家康と顔を合わせたことは幾度もあったが、やはり家康に対する疑念をぬぐい去ることはできなかった。腹にどんな一物を蔵しているか、まったく予測がつかなかったのである。景勝のように裏表のないまっすぐな男にとって、この型の人間は容易に信用できるものではない。

景勝も兼続も、人間に対する信玄の洞察力には全幅の信頼をおいていたが、その信玄が客観的に書き綴った書状を読み、家康に対する見方を根底から変えたのである。

そのうえでの謁見であった。

景勝は相変わらず必要以上は語らなかったが、顔は温容を湛えていた。兼続は信玄の書状に書かれていたことを手がかりに家康の本意を引き出し、深く心服した。そのうえで、家康に対して誤解していたことを直截に語り、詫びたのであった。

上杉家は江戸期をとおして安泰であり、現在まで脈々と名家の血統を継いでいる。その起点となったのは、この日の謁見だと言って過言ではないだろう。

## 家臣召し放さず

上首尾に終わった家康との謁見ではあったが、それによって免罪となったわけではない。

八月十六日、景勝はふたたび大坂城西の丸に家康を訪問し、謁見したが、そこで上杉家に対する仕置の沙汰があった。

大幅な減封である。それまでの領地を没収し、新たに出羽米沢三十万石を与えるというものであった。景勝は半分ほどの減封は覚悟していたが、それを大幅に上まわる四分の一という厳しい処分であった。現代で言えば、売上高百二十億円の会社が、いきなり三十億円の売上になってしまうに等しい。リストラをせずに乗り切ることは不可能に近い。

彼は淡々と受け入れた。徳川方と戦ったことは事実であり、条件さえ許せば江戸に侵攻していたかもしれない。事実、家臣の多くはそれを主張していた。それらを思い起こせば、半分の減封で済ませようというのは虫のいい皮算用だった。

景勝は兼続に伝えた。

「こたび会津を転じて米沢へ移る。武運の衰運は驚くべきことにあらず」

じつに恬淡とした物言いであった。

悲壮感がなかったがゆえに、兼続にとっては重しのように胸に圧がかかった。

思い起こせば、関ヶ原の戦いの前、信玄は西軍につくことに義があるとはいえない、三成は家康に勝ち目がないと断言した。はっきりとした物言いはしなかったが、主君景勝も信玄の意見に傾いていた。それを知りながら、兼続は打倒家康の急先鋒となって主戦派を構成した。

古来、声の大きな者になびくのが人の常である。冷静に双方の戦力の分析もせず、いつしか上杉家は「逆賊家康を血祭りにあげる」という耳ざわりのいい言葉に陶酔していった。

その責任は自分にある、と兼続は痛切に思っている。だからこそ、あっさりとした景勝の物言いが胸にこたえるのであった。

「それがしの頑なさがこたびの事態を招いたと痛感しております。殿には多大なご迷惑をおかけし、本来であれば、死してお詫びをしなければなりませぬ」

兼続はその場で土下座した。自分こそが主君に代わって上杉家を導く立場であると思いこんでいたが、その傲慢さが上杉家を窮地に陥れたと悟ったのである。

景勝は兼続の背に手を置き、言った。

「なにを言う。そなたあっての上杉家だ。これからも未熟なわしを大いに扶けてほしい」

砂に水が沁みこむように、兼続の胸に景勝の気遣いが入ってきた。そしてよろよろと立ち上がり、男泣きに泣いた。

「しかしながら……、四分の一の石高で、いかにして家臣や領民たちを養えばよろしいのでしょう」

切実な問題であった。大きく所領を減らされた場合、それに応じて家臣を召し放すことが求められる。食料を生産できない武士の口を減らすのは当然である。

「家臣は召し放さぬ」

兼続は景勝のつぶやきを聞き、空耳かと思った。驚くべき言葉だった。

「家臣はこれまでのとおり召し抱える。上杉家が置かれた状況を説明し、それでも残りたいという家臣は、けっして召し放さない。そのためにもそなたに力を貸してほしいのだ」

兼続ははじめて主君の本性に触れた。生来、口数の少ない景勝という人間の奥底に湛えられていた水脈を見つけた思いだった。

(殿のようなお方と巡りあえたことこそ身に余る僥倖(ぎょうこう)である)

兼続は幾度も心のなかで繰り返した。この無口な男の前では、言葉に出した瞬間、薄っぺらなものになり、その思いが霧となって消えてしまうと思ったのである。

翌朝、景勝が屋敷のなかを歩きながら感慨にふけっていると、小姓が近づき、告げた。

「徳川内府さまの使者で、天海と申す僧がお目どおり願いたいとのことでございます」

「かまわぬ。通せ」

現れた天海を見て、景勝は慄然とした。黒の僧衣に全身を包み、憤怒の形相で屹立(きつりつ)する様子は、どこかの寺で見たことのある金剛力士像のようでもあった。

しかし憤怒の形相というのは勘違いだと悟ったのは、天海が蕩(とろ)けるような笑みを浮かべたときだった。

「天海と申す者でござる」

天海は簡潔に自身の略歴と現在の職務を述べた。

「晴久どのから、ともに比叡山を逃れた僧がいたと聞いたことがあるが、そなたであったか」

「さようでござる」

景勝はまだあどけない小太郎が、必死の形相でこの僧と逃げている光景を思い浮かべた。

「本日は江戸の上様からの使いではなく、信玄どのからの言伝を持って参った。会津へお戻りになる際、ぜひともお立ち寄りいただきたいとのこと。晴久どのもお待ちしております」

天海は、景勝に信玄らが身を寄せている古刹の場所を教えた。

「ここからさほどの距離ではござらぬ」

（あれから忽然と姿を消し、生死さえわからなかったが、さほど遠くないところに身を潜めていたとは……）

景勝は信玄に、それ以上に晴久に会いたくなった。どんなに心が荒もうとも、晴久の佇まいを思うだけで、薫風に吹かれるような心地がするのである。

「それがしはこれから信玄どのをお訪ね申す。景勝どのが遠からず参られることをお伝えいたすが、よろしいかな」

「もろもろ片づけることもあるゆえ、すぐには無理だが、十月のはじめごろには参りたいとお伝えあれ」

天海は現れたときと同じように、木の葉が舞うような身のこなしで立ち去った。

**身の処し方**

天海はその足で信玄のいる古刹へ向かった。

上杉家に対する処分の内容を天海から聞いた信玄と晴久は言葉を失い、その場の空気がどんよりと重くなった。

「……んんん」

信玄は喉の奥から、声にならない音を絞り出した。

「家康も厳しい男だな」

小領の大名が禄を減らされるのは、まだしも対処法がある。しかし百二十万石もの大領が四分の一に減らされれば、想像を絶する辛苦が待ち受けている。信玄も晴久も、あの景勝が苦渋の選択を迫られていることを思い、心を痛めた。またこの減封は自身の処し方にも大きな影響を与える。他人事で済む話ではない。

「家臣たちのなかには、上杉家は改易とし兼続どのに切腹を申し渡すべしと主張した者も少なくなかったようです。これでも上様のお計らいかと……」

よくよく考えれば、そのような状況にある上杉家に身を寄せることは控えるべきであろう。とはいえ死が近い自分はいいとして、奈津やきよ、晴久たちを思うと途方に暮れた。

「本日、伺ったのはほかでもない、上様からのお申し出をお伝えするためでござる」

信玄は、また書物の話であろうかと思った。

「信玄どのにはぜひとも江戸城に移っていただきたいとのことでござる。もちろん、ご妻子もごいっしょに」

「江戸に……か」

「江戸には見性院さまもいらっしゃいます」

それを聞いて信玄は安堵した。これで奈津ときよのことは心配せずともよいと。

間髪入れず天海は晴久のほうを向き、

「また上様は晴久どのをお召しになりたいとのお考えでございます」

「え？　わたくしを、ですか」

「上様は平和な世を築いていくにふさわしい者を率先して登用していくご所存でござる。上様の側近として、晴久どのが培われた見識を活かしてほしいと仰せです。この場で俸禄をお伝えするのは不躾けでござるが、まずは千石にて」

「せ、せ、千石でございますか！」

晴久は度肝を抜かれた。吝嗇として知られる家康が示す禄としては法外な額といっていい。

千石は百万合の米に相当する。当時、ひとりの成人が一日平均三合弱食べるとして、一年間で一石（千合）が目安とされていた。千石とは千人分もの賄いに相当するのである。

「身に余る光栄にございます。まずは徳川内府さまにそうお伝えくださいませ。さりながらお召し抱えの件につきましては、いましばらくの猶予をいただきたいと存じます」

「それは重々承知しております。上杉どののご意向もありましょう」

天海は、大きく減俸される上杉家にとって、晴久や信玄の食い扶持が減ることは理にかなうと考えていた。

「それでは後日、ふたたびお目にかかりたいと存ずる」

天海は十月中旬の来訪を約して辞去した。


信玄と晴久は、家康から重い課題を突きつけられた形となった。表面だけを見れば、願ってもない申し出である。

信玄は天海の話を聞いてとっさに安堵したものの、すぐ冷静になった。わが身のことはもはや思案の外だが、江戸城に入ることがほんとうに奈津やきよにとってよいことなのかと。

江戸城に入って家康の庇護を受けるということは、政治の中枢近くで生きるということである。いつなんどき、きよに政略の手が伸びるかも知れない。かつて自分がそうしたように、権力者に近しい者の養女は〝使える〟のである。

平和な世になっても、争いの火種が完全になくなることはない。まだ豊臣家という、一気に燃え広がりそうな火種もある。かといってなにも持たない自分が、奈津やきよに遺してやれるものはない。考えれば考えるほど袋小路に陥った。

一方の晴久である。

父の墓前で誓ったことがまざまざと脳裏に甦った。これまでに培った学問を世の中に活かすことこそが自らの使命であると。それはそのまま父や母への恩返しにもなると考えた。しかし晴久は一国一城の主ではない。自分では采配ひとつふるうことができない。

千石という俸禄は正直、ぴんとこない。あまりにも額が大きすぎる。夜空に浮かぶ星を好きなだけ取ってよいと言われているようなものだ。もともと金への執着は薄い。大金をうまく使うほどの器量もない。

（しかし、千石あれば多くの人を幸せにできる。微力ではあるが、景勝さまを扶けることができるかもしれない）

とも思う。

なにより、自分という人間にこれほど高い評価をしてくれた家康の期待に応え、世の中を良くするための一助になれるのであれば、という気持ちもあった。

信玄と晴久は、またとない申し出を受けたことで迷路のなかに放りこまれてしまった。出口を見つけるのは容易ではない。

「晴久、おまえは家康に仕えろ。それが最善の道だ」

「晴信さまはいかがなされるおつもりですか」

「おれか……。景勝どのの世話になろうと思う」

「え？」

晴久は絶句した。信玄こそなんのしがらみもなく江戸へ行くことができる。また、そうすべきだと考えていた。人斎の処置で寿命を伸ばしてもたかだか二、三年である。その後、奈津やきよが路頭に迷うことはあってはならない。

「おれがそうしたいと言っても、景勝どのが承諾するとはかぎらないがな」

晴久は唇を噛んだ。上杉家に対する処置にいまさら異論があるわけではない。ただ景勝の変転が哀れだった。彼の実直さを知っているがゆえに、わが身を切り刻まれるような痛みを感じた。

ふと晴久の脳裏に春日山城で景勝と交わした会話がよみがえった。

――晴久どの。そなたとわしは生涯、朋友でいような。利害のからまぬ素朴な関わりであり続けたい。

――もちろんでございます。

――かならずだぞ。かならずだぞ。

あのとき、景勝は少年のように「かならずだぞ」と繰り返し念を押した。五大老の一角に連なる人物にそうまで言われ、晴久は天にも昇る心地だった。絶対にその誓いを違(たが)えない、そう心に誓ったはずだった。

## 朋友の再会

十月上旬、景勝と兼続は五十騎ほどの馬廻衆をともなって伏見屋敷を発った。向かうは会津だが、その前に信玄と晴久が身を寄せている古刹に立ち寄ることになっていた。

庫裏(くり)の奥にある茶室で信玄、晴久、景勝、兼続の四人はひさびさに顔を合わせた。会津で別れてから二年近くの月日が流れている。

「景勝どの、力になれなかったこと、お詫びする」

信玄は会釈をせずにそう言った。気持ちはじゅうぶん込もっている。

「そのようなことは申されますな。すべてこの景勝の不徳の至すところ」

「考えようによっては、泥沼に浸かる前に戦さが終わって運がよかったかもしれぬ」

「さようです。無用な争いを続けずに済みました。内府どののお志もじゅうぶん窺うことができました」

景勝と兼続は東北で激烈な戦いを繰り広げ、なんら得ることもなく終戦を迎えたのだが、その間に積もった疲労が顔色に表れていた。とりわけ景勝はいっぺんに十も歳をとってしまったかのように思えた。

「天海どのから上杉家の仕置はお聞きかと存ずるが、それも天の采配と心得、なにごとも前向きに取り組む所存です」

「これから家康どのと上杉家は新たな関係に発展するやも知れぬ。いっときの勝ち負けなど、悠久のときから見れば塵芥(ちりあくた)のようなものだ」

信玄は気休めではなく、本心からそう思っていた。

「おそれながら、この直江からもひとこと申し上げます。信玄どののお諫(いさ)め、それがしの頑迷固陋(がんめいころう)な心がそれを拒み、無駄にしてしまいました。いくら悔やんでも悔やみきれるものではありませぬ。しかしながら覆水盆(ふくすいぼん)に返らずの喩(たと)えどおり、いまさら嘆いてもはじまりませぬ。かくなるうえは粉骨砕身(ふんこつさいしん)し、新しき国づくりのために尽力したいと考えております」

「そなたがそれほどの決意であるなら千人力であろう」

信玄は兼続に、大幅な減封に応じて家臣をどれくらい減らすのかと訊いた。

兼続は温容を湛え、答えた。

「いっさい召し放しませぬ」

信玄と晴久の目に穏やかな光が灯った。

「みなを抱えるというのか」

信玄にも晴久にも予期していない言葉だった。古来、そのような事例を聞いたことがない。

「どうやって食いつなぐのだ。米沢はこれまでも兼続どのが所領していたゆえくわしいだろうが、民はいかほどいるのだ」

「およそ四万六千です」

「上杉家の家臣は？」

「およそ六千」

「家族や使いの者は？」

「およそ三万。つごう八万二千というところでありましょう」

「そのうちの半分近くを武士が占める。それでは農民がどれほど頑張ってもみなが食べていくことはできまい」

「まだくわしい方策はなにひとつ決めておりませんが、武士であってもなんでもやらせます。そういう覚悟のある者だけを召し放さずと言っているのです」

信玄は目を丸くして訊いた。

「それはまたとてつもない覚悟だ」

信玄はあごをさすりながら恍惚とした表情を浮かべた。

「どうかな。おれも連れて行ってくれないか」

「え？」

景勝と兼続、そして晴久がほぼ同時に虚を突かれた。

「おれは人斎の処置で無理やり生きておるようなものだ。もう長くはない。しかし死ぬまでになんらかの役にはたてるだろう。もちろん奈津やきよも働かせる」

景勝は恐縮しながら問うた。

「さようなことは……。信玄どのであれば、内府どのが快く受け入れてくださるにちがいありません。あえて米沢の地で最期、あ、失礼、苦しい暮らしをする理由はありません」

「正直に答えてほしい。おれが行くのは迷惑か」

「めっそうもござらん」

「では、行く」

信玄は莞爾と笑み、これ以上の議論は要らぬとばかり、茶を啜った。

なりゆきに驚く景勝と兼続をよそに、晴久は感きわまっていた。自分もそのように決意していたからであった。

「景勝さま、わたくしも米沢へ連れて行ってください」

「な、なにを言う。そなたこそ……」

景勝は言い淀んだのち、はたと沈黙し、信玄に向かって「失礼いたした」と言って頭を下げた。そして晴久を見据えて言った。

「内府どのが厚く遇してくれるであろう。それに、そなたほどの器を田舎に埋もれさすのは宝の持ち腐れというもの。ぜひとも江戸で活躍なされ」

晴久は景勝の気持ちが痛いほどわかった。本心はいっしょにいたい。しかし晴久にとってどうすべきかを考えれば、その気持ちを封印させねばならない。

「それはまたあまりにつれないことを。生涯、朋友とおっしゃったのは景勝さまではありませんか」

「だが……」

「たとえ困窮しても、景勝さまの下、みなで力を合わせればかならずや克服できるはずです。わたくしもどんな仕事も厭(いと)わぬ覚悟です。妻もこれまで以上にお役にたてるはずです。どうかお供に加えてください」

晴久は腰を折るほどに低頭した。

景勝は大きく息を吐き、放心した。

心のなかに去来したのは、父謙信への感謝の思いだった。もしかすると父は、こうなる日があることを予測し、この友を与えてくれたのではないかとさえ思えた。

景勝は膝を立て、晴久のほうににじり寄ってその両手を握りしめた。

まるで景勝の心の動きを見透かしたかのように信玄が言った。

「謙信公とは互いに切磋琢磨し、憎み合うこともあったが、心の底では通じ合うものがあった。謙信公がここにいる者を引き合わせてくれたのだ。ほんとうに人の縁(えにし)とは不思議なものだ」

## 米百俵

（あの男にそれだけ人を惹きつける力があったとは……）

家康の申し出に対し、天海をとおして丁重に断ってきたのを知り、家康は景勝を見直していた。かなり貧しい暮らしになるのがわかりきっているのに、信玄と晴久は好条件を断ってきたのだ。

とはいえ不快ではなかった。むしろ秀吉治世下のどろどろとした人間模様をつぶさに見てきたせいか、清々しくもあった。

人間は利だけで動くものではないと思いたいが、一方でそれは絵空事だとも思っている。現実に世の中を見渡せば、利で動く人間が大半だ。家康自身、それを知って人を調略してきたことも事実である。

しかし、そうではない人間がいる。家康は断られたことによって、信玄と晴久に対する好感度が高まり、その心意気に報いたいと思った。

「正純（まさずみ）をこれへ」

家康は小姓に命じ、正純を呼んだ。正純とは本多正信の息子であり、父以上に才長（さいた）けた吏僚（りりょう）である。秀忠の側近として重んじている。

「毎年、米を百俵、米沢の信玄公宛に送れ」

正純は言われたことの真意を測りかねた。

「それは捨て扶持と考えてよろしゅうございましょうか」

「うん、まあそうだな」

家康は苦虫を噛み潰したような顔で素っ気なく答えた。

「送り主は上様といたしましょうか」

「いや、要らぬ」

答えながら、この若造はなにもわかっておらぬと憤慨した。このところ歳のせいか、怒りっぽくなっている。

「では、それがしの名でお送りしてよろしゅうございますか」

したり顔でそう言う正純を見ているうち、家康の怒りは沸点に達した。

「たわけ！　おまえには惻隠の心というものがないのか。おまえごときが百人束になってもかなう相手ではないのだぞ。恥を知れ、恥を」

正純は恐懼しながらも、なぜ罵倒されなければならないのかという表情を浮かべた。

家康は正純に、三成と似た心性を感じていた。三成にはまだしも義侠心があった。自分の尺度での義侠心ではあったが、それを最期まで貫いたことはあっぱれだった。

しかし正純にはそれもない。命じられたことをそつなくこなすが、己の信念はない。それでいながら特権意識だけは強い。

家康は正純の将来を憂えた。父正信もまた息子を危惧し、官位を受けるな、高禄を食むなと言い続けたが、正純の心には届かなかった。

やがて家康と正信の危惧は現実のものとなる。元和八年（一六二二年）、正純は失脚するのである。


奈津にとって、生まれてはじめて味わう壮絶な空腹感であった。米沢に移って一ヶ月近くなるが、毎日、空腹で死にそうだった。夢のなかにも食べ物が出てくる。

米沢へ移る前、事情を聞かされ、ある程度の覚悟はしていた。しかし生半可な覚悟ではどうにもならない飢えであった。

もっとも耐え難いのは、わが子にじゅうぶんな食べ物を与えられないことであった。きよは幼子ではないから泣きじゃくることはしない。しかし、必死に空腹を耐え忍んでいるのを見ると、胸が張り裂けそうであった。家康からの誘いを断って米沢に来ることを選んだ信玄が憎らしいとさえ思えた。

救いといえば、人斎の言葉であった。人斎は、甲斐で信玄に拾ってもらうまで、諸国を放浪しながら食うや食わずの生活を続けていたということを思い出し、そっと尋ねた。

「人斎どの、そなたは若い時分、ずっと飢えていたと申していたが、いまと比べてどうであった？」

「比べものになりません。いまは粗食とはいえ、毎日三度、食べさせていただけるのですから」

人斎はさらりと言ってのけた。

「しかし、これでは栄養が摂れないではありませんか」

「当面は摂れませぬ。しかしお奈津さま、心配ご無用です。人間の体を侮ってはいけませぬ。やがてこの食事から必要な栄養を摂れるようになります。それまでの辛抱です」

身土不二に精通した人斎ならではの着眼であった。人は住んでいる風土や条件に順応するのである。厳寒の地に住むイヌイット族が野菜を食べなくても必要な栄養分を摂っているのと同じように。

「それはいつまでの辛抱なのじゃ」

それを聞いて人斎は高笑いした。

「そればかりはこの人斎にもわかりかねまする。お奈津さま、お気を長くおもちくだされ」

人斎のとびきり愉快そうな笑顔を見て気が和みつつ、いったいいつまで我慢すればいいのかわからず、途方に暮れた。

「ああ、お腹が空いたわ。お腹が空いた、お腹が空いた……」

「お奈津さま、そう言い続けていると、頭がそう思いこんでしまいますよ。ああ空腹なんだと。黙っていれば、そのうち自分の心を騙すことができます」

「そんなことを言ったって、お腹が空いているものは空いているんだからしかたないじゃありませんか。ああお腹が空いた」

そうつぶやきながら、奈津は庭に植えてある木々を丹念に見てまわった。今日も何度も見ている。しかし、何度見てもすでに実が食べられていることに変わりはなかった。


ある日、米沢城下の信玄の粗末な屋敷に大量の米俵が届けられた。狭い屋敷には入らず、庭に積み上げられた。

数えると、百俵もあった。一俵が四百合だから、四十石に相当する。おおまかにいえば、四十人の大人が一年間食べられるほどの量である。

奈津は飛び上がって喜んだ。これできよを飢えさせなくて済む、真っ先にそのことを思った。

(きっと江戸のお殿さまだわ)

奈津の脳裏にずんぐりむっくりの家康像が浮かんだ。今日ばかりは家康が福の神に思えた。

騒ぎを聞きつけて屋敷のなかから信玄が出てきた。晴久とうたも現れた。

「これはどうしたというのだ」

目を白黒させている。

「晴信さま、きっと江戸の家康さまからですわ。ご覧ください。こんなに……」

信玄は米俵を運んできた人夫が持っている送り状をあらためた。宛名は武田信玄、送り主は「江戸」としか書かれていない。

江戸といえば家康以外、心当たりはない。

(あの者らしからぬ。さように気を利かせおって)

奈津はきよと侍女のよしも呼び、積み上げられた米俵を見せた。

「ほら、こんなにたくさん。我慢した甲斐があったわ」

奈津は涙をはらはら流しながら、幾度も江戸の方角を向いて手を合わせた。

信玄は腕組みをし、じっと考えている。晴久の顔を見やると、晴久も思案顔だった。

(はてさてどうしたものか)

老いたりとはいえ、信玄も腹が空く。生まれてから一度もひもじい思いをしたことがない信玄にとって、はじめて味わう苦しみであった。

「晴久、おまえならどうする?」

晴久は視線を米俵から信玄に移し、答えた。

「まずは景勝さまにお預けなさるべきかと」

「であろうな」

すべての領民が空腹に苦しんでいる。景勝とて例外ではない。それを横目に、自分たちだけたらふく食べるわけにはいかない。そんなことをすれば、やがては村八分にされるだろう。ここは江戸や大坂ではなく、田舎の小さな町なのだ。

「奈津、この米はいったん景勝どのに預ける」

はしゃぎまわっていた奈津はわれにかえった。

(それもそうだわ。こんなに食べきれないもの)

「では、わが家にはどれくらい残しますか。人斎どのやよしを含めて七人。二年分くらいあったほうがいいかしら」

「いや、すべて預ける」

奈津は耳を疑った。

「すべて……ですか」

「そうだ、全部だ」

きっぱりとした答えを聞くや、みるみる奈津の顔が歪んでいった。口が横に大きく開き、目元から大粒の涙がこぼれ落ち、あたりはばかることなく大声で泣き始めた。まるで少女のように顔を空に向けて泣いている。

信玄は肩を抱き、なだめた。

「奈津の気持ちはよくわかるぞ。きよに食べさせたいのだろう。一俵だけならいいではないかと思うのだろう。でもな、みんな腹を空かせておる。われわれだけいい思いをすることはできぬ。飢えている者のことを考えよ。そうでなければ武田信玄の妻ではないぞ」

奈津は幾度もうなずきながら、いつまでも大声をあげて泣き続けている。理屈ではわかるが、体がどうにも食べ物を求めてしかたがないのだ。

やや間があって、きよが奈津の目の前に立ち、母の手を取りながら言った。

「お母さま、泣かないでください。きよはお父さまの仰せのとおりにいたします」

きよは十一歳。空腹を抱えながら、父と母の会話の意味をとくと考え、自分なりの考えを述べたのである。

その場にいるだれもがきよの言葉に感じ入った。大人の事情をきよにどう説明すればいいか、それそれが考えていたからだ。

「よくぞ申した、きよ。おまえはりっぱな子だ」

信玄はとっさにきよの頭を撫でた。みなの前で褒められたきよはうれしそうにはにかんだ。

信玄は泣きやんでいる奈津のほうを向き、やさしい声色で言った。

「きよをかように育てたのは奈津の手柄だ。子をりっぱに育てるは一国をよく治めるにもひけをとらぬ尊いこと。おまえを誇りに思うぞ、奈津」

それを聞いて、奈津はふたたび顔を大空に向け、あらんかぎりの声を張り上げて泣き続けた。

## 命の宴

米俵騒動があった日の夕刻、信玄は自邸に晴久とうたを呼んだ。自邸とはいっても、米沢城下の屋敷街の一角で、かつて兼続の家臣が住んでいた屋敷である。狭いが、独立しているだけましというものだ。

部屋の真ん中に囲炉裏（いろり）がある。それを五人で囲んだ。

囲炉裏端に座る信玄を見た晴久にとって、隔世の感があった。かつて躑躅ヶ崎館で権勢を誇っていたころ、信玄は遠くから眺めるだけの存在だった。眺められるだけで僥倖と思えるほど雲の上の存在だった。

ところが、今目の前にいる信玄は、そのときのような近寄りがたさはみじんもない。手を伸ばせば届くほどの距離にいる。それが晴久には不思議であり、うれしくもあった。

「今日は大事な話がある」

信玄が前置きすると、それまでの和やかな空気が一瞬にして張り詰めた。

「晴久、きよを養女として迎えてくれぬか」

信玄は前々からそのことを考えていた。遠からず自分はこの世から姿を消す。そのとき、奈津ときよが途方に暮れることのないようにするには、晴久とうたに託すことが最善であろうと。

奈津は呆気にとられている。が、そうなることがもっとも自然ではないかと薄々思っていたことでもあった。

晴久とうたにはなかなか子が授からなかった。数日前、うたは冗談交じりに「きよさんがわたしたちのお子になられたらどんなに素敵でしょう」と言ったばかりだった。つまり、全員の思惑が一致していたのである。

「謹んでその縁組をお受けいたします」

晴久とうたはそろって深々とお辞儀をし、顔を戻すや、きよに向かって微笑んだ。きよは幼いころから親しんでいる晴久の養女になるということがどういうことなのか、にわかには理解できないようであったが、みなが喜んでいるのを見て、うれしそうだった。

「それでよいか、奈津」

奈津は嗚咽をこらえきれず、泣き出してしまった。きよが晴久とうたの養女になることについてはまったく異存がないが、信玄の死が間近いことをとっさに感じてしまったのだ。

(晴信さまがいなくなったら、わたしはどうすればいいのかしら)

考えれば考えるほど、恐ろしいことであった。

なにを尋ねても的確な答えを返し、いつも自分たち母娘を気遣ってくれている信玄がいない世界がどうにも想像できなかったのだ。

「奈津、どうしたのだ。おまえらしくもない。このところ泣いてばかりではないか」

信玄は奈津の肩を抱いて、そっと引き寄せた。

「だって、だって……」

奈津はけっして言葉にはしなかったが、その思いは信玄にはっきり伝わった。

「そうと決まれば、景勝どのに証人になってもらわねばな」

五人は、囲炉裏を囲んでそれまでの来し方を語り合った。生まれも育ちもまったく異なる人間が同じ時間、同じ場所に集い、心を通い合わせる。人の関わりの綾(あや)が不思議でもあった。


その年の暮れ近く、景勝邸できよが晴久とうたの養女となることを祝う宴が開かれた。参席しているのは景勝、信玄、奈津、きよ、晴久、うた、兼続、そして人斎の八人である。米百俵をそっくり預かったことへの返礼も兼ねていた。

あらゆる面で歳出を切り詰めるべく、家臣の婚儀など祝宴を禁じている手前、大々的にはできないため、ささやかな食事会となった。

それぞれがひととおりの祝辞を述べると、料理が運ばれてきた。えもいわれぬ香りが漂い始めると、奈津はこらえきれずにうめき声を漏らした。

膳の上には、味噌で煮こんだ鯉こく、雪菜(ゆきな)の薄漬け、ひょう干しの煮物、ずんだ餅が並んでいる。

内陸にある米沢において鯉料理は格別な馳走である。雪菜は雪のなかで自生する野菜。ひょう干しは道ばたなどに自生する「ひょう(スベリヒユ)」を天日干しし、さまざまな野菜と和えたもので、正月に備えてつくったものの一部を盛りつけている。ずんだ餅はつきたての餅にすりつぶした枝豆をからめた菓子。若草色が膳の片隅でひときわ鮮やかな彩りを放っている。

質素な食事が常となった身には、あまりに贅を尽くした饗膳であった。

それだけではない。最後に大きな鍋が運ばれてきたのである。

「ほうとうだわ」

思わず、きよが声を上げてしまったほど懐かしい香りが漂ってきた。甲斐のほうとうとは異なり、味噌で煮こんだけんちん汁のなかに練った小麦粉をひねって放り入れたものだが、これには信玄も感涙した。

それぞれが思い思いに言葉を口にした。

食べながらの歓談は尽きなかった。

信玄は、兼続の変わりように驚いた。それまでは信玄や晴久に対し、意識して距離をおいているような印象があった。ところが今日は、身に着けていた鎧を脱いだかのようにうち解けている。

もともと兼続は文武両道の人である。

「上杉家が発展し続けるには、領民に教育の機会を与えねばなりません。そのために藩校をつくりたい。良書の出版も手がけたい。いますぐには無理だが、それがしの俸禄をすべて返上してでもやりとげたい」

とまで言い、信玄や晴久を質問攻めにし、助言を求めた。

雨降って地固まるの喩えのとおり、上杉家は大幅な減封を余儀なくされたことを機に、家臣の結束が強くなったのである。

ここで兼続と上杉家の「その後」をかいつまんで記したい。

兼続にとって、米沢は勝手知ったるところであった。関ヶ原の戦いの二年前からこの地を治めていたのである。

上杉家の移封によって人口が二倍近くに増えたため、新たな城下町づくりとともに、治水事業（直江堤）や新田開発を行った。

関ヶ原の戦いの前とはうって変わって、兼続は家康および江戸幕府に忠誠を尽くした。慶長十九年（一六一四年）の大坂冬の陣では上杉軍を率い、もっとも激烈と言われた鴫野今福の戦いで豊臣方を蹴散らした。

戦功をねぎらった家康に対し、景勝は「わらべの喧嘩のようなもので、べつに骨折りというほどのことではございません」と答えたという逸話がある。豊臣家が滅びる夏の陣では京都の守備を任された。

またこの日の言葉どおり、兼続は藩の教育事業を積極的に推進し、漢籍の蒐集と並行して出版事業にも力を入れた。兼続が存命中に藩校の設立は叶わなかったが、彼が蒐集した漢籍は、のちに設立される藩校「興譲館」に数多く収蔵されることになる。

そのなかに宋版『史記』がある。この書物は京都妙心寺の僧侶が所有していたものだが、兼続が譲り受けた。のちに国宝に指定され、現在は国立歴史民俗博物館（千葉県佐倉市）に保管されている。

兼続は元和五年（一六一九年）に没するが、最期まで上杉家再興のために尽力した。藩の財政事情を鑑み、自分の死をもって直江家は廃絶とし、禄を返上したのである。

上杉家の財政難は続き、九代目藩主鷹山の時代にようやく藩財政を立て直した。鷹山は既得権益を打ち破り、垂範率先して質素な暮らしをしながら産業政策を推し進めたのである。

そんな鷹山を尊敬していたアメリカ人がいた。

ジョン・F・ケネディ元大統領である。彼は鷹山を「もっとも尊敬する日本人の政治家」と公言していた。

## 辞世

時代を少し巻き戻そう。

慶長八年（一六〇三年）二月十二日、家康は征夷大将軍の宣下（せんげ）を受けて江戸に幕府を開き、同じ月の二十一日、景勝は幕府から江戸城の桜田門に上杉家の邸地を与えられた。

翌慶長九年五月五日、景勝と側室（四辻大納言公遠の娘）との間に待望の男子玉丸が生まれた。のちの定勝である。やがて定勝は江戸屋敷住まいとなる。

晴久は幕府公儀の学問指南役のほか、上杉家でも重臣を対象とした学問指南役を務めている。学んだことを世の中に還元し、役立てたいという晴久の願いは果たされている。

信玄は、あの宴の翌日から奈津とのふたり住まいとなったが、同じ敷地に晴久一家が住んでいるから、きよとは毎日顔を合わせている。

一町先には人斎も住んでいる。彼は毎朝と夕、信玄を訪ねてくる。調合した薬を服（の）ませ、体を調べるためだが、信玄にとって人斎の指に触れてもらいながら、自らの人生を回顧することが至福のときでもある。


ある日の朝、信玄は体に異変を感じた。あきらかに前日と異なっていた。

（いよいよだな）

死期が間近に迫っていることがわかった。が、怖いとは一片（いっぺん）たりとも思わなかった。八十二年の生涯をふり返り、悔いはない。

「人斎、おまえはおれにとてつもない贈り物をくれたものだ」

「……」

「長い眠りから目覚めて二十年近く、それは幸せな日々であった。なかでも知らなかった自分に会えたのは、思いがけぬ僥倖であったぞ。奈津やきよと出会えたのはおまえのおかげだ。死んでからの楽しみもできた。礼を言うぞ、人斎」

「どうされたのでございますか、藪から棒に」

「どうやらもうすぐこの世をいとますることになりそうだ。体が変なのだ」

そう言って、その場に伏した。

人斎は信玄の脈をとるや、屋敷を飛び出して行った。入れ替わりに奈津が慌てて駆けこんできた。食事の準備をしていたが、異変に気づいたのだ。

ほどなくして人斎はきよを連れて戻ってきた。

「お父さま……」

きよは仰臥（ぎょうが）する信玄の枕元に駆け寄った。

信玄は話そうとするが、脳裏に浮かんだ言葉がすぐに消えてしまう。死ぬ間際に意識が混濁（こんだく）するという話を聞いたことがあるが、まったく正反対なのである。意識は澄み切った秋空のように晴朗（せいろう）だ。だが晴朗すぎて、言葉にしようとすると口から出る前に消えてしまうのだ。

「父上を呼んできて」

半狂乱の奈津がきよにそう言った。

まもなく晴久が飛び込んできた。

「御屋形さま！」

息を整えているうちに、言葉が出てくるようになった。

「奈津、きよ……、おまえ…たちに………会えて…よかった。…………すこやか…でな」

声にならない声で、きれぎれにそうつぶやいた。それだけを話すのにかなりの時間を要した。

瞳だけで晴久に目配せする。

「晴久………、家康……に…伝え……て」

ゆっくり息を吐いたのち目を閉じ、しばらく動かなくなった。やがて少しずつ目を開き、

「伝えて……ほしい。あの………世から…」

ふたたび動きが止まった。そして最後の力を振り絞るように目を大きく開き、

「そなたの政を……、とくと眺めている……と」

その言葉を発したあと、信玄は息を飲みこんだ。

つぎの瞬間、甲斐の虎と恐れられた男は、ただひとりの老人としてその生涯を閉じた。

奈津ときよは信玄の体にしがみつき、断末魔のような泣き声をあげている。

晴久は信玄の亡骸に向かって手を合わせた。

そして信玄の文机の下にあった手文庫から一枚の紙を取り出した。万が一のときはそうするように信玄に言われていたのだ。

きれいに折りたたまれた紙には、歌がしたためられていた。

雲のいる　山の端もなし　悟る身の
　心のうちに　澄める月影

山の稜線が見えないほど雲に覆われているのに、その向こうにあかあかと月が見える。明鏡止水と

はこういうことをいうのだろうか。信玄の澄み切った心の様子が見えるようであった。
晴久は、死に臨んでかくありたいと痛切に思い、ふたたび合掌した。

## あとがき

齢六十三にしてはじめて歴史小説を書くことになったのには伏線がある。

令和四年正月、この一年は長編を読むと決め、気になるものから読み進めた。大半が再読である。『レ・ミゼラブル』『罪と罰』『風と共に去りぬ』『平家物語』『存在の耐えられない軽さ』『王妃マリー・アントワネット』『動物寓話集』(バルザック)……。

つぎはなにを読もうか、と思いつつ書庫に目をやると、その片隅で息を潜めていた司馬遼太郎著『関ヶ原』と目が合った。その三冊の本は小6のときに母親から買ってもらったもので、紙の色も黄ばんでいる。一冊五百円。もちろん消費税はない。

その当時、私は書物の世界の扉を開け、以後、日本の歴史小説とヨーロッパの古典文学を渉猟することになる。いま「本は私の師匠であり、恩人である」と言っているのは、それ以降の自分の人生を見れば疑いのない事実である。

五十年以上の時を経て『関ヶ原』を再読し、面白かったものの、こうも思った。

――三成と家康では人物の度量があまりにもちがう。これでは端から勝負にならないではないか。

司馬さんは三成が好きで家康が嫌いな人だが、二度目に読んだとき、そのフィルターはほとんど機能せず、両人の差が歴然となったのである。多感なころにこの作品を読んで以来長い間、私の脳裏には「家康=ずるい狸親父、三成=精錬潔白な正義の人」というイメージが定着していた。それを払拭できたのは、五十を過ぎてからである。

私は五十歳で東洋思想家の田口佳史先生と出会い、以来十一年間、講義に通い続けた。その講義では、老荘思想や江戸の儒学、幕末〜明治の人物などについて深く学ばせていただいた。徳川家康の平和国家建設についての講義も多く、それによって私の脳裏に巣食っていた「家康＝ずるい狸親父」像は少しずつ影を薄め、あるときをもってほぼ消え去った。

五十年ぶりに『関ヶ原』を再読した後、娘に「三成では家康の相手にならないから、信玄と家康が戦う関ヶ原をだれか書いてくれないかな。関ヶ原のころ、すでに信玄は生きていないが、小説であればいろんな手法が使えるだろうから」と思いついたことを言うと、「自分で書いてみたら？」と返ってきた。

その瞬間をもって本書の構想が始まった。なにげない会話のなかにもさまざまなヒントがあるものだ。

そこで禅語（らしきもの）をつくってみた。

一日一万言　必有一至言
（多くの雑談のなかにも、よく心を澄ませていれば、かならず大事な一言が含まれている）

江戸時代は二百六十年以上もの平和が続いたということがしばしば人口に膾炙する。それは事実なのだが違和感を覚えることもある。それは自然現象ではなく、そうなったのにはそれなりの理由があったのだから。

その端緒が家康の国家構想にあったことはまぎれもない。応仁の争乱の時代から戦国時代を経て秀吉の時代に至るまで、日本国内は戦争が続いた。そういう時期に天下をとった家康はどうすれば戦争のない世の中にできるのか、それこそ頭の血管が切れそうなほど集中して考えたにちがいない。家康の前に天下をとった秀吉がそのことにまったく無頓着だったため、よけいに力が入ったと思う。秀吉が発令した惣無事令や刀狩りをもって秀吉が平和政策を推進したとする説もあるが、最後に朝鮮出兵をしたことを考えれば、それが平和政策ではなく、戦さのための地ならしであったことはあきらかである。

中国にもヨーロッパにも、数百年も平和が続いた事例などない。ただひとつあるといえば、日本の平安時代だけだ。

家康の平和国家構想について調べるうち、意外なことがわかってきた。家康は「甲州流（信玄流）」を随所に取り入れているのである。信玄は江戸幕府開府のかなり前に没しているが、彼が考え実行したことは家康という媒介を通じて江戸の世に活かされたともいえる。

私は自分で書くのもなんだが、自分のなかにふたりの人間が共存しているのではないかと思えるほど異質なものを違和感なく受け入れることができる。長年、戦争に明け暮れたヨーロッパという地で育ったマキャヴェリズムなどの思想と雅な和歌や自然を写した俳句などの文学世界が両立するのである。そのような人間が武田信玄に惹かれるのは当然である。

戦国時代は暗黒の時代とみられがちだが、あらゆる分野で飛躍的にイノベーションが進み、多くの戦死者を出しながら人口が増え続けた時代でもあった。日本全体が激しく揺り動いて活性化し、ＧＤＰも伸びた。

それ以上に、この時代に生きた人たちのスケールの大きなことよ！　ほぼ同じ時期にこれほど傑出した人物が世に出るのは戦国時代と幕末〜明治初頭だけだろう。毎日が死と隣り合わせで、一日たりとも無駄にできないという状況が彼らを強く、大きくしたのにちがいない。名だたる武将に限らず、一兵士や女性のなかにも魅力的な人物がきら星のごとくいた。そのなかの「選りすぐり」である。おもしろくないはずがない。

しばしば言われるように、歴史は繰り返す。人類の営みは原因と結果の連なりである。まして人間の本質は古来から変わっていないのだから、同じことを繰り返すのは当然といえる。歴史は一直線ではなく円環なのだ。

そう気づいたとき、時代に逆行することは最先端にもなりえるのではないかとも考えた。あえて主流と反対の方向へ進めば、やがて主流とぶつかる。そのとき、立ち止まって「まわれ右」をすれば自身は最先端にいる。そんなイメージである。

例えば、みんながＡＩを活用しているのならアナログのアプローチをする。ＡＩが示してくれる「正解」とは異なるが、他がやっていないのだから独自性は高まる。みんなが「より多く」を求めるのであれば、「ピンポイントの少数」を求める。より多くの人に好かれようと思えば、どうしても平均的にならざるをえない（整形した顔がそうであるように）。みんなが働き方を決めてマニュアル化を進めるのであれば、なるべく個人に裁量権を与え自由に働いてもらう……という具合に、ちょっと考えただけでも選択肢は山ほどある。

本書の主たるテーマは「家康の平和国家構想を信玄との問答によって詳らかにする」というものであるが、真の主人公は信玄である。が、書き進めるうち陰の主人公が現れてきた。

上杉景勝である。彼が米沢へ減移封となったとき選択したことは、現代に生きるわれわれに多くの示唆を与えてくれている。ほとんどの判断基準が「得か損か」「合理的か非合理か」「便利か不便か」

「早いか遅いか」に収斂（しゅうれん）されてしまった現代において、彼の決断は非合理のきわみであり、それだからこそ輝いているのである。

上杉景勝という、あまり目立たない武将に由本晴久という創作上の人物を与えた。ふたりの交友を通じて、多様な選択肢を示す一助ともなれば幸いである。

本書は令和四年夏に書き始め、翌年九月に初稿が仕上がったのだが、終盤に近づくにつれ登場人物が勝手に動き始めた。風邪をひいて三十九度の熱が三日続いたときも一日十枚(原稿用紙)のペースで書き続けた。なにものかに取り憑かれる感覚を味わったのは生まれてはじめてのことである。

タイトルについてひとこと触れたい。

仕事柄か、イメージでゾーニングする癖があるのだが、無意識のうちに戦国武将を色分けしている。その一端をあげれば、

織田信長―赤
豊臣秀吉―茶色（天下を取るまでは黄色）
石田三成―水色
上杉謙信―白
今川義元―紫

では本書の主人公である武田信玄と徳川家康はといえば、揃って深い青である。深い青にもいろいろあるが、紺碧と表現した。

冷静沈着。海のように底になにを沈めているかわからないが、つねに現実的な視座を持ち続け、結果を残そうとする懐の深い人物。欧米にはこういうリーダーがたくさんいるが、わが国には珍し

い。判官びいきという言葉があるように、日本人は「なにをなしたか」という結果よりも、志半ばで死んでしまった人に情を移す傾向があるからだろうか。

最後にブックデザインに関して……。

当初から現代アートを用いたいという意向があった。歴史小説は古い時代の話というだけではなく、現代に生きるわれわれにも通じる。歴史小説らしいステレオタイプの古色蒼然とした装丁ではなく、美しいカバーにしたかった。

装画はいくつかの候補があったが、ある芸術系雑誌を繰っていて「これだ！」と直感が走った。それが彫刻家・若林奮氏の素描である。上下の青は天と地のようでもある。まさに乾坤一擲の仕事をしたふたりの主人公と重なった（乾坤とは天と地の意）。それをつなぐ縦の線は両者の共感にもなぞらえられる。人は大業をなすとき、かならずその背景に影響を受けた人物がいるものである。

版権をお持ちの方は「歴史ものと合わないのではないか」と懸念されていたが、表紙に使用することを快諾していただいた。この場を借りて深く謝意を表します。

また畏敬する玄侑宗久氏に推薦文をお寄せいただいたことは、言い尽くし難い誉れです。厚く感謝いたします。

令和五年十二月

## 参考・引用文献


『芭蕉の風景』　小澤實　ウェッジ
『武田晴信朝臣百首和歌集』　武田神社
『孫子の至言』　田口佳史　光文社
『クロニック戦国全史』　講談社
『数字と図表で読み解く徳川幕府の実力と統治のしくみ』　蒲生眞紗雄　新人物往来社
『図説武田信玄　クロニクルでたどる〝甲斐の虎〟』　平山優　戎光祥出版
『図説上杉謙信　クロニクルでたどる〝越後の龍〟』　今福匡　戎光祥出版
『徳川家康と武田信玄』　平山優　角川選書
『新説　家康と三方原合戦』　平山優　ＮＨＫ出版新書
『論争　関ヶ原合戦』　笠谷和比古　新潮選書
『賊軍の将・家康』　安藤優一郎　日経ビジネス人文庫
『「戦国大名」失敗の研究　群雄割拠篇』　瀧澤中　ＰＨＰ文庫
『家康、人づかいの技術』　童門冬二　角川文庫
『「関ヶ原合戦」の不都合な真実』　安藤優一郎　ＰＨＰ文庫
『徳川家康の決断』　本多隆成　中公新書
『「東国の雄」上杉景勝』　今福匡　角川新書
『落日の豊臣政権』　河村将芳　吉川弘文館
『和様の書』　読売新聞社・ＮＨＫ・ＮＨＫプロモーション

『家康名語録』　榎本秋　ウェッジ
『家康の本棚』　大中尚一　日本能率協会マネジメントセンター
『天才の栄光と挫折』　藤原正彦　新潮選書
『豊臣家の人々』　司馬遼太郎　中公文庫
『武田信玄』　新田次郎　文春文庫
『武田勝頼』　新田次郎　講談社文庫
『天海』　中村晃　ＰＨＰ文庫
『天海』　三田誠広　作品社
『歴史人』（二〇二三年二月増刊号）関ヶ原合戦大全　ＡＢＣアーク
『歴史人』（二〇二三年五月号）徳川家康人名目録　ＡＢＣアーク
『プレジデント』（二〇二三年二月十七日号）徳川家康　長生きの秘密　プレジデント社
『時空旅人』別冊　徳川家康　最後の三英傑その決断と孤独　三栄
『歴史街道』（二〇二三年五月号）　徳川家康、最強・武田軍に挑む！　ＰＨＰ研究所

高久多樂 (TAKAKU Taraku)

1959 年　栃木県生まれ
1987 年　株式会社コンパス・ポイントを設立
2002 年　『fooga』創刊（2010 年、刊行終了）
2003 年　フーガブックス ( 出版事業 ) を始める
2009 年　『Japanist』を創刊（2019 年、刊行終了）
主な著書に『魂の伝承―アラン・シャペルの弟子たち』
『多樂スパイラル』『なにゆえ仕事はこれほど楽しいのか』
『SHOKUNIN』『葉っぱは見えるが根っこは見えない』など

紺碧の将

2024 年 2 月 4 日　初版第 1 刷発行

著　者　高久多樂
発行者　高久多樂
発行所　株式会社コンパス・ポイント
郵便 321-0155 栃木県宇都宮市西川田南 1-29-7
電話 028-645-4501
印刷・製本　株式会社シナノ
ISBN978-4-902487-41-1

## 髙久多樂の著書

### 魂の伝承──アラン・シャペルの弟子たち

「二十世紀最大の料理人」とも「厨房のダ・ヴィンチ」とも称されたアラン・シャペル。
彼から料理の真髄を学んだ八人の弟子たち（日本人六人、フランス人二人）への取材を通し、
アラン・シャペルが弟子たちになにを伝えようとしたかを解き明かす。

### 多樂スパイラル

自分が好きなことを見つけて無我夢中で取り組み、ひとつずつ目標をクリアする。
そうやって愉しみながら、自分という人間をぶ厚くしていく……。
今がベストで未来には未知の楽しみがある。それが「多樂」の本質である。

## なにゆえ仕事はこれほど楽しいのか

どのようにして「仕事が嫌で仕方がない」から「楽しくて仕方がない」に変わり、やがて「これが天命かも」と変わったのか。楽しく学び、遊び、仕事をするための秘訣とは。仕事を通して人生を楽しむための三十二篇のエッセイ。

## 父発、娘行き

娘が生まれた日、なにものかに衝き動かされるようにして書いたことをきっかけに、ただひたすらいっしょに遊び、喋り、そして学んだ日々。社会人になるまでを綴った父娘の交流エッセイ。子育ての悩みや葛藤がいっさいない、異色の子育て本。

# 葉っぱは見えるが根っこは見えない（電子書籍版）

三十数年、朝起きて「今日は嫌な日」と思ったことがない。病気で休んだことがない。

お金は空気のごとく意識しない。還暦は人生の折り返し点……。

仕事、お金、学び、遊び、健康、家族、自然、旅、芸術、社会など本質を求める八十一章。